LA COURSE À L'ABÎME

DOMINIQUE FERNANDEZ

LA COURSE À L'ABÎME

roman

BERNARD GRASSET
PARIS

IL A ÉTÉ TIRÉ DE CET OUVRAGE
TRENTE EXEMPLAIRES
SUR VÉLIN PUR FIL
DES PAPETERIES MALMENAYDE
DONT VINGT EXEMPLAIRES DE VENTE
NUMÉROTÉS DE 1 À 20
ET DIX HORS COMMERCE
NUMÉROTÉS DE H.C. I À H.C. X
CONSTITUANT L'ÉDITION ORIGINALE.

A Stéphane Corvisier

Découvre ta présence,
que ton aspect et ta beauté me tuent.

Jean de la Croix, *Cantique spirituel.*

LIVRE I

I

Mort sans sépulture

Michelangelo Merisi, né à Caravaggio dans le duché de Lombardie le 29 septembre, jour des saints Michel, Gabriel et des saints Anges, mort le 18 juillet à trente-huit ans sur la plage de Porto Ercole en Toscane dans des circonstances non élucidées, Paulo Quinto Pontifice Maximo.

Mon corps, on ne l'a jamais retrouvé. Jeté dans la mer? Brûlé sur la plage? Mangé par les fourmis? Dévoré par les loups? Ravi par les aigles? Veillé et emporté par quelque âme pieuse? Enseveli en cachette puis oublié comme un chien? Les voyous que j'ai si souvent pour les peindre déguisés en anges sont-ils venus me chercher pour m'enlever au ciel? Un autre, à ma place, se lamenterait. Privé de sépulture! Abandonné sur le sable, condamné à errer dans les limbes, avec les enfants morts sans baptême et les pécheurs privés de rédemption! Moi, au contraire, je m'estime fortuné, de n'avoir ni tombeau ni dalle funéraire. Il me plaît d'échapper aux pèlerinages et aux anniversaires. Je ne veux pas de commémorations posthumes, après avoir été honni et persécuté de mon vivant. Ce fatras d'hommages, gardez-le pour ceux que la renommée publique, les honneurs, la réussite mondaine ont favorisés. Ma mort n'ayant pas été moins mystérieuse que ma vie, l'énigme de ma destinée reste entière.

Que d'inexactitudes, de fantaisies, de sottes conjectures ou de mensonges ai-je lus sur mon compte! Ma mort surtout a enflammé les spéculations et donné lieu à des erreurs grossières. Reprenons les choses dans un semblant d'ordre. Après le meurtre de Ranuccio et ma condamnation à mort par le pape, fuite vers le Sud. De Rome à Paliano, de Paliano à Naples, de Naples à l'île de Malte. A La Valette, affaire du chevalier de Wignacourt et de son page, d'où nouvelle fuite, nouveaux vagabondages forcés. Syracuse, Messine, Palerme. Second séjour à Naples. Enfin, au bout de quatre années d'errances, espoir de retourner à Rome. Certaines personnes influentes intriguent auprès de Paul V pour obtenir ma grâce. La felouque sur laquelle j'emporte mes deux derniers tableaux, rançon de ma liberté, me dépose sur la plage de Porto Ercole, en Toscane, à une vingtaine de lieues au nord de la frontière avec les Etats du pape. La Toscane appartenant à la couronne de Madrid, une forte garnison espagnole stationne à Porto Ercole. Et là, tandis que j'attends le décret qui me permettra de rentrer à Rome, Dieu dispose de moi autrement.

Première hypothèse : la fièvre. Descendu à terre le 15 juillet, je serais mort, trois jours après, terrassé par la malaria. Longue bande de cailloux gris au pied de dunes où pousse une herbe malingre, y a-t-il rien de plus désolé que cette plage? Courbés par le vent, raclant le sol de leurs branches, les rares pins inclinent vers la mer leur tronc déchiqueté. Imaginez en plein été, sous le soleil du Lion, cette grève aride, nue, sinistre comme un désert. Même un homme de constitution plus robuste aurait vite succombé. S'il est vrai que mon *Jeune Bacchus malade*, aux traits creusés, au teint cireux, peint quelques mois après mon arrivée à Rome, quand j'avais vingt et un ans, est un autoportrait, ce tableau atteste que le paludisme m'a tourmenté dès cette époque lointaine.

Deuxième hypothèse : le meurtre sur ordre. Après l'affaire Wignacourt, Malte a décidé ma perte. Les sbires lancés à ma poursuite sur l'ordre du Grand Maître me retrouvent dans une auberge à Naples mais ne réussissent qu'à me blesser. Ils se remettent en chasse, me rejoignent en Toscane et, cette fois, contre un homme sans défense, exécutent leur contrat.

Variante : le meurtre déguisé. On peut juger invraisemblable que je sois remonté dans ma felouque si loin au nord de Rome, alors que je venais de Naples. N'eût-il pas été plus naturel, et plus judicieux, de choisir, pour y attendre ma grâce, un port situé au sud de Rome, entre Naples et Rome, par exemple Gaète ou Terracina ? D'où la troisième hypothèse : j'aurais débarqué à Civitavecchia, port de Rome, dans les Etats du pape, sachant que j'allais être incarcéré mais pour une brève durée. Le décret de grâce, déjà signé, doit être publié d'un jour à l'autre. Je pense n'être nulle part mieux à l'abri des sicaires maltais que derrière les murs d'une prison. Mauvais calcul. Les tueurs parviennent à s'introduire dans ma cellule. Ils emportent ensuite mon corps et le déposent sur la plage de Porto Ercole, pour faire croire à une mort naturelle.

Quatrième hypothèse : vengeance ecclésiastique. A Rome, l'entourage du pape se partage en deux clans : le clan français, dirigé par les cardinaux Federico Borromeo et Francesco Maria Del Monte, et le clan espagnol. Le seul fait d'avoir servi jadis le cardinal Del Monte me désigne à la vindicte de l'autre parti. Découragé par mon inconduite, excédé de mes violences, il y a longtemps que mon premier protecteur m'a lâché, mais les tableaux qu'il m'a achetés font toujours le principal ornement de sa galerie. L'autre clan, maintenant qu'il a conquis le pouvoir en plaçant un Borghese sur le trône de saint Pierre, veut ma tête. A Porto Ercole, fief espagnol, rien de plus facile que de soudoyer quelques soldats de la garnison. Mais alors, connaissant la férocité de la guerre que se livrent l'une à l'autre les deux factions du Vatican, pourquoi me serais-je jeté au milieu de mes ennemis ?

Cinquième hypothèse. Rixe avec un garçon, qui aurait mal tourné. Quel garçon ? Un des marins de la felouque, évidemment ! Vous savez comment j'ai vécu. Avouez que vous n'avez prêté foi à aucune des quatre premières hypothèses, et que vous avez pensé d'emblée à la dernière. Pardi ! L'effronté s'est mis à entreprendre, selon son habitude, un de ces jeunes gens, quelque gars bien bâti, du genre plébéien et canaille, à demi nu et bronzé vu la saison, une petite brute comme il les aimait. Pas de chance pour lui ! Le type en question s'est rebellé, il a bien voulu le suivre pour une ou deux pistoles dans les dunes, mais quand il a compris quel service on lui demandait, halte-là ! L'honneur de chacun est sacré ! Le ton monte, on se jette l'un sur l'autre, une branche cassée traîne sur le sable, voilà l'impudent assommé, il tombe sans connaissance, l'autre l'achève à coups de pied et de bâton, puis, épouvanté de son crime, balance le corps au large.

Fin spectaculaire, à la fois grandiose et sordide, conforme à l'idée que vous vous êtes faite d'un peintre non moins célèbre par ses scandales que par ses tableaux. Tragédie des bas-fonds, qui a l'avantage, pour vous, de combiner deux mythes.

D'abord le mythe de l'artiste maudit. La « situation » dont jouissent mes confrères, je n'en veux pas. Cocon, carcan. Je vomis le confort, la carrière, les honneurs. Je n'ai pas rompu avec la tradition, mis sens dessus dessous la peinture, inventé à neuf la lumière, pour imiter Titien et mourir, comme lui, à quatre-vingt-six ans, couvert de lauriers et riche à millions. Risquer sa peau dans des aventures pendables, voilà le genre de celui qui manie l'épée aussi bien que le pinceau. Je tue et j'accepte d'être tué. Asocial, amoral, graine de vaurien, gibier de potence, reconnaissez que je suis parfait dans ma catégorie. La justice toujours à mes trousses, les spadassins toujours aux aguets. Regardez ce que j'ai fait de ma vie ! Un précipice, un cloaque, une course vers la mort. Ce caractère n'est à l'aise que dans la violence, l'excès, la démesure. Pas d'accomplissement en dehors du crime, ni d'autre apothéose que dans l'abjection.

Quel décor, quel théâtre de tragédie que cette côte, abandonnée des hommes, rejetée de Dieu ! *Terra di nessuno.* J'ai trente-huit ans, l'âge où sont morts Pascal, Van Gogh, Rimbaud. Nous brûlons du même feu. Je cours sur la plage, je demande à être immolé. Une vie consacrée à l'art ne peut être qu'en guerre avec ce qu'il est convenu de respecter. La plupart des artistes s'arrangent avec leur conscience et n'entrent en révolte contre le monde que du peu qu'il faut pour ne pas mettre leur carrière en péril. Un petit nombre seulement, ceux qu'une *maligna stella* gouverne, refusent tout compromis et signent par un acte extrême leur dégoût radical des accommodements.

Qu'importent l'identité, le nom, les mobiles personnels de celui qui m'a tué ? Il n'a été qu'un instrument. L'agent de la société, si vous adoptez la version du « crime expiatoire », par lequel, même si elle l'a toléré pendant quelque temps grâce au privilège du talent, la collectivité finit par expulser l'élément indésirable. L'instrument de ma propre volonté, si vous admettez que l'assassin n'a fait qu'obéir au souhait de sa victime.

Mais quoi ! Crime ou suicide, c'est toujours le mythe romantique. Un peu daté, aujourd'hui, non ? Depuis Pouchkine, assassiné en duel à trente-huit ans, et Kleist, qui s'est tiré à trente-quatre ans une balle dans la tête, n'a-t-on rien fait de plus pour devenir « moderne » que mourir à l'âge prescrit par les dieux ?

Justement, je suis là pour incarner un second mythe. Celui du vagabond sans règle ni loi, de l'hérétique voué au vice innommable, du réprouvé qui appelle sur lui l'anathème, du factieux qui renie son propre cœur, enfin, pour le dire d'un mot, du sauvage qui vit dans l'anarchie de ses instincts, avide de *far sesso* quand l'occasion s'en présente. « Faire du sexe », car « faire l'amour » serait la réminiscence d'une époque dépassée. Faire du sexe avec chaque garçon qui me plaît, il paraît que je n'ai pas eu d'autre credo. *Cazzo e culo,* rageusement, dangereusement. En pleine Eglise catholique, apostolique et romaine, braver Moïse et saint Paul, bafouer les prêtres, défier le Saint-Office, narguer le bûcher !

Certes, je n'ai pas eu le monopole de la violence et du scandale. Les gens de sac et de corde au milieu desquels j'ai vécu, mon siècle en a regorgé : voleurs, prostituées, impies, sacrilèges, sodomites, ivrognes, efféminés, séditieux, assassins, tous ceux à qui saint Paul dénie le royaume de Dieu. De ce que l'apôtre appelle « la lie », j'avoue que j'ai fait souvent ma compagnie. De cette pègre à moi, il y a pourtant une différence, qui aggrave considérablement mon cas. Mes « crimes », si on veut les nommer ainsi, sont sans commune mesure avec les leurs. Ils n'ont failli, eux, qu'aux yeux de la morale ; à la mauvaise conduite, j'ai ajouté la provocation et le blasphème. Sachant rester à leur place, n'opérant que dans le sous-sol des villes, jamais ils n'ont cherché à se hausser jusqu'à la société *per bene,* ni à s'immiscer dans ce qui ne regarde que les hommes et les femmes *comme il faut.* La peinture, par exemple, ils ne s'en mêlent pas ; un vague respect les tient à distance de ce qu'ils savent ne pas être à leur portée. Cette frontière tacite, acceptée des deux côtés, qui sépare le monde de l'art et celui de la délinquance, j'ai été le seul à la franchir. La recherche de la beauté et la pratique du vice, le seul à les unir. Qui, en dehors de moi, a osé se servir de tableaux, moyen « noble » entre tous, pour afficher son inconduite et avouer publiquement les épisodes les plus crus de sa vie ? Représenter mes amants en Bacchus, en joueur de luth, en Cupidon, passe encore ! Mais donner leur visage à des anges ! Faire poser l'un en saint Jean-Baptiste, peindre l'autre sous les traits d'Isaac ! La transgression et le défi, qui les a poussés aussi loin ?

Sodoma ? De ses mœurs, confirmées par son surnom, on ne voit trace dans son œuvre. Botticelli ? De Madones suaves en délicats androgynes, d'anges asexués en Vénus pâles, comme il vous a mystifiés, démentant, par son idéal artistique, sa dépravation quotidienne! Signorelli? Pour rester en paix avec sa conscience et ne pas dégarnir son carnet de commandes, il entassait dans l'enfer, en leur donnant la figure de damnés, ceux qu'il traitait plus tendrement en privé. Leonardo? L'acte de l'accouplement et les membres qui y sont employés ont une telle laideur, prétendait-il, que, sans la beauté des visages, la nature perdrait l'espèce humaine. Michelangelo? Le pire de tous. Soucieux de conserver la faveur des papes, il s'efforçait de convaincre, textes de Platon à l'appui, que l'amour « spirituel » était seul à l'occuper. Si je dessine le rapt de Ganymède, disait-il, ce n'est pas que je croie que Zeus ait enlevé le jeune prince pour en faire ses délices. Qu'allez-vous imaginer? Il ne s'agit que d'une métaphore! En Ganymède, ne voyez que le pur Intellect, saisi par la fureur de connaître, *furor cognitionis* (un peu de latin ne messied pas à l'hypocrisie). Le bel éphèbe ne demande à l'aigle que de l'arracher à la terre et de le soulever dans le ciel des idées; et cet oiseau, que vous preniez pour un rapace luxurieux, n'est que l'auxiliaire de la Philosophie, muni d'ailes qui enlèvent l'écolier dans les hauteurs éthérées du cosmos, *eximiae mundi partes.*

Voilà comment, à Florence, le jésuitisme et le porte-monnaie ont déformé un fait divers sexuel en fable humaniste.

Fourberie des artistes! Tous lâches, tous courtisans et intéressés! Je suis l'unique, entre cette foule de sodomites clandestins, de bardaches honteux, de crypto-bougres, l'unique à m'être dit et proclamé ce que je suis, des pieds à la tête, dans mes œuvres comme dans ma vie. Une vraie réclame, comme vous me présentez désormais, l'emblème de la cause, l'ange des maudits, une sorte d'icône, la pieuse et glorieuse réunion du héros et du martyr.

Seulement, il faut que vous m'expliquiez, que vous vous expliquiez à vous-mêmes :

1°. La présence, sur la plage de Porto Ercole, d'un homme un peu plus jeune que moi – trente-trois ans à peu près –, un homme mûr en tout cas. Depuis longtemps ce n'est plus un *ragazzo*, il s'est éloigné de l'âge qui m'a inspiré tant de folies, et pourtant il est à mes côtés, c'est lui dont mes yeux en se fermant ont emporté l'image. Il plante son poignard dans le sable pour essuyer le sang. Il pleure. Son corps est secoué de sanglots. Le voilà qui se laisse aller à la renverse et reste étendu, face au ciel, les bras en croix. Quelle inconsolable chagrin le tient cloué au sol jusqu'au soir et encore tard dans la nuit ?

L'aube le surprend à genoux près de moi. Il pleure toujours, mais peut-être, maintenant, d'autres larmes que de douleur coulent sur son visage exténué. Peut-être pleure-t-il de bonheur, peut-être pleure-t-il de joie. Se souvient-il de ce que j'ai peint pour la chapelle Contarelli à San Luigi dei Francesi, quand il était mon apprenti et me servait de modèle ? Je lui révélais, au fur et à mesure de mon travail, le sens caché d'une scène en apparence abominable ; et là, sur cette plage, il aura compris que je ne parlais pas en l'air quand je lui donnais mon point de vue sur le martyre de saint Matthieu.

Convient-il de verser des larmes de deuil sur un homme qui court au-devant du sacrifice dans les circonstances exactes qu'il a lui-même prédites, dix ans auparavant ? S'il a peint, sur le mur d'une église, la répétition générale de sa propre mort, est-ce pour qu'on se désole de ce qui lui arrive aujourd'hui ?

2°. La disparition des deux tableaux que j'avais embarqués à Naples pour être offerts au cardinal Scipione Borghese en échange de ma grâce, et pourquoi un autre de mes compagnons de voyage – plus jeune de huit ou neuf ans celui-là –, debout à l'avant de la felouque qui se balance à quelques encablures au large, tend le bras et montre le poing quand il voit ce qui a lieu sur la plage. Vous l'avez même entendu pousser un cri de victoire, railleries et insultes à l'appui. « *Vaffan... Li mortacci vostra!*

Pour toi, le poignard! Et pour l'autre, bientôt, la potence! »

Que dites-vous de tout cela? Ces deux hommes, qui peuvent-ils être? Pourquoi l'un m'a-t-il veillé sur la plage et l'autre s'est-il enfui en volant mes tableaux?

II

Fils sans père

Mon père a disparu quand j'avais six ans. 1577 : l'année de la grande peste à Milan. Victime de l'épidémie, me dit-on, mensonge auquel j'ai cru jusqu'à douze ou treize ans. Enterré dans la ville où il était mort, nous ne l'avions même pas au village avec nous. Ni dalle ni stèle commémorative ne marquait sa place dans le cimetière.

Je suis un enfant sans père. Dès mon plus jeune âge, il m'a laissé orphelin. Je n'avais pas souffert de sa disparition, au sens d'une douleur, d'un déchirement. Non, rien de tel ne m'était arrivé. Ai-je pleuré même ? Ce qui ne veut pas dire que cette mort m'avait laissé indemne et que mon mal n'était pas plus profond. Mon père m'avait abandonné et je ne m'expliquais pas pourquoi. Me conserver sa force, sa protection, son soutien, me voir grandir, m'aider à devenir un homme, tout cela n'était donc rien pour lui ? Sa mort, je ne la considérais pas comme un accident de santé, mais comme un geste consenti, une démission. J'en voulais à mon père, d'avoir renoncé soudain à ses tâches et à ses responsabilités, au premier rang desquelles je mettais le devoir d'assister ma mère et d'élever ses enfants. Faire de sa femme une veuve et de ses quatre enfants des orphelins, choisir de disparaître avant d'être allé au bout de son mandat, n'était-ce pas nous trahir ? Méconnaître notre amour ? Mépriser nos besoins ? Méritions-nous d'être traités comme une quantité négligeable? Je me sentais rejeté. Pis encore : désavoué. Un père entouré d'enfants ne capitule pas. Le mien était parti en douce, sans même nous dire au revoir.

La peste? Simple prétexte, dans mon esprit. On nous racontait tant de miracles, au sujet de l'archevêque de Milan, Son Eminence le cardinal Carlo Borromeo! De son abnégation, on disait tant de merveilles! Jour et nuit il s'était dévoué aux malades. Ni l'horreur des charniers ni les risques de contagion ne l'avaient effrayé. Sa réputation de thaumaturge et de saint, née pendant l'épidémie, commençait à se répandre bien au-delà de la plaine lombarde. Ceux qui voulaient être sauvés, il les avait sauvés. Si mon père n'avait pas voulu être sauvé, c'est qu'il avait fait bon marché de sa famille. Celle-ci ne comptait pas suffisamment à ses yeux, pour l'empêcher de nous fausser compagnie. Il nous avait quittés sur la pointe des pieds. Lâchés un beau jour, comme cela. Reniés, par sa défection subite, inexpliquée. Il s'appelait pourtant Fermo, du nom du saint qui protège notre village. Fermo! pour un père qui s'était montré si peu ferme, et nous avait retiré, sans crier gare, son appui!

Au IVe siècle, sous l'empereur Maximien, un jeune homme appelé Fermo s'était converti au christianisme, malgré les persécutions. Condamné à être dévoré par les chiens, on l'emmena de Bergame, sa patrie, à Vérone, dans l'arène destinée aux supplices. De passage à Caravaggio, l'escorte croise un cortège funèbre. Des parents en larmes transportent leur enfant au cimetière. Fermo demande qu'on s'arrête. Il descend de cheval, s'agenouille dans la poussière, entre en oraison, ressuscite le garçon. Plus d'un siècle avant ma naissance, un artiste local avait peinturluré, dans l'abside, la scène du miracle. Première fresque que j'aie vue, première peinture qui me soit jamais tombée sous les yeux. Si maladroit que fût ce barbouillage, comme je l'admirais, notre saint tutélaire! Fermo, comme mon père, mais si différent de mon père! Attentif aux malheurs et aux besoins d'autrui, n'hésitant pas, en route vers le martyre, à prendre, sur les précieux moments qui lui restent pour se préparer à mourir, le temps de rendre un fils à ses parents. Tout l'opposé de mon Fermo à moi, qui avait abdiqué ses responsabilités, démissionné de la vie, décampé comme un lâche. Une véritable désertion. Comment la lui pardonner ?

J'avais beau l'accuser, je savais bien, cependant, qu'un père n'abandonne pas son fils sans motif. Il fallait que j'eusse accompli quelque action répréhensible, d'une nature si grave que les liens du sang lui avaient paru déliés. S'il s'était senti libre de s'en aller, c'est que ma conduite avait annulé, en quelque sorte, la dette qu'un père, le jour où il le reçoit dans ses bras, contracte envers son fils. Il s'était éclipsé, jugeant inutile, après cette faute que j'avais commise, de continuer à s'occuper de son enfant. De son départ, de son absence, de sa disparition, n'était-ce pas moi le coupable ? J'ignorais de quel manquement il s'agissait et je n'avais aucun moyen de le savoir, mais le crime devait être bien grand pour m'attirer cette punition.

Les quelques souvenirs que je gardais de mon père me montraient un homme discret, taciturne, effacé. Mes camarades se faisaient gifler, battre, rosser par leur père. Quand nous allions nous baigner dans le Serio, je voyais sur leur dos la marque du fouet. Mon père n'avait jamais levé la main sur moi. Je n'attribuais pas cette clémence à la satisfaction que je pouvais lui causer, je m'incriminais moi-même, pour défaut originel, insignifiance, médiocrité congénitale. Je n'étais rien, puisque je comptais si peu à ses yeux. Tant que je n'eus pas découvert la vérité sur la mort de mon père, ce sentiment de culpabilité m'oppressa. A douze ans, à treize ans, il était trop tard pour revenir sur ma première impression. Beaucoup de choses qui me sont arrivées par la suite ne sont pas sans rapport, je suppose, avec cette ancienne idée que j'avais démérité de l'affection et de l'estime de celui que la nature avait désigné pour être mon tuteur et mon guide.

Son père, mon grand-père, dirigeait la maisonnée. Nous le voyions peu, à cause de ses occupations à Milan. De haute stature, doté de l'œil clair des montagnards, il coupait ses cheveux en brosse et taillait sa moustache avec le rasoir militaire qu'il avait rapporté d'une campagne contre la République de Venise, engagé volontaire. Tout, dans son caractère, était net, franc, tranché à angle droit. Vivant au Moyen Age, il eût milité dans le parti gibelin, avec ceux qui contestaient à l'Eglise son pouvoir temporel et guerroyaient contre les guelfes papistes. Les libertés civiques avant tout! Il remplissait des fonctions importantes dans l'administration municipale. S'il n'avait travaillé à dix lieues du village, il en fût devenu le premier magistrat.

Autant ma mère se montrait avide de lectures qui l'emportaient au loin par l'imagination, autant mon grand-père, comme beaucoup d'hommes férus de politique, ne s'intéressait qu'à ce qu'il voyait sous son nez. Esprit positif, seul lui importait ce qui pouvait profiter ou nuire à la vie matérielle de ses concitoyens. Il avait bataillé au conseil pour faire améliorer l'adduction d'eau dans la fontaine devant l'église, mais voté contre la restauration de la fresque. Rongés par l'humidité, la main et le bras de saint Fermo s'étaient effacés. Le garçon ressuscité semblait quitter le cercueil de sa propre initiative. C'est justement ce qui plaisait à mon grand-père. Fervent catholique, scandalisé par l'hérésie luthérienne qui ravageait la proche Allemagne et eût dévalé en Italie sans le rempart des Alpes, il n'en gardait pas moins, comme Dante qu'il citait souvent, une forte méfiance à l'endroit de Rome. Tout ce qui pouvait limiter l'influence du pape et de ses représentants lui paraissait d'un salutaire renfort pour les franchises locales.

Il n'était pas mécontent non plus, je crois, de montrer à ses concitoyens, si portés aux dépenses superflues, et à son petit-fils en particulier, dont il devinait le goût pour la peinture, combien l'art est chose précaire, qui ne vaut pas la peine qu'on lui consacre une part trop importante du budget, lorsque tant de travaux plus utiles restent en souffrance, la création d'un chai, la réfection de la voirie, l'agrandissement du four banal où l'on cuit le pain de la semaine.

Comment se fait-il, avec de telles idées, qu'il consacrât ses loisirs à l'enjolivement de notre église ? Le Père Amelio, de la Compagnie de Jésus, était venu exprès de Rome pour prôner le programme de décoration ecclésiastique décidé par le concile de Trente. Ayant réuni dans la sacristie tout ce que le village comptait de bûcherons, tailleurs de planches, charpentiers, menuisiers, sculpteurs, ornemanistes, il leur présenta la construction d'un retable comme une nécessité stratégique. Barrer la route au protestantisme par une ostentation de grâce et de beauté, voilà, affirma-t-il, la meilleure réponse à la politique d'austérité vantée par la Réforme. Pas de luxe, bien entendu, mais l'apparat qui sied à Dieu. Les luthériens proscrivent de leurs temples les images ? Ils pensent que les œuvres d'art distraient les fidèles de la prière en fixant leur attention sur des objets dont les modèles sont nécessairement profanes ? Faisons donc le contraire de ce qu'ils prêchent, remplissons nos églises de statues et de tableaux, offrons aux défenseurs de la vraie religion un décor digne de leur foi, aux hérétiques capables de repentance la surprise d'un spectacle charmant.

Persuadés par l'homélie du jésuite, les ouvriers du bois s'étaient mis à l'ouvrage. D'un cœur d'autant plus zélé, que l'émissaire du pape leur avait promis une somme suffisante pour dorer à la feuille les ailes des anges et des chérubins. Mon grand-père occupait ses dimanches à parfaire les torsades d'une colonne. Versé en théologie, rompu aux symboles canoniques, il en agrémentait les cannelures par des grappes de raisin – la vigne du Seigneur – et des grenades fendues – fruit dont les pépins se répandent, comme la parole du Christ, aux quatre coins de l'univers. Le tronc du pin qu'il était allé lui-même couper dans le bois derrière notre maison, il le surchargeait de mille détails ingénieux, pour en faire un chef-d'œuvre de tarabiscotage salomonique. Partagé entre sa fierté de sujet lombard jaloux de garder l'indépendance du duché, et sa fidélité à l'Eglise, il fignolait dans son atelier des ornements pour le retable. Concession à Rome, qu'il reprenait en s'opposant à la remise en état de la fresque et à la réfection des parties manquantes de Fermo, saint canonisé au Vatican.

Peut-être contre la sculpture n'avait-il pas les mêmes griefs que contre la peinture. A quels dangers ce dernier art expose, par les puissants intérêts qu'il soulève, la mort de son fils ne le lui avait que trop appris.

Si j'essaie d'évaluer ce que j'ai perdu en perdant mon père, je dois mettre au premier plan, sans aucun doute, la confiance en moi. D'après ma conduite dans la vie, mes façons agressives, les provocations que j'ai multipliées, les rixes où je me suis complu, les gens m'ont supposé un tout autre caractère que celui que je possède par nature. Toutes ces affirmations de force, cette ostentation d'énergie et d'audace, n'ont été que des moyens de compenser un manque originel, ce vide du père en moi. Comme preuve de ce que je dis, observez que je n'ai pas attendu l'âge adulte pour déclencher des bagarres, mais que, tout enfant déjà, j'avais besoin d'échanger des coups avec mes petits voisins. Une manière à moi de me manifester. De revendiquer mon individu. J'existe. Je suis là. Je veux me rappeler à mon père, le forcer à prendre son fils en considération. Il est parti parce qu'il m'a jugé trop insignifiant, trop nul, j'en revenais toujours à ce raisonnement. A six ans, quel crime aurais-je pu commettre? S'il avait filé de la maison, s'il m'avait laissé en plan, c'était pour vice rédhibitoire, insuffisance de caractère, carence de tempérament. J'avais beau retourner dans ma tête ses raisons de me punir, je n'en trouvais pas d'autres que mon inaptitude à l'intéresser.

Le caractère, j'en aurais donc au centuple, le tempérament, j'en déborderais, de sorte à ne plus encourir son mépris. Je ne me ferais pas seulement un nom, comme n'importe quel artiste, mais un nom d'opprobre, un nom d'infamie. Le monde, je le remplirais d'une clameur scandaleuse. Je frapperais fort pour me faire entendre. Plus que la gloire, je chercherais le bruit. De là cette surenchère de brutalités et de violences où je me suis laissé entraîner.

Ma mère, elle, ressemblait à toutes les *mammas* du village, sauf pour un trait dont je lui suis reconnaissant. Généreuse, corpulente, remuante, aussi abondante de chair et de cœur que mon grand-père était sec, assidue aux vêpres comme à la messe, dure au travail, fine, avec cela, de cette finesse paysanne nourrie de lectures héroïques, puisant dans les romans et les poèmes de chevalerie les plus dénués de bon sens une allégresse virile qui nous préservait de l'entendre importuner le ciel de gémissements et de doléances, elle nous entourait non moins de gaieté que d'affection. Pas une fois elle ne m'a appelé *poverino* ni accablé de cette commisération pleurnicharde qui prive de nerf les garçons italiens.

De ses quatre enfants, j'étais l'aîné et le préféré. Un privilège qui aurait dû me fournir un fort sentiment d'exister. Alors, pourquoi cette impression de ne pas compter ? Cette tristesse d'abandon ? Ce désir de revanche ? Une enfance aussi choyée ne les justifie pas. N'ai-je pas été protégé, dorloté, rassassié de prévenances ? Mais voilà : une *mamma* ne pose pas de conditions. Elle aime son enfant comme la jument aime son poulain, comme la truie son goret. Pur instinct, instinct animal. Faute d'être sélectif, que vaut un tel amour ? Quoi que je fisse, celui de ma mère m'était acquis. Une mauvaise note à l'école ? Elle m'en consolait, au lieu de m'en punir. Moins j'étais digne de son affection, plus elle m'en prodiguait. Le seul amour qui compte est celui qu'il faut mériter, qui est remis tous les jours en question, qui peut manquer d'un moment à l'autre. Je me sentais en sécurité auprès de ma mère, je ne me sentais pas choisi. Jamais ce qui va de soi n'a eu de valeur à mes yeux.

Et puis, si j'aimais ma mère pour sa gaieté, elle m'irritait parfois pour son parti pris d'optimisme. Je nourrissais contre elle un grief d'autant plus âpre que je ne pouvais le lui exprimer. Quel tourment je portais en moi, par ma condition d'orphelin, elle ne le soupçonnait pas – ou, si elle l'avait remarqué, elle n'en tenait aucun compte, ce que je trouvais injuste et blessant. Elle faisait semblant de croire que je n'avais aucun sujet de chagrin particulier. Mes airs un peu sauvages ? Ils ressortissaient aux petits chiffonnements de l'enfance. S'imaginait-elle qu'à force de baisers et de tendresses, grâce à l'atmosphère chaleureuse qui émanait de sa personne, elle effaçait le souvenir du disparu et le mystère de sa trahison ? Elle m'offensait, chaque fois que, me voyant plus pâle, elle pensait me rendre des couleurs avec une assiette supplémentaire de potage. Avais-je une figure à être ravigoté par une double ration de légumes ? N'étais-je pas un *fils sans père*, sort que je me représentais comme le plus misérable au monde ?

Un jour, je l'ai même haïe. A une voisine qui lui demandait si je n'avais pas trop souffert de la disparition de mon père, elle répondit : « Souffert, lui ? Il a hérité de ses pinceaux et de sa palette, une vraie chance pour un môme ! Il s'amuse à faire de petites vues de la cuisine. Je le trouve souvent accroupi devant le feu. » Et de raconter avec quelle passion j'observais les flammes, restant des heures à contempler le chaudron, fasciné par le miroitement et les reflets du cuivre, essayant de reproduire les nuances de rouge, de jaune, de bleu, dépité d'être impuissant à rendre la succession rapide du clair et de l'obscur dans les profondeurs de l'âtre. « Ses frères jouent aux billes, il joue, lui aux couleurs... » *Il s'amuse, il joue* : comme si manier les instruments qui avaient servi à mon père n'était pas pour moi un acte de tremblante piété ! *Un môme* : comme si je n'étais qu'un numéro dans une série !

Il m'arrivait de me sauver dans le bois derrière notre maison et de me rouler dans l'herbe en me disant que jamais, jamais je ne pourrais être comme les autres, puisque j'étais privé de ce qui donne aux autres assurance et confiance dans la vie. Si au moins ma mère avait montré quelque sollicitude pour ma peine ! Loin d'essayer de comprendre comment je vivais mon deuil et de chercher le médicament approprié, elle n'avait foi que dans les vertus d'une saine alimentation, d'une vie familiale enjouée. Que la bonne humeur autour d'une table soit un remède efficace, c'est peut-être vrai en général, cela ne pouvait l'être dans mon cas. Ce déni de justice m'ulcérait.

III

Un décret mystérieux

Caravaggio, en Lombardie, village de huit à neuf cents habitants, à six lieues au sud de Bergame, à dix lieues à l'est de Milan. La route qui va de Milan à Brescia et celle qui mène de Bergame à Plaisance se croisent devant l'église. Carrefour de deux des voies carrossables les plus importantes du duché, cette bourgade renferme un palais municipal, modeste malgré la loggia à colonnes, une statue équestre du duc Gian Galeazzo Visconti, une fontaine publique – celle que mon grand-père a fait doter, non pour l'ornement, mais pour l'utilité, de quatre tritons lâchant par leur gueule l'eau d'un affluent du Serio –, un relais de poste avec des écuries, une auberge bien tenue et un cabaret plus populaire, dont le grenier sert de dortoir.

Deux édifices de quelque prestance s'élèvent à l'extérieur de l'enceinte : le sanctuaire de la Madone, qui attire deux fois par an les pèlerins, et le château du marquis Francesco Sforza, cousin du duc régnant. Quand mes parents s'étaient mariés, le marquis leur avait servi de témoin; et sa femme, Costanza Sforza Colonna, était présente à mon baptême. Né le 29 septembre, j'ai été baptisé le 7 octobre, jour même où le père de la marquise, le prince Marcantonio Colonna, chef de la plus puissante famille romaine et amiral de la flotte pontificale, remportait sur les Turcs la bataille décisive de Lépante. La marquise, frappée par la coïncidence, se plut à établir un lien moral entre les deux événements, le baptême d'un employé de son mari et une page de l'histoire du monde. La bienveillance qu'elle m'a témoignée par la suite et la protection que m'ont accordée les Colonna sans me la refuser aux moments critiques de ma vie ne s'expliquent pas autrement que par ce hasard qui leur avait paru merveilleux. Je ne suis pas sûr, pour ma part, que la victoire de la Chrétienté sur l'Islam ait été un fait si positif. Ce que j'ai vu à Malte et en Sicile me suggère qu'il y aurait eu plus de tolérance dans la papauté si on avait laissé les musulmans influer sur nos mœurs.

La vie dans notre village ? Jusqu'au soir, autour du cabaret que la plupart choisissent comme gîte d'étape entre Venise et Lyon, Francfort et Rome, le va-et-vient des voyageurs qui arrivent des quatre points cardinaux, la petite foule des curieux, la poignée de finauds qui espèrent tirer profit de cette affluence créent une animation exceptionnelle pour un trou de province. Puis, dès la tombée de la nuit, tout redevient silencieux et désert. On rentre chez soi, on referme la porte de sa maison, on se couche. Plus d'autre bruit, avec le claquement des loquets et le grincement des serrures, que l'aboiement des chiens et la sonnerie des cloches. Quand passe, à longs intervalles dans la plaine, le cri plaintif de la hulote, chacun en se signant adresse une prière à ses morts.

Je ne regrette pas d'avoir grandi si loin de la capitale. Nombreuses étaient les occasions de rencontre dans ce coin moins perdu qu'il ne semble. Frotté dès l'enfance à la diversité des milieux et à la variété des caractères, j'ai pu figurer plus tard dans le monde sans avoir l'air trop nigaud. Rouliers affectés au commerce de la Serenissima, marchands ambulants, pèlerins de la Madone, musiciens offrant leurs services pour les mariages ou les enterrements, soldats de passage, Suisses en route vers Rome pour chercher fortune au Vatican, caravanes de Persans ou de Chinois sur la route de la soie, pauvres colporteurs maltais proposant du sucre, des tapis, des poignards, riches soyeux de Lyon exportant des broderies, fuyards politiques, étrangers en situation plus ou moins régulière, vagabonds de mine suspecte, spadassins à gages sur la trace d'une épouse infidèle, chanteuses d'église travesties qui se font passer pour des castrats, le ban et l'arrière-ban de l'Europe, de l'Orient et de l'Afrique défilaient à Caravaggio.

Soir après soir, dans notre maison à la lisière du village, nos veillées se ressemblaient. Celle-ci, à cause de la nouvelle que mon grand-père nous apporta et des signes mystérieux que ma mère échangea ensuite avec lui, m'a laissé un souvenir précis.

Le coffre sculpté poussé dans un coin, le baldaquin d'étoffe précieuse que ma mère avait voulu garder au-dessus du lit à deux places où elle ne dormait plus, des chaises à dossier de cuir et des fauteuils en chêne au lieu des tabourets dont se contentaient nos voisins, la croix en argent que ma mère portait autour du cou, mes habits propres et rapiécés avec soin après chaque rixe, de tous ces détails qui me reviennent à présent, je conclus que les Merisi jouissaient d'une certaine aisance. Si nous faisions notre ordinaire de polenta et de riz, la nourriture des paysans, nous n'en étions pas moins d'une condition supérieure. Le cardinal Del Monte, en somme, n'aurait pas tort, quand il se gausserait de mes prétentions à faire partie de la dernière classe sociale. « Toi, un va-nu-pieds! Je sais bien que c'est le songe d'un artiste, que d'être né de rien. Mais, que tu le veuilles ou non (non, je ne le voulais pas, j'étais furieux d'être forcé de le reconnaître!), tu sors d'une famille de cette moyenne bourgeoisie qui prospère dans la plaine lombarde. »

Une belle lanterne de fer forgé, surmontée du lion de Venise et achetée par mon arrière-grand-père à Bergame, servait d'enseigne à la maison. Ma mère enflamma une brindille aux bûches du foyer et m'envoya dehors allumer la mèche. Mon grand-père, qui réclamait du conseil municipal un éclairage public pour Caravaggio, tenait à donner l'exemple.

Menuisier-géomètre au service du marquis Francesco Sforza, il allait chaque jour à Milan par le coche. Un homme de son âge aurait dû s'en tenir à la partie moins pénible du métier. Pour établir des plans, faire des croquis, fabriquer des maquettes, sculpter dans le bois, accomplir des travaux d'ornement, il était sans rival. Mais, à la mort de mon père, il avait mis un point d'honneur à reprendre les activités exercées par son fils. Il se rendait sur les chantiers, aidait au charroi des grosses pierres et, grimpé sur le toit, veillait à l'assemblage des poutres. Aussi ne l'ai-je jamais vu que fourbu, rompu, pressé de passer à table et sitôt après de se glisser dans son lit.

Ce soir-là, malgré la neige qu'il secouait de ses habits en pestant contre la longueur de l'hiver, il affichait une excellente humeur. Nous nous en aperçûmes tout de suite, moi, ma mère, mes deux frères et ma sœur, d'après le baiser qu'il donna aux femmes et la chiquenaude dont il gratifia les garçons. Sur un signe qu'il leur fit, Giovan Battista courut lui chercher le miroir et Caterina le rasoir militaire. (Ainsi, par un autre trait bizarre de son caractère, avait-il distribué les tâches à ses petits-enfants, en dépit de ce qu'on dit être l'inclination naturelle de chaque sexe.) Comme il partait très tôt le matin, il ne se rasait qu'avant le dîner. Il employa un temps, qui nous sembla infini, pour égaliser ses favoris et ôter quelques poils à sa moustache. Puis il se frotta les mains devant le feu, comme si ses doigts étaient encore engourdis. Toute cette mise en scène, évidemment, ne visait qu'à grossir l'importance de ce qu'il s'apprêtait à nous dire.

La nouvelle ne me prit pas de court. Sur cette question du calendrier, combien de disputes avais-je entendues à la maison ! Le Saint-Père aurait-il le courage (pour mon grand-père), commettrait-il l'impiété (pour ma mère) de se décider pour une mesure dictée par les avantages pratiques, l'intérêt commercial, au mépris de ce que les Ecritures prescrivent ?

Nourrie des Livres saints, ma mère nous rappelait les paroles des premiers Pères de l'Eglise. En raison des fêtes païennes organisées ce jour-là, ils refusaient de fixer au 1er janvier le début de l'année chrétienne. Faire coïncider celle-ci avec l'année civile, *« dans les transports d'une joie mondaine et charnelle, au bruit des chants les plus frivoles et les plus obscènes, par des festins dissolus et des danses licencieuses »*, non, c'était impossible, à moins de renier son cher saint Augustin. Aucun prince, aucun Etat n'avait osé passer outre à une mise en garde aussi sévère. Dans l'Empire carolingien, sous l'autorité de saint Boniface, l'an s'ouvrait avec la Nativité. Le duché de Piémont et le reste de l'Italie avaient gardé cette coutume. En France, « fille aînée de l'Eglise », l'année chrétienne commence le 25 mars, jour de l'Annonciation. En Bavière, le 31 mai, jour de la Visitation. En Espagne, le dimanche de Pâques. Quelque jour qu'on retînt, il fallait choisir une date liée à une fête religieuse.

A ces raisons mon grand-père opposait des arguments économiques. Aligner l'année chrétienne sur l'année civile amènerait la simplification des échanges et faciliterait leurs entreprises aux gens de négoce et de finance. La nécessité d'une telle mesure tombait sous le sens, dans le siècle où Brême n'était plus qu'à une semaine de voyage de Gênes.

« Brême est passée à l'hérésie, objectait ma mère en se signant.

— Justement, l'hérésie gagne dans les pays gouvernés par des armateurs et des marchands, et elle gagne parce que ces pays ont réclamé en vain du pape une réforme du calendrier. D'ailleurs, ajoutait mon grand-père, pourquoi nier l'évidence ? Il y a deux ans que le duc de Milan applique à titre expérimental cette réforme, dont on constate déjà les heureux effets.

— Tout ce que fait le duc de Milan te paraît bien fait,

surtout s'il n'en demande pas la permission à notre Saint-Père le pape.

— Qui a insisté auprès du duc pour qu'il fixe au 1er janvier le début de l'année chrétienne ? L'archevêque et les administrateurs du diocèse. Conscients que la Lombardie occupe une position stratégique au carrefour des principales voies européennes, ils tiennent à exploiter cet avantage. Obéir à des principes qui étaient justes et respectables à leur époque mais sont devenus surannés ne peut qu'entraver la marche des affaires. Les échanges avec l'île de Malte, les villes de la Hanse, la péninsule ibérique, les marches de Transylvanie, les échelles du Levant sont aujourd'hui la priorité du commerce. » Soucieux de parfaire mon éducation politique, il ajoutait : « Ces trafics rapportent de l'argent au duché, mais surtout, ce qui compte bien plus aux yeux d'un ami des libertés, une garantie d'indépendance pour la terre lombarde, notre patrie. »

L'initiative prise à Milan n'aurait sans doute pas fait école, au moment où la menace protestante obligeait le monde catholique à rester soudé autour de ses traditions, s'il ne s'était trouvé, au sein même du Vatican, plusieurs prélats assez haut placés pour convaincre le pape. Le Père Antonio Lollio, prédicateur de la Chapelle pontificale, avait fourni l'argument décisif. Il s'était rappelé que Joseph et Marie avaient porté l'enfant Jésus au Temple le huitième jour après la Nativité. Le huitième jour ? N'était-ce pas justement le premier jour de janvier ? *« Vénérons ce très sacré jour de la Circoncision, dont nous pouvons dire qu'il est la porte qui nous ouvre le chemin du Paradis, tout comme il nous ouvre à l'année. »*

Paroles pour moi fort obscures. « Circoncision », je ne savais pas ce que c'était, et encore moins pourquoi elle devait nous conduire au « Paradis ». Le Père Lollio se serait exprimé plus clairement, s'il n'y avait eu là-dessous quelque mystère. Pour notre pape Grégoire XIII, une telle énigme n'était pas un sujet d'embarras. Le 24 février, une dizaine de jours avant cette fameuse soirée, une bulle avait proclamé *urbi et orbi* la réforme du calendrier. La France, l'Espagne, l'Empire des Habsbourg, les diverses monarchies, principautés ou républiques d'Italie, avec tous les Etats qui demeuraient soumis à notre Sainte-Mère l'Eglise, avaient aussitôt fait savoir que, se rangeant à la décision du pape, ils fixaient le début de l'année chrétienne au jour de la Circoncision.

Voilà pourquoi mon grand-père était rentré si gai. Face à la menace luthérienne, l'Eglise s'adaptait au monde moderne. Elle bougeait. Les protestants ne pourraient plus l'accuser de rester immobile. Ma mère hésitait à se réjouir. La religion de l'utile avait prévalu.

« Il faut battre les protestants sur leur terrain, lui dit mon grand-père. Amsterdam et Hambourg sont devenus des ports bien plus actifs que Gênes et Venise. Le Père Lollio a un frère qui est courtier en grains pour la Sicile et pour Malte. Les bateaux anglais raflent le blé à Palerme. Et puis, ajouta-t-il pour se concilier sa bru, la Circoncision n'est-elle pas une des grandes fêtes chrétiennes ? N'est-ce pas la première épreuve à laquelle Jésus a été soumis, la première station de son chemin de croix ? Ne convient-il pas, même de ton point de vue, que ce qui est à la tête de l'Eglise soit aussi à la tête de l'année ?

— Oui, oui », fit-elle à voix basse, en lui montrant ses quatre enfants. Comme s'il avait touché un sujet que nos oreilles ne devaient pas entendre, elle se hâta de le pousser vers la table et de remplir son assiette. Mais avant de s'asseoir il alla faire un tour dans son atelier et m'emmena avec lui.

La colonne torse ornée de grenades et de grappes de raisin était couchée sur une paire de tréteaux. Il ôta un copeau et souffla sur un grain de poussière. Le Père Amelio était revenu à Caravaggio pour élargir ses promesses et annoncer que les cannelures, comme les ailes des anges, seraient dorées à la feuille. La victoire du Saint-Esprit sur le moine d'Augsbourg, me dit mon grand-père dans son langage que je n'étais pas sûr de comprendre, ne pouvait s'annoncer plus complète, maintenant que l'Eglise, qui avait déjà pris l'avantage dans le domaine artistique en faisant décorer de tableaux, de statues et de retables les lieux de culte, mettait de son côté les marchands et les banquiers.

Lorsqu'il fut allé se coucher, ma mère prit ses trois fils à part. « Votre grand-père ne se félicite autant de la décision du pape, que par fierté de patriote lombard. Quel honneur, pour le duché de Milan, que d'avoir montré l'exemple au Saint-Père ! » Mais, selon elle, il ne voyait qu'un côté des choses, aux dépens d'autres considérations qu'il aurait dû prendre en compte.

« Moi et mes frères, dis-je, nous voudrions bien savoir... »

Elle m'interrompit sur ce *moi et mes frères*, pour éviter de me répondre sur le fond. Le souci de m'apprendre à bien parler paraîtrait étrange chez cette femme si on ne la savait non seulement pénétrée des Pères de l'Eglise, mais imbue de l'Arioste et du Tasse. En outre, pour m'ôter l'habitude de m'imposer à la force des poings, elle pensait qu'un peu de douceur et d'urbanité dans le langage ne serait pas superflu. Elle avait remarqué que les soyeux de Lyon aiment mieux descendre à l'auberge qu'au cabaret, et déduit de cette préférence que les *manières* françaises devaient servir de modèles.

« Tu dois dire, Michelangelo : *mes frères et moi*. L'autre jour j'ai entendu un Français discuter avec un Maltais, et lui dire : *Décidons, vous et moi...* Il faut ne se mettre qu'à la dernière place, quand on se cite avec d'autres personnes.

— Et pourquoi, lui répondis-je, devrais-je faire semblant que ce n'est pas à moi que je m'intéresse d'abord ?

— Juste Dieu, mon garçon ! »

Elle m'expliqua que la politesse, le respect des autres, la *civilité puérile et honnête* consistent à s'effacer derrière autrui. Les Français ont atteint un degré de civilisation supérieur, on le voyait à leurs usages plus doux, à leurs manières plus policées.

Mais moi, je ne voulais pas de ces usages, de ces façons policées, de cette police des instincts et des passions. Je n'en ai jamais voulu, je n'en voudrais jamais. Les Français? Leurs tableaux ne vous sautent jamais à la gorge. Quand ils représentent la tête de saint Jean-Baptiste sur le plateau de Salomé, on ne voit ni les veines qui pendent du cou ni les flots de sang qui dégoulinent. Je veux, moi, qu'on prenne cet épisode de la Bible pour ce qu'il est : un homicide répugnant. Je veux que Judith, lorsqu'elle tranche de son épée la carotide d'Holopherne, se poisse du sang de l'assassiné et en éclabousse le spectateur. Je veux que Goliath décapité ait l'air d'un bœuf à l'étal.

IV

Le pourpre bourgeon de Sa chair meurtrie

Autre argument que j'aurais pu opposer à ma mère, si j'y avais pensé de son vivant : « Vous m'avez bien baptisé Michelangelo ! Parce que je suis né le 29 septembre, jour de saint Michel archange, oui, je le sais. Mais vous auriez pu vous contenter de Michel. Michelangelo, est-ce là le prénom d'un homme destiné à laisser la première place à qui que ce soit ? Il fallait m'appeler Vincenzo ou Giuseppe si vous teniez à ce que votre fils reste aplati dans le grand nombre. Mais Michelangelo ! Comme le peintre de la Sixtine ! Il traitait d'égal à égal avec Jules II, et même devant le bon Dieu il n'aurait pas consenti à s'effacer. »

Ma mère, dans le secret de son cœur, comptait bien que je me pousserais en avant. Je suis né la huitième année après la mort de Michelangelo Ier. Mon père m'a tenu sur les fonts, c'est lui qui avait choisi ce prénom, mais en accord avec ma mère. Comment me baptiser, ils avaient dû en discuter ensemble. Superstitieuse pour les chiffres, elle vénérait le huit en particulier, addition des quatre évangélistes et de leurs attributs respectifs. Peu de temps avant mon départ pour Milan, trois ans après l'époque que j'évoque ici – je commençais à donner quelque espoir –, ne m'a-t-elle pas confié qu'avec un tel prénom j'emportais comme un talisman et un passeport pour la gloire ? De toute façon, il empêche celui qui l'a reçu de garder l'incognito.

Enfant, à part mes coloriages devant le feu, je ne donnais aucun signe de vouloir être peintre ni même d'accorder de l'importance à mes mains. Je me demande comment je ne me les suis pas brisées dans une des nombreuses bagarres d'où je revenais en sang, genoux ouverts, poings éclatés. Sa fierté d'avoir un fils aussi batailleur ne dispensait pas ma mère d'être inquiète pour les conséquences d'un tempérament qui pourrait un jour me mettre en rébellion contre les lois. Son œil maternel m'observait avec une sollicitude de chaque instant. Rien de ce qui me préoccupait ne lui échappait. Elle voyait bien que cette affaire du 1er janvier me restait sur le cœur.

« Ton grand-père, me disait-elle pour la dixième fois, comment veux-tu que la bulle du pape ne le remplisse pas d'orgueil ? Rome, la Reine des Cités, s'est inclinée pour une fois devant un duché de province. *Cosa lombarda*, pourra-t-il dire du nouveau calendrier. »

Cosa lombarda : je n'étais pas dupe. Pourquoi insistait-elle sur le prestige qui rejaillissait de cette réforme sur Milan, sinon pour me cacher quelque chose de plus important, de plus difficile à dire, qu'elle ne m'estimait pas d'un jugement assez mûr pour comprendre ?

Ce mot de « Circoncision » me trottait dans la tête. De quelle « épreuve » s'agissait-il ? Pourquoi y avait-on soumis Jésus-Christ Notre Sauveur ? Ma mère me mit sous les yeux l'Evangile de saint Luc. *« Le huitième jour, celui de la Circoncision, on l'appela Jésus, du nom que l'ange lui avait donné avant qu'il ne fût conçu. »* Dans la famille, nous avions une révérence spéciale pour saint Luc. Il passe pour avoir fait le portrait de la Sainte Vierge, et les peintres, dont il a été le premier dans l'ère chrétienne, l'ont choisi pour patron. Peintre, mon père avait essayé de l'être, avant de devenir architecte à Milan, où Simone Peterzano, l'auteur des fresques de la chartreuse de Garegnano, était devenu son ami. A treize ans, lorsque mes premières dispositions pour la peinture se furent manifestées, c'est dans la *bottega* de maître Simone que je suis entré en apprentissage.

« *Le huitième jour, celui de la Circoncision...* il n'y a rien à ajouter aux paroles de l'apôtre », déclara ma mère, pour clore le bec à mes questions. « Peut-être, ajouta-t-elle devant ma mine dubitative, te demandes-tu pourquoi on a attendu le huitième jour pour l'appeler Jésus ? C'est cela ? – C'est cela », dis-je, avec trop de hâte pour lui déguiser que je ne la tenais pas quitte à si bon compte.

Elle s'enveloppa dans son châle et m'entraîna par les rues du village. Nous habitions à la lisière des maisons, en bordure de la plaine qui s'étend à perte de vue vers l'est, coupée de champs et de taillis. Une campagne plate, fertile, grasse, plantureuse à soulever le cœur. Je n'aimais pas m'y promener. Ces prairies sans relief, ces herbages sans dessin, ces troupeaux de vaches, ces files uniformes d'épis de maïs, ces moutonnements monotones de verdure, cette abondance de sèves et de sucs m'ont dégoûté de la nature quand elle s'étale avec cette opulence. De ces premières impressions, sans doute, vient mon aversion pour la couleur verte. J'ai presque toujours évité de mettre des paysages dans mes tableaux. A Rome, j'en avais peint un, pour *le Repos pendant la fuite en Egypte*. Le cardinal Del Monte m'ayant fait remarquer que ce ciel embué, ces feuilles d'arbre épaisses, ce pré humide, ce luxe de productions végétales et de prairies irriguées étaient des souvenirs de mon enfance lombarde, j'en conçus un violent dépit. Si je dois quelque chose à la Lombardie, c'est par Milan que je m'y veux rattacher, Milan la ville, la grande ville, où mon père allait travailler, d'où un jour il n'est plus revenu, Milan, creuset et labyrinthe, enchevêtrement de boyaux et de méandres, boîte de Pandore d'où se sont répandues sur moi les Maux bien-aimés et les Voluptés illicites.

Nous nous acheminions vers le centre du village. A quelques toises de l'église, en retrait sur l'esplanade et à côté du clocher dont la tour carrée soutient un toit en pyramide, se dresse l'édifice isolé où j'avais été baptisé.

« Quelle forme a-t-il ? me demanda ma mère. – Quelle forme ? Il est rond comme un *panettone*. Pourquoi me demandes-tu ça ? — Regarde mieux. Fais le tour et reviens me dire ce que tu as trouvé. » En effet, le baptistère de notre village n'est pas de forme circulaire, c'est une sorte de gros pigeonnier à huit côtés et à huit angles.

« Un octogone, dit ma mère. Le monde a été créé en sept jours. Sept est le nombre de la plénitude, de la totalité. Huit exprime le renouvellement, ce qu'il y a au-delà de la perfection. Christ, c'est le huitième jour qu'Il est ressuscité. La Résurrection universelle adviendra lorsque les sept âges du monde se seront écoulés. Tu me suis ? Les baptistères ont toujours huit côtés, parce que le baptême est le moyen et la condition de la Résurrection. Le baptême nous ôte le péché originel, de même que... » Elle s'arrêta, rougit. Mais elle en avait trop dit pour me laisser dans l'ignorance. « Vois-tu, mon mignon (jamais cette femme, ennemie du *Poverino !*, ne m'appelait ainsi), Notre Seigneur Jésus-Christ a été circoncis le huitième jour après sa naissance pour nous laver, dans sa personne, du péché originel. Le péché originel, reprit-elle en baissant la voix, qui a sa source précisément dans cette partie du corps (elle rougit à nouveau) dont le Grand Prêtre a purifié Jésus le huitième jour dans le Temple. Circoncision et baptême diffèrent dans la pratique, mais s'accordent par l'effet. Le nombre huit, commun aux deux opérations, révèle le plan établi par Dieu pour le salut de notre âme. »

A moi, rien n'était encore révélé, au bout de ce discours aussi précipité que confus. Mon père, qui avait renoncé à être peintre et s'était résigné pour subvenir aux besoins de sa famille à entrer au service du marquis, possédait une collection de gravures tirées des principaux tableaux des diverses écoles italiennes. Puisque cette fameuse Circoncision semblait un épisode si important de la vie du Christ, je me dis que la plupart de nos peintres avaient dû le représenter, entre les Annonciations, les Nativités, les Fuites en Egypte, les Baisers de Judas, les Dernières Cènes, les Jardins des oliviers, les Crucifixions, les Mises au tombeau, qui pullulent en Italie et chantent la gloire du Seigneur dans le plus reculé des villages. Bernardino Campi, dans l'abside de notre église, y était allé d'une Résurrection, pour faire pendant à celle du jeune garçon tiré du cercueil par saint Fermo. Il avait peint aussi une Annonciation et une Nativité. Vu les modestes proportions de l'église, c'était faute de place, assurément, qu'il s'en était tenu à ces quelques scènes.

Pourtant, le sujet qui me tenait à cœur ne paraissait pas avoir inspiré tant de monde. J'eus beaucoup de mal à mettre la main sur ce que je cherchais. Giotto lui-même, si minutieux chroniqueur de la vie du Christ, avait sauté cet événement. Mon père détenait la série complète des fresques de Padoue. Je fus ébloui de ce que je découvrais. La Madone bleue et rose que ma mère avait achetée à un peintre ambulant et suspendue au-dessus de son lit et que je trouvais jusque-là assez belle, me parut, à côté des rudes figures de l'Arena sculptées dans la masse solide de la couleur, quelque chose qui tenait du sirop de grenade et de la gelée de pastèques. Si je cherche à dater le début de mon intérêt pour la peinture, c'est à cette rencontre avec Giotto que je dois remonter. Giotto, chronologiquement le premier peintre moderne, et, à cause de cela, obligé de grossir ses procédés pour bien marquer ce qui distingue un style de la simple reproduction de la réalité. Il m'a appris à faire le départ entre une image pieuse et une œuvre d'art.

Aucune Circoncision non plus dans les autres cycles consacrés à la vie du Christ : la même lacune se retrouvait partout, comme si les peintres s'étaient donné le mot pour escamoter une scène embarrassante. Je n'ai déniché que trois gravures, parmi les centaines qu'avaient réunies mon père.

Quel spectacle apparut à mes yeux, quel effrayant mystère me fut dévoilé! Fra Angelico installe ses personnages sous une voûte gothique. La Vierge Marie et saint Joseph tiennent le bébé tout nu au-dessus d'un coffre percé d'un large trou. Ils tendent son petit corps au Grand Prêtre qui se penche vers son sexe, deux cailloux pointus dans les mains, deux morceaux de silex aiguisés comme des pierres à fusil. Au dos de cette image, mon père avait recopié un passage de la Bible : *« Vous circoncirez donc le prépuce de votre cœur et vous ne raidirez plus votre cou »*, et ajouté en note, sans doute après avoir consulté le curé sur ce rébus : *« Le prépuce du cœur, ce qui le ferme, selon le Deutéronome, à la grâce divine. »* Le plus terrible, sous le pinceau d'un peintre aussi éthéré et céleste que Fra Angelico, c'était la disproportion entre la petite taille du pénis et la grande dimension du récipient prévu pour recueillir le sang. Dans ce coffre de bois, posé comme un meuble sur le sol du Temple, ne devaient pas tomber seulement quelques gouttes, mais se vider le corps tout entier de l'enfant.

Le recueil étiqueté « Ecole de Venise » attira ensuite mon attention. Ces peintres ne me plurent pas autant que ceux de Florence : trop de Vénus et de Danaés, nues et grasses odalisques assises dans la verdure ou étendues sur un lit. Je me promis d'aller à Padoue mais de ne pas continuer jusqu'à Venise. Un seul tableau, par sa brutalité incroyable, tranchait sur ce mol étalage de seins et de ventres féminins. Jésus est couché sur une table, comme un agneau sur l'étal du boucher. La Vierge Marie se tient à l'écart, tandis que deux vieillards, inclinés dans une attitude menaçante au-dessus du poupon, s'apprêtent à empoigner son sexe. Mon père avait ajouté ce commentaire à l'œuvre de l'illustre Titien :

Car ainsi a parlé Iahvé
à l'homme de Juda et à Jérusalem :
Défrichez pour vous ce qui est en friche
et ne semez pas sur des épines ;
soyez circoncis pour Iahvé
et enlevez les prépuces de vos cœurs,

homme de Juda et habitants de Jérusalem,
de peur que comme un feu n'éclate ma fureur
et qu'elle ne brûle sans qu'on puisse l'éteindre,
par suite de la malice de vos actions.
(Jérémie, IV, 3-4)

La troisième gravure, d'après un tableau d'Andrea Mantegna, peintre de Mantoue, me frappa d'une frayeur encore pire, à la fois par la majesté du décor et par la violence de l'agression. Tous les personnages sont debout et se tiennent droits. La Vierge Marie serre Jésus contre sa poitrine; le Grand Prêtre, au pied d'une colonne gigantesque qui soutient le plafond du Temple, s'approche du nouveau-né et brandit dans sa direction un couteau. A droite, une femme détourne le visage de son petit garçon pour lui épargner une vue si affreuse. Cette fois, c'est ma mère qui avait noté au verso : *« Tu vois bien Fermo que ce n'est pas pour les enfants. »*

Je commençais à comprendre pourquoi elle ne voulait pas épiloguer sur un événement si contraire à la piété et à la charité évangéliques qu'il ne s'était trouvé que trois peintres pour oser s'y mesurer. Comment se réjouir avec mon grand-père que le pape eût choisi, pour marquer le début de l'année, ce qui n'est pas seulement l'unique épisode connu de la vie sexuelle du Christ, mais une scène de cruauté et de sang? Semblable à la mère du petit garçon dans le tableau de Mantegna, ma mère n'avait pas envie de me voir mettre le nez dans les absurdités de la théologie chrétienne.

« Ce n'est pas pour les enfants » : il n'en fallait pas plus pour me précipiter sur les livres de ma mère rangés dans une armoire près du lit à baldaquin.

Dans *la Légende dorée*, je lisais : *« C'est en ce jour de la Circoncision qu'Il commença de répandre le sang pour nous, et ce fut le début de notre rachat. »* Plus compliqué, mais non moins catégorique, ce que me disait saint Augustin, dans le minuscule in-32 relié en cuir rouge. *« La Circonci-*

sion, depuis son institution comme signe de justification par la foi, figure la purification du vieux péché d'origine même dans les enfants, comme le baptême, depuis qu'il est établi, sert à la rénovation de l'homme. » Même son de cloche chez Bède le Vénérable, une autre lecture favorite de ma mère : « *Il faut que vous sachiez que la circoncision conformément à la Loi guérissait de la blessure causée par le péché originel de la même façon qu'opère le baptême en ce temps de la grâce révélée.* »

« Il faut que vous sachiez... » : mais nous ne savions rien, nous ne comprenions rien, moi pas plus que personne au village, de cette avanie infligée au Sauveur, de cet outrage si peu avouable que les Docteurs les plus érudits n'en parlaient qu'à mots couverts.

Pour éclairer la décision du pape et rassurer, en ces temps de troubles religieux, les ouailles de son diocèse, le cardinal-archevêque de Milan ordonna à son coadjuteur de parcourir le duché. Sa Seigneurie s'arrêta à Caravaggio et nous fit l'honneur de descendre à l'auberge. On lui avait réservé, pour lui et son escorte, un étage entier. Le carrosse tiré par quatre chevaux et orné de quatre anges qui jouaient de la trompette aux quatre coins de la voiture décrivit un arc de cercle avant de s'immobiliser devant le perron. Un vieillard chaussé de pantoufles brodées descendit avec précaution sur le sable balayé et passé au râteau. La mitre en velours grenat incrusté de pierreries, la crosse en argent, la dalmatique de soie et la chasuble tissée de fils d'or ajoutaient aux cheveux blancs et à la majesté naturelle du prélat l'éclat des biens matériels. Les autorités civiles et religieuses, non seulement de Caravaggio mais des bourgades environnantes comprises entre le Serio et l'Adda, attendaient l'auguste visiteur pour le conduire à l'église, où l'on avait enfin monté le retable.

« Quatre chevaux et quatre anges, m'expliquait ma mère, tandis que nous entrions dans l'église derrière le cortège, parce que le chiffre 4 désigne la mission universelle de l'Eglise. Aux ministres de Dieu le concile de

Trente a fixé pour tâche d'évangéliser les quatre continents. Chacun des anges porte sur sa robe un insigne qui indique la partie du monde où il claironne la bonne nouvelle : une branche d'olivier pour l'Europe, une palme pour l'Afrique, une hampe de canne pour l'Amérique, une tige de bambou pour l'Asie.

— Invention de Jésuites », grommelait mon grand-père, toujours braqué contre Rome.

Cette idée ingénieuse de représenter par un détail concret une entité abstraite portait, selon moi, bien au-delà de leurs petites disputes politiques : si je devenais peintre un jour, j'utiliserais le pouvoir des symboles.

Sa Seigneurie prit place dans la chaire qu'on avait enrichie de rinceaux et de fleurons en bois doré. Mon grand-père apprécia dans la harangue épiscopale l'hommage rendu au loyalisme des Lombards, « *rempart plus solide que les Alpes pour la défense de la papauté* ». Il était fier aussi qu'on eût choisi pour insérer sa colonne dans le retable le côté droit de l'autel, qui est le côté de Dieu. L'homélie fut longue. L'orateur entra dans tous les détails, grâce aux ressources d'une rhétorique fleurie, qui nous présenta l'intervention pratiquée sur le Christ comme l'entaille qu'on incise dans un jeune arbre pour qu'il respire par l'écoulement de sa sève. Je ne sais comment les villageois réagirent à ces métaphores végétales, et si l'économie de la Grâce était claire dans leur cerveau après ce morceau d'éloquence botanique. Je me souviens qu'un tremblement me saisit, à entendre vanter, comme une céleste aventure et un accès miraculeux au paradis, des sévices abominables.

Pendant que Sa Seigneurie, descendue de la chaire, se faisait présenter les divers auteurs du retable, et que mon grand-père, au premier rang de ceux qui recevaient ses félicitations, baisait à genoux l'anneau épiscopal, je retournais dans ma tête l'incroyable péroraison. « *Le 1er janvier, Il a commencé de nous ouvrir la porte et de nous rendre possible par le sacrifice d'une partie de Son corps l'entrée dans la vie. Au moment où le petit garçon fut circoncis par l'œuvre du couteau, les armes du salut se révélèrent pour la première fois dans le sang de cet enfant.* »

Quelle confusion dans mon esprit, quelle épouvante! Que penser de ce bout de chair qui me pendait entre les jambes et que ma mère m'interdisait de toucher? Se pouvait-il que je dusse le tenir en réserve pour le salut de mon âme? Mais pourquoi, si ce rôle sacré lui était dévolu, l'intervention du boucher était-elle nécessaire? Quel était le sens de tout cela? Quelle folie se cachait sous l'enseignement des Docteurs? Placer un sexe et un couteau au centre de la Rédemption! Mutiler le corps, entamer le sexe de Jésus par un acte du Grand Prêtre qu'on jugerait criminel s'il était accompli par tout autre! Statuer que le sang de son prépuce que Jésus a versé enfant et le sang jailli sur la Croix à l'autre extrémité de sa vie sont le même sang! Décider qu'ils occupent le même rang, revêtent la même importance dans le plan du monde arrêté par Dieu! Etablir qu'ils sont l'un et l'autre nécessaires à l'accomplissement des Temps! Affirmer que l'arme tranchante du Grand Prêtre préfigure la lance du soldat et les clous du bourreau!

Excusez le style : comment parler autrement qu'en exclamations stupéfaites de ces énormités cautionnées par les plus hautes autorités de l'Eglise? Encore aujourd'hui, je m'étonne que personne ne relève de telles extravagances. L'édifice de la Chrétienté repose donc sur le pénis charcuté d'un nouveau-né innocent? Et le sexe, le sexe honni par Moïse, le membre viril tant de fois vitupéré dans la Bible, donne lieu à ce marchandage sanglant entre le péché et la foi?

Sexe, sacralité, sang : de quelque façon que je tentasse d'organiser ces diverses notions dans ma tête, et même si je savais qu'il ne s'agissait que de tournures figurées propres au langage des Ecritures, la circoncision ne se pratiquant, à ce que nous avait dit le curé, sans doute pour empêcher quelque père fanatique de mutiler son enfant, que chez les

Juifs, il résultait de cette association inouïe de symboles que le *pisello* a un caractère sacré, mais que ce caractère sacré dépend d'un pacte conclu avec le sang, avec le sang et avec la mort.

Sexe, sang, sacralité.

Couteau, cailloux, caillots.

Sexe, silex, salut.

Telles étaient mes comptines, de onze à treize ans.

Un jour, quand le *pisello* serait devenu *cazzo* et que j'aurais vagabondé longtemps à la recherche de la volupté parfaite, ce vocabulaire et ces images de ma première enfance me reviendraient dans la lumière d'un jour d'été. *Mi vuoi veramente bene?* Alors sache que ma jouissance restera incomplète tant que je n'aurai pas vu dans ta main briller le couteau. Le Christ m'a donné l'exemple, s'il a voulu que le pourpre bourgeon jailli de l'entaille pratiquée dans sa chair enfantine s'épanouisse sur l'arbre de la Croix.

V

Glorieux délire, céleste folie

La religion, par la grâce ou par la faute de ma mère, a pesé sur mon enfance et influencé mon âge mûr. Qu'on ne dise pas que j'ai peint des sujets religieux pour plaire à mon époque ou par besoin d'obtenir des contrats. Avant d'obéir à mes commanditaires, je suivais ma pente intérieure. Ne m'eût-on jamais demandé de faire des Christs, des Passions, des mises à mort, des supplices, que j'eusse cherché de moi-même comment rendre la violence et la cruauté des hommes. Les deux événements – je viens d'en raconter un – qui ont marqué ma douzième année m'ont donné de la religion une idée singulière. Transports de l'âme et blandices des sens, tout a été pour moi mêlé. Je n'ai jamais attaché aux Ecritures le sens convenu et fade qui ressort des tableaux de Pérugin ou de Raphaël.

Six mois après la réforme du calendrier, à l'automne de la même année, un dimanche d'octobre, nous fûmes réveillés par le tintement du glas. Ma mère se coiffa de sa mantille noire et nous emmena à l'église. Nous trouvâmes le portail drapé de noir, les piliers intérieurs tendus de parements funèbres. Malade depuis longtemps, épuisée par les prières et les jeûnes, Thérèse d'Avila était morte. Cette religieuse avait fondé de nombreux couvents dans son pays, et, par sa piété exemplaire, réhabilité la vie monastique en Espagne. Le Carmel, institué jadis en Palestine par le moine Bertoldo de Calabre, c'est elle qui en avait rétabli la règle primitive, tout en gardant une liberté d'esprit exceptionnelle. *Madre* et Supérieure, investie d'un pouvoir sans limites, elle détestait les sœurs « mélancoliques » et leur prêchait le devoir d'être gaies. Ce culte de la bonne humeur, chez une nonne si austère, l'aversion qu'elle témoignait contre la « pénitence pleurnicharde » et les « saints renfrognés », inspiraient à ma mère une dévotion particulière. La réforme du cloître et la direction morale de ses « filles », Thérèse s'en laissait distraire par des inclinations plus terrestres. Des copies de ses lettres, je ne sais par quelles voies, circulaient en Europe. Elle avait remercié doña Caterina Hurtado, de Tolède, pour l'envoi d'une motte de beurre et d'un pot de gelée de coings ; écrit, à la Prieure du couvent de Séville, pour accuser réception d'un thon frais « fort beau et excellent » ; prié une sœur de Valence de lui apporter des fleurs d'oranger contre les insomnies. Il lui arrivait de jouer des castagnettes et de danser. Ma mère nous rapportait ces épisodes pour nous prouver qu'on peut servir Dieu sans faire la sainte nitouche, et servir de modèle en restant aimable et enjouée.

Parmi les actions attribuées à Thérèse, il y en a une qui m'a bouleversé.

Elle n'était pas âgée de plus de sept ans, lorsque les Turcs reprirent l'île de Rhodes à l'ordre des Hospitaliers de Saint-Jean-de-Jérusalem. La secte de Mahomet assiégeait le monde chrétien. Cinquante ans avant la bataille de Lépante, la menace ottomane faisait encore trembler l'Occident. La fillette saisit son jeune frère par la main et s'enfuit avec lui de la maison paternelle. Elle comptait se rendre dans la région des Infidèles, y être capturée, subir la torture et la mort, et, par son martyre, expier le péché des musulmans.

« Nous prîmes le parti de nous rendre, en quémandant l'aumône pour l'amour de Dieu, au pays des Maures, dans l'espoir qu'on y ferait tomber nos têtes. » Ma mère, sur cette

phrase, refermait le livre. « A sept ans, Michelangelo, Thérèse rêvait d'être décapitée, pour la plus grande gloire du Seigneur. A sept ans, tu te rends compte ? » me répétait-elle, sans se douter qu'elle m'inoculait le premier germe d'une rêverie qu'elle eût préféré m'épargner.

« Dans l'espoir qu'on y ferait tomber nos têtes » : ma mère avait beau ajouter, après le récit de la fugue des deux enfants, qu'ils n'étaient pas allés plus loin que le pont à la sortie d'Avila, un de leurs oncles les ayant reconnus et ramenés chez leurs parents, la tête coupée se dressait devant moi. En pleine rixe dans les rues du village, il m'arrivait de m'abstraire tout à coup de la mêlée et de contempler, détachée du tronc, la tête de mes adversaires. Ma propre tête, je me figurais que je la tenais entre mes mains, tandis que du cou tranché net le sang jaillissait à flots écarlates. Ma tête me regardait, un œil grand ouvert, l'autre à demi clos sous la paupière affaissée.

« C'est une sainte », disait-on. A peine morte, les prodiges avaient éclaté. Le corps fut mis en pièces, le pied droit et un morceau de la mâchoire supérieure emportés à Rome, la main gauche à Lisbonne, la main droite et l'œil gauche à Salamanque, l'œil droit en Calabre pour être placé dans l'ancien ermitage de Bertoldo, des doigts et des mèches de cheveux éparpillés dans la Chrétienté. Partout où l'on déposait une de ces reliques, les miracles se multipliaient. Ce dépeçage enflammait mon imagination. J'aurais été le dernier à m'en scandaliser.

Le curé de Caravaggio nous réunit dans l'église. Il nous incita à envoyer des suppliques au Saint-Père, pour lui demander d'instruire le procès en canonisation. Dans la *Vie écrite par elle-même*, dont les chapitres, traduits de l'espagnol par les carmes de Turin, commençaient à circuler dans nos villages, je découvrais des choses inouïes, qui ont façonné à jamais ma sensibilité. Derrière notre maison, dans la direction de Venise, au-delà d'un ruisseau qui forme de ce côté l'enceinte, poussait un petit bois de pins et d'ormeaux. J'emportais une des livraisons de la *Vie* sous les arbres, et là, adossé à un pin ou couché dans la mousse, je m'absorbais des heures entières dans la lecture de ces pages. Certaines se sont imprimées si fort dans ma mémoire, que je puis les réciter par cœur. Le chapitre sur le troisième degré de l'oraison me causa une impression ineffaçable. *« L'âme est tellement abreuvée de l'eau de la grâce, qu'elle ne peut avancer, elle ne sait d'ailleurs comment, ni retourner en arrière; elle veut seulement jouir de cette gloire immense. Elle est semblable à une personne qui va mourir de la mort qu'elle désire et tient déjà le cierge bénit en main; elle goûte dans cette agonie des délices plus profondes qu'on ne saurait exprimer. Elle ne sait si elle doit parler ou se taire, rire ou pleurer. C'est un glorieux délire, une céleste folie. »*

Je n'en pouvais plus de rester immobile, je suffoquais, je me levais d'un bond; je tournais à toute vitesse autour des troncs d'arbre; je me mettais à rire, moi aussi, et sitôt après à pleurer. Le voyageur passant sur la route qui longe le bois avant d'entrer dans le village m'eût pris pour un idiot, s'il avait ignoré que la folie peut être *céleste* et, loin d'abaisser celui qui en est la proie, le soulève de transports semblables à l'ivresse de David, *« le prophète royal, quand il prenait la harpe et entonnait ses cantiques à la louange du Très-Haut »*.

Atteindre à cette *gloire immense* dont jouit celui qui ne peut ni avancer ni retourner en arrière : je n'avais plus d'autre rêve en tête. Je croyais jusque-là qu'on ne mourait que de vieillesse, de maladie ou d'accident : je fus bouleversé de découvrir que Dieu accorde à quelques élus la grâce suprême de désirer leur mort et de forcer la mort à leur obéir. C'était pour moi une idée aussi neuve qu'enthousiasmante. Je cassais une branche d'ormeau que j'écorçais ensuite à l'aide du couteau qui était toujours dans ma poche. Pourvu ainsi d'un bâton que je serrais entre mes doigts comme un cierge, je m'enfonçais dans le bois. Et de psalmodier, tel un flagellant de la Semaine Sainte : *« Semblable à une personne qui va mourir de la mort qu'elle désire, je tiens déjà le cierge bénit en main.* » Je guettais dans l'ombre des pins si ma tête coupée ne s'avançait pas à ma rencontre, et ne regagnais la maison qu'à la nuit tombée, lorsque mes yeux se heurtaient à l'épaisseur des ténèbres.

Plusieurs mois après – je pourrais dire avec précision lequel, puisque Sa Seigneurie nous indiqua le numéro du chapitre incriminé –, le coadjuteur du cardinal-archevêque nous rendit à nouveau visite, dans le même carrosse et entouré de la pompe qui présidait à ses voyages. Il fallait un événement grave pour déplacer deux fois en moins de deux ans un dignitaire de cette importance. Etant monté dans la chaire, sous l'auvent que mon grand-père et les autres menuisiers du village avaient décoré de stalactites en bois de chêne, il nous mit en garde contre une interprétation erronée de certaines pages écrites par la religieuse espagnole. Dans l'intérêt même du procès entamé pour la canonisation de Thérèse, le Saint-Père interdisait la lecture, en privé comme en public, du chapitre vingt-neuvième, jusqu'à ce que les Docteurs de la Congrégation *De Propaganda fide* et de la Congrégation de l'Index eussent mis au point le commentaire qui établirait la *doxa* et préviendrait les contresens.

Le prélat nous exhorta aussi à nous défier des traductions trop hâtives du castillan en italien. Le travail des carmes de Turin se ressentait du voisinage de la France. « La parole *requiebro* ne veut pas dire *galanteries*, mais seulement *amour, amour spirituel* », conclut-il d'un ton si furieux et abrupt que l'assistance se regarda, interloquée. Que venaient faire ces *galanteries* à propos d'une religieuse connue pour être inflexible ? Son dévouement aux pauvres et l'ascétisme de sa vie privée ne l'avaient-ils pas rendue digne de trôner dans la Rose des Saints ? Pourquoi cet orateur si disert, s'il voulait insister sur la « spiritualité » de Thérèse (ce qui paraissait bien inutile), s'était-il troublé au point de se mettre en colère ?

Je n'eus pas plus pressé que d'aller fourrer mon nez dans

les dernières livraisons de la *Vie*. Un jour que ma mère s'était absentée pour porter le linge au lavoir communal, je dénichai ce chapitre vingt-neuvième, dissimulé derrière la pile de ses autres livres. « *Vous vous cachiez de moi, mais votre amour, en me pénétrant de toutes parts, me plongeait dans une agonie si suave que mon âme n'aurait jamais voulu en sortir.* »

Bon, c'était là le langage habituel de Thérèse ; j'en buvais la délicieuse liqueur ; mais ce ne pouvait être encore matière à courroux épiscopal. Ah ! voilà sans doute le passage... Mais non !... Impossible qu'elle eût écrit cela... Je me frottai les yeux, je dus relire trois fois la page, avant de me convaincre que je n'avais pas rêvé. L'ange était apparu réellement à Thérèse ! Avec sa forme corporelle ! Dont elle avait ressenti la présence physique ! Forte de cette vision, que dis-je ? enivrée de ce contact, on pouvait être sainte ! Gagner le ciel percée de ce dard !

« *Un ange se tenait près de moi, sous une forme corporelle. Il n'était pas grand, mais petit et extrêmement beau : à son visage enflammé il paraissait être des plus élevés parmi ceux qui semblent tout embrasés d'amour. Ce sont apparemment ceux qu'on appelle Chérubins, car ils ne me disent pas leur nom. Mais il y a dans le ciel, je le vois clairement, une si grande différence de certains anges à d'autres, et de ceux-ci à ceux-là, que je ne saurais l'exprimer.*

« *Je voyais donc l'ange qui tenait à la main un long dard en or, dont l'extrémité en fer portait, je crois, un peu de feu. Il me semblait qu'il le plongeait parfois au travers de mon cœur et l'enfonçait jusqu'aux entrailles. En le retirant, on aurait dit que ce fer les emportait avec lui et me laissait tout entière embrasée d'un immense amour de Dieu. La douleur était si vive qu'elle me faisait pousser des gémissements. Mais la suavité causée par ce tourment incomparable est si excessive que l'âme ne peut en désirer la fin, ni se contenter de rien en dehors de Dieu. Ce n'est pas une souffrance corporelle ; elle est spirituelle. Le corps cependant ne laisse pas d'y participer quelque peu, et même beaucoup. C'est un échange de galan-*

teries (nous y voilà!) *si suave entre Dieu et l'âme, que je supplie le Seigneur de daigner dans sa bonté en favoriser ceux qui n'ajouteraient pas foi en ma parole.* »

Un dard en or... Une pointe de feu... Enfoncée jusqu'aux entrailles... Douleur et suavité... Souffrance et plaisir... Une jouissance qui transperce le corps... Et ce fameux mot de *galanteries* qui me parut, à moi aussi, déplacé, mais pour une raison opposée à celle de l'évêque. Terme ni trop fort ni trop osé, mais insuffisamment hardi, au contraire, vocable conventionnel, mièvre euphémisme. Je n'avais que douze ou treize ans, mais cette prescience ne doit pas surprendre. Tout ce que je n'avais ressenti jusqu'alors que dans la confusion de l'enfance se ramassa soudain en images de délices et de tortures.

Où trouver cet ange? Il m'en fallait un, et qui fût d'une beauté et d'une splendeur égales à celles du visiteur qui avait émerveillé Thérèse. Faute d'espérer le rencontrer dans les rues de Caravaggio, je me construisis une figure idéale. Pour la composer, j'empruntai aux différents enfants du village un trait particulier : à Teodoro ses joues dorées, à Marco ses yeux et ses dents, à Vincenzo le duvet qui commençait à orner sa lèvre. J'appelais à la rescousse l'Arioste et le Tasse. Ruggiero, le fier adolescent, me prêta sa bouche et Tancredi, le chevalier intrépide, l'épée avec laquelle il avait tué Clorinde. Les gravures de mon père me fournirent les compléments. Du *Saint Jean-Baptiste* d'Andrea del Sarto, je pris les bras musclés, la poitrine large, la mâchoire ronde; du *Saint Sébastien* de Botticelli le casque de cheveux noirs et les jambes effilées. J'eus plaisir à parfaire le portrait par les cils allongés de Valeria, une de nos petites voisines, et par le sourire d'Eleonora, la jeune femme du boulanger.

Mon ange une fois achevé, je m'entretenais avec lui comme avec un être de chair et de sang; créature étrange, harmonieux amalgame de qualités hétéroclites, hybride fécond pour le songe; mi-garçon, mi-fille, enchanteur et enchanteresse à la fois, nullement dans l'entre-deux. Il était si bien de la terre, que je ne m'avisai pas un instant que j'avais oublié de lui mettre des ailes. De fantôme, il était devenu réel ; non plus spectre, mais camarade, confident et *maestro di vita*, au point que je le sentais m'assiéger de je ne savais quelle demande. Chaque jour il se faisait plus pressant ; tremblant et avide, il me sommait d'obéir. Le dard en or dont je l'avais armé s'enfonçait dans mes reins. La pointe de feu remuait dans mes entrailles. Je maigrissais ; un cerne noir entourait mes yeux ; je répondais distraitement à ma mère ; la brindille enflammée qu'elle me tendait pour allumer la lanterne m'aurait brûlé les doigts, si mon frère Giovan Battista n'était venu à mon secours. Debout sur le pas de la porte, le regard fixé au loin, j'attendais que des ombres nocturnes surgît l'éblouissement promis.

J'appris par cœur la page de l'ange, dans l'espoir qu'il récompenserait ma fidélité en levant le secret sur ce qu'il voulait de moi. Le mystère, un jour, s'éclaircit de lui-même. L'ange en personne, formé de tous les visages que j'aimais, *pas grand, mais petit et extrêmement beau*, me suivit un après-midi d'été dans le bois. Il me serrait de si près, avec son visage embrasé d'amour et son corps fait de tous les corps qui me plaisaient, il m'enlaçait avec une insistance si pressante, il me couvrait si complètement de ses membres et de son haleine, que mon sang se mit à bouillonner dans mes veines et que je sentis bondir au creux de mon ventre, en rébellion contre tout ce qu'on m'avait enseigné jusque-là, une force prête à éclater.

Je choisis l'endroit le plus touffu du bosquet et me dépouillai en hâte de mes vêtements, ou plutôt, c'est Lui qui me les arracha. Il me jeta à genoux sur l'herbe et m'indiqua les gestes à faire pour Le contenter. Sans que mes mains eussent appris à être utilisées de cette façon, elles me conduisirent rapidement à une sensation si forte, si insoutenable, que je me laissai tomber de côté dans la mousse ; à moins que ce ne fût Lui, cette fois encore, qui me plaquât au sol et me maintînt de ses bras, pour obtenir ma capitulation. Mon souffle devint haletant, et, quand l'explosion advint, je pensai perdre l'usage de mes sens. Une boule de feu avait éclaté dans mon corps. La souffrance ne fut pas moins aiguë que le plaisir était violent. Tout ce que j'avais lu dans la *Vie* s'avérait donc. L'échange d'amour que Thérèse demandait qu'on crût sur la seule foi de sa parole, Dieu avait daigné m'en favoriser.

Tout de suite après, la Loi qu'on m'avait inculquée se représenta à mon esprit. Je me retournai pour voir si l'ange était toujours là. Il avait disparu. Je restais seul, avec ma jouissance et avec mon péché. *Glorieux délire, céleste folie.* Tout se mêlait dans mon esprit : le dard en or, la beauté de l'ange, la nécessité du sacrifice, la tête coupée. A quatre pattes dans l'herbe, je pris soin de faire disparaître, à l'aide de mon mouchoir que j'enterrai ensuite sous la mousse, les traces de ce qui venait de se produire.

Puis je me rhabillai et regagnai la maison, fier d'être entré, comme Thérèse, dans la *gloire, une gloire au-dessus de toutes les gloires d'ici-bas,* mais porteur inquiet d'un secret que je ne pouvais avouer à personne.

VI

L'énigme du tableau

Les obsèques du marquis Francesco Sforza occupèrent le village pendant une semaine. Dans l'église, à droite du chœur, se trouvait une chapelle, toujours fermée. La marquise ouvrit elle-même la grille, avec la clef qu'elle apporta du château, et fit dresser devant l'autel un catafalque galonné d'or et d'argent. De tout temps j'avais été intrigué par ce que j'entrevoyais de l'intérieur de cette chapelle à travers les barreaux. Un rideau vert recouvrait le tableau accroché au-dessus de l'autel. Quand je demandais à ma mère quel était ce tableau, et pourquoi la chapelle était toujours fermée, elle s'en tirait par un : « Tu sauras plus tard », ou : « Ne pense pas à cela », marmonné d'une voix inquiète. Si je m'adressais à mon grand-père, il triturait sa barbe, essayait de me dire quelque chose, mais, sur un signe de ma mère, secouait la tête et renonçait à parler.

Quand le cercueil eut été déposé sur le catafalque, le village fut admis à défiler dans la chapelle. On avait dévoilé le tableau. Un peu déçu par le sujet, je ne vis qu'un portrait, le portrait d'un jeune homme, dont le buste nu émergeait de la pénombre en une spirale vaporeuse. Il était peint de trois quarts, le bras droit tendu en avant, l'index pointé vers le ciel. Il souriait, et sa tête inclinée de côté accentuait l'impression de flou. Jaune, mouchetée de taches noires, une peau de panthère entourait ses reins.

« C'est saint Jean-Baptiste, me dit ma mère, le prophète qui nous a ouvert la voie du salut et emmène aujourd'hui le marquis dans le séjour des bienheureux. » Cette explication ne me parut guère convaincante. Si l'Eglise reconnaît un tel rôle à saint Jean-Baptiste, pourquoi ne montrer ce tableau qu'à l'occasion de funérailles ? Quel motif avait-on de le cacher ?

J'allais le revoir tous les jours de cette semaine. Revenant sur ma première déception, je m'attachais chaque fois à un nouveau détail. Malgré sa simplicité apparente, je ne pouvais nier le trouble qu'éveillait en moi cette figure. Le peintre avait réussi à fondre les traits de son modèle et à dépasser la simple représentation d'un individu. Sa main avait tremblé, aurait-on dit, et il fallait soi-même fermer à demi les yeux pour entrer dans le mystère du tableau. Les contours du visage et du corps restant indécis, on saisissait mal la ligne de partage entre les parties éclairées et le fond noyé dans les ténèbres. En plissant les paupières, je pouvais presque croire que ce modèle n'était pas seulement un homme mais aussi une femme, tant le *sfumato* du corps, l'abondance de la chevelure, la longueur des nattes, la douceur du regard, la mollesse du sourire donnaient l'illusion d'un être indéterminé. Enfin je dus en convenir : l'ange que je m'étais créé dans mes rêveries, un autre l'avait imaginé avant moi. Je compris du même coup pourquoi on avait installé un rideau. Si le pape avait condamné la fameuse page de Thérèse d'Avila, les autorités ecclésiastiques se devaient d'interdire ce tableau.

La marquise octroya deux jours de congé aux employés de son défunt époux. Mon grand-père en profita pour se promener dans le village, non pas en oisif qui flâne le nez au vent, mais en magistrat qui inspecte si les décisions du conseil municipal ont été correctement appliquées. L'horreur de perdre mon temps, c'est de lui que je la tiens ; et aussi le mépris de ce que le reste de l'humanité adule sous le nom de *vacances*. « Un terme qui dérive du latin *vacuus*, m'expliquait-il. *Vacuus* : ce qui est vide, inoccupé, sans contenu. Tu te rends compte : choisir le vide pour en faire son dieu ! Passer son dimanche et les jours de fête à ne rien faire, pour ne pas manquer à cette stupide religion ! »

Un après-midi, il me surprit au moment où je sortais de l'église, l'air si absorbé et perdu, qu'il m'emmena derrière l'abreuvoir, sous un saule dont les branches nous cachaient à moitié.

« Michele, me dit-il, il faut que je te parle *d'homme à homme*. Ta mère voudrait m'en empêcher. Mais tu vas avoir treize ans, et en octobre tu pars pour Milan où maître Simone Peterzano te prend en apprentissage. Les mères n'aiment pas que leurs fils se heurtent à la laideur du monde, elles cherchent à les garder le plus longtemps possible dans l'ignorance de ce qui peut les blesser. A Milan, tu seras seul, loin de ta mère : à la première occasion le bandeau qu'elle a posé sur tes yeux tombera. N'importe quelle personne de rencontre te mettra au courant d'une histoire assez embrouillée déjà pour qu'il ne soit pas souhaitable que des inexactitudes, des déformations, des calomnies plus ou moins volontaires lui apportent un supplément d'obscurité. Or, cette histoire, c'est l'histoire de ton père, c'est la tienne, c'est la nôtre. Elle a commencé il y a presque soixante-dix ans, pour aboutir à la tragédie qui t'a fait orphelin. »

Il me fit ce récit qu'on aurait peine à croire, si je n'avais tracé de mon grand-père le portrait d'un homme qui avait le culte de la vérité et les moyens intellectuels de la servir sans la gauchir d'un pouce.

En route pour Paris, où le roi de France l'avait invité avec le titre et le rang d'ambassadeur de la pensée humaine, Léonard de Vinci voyageait de Florence à Milan lorsque, de passage à Caravaggio, il prit les fièvres. La famille du maire le soigna avec la sollicitude qui était due au philosophe autant qu'au peintre. On montre encore, au premier étage du palais communal, la chambre où l'illustre malade demeura couché pendant un mois. Pour remercier ses hôtes, il laissa en dépôt dans l'église un des tableaux qu'il emportait avec lui, en priant qu'on trouvât un peintre pour en faire une copie. On lui renverrait ensuite l'original, la copie restant acquise au village. Peu après, ayant achevé à Milan de se rétablir, Léonard partait pour la France. Il oublia de reprendre son tableau, ou partit avant d'avoir eu le temps de l'envoyer chercher.

Le *Saint Jean-Baptiste* de Léonard de Vinci fut placé dans l'église, au-dessus du maître-autel. Il n'y avait à l'époque aucun peintre, à Caravaggio ou dans les environs, capable d'en rendre les nuances, le fondu, le moelleux. Le village gardait le vague espoir que le tableau ne quitterait jamais la niche où il trônait derrière une double rangée de cierges, lorsque l'ambassadeur du nouveau roi de France le réclama au duc de Milan. Léonard, avant de mourir dans les bras de François Ier, lui avait fait présent de ses trois tableaux qu'il estimait les meilleurs, *la Joconde*, *la Vierge, l'Enfant Jésus et sainte Anne* et, par malheur, ce *Saint Jean-Baptiste*. Ni François Ier ni ses successeurs Henri II et Charles IX n'avaient pensé à le réclamer. Henri III, petit-fils de François Ier, dont le règne avait commencé trois ans après ma naissance, entendait recouvrer le tableau et le mettre dans son palais du Louvre à côté des deux autres qui étaient déjà en sa possession. Le duc de Milan nous manda par un émissaire qu'il nous laissait trois mois pour faire une copie. Passé ce délai, le tableau prendrait le chemin de la France.

Par un malheur encore plus grand, continua mon grand-père, son fils fut désigné pour exécuter la copie. Bien qu'il eût abandonné la haute peinture, mon père s'amusait à faire pour les gens du village de petites scènes tirées de l'Histoire Sainte. Le soin d'entretenir sa famille l'avait empêché d'ouvrir un atelier, ce qui ne veut pas dire qu'il manquait de talent. « On l'a bien vu à cette occasion. La copie n'était pas facile à réussir. Tu t'es peut-être aperçu que Léonard a peint un jeune homme qui n'est pas précisément un jeune homme : si on regarde de près son visage, on se dit que ce peut être aussi bien celui d'une jeune femme. Le regard vague, le sourire flou, le vaporeux des chairs ne permettent pas de se prononcer. Le charme qui émane de ce personnage reste indéfinissable. La peau de panthère fait dire à certains que ce n'est pas le précurseur du Christ le sujet du tableau, mais Bacchus, le dieu païen. »

J'interrompis mon grand-père pour lui demander comment le même modèle pouvait représenter à la fois un des saints les plus vénérés de l'Eglise et un ivrogne que les alcooliques invoquent dans leurs débauches. Il me répondit que Léonard avait le secret de ces amalgames, aucun de ses tableaux ne pouvant se réduire à une seule lecture.

« J'ai vu à Milan une exposition de dessins où sa fameuse *Joconde* était parodiée de cent façons. Ces caricatures avaient été faites du vivant du peintre, et avec son approbation. Derrière le sourire sibyllin de la jeune femme, apparaissaient tour à tour les traits d'une parturiente, d'une nonne, d'une danseuse espagnole, d'un homme barbu, d'un garçon boulanger, d'un garde suisse, de quantité d'autres types encore. Car la Joconde est toutes ces créatures à la fois, sauf une personne répondant au nom unique de Monna Lisa. Il est possible, de la même façon, que pour Léonard le précurseur du Christ n'ait fait qu'un avec le Bacchus des païens. Assimiler le vin des vignes de Bacchus au sang versé par le Rédempteur ne constitue pas un blasphème, si l'on en croit saint Ambroise, patron de la ville de Milan. Un tableau, ajouta mon grand-père (et je me souviendrais de cet argument pour ma défense quand on accuserait les miens d'impiété), légitime des interprétations quelquefois radicalement divergentes. Plus le tableau est riche, plus le Diable et le bon Dieu ont de plaisir à y cohabiter. »

Mon père avait su rendre l'extraordinaire ambiguïté du *Saint Jean-Baptiste*, homme ou femme qu'il fût, Diable ou bon Dieu qu'il représentât. La ressemblance était si complète que le duc, sur le rapport de son envoyé qui avait surveillé le travail, voulut qu'on lui apportât les deux toiles, afin de les placer côte à côte dans une salle de son palais et de comparer la copie à l'original. Une charrette bâchée, escortée de douze cavaliers, transporta le précieux chargement. Mon père, qui ne savait pas dans quel piège il était tombé, reçut en récompense une chaîne d'or et une médaille à l'effigie du duc.

« Que les révélations que j'ai à te faire maintenant ne mettent pas à l'épreuve ton loyalisme de sujet lombard, mon garçon. Le duc régnant m'a confié qu'il désavouait son père, auquel il a succédé il y a à peine deux ans. Tu comprendras que la raison d'Etat lui interdit de dénoncer l'affaire publiquement. D'ailleurs son père n'a pas été le vrai coupable ; il n'a eu que le tort de laisser les gens de son entourage ourdir une telle machination et de l'avaliser ensuite par son silence. Une des toiles partit pour la France, l'autre, revenue à Caravaggio, regagna sa place au-dessus du maître-autel. Mais tout de suite la rumeur se répandit qu'il y avait eu substitution. On murmurait que la toile partie pour la France n'était que la copie. Le duc, insinuait-on, avait renvoyé l'original dans notre village, avec l'intention de le reprendre pour en enrichir ses propres collections, dès que le roi de France, connu pour son humeur changeante et son caractère frivole, aurait fixé ailleurs son caprice. Plusieurs circonstances accréditaient cette rumeur. La copie, ou prétendue copie, avait quitté le palais ducal pour Caravaggio pendant la nuit ; le déménagement n'avait pas eu de témoins ; personne ne s'était trouvé là, excepté le grand chambellan qui avait présidé en personne à l'opération puis exilé à l'autre bout du duché les ouvriers qui avaient emballé le tableau. Quant à la toile destinée au roi de France, on l'avait remise à l'ambassadeur dans une caisse déjà clouée et cerclée de rubans de fer. »

La rumeur était parvenue jusqu'à Paris. Le roi demanda des explications. Le duc promit d'ouvrir une enquête. La conformité de la copie avec l'original était si parfaite, qu'un seul homme se trouvait en mesure, non seulement de distinguer le vrai du faux, mais de fournir la preuve de ce qu'il disait, par quelque marque microscopique invisible aux yeux des profanes : celui qui, s'inspirant du vrai, avait produit le faux. « Un seul homme : ton père. » Le duc convia l'ambassadeur du roi de France à rencontrer l'auteur du faux. Celui-ci déclarerait, sous la foi du serment et en indiquant le minuscule détail révélateur, si la toile restée en Italie (et rapportée pour l'occasion à Milan) était l'original ou la copie.

Mon père, au service du marquis, à qui il appartenait comme un vassal à son suzerain, aurait pu invoquer la protection de don Francesco Sforza Colonna et refuser de se rendre au palais ducal. Disparaître pour quelque temps de Milan eût été une autre manière de déjouer le traquenard.

« Il prit le parti d'obéir, malgré le risque auquel l'exposait l'importance, financière et diplomatique, de l'enjeu. S'il assurait que l'original était resté au palais, il pouvait être jeté au fond d'un cachot, à moins de se faire tuer en sortant du palais. Les familiers du duc qui avaient trempé dans le complot ne lui pardonneraient pas de les avoir confondus devant leur maître. Bien que j'eusse mis en garde ton père contre la gravité du danger, ce n'était pas un homme à reculer sur un simple soupçon.

« Les choses furent expédiées encore plus vite que dans mes prévisions les plus pessimistes. En route pour le palais, ton père devait emprunter une ruelle assez sombre, bordée de hauts édifices qui interceptaient la lumière. Quatre hommes masqués, aux aguets dans le renfoncement d'un porche, fondent sur lui ; il est jeté à terre ; les locataires de la maison et des maisons voisines affirment qu'il n'a pas poussé un seul cri ; un poignard lui traverse le cœur ; dix autres coups le transpercent. Les meurtriers s'enfuient, non sans avoir volé sur le cadavre la chaîne en or et la médaille données par le duc. La police eut beau passer au crible les boutiques des orfèvres et des usuriers, les bijoux restèrent aussi introuvables que les assassins.

— Sans doute n'avaient-ils volé les bijoux que pour donner le change ?

— Bien dit, mon garçon. Sinon, la ville n'aurait pas entendu proclamer à son de trompes que les recherches de la police avaient été infructueuses.

— Tu exclus donc que mon père ait pu tomber sur de simples voleurs de rencontre ?

— Je n'ai pas de preuves formelles pour soutenir qu'il a été victime de tueurs à gages, mais les coïncidences sont trop nombreuses pour me laisser beaucoup de doutes. Il y a quatre-vingt-dix chances sur cent que le coup ait été prémédité. »

Pour montrer la loyauté du duc, le grand chambellan s'empressa de renvoyer le tableau à Caravaggio. Si c'était la copie, il n'avait aucun intérêt à la garder pour son maître. Si c'était l'original, il devait faire semblant que ce n'était que la copie. En retenant le tableau à Milan, les gens du palais et le duc qui les avait laissés faire avouaient leur crime. Le trésor resterait chez nous, tant que le bruit du meurtre ne serait pas éteint.

« Crois bien, Michele, que je n'abandonne pas l'enquête. On ne me verra pas renoncer, avant d'avoir fait la lumière. Mon fils est mort sans confession. Il ne sera pas dit que je n'aurai pas tout tenté afin de démasquer les coupables. Non sans prendre les plus grandes précautions, pour ne pas finir comme ton père. Qui se garde à carreau n'est jamais capot. »

Il me laissa entendre qu'une partie du temps qu'il passait à Milan n'était pas employée sur les chantiers, puis il acheva son récit. Personne ne pouvait dire si nous avions dans notre église un Léonard authentique ou quelque brillante contrefaçon.

En raison des polémiques, on avait retiré le *Saint Jean-Baptiste* du maître-autel pour l'enfermer dans une chapelle latérale dont la clef fut confiée au marquis. Le rideau, en le soustrayant à la vue du public, coupait court aux curiosités malsaines.

« Ce mystère, conclut mon grand-père, ajoute au prestige du tableau. Des experts, des spécialistes de l'Université de Bologne, des émissaires de l'académie romaine de Saint-Luc s'arrêtent à Caravaggio pour donner leur avis. L'un distingue sur l'index levé de la main droite un reflet qui ne peut être que de Léonard lui-même. Un autre conteste les trois plis trop marqués sur le cou, indignes de la manière fluide qui a fait la gloire du maître. Chaque connaisseur se prétend infaillible et met un point d'honneur à prouver que son confrère a tort. Si, comme je l'espère, tu te fais un nom dans la peinture, tu verras une nuée de prétendus spécialistes fondre sur tes tableaux comme les pigeons sur les miettes que ta mère secoue de son tablier, et se déchirer à coups de bec en perdant de vue ce que tu as peint. Figure-toi que deux de ces *dottori* en sont presque venus aux mains, parce que l'un estimait que la facture de ce *Saint Jean-Baptiste* est d'un goût plus lombard que toscan, et que l'autre soutenait, avec des arguments non moins irréfutables, la prédominance du style toscan sur le style lombard. Ton pauvre père, pendant ce temps, en compagnie des enfants morts sans baptême, erre dans les limbes en réclamant justice. Tu prendras ma suite, n'est-ce pas, si je disparais avant de lui avoir obtenu réparation ? »

J'ai presque honte à avouer que je ne me sentais nullement solidaire de son désir de vengeance. Une seule chose me tourmentait. Je voulais savoir dans quelles dispositions intérieures mon père était mort. Mon père, embroché comme cela sous un porche ! Le bon sens dirait qu'il a été pris de court, sans quoi il se serait défendu. Souhaite-t-on être saigné comme un cochon ? J'hésite à écrire qu'une autre supposition me trottait par l'esprit. Une supposition parfaitement incongrue. Pourtant, elle chassait toutes les autres. Mis en garde par mon grand-père, dûment prévenu du danger, mon père ne s'était-il pas jeté exprès dans la gueule du loup ? Pourquoi n'avait-il pas appelé au secours ? Parce qu'il n'en avait pas eu le temps ? Ou parce qu'il ne voulait pas être secouru ? On peut avoir d'étranges pensées en tête. Par exemple, courir au-devant de sa mort par un sacrifice librement consenti. Thérèse d'Avila, quand elle avait appris la prise de Rhodes par les Turcs, avait eu cette pensée. J'ignorais ce qui avait pu inciter mon père à nous fausser compagnie, mais pourquoi ne pas admettre que, lorsque s'en était présentée l'occasion, il s'était empressé de la saisir ?

Il me semble que, de la réponse à ces diverses questions – que je ne me formulais pas alors en termes aussi clairs, ma réflexion n'ayant cessé de mûrir au fil des années – dépend l'idée que je dois me faire du caractère de mon père, des tendances qu'il m'a léguées, de l'importance respective des dispositions héréditaires et des dispositions acquises. Mon grand-père me proposa de retourner à l'église et de regarder ensemble le tableau.

« Et toi, lui demandai-je, quel est ton avis ? Le *Saint Jean-Baptiste* est-il de la main de Léonard ?

— Trouves-tu qu'il soit si important de le savoir ?

— Mais un Léonard authentique, m'écriai-je, cela doit valoir beaucoup d'argent... Une somme incalculable !

— Et alors ? Le tableau n'est pas à vendre. Ce qui est intéressant, c'est de savoir s'il y a une différence de nature entre le vai et le faux.

— Comment n'y en aurait-il pas ?

— Etre persuadé qu'une seule vérité existe, voilà la source de toutes les erreurs. »

J'adorais ces trop rares moments où mon grand-père, s'adressant à moi comme à une grande personne, me faisait partager ses expériences et sa philosophie, laquelle dépassait de beaucoup, même à la juger avec mon cerveau d'enfant, le bon sens du paysan ordinaire.

« Avec un bélier tu enfonces un rempart, reprit-il. De quelle utilité te sera le bélier, si tu as besoin de boucher un trou de souris ? Conseilleras-tu à un homme de se coucher dans la boue ? Pourtant l'anguille s'y trouve à l'aise. Le hibou distingue dans la nuit une puce, mais en plein jour il écarquille les yeux et ne voit même pas la branche où il est posé.

— Mais un tableau, objectai-je, ce n'est pas pareil. Il faut bien que quelqu'un, et pas un autre, l'ait peint.

— Ecoute, me dit mon grand-père après m'avoir dévisagé d'un air narquois, il te plaît, ce tableau ?

— Oh oui ! m'exclamai-je, tout en rougissant parce qu'il me semblait que je lui révélais par ce cri le secret de mes activités clandestines dans le bois de pins derrière notre maison.

— Qu'il ait été peint par Léonard ou par ton père, n'est-ce pas exactement le même tableau ?

— L'un est le vrai, l'autre est le faux.

— Ainsi, parce qu'on t'aurait prouvé que la toile que nous avons sous les yeux n'a pas été peinte par Léonard, tu ne la regarderais plus du même œil ?

— Je serais déçu, tout le monde ici serait déçu de ne pas posséder l'original.

— Mais voyons, cela ne tient pas debout, ton raisonnement ! Ce qui change d'un tableau à l'autre, ce n'est que l'auteur, ce n'est pas le tableau. Si tu dis que la copie te décevrait, une copie si bien imitée que seul Léonard aurait pu la distinguer de l'original, c'est que tu n'admires pas le tableau, mais l'auteur du tableau. Je vais même te dire plus. Léonard, qui avait réfléchi à fond sur son art et sur la nature du phénomène artistique, n'avait pas, selon moi, monté sans arrière-pensée toute cette affaire. Crois-tu qu'il se serait défait d'un de ses tableaux pour faire plaisir à des villageois ? Ma conviction intime est qu'il a voulu tenter une expérience. Le tableau laissé à Caravaggio n'était déjà qu'une copie. L'original, il l'avait caché ou peut-être même détruit. Il avait demandé à un de ses élèves de le copier, afin de mettre à l'épreuve ses admirateurs.

— Pour voir s'ils savaient distinguer l'original de la copie ?

— Non, cette expérience-là était trop banale. Il cherchait à savoir si, ayant reconnu que c'était une copie, ils allaient cesser de l'admirer. Toi, par exemple, si tu te dis déçu que le *Saint Jean-Baptiste* ne soit pas autographe, tu justifies son stratagème. Tu aimais hier ce tableau; tu l'aimes moins aujourd'hui. A-t-il changé entre-temps? Perdu la pureté de son dessin? La variété de son coloris? En quoi est-il déchu? N'est-il pas identique, à une nuance près? Sa cote devrait-elle dépendre, non de sa valeur intrinsèque, mais de la réputation de celui qui l'a peint?

— On peut douter de son propre jugement, et vouloir s'appuyer sur des preuves.

— Des preuves? Elles ne peuvent être utiles qu'aux esprits timorés, incapables de se prononcer par eux-mêmes. Léonard, paraît-il, a détruit la plupart de ses tableaux et n'en a laissé que des copies, pour décourager les moutons et ne rester admiré que de ceux qui aiment l'art.

— Même *la Joconde* serait fausse? Léonard aurait trompé le roi de France par cette supercherie?

— De quelle supercherie veux-tu parler? La peinture ne reste-t-elle pas vraie, même si le nom de l'auteur est faux? Trouves-tu *la Joconde* belle ou moyenne? Si tu la trouves belle, es-tu prêt à changer d'opinion sur un avis venu de l'extérieur? Quelle foi as-tu dans la beauté, si ce qui te semble beau un jour te semble moins beau un autre jour? »

J'eus un peu honte, rétrospectivement, d'avoir regardé, quand je feuilletais la collection de gravures de mon père, à la signature avant de prendre connaissance de l'œuvre. Le cardinal Del Monte, le marquis Giustiniani se sont étonnés que je leur dise, devant les pièces de leurs collections, celles qui me plaisaient, sans leur demander qui les avait peintes. Ils avaient l'habitude de voir leurs visiteurs consulter l'étiquette accrochée sous le tableau avant d'exprimer un avis. Un vieux menuisier-charpentier lombard m'a transmis cette liberté de jugement.

VII

Le visiteur maltais

Notre maison, comme je l'ai dit, était la dernière du village, avant la route qui file en droite ligne sur Venise. Il faisait très chaud, par cette fin d'après-midi, lorsque nous vîmes approcher, du fond de la plaine, une carriole bâchée attelée d'un mulet. L'été qui précéda mon départ pour Milan et l'entrée dans ma quatorzième année se signala par une sécheresse exceptionnelle. Pour se protéger des rayons encore brûlants du soleil, la famille était réunie dans le petit jardin qui s'étend derrière la maison. De l'autre côté du ruisseau qui marque la lisière de Caravaggio, le bois de pins et d'ormeaux regorgeait, comme chaque soir, d'une multitude d'oiseaux qui voletaient de branche en branche avec un bruit assourdissant.

La carriole, au lieu d'entrer dans le village, s'arrêta près du bois. Il en descendit un homme vêtu malgré la saison d'un manteau long à capuchon et sans manches. A son costume, à son turban, à sa barbe taillée en pointe et soignée, ma mère le reconnut sans peine pour un de ces marchands maltais qui servent d'intermédiaires entre l'Afrique et l'Italie. Ils peuvent garder, par une tolérance attachée à leur profession, les habits de leur île, à condition de rester discrets et de ne pas professer publiquement leur religion hérétique. Ils exercent leur commerce principalement en Sicile, à cause de la proximité des deux îles, mais, de Palerme, de Syracuse ou de Messine, ils étendent souvent leurs activités à toute l'Italie et au-delà. De Naples, de Gênes ou de Venise, ils gagnent Milan, Turin, Lyon, Paris, à moins qu'ils ne bifurquent vers la Suisse et la Germanie. Ils apportent des étoffes, des tapis, du sucre, des poteries à motifs géométriques. Et aussi des poignards, ce qui m'excitait bien plus, en raison de ce qu'on disait des pirates maltais.

De ces contrées lointaines, Malte, Sicile, Afrique du Nord, j'avais entendu parler par ma mère. Elle me lisait le livre d'un voyageur andalou du XIIe siècle, un des rares auteurs profanes, avec Dante, Virgile, l'Arioste, le Tasse et Marco Polo, qu'elle admettait dans la maison. Dante, une seconde Bible; l'Arioste et le Tasse, poètes et apologistes des croisades; Virgile et Marco Polo, exceptions moins étranges qu'il ne paraît. Ma mère vénérait le premier, sur le motif que, seul entre les païens, il avait pressenti la venue du Christ; elle pardonnait à l'autre son intérêt excessif pour les mœurs du sérail, parce que, sous couvert de son négoce de pierres rares et d'épices, il avait propagé chez les Indiens et les Chinois la vraie religion.

Mais Ibn Jubayr, sous quel prétexte occupait-il une place dans sa bibliothèque? Ne faisait-il pas figure d'intrus? La Grâce l'avait-elle jamais illuminé? Ce n'était pas seulement un auteur profane, mais un adepte de Mahomet. Ma mère, qui raffolait des relations de voyages et m'a transmis ce goût, avait trouvé le plus ingénieux des accommodements avec sa conscience. En visitant Messine, Ibn Jubayr s'était écrié : « Que Dieu la restitue aux musulmans! » En débarquant à Malte, une exclamation du même genre lui avait échappé : « Que Dieu nous fasse la grâce de reprendre cette île! » Or, Dieu, qui sait ce qu'il fait, avait gardé aux chrétiens aussi bien Malte et la Sicile que la plupart des territoires reconquis sur les Infidèles. N'était-ce pas la meilleure preuve que Sa Toute-Puissance n'est pas à la merci d'une secte de mécréants? De la naissance africaine de saint Augustin et de son long apostolat en Numidie comme évêque d'Hippone, ma mère tirait une raison supplémentaire de considérer avec une certaine indulgence tout ce qui a trait au monde arabe. Un turban ne l'effarouchait pas : elle nous laissa nous approcher jusqu'au bord du fossé pour assister aux préparatifs de l'étranger.

Mon attente ne fut pas déçue. Ayant choisi un carré d'herbe au pied d'un pin, il se tourna tour à tour vers les quatre directions, Venise, Bergame, Milan, Rome. Je crus qu'il cherchait à s'orienter pour l'étape du lendemain. Il déroula une natte de palmes sèches et l'étendit sur le sol, non sans prendre soin d'en placer la tête contre le pin et de la déployer vers Rome, selon une ligne exactement perpendiculaire à la route qu'il venait de suivre. Je dis : exactement, car il déplaça plusieurs fois de quelques dixièmes de pouce la natte, tant qu'il ne fut pas satisfait du résultat. Je regardais ces apprêts avec une curiosité croissante. L'homme mettait dans chacun de ses gestes la minutie de mon grand-père quand il travaillait à son établi et la componction de don Bernardo quand il nous distribuait l'hostie. Il s'aperçut que nous l'observions, mais ne parut en rien contrarié, et parfit son installation comme si nous n'avions pas plus compté que les essaims d'étourneaux qui jacassaient dans les branches.

Cette indifférence m'enhardit. Moi qui goûtais jusqu'alors aux seuls plaisirs de cohue et aux bagarres de chenapans, l'air de supériorité qui émanait de ses gestes et l'espèce de révérence avec laquelle il observait les quatre points cardinaux et fixait ensuite son regard vers le sud me décidèrent. Je pris Giovan Battista par la main et sautai avec lui par-dessus le fossé. L'étranger avait la peau sombre et des yeux noirs très brillants. Il s'assit sur ses jambes croisées, ouvrit un panier et en sortit une grosse tortue qu'il déposa sur l'herbe près de la natte. Je n'avais vu cet animal que dans une gravure du livre de Marco Polo. Le Maltais nous sourit et nous fit signe d'approcher. Il retourna la tortue sur le dos et nous montra avec quelle perfection elle résume l'harmonie de l'univers. Par son ventre carré, elle symbolise la terre ; par son dos rond et bombé, le ciel. Il s'exprimait très bien dans notre langue, sauf qu'il n'arrivait pas à prononcer le *ga* de *tartaruga* et disait *rha* avec un terrible accent guttural.

Je lui demandai son nom. Il me répondit qu'il s'appelait Ibn Jafar, mais qu'en Italie il préférait se faire appeler Girolamo Maltese. Je m'accroupis à côté de la tortue. « Pas comme cela, me dit-il, remarquant que je m'étais tourné vers le pin. Tu dois te mettre face au sud. » Impatienté tout à coup du bruit que faisaient les oiseaux, il se leva, retourna à sa charrette, fouilla sous la bâche, revint avec un objet long d'un pied et six pouces, assemblage de feuilles de papier pliées l'une sur l'autre en soufflet et toutes bariolées, d'où pendaient de longues ficelles. Il s'éloigna un peu de l'arbre, jusqu'à une petite clairière où il s'arrêta. Il prit une des ficelles par un bout, jeta en l'air le reste du paquet, et, dans le ciel, plus haut que les pins, se déploya une sorte de serpent, dont chaque feuille de papier constituait un anneau. La bête était pourvue de quatre ailes striées de rouge et de noir, d'une tête grimaçante qui tirait une langue de feu, d'une queue écarlate dressée toute droite comme un dard. Le Maltais agitait la ficelle et imprimait au reptile des ondulations de plus en plus rapides. Les piailleurs s'envolèrent tous ensemble et s'enfuirent à tire-d'aile, tandis que je riais avec mon frère de cette ruse.

« Le cerf-volant, dit l'étranger, est une invention des Arabes, car les étourneaux sont aussi un fléau de nos places publiques. L'ombre est rare chez nous, et nous aimons bien, le soir, profiter du peu de fraîcheur qui tombe des arbres. Nous nous asseyons devant les maisons de café, autour de tables basses portées dehors sous les eucalyptus, et tirons de longues pipes reliées par un tube flexible à un liquide aromatique des bouffées de fumée bleue. Des plateaux de cuivre chargés d'oranges, de cédrats confits, de gâteaux au miel et à la pistache circulent entre les tables. »

Bien qu'il me fût difficile de me représenter ce que pouvaient être ces « maisons de café » inconnues chez nous et ces pipes non moins exotiques, j'écoutais avidement de tels détails, car c'était la première fois qu'on me donnait à voir quelque chose de cette île qui avait succédé à Rhodes comme bastion de l'Eglise.

Si la jeune Thérèse d'Avila avait échoué dans sa tentative d'apporter sa tête coupée aux Infidèles, un peu de sa détermination enfantine avait passé chez un des plus hauts responsables politiques de la Chrétienté. Un acte, signé de Charles Quint, avait cédé à ceux que les Turcs avaient chassés de Rhodes une autre île de la Méditerranée, Malte précisément. Les Hospitaliers de Saint-Jean, en vertu de cette possession reçue en fief perpétuel, étaient devenus les Chevaliers de Malte, sans autre obligation envers le monarque espagnol que de lui remettre chaque année un faucon. Ils continuaient à soigner les malades, mais se dédiaient en priorité à la défense militaire de la vraie foi.

Ibn Jafar ne fit aucune difficulté à nous parler de son île. Bien que lui-même fût d'une famille musulmane, il nous vanta les avantages qui avaient résulté de l'installation des Chevaliers. Les cultures et les industries, jusque-là inexistantes, s'étaient développées à une vitesse spectaculaire. Il détestait les Turcs, dont les incursions nuisaient au commerce. Sur ce rocher brûlé par le soleil – un soleil incomparablement plus violent que la pâle boule de feu dont nous paraissions souffrir –, les Chevaliers avaient construit un nouveau port qu'ils avaient entouré de plusieurs rangées de murailles et baptisé La Valette – du nom de monsieur Parisot de La Valette, un Français, Grand Maître de l'Ordre à l'époque de ces travaux. Le Maltais sortit de sa poche un écusson, où était brodée, sur fond noir, une croix blanche à huit pointes, insigne des Chevaliers. Pour sa part, il n'entrait pas dans les querelles qui opposent l'Islam et la papauté. S'il avait choisi l'état de marchand, c'était pour favoriser les échanges entre les deux parties de la Méditerranée. Sans ce lien du commerce, chacune manquerait des produits utiles à son bien-être et indispensables à son entretien. Il fournissait l'Italie en tapis et en sucre, rapportant à Malte des soieries, des articles de cuir, de l'huile, des graines de lavande, de laurier, de chèvrefeuille. Sur ces arpents de cailloux où le vent d'Afrique dépose une fine poussière jaune, reste des sables du désert après le survol des flots, l'Ordre essayait d'acclimater des plantes d'agrément.

Ni les tapis ni les plantes ne m'intéressaient plus que cela. J'aurais voulu qu'il me montrât les poignards, les fameux tranche-vie maltais. « Eh ! eh ! On ne traîne pas en chemin, me répondit l'étranger. Tu vois l'arbalète, et tu désires déjà la caille rôtie. »

La nuit entre-temps était tombée. J'aimais ce moment où les grillons s'éveillent et se mettent à striduler dans l'ombre. On dirait que la prairie tout entière commence à chanter. C'est une musique étale, douce, entêtante, faite de milliers de notes qui enfoncent dans les ténèbres de minuscules aiguilles de cristal. Les premières étoiles apparurent dans le ciel. J'envoyai Giovan Battista prévenir notre mère que je rentrerais tard. Mon frère revint en sautillant. Ibn Jafar continua à nous parler de son île. La principale différence qu'il voyait avec l'Italie tenait à l'organisation du commerce. Là-bas, nous dit-il, les boutiques ne sont pas fermées ; elles n'ont porte ni devanture ; on expose les marchandises dans des échoppes ouvertes en permanence sur la rue. « Il n'y a donc pas de voleurs ? demandai-je. – Les voleurs, on leur coupe la main. » Ces conversations ennuyaient mon frère, il tira le Maltais par son capuchon. J'aurais bien voulu en savoir plus sur ce pays où je m'imaginais chaque marchand posté derrière son étalage, nuit et jour aux aguets, la main crispée sur le manche damasquiné de son poignard, mais Ibn Jafar, se rappelant que je n'étais moi aussi qu'un enfant, changea de sujet.

« Nous allons organiser une bataille de grillons, déclara-t-il soudain. – Une bataille de grillons ? » m'exclamai-je, étonné que des insectes au chant si velouté puissent être disposés à se battre. Il prit dans son sac trois petites boîtes en chêne, renflées comme des calebasses et fermées au sommet par un couvercle en ivoire à claire-voie, confia une de ces boîtes à chacun de nous, garda pour lui la dernière, tira une bougie de sa poche, battit le briquet, enflamma la mèche, remit la bougie allumée à Giovan Battista. Mon frère entoura la flamme de ses doigts et cessa de courir à droite et à gauche. Sa main devint transparente comme les vessies de cochon qu'on nous distribuait le jour de la Saint-Antoine. L'étranger alluma une autre bougie pour moi, enfin se pourvut lui-même. Il nous expliqua comment faire pour attirer les grillons, et nous partîmes, à quatre pattes dans l'herbe, la boîte dans une main, la bougie dans l'autre.

Giovan Battista fut le premier à capturer un insecte. Il poussa un cri de joie, se mit à gambader. Aucun grillon ne voulait entrer dans ma boîte. Furieux contre mon frère, je lui tombai dessus. « Deux grillons nous suffisent », dit le Maltais, en nous montrant celui qu'il venait d'attraper. La minutie de ses gestes, son calme, son indifférence à nos querelles de marmots nous apaisèrent à l'instant. « Pourvu qu'ils n'aient pas plus de deux grains de différence, ajouta-t-il. – Pas plus deux grains ? – Nous allons les peser » dit-il du même ton égal.

D'une espèce de plumier en cèdre il sortit deux tiges de bois, une ficelle, un minuscule seau en argent, une pierre précieuse de la taille d'une noisette. Il ficha les tiges dans les trous percés au fond du plumier, tendit la ficelle entre ces deux poteaux miniatures, accrocha à la ficelle d'abord le seau, puis, au bout d'une barbe de maïs, la pierre précieuse, en sorte qu'elle pût coulisser comme le poids d'une balance. Il mit le premier grillon dans le seau, nota l'emplacement du poids sur la ficelle, procéda de la même manière avec le second, et, satisfait, annonça que le combat pouvait débuter. Il posa les deux grillons sur la natte. Ils n'avaient aucune envie d'en découdre et se préparaient à se sauver, chacun de son côté, et à disparaître dans l'herbe, lorsque le Maltais recourut à un nouveau tour. Il saisit une baguette munie à un bout de trois poils de souris. La souris ayant l'habitude d'attaquer le grillon, l'odeur du poil suffit à enrager l'insecte. Au premier chatouillement, les deux grillons firent demi-tour et se ruèrent l'un sur l'autre.

Ils heurtaient leurs antennes, et l'on entendait le cognement de leurs élytres. Ils reculaient, puis reprenaient de l'élan, fonçaient de plus en plus vite, s'entrechoquaient en pleine course. « Comme les paladins de Charlemagne ! » m'écriai-je. Il ne fut pas surpris de cette comparaison. A Malte comme en Sicile, me dit-il, Roland, Renaud, Roger, Tancrède, Angélique, Bradamante, Clorinde sont des héros et des héroïnes familiers, même à ceux qui ne savent pas lire et les connaissent par tradition orale, grâce aux conteurs ambulants, ou en assistant aux spectacles du *Teatro dei pupi* et aux batailles entre marionnettes. Les grillons, quand ils courent sus à l'adversaire, braquant leurs antennes devant eux, ne ressemblent-ils pas aux chevaliers arc-boutés sur leur lance ?

Je pris parti pour un des grillons. Fort de mon droit d'aînesse, je l'appelai Tancrède. Giovan Battista, sur mon ordre, baptisa le sien Clorinde. Clorinde, comme la littérature le voulait, faiblit la première et se laissa retourner sur le dos. Elle remua encore les pattes, puis cessa de bouger, la nature se conformant à la poésie du Tasse. Nous avions planté les bougies autour de la natte. Décor funèbre digne de l'héroïne trépassée. Giovan Battista pleurait, comme chaque fois que notre mère, en nous lisant un passage de l'*Orlando furioso* ou de *la Gerusalemme liberata*, en arrivait à la mort d'un preux. Le Maltais se taisait. Je pris mon frère par la main et nous regagnâmes la maison.

Le lendemain matin, de bonne heure, j'entendis la charrette cahoter sur les cailloux de la rue. Je m'habillai en hâte et courus après le Maltais, que je rejoignis devant l'église. Tenant sa mule par la bride et marchant d'un pas souple dans son ample manteau de laine, il s'apprêtait à tourner à gauche pour prendre la route du Sud. Je me sentis honteux dans mes habits de futaine coupés trop près du corps selon la coutume espagnole qui prévalait dans le duché. En outre j'avais grandi, mais mon grand-père, en comptable économe, sous le prétexte que je n'avais pas fini ma croissance, soutenait qu'il ne valait pas la peine de me confectionner une taille intermédiaire. Etait-ce un si grand inconvénient, que d'être gêné aux entournures ? J'en ai beaucoup voulu à mon grand-père, par ailleurs si bon pour moi, de méconnaître le besoin d'un garçon qui devenait un jeune homme et songeait aux moyens de faire *bella figura.*

A la sortie du village, que nous avions traversé en silence, Ibn Jafar fouilla sous la bâche et en tira un petit livre qu'il me donna en cadeau.

« J'ai vu que tu aimais les histoires de chevalerie, me dit-il. Celle-ci a été écrite, il y a bien longtemps, par un Français. Il raconte des événements qui eurent lieu à l'époque des croisades : défis singuliers, assauts de forteresses, faits d'armes glorieux et prouesses de toute sorte, nullement inférieurs, paraît-il, aux exploits de Roland. Il y a beaucoup de livres français à Malte, à cause du nombre prépondérant de Français dans la liste des Grands Maîtres. Le premier de tous s'appelait Gérard de Martigues, et le deuxième Raymond du Puy.

— Mais je ne suis pas instruit dans cette langue ! »

S'il voulait me faire un présent en souvenir de notre rencontre, que ne me donnait-il un de ses fameux poignards de pirate ! Je n'avais pas même eu la permission de jeter un coup d'œil à l'intérieur du coffre où il les enfermait. Mon couteau – un simple couteau de cuisine dont je m'étais contenté d'effiler la lame – comme il me tardait de le remplacer par une arme de combat ! Le Maltais ne voulut rien entendre.

« Emporte ce livre à Milan, où il ne manque pas de gens qui savent le français et pourront te le lire. Je ne réussis à vendre des livres français que dans cette ville, et maintenant je dois regagner Malte par Rome et Naples. »

Le titre n'était pas difficile à comprendre. Il ne m'en parut pas moins mystérieux : *le Chevalier de la charrette.* Les paladins utilisaient-ils un moyen de transport aussi commun ? Se déplaçaient-ils autrement qu'à dos d'un destrier superbement harnaché ?

« Ainsi, reprit l'étranger, tu te souviendras de la charrette d'Ibn Jafar, et peut-être d'Ibn Jafar qui voyageait sur cette charrette. »

Comme je n'arrivais pas à cacher ma déception, il joignit au livre l'écusson brodé de la croix de Malte à huit pointes. Il monta ensuite dans sa carriole, et, sans avoir besoin, comme nos paysans qui frappent leurs bêtes à tort et à travers, d'un bâton ou d'un fouet, il arrondit les lèvres, siffla entre ses doigts et la mule partit au grand trot. Je suivis des yeux l'attelage jusqu'à ce qu'il eût disparu dans la plaine, puis revins sans me presser, le livre et l'écusson serrés dans ma main. Précieux talismans, dont je me suis juré alors de ne jamais me séparer, ni à Milan ni plus tard. Serment auquel aucune des nombreuses péripéties de mon existence ne m'a trouvé infidèle.

Avant de ranger le livre au fond du sac que je préparais en vue de mon prochain départ, je m'aperçus qu'il avait écrit son nom sur la page de garde, « Ibn Jafar », deux fois, en caractères arabes et en caractères latins, pour m'encourager à venir le trouver, au cas peu probable où mon destin me conduirait en Sicile ou à Malte. Curieusement, le nom italien du Maltais, je n'avais pas cherché à le retenir, malgré sa consonance plus fluide.

VIII

Milan

Une fois par an, dans son château, vaste et caduque demeure de brique à une lieue du village, j'entrevoyais la marquise Costanza Sforza Colonna. Son intendant conviait les enfants du village à un arbre de Noël. Chacun recevait un cadeau. Elle entrait quelques minutes dans la salle des fêtes. J'étais un des rares à qui cette grande dame, sèche et distante, dont je détestais la figure de chouette empaillée, adressait deux ou trois mots de bienvenue, en raison des liens de son mari avec mon grand-père. Veuve, elle continua à me protéger – et, comme je l'ai dit, je n'ai jamais eu qu'à me féliciter des appuis qu'en plusieurs occasions cruciales j'ai trouvés auprès de sa famille. Entre son frère le cardinal Ascanio Colonna, qui prendrait ma défense à Rome, sa nièce Giovanna Colonna Doria, qui me donnerait asile à Gênes, son neveu Filippo Colonna, qui me cacherait à Paliano, et son fils Fabrizio Sforza Colonna, général des galères de Malte à l'époque où je me réfugierais à La Valette, la puissante maison des Colonna s'est toujours montrée à mon égard d'une loyauté à toute épreuve et d'un soutien efficace, en dépit de ma constante suspicion contre les gens haut placés.

Comme me le dirait, à mon grand dépit, le cardinal Del Monte : « Tu voudrais qu'on te prenne pour un sujet de la couche la plus basse du peuple, tu aimerais passer pour le plus démuni et rejeté des hommes, mais le proscrit, le maudit que tu mets ton point d'honneur à être ne refuse pas d'être sauvé, chaque fois qu'il a le couteau sur la gorge, par une main d'aristocrate. »

Quand elle sut que j'entrais en apprentissage à Milan, la marquise me fit remettre une lettre de recommandation pour son beau-frère Carlo Borromeo, cardinal-archevêque de Milan. Son autre frère avait épousé la sœur du cardinal. Je ne pus me servir de cette lettre, l'illustre prélat étant mort peu de temps avant mon départ. La Lombardie entière prit le deuil. Les bâtiments publics étaient encore voilés de tentures noires, les cloches de notre village ne tintaient qu'en sourdine, le glas sonnait avant chaque messe et après l'angélus, lorsque mon grand-père me fit monter avec lui dans le coche. Un dernier baiser à ma mère, un signe d'adieu par la portière, et nous voici en route vers la capitale, où j'allais m'aventurer pour la première fois.

A la porte de la ville, nous nous heurtâmes à une garnison espagnole. Le capitaine, qui voyait passer mon grand-père chaque matin et chaque soir, nous contraignit à entrer dans le poste de garde, pour nous soumettre à un interrogatoire minutieux. « Ne sommes-nous pas les sujets du seul duc ? » demandai-je à mon grand-père, après qu'on nous eut enfin relâchés. « Il y a cinquante ans que les Sforza n'ont plus que des charges honorifiques. Le roi d'Espagne a pris possession du duché. C'est lui notre maître. Le cardinal-archevêque, *anima benedetta*, était notre dernier défenseur. »

Partout, dans les rues, les robes sévères des femmes, les vestes des hommes boutonnées jusqu'au cou, les mines graves, les figures renfrognées, les rondes de soldats en uniforme jaune et rouge, les portraits de Philippe II peints sur les carrosses, les postes de police aux carrefours m'indiquaient le degré de servitude dans lequel nous étions tombés. Mon grand-père, qui se disait « lombard » et montrait tant d'attachement aux libertés civiques, n'avait jamais été dupe. Combat sans espoir, son patriotisme n'était qu'un songe. Il portait dans sa tête une chimère. Semblable trait me rapprocha de lui. Cet esprit que je croyais uniquement positif avait ses embardées dans l'absurde et ses dérapages dans l'utopie. Avant le départ, il avait inspecté mon sac de voyage et découvert le livre donné par le Maltais. Sur le moment, il n'avait fait aucun commentaire. Sur la place devant la cathédrale, des agents du gouverneur nous soumirent à un nouveau contrôle. Il profita de l'occasion pour compléter mon éducation politique.

« Ce ne serait pas une mauvaise chose pour toi, me dit-il, que de t'instruire dans la langue où est écrit le livre que tu as emporté. Je ne sais pas de quoi il traite, mais l'histoire d'une charrette ne peut être que profitable au petit-fils d'un menuisier. Tu as de la chance que les sbires n'aient pas fouillé ton sac. La France est l'unique puissance capable de faire contrepoids à la domination espagnole. A Rome – où tu ne manqueras pas de vouloir te rendre si tu réussis chez maître Simone –, souviens-toi de t'appuyer sur le parti français, de préférence au parti espagnol. La marquise et la famille Colonna appartiennent à ce parti, dont Carlo Borromeo était le chef. Sans la France, nous resterons jusqu'à la fin des siècles au pouvoir des héritiers de Charles Quint. »

Par ses proportions gigantesques, la cathédrale m'en imposa. Je ne sais combien de colonnes, à cent cinquante pieds de hauteur, soutiennent les voûtes des cinq nefs. Edifice si vaste, si démesuré, qu'il n'était pas terminé, deux siècles après le début des travaux. Un revêtement de marbre parait les murs et les piliers intérieurs, mais sur la façade, que je m'attendais à voir non moins magnifique, il n'y avait qu'une pauvre pelure de brique nue. Je courais d'une chapelle à l'autre, attiré par la variété, la richesse, le faste des ornements. Plusieurs tableaux de Vincenzo Foppa, d'Alessandro Moretto, de Giovan Battista Moroni, les premiers que j'aie vus de l'école lombarde, décoraient les autels. Il y avait aussi des toiles signées : Campi, et mon cœur se mit à battre d'orgueil, car je les crus de ce Bernardino qui était le peintre de notre église. Mon grand-père me détrompa et en même temps m'excita par ce qu'il m'apprenait. Les frères Campi, Antonio et Vincenzo, descendants de Bernardino, étaient deux peintres vivants, il les connaissait personnellement et tâcherait de me présenter à eux. Ils faisaient partie du cercle de Carlo Borromeo et de la marquise Sforza.

De Vincenzo, je vis un *Christ cloué à la croix*, tableau qui selon moi manquait d'énergie. Je fus un certain temps avant de comprendre que *la réalité matérielle du crucifiement* n'y était pas. La tête des clous n'était pas assez grosse, et la pointe fichée dans les chairs n'en avait pas déchiré le tissu. Il semblait que les tiges de métal plantées dans les mains et les pieds ne leur avaient causé aucun dommage. Voilà des plaies où Thomas l'incrédule n'aurait pu enfoncer ses doigts.

Antonio s'était attaqué à une scène non moins brutale, une *Décollation de saint Jean-Baptiste*. Ici aussi, j'aurais voulu qu'on me précisât la partie physique du supplice. Le cadavre décapité du prophète, jeté aux pieds de Salomé, gisait sans blessure apparente. Les détails anatomiques de la carotide et des veines sectionnées, voilà ce qu'il fallait montrer, au lieu de cette gorge bien propre.

Impatient de se recueillir devant la dépouille de Carlo Borromeo, mon grand-père m'entraîna vers la crypte. Le corps embaumé du défunt venait d'y être déposé, dans une châsse d'argent aux panneaux de cristal de roche. La crosse épiscopale enrichie de diamants, la mitre constellée de pierres précieuses, l'auréole en or massif étincelaient à la lueur de plusieurs rangées de cierges. Pas moins de quatre Suisses, envoyés par le pape, montaient la garde, pertuisane au poing. Ils repoussaient les curieux qui essayaient de s'approcher de trop près et les dévotes avides d'appliquer leurs lèvres sur la châsse. Un écriteau placé contre le catafalque portait cette inscription : « La crypte reste jour et nuit sous la surveillance d'hommes armés. »

« C'est la preuve, me dit mon grand-père, trop heureux de décocher une pique au Saint-Père, que Grégoire XIII pratique Boccace, auteur mis à l'index par la Congrégation du Saint-Office. Comment saurait-il, s'il ne connaissait les aventures d'Andrea da Perugia, que le sacrilège lui-même ne fait pas reculer les voleurs ? »

Sans attendre l'issue du procès en canonisation, on avait placé autour de la tête l'auréole des saints. Les habitants vénéraient le cardinal à cause de son dévouement pendant la grande peste. Les artistes l'aimaient, parce que, initiateur de la Contre-Réforme et instigateur, au concile de Trente, du programme de décoration des églises, il leur avait commandé plus de tableaux et de statues qu'il n'y en avait jamais eu à Milan. L'école lombarde de peinture et de sculpture devait un essor spectaculaire à cet homme qui vivait lui-même simplement et selon des règles austères. La partie de sa fortune qui n'était pas consacrée aux pauvres, il l'avait employée à embellir, au-dedans et au-dehors, la cathédrale. Des ouvriers payés sur sa cassette personnelle avaient dallé le sol de larges pavés de marbre, orné de linteaux ouvragés les fenêtres de l'abside, décoré les chapelles de stucs, de dorures, de colonnes torses. Et, de toutes ces entreprises la plus longue et coûteuse, commencé à revêtir de plaques de marbre l'étage inférieur de la façade restée si nue.

La proximité de la frontière suisse, le voisinage de Zurich et de Genève, le danger de la contagion protestante avaient tourné à l'avantage artistique de la Lombardie. Pour combattre la Réforme, on élevait contre l'hérésie un rempart de beauté.

« Quel dommage, m'exclamai-je, qu'il soit mort quand tout est encore en chantier ! Les travaux vont être interrompus, et la cathédrale rester en plan. » Mon grand-père saisit cette nouvelle occasion de corriger ma naïveté politique. « Oh ! le chantier ne sera pas fermé de sitôt, et les travaux vont continuer indéfiniment. Trop de Leurs Seigneuries du Vatican ont intérêt à ce qu'ils durent. Le cardinal n'est pas le seul à avoir versé des fonds. Les donateurs ne se comptent plus, parmi la noblesse lombarde; même les gens du peuple y sont allés de leur contribution, selon leurs moyens, comme me le racontait le marquis. S'ils avaient su à qui leur générosité remplirait les poches! Ces fonds sont administrés par une banque romaine. Les Eminences et les Monsignori qui dirigent cette banque ne sont pas pressés. Ils touchent les revenus des énormes sommes placées, et continueront à les toucher, tant que la cathédrale ne sera pas achevée. C'est seulement après la fin des travaux, comme il est stipulé dans les actes de donation, que les familles des donateurs pourront récupérer ce qui restera de l'argent. Autant dire qu'on va travailler ici jusqu'à la consommation des temps, et qu'on trouvera toujours un dernier détail qui manque pour justifier la prolongation du chantier. »

A part les seize colonnes d'un temple d'Hercule, je fus déçu de ne trouver à Milan aucun vestige de l'Antiquité. Frédéric Barberousse avait détruit les restes de Mediolanum, la ville romaine. L'abondance des autres centres d'intérêt me consola de ne voir aucune de ces belles ruines, dont je croyais toutes les villes italiennes pourvues. Deux lieues d'enceintes et de fortifications, neuf portes monumentales, plus de deux cents églises ou chapelles, une centaine de monastères et de couvents, sept collèges, dix hôpitaux, des palais somptueux, le château ducal commencé par les Visconti, agrandi par les Sforza, entouré de six murailles et d'un large fossé rempli d'eau, quelle superbe cité faisait cette profusion d'édifices! Pendant toute la journée, nous allâmes d'un endroit à l'autre. Il fallut enfin nous quitter. Mon grand-père me conduisit jusqu'au seuil de la maison où j'allais habiter et me laissa entre les mains d'une servante. Confiant dans mes dispositions, il m'avait encouragé à tenter ma chance, malgré ses griefs contre la peinture. Signature du contrat avec maître Simone Peterzano, dépôt d'une caution heureusement modique, organisation de mon séjour à Milan, il s'était chargé de tout. J'avais treize ans. Séparé de ma mère, livré à un maître inconnu, je ne devais plus désormais compter que sur moi-même.

La domestique m'indiqua un coin dans le dortoir et un lit pour y déposer mon sac, puis m'emmena à la cuisine qui occupait le sous-sol. Autour d'une longue table, une demi-douzaine d'apprentis, munis de cuillers en bois, avalaient bruyamment une bouillie de maïs. L'un d'eux, plus âgé de deux ou trois ans et dans la maison depuis quelques mois, se moqua de ma culotte trop courte et voulut m'empêcher de prendre place sur le banc. Je me jetai sur lui et l'étourdis d'un coup de poing. Tandis qu'il tamponnait avec sa manche le sang de sa lèvre fendue, mon voisin s'empressa de pousser vers moi sa ration de pain. Les autres garçons piquèrent du nez dans leur assiette.

Je ne sais ce qui fut rapporté de cet incident, ni par qui, mais cette entrée en matière me valut de sauter un ou deux échelons dans l'apprentissage. D'habitude, le nouveau venu était condamné à des tâches misérables : nettoyer les pinceaux, vider les seaux, faire le ménage dans l'atelier. D'emblée, maître Simone m'apprit à préparer les couleurs. C'était un homme déjà âgé, d'une nature mélancolique. Chaque fois qu'il était insatisfait de ce qu'il venait de peindre, il tirait sur sa barbiche en signe de découragement. Bien qu'il fût marié, on pouvait le croire célibataire. J'ignore à quoi sa femme ressemblait. Elle ne se montrait jamais, ni à l'atelier, ni à la cuisine, ni dans aucune des autres parties de la maison auxquelles nous avions accès. Le couple n'avait pas d'enfants. Maître Simone passait la plupart de son temps en compagnie de ses jeunes élèves. Il mangeait souvent avec nous. Ou plutôt, il nous regardait manger. A peine s'il touchait aux plats. J'avais l'impression qu'il devenait de jour en jour plus maigre, plus pâle, plus lointain, au milieu de notre petite troupe turbulente et vorace. Sauvage inconscience de la jeunese, comme eût dit l'Arioste : fiers de notre énergie, sans pitié pour son état de fatigue ou de chagrin, nous lui prenions ses dernières forces. L'âge, l'usure, la paternité déçue, le doute sur son talent ou quelque blessure plus secrète l'empêchaient de prendre part à la vie, dont il était condamné à rester spectateur.

Pendant les quatre ans où j'ai demeuré chez lui, il resta *à distance*, comme un homme qui regarde par la fenêtre, sans oser descendre dans la rue. Sa barbiche résumait son caractère. Elle n'avait rien de commun avec la barbe d'Ibn Jafar, point d'ironie dans le visage tout en sagesse et en malice du visiteur maltais. La barbiche de maître Simone, rebiquée à son extrémité, semblait dire : « Voyez! j'appartiens à un fameux gaillard! » Mais la pilosité clairsemée de cette chiche imitation de bouc espagnol démentait semblable prétention et soulignait au contraire le manque de vitalité de son propriétaire. Il devait vivre encore plusieurs années après mon départ, sans réussir à surmonter cette atonie.

Un aussi constant effacement s'expliquait d'autant moins qu'il pouvait mettre à son crédit plusieurs œuvres d'une belle venue; à moins, justement, qu'il n'eût mis tout ce qu'il possédait de moyens dans ses tableaux et ses fresques. Il y a des hommes qui ont assez de ressources pour mener du même train leur vie et leur œuvre; la plupart se voient obligés de sacrifier l'une à l'autre; Simone Peterzano appartenait à cette seconde catégorie. A peine eus-je découvert ce qu'il peignait, que le peu d'estime que m'inspirait sa personne se changea en admiration pour l'artiste. Les fresques de Garegnano, au plafond de la chartreuse, me fournirent mon premier répertoire de paysages et de natures mortes. A San Barnaba, les *Histoires de saint Paul* m'intéressèrent par l'audace des raccourcis. Pour une autre église, Santa Maria della Scala, il venait de terminer une *Déploration du Christ*. Nicodème, debout sur la pierre tombale, se penche pour soutenir le corps affalé. Madeleine, agenouillée aux pieds du Seigneur, serre contre sa joue le bras inerte du mort. La composition en diagonale, par une ligne qui descend de Nicodème à Madeleine, l'accentuation de la musculature, la douleur emphatique de Marie et des saintes femmes à l'arrière-plan, le fond laissé dans l'obscurité, l'éclairage latéral sur le corps blanc du Christ me donnèrent la première idée de ce que pourrait devenir la peinture quand elle aurait flanqué dehors ce qui restait ici de *respect humain, respect du spectateur.* On estimera qu'avoir de telles pensées était bien insolent de la part d'un gamin encore employé à remuer les couleurs au fond d'un pot. Mais j'avais beau avoir conscience de tout ce qui me manquait pour arriver seulement à la cheville de mon maître, je ne pouvais m'empêcher de le trouver timide, prisonnier du *bon goût* appris chez les Vénitiens. Par Bergame et par Brescia, si voisines de Milan et pourtant possessions de Venise, l'influence de Giorgione et de Titien s'étendait sur la Lombardie. Maître Simone avait signé cette toile : « Simone, élève de Titien ». Dépendance, malheureusement, trop visible : dans la volonté d'adoucir les contrastes, dans l'effort de répandre sur la scène une patine lumineuse et de gommer, pour ainsi dire, les aspects du tableau qui auraient pu choquer.

Est-ce la timidité aussi, qui l'empêcha d'exprimer ce qu'il était sur le point de me dire, le jour où il s'approcha de moi et posa sa main sur mon épaule ? Nous étions seuls dans l'atelier, ce qui n'arrivait pas souvent. Penché vers la feuille de papier que je tenais sur mes genoux et où je m'efforçais de crayonner un ange – avec un résultat pitoyable, car autant j'avais de dispositions pour manier les pinceaux, autant j'échouais à faire un dessin correct –, maître Simone paraissait examiner mon esquisse. Il s'assit à ma droite, m'entoura le cou de son bras et, de son autre main, saisit ma main crispée sur le fusain, sans même feindre de la guider. Je sentais son haleine contre ma joue, la caresse de son bras sur mon cou.

« Ecoute, Michele, me dit-il avec une brusquerie qui m'effraya. Si tu voulais... »

Sa main accentua sa pression sur la mienne. Il m'assura que j'étais son élève préféré, mais sa voix tremblante me révélait que derrière le caractère affirmatif de cette déclaration il me cachait quelque chose de plus incertain.

J'avais lâché mon crayon, pour tourner la tête et le regarder. Il bredouilla :

« Ne me donne pas ta réponse tout de suite… Il ne s'agirait que d'être un peu gentil avec moi… Réfléchis tranquillement, et le jour où… Sache que… Oh, quelle honte, quelle honte ! » s'écria-t-il tout à coup.

Sur ces paroles énigmatiques, qu'il prononça d'une voix étranglée, il se leva d'un bond. Le fit-il exprès, ou, dans sa hâte à partir, un geste malencontreux lui échappa-t-il ? Toujours est-il qu'il me repoussa si violemment, que je tombai de mon tabouret par terre et me cognai le nez jusqu'au sang. Il s'enfuit de la pièce sans s'être retourné ni m'avoir dit à quoi je devais réfléchir ni quelle sorte de réponse il attendait. Bien que je n'eusse rien compris à cette scène, je ne sais quel instinct m'avertit de ne pas en faire état auprès de mes camarades et de me garder de toute allusion à ce sujet. J'aurais pu croire que j'avais rêvé, si la chute sur le dallage en brique ne m'avait laissé des bleus sur plusieurs endroits du corps et un accroc au genou de ma culotte.

Maître Simone ne donna pas suite à sa tentative et ne fit plus jamais mention de ce qu'il m'avait demandé. N'étais-je pas en droit d'espérer qu'il me traiterait plus affectueusement que ses autres élèves ? Hélas, il n'en fut rien. En public, il ne se départait jamais à mon égard d'une politesse qui me glaçait. S'il entrait dans l'atelier et m'y trouvait seul, il quittait aussitôt la pièce et remettait à un autre moment l'examen de mes travaux. Il semblait que, sans le vouloir, je l'eusse offensé. Le soin qu'il mettait à m'éviter me causait d'autant plus de peine que je cherchais en vain la faute dont il pouvait m'accuser.

Mes premiers essais un peu personnels consistèrent à peindre des fruits et des feuilles dans le coin de ses tableaux, selon la coutume qui voulait qu'un peintre confirmé laissât à ses élèves le soin des détails subalternes. Coutume que j'ai moi-même abolie, d'abord parce que je n'ai pas voulu avoir d'élèves en dehors de Mario, la notion même de « disciple » me paraissant contraire à mes idées sur l'art, ensuite parce que j'estime qu'aucun détail ne doit être exécuté d'une autre main. Je me souviens d'avoir collaboré à une scène mythologique, *Vénus entre deux Nymphes*. Il peinait à terminer cette œuvre, soit que l'imitation des nus vénitiens fût trop flagrante pour un maître aussi réputé, soit qu'il ne se sentît guère inspiré par la déesse de l'amour, et que ce rabâchage de chairs féminines heurtât son tempérament. Je me débrouillai comme je pus avec les raisins et les pommes du décor. Au nom de la vraisemblance, il m'empêcha d'ajouter sur l'herbe une carafe, que je voulais copier sur celle de Léonard de Vinci. Cet objet, d'une transparence merveilleuse, qui m'avait fasciné dans la fresque de Santa Maria delle Grazie, eût ajouté, j'en étais certain, un élément ésotérique à ce tableau convenu.

Si la petite dose d'audace sans laquelle on est condamné à n'être qu'un épigone faisait défaut à la peinture de maître Simone, l'insuffisance de son enseignement ne me parut jamais avec plus d'évidence que lors d'une expédition à Brescia, un ou deux ans plus tard. Deux ans, à y repenser, puisque Caterina était déjà entrée dans ma vie.

Il tenait à nous montrer un des tableaux les plus fameux de cette école lombarde trop méconnue, selon lui, dans le reste de l'Italie, un *Saint Matthieu et l'Ange* d'un nommé Giovan Gerolamo Savoldo. Massif, barbu, d'une virilité spectaculaire, doté d'une poitrine de ténor, vêtu d'une ample blouse dont les plis verticaux creusent des cannelures bien dessinées, l'évangéliste est assis à une table, devant une lampe à huile. Il trace des lignes sur une feuille de papier. Des doigts de son autre main, il entoure l'encrier. Pourtant, il ne regarde pas ce qu'il écrit. Un ange est entré dans sa chambre, et Matthieu a tourné la tête vers le visiteur. L'apôtre et l'ange se fixent dans les yeux.

« Sujet rebattu, nous dit maître Simone, mais traité comme un épisode de la vie quotidienne. Il y a tant de vérité et d'intensité dans le regard échangé entre les deux personnages, qu'ils paraissent tirés non des Ecritures, mais d'une scène observée directement par le peintre. Otez ses ailes à l'ange, et vous verrez apparaître un jeune homme comme vous pouvez en croiser dans la rue... Son allure, son port, son exceptionnelle beauté sortent évidemment de l'ordinaire ! » ajouta-t-il, en essayant de rire. Nous nous regardâmes entre nous, interloqués par cette gaieté qui sonnait faux. Il s'aperçut que son comportement devait nous sembler bien étrange, car il reprit, pour conclure, le ton neutre du professeur. « Vous avez là un exemple de ce *réalisme lombard*, qui consiste à transformer un épisode biblique en scène de la vie familière. »

Soit. La leçon ne serait pas perdue pour moi. Maître Simone avait pourtant négligé un autre aspect du tableau, celui qui m'avait le plus frappé. Quelle nouveauté dans l'éclairage ! Quelle hardiesse dans la répartition des tons ! Une grande partie de la toile plongée dans le noir ; toute la lumière concentrée sur la blouse de l'évangéliste ; les deux têtes émergeant à peine de la pénombre ; chaque pli du vêtement comme fouillé par le rayon d'un phare : je n'avais jamais vu un dédain aussi complet des pratiques d'atelier. Maître Simone nous apprenait à répandre uniformément la lumière, de façon à éviter les contrastes. Il fallait, selon lui, *faire moelleux, agréable.* Eclairer chaque détail d'une lumière égale, étale, intemporelle, sans en privilégier aucun. Pour ce Giovan Gerolamo Savoldo, rien de tel : l'illumination subite et partielle de la chambre devenait le vrai sujet du tableau. La visite de l'ange à Matthieu n'était qu'un prétexte à exalter le jaillissement de la lumière au centre et la profondeur des ombres repoussées dans les coins.

Pourquoi maître Simone aimait-il tellement ce tableau ?

Ce ne pouvait être qu'en dépit de la manière dont il était peint. La raison de cet attachement n'était que trop évidente, mais j'étais encore trop benêt pour la déceler.

Je n'ai jamais oublié cette visite à Brescia ni dans les autres églises où il nous emmenait. Quand le cardinal Del Monte s'étonnerait que sans être passé par aucune académie ni avoir reçu l'enseignement d'un grand maître je fusse capable de peindre, à vingt-deux ans et *du premier coup,* des tableaux si neufs, il eût été plus honnête de corriger ce *du premier coup* en lui racontant les impressions que j'avais reçues pendant mon séjour à Milan de plusieurs tableaux de l'école lombarde. Il ne connaissait pas cette école, personne à Rome ne la connaissait : je n'allais pas laisser passer cette chance de pouvoir me présenter comme né de rien, avec l'auréole du barbare qui n'a ni expérience ni antécédents.

IX

Caterina

A quinze ans, je commençais à ne plus me satisfaire de ce que j'avais fait pour la première fois dans le bois derrière la maison.

La servante de Simone Peterzano, vieille fille sans attraits, remettait quelques pièces de monnaie aux apprentis et les envoyait, seuls ou à plusieurs, chercher le pain au four du quartier. Loin d'être une corvée, cette expédition avait pour nous un parfum d'aventure. Nous nous disputions pour aller via Canonica, et personne n'aurait manqué son tour. Qui était désigné prenait soin de mettre une chemise propre et de passer le peigne dans ses cheveux. Brune de vingt-cinq ans, bien faite, ni trop maigre ni trop grasse, *buona* selon nos critères, toujours à rire avec les jeunes gens, la femme du boulanger incarnait dans sa personne vive et enjouée la soif de vivre qui avait saisi le peuple de Milan après les ravages de la peste. Ni le nouvel évêque ni les prédicateurs du diocèse n'osaient s'opposer à cette volonté de bonheur. Sauf sur un chapitre particulier que je découvrirais bientôt, l'Eglise misait sur un certain relâchement de la moralité publique pour dissuader de prêter l'oreille aux sermons de Luther et de Calvin ceux qui ne pouvaient qu'apprécier les avantages d'une religion plus coulante.

La boulangère s'appelait Caterina, coiffait ses cheveux

en chignon et profitait de ce que la rigide étiquette espagnole, les vestes boutonnées, les guimpes montant jusqu'au cou n'étaient prescrites qu'aux femmes des deux premiers états, pour porter des corsages échancrés. Ses yeux noirs, ses dents menues, ses seins pointus sous la chemisette, ses hanches agréablement rebondies faisaient l'objet de discussions sans fin entre nous. Je n'avais garde de me tenir à l'écart, plus par esprit de groupe que par goût véritable – c'était notre cas à tous, je pense : parler des femmes nous excitait plus que les femmes elles-mêmes. *La Donna*, convoitée et redoutée. On eût surpris, à nous entendre vanter les trésors de ce continent mystérieux, autant d'anxiété que d'impatience. En présence de Caterina, chacun adoptait une attitude différente, selon son âge, son caractère, la confiance qu'il avait en lui-même. Qui cherchait à lui plaire en lui rendant de menus services, qui laissait en supplément un quart de baïoque glissé d'un geste timide sur le comptoir. Elle le fourrait prestement entre ses seins, avant que le mari n'ait rien vu.

Maurizio, le garçon dont la lèvre portait une petite cicatrice à la suite de mes coups, était le seul à se pavaner ouvertement et à débiter des galanteries. Roberto bégayait, Leonardo se cachait derrière les autres, Ambrogio disait à la boulangère pour la faire rire *Bacio le mani* en parodiant le ton cérémonieux de la société espagnole, Vincenzo mettait son poing sur la hanche et faisait semblant de friser une moustache encore à venir. Bien qu'elle fût trop habile pour donner la préférence à aucun, je voyais bien que, si l'un de nous devait planter des cornes au signor Marotta, ce serait Maurizio, le plus âgé de la bande, par une prérogative stupide et injuste qui me remplissait de dépit.

Etirée en longueur, éclairée au fond par les lueurs du four, la boulangerie était divisée en deux par une planche de bois qui prenait toute la largeur et servait de comptoir. La boutique proprement dite occupait les trois quarts du local. On cuisait le pain de l'autre côté de la planche, dont la partie gauche, mobile comme le tablier d'un pont, pouvait se fixer par un crochet à un anneau qui pendait de la voûte. Une huche, posée sur quatre pattes de lion, couvrait un des murs latéraux de la boutique. Caterina se tenait derrière le comptoir, mais, pour servir les clients qui avaient déposé la veille leur commande, elle soulevait la planche, enfonçait le crochet dans l'anneau, passait dans la boutique et se dirigeait vers la huche où les pains étaient entreposés. Tandis que, le dos tourné, elle plongeait de tout le buste dans le coffre de chêne, les plus hardis d'entre nous s'approchaient en douce et allongeaient la main. Elle s'y entendait à merveille pour arrêter cette main et rabrouer l'insolent.

Il me sembla qu'il y allait de mon honneur de me mettre sur les rangs. Si Caterina me plaisait ou non, je ne me le demandais même pas. Elle était à prendre, je n'allais pas la laisser à un autre.

La boutique, un jour que j'y entrai, était vide. La jeune femme venait de refermer le couvercle de la huche d'où elle avait retiré un pain. A peine m'eut-elle aperçu, qu'elle laissa tomber par terre ce qu'elle tenait. Je me baissai pour ramasser le pain. Elle m'avait prévenu. Nos mains se rencontrèrent sur le plancher. Elle m'attira contre sa poitrine et m'embrassa sur la bouche. Je n'avais pas eu le temps de me rendre compte de ce qui m'arrivait que, déjà, elle était debout, secouant la farine de sa jupe. Le parfumeur, qui avait son magasin à deux pas, poussa la porte et entra. Elle se mit à rire avec lui. Il glissa quelques mots à son oreille. Elle rit plus fort. Existais-je encore pour elle? En vrai nigaud, je pris un air offensé, jetai l'argent sur le comptoir et sortis sans la saluer. Elle me courut après. « Tu as oublié les pains! » me dit-elle, en me plaçant entre les bras une demi-douzaine de grosses miches. « Idiot, petit idiot! » Son visage était tout près du mien. Elle haletait, les joues rouges, son chignon à moitié défait. Je détournai la tête et m'enfuis avec les pains.

Les jours suivants, partagé entre l'envie de saisir cette

occasion et la crainte de tomber aux mains d'une coquette, j'hésitais sur la conduite à tenir, quand la vue d'un tableau me décida. Le hasard m'avait conduit du côté du château ducal, devant l'église San Giovanni Evangelista. Au-dessus de l'autel, une grande toile d'une toise sur quatre pieds attira mon attention. *Les Noces mystiques de sainte Catherine*, par Girolamo di Romano, autre peintre de l'école lombarde. La sainte, à genoux, ressemblait trait pour trait à la signora Marotta ! Elle en avait non seulement le profil, le nez, la bouche, mais le type de coiffure, assez rare en Lombardie. Le même chignon, fixé par le même nœud de ruban, ornait le dessus de sa tête. Enfin, elle portait le même nom.

Des coïncidences si parfaites ne pouvaient que transfigurer à mes yeux la boulangère de via Canonica. Dans *la Légende dorée*, dont ma mère me lisait souvent des passages, j'avais appris l'histoire de Catherine d'Alexandrie, jeune fille convertie au christianisme et persécutée. Condamnée à mort par le tyran Maximin, elle fut attachée à une grande roue de bois, pour être écartelée. Quand on voulut mettre en branle la roue, les cordes se rompirent, et il fallut décapiter Catherine. Ce double supplice la hissait dans mon esprit au rang des plus grandes héroïnes. Le sort auquel aspirait Thérèse d'Avila, elle l'avait obtenu ! Décapitée ! Sa tête avait sauté de son cou, le sang coulé à flots. L'arme, une épée de gentilhomme à la garde incrustée de pierreries, figurait dans le tableau, avec l'autre attribut de la martyre, un morceau de la roue hérissée de clous. Ce n'était pas une œuvre de grande valeur, sans doute, surtout si je la compare aux deux admirables fresques de Masaccio que je découvrirais à Rome dans l'église San Clemente – le peintre toscan ayant divisé l'histoire en deux scènes : l'ange qui brise la roue pour l'empêcher de tourner, puis la sainte, à genoux, les mains jointes, qui tend le cou au bourreau.

Tel quel, cependant, surchargé de symboles, le tableau de Girolamo di Romano me causa une sorte de ravissement. Un peu de la gloire de la sainte rejaillissait sur la boulangère. J'étais entré dans l'église en ne pensant qu'au moyen de ne pas me laisser supplanter auprès de Caterina. J'en sortis amoureux de la jeune femme.

Mon plan fut vite arrêté. Un après-midi, après que j'eus dérobé une clef de la maison en prévision d'un retour au-delà de l'heure autorisée, j'emmenai Maurizio chercher le pain. Plusieurs clients remplissaient la boutique. Je m'arrangeai pour rester le dernier, seul avec celui qui ne ferait plus le paon si mon calcul réussissait. Le boulanger achevait de sortir de l'âtre la fournée du soir. Sa femme avait relevé le tablier pour transporter les pains jusqu'à la huche. « On va faire ce travail à ta place », dis-je. J'avais tout machiné. Caterina prenait les pains des mains de son mari et les plaçait sur la partie fixe du comptoir, à droite de la partie relevée. Maurizio se tenait du côté de cette partie, à ma gauche. Je choisis le moment juste. « On sera mieux en rabattant la planche », dis-je à mon camarade. Sans entendre malice, il ôta le crochet de l'anneau et libéra le tablier. La planche tomba en effleurant le petit doigt de Caterina. Elle poussa un hurlement. « Brute ! » m'exclamai-je, en chassant d'un coup de pied le sot. Il s'enfuit de la boutique. Le boulanger ne pouvait lâcher sa fournée. Il se contenta de nous passer la gaze et les bandes qu'il gardait à portée de main pour soigner ses brûlures. Je pansai moi-même le doigt de Caterina. Elle lançait des soupirs et se renversait sur mon épaule. L'ongle avait à peine rosi, une goutte de sang perlait.

« Cette nuit, murmurai-je, devant le portail de San Giovanni Evangelista. » Levé tous les matins à quatre heures, le mari se couchait tôt. « A minuit », précisai-je. Elle n'eut que la force de bredouiller : « Devant le portail de l'église ? » avant de s'évanouir ou de faire semblant, car le mari, mécontent de nous voir en conversation si intime, avait posé sa pelle et s'approchait soupçonneux.

Le soir, en attendant Caterina devant l'église, j'étais un peu moins fier. Saurais-je m'y prendre ? Par où commencer ? J'avais repéré, à l'ombre du château, sur le revers du fossé, un endroit abrité des regards. Un tapis d'herbe et de marguerites dévalait jusqu'aux douves. J'avais cueilli une de ces marguerites, pour l'offrir à la jeune femme, puis cette initiative me parut de la dernière niaiserie. Autant l'avouer : mon principal sujet d'inquiétude, c'était qu'à aucun moment, dans la boulangerie, pendant que je serrais dans mes bras la belle *fornarina*, je n'avais éprouvé la moindre émotion physiologique. Et maintenant, j'avais beau savourer ma victoire morale sur Maurizio, la crainte de ne pas réussir à en profiter se traduisait par une preuve trop certaine que je serais incapable de *farmi onore*.

Chaque jour, à cette époque, je me rendais au couvent de Santa Maria delle Grazie, seul ou avec un de mes camarades. Etudier la fresque de Léonard faisait partie de notre programme. Bien entendu, je m'étais gardé de raconter à quiconque les bizarres suppositions de mon grand-père. Maître Simone considérait Léonard comme le chef de l'école lombarde, parce que, tout toscan de naissance qu'il était, il avait résidé vingt-cinq ans à Milan. Je n'aurais jamais eu le courage de mettre en doute publiquement l'authenticité de sa peinture. Léonard avait laissé également une œuvre écrite, sous forme de fragments où il livrait sa pensée sur les arts, les sciences, la médecine, la technique des fortifications, vingt autres sujets. En feuilletant un jour ces carnets, j'étais tombé sur une section consacrée à l'anatomie et à la physiologie. Un passage m'avait frappé entre tous, le paragraphe où Léonard parle de *l'intelligence en propre* que posséderait, selon lui, cette partie du corps masculin qui me jouait un tour si pendable.

Il ne manquait plus qu'un quart d'heure à minuit, la cloche de San Giovanni Evangelista venait de sonner trois coups, avertissement qui tinta à mes oreilles comme le plus funèbre des glas. J'aurais voulu me rappeler ce texte, pour voir si j'avais quelque secours à espérer d'un si grand maître. *« En dépit de la volonté qui désire la stimuler, elle s'obstine et agit à sa guise... Souvent l'homme veille et elle dort...* » N'était-ce pas mon cas? Léonard avait-il subi semblable déconvenue? « *Maintes fois l'homme veut se servir d'elle qui s'y refuse... Il semble donc que cet être a une vie et une intelligence distinctes de celles de l'homme...* »

Cette « intelligence » distincte de la mienne, quel but poursuivait-elle, si elle contrecarrait ma volonté? N'étais-je pas digne du bonheur que je m'étais promis? Pourquoi refusait-elle de collaborer au plan le mieux justifié? Pour la dixième fois, je passais en revue les agréments de Caterina, en me représentant ma chance de l'avoir rencontrée et de pouvoir en disposer pour mon usage, mais le mot même d'*agréments*, je ne sais pourquoi, me refroidissait encore plus. J'avais beau détailler tout ce que je savais de ses *charmes*, la honte de *far flanella* devant une personne qui devait être si sûre d'enflammer les hommes achevait de me paralyser.

Minuit sonna, j'entendis retentir sur le pavé son pas court et rapide. Elle se mit à courir. J'appelai au secours saint Joseph, celui qui a donné un statut respectable à l'absence de désir. Il n'a pas eu besoin de faire ses preuves pour être considéré comme parfaitement viril. Les puceaux, pour éviter le ridicule, l'invoquent contre les défaillances. *San Giuseppe, aiutami, tuo nome sia benedetto nei secoli dei secoli.* En vain. Désastre imminent, fiasco inévitable.

Pourtant, les choses se déroulèrent tout autrement que je n'avais craint. Elle prit d'autorité les devants. A peine fûmes-nous arrivés à l'endroit que j'avais choisi, elle se coucha dans l'herbe et m'attira contre elle. Ayant constaté ce qu'elle crut n'être que la timidité d'un débutant, elle ne se vexa pas d'avoir à fournir un petit travail préliminaire. Elle parut très satisfaite du résultat. « Je ne me serais jamais doutée, s'exclama-t-elle, que tu pouvais l'avoir aussi grosse et dure à ton âge. » Elle procéda de manière à ce que je n'eusse rien d'autre à faire que d'obéir à ses indications. Passif entre ses mains, inerte, puisque j'avais appris que *l'intelligence* de cette partie du corps est indépendante de la volonté de son propriétaire, je me laissai guider tout doucement vers le plaisir, qui nous récompensa en même temps. Du moins j'en eus l'illusion, d'après le gros soupir qu'elle poussa, et qui n'était peut-être que de complaisance. Ame compatissante, tenait-elle à ne pas décourager un novice ? Ce fut une expérience agréable, dont je garde le meilleur souvenir. Ce certificat de virilité m'a permis, très jeune, quand d'autres expériences me seraient proposées, de me dire que je *choisissais*, en connaissance de cause. Je pourrais leur clouer le bec, chaque fois que la malignité de mes ennemis m'accuserait de mener la vie que je menais *faute de* posséder les moyens d'en conduire une autre.

Caterina se rajusta, sans plus de gêne que si elle revenait du lavoir. Je la raccompagnai jusqu'au coin de la via Canonica. Je me sentais dans l'état de quelqu'un qui a été convoqué à la police pour vérification d'identité. Les alguazils l'ont laissé repartir, car ses papiers sont en règle. Il s'en va léger et tranquille... Il faut croire pourtant que j'aspirais à autre chose en secret, si, à peine de retour chez maître Simone, j'eus l'envie, malgré l'heure tardive et la circonstance qui ne s'y prêtait guère, de relire la fameuse page de Thérèse d'Avila. Je me glissai sans bruit jusqu'à mon coin, derrière le rideau que j'avais tendu autour de mon lit pour l'isoler du dortoir. Sous mon oreiller, j'avais caché la *Vie écrite par elle-même*. Le livre s'ouvrit tout seul au chapitre de la vision céleste. M'étant assuré que les autres dormaient, je lus et relus à haute voix, pour m'enchanter de leurs cadences, les phrases que je savais par cœur. « *Ce sont apparemment ceux qu'on appelle Chérubins... Un long dard en or, dont l'extrémité en fer portait un peu de feu...* » Je ne m'endormis pas, je ne pouvais m'endormir. Si je me couchais sur le dos, la tentation était trop forte. Si je me retournais sur le ventre, je ne faisais qu'augmenter le supplice. L'ignare apprenti de maître Simone en savait désormais autant que le sagace et profond Léonard. « *Elle s'obstine et agit à sa guise, se mouvant parfois sans l'autorisation de l'homme ou même à son insu; soit qu'il dorme, soit à l'état de veille, elle ne suit que son impulsion.* »

Ah! pourquoi résister? Si *elle seule* sait ce qui m'est nécessaire... Si, par sa sincérité absolue, elle envoie promener tout ce que je n'ai cherché à obtenir que pour imiter les autres... « *Il semble donc que cet être a souvent une vie et une intelligence distinctes de celles de l'homme, et que ce dernier a tort d'avoir honte de lui donner un nom ou de l'exhiber, en cherchant constamment à couvrir et à dissimuler ce qu'il devrait orner et exposer avec pompe, comme un officiant.* » Avec pompe, oui, avec faste et allégresse. *Comme un officiant...* Une vraie cérémonie... De flamme et de feu, l'extase ne fut pas longue à monter et la splendeur à jaillir, aussi complètes, magnifiques et intenses que jadis, au village, dans le bois de pins, la première fois où j'y avais succombé.

X

La secte des Portugais

Une fois par semaine, je retrouvais Caterina près des douves. Nous avions choisi, pour plus de sécurité, le lundi, car ce jour-là, le signor Marotta attelait sa charrette, partait pour les Moulins Généraux de Monza, couchait sur place et revenait le lendemain avec les sacs de farine. Jamais Caterina ne consentit à m'introduire chez elle. *La casa è sacra*, prétendait-elle, c'est-à-dire qu'elle pouvait tout se permettre, à condition de « respecter » le foyer conjugal.

L'habitude me rendait plus hardi. J'inventais dix nouvelles façons de me faire honneur. Pouvais-je dire, cependant, que la *pointe de feu* remuait dans mes entrailles ? La fierté d'assumer de part en part mon rôle, comme elle m'*embrasait* plus que le plaisir lui-même ! Et, pour être sûr de me montrer à la hauteur de l'épreuve, de combien d'excitants je continuais à avoir besoin ! Mari à supplanter, rivaux à évincer, devoir à remplir envers moi-même... Pour Matteo, rien de tel ne fut nécessaire. Mon honneur n'était pas en jeu, je n'avais rien à prouver, il ne ressemblait pas à un jeune homme peint.

Beau ? Même pas. Râblé ; le visage marqué d'une balafre ; impulsif ; le regard bleu d'un montagnard ; une poignée de main à vous décrocher les os. A mille lieues, assurément, d'être un de *ceux qu'on appelle Chérubins* ; et aussi éloigné que possible de la figure de l'Ange, telle que je me l'étais formée dans le bois de pins.

Nouveau dans la maison, ce n'était pas un apprenti, mais, à vingt-cinq ans, un peintre déjà expérimenté. Maître Simone l'avait embauché pour finir les toiles qu'il ne se sentait pas la force de terminer seul dans les délais prescrits. Matteo ne se formalisait pas de travailler pour un autre. Peindre, pour lui, ce n'était ni obéir à une vocation, ni courir après la gloire – un moyen d'assurer sa subsistance, sans plus. Il me plut d'emblée, ce qui paraîtra bizarre, étant donné ce que j'ai laissé voir de ma propre nature. Manquer d'ambition, se cantonner dans les demi-mesures, accepter la vie comme elle vient, voilà les défauts que je pardonne le moins, surtout à un artiste. Et pourtant...

Je me rappellerai toujours le premier soir où il apparut – un vendredi, pendant ma dernière année d'apprentissage, j'allais donc sur mes dix-sept ans. Déclarer à table, devant la carpe bouillie et les pommes de terre à l'eau, que le jeûne n'est qu'une fameuse aubaine pour les marchands de poisson et qu'il n'a aucune valeur spirituelle, quel aplomb ! Pourquoi, nous dit-il, saint Pierre avait-il créé l'obligation de se passer de viande une fois par semaine ? Parce que ses parents vivaient de la pêche dans le lac de Génésareth. Pardi ! ce n'était pas plus malin que cela ! Grâce à l'institution du jeûne hebdomadaire, la famille était sûre d'avoir un minimum de revenus. De telles paroles, il n'aurait pas fallu qu'un espion du Saint-Office les surprît. Par ses propos qui frisaient le blasphème, Matteo m'épouvanta plus d'une fois. Mais aussi, quel soulagement, après le double langage des prêtres – faites ce que vous voulez, à condition que cela ne se sache pas – et l'air éternellement pincé des Espagnols, que cette franchise à bout portant !

Une nuit que nous nous promenions autour du château, j'aperçus Caterina au bras du parfumeur. Ils se dirigeaient vers « notre » endroit. « Tu en fais une de ces têtes! » me dit Matteo. Je lui racontai mon aventure. Il haussa les épaules et marmonna : « Toutes pareilles! D'ailleurs, tu t'y attendais, sinon tu ne serais pas revenu dans ces parages. » Sur-le-champ, je ne compris pas ce qu'il voulait dire. Ce mépris de l'autre sexe, affiché sans nuances, me déplut. Il n'avait jamais connu de femme, lui, et pour le moment n'avait pas envie d'en connaître. Il venait d'un petit village de vignerons dans les Préalpes, au-dessus de Milan. Là, me dit-il, les garçons se mettaient ensemble; rien n'était plus facile. « Tu n'as jamais essayé? Comment fais-tu? Le lundi, seulement, avec ta boulangère? Et le reste du temps? *Ti fai le seghe?* » Comme la chose me parut laide, tout à coup, du seul fait d'être nommée!

« Si tu n'as pas de femme à ta disposition, reprit Matteo, que cela ne t'empêche pas de suivre la nature. » La nature? La Bible, Moïse, saint Paul n'ont-ils pas dit et répété qu'il est interdit de commettre le péché *contre nature*? Il s'esclaffa.

« A Rosarolo, c'est le prêtre qui nous donnait l'exemple. Nous y sommes tous passés! Le même prêtre qui ensuite nous mariera en bénissant notre union et en priant Dieu de nous accorder une nombreuse progéniture.

— Toi, tu te marieras?

— Bien sûr, quand j'aurai piqué assez de pognon à maître Simone. Qu'est-ce que tu crois? J'ai envie de toi, parce que je n'ai pas de femme sous la main. Quand je serai en âge de me marier, j'irai avec celle qui sera la mère de mes enfants. »

Nous fîmes encore quelques pas. « Une femme, conclut-il, ne sert pas à autre chose. » Je n'aimais pas de tels propos, mais ne savais que répondre.

Je n'osais lui parler de Thérèse d'Avila, dont le pape annonçait la prochaine canonisation. Avec son évangile de la nature, sa foi cynique dans les besoins de l'homme, Matteo n'aurait rien compris au dard en or, ni aux transports de la *céleste folie*.

Un soir, derrière l'abside ronde de l'église San Giovanni dei Portoghesi, au-delà du rempart, il me coucha à côté de lui dans l'herbe, et nous en vînmes, sans brusquerie ni violence, au point où il voulait m'amener. Posément, calmement, il m'enseigna les techniques de l'amour, sans m'obliger, dans les premiers temps, à expérimenter ce que mes tissus encore fragiles n'auraient pas supporté sans douleur. Heureux, je l'étais, dans ses bras. « Dans ses bras ! » Voilà une formule toute faite, mais qui dit bien ce qu'elle veut dire. Jamais je ne m'en serais servi pour Caterina. Matteo, je ne sais si je l'ai aimé. Je sais seulement que je me trouvais bien avec lui.

Il m'avait deviné, je l'avoue : si j'étais retourné près du château, c'était pour avoir la preuve que Caterina me trompait ; et pourquoi vouloir cette preuve, sinon pour me sentir libéré de mon service hebdomadaire ? Maurizio prit le relais. Maintenant que je l'avais eue, je cédais volontiers la boulangère à mon camarade.

Disposant chez maître Simone d'une pièce au grenier, Matteo m'invitait souvent dans sa chambre, endroit plus agréable que le chevet de San Giovanni dei Portoghesi, mais la plupart du temps, je ne savais pour quelle raison, il m'entraînait jusqu'à cette église dédiée – mais en principe seulement, je ne tarderais pas à l'apprendre – aux ressortissants de la nation portugaise. Il fallait traverser la ville et dépasser l'Arco di Porta Ticinese.

Que tout fût si simple entre nous (et même l'acte impossible à réussir sans forcer un peu la nature) était le signe, pour lui, que nous n'avions rien à nous reprocher.

Il me répétait : « Ne cherche pas midi à quatorze heures », chaque fois que, incapable déjà de ne pas me penser en rebelle, déçu de trouver la voie si aplanie, presque dégoûté de la facilité de nos rapports, je lui citais le verset du Lévitique : *« L'homme qui couche avec un mâle comme on couche avec une femme, tous deux ont fait une abomination, ils seront mis à mort, leur sang est sur eux. »* Bien qu'une partie de moi se révoltât contre une loi si barbare, une autre partie tenait fort à l'idée de commettre avec Matteo une *abomination.* Je regrettais que ce qui avait lieu entre nous ne provoquât ni colère du ciel ni catastrophe d'aucune sorte. Quelle différence y avait-il entre mes rapports avec Caterina et mes rapports avec Matteo, sinon que les premiers étaient licites et les autres non, ceux-là encouragés par l'air du temps, le relâchement des mœurs, l'indulgence des curés, ceux-ci condamnés par la coalition de la religion, de la morale, du code pénal et de l'opinion ? Et pourquoi éprouvais-je avec Matteo une jouissance infiniment plus intense qu'avec Caterina ? Ces deux questions étaient-elles liées ?

Matteo combattait par le bon sens ce qu'il appelait mes *frayeurs de hibou.* « Laisse-toi aller, sans plus, à ta sensation du moment », me disait-il. Ce *sans plus*, cette politique à courte vue, ce refus d'outrepasser un certain point jugé suffisant, tout ce choix de demi-mesures si contraire à ce que serait ma philosophie me permit d'acquérir certaines habitudes qui se sont révélées d'une grande utilité par la suite. Il est vrai que, pour me rallier à son pragmatisme et aux bienfaits de son *sans plus*, Matteo usait d'arguments rien moins que médiocres.

« As-tu remarqué une chose, me disait-il. Aucun peintre, jamais, n'a pris pour sujet la destruction de Sodome. Pourtant, n'y a-t-il pas dans cet épisode de quoi séduire une imagination d'artiste ? Une ville en feu, des maisons qui s'écroulent, la cohue des fuyards dans les lueurs de l'incendie...

— En effet, concédai-je.

— Et pourquoi, à ton avis, ce paysage d'apocalypse a-t-il rebuté les peintres ?

— Ce serait sans doute trop difficile, avec une foule aussi nombreuse, courant dans tous les sens...

— Trop difficile ? La procession des Rois mages, le massacre des Innocents, l'arrestation du Christ, avec les dizaines de soldats, comptent-ils moins de personnages ?

— Et alors, Matteo ?

— Et alors, la seule raison qui empêche les peintres de représenter le déluge de feu sur Sodome et le carnage des habitants, c'est qu'ils trouvent absurde un châtiment pour une faute... qui n'est pas une faute! Un peintre ne saurait appliquer son talent à quelque chose qui révolte le bon sens, n'est-ce pas un des axiomes de maître Simone? Eh bien! la destruction de Sodome va contre une des lois de la nature, selon laquelle la soif et la faim ne sont pas les seuls désirs qui demandent à être assouvis. Pourquoi Dieu t'a-t-il doté de cela? » concluait-il, en saisissant à pleine main ce qui s'empressait de lui fournir la preuve que ses arguments n'étaient pas infondés. Dans sa chambre comme dans le terrain vague derrière l'église des Portugais, nos conversations finissaient toujours par ce qu'il appelait un exercice pratique. « Pas d'états d'âme, Michelangelo! » En effet, tout sentiment mis de côté, nous n'étions que deux gymnastes à l'entraînement.

Rien, pour lui, ne semblait être sacré. Cherchait-il à m'épater par son cynisme? Jusqu'au procès, je n'ai pas soupçonné le pacte qui liait les membres de leur secte. J'aurais dû me tenir sur mes gardes, quand il m'attirait sur un sujet par trop périlleux. Par exemple, le jour où il me commenta *la Cène* de Léonard. Il avait le talent de me parler des œuvres d'art en les rapprochant de ce qui me préoccupait personnellement. Il commençait par la composition du tableau, la répartition des personnages dans l'espace, le jeu des formes et des couleurs, puis, sans m'y attendre, j'étais conduit à me poser des questions d'ordre individuel et intime.

Nous étions seuls, ce jour-là, au couvent de Santa Maria delle Grazie, dans le réfectoire visité d'habitude par une foule d'amateurs.

« Tu la trouves belle, cette fresque?

— Oui, sans plus », dis-je, et aussitôt je rougis, de m'être si bien inféodé à Matteo, que je reproduisais jusqu'à ses tics de langage. Mais c'est vrai que je n'admirais pas plus que cela une œuvre où certains défauts de l'école lombarde me paraissaient les plus voyants. Trop d'équilibre dans la composition, trop de douceur dans les tons. Harmonieuse, l'attitude des apôtres ? Je la jugeais compassée. Seuls me plaisaient les pieds, qu'on aperçoit alignés sous la table, nus dans des sandales ; et les détails des assiettes, des plats, des verres et surtout la transparence de ce carafon que je voulais copier pour aider maître Simone et me faire la main.

Quand je pensais à la réputation phénoménale de Léonard de Vinci, je n'étais pas loin de croire qu'il nous avait joués. Cette *Cène* qu'il avait réussi à rendre si fameuse, peut-être n'était-ce qu'un des nombreux tours de sa façon. Mon grand-père, somme toute, n'avait pas tort : qui nous assurait que cette fresque n'était pas la copie d'une œuvre détruite, ou qui n'avait jamais existé ?

J'en étais là de mes réflexions, lorsque Matteo appela mon attention sur ce qui fait l'originalité de cette œuvre, parmi toutes celles qui représentent le même sujet.

« Regarde, Michelangelo. Les apôtres sont répartis en deux groupes symétriques de six. Un des groupes se penche vers la gauche, l'autre vers la droite, en sorte que les disciples ont l'air de s'écarter ostensiblement de leur maître. L'isolement du Christ est d'autant plus spectaculaire que la table est posée de face, tout en longueur, et que la pièce du repas est peinte en perspective, selon des lignes de fuite qui donnent l'impression d'un tombeau. La scène, dans son ensemble, manque de chaleur et de vie, tu l'as dit toi-même. J'irais plus loin : Léonard nous a saboté cette scène. »

Cette péroraison me parut excessive.

« Saboté ? N'a-t-il pas au contraire trouvé un moyen magnifique de faire éclater la divinité du Christ ? Le Seigneur, continuai-je, se détache sur la fenêtre du fond ; le ciel qu'on voit par cette fenêtre entoure sa tête comme une auréole. Si Léonard a isolé le Christ, c'est pour souligner ce qui le distingue des apôtres. Il est vraiment différent du reste des hommes. Par respect et frayeur de Celui qui daigne manger avec eux tout en étant d'une autre essence, ses plus proches compagnons ne peuvent que se détourner.

— Les autres peintres, pourtant, ne représentent pas ainsi *l'ultima cena. Ultima*, tu comprends ? Pour la dernière fois le Christ est réuni à ses disciples. Pour la dernière fois il partage avec eux le pain et le vin. Dans quelques heures va commencer la tragédie. De cet ultime repas, Giotto, que tu aimes tant, a fait un moment de tendresse humaine ; de cette occasion suprême où le Christ prend congé de ses élèves et amis, une scène d'abandon. Jean, le plus jeune des apôtres, le plus beau, pose la tête sur la poitrine de Jésus. Et tous les peintres, après Giotto, l'ont imité. Fra Angelico, Pinturicchio, Andrea del Castagno, Perugino... A Venise aussi... Titien... Tintoret... Ils choisissent le plus jeune et le plus beau des disciples, qui était Jean, le couchent sur la poitrine, quelquefois même sur les genoux de Jésus. Dans la basilique San Marco, parmi les mosaïques de la voûte, tu pourrais voir une image de ce genre. Jean et Jésus, deux jeunes hommes rapprochés dans une intimité physique... »

Gêné par de tels propos, je regardais autour de moi dans l'espoir que, quelque visiteur étant entré dans le réfectoire, Matteo fût dissuadé de poursuivre. Imperturbable, il reprit :

« Si le Seigneur a voulu descendre parmi les hommes et se faire chair avec eux, est-il admissible que, de tous leurs instincts, le plus puissant lui soit resté étranger ? Pouvait-il assumer pleinement la condition humaine sans être exposé au désir ? L'Eglise a toujours nié que le Christ eût éprouvé le moindre trouble... Quels hypocrites ! Les peintres, heureusement, ne s'en laissent pas conter. Est-ce un crime contre sa personne divine que d'accorder à Jésus, quelques heures avant la montée au calvaire et la mise en croix, une licence de tendresse ? Ne pouvait-il se permettre, en cet instant suprême, ce qu'il s'était toujours refusé, moins par principe que faute de temps ? Il était déjà condamné. Cet élan d'effusion vers Jean, ce besoin de toucher son disciple, de communier avec lui par le corps, qui oserait l'en blâmer, dans l'imminence de son supplice et de sa mort ? »

J'étais sur les épines, car plusieurs visiteurs se trouvaient maintenant avec nous. Il y en avait deux, en particulier, qui paraissaient beaucoup moins occupés à étudier la fresque qu'à épier Matteo. Comme celui-ci parlait à voix basse, ils s'étaient rapprochés peu à peu. Ils échangeaient des signes, et, aux derniers mots de l'imprudent, l'un d'eux s'éclipsa. Je saisis un prétexte pour entraîner Matteo au-dehors, afin que nul ne pût prêter l'oreille à la suite de ses impiétés. Quand je me retournai au bout de la rue, je m'aperçus que le second type était sorti sur nos pas.

Bien que l'événement que je vais rapporter à présent n'ait aucun rapport direct avec la catastrophe, je ne puis m'empêcher de le ranger parmi les présages qui l'ont annoncée. De retour chez maître Simone, nous trouvâmes dans l'antichambre un visiteur inattendu. « Giovanni Paolo ! s'exclama Matteo. Quelle folie de sortir dans cette tenue ! Je sais bien qu'il fait nuit, mais avec leurs yeux de lynx... » L'inconnu, âgé d'une cinquantaine d'années, s'était installé dans un fauteuil, les jambes allongées sans gêne devant lui. Il ne se leva pas. Matteo se pencha pour l'embrasser. Il portait, ouverte sur la poitrine, une chemise trop échancrée pour un homme de son âge. Un chapeau de paille, sur lequel il avait posé une couronne de feuillages, lui descendait jusqu'aux yeux. Le laurier, le chêne et le buis s'entremêlaient, dans un dégradé savant de verts, sur cette coiffure dont le propriétaire me parut tenir de l'ivrogne et du marchand des quatre-saisons. Un pampre avec toutes ses grappes dégringolait sur son épaule. Accroché au bord du chapeau, un médaillon décoré d'un arrosoir tranchait sur la paille noire par une touche de rouge violacé, de la nuance exacte que maître Simone m'avait appris à préparer sous le nom de lie-de-vin. Le col de l'arrosoir, au lieu d'être coudé comme celui de ma mère, se dressait tout droit – ce que, dans mon innocence, je pris pour une faute de dessin. La barbe hirsute du bonhomme, son nez couperosé, le laisser-aller de son accoutrement, plus débraillé qu'étrange, je ne sais quel air d'impolitesse et d'effronterie, il n'y avait rien dans cet individu qui ne me déplût – en quoi je montrais n'être encore qu'un petit provincial, engoncé dans la convention des mentons rasés et des habits décents.

Matteo nous présenta. « Giovanni Paolo Lomazzo, peintre et poète. Nous sommes originaires de la même vallée, et notre amitié a commencé à Rosarolo. Le jeune Merisi, que je ne désespère pas de voir bientôt se joindre à nous. »

Le visiteur tendit la main au hasard. Je m'aperçus, seulement alors, qu'il était aveugle. Le petit valet dont il s'était fait suivre avait apporté une toile roulée. Matteo l'étala devant nous. C'était un autoportrait de Lomazzo, peint il y avait une dizaine d'années, avec la même coiffure de paille et le même désordre étudié de feuillages.

« Trop compromettant, ce tableau ! On y reconnaît tous les insignes de notre confrérie. N'avons-nous pas juré d'être toujours *vigoureux comme le chêne, glorieux comme le laurier, sempervirents comme le buis* ? La secte dans son épanouissement végétal. Je ne voudrais pas qu'ils mettent la main sur ce qu'ils ne manqueraient pas d'utiliser comme une pièce à conviction.

— Mais la présence de la vigne leur fera croire que tu t'es représenté en Bacchus.

— S'il n'y avait pas le médaillon ! Le col de l'arrosoir, d'une forme inusitée chez nos vignerons, leur apprendra que nous faisons d'autres libations que de vin. (Il accompagna cette phrase d'un rire gras, presque vulgaire. Matteo rit à son tour.) Elio, continua le peintre en indiquant son valet, m'informe qu'ils commencent à rôder d'un peu trop près autour de chez moi.

— Mais ici aussi... objecta Matteo.

— Ne le garde pas dans ta chambre, évidemment. Confie-le à ce jeune... Comment s'appelle-t-il donc, cet enfant ? »

Pendant ce temps il m'attirait à lui. Avec le prétexte de la cécité, voilà qu'il se mettait à me palper et à me tripoter au visage et au corps. Je me dégageai d'un bond, ce qui fit rire les deux compères.

« Encore un peu sauvage, dit Matteo. Mais j'ai bon espoir. Lui non plus n'aime pas trop la fresque de Léonard. » Il prononça cette phrase d'un air entendu. Quel nouveau mot de passe venaient-ils d'échanger ?

« A samedi soir, dans l'église, pour les dernières retouches aux fresques, avant l'inauguration de dimanche, fit Lomazzo en se levant. Il est temps que je rentre, avant que les patrouilles ne commencent leur ronde. – Giovanni Paolo, laisse ton chapeau aussi. Ne t'expose pas inutilement. – Soit. Il servira d'instruction au petit. »

L'aveugle s'appuyait sur l'épaule de son valet.

« N'oublie pas, Matteo, d'apporter tes pinceaux et tes couleurs. De l'avis de Roberto, il manque un peu de rouge à la robe de David. Il faut qu'on la distingue bien de la tunique blanche de Jonathan. (Quoi ! me disais-je, avoir choisi dans la Bible ce mièvre épisode de l'amitié de David pour Jonathan, quand le berger d'Israël compte à son actif un meurtre et une décapitation !) Il paraît également, continua Lomazzo, que l'arbre auquel est attaché le cher saint Sébastien aurait besoin de quelques branches supplémentaires pour ne pas ressembler à un poteau de torture, ce qu'assurément il n'est pas. (Nouveau rire, nouveau rire de Matteo aussi. Moi qui avais vu d'innombrables images de ce saint dans la collection de gravures de mon père, je m'étais juré de ne jamais tomber dans ce culte de la pâmoison niaise.) Quand tout sera fini, nous convoquerons les Portugais en assemblée générale. On verra alors si nos fresques ne méritent pas de devenir plus célèbres que ce barbouillage chèvre et chou de Léonard. Tiens, amène donc le jeunot », conclut l'aveugle, en profitant de cette invitation pour me caresser les fesses, de sa main qui seulement en apparence s'avançait à tâtons.

Mais d'autre samedi soir, dans l'église des Portugais, il

n'y eut point. L'inauguration de ces fresques mystérieuses n'eut jamais lieu. Les peintures ne furent jamais terminées. Détruites peu de temps après la condamnation de la secte, le public ne les a jamais vues. Ce ne devaient être, je le suppose d'après le choix des sujets, que de fades apologies de leurs mœurs. Rien n'est plus facile que de rendre le charme alangui de Sébastien. Peindre l'abrupt ravissement de Thérèse demanderait bien d'autres moyens. Les flèches, on les plante où l'on veut, en nombre variable et chaque fois à l'endroit qui plaît le mieux. Mais le dard en or, unique et sauvage trait de feu, qui entra dans les chairs de Thérèse et lacéra son âme, je me demande qui oserait y brûler ses pinceaux.

Le visiteur n'était pas parti depuis une heure, et le dîner nous rassemblait dans la cuisine, quand nous entendîmes des coups de sifflet puis de violents heurts contre la porte de la rue. Matteo essaya de s'enfuir. La porte qui donnait accès à la cour par quelques marches était fermée à clef, et la clef retirée de la serrure, ce qui n'arrivait jamais. Ne restait pour sortir de la cuisine que l'escalier qui montait du sous-sol. Sur le dernier degré, il se heurta aux agents du Saint-Office. Un détachement de la garnison espagnole cernait la maison. Inculpé d'hérésie, décrété de prise de corps, Matteo entendit la sentence la tête droite et l'œil bleu grand ouvert. On lui passa des chaînes aux poignets. Il se dégagea des sbires par un mouvement d'épaules et prit les devants. La servante s'était précipitée à l'étage pour alerter maître Simone. Aussi couard dans la vie que timoré dans ses tableaux, le vieux peintre ne prit même pas la peine de descendre. Aucun des apprentis n'esquissa un geste pour défendre Matteo.

Au moment de l'emmener, le chef de la brigade me désigna : « Lui aussi. » En considération de mon âge, ils me laissèrent les mains libres. Maurizio cachait mal un petit air de triomphe. Je ne puis croire cependant qu'il nous eût dénoncés. Nous fûmes conduits en prison, chacun dans une cellule séparée. Mon compagnon de geôle était un homme d'une quarantaine d'années que je ne connaissais pas. Assis à lire dans un coin, il répondit à mon salut sans lever la tête.

Bien éclairée pendant le jour par une fenêtre qui donnait sur la rue, la cellule était assez grande. Entre les quatre murs qui nous enfermaient, je disposais d'un espace suffisant pour ne pas me sentir à l'étroit. Ce traitement de faveur me fut expliqué peu après. Je n'étais pas fâché d'avoir pour voisin un homme aussi taciturne, qui me laissait seul avec mes pensées. Avant même de songer à mon sort, j'avais un problème urgent à résoudre. Que répondre, s'il me demandait de quel crime on accusait un garçon de dix-sept ans ? Quel prétexte avancer ? Et ma famille ? Que lui dirais-je, à ma famille ? Je n'étais pas encore assez fort pour leur apprendre la vérité. Je ne voulais pas que ma mère eût honte de son fils et peur de sortir dans les rues du village. Ni m'exposer au mépris de mon grand-père. Le silence auquel j'étais condamné m'aida à forger les mensonges que je présenterais aux uns et aux autres pour tourner à mon avantage une situation inavouable.

XI

La charrette d'infamie

Le nouvel évêque, successeur de Carlo Borromeo, sortait de la Compagnie de Jésus, fort indulgente en matière de moralité publique, et, par là même, obligée de choisir certains excès pour les réprimer sévèrement. L'inquisiteur pour la Lombardie, don Pietro Morello, appartenait à l'ordre des Dominicains, *Domini Canes*, chiens de Dieu.

Comme si d'eux-mêmes ces messieurs n'y avaient pas été disposés, le gouverneur espagnol les pressait de frapper les esprits par un châtiment exemplaire. Quelle miséricorde les amis de Matteo pouvaient-ils espérer ? Le même jour, à la même heure, tous ceux qui fréquentaient l'église des Portugais furent arrêtés et jetés au cachot. Les réunions du samedi soir, auxquelles Matteo ne m'avait jamais convié, soit par scrupule de me compromettre, soit qu'il ne me jugeât pas assez sûr pour me mettre dans la confidence, rassemblaient les adeptes du « vice innommable », organisés en confrérie sur le modèle des communautés religieuses primitives. Symboles vestimentaires, mots de passe, cornes de buffle en guise d'amulettes, cols d'arrosoir brodés sur leur veste, glands de chêne portés en sautoir, ils avaient pour se reconnaître des signes à double entente et pour s'entraider un réseau clandestin. Les fresques équivoques qu'ils faisaient peindre à San Giovanni, en parodiant des sujets bibliques, avaient alerté les agents de police infiltrés dans la secte. On m'avait arrêté parce qu'on me croyait un des membres et initié à leurs secrets.

L'instruction dura plusieurs mois. La marquise Costanza Sforza Colonna étant intervenue en ma faveur, on m'autorisait à peindre. La châtelaine de Caravaggio gardait de puissants appuis auprès de l'évêché. On m'apporta un chevalet, des couleurs, une palette, des toiles, des pinceaux. Mon grand-père, avec toute ma famille, était fier de moi. Je m'étais rallié au parti de leur faire croire que j'avais comploté contre les Espagnols. Il n'eut pas la permission de me rendre visite, mais on me remit de sa part la collection de gravures de mon père qu'il avait eu l'excellente idée de laisser au guichet de la prison. Je voulus aussi du papier et des crayons. Requête cette fois écartée : on craignait que le papier ne me servît pour communiquer avec l'extérieur. Mes biographes se sont demandé pourquoi on n'a retrouvé aucun de mes dessins. Seul de tous les peintres italiens, je ne suis connu que par des tableaux. La réponse est simple : je n'ai jamais dessiné. Maître Simone négligeait cette partie de l'enseignement. Quand j'aurais pu mettre à profit ma captivité pour rattraper mon retard, aucun des moyens nécessaires ne fut mis à ma disposition.

Je perdis même l'habitude d'écrire. Pas plus que de dessins, je n'ai laissé de lettres, billets, commentaires de mes tableaux ou réflexions sur mon art. Aucun texte ne soutient mes idées sur la composition ou la lumière, aucune « théorie » n'est à prendre chez celui qui a donné un fameux coup de balai dans la tradition.

Il n'y a rien dans ma vie qui ne soit resté obscur, mais le mystère n'est jamais si épais qu'aux deux extrémités de ma carrière. De la fin de mon apprentissage chez maître Simone à mon arrivée à Rome, quatre années se sont écoulées. Que d'hypothèses n'a-t-on pas échafaudées sur cette période ! Pour les uns, qui voudraient que ma jeunesse ait préfiguré mon destin, je me serais caché dans les bas-fonds de Milan à la suite d'une rixe qui aurait mal tourné. Pour les autres, qui s'obstinent à rattacher mon œuvre à celle des peintres de Venise, j'aurais séjourné dans cette ville, *« où il goûta si fort les couleurs de Giorgione qu'il se le donna pour modèle dans l'imitation de la nature »*, prétend ce double menteur de Bellori. Comme je l'ai déjà dit, je ne suis jamais allé à Venise, ni alors ni plus tard, et Giorgione, avec ses formes suaves et ses coloris élégiaques, est le dernier qui m'aurait inspiré. Certains affirment que je suis rentré à Caravaggio, enterrer mon grand-père puis veiller ma mère lors de sa longue maladie. Après sa mort – je venais d'avoir dix-neuf ans –, je me serais arrangé, selon ces mêmes semeurs de fantaisies, pour gruger mon oncle Ludovico, mes deux frères et ma sœur, m'approprier la plus grande part de la succession et la dilapider en deux ans au cabaret.

En réalité, ces quatre années, je les ai passées à Milan en prison, ne revenant ensuite à Caravaggio que pour entrer en possession le plus honnêtement du monde de ce qui me revenait de l'héritage, prendre congé de ma famille, dire adieu à mon village, rompre avec mon pays natal. Je ne tenais pas à rester plus longtemps dans une terre soumise au despotisme des Espagnols. Ils m'ont empêché d'assister ma mère dans ses derniers moments et de lui fermer les yeux, je ne le leur ai jamais pardonné. Une coutume, sacro-sainte en Lombardie, oblige le fils aîné à creuser lui-même la tombe de sa mère. A ce devoir aussi, par leur faute, j'ai manqué. La terre où ma mère a été ensevelie n'a pas coulé entre mes doigts. Je n'ai pas prélevé dans sa tombe un peu de sable pour en remplir la fiole qui m'aurait servi de talisman.

En captivité, il s'en faut de beaucoup que j'aie perdu mon temps et gaspillé ma jeunesse, puisque de nombreuses toiles anonymes – je n'avais pas le droit de les signer – distribuées par l'administration pénitentiaire dans les églises de Milan et des environs, c'est moi qui les ai peintes. Elles figurent tantôt des scènes religieuses, tantôt des portraits idéalisés de Carlo Borromeo ou du pape. Ma principale activité consistait à reconstituer d'après les gravures de mon père ce qu'avaient pu être les originaux. Un travail de copiste, donc, où je n'introduisais que de légères variantes. Œuvres de ma main, mais non de mon cru. Je m'entraînais en pastichant Giotto, Masaccio, Signorelli, Mantegna, Bernardino Luini. Je recomposais de mémoire les tableaux de Lorenzo Lotto que j'avais vus à Bergame. Les églises du Milanais regorgent de faux Toscans et de faux Lombards que certains experts, pour acquérir plus rapidement un nom, ou certains marchands, pour augmenter leur profit, ne se sont pas fait scrupule d'authentifier. J'ai essayé aussi de me mesurer à Léonard. En vain : je ratais, avec une désolante constance dans l'échec, le *Saint Jean-Baptiste* de Caravaggio comme le Christ de Santa Maria delle Grazie. L'androgyne vaporeux, ce n'était pas mon type. Impossible de rendre le flou des visages, l'imprécision du sexe. Ni le *sfumato* ni l'ambiguïté ne seraient jamais mon fort.

A quoi bon regretter de n'avoir fait que copier, sans disposer de la liberté de peindre sur le modèle ? A cet âge, les capacités nécessaires pour m'exprimer de façon plus personnelle m'eussent sans aucun doute manqué. Je reste persuadé que, si je ne m'étais pas astreint à ces exercices de greffier, j'aurais découvert moins vite à Rome mon style propre. Le cardinal Del Monte ne cessait de s'étonner : « Quoi ! s'exclamait mon premier protecteur, d'emblée tu as réussi cette corbeille de fruits ! Et tu n'as pas l'air de t'être donné beaucoup plus de peine pour ces portraits de garçons ! Sans avoir passé par aucune académie ? A vingt-deux ans ? Où as-tu appris à peindre ? On me dit que tu n'as reçu aucune formation ! » Ma seule formation a été de laisser parler en moi les Christs, les apôtres, les saints, les anges peints par les autres. Rien de plus salutaire que cette hygiène. Je me suis enchanté de langages que je n'utiliserais presque jamais pour mon compte, j'ai vécu, j'ai respiré comme les personnages que je ne peindrais plus dès que j'aurais commencé à peindre pour moi-même. Pasticher volontairement les œuvres d'autrui quand on est jeune empêche de les imiter involontairement lorsqu'on se met à travailler pour soi. Il y a dans l'imitation consciente une vertu purgative et exorcisante qui seule permet ensuite de ne pas reproduire à son insu les maîtres qu'on a aimés. J'ai confectionné exprès des Giotto, des Masaccio, des Mantegna, des Lotto, pour ne pas avoir à me couler sournoisement dans leur manière et pour être libre, le moment venu, de ne faire que du Merisi.

Mon compagnon de cellule était si peu loquace qu'il me fallut du temps pour découvrir qu'il parlait notre langue avec facilité mais avec l'accent suisse. Citoyen de Genève, colporteur de livres, on avait surpris, sous le chargement qu'il portait en croupe de son cheval à travers les plaines de Lombardie, plusieurs exemplaires du traité de Jean Calvin dans une traduction italienne. Je me souvins du cadeau que m'avait donné en partant le visiteur maltais. *Le Chevalier de la charrette* était resté au fond de mon sac. « Monsieur, vous savez donc le français ? » demandai-je à Elvin, à qui sa réserve, sa froideur m'empêchaient de m'adresser sous un mode plus familier. Il hocha la tête de haut en bas. Ayant jeté un coup d'œil sur le titre, intrigué par cette association de ce qu'il y a de plus noble dans la société et de plus ordinaire dans les véhicules, il accepta de lire le livre pour moi, puis de sortir de son mutisme pour m'en faire un résumé.

L'étrangeté de ce qu'il me raconta, en plein accord avec la bizarrerie du titre, ne pouvait qu'enflammer mon imagination. Un chevalier qui ne dit pas son nom (« le » chevalier par excellence, la fine fleur de la chevalerie, encore plus chevalier que les paladins de l'Arioste ou du Tasse) part à la recherche de sa Dame enlevée par un félon. Sur la piste du ravisseur, il croise une charrette conduite par un nain. Celui-ci l'invite à monter avec lui s'il veut savoir ce que sa Dame est devenue et garder quelque chance de la sauver. Or, en ces temps où la justice usait d'images fortes pour frapper les esprits, la charrette tenait lieu de pilori. Dans chaque ville ou village, le voleur, le traître, le parjure, l'adultère, quiconque sur qui pesait l'accusation d'un forfait était mis de force sur la charrette, mené de rue en rue, exposé au mépris et à la dérision. Finies les marques d'honneur et de bienvenue pour celui qu'on avait vu passer dans cet équipage ! Aussi le chevalier hésite-t-il avant de suivre le conseil du nain. Il marche derrière la charrette, à quelques pas de distance, combattu entre Amour et Raison. Raison le dissuade de monter, le sermonne et l'exhorte à ne rien entreprendre où il n'aurait à recueillir que de l'opprobre. Amour lui tient le discours contraire et le persuade si bien qu'il saute à côté du nain. *« Que lui importe la honte, puisque tel est le commandement d'Amour ? »*

Réflexion surprenante, mais dénouement plus imprévu encore : une fois qu'il a sauvé sa Dame et décapité le félon dont il lui apporte le chef qu'il a saisi par les cheveux, celle-ci, au lieu de lui en montrer de la reconnaissance, bat froid au chevalier. Quelle faute ai-je commise ? demande-t-il. N'ai-je pas bravé mille périls pour venir à votre secours ? Cette épée n'a-t-elle pas percé la cuirasse et fendu le heaume de maint vaillant ennemi ? Cette tête qui pend au bout de mon bras ne vous est-elle pas une preuve suffisante de ma foi ? (Moi, oui, cette tête coupée me convaincrait, mais la Dame pense autrement, car elle réplique :) *« Comment ? Et la charrette ? Oubliez-vous qu'elle vous fit honte et grand peur ? Vous y êtes monté avec trop de regret : n'avez-vous pas été en retard de deux pas ? Voilà pourquoi, en vérité, je ne veux ni vous parler ni vous accorder un regard. »* Elle ajoute, avec ses idées à l'envers et sa logique tourneboulée : *« Et maintenant, vous n'avez qu'un moyen de me donner réparation de cet outrage. Dans le tournoi qui se prépare, je vous ordonne d'avoir l'air d'un lâche et de prendre la fuite devant vos adversaires. »*

A ces mots, j'interrompis Elvin. « Monsieur, je n'en

crois pas mes oreilles. Est-il écrit pour de bon que la Dame ait donné cet ordre ? – Rien n'est plus vrai, regardez vous-même. » Lui non plus ne réussissait pas à me tutoyer, malgré notre différence d'âge. C'est peut-être un trait qui nous sépare des protestants, que de vouloir tous les êtres unis dans une circularité affectueuse. A moins que la froideur de leur terre, l'absence de soleil, la lutte pour atteindre ce bien-être physique que nous recevons du climat ne les replient sur eux-mêmes, avares de se donner.

« J'ai hâte de savoir, repris-je, si le chevalier a obéi. Se peut-il qu'il se soit flétri par un acte public de couardise ? – La joute n'a pas plutôt commencé qu'il se conduit en piètre combattant. Il fait semblant d'être en grande épouvante et tourne le col de son destrier vers la lice qui borde le champ du tournoi. Quand un chevalier s'approche de lui pour le défier, il baisse sa lance vers le sol et se réfugie un peu plus loin. *"A aucun prix, il n'aurait plus rien fait qui ne lui parût bon à le couvrir de vergogne."* Les spectateurs se rient de sa lâcheté. C'est un assaut de railleries à ses oreilles. En tout il se conforme à ce que lui a prescrit l'Elue de son cœur. Pis encore, conclut le Suisse sans cacher sa désapprobation, l'auteur, loin de s'offusquer d'une telle extravagance, a l'air de la justifier. »

Les aventures du chevalier se termineraient à sa complète honte, si la suite d'indignités dont il se rend coupable pour complaire à sa Dame n'était un moyen détourné d'atteindre à la vraie gloire. Il a compris – et je comprenais avec lui – que l'amour authentique a ses devoirs qui ignorent le devoir, ses lois qui n'ont rien à voir avec les lois ordinaires, sa morale qui met au défi les conventions de la morale, son honneur qui contredit l'honneur chevaleresque. Quelle hardiesse ! me disais-je. Ni l'Arioste ni le Tasse n'ont osé renverser aussi complètement les codes sociaux et moraux. Placer l'amour au-dessus de toutes les règles ! Accepter, par amour, de se rouler dans la boue ! Par amour, faire un choix conscient de l'abjection !

Sans soupçonner quelle marque ignominieuse m'allait être sous peu imprimée dans la chair, je me sentais plein d'enthousiasme pour cette religion du déshonneur, et prêt à l'embrasser sur-le-champ. « Ce n'est pas moi, pensais-je en remettant le livre dans le sac, à côté de la *Vie* de Thérèse soustraite au contrôle des geôliers, qui hésiterais à monter dans la charrette d'infamie. » Thérèse m'avait enseigné qu'Amour conduit la personne qu'il embrase à courir se faire décapiter. L'auteur de ce roman français m'apprenait que si on ne subordonne pas à ce dieu ce qu'on se doit à soi-même, on ne mérite pas de le servir. Comment ces deux livres ont illuminé ma vie et guidé mon destin, on le découvrira en temps voulu. Le souvenir du roman se raviva avec une force particulière pendant mon séjour dans l'île de Malte, où tout ce qui avait trait à Ibn Jafar se représenta à mon esprit. Je n'ai été ingrat envers le Grand Maître et parjure devant l'Ordre que pour rester fidèle à la vraie chevalerie.

Je remerciai de son obligeance mon compagnon d'infortune, qui voyait mal quel intérêt je pouvais prendre à ces fariboles, aussi contraires aux principes de son Eglise qu'incompatibles avec ses convictions de citoyen helvète.

Puisque je partageais ma cellule avec un protestant, je le priai de me dire s'il était vrai que sa religion proscrivît des églises toute image de Dieu et des saints. Luc lui-même, pourtant, avait peint un portrait de la Vierge. Il s'anima pour me répondre. La précision théologique de son langage comme la variété de ses citations me donnèrent à penser que le Saint-Office avait mis la main sur un militant.

« Calvin a établi comme premier commandement que le Christ est l'unique médiateur, à l'exclusion de la Vierge et des saints : donc, ni Vierge ni saints dans nos temples. Comme second commandement, que le Seigneur ne pouvant être un objet d'idolâtrie, nous ne devons nous forger aucune cogitation charnelle de Lui. L'assujettir à notre sens ou le représenter par une image serait faire preuve d'impiété. Moïse en a donné la raison. *"Qu'il te souvienne que le Seigneur t'a parlé dans la vallée de Horeb. Tu as ouï sa voix, tu n'as point vu son corps; garde-toi donc de Lui faire une similitude."* Non moins formel se montre Isaïe : c'est déshonorer l'essence de Dieu, que de le figurer par matière corporelle. Quelle image serait propre à faire voir les mystères du Très-Haut? Toute semblance peinte n'est pas moins défendue que simulacre taillé, en quoi est réfutée la sotte différence qu'établissent les prêtres de l'Eglise grecque. L'idolâtrie qu'ils ont chassée par une porte, ils la font rentrer par l'autre. Le Seigneur, non seulement interdit qu'un marteau Lui donne figure, mais que par le pinceau on s'aventure à reproduire Ses traits, parce qu'on Le contreferait au détriment de Sa Majesté. Ni statues ni tableaux. Oser imaginer Dieu selon notre appréhension, il n'est pas de témérité plus folle ni de plus criminel blasphème. Les rares fois où Il est apparu aux mortels, c'est toujours en nuée, dans les flammes, en fumée. Dont il est signifié que le regard de l'homme ne peut pénétrer jusqu'à le contempler clairement. Moïse, auquel Il s'est communiqué plus familièrement qu'à tous autres, ne put jamais obtenir de voir Sa face. »

En écoutant Elvin, avec le plaisir que causent des manières de penser et de s'exprimer aussi curieuses, je ne pouvais m'empêcher de songer aux figures du Christ, des apôtres, des anges dont j'esquissais dans ma tête les ébauches. La grande peinture serait condamnée à mort, si la Réforme triomphait en Italie. Mon grand-père, qui critiquait les ambitions temporelles du Saint-Père, prenait-il assez garde que nous avions bien de la chance, d'avoir un pape pour nous défendre? Quels sujets nous resteraient, en cas de victoire des protestants? La nature morte? Les scènes d'intérieur? Le portrait? Merci bien, je n'avais pas étudié pendant quatre ans chez maître Simone pour me laisser cantonner dans ces genres inférieurs. Ces considérations renforcèrent ma volonté d'aller vivre à Rome. Les murailles du Vatican, voilà un rempart autrement solide contre l'hérésie que la barrière des Alpes. Près du trône de saint Pierre, il était sûr que la « cogitation charnelle » de Dieu et des saints ne me serait pas imputée à crime.

XI

La fleur de chardon

Au Suisse succéda un Valdotain soupçonné d'avoir mangé du jambon un vendredi, puis un citoyen de la République de Venise surpris à lire le Coran, puis un sujet du duc accusé d'avoir laissé passer la fête de Pâques sans aller à confesse. Un juif qui ne s'était pas découvert devant la procession du Saint-Sacrement acheva de m'instruire sur les variétés d'hérésies. Je tirais de ces diverses conversations le plus grand profit. Jamais aucun des Portugais ne fut mis dans ma cellule. On prenait soin de m'isoler de la secte, et je n'eus plus de nouvelles de ceux qu'on avait arrêtés avec moi. Le plus étrange, c'est que la chasteté forcée, fort pénible au début, cessa peu à peu de me tourmenter. On s'habitue vite à être hypocrite avec soi-même et à croire que ce qui manque n'est pas indispensable.

Aucun de mes compagnons ne sut qui partageait leur cellule : je n'osais leur avouer la cause de mon incarcération. Pourtant, je ne me considérais ni comme le moins hérétique, ni comme le moins fier de mon hérésie. Bien mieux : la faute qui m'avait mené en prison me semblait plus intéressante, plus rare, signe d'une élection plus haute, que celles qu'on leur reprochait.

S'ils me demandaient pourquoi on m'avait arrêté, je leur montrais tantôt le livre français où Ibn Jafar avait écrit son nom en caractères arabes, tantôt l'écusson avec la croix de Malte, que je faisais passer pour un signe de reconnaissance entre Turcs. J'étais bien traité par les geôliers, bien nourri, muni de bougies en abondance, ma mère m'envoyait des vêtements qu'on m'autorisait à porter à la place de l'uniforme des détenus, mon grand-père renouvelait ma provision de gravures et d'estampes. En somme, je ne garderais pas un souvenir épouvantable de cette époque, sans les séances de l'Inquisition.

De temps en temps, on me tirait de ma cellule pour me conduire devant le tribunal. Les espions du Saint-Office n'ignoraient rien de mes rencontres avec Matteo. Ils avaient compté le nombre exact de fois où il m'avait amené derrière San Giovanni. Les juges voulaient savoir à quelles cérémonies occultes donnaient lieu les assemblées hebdomadaires dans l'église. Ils concentraient leurs demandes sur les fresques. Quels en étaient les auteurs ? Qui avait financé les travaux ? Outre les images indécentes de saint Sébastien et les suggestions impies au sujet de l'amitié entre David et Jonathan, était-il vrai qu'on eût souillé jusqu'à la figure du Christ, en le représentant uni à saint Jean comme un homme à une femme ? J'avais beau protester que je n'étais jamais entré dans l'église, ils mirent du temps à reconnaître que je ne pouvais être tenu pour complice d'une profanation dont on ne m'avait pas admis à être le témoin.

Mon innocence étant établie sur ce point, restait à élucider la principale question. En étais-je resté, avec Matteo, au premier stade, ou m'avait-il fait subir *illum maximum stuprum* ? Les juges réclamaient des preuves. Si je n'avais croisé, en entrant dans la salle du tribunal, un malheureux qui en sortait en sang et à moitié pâmé, je dirais que les épreuves auxquelles ils me soumirent ce jour-là furent la plus cruelle et abjecte humiliation qu'on puisse imaginer.

Aux quatre juges ordinaires s'étaient joints deux acolytes, vêtus de la longue robe noire et du chapeau pointu des médecins. Sur une paire de tréteaux, on avait posé, à quatre ou cinq pieds du sol, en sorte qu'ils n'eussent qu'à se pencher un peu pour être au niveau de ce qui excitait si fort leur curiosité, une planche de la longueur et de la largeur d'un lit. Les valets du tribunal me déshabillèrent, me portèrent sur cette planche et m'y couchèrent sur le ventre. Le médecin le plus âgé releva ses manches, ajusta ses lunettes sur son nez, examina ce qu'il fallait examiner, puis se redressa et prononça un verdict qui prouvait l'honnêteté, le sérieux et la modestie du véritable savant. La science, déclara-t-il après s'être essuyé les mains sur sa robe, avait fixé les signes au nombre de six, effacement des plis, caroncules, crêtes, ulcérations, rhagades et fistules. Un seul de ces indices suffit à prouver le crime. Je ne présentais aucun d'eux au premier examen. Néanmoins, étant donné mon extrême jeunesse, il ne pouvait tirer aucun diagnostic sérieux de leur absence.

Par une soudaine association avec le monde des arts qui laissa les juges sur l'impression agréable qu'ils étaient transportés de la salle crasseuse d'un prétoire en pleine Grèce antique, le second Esculape ouvrit pour rafraîchir cette disgracieuse énumération le robinet de la plus exquise poésie. Socrate, dit-il, n'avait persuadé Alcibiade de renoncer à jouer de la flûte que lorsque le jeune homme eut atteint l'âge où la pression du roseau sur ses lèvres les aurait déformées. Qui eût examiné la bouche de ce jouvenceau de dix-huit ans n'eût conçu le moindre soupçon de l'activité musicale à laquelle elle s'était adonnée; et pourtant, personne ne pouvait nier que le brillant éphèbe avait charmé du son de son instrument les disciples réunis autour du philosophe.

Après ce vivifiant détour, on revint aux triviales nécessités de l'instruction. Pour établir avec une rigueur scientifique le degré de culpabilité de l'accusé, s'il avait oui ou non franchi la limite au-delà de laquelle son vice ne mériterait plus d'autre qualificatif que celui d'innommable, il fallait procéder à une enquête plus approfondie.

Ils enfilèrent des gants et commencèrent l'inspection. Pour leur ôter le plaisir de m'entendre crier, je me rabattis sur l'aspect comique de leurs manœuvres, en les entendant émailler de termes grecs et latins leur galimatias. J'appris que j'avais un *podex* ni trop fendu ni pas assez, de proportions et de grosseur normales. Ils ne croyaient pas déceler dans les profondeurs du *barathron* cette spirale en forme d'*infundibulum* qui est selon Junius Moderatus Columella l'unique preuve certaine. Je ne montrais aucun de ces tubercules ou excroissances qu'Hippocrate nomme *cristae* mais qui figurent dans la nomenclature de Galien sous l'appellation de *mariscae,* diagnostic qui les amenait à admettre que si j'avais péché, ce n'était pas *canum more.* Un des médecins tenait pour Galien, l'autre pour Hippocrate. Leur discussion fut infinie. Le président du tribunal trancha, en décrétant que malgré l'autorité d'Hippocrate, le terme de *cristae,* pour désigner un signe d'infamie, prêtait à une équivoque qui ressemblait à un blasphème.

On me coucha ensuite sur le dos. Le *péos,* qu'ils estimèrent vigoureux et bien formé, ne s'amincissait pas vers le bout comme une vrille à percer les tonneaux. Le *balanos* ne présentait pas l'étranglement et l'élongation qui résultent fatalement de son utilisation *ut helix perforans.* Dont ils pouvaient conclure, le plus doctement du monde, que j'en étais resté au premier stade.

« En tout cas, dit un des juges en regagnant sa place, ce n'est pas un juif ni un musulman. – Que le ciel en soit loué, dit un autre, qui lui aussi était venu voir de près. – Oui, opina le troisième, il reconnaît l'autorité du successeur de saint Pierre. – L'esprit de sédition et le goût pervers ne l'ont pas encore contaminé. – Son seul tort est de n'avoir pas résisté aux mauvaises influences. – Son seul tort ! Comme vous y allez ! objecta le président. On en a brûlé d'autres pour la moitié de son péché. J'appelle ce tort, moi, au nom de la sainte Eglise catholique, apostolique et romaine, un crime de lèse-majesté. – Excellence, lui appliquerons-nous *ferrum, et fossam, et forcas* ? »

Cette grave question fut laissée en suspens, et on me permit de me rhabiller. Une fois que j'eus remis mes vêtements, qu'on eut emporté les tréteaux et la planche et que tout indice de ce qui venait de se passer eut disparu, l'huissier ouvrit la porte sur un signe du président et introduisit une jeune femme. Quelle ne fut pas ma surprise de reconnaître, derrière le voile noir qui tombait sur son visage, Caterina, la boulangère. Elle me parut bien changée. La mantille noire des repenties enveloppait ses épaules, elle portait des bas noirs, des gants noirs et toute sa personne respirait autant de modestie et de contrition qu'elle affichait naguère de hardiesse et d'effronterie. La coquette avait remisé ses affûtiaux, une chouette s'était substituée au rossignol. Elle prêta serment sur l'évangile et jura, malgré les efforts du président pour lui faire dire le contraire, que je n'avais jamais tenté d'en user avec elle autrement qu'il ne convient à une honnête femme.

« Tu es sûre, insista le juge, qu'il n'a pas essayé *a tergo* ? » Ce latin n'étant pas à la portée d'une boulangère, Caterina ouvrit de grands yeux. « *A tergo,* c'est-à-dire *modo eretico.* – Ah ! s'écria-t-elle avec une franchise qui heurta leur délicatesse naturelle et choqua leur habitude de ne pas appeler les choses de leur nom, vous voulez dire par le cul ? » Ils se signèrent à toute vitesse. « Il était si peu porté sur cette folie, Votre Grâce, qu'il me demanda lui-même d'y renoncer, un certain jour que je l'en avais prié. »

Elle éclata en larmes à cet aveu. Le prêtre jésuite qui l'accompagnait demanda la permission d'emmener sa pénitente. Il revint ensuite seul et révéla au tribunal qu'elle avait décidé de se consacrer au service du Seigneur. La mort soudaine de son mari, écrasé sous des sacs de farine, avait ouvert à la Grâce cette âme jusque-là perdue. Désireuse de proclamer qu'elle n'était qu'une vile pécheresse, la signora abandonnait son nom de Caterina et entrait au couvent sous celui de Maddalena.

Ce témoignage, recueilli de la bouche d'une personne à la conduite aussi édifiante, fut pour moi décisif. Je ne fus puni que de quatre années de prison, tandis que Matteo, avec treize membres de la secte, était condamné à avoir la main droite tranchée, puis à être brûlé vif. Parce qu'il était aveugle et n'avait pu travailler aux fresques, les juges épargnèrent le bûcher à Giovan Paolo Lomazzo. Le cachot à vie et la destruction de tous ses tableaux furent le châtiment de celui dont le talent n'a survécu que par les rares ouvrages cachés chez des disciples.

Avant de me raccompagner dans la nouvelle cellule où je devais purger le reste de ma peine, on m'imprima sur l'épaule, en présence et avec la bénédiction du Jésuite confesseur de Caterina, une fleur de chardon indélébile.

Matteo amputé de la main, brûlé vif, moi-même marqué au fer rouge, stigmatisé, honni... Au début, je ne fus que rébellion contre ce traitement inhumain. La fausse science de ces agents de l'Inquisition déguisés en médecins m'indignait. Ils ne s'étaient pas gênés pour enfoncer leur doigt, les fumiers! La barbarie de ce tribunal me révoltait. Quoi! Ne pas être libre de vivre comme je voulais? Avais-je donné lieu à un scandale public? Le plus grand secret n'avait-il pas entouré mes actions? Sans les espions qu'ils mettaient partout, aurions-nous été démasqués? Ah! En sortant de prison, je ne resterais pas en Italie! Partir, partir pour n'importe quel autre pays plus tolérant, quitte à devoir m'exiler en terre musulmane!

Et puis, au fil des jours et des nuits, ma perception du monde changea. Je découvrais, du fond de ma solitude, la raison profonde de tout ce qui m'était arrivé depuis que j'étais à Milan. J'avais vécu, dans l'étourderie et la confusion de la première jeunesse, des événements et des rencontres dont l'enchaînement ne pouvait être fortuit. Caterina... Matteo... Pourquoi avais-je quitté l'une et suivi l'autre? Parce que l'homme et non la femme avait le pouvoir de satisfaire ce qui en moi demandait à être accompli? C'était une des causes, mais ni la seule ni la principale. Peu à peu m'apparaissait plus clairement ce qui m'avait éloigné de Caterina et pourquoi je m'étais attaché à Matteo : la qualité plus haute du plaisir éprouvé? L'intensité plus grande de mes sensations ? Non, autre chose comptait davantage à mes yeux : le sentiment, confus à l'époque de mes rencontres avec Matteo, devenu vif et précis à la lumière du procès, que *le sang était sur nous*, selon la métaphore du Lévitique.

Même si tu te dis affranchi des préjugés et libre au-dedans de toi-même (ce que tu es assurément), la Loi veille sur toi. Tu ne pourras jamais faire que le bonheur goûté avec une femme soit de la même qualité que celui que tu trouveras dans la Voie des Garçons ; parce que, dans la Voie des Garçons, surgiront sans cesse des pièges et se dresseront des écueils pour stimuler ton courage et te donner la gloire de l'obstacle vaincu. Les sectateurs de Moïse, les fanatiques de saint Paul, les agents du Saint-Office, les sbires du gouverneur, les juges de l'Inquisition, les médecins légistes vrais ou prétendus, le Père jésuite qui approuve que tu sois marqué comme la brebis noire du troupeau, remercie-les au lieu de les vouer aux gémonies. Tu perds sans doute quelques années de liberté. Léger sacrifice, en regard du trésor que tu gagnes. Songe que ta condition a changé, que tu es entré de force dans l'Infamie, privilège réservé aux Elus. Ce stigmate te hisse à une hauteur incommensurable au-dessus de ceux qui ne courent aucun risque puisqu'ils se cantonnent dans ce qui est permis.

Comme j'étais en bonne santé et plein de vigueur et que je bénéficiais grâce à la marquise d'avantages matériels non négligeables, je me sentais plus fier de mon déshonneur qu'affligé d'être en prison. Et je voyais s'étendre devant moi, digne de celle des paladins et des héros de mon enfance, une vie d'aventures, de combats, de secrets. Il me faudrait, quand on m'aurait élargi, me tenir sans cesse sur mes gardes, car je serais en péril continuel. En comparaison de l'amour des femmes, autorisé, encouragé, sans surprises ni sujets de frayeur, trivial à force de facilité, quel aiguillon c'était que d'appartenir à un clan de suspects tenus à l'œil par la police !

Quand on m'avait brûlé à l'épaule, j'avais crié de douleur, mais aussi de honte à cause d'un signe aussi avilissant. A présent, l'empreinte de ce fer m'était chère : il m'avait armé chevalier, et je portais dans mon corps le sceau glorieux de cet adoubement. Moi aussi, j'étais monté dans la charrette, *avec quiconque sur qui pèse l'accusation d'un forfait.* Moi aussi, on ne pouvait plus me confondre avec l'engeance des timorés qui ont peur de suivre le conseil du nain.

Te voici désormais condamné à vivre en marge et en fraude. Tu ne fais plus partie de la société ordinaire des hommes. La tribu clandestine sur qui peut tomber à tout moment un déluge de feu t'a reconnu digne de partager ses dangers.

LIVRE II

I

Via Appia antica

Sur le point d'atteindre le but convoité, on hésite, on cale, on se dit : c'est trop beau, ce n'est pas pour moi. Entrer dans Rome par la porte du Peuple, j'y avais rêvé depuis si longtemps, qu'en apercevant, au débouché de la route de Sienne, le dôme de Saint-Pierre et le mausolée d'Hadrien, la colline du Janicule et les palais du Capitole, les tours, les clochers, les coupoles se découper dans la lumière du soir, j'eus peur. Qui étais-je, pour oser fouler le pavé de la Ville sainte ? Une paralysie me gagna. Jamais, pensai-je, je ne trouverais le courage de franchir cette porte et d'entrer.

Mon grand-père m'avait mis en garde : il y a dans Rome quelque chose de sacré, qui ne dépend pas de la présence du Vatican, mais du caractère même de cette ville. Pour cet homme hostile à l'Eglise, pour ce gibelin tenace, chaque occasion était bonne de vanter ce qu'il appelait « les forces profondes » de l'Italie. En exemple du pouvoir « naturel », naturellement sacré, qui se dégage de Rome, désireux d'illustrer la frayeur qu'elle inspire, crainte originelle, inexplicable, *sacer timor*, vénération antérieure à l'installation de la papauté et sans rapport avec la majesté du souverain pontife, il me racontait l'incroyable aventure arrivée au plus grand chef de guerre de l'Antiquité.

Egal de César pour la valeur militaire et d'Alexandre

pour l'appétit de conquête, Hannibal, général des armées de Carthage, avait envahi l'Italie et gagné, sur les bords du lac Trasimène, à quelques lieues au nord de Rome, la bataille décisive contre les Romains. Pourtant, frappé d'impuissance au moment d'exploiter sa victoire, il s'arrête sous les murs de la ville. Hors d'état de lui résister, l'Urbs, la reine du monde, est à sa merci. Ses soldats se préparent à l'attaque. Il hésite, contemple de loin le rempart de brique qu'ils enlèveraient au premier assaut, secoue la tête, renonce, donne l'ordre de rebrousser chemin et ramène ses troupes en Afrique. Mon grand-père concluait son récit par cette recommandation invariable : « Si tu vas à Rome, petit, comme tu ne manqueras pas d'y aller, prends garde qu'un étranger ne peut y remporter que des succès éphémères. Tôt ou tard il devra payer l'audace d'avoir osé là où Hannibal a reculé. »

Moi, ce n'était pas Hannibal ni l'échec d'un général dont je ne gardais qu'un vague souvenir scolaire qui m'empêchait d'entrer dans Rome. Que m'importait cette histoire vieille de dix-huit cents ans? Je ne songeais qu'à mon père, mon père qui avait rêvé toute sa vie de connaître Rome, mon père qui était mort sans avoir accompli ce souhait. Il répétait qu'on ne saurait devenir un grand architecte sans avoir étudié sur place les ouvrages de Bramante, de Giacomo della Porta, de Vignola, de Sangallo, de Michel-Ange. Un séjour à Rome lui aurait apporté la maîtrise de son art, l'admiration de ses confrères, le respect de la cour, les faveurs du duc. Quelle pitié! il n'avait jamais quitté la Lombardie. J'aborde ici une zone obscure de mon âme. La hardiesse, j'ai prouvé tout au long de ma vie que je n'en manquais pas. Téméraire, ne l'ai-je pas été plus que quiconque? Sur le point de réussir là où mon père avait échoué, le courage m'a néanmoins fait défaut. Qui suis-je, pour me croire plus fort que celui à qui je dois le jour? Ce geste si simple d'entrer dans Rome, je ne pouvais m'y résoudre. « Pas tout de suite, en tout cas, me disais-je. Pas du premier coup. Attendons un peu. Outrepasser le point où mon père s'est arrêté, cela demande réflexion. Réflexion ? Non. Tout simplement, c'est impossible. » Je me redisais ce mot : « impossible, impossible », comme s'il était écrit dans le ciel qu'un fils n'a pas le droit d'aller plus loin que son père, sous peine de commettre une sorte de parricide.

Arrivé devant la porte du Peuple, au lieu de passer sous l'arche et de déboucher sur la place, j'obliquai vers la gauche et entrepris de contourner la muraille.

A la nuit tombante, je me trouvais de l'autre côté de Rome, devant la porte San Sebastiano. La via Appia antica s'ouvrait devant moi. Ma mère m'avait souvent parlé de cette route, qui part vers le sud, mène à Naples et à Brindisi et reste un lieu sacré pour les chrétiens. A ma gauche, je vis bientôt la minuscule église du *Domine, quo vadis ?*, élevée à l'endroit de la rencontre de saint Pierre et du Christ. Pierre se sauvait de Rome, par crainte des persécutions. Pour aller plus vite et ne pas s'embarrasser dans sa toge, il en avait relevé un pan. Soudain le Christ lui apparaît. *« Seigneur, où vas-tu ?* demande le fuyard. *A cause de toi, je vais me faire crucifier une seconde fois. »* Ces mots lui ayant fait honte, l'apôtre retourna à Rome et courut au-devant du martyre. Il fut crucifié, encore plus sauvagement que Jésus, car on planta la croix à l'envers et on lui mit la tête en bas. Une dalle devant la petite église, au début de la via Appia, garde l'empreinte d'un pied. « Le pied de Jésus », selon ma mère, qui ne mettait pas en doute la légende.

Les catacombes de San Sebastiano, les catacombes de Domitilla, la basilique et les catacombes de San Callisto s'échelonnent sur les quatre premiers milles. A ces souvenirs de l'Eglise primitive se mêlent ceux de l'Antiquité, le tombeau de Romulus dans un enclos de cyprès funéraires, la tour ronde du mausolée de Cecilia Metella au milieu d'une prairie de marguerites, les tumuli des Horiaces et des Curiaces, le cirque de Maxence, la villa des Quintilii, qui furent assassinés sur l'ordre de l'empereur Commode.

J'eus soin de repérer toutes ces ruines, de noter pour chacune son emplacement et son histoire. En sortant de prison, j'étais repassé par Caravaggio, pour prendre congé de ce qui restait de ma famille, après la mort de ma mère puis de mon grand-père. Lorsque je me mis en route pour Rome, mon oncle Ludovico me conseilla de préparer à tout hasard – au cas où j'échouerais dans la carrière de peintre – un guide pour les pèlerins en vue de la prochaine année sainte. « Ils afflueront si nombreux, que si un sur dix seulement achète ton vade-mecum, tu t'assureras ta subsistance. – Mais à l'avenir, ajouta d'un air finaud mon frère Giovan Battista, tiens-toi tranquille avec les Espagnols ! » Tels furent les derniers mots que je recueillis de ceux que je n'appelais plus « les miens » que par habitude de langage, tant ils m'étaient devenus étrangers.

Je comptais me réfugier pour la nuit dans un des hypogées où les familles romaines déposaient leurs morts. Je n'avais pas d'argent pour aller à l'auberge, et, par les déchirures de ma chemise, qui partait en lambeaux après plusieurs semaines de voyage à pied et trente ou quarante nuits passées à la belle étoile, on aurait pu apercevoir, imprimée sur mon épaule, la fatale fleur de chardon.

La lune monta à l'horizon. Elle détachait les rangées de pins et de cyprès au bord de la route. Le rayon glissait sur les dalles qu'il polissait comme un miroir. Je revois chaque instant de ce parcours. Les tombes, les stèles, les sarcophages, les cippes en procession funéraire s'avancent à ma rencontre. Trois colonnes d'un temple écroulé dressent leurs chapiteaux intacts sur la campagne endormie. Ce magnifique spectacle, j'ai honte de m'en émerveiller autant. Ces ruines sublimes, je voudrais les chasser de ma vue. Suis-je venu à Rome pour céder à l'enchantement du passé ? Une stèle posée sur le talus me montre un jeune homme de proportions et de formes parfaites, modelé en bas-relief dans le marbre. Dois-je admirer ce pur échantillon de ce que les canons antiques définissent comme la beauté idéale ? Ne faut-il pas au contraire me rebiffer ?

Repousser tout ce qui a l'air d'un modèle ? Fuir ce qui pourrait me brider ?

Non loin de là, je trouve l'entrée d'un souterrain. Il me conduit dans une niche circulaire qui servait, dans les temps très anciens, de tombeau. Par un oculus percé dans la coupole, un rayon de lune se faufile jusqu'à un sarcophage. Je reconnais, sur le bas-relief, l'image traditionnelle du Bon Pasteur chrétien. Pourtant, à ma grande surprise, ce n'est pas un agneau à toison frisée qu'il porte sur ses épaules, mais un bélier à cornes, hirsute et velu. L'agneau symbolise l'innocence, le bélier la luxure. Qui a opéré cette substitution ? Pourquoi ? Je suis trop fatigué pour ne pas m'endormir aussitôt, dans le coin le plus sombre de l'hypogée.

Le lendemain, puis les jours qui suivirent, incapable d'entrer dans Rome, j'errais entre les tombes. Parfois, décidé à franchir le rempart, je m'aventurais jusqu'à la porte San Sebastiano. Quitte à faire demi-tour au dernier moment et à m'en retourner dans mon abri. Combien de temps ai-je vécu parmi les morts ? Inconnu de tous, privé de compagnie, mort entre les morts, je me plaisais au fond de ce souterrain. C'était pour moi le moyen de faire table rase de mon passé, de ma famille. Je me figurais que je n'étais pas né à Caravaggio, que je ne m'appelais pas Merisi, que j'étais un enfant trouvé abandonné par ses parents. Confié à la terre nourricière, j'avais grandi incognito, comme le petit garçon du conte, pêcheur en haillons, qui se découvre fils de roi.

Les passants étaient rares sur la via Appia. Je pouvais rester plusieurs jours sans voir âme qui vive. Aux pèlerins qui arrivaient de Sicile et de Naples, on distribuait, dans une ferme située au 4ᵉ mille, près du tombeau de Marcus Servilius, du lait, du pain et des légumes. Caché dans la foule, j'attendais mon tour, puis m'éloignais avec mon écuelle. Sans avoir parlé à personne ni éveillé l'attention, je rentrais dans ma cave.

Malgré la solitude complète où je vivais, il m'était difficile de me croire revenu à l'origine du monde, né de rien. La vue continuelle de ces tombeaux, de ces colonnes, de ces statues, l'éclat de ces vestiges disséminés dans la campagne comme un décor de théâtre, la marche silencieuse des aqueducs vers les collines qui bordaient l'horizon, tout me rappelait la présence de Rome, la grandeur de Rome, la gloire à laquelle aucun autre peuple, aucune autre nation n'a jamais atteint. Un Italien ne peut être, qu'il le veuille ou non, qu'un fils de Rome, un héritier de cette grandeur et de cette gloire, le légataire et le responsable de ce patrimoine écrasant.

Un matin, je me révolte : non à la dictature du passé! Sorti de mon refuge dès le lever du jour, je cherche dans les débris qui encombrent le fossé une pierre assez pointue, et, à l'aide de ce marteau improvisé, me voilà à taper de toutes mes forces sur la stèle de l'éphèbe. Ah! il peut toujours me mettre au défi de créer de ma main un corps aussi parfait! Sa provocation, je ne la relèverai pas. Ai-je l'intention de me faire un nom? Quel autre but m'aurait amené à Rome? Ne sais-je pas que le piège, pour le jeune artiste qui débarque dans l'Urbs, est de tomber dans ce culte de l'Antiquité qui a empêché d'aller jusqu'au bout de leur génie un Perugino, un Sebastiano del Piombo, un Raphaël lui-même? Comme tant de maîtres moins illustres, la peur d'être ce qu'ils étaient et de n'être que cela leur a coupé les ailes. Renaissance, quel mot stupide! Je veux naître, non re-naître! Prendre le chemin que d'autres ont déjà pris, quel rêve chétif, indigne du second Michelangelo!

Un prêtre, dont je n'avais pas remarqué la présence, m'observait de l'autre côté de la route. En l'apercevant, mon premier geste fut de relever ma chemise sur l'épaule. J'étais couvert de poussière de marbre, et des éclats tombés de la stèle jonchaient le sol autour de moi.

« Félicitations, jeune homme. Toutes ces nudités que les adorateurs de Jupiter et d'Apollon nous ont léguées font honte à la ville où saint Pierre a placé son trône. *Sunt omnia idola anticorum.* Quiconque a reçu le baptême et vit dans la lumière de la foi se sent offensé de leur présence. En accord avec la volonté du Saint-Père, tu t'attaques à cette religion insensée du corps qui a aveuglé les païens. »

Je n'eus garde de le détromper. Ce qui me déplaisait dans la stèle, ce n'était pas sa nudité, mais sa prétention à me dicter ce que doit être la beauté masculine. Les modèles, tous à écarter de mon chemin ! Foin des archétypes et des canons ! Il traversa la route, en trébuchant sur les pavés disjoints, et devina, aux brindilles de paille accrochées dans mes vêtements, que je dormais dans une des tombes.

« Le bienheureux Filippo Neri, mon révéré maître, a commencé lui aussi, lorsqu'il est arrivé à Rome, pauvre et inconnu, par camper sur la via Appia. Il n'y a pas de meilleure façon de se purifier le cœur et d'aborder en homme nouveau la Ville éternelle, que de passer les premières nuits dans une tombe. – Vous êtes donc, mon Père, un Père de l'Oratoire ? » Combien de fois ma mère m'avait vanté les hautes vertus de Filippo Neri et de l'ordre qu'il avait fondé ! Tout intimidé de me trouver en face d'un homme qui vivait dans l'intimité d'un personnage vénéré comme un saint, je n'osais plus frapper sur la stèle, peur de découvrir mon épaule.

« Je suis le Père Pietro Moroni, reprit-il. Après quelques nuits dans une tombe, tu es comme un homme ressuscité. Bienheureuse l'âme qui a quitté sa dépouille ! Viens avec moi, nous pouvons te loger pour une semaine ou deux dans une des chambres de notre hôtellerie. Ton zèle me parle suffisamment en ta faveur. – Expliquez-moi auparavant, mon Père, ce que signifie l'image que j'ai vue dans cette tombe. »

Je le conduisis devant le sarcophage du Bon Pasteur et lui fis part de mon étonnement.

« Ne te rappelles-tu pas ce passage de l'évangile selon saint Matthieu, où le Christ annonce le Jugement dernier ? Toutes les nations, déclare-t-il, seront réunies devant lui. Il séparera les uns des autres, comme le pasteur sépare les brebis des béliers.

— Il mettra les brebis à sa droite et les béliers à sa gauche.

— Porter sur ses épaules non un agneau mais un bélier, c'est donner un avertissement au pécheur. Qu'il se hâte de se repentir et de se rendre digne de passer à la droite du Seigneur, car bientôt il ne sera plus temps. »

Je n'étais guère convaincu. D'autres idées à propos du bélier me venaient à l'esprit. Je fus bien aise cependant, dix ans plus tard, lors du second procès fait à mes tableaux, quand leurs Eminences m'accusèrent d'avoir placé un bélier entre les bras de saint Jean-Baptiste, de me disculper en citant les paroles de ce prêtre.

Côte à côte, nous nous acheminâmes vers Rome. Il m'instruisait de ce qu'il lui paraissait nécessaire de savoir à un jeune provincial désireux de se joindre – je l'avais informé de mes ambitions – à la cohorte des centaines de peintres en activité dans l'Urbs. Le cardinal Ippolito Aldobrandini venait d'être élu pape. Premier soin de Clément VIII : faire recouvrir d'une robe de plomb la statue nue de la Justice ornant dans la basilique Saint-Pierre la tombe de Paul III Farnese. Ordre ensuite de voiler les nudités dans toutes les autres églises, et promulgation d'un édit sur la censure préventive. Un peintre, un sculpteur, désormais, devait soumettre son projet à l'approbation de l'évêque ou du chapitre.

Pour la première fois, quand nous eûmes franchi la porte San Sebastiano, je foulais le sol de l'Urbs. M'y voici, dans la ville interdite. Accompagné d'un tel mentor, je me sentais le droit d'y entrer. Un Père, et seul un Père, avait pu me relever de ce que je devais à mon père.

Tout d'abord, je ne vis que des ruines, des jardins, des moutons qui broutaient entre les arcs à moitié écroulés, des vaches entre les fûts de colonnes renversés dans l'herbe, de jeunes bergers assis sur les chapiteaux. Nous laissâmes sur notre gauche les thermes de Caracalla, sur notre droite l'amphithéâtre du Colisée. Nous longeâmes ensuite le pied du Palatin. Que de majesté dans ces vestiges, malgré le délabrement et l'abandon ! Comme nous approchions du Tibre, les premières maisons apparurent. Sales, chétives, de mesquine apparence.

« Nous traversons le quartier réservé aux juifs, me dit mon guide. – Réservé ? Que voulez-vous dire ? – Où la loi oblige les juifs à résider, si tu préfères, se reprit-il en rougissant. N'est-il pas conforme à la justice que ceux qui ont mis à mort le Christ soient tenus à l'écart ? »

Après les ruines du portique d'Octavie, un palais imposant attira mon attention. C'était la première belle demeure que je voyais. Sans être aussi fastueuse que je me figurais les palais romains, elle tranchait, par ses hauts murs de pierre, sa façade décorée de bossages rustiques et de reliefs en marbre, sur les masures du ghetto. Mais quelle idée d'avoir encastré, au-dessus du portail, une tête de Méduse hérissée de serpents ! Quelle extravagance de faire donner la bienvenue par cet épouvantail dont les yeux écarquillés, la bouche grande ouverte, la langue dardée contre le passant n'invitent guère à faire connaissance du propriétaire !

Je n'étais pas le seul à ressentir la bizarrerie de cet ornement, car devant la Méduse, bien qu'il fût habitué à la voir, le prêtre se signa à trois reprises, puis me dit à voix basse : « C'est le palais Cenci. Francesco Cenci, le chef de cette puissante famille, tyrannise sa femme et ses enfants, jusqu'à un degré de cruauté inimaginable. On redoute que ces violences n'aboutissent à quelque tragédie. Sa fille, d'une trempe plus combative que la fameuse Lucretia elle-même, sera peut-être un jour encore plus tristement célèbre. Elle paraît décidée à trouver une autre issue que le suicide. Si les bruits qui courent reposent sur quelque fondement, tout laisse à penser qu'une personne aussi énergique ne se résoudra pas à damner son âme de cette façon. »

Via Capo di Ferro, via Monserrato : tracées en ligne

droite, ces rues ont beau faire partie de la *via recta papalis* parcourue par le cortège pontifical lorsque le Saint-Père se rend du pont Saint-Ange au Capitole, elles sont vétustes, malpropres, indignes d'un tel honneur. En dehors de quelques palais appartenant à la noblesse romaine, je ne vis que maisonnettes en brique, vilaines constructions, quand ce n'étaient pas sinistres taudis. Nous étions sortis du quartier juif, nous nous trouvions dans la Rome pontificale et princière, mais la mauvaise qualité, la décrépitude des habitations, la négligence de l'entretien, la promiscuité des palais et des bouges démentaient l'image que ma candeur s'était forgée. Place Farnese, je fus moins sensible à l'éclat de l'édifice bâti par San Gallo et Michelangelo, qu'à la misère des bicoques et des échoppes pressées les unes contre les autres dans un désordre pitoyable.

« Chez nous, dis-je, les rues sont plus larges, les maisons construites en pierre de taille et entretenues avec soin.

— D'où viens-tu ?

— De Milan.

— Tu es d'une famille lombarde ?

— Est-ce un inconvénient pour Rome ?

— Au contraire, mon fils. Le cardinal Ippolito Aldobrandini a été élu pape grâce à l'appui du cardinal Federico Borromeo, lombard, et neveu du grand Carlo Borromeo, dont la conduite pendant la peste de Milan a édifié jusqu'aux Mahométans, que Dieu leur pardonne ! Le procès de canonisation est en cours. Filippo Neri est un ami personnel du cardinal Federico. Nous craignons que celui-ci ne soit nommé évêque de Milan, distinction qui l'obligerait à quitter Rome pour rejoindre son diocèse.

— Je suis né, dis-je, à Caravaggio, un petit village de Lombardie, dont le seigneur était le défunt marquis Francesco Sforza. Sa veuve, la marquise Costanza, est née Colonna. Un des frères de la marquise, don Fabrizio Colonna, a épousé Anna Borromeo, sœur du cardinal Carlo et cousine du cardinal Federico.

— A la bonne heure ! Voilà des recommandations qui te

seront bien utiles. Les Borromeo, comme les Aldobrandini, comme les Médicis, comme les Del Monte, comme les Giustiniani, appartiennent au parti français. Filippo Neri sera heureux d'accueillir un jeune homme du cercle des Borromeo. Sois toujours fidèle à ce parti, et méfie-toi du parti espagnol... auquel appartiennent les Farnese », ajouta-t-il en baissant la voix, tandis que j'admirais leur palais gardé par des hommes en armes qui jouaient aux dés sur le rebord de pierre aménagé de chaque côté du majestueux portail.

J'essayais de graver dans ma mémoire tous ces noms. Quel rôle certains allaient jouer dans ma vie, je ne m'en doutais nullement. Parti français, parti espagnol... Que signifiaient ces divisions ? Les cardinaux se faisaient-ils la guerre ?

« Pour le moment, dis-je, la marquise Costanza Colonna m'a recommandé à Monsignor Pandolfo Pucci, majordome de Sa Grâce donna Camilla Peretti.

— La sœur du défunt pape Sixte Quint !

— Et la grand-tante d'Orsina Peretti, laquelle a épousé le fils de don Fabrizio Colonna et d'Anna Borromeo. »

L'étalage de ces noms fameux consolidait ma position. Je craignais un peu moins le mouvement trop brusque qui eût découvert le sceau d'infamie imprimé sur ma peau.

Don Pietro Moroni obliqua vers la droite et m'entraîna dans un dédale de ruelles encore plus malpropres. Sans égard pour la soutane du prêtre, des femmes, assises sur les bornes des carrefours, me regardaient sous le nez. L'une me tirait par la manche, l'autre essayait de m'attraper par la taille. Aux abords de la place Navona, leur nombre augmenta. Don Pietro se décida à parler. « Notre Saint-Père aura beaucoup à faire, pour rétablir un peu d'ordre dans les mœurs. » Devant le portail d'une maison orné de guirlandes et de roses fraîches, une petite foule commentait en riant l'inscription placée au milieu des fleurs : *Al Liberator della Patria, Roma riconoscente.*

« Tu dois savoir qu'entre la mort de Sixte Quint, le

27 août 1590, et l'élection de Clément VIII, le 30 janvier dernier, trois papes se sont succédé. Urbain VII est mort sept jours après son élection, sept jours, tu m'entends? Grégoire XIV, l'élève chéri de Filippo Neri, n'est pas resté sur le trône de saint Pierre plus de dix mois, Innocent IX ne l'a occupé que du 29 octobre au 30 décembre. Ces trois papes étaient de pieuses et saintes personnes. Grégoire XIV entendait ramener les Romains aux mœurs simples et sévères de l'Eglise primitive. Des cent palefreniers qui encombraient les écuries de ses prédécesseurs, il n'en garda que douze, afin, disait-il, de n'en avoir que deux de plus que ses cardinaux. Puis il s'attaqua à la moralité publique. Un tel pape ne pouvait régner longtemps. Le lendemain de sa mort, on trouva pour remercier son médecin cette inscription et ces fleurs sur la maison où il habite. Des mains anonymes renouvellent chaque jour, en apportant des roses fraîchement coupées, l'obscène hommage du vice au crime. Ce n'est pas que Sa Sainteté Clément VIII montre moins de détermination dans la lutte contre Satan. Mais il doit observer quelques règles de prudence, sans lesquelles le temps des Borgia et des Farnese ne serait pas long à revenir. »

Une de ces prostituées osa me saisir par la cuisse. « Passons par là, dit don Pietro, en tournant à gauche pour s'éloigner de la place Navona. Je t'aurais épargné l'étalage de ces turpitudes, sans le désir de te montrer la maison où Filippo Neri, avant de fonder l'Oratoire et de s'y installer, a longtemps demeuré. C'est l'*antica strada di Parione,* la rue que les papes nouvellement élus empruntent pour aller prendre possession de la basilique Saint-Jean-de-Latran. Tiens, voici la maison. Filippo Neri avait choisi cet endroit, pour être à l'avant-poste de la guerre contre la débauche. Rome, hélas, paye très cher le privilège d'abriter la papauté. C'est une ville d'hommes.

— Une ville d'hommes?

— Sur cent mille habitants, soixante-trois mille sont des hommes : prêtres, moines, religieux de toute sorte, plus les artisans et les ouvriers. Sa Sainteté Clément VIII, qui voulait en avoir le cœur net, a fait recenser la population. Sur les trente-sept mille femmes que compte Rome, il y en a treize mille que je comparerais à la Madeleine évoquée par saint Luc, si j'étais sûr qu'une seule d'entre elles eût l'intention de se repentir. *Et voilà qu'une femme, une pécheresse de la ville...* »

Je l'interrompis, intrigué par cette nouvelle qu'il y a deux hommes pour une femme à Rome, et que, sur ce petit nombre de femmes, plus d'un tiers ne sont pas attachées à un homme, mais passent de l'un à l'autre. Si jeune que je fusse, je savais par ma propre expérience à quoi m'en tenir. Caterina, avant de se faire nonne, aurait pu être assise sur une de ces bornes. Elle s'y fût trouvée aussi bien que dans sa boulangerie. Je pensais souvent à elle, avec émotion et gratitude. Pourquoi, malgré mes préférences, ne suis-je nullement ennemi des filles publiques? *Publiques* : le mot de l'énigme est là. L'homme retrouve en elles la trace de tous les hommes qui l'ont précédé, il se vautre dans l'homme, même s'il croit désirer la femme.

Le prêtre, qui me voyait silencieux et rêveur, me rappela à l'ordre. « Toi, reprit-il durement, tu dois plus que tout autre rester sur tes gardes, car tu auras besoin de modèles pour tes tableaux, et les seules femmes qui acceptent de poser pour les peintres sont précisément de celles qui stationnent aux carrefours. La fameuse *Fornarina* de Raphaël n'était une boulangère que par un pieux euphémisme. (Tiens! comme Caterina!) Elle tirait son nom de ce qu'elle ravitaillait en pain ses consœurs occupées toute la journée dans la rue sans avoir le temps de faire leurs courses. Chacune de ces femmes, pour le dire en latin, qui est moins choquant pour les lèvres, est une *Venus trivialis,* et nul adjectif ne leur convient mieux, car il dérive de *trivium*, carrefour, endroit où aboutissent trois chemins. Tu auras remarqué, au cours de notre promenade, qu'à Rome les rues ne se coupent pas à angle droit, mais se mettent à trois pour se croiser. Sa Sainteté Clément VIII envisage de parquer ces filles, dans un quartier qui s'étendra entre la place du Peuple et les restes du mausolée d'Auguste. Le pape leur abandonne la place du Peuple, parce que les étrangers entrent de ce côté dans Rome, et que l'hôtellerie de l'Ours et les auberges regroupées dans ces parages seront toujours des endroits mal famés. Le lieu pullule de douaniers et de gendarmes. Les guides, postés aux alentours, qui se proposent pour faire visiter les ruines, ne sont souvent que des proxénètes. Attention aussi aux chefs de bande, qui circulent la main sur la poignée de leur dague, malgré l'interdiction formelle de porter des armes.

« Le pape Urbain VII, successeur de Sixte Quint, avait manifesté le premier cette intention de créer un quartier réservé. Sans qu'on puisse dire avec certitude quelle main s'est substituée à Dieu, sept jours ont suffi à expédier Sa Sainteté *ad patres aeternos,* pour lui apprendre à être plus diplomate. Plusieurs de ces Vénus ont des protecteurs très puissants. Je connais tel cardinal du parti espagnol, qui ne tolérerait pas qu'on mît des entraves à leur commerce. »

Nous étions arrivés devant une grande église, Santa Maria in Vallicella, en cours de reconstruction et d'agrandissement. La façade n'était pas achevée. « Filippo Neri en a fait l'église de son ordre. On l'appelle pour cette raison la Chiesa Nuova. Tu vas habiter quelque temps chez nous, conclut don Pietro, jusqu'à ce que Monsignor Pucci soit en mesure de t'héberger et de t'aider. Sache que toujours, en toute circonstance, si les déboires que tu vas fatalement rencontrer excèdent les forces de ta jeunesse, tu trouveras ici, auprès des Pères de l'Oratoire, asile, nourriture, réconfort matériel et spirituel. »

Je crus qu'il en resterait là, mais soudain, retirant sa main que je m'apprêtais à baiser, il fixa le lambeau de chemise qui recouvrait tant bien que mal mon épaule. « Commence par faire un tour à la lingerie. On te donnera une chemise en bon état, ce sera mieux, *à tout point de vue,* pour toi. » Il me planta sur ces mots, qui me laissèrent tout étourdi. Il possédait donc mon secret ! A quoi devais-je m'attendre ? Garderait-il le silence ? Me promettait-il la discrétion ? Etait-ce au contraire un coup de semonce ? Un avertissement de rester à ma place ? Allait-il s'informer de ce qui avait eu lieu à Milan, puisque j'avais commis l'imprudence de lui dire d'où je venais ? On me tenait à l'œil, j'étais fiché.

II

L'Oratoire

J'ai peu de sympathie pour les prêtres. Un homme qui fait vœu de chasteté et professe l'éloignement du sexe ne peut être qu'un impuissant, qui fait de nécessité vertu, ou bien un hypocrite, qui s'accorde en douce les satisfactions prohibées. Un tout petit nombre seulement *choisissent* l'abstinence et s'en tiennent à ce qu'ils ont choisi. On loue saint Siméon d'être resté pendant trente ans, sans jamais en descendre, au sommet d'une colonne dans le désert de Syrie. La légende omet de dire qu'on lui montait chaque nuit par une échelle, à l'heure où dorment les pèlerins, l'eau et la nourriture nécessaires à sa subsistance, et qu'une guérite posée sur le chapiteau le protégeait des intempéries.

Les quelques semaines que j'ai passées à l'Oratoire comptent pourtant parmi les plus heureuses de ma vie. L'église était encore en chantier ; on agrandissait les parties destinées au logement des Pères et des quelques frères laïcs admis en stage ; les cinq ou six chambres déjà en service dans l'hôtellerie donnaient sur la jolie petite place de l'Orologio. Le tintement des seaux entrechoqués, le grincement des poulies, le fracas des marteaux, le crissement des scies, les giclées de plâtre, les cris et les chants des ouvriers, les appels qui se répondaient d'un coin à l'autre des bâtiments, quel mouvement, quelle animation, quel air de fête partout !

Don Pietro Moroni, il m'arrivait bien de le croiser, au détour d'un couloir ou en traversant la cour. J'avais peur d'abord de ces rencontres. Demanderait-il à regarder sous ma chemise ? Exigerait-il des explications ? Puis, je m'aperçus que cette peur faisait partie du plaisir que j'éprouvais à habiter ici. Bien qu'il ne me posât jamais d'autre question, que de s'informer comment je m'étais adapté aux horaires monastiques et à la nourriture frugale de la congrégation, sa seule présence dans l'Oratoire me rappelait que je n'y étais pas en sécurité. Il passait son chemin, je continuais de mon côté, assez content au fond : sans cette épée de Damoclès suspendue au-dessus de ma tête, quel droit aurais-je gardé de me sentir *à part* ? J'avais une chambre pour moi, je ne manquais de rien, qui veut garder le ventre plat préfère manger peu, je jouissais d'une existence confortable. Etais-je devenu... ce que je ne voulais être à aucun prix ? Non, car la crainte d'être dénoncé me tenait sur le qui-vive, et j'avais, pour me garantir contre l'accoutumance au bonheur, le frisson permanent du danger.

Au lieu de chercher à l'éviter comme je le faisais au début, j'allais au-devant de don Pietro. « Révérence, mon Père. » C'était le meilleur moyen d'écarter ses soupçons, sans perdre mes frayeurs. Les charpentiers, les maçons, les peintres emplissaient la cour d'un vacarme joyeux. D'autant plus disposé à partager leur entrain que je portais en moi mon secret, je grimpais les rejoindre sur les échafaudages. Isolé dans ma bulle comme les anges sur leur nuage, je les écoutais rire et chanter. Les peintres m'offraient à manger et à boire, je les aidais à nettoyer leurs pinceaux.

Filippo Neri lui-même, bien qu'il eût presque quatre-vingts ans et vécût retiré dans une cellule sous les toits, prenait goût, lorsqu'il descendait de son refuge, à se mêler à la foule des travailleurs et à plaisanter avec eux. Ennemi, comme Thérèse d'Avila, des mines longues et moroses, il voulait de la gaieté autour de lui. Profond et austère en lui-même, léger et souriant pour les autres. Tous les soirs, dans une salle du premier étage consacrée à la lecture et à l'oraison, et appelée, pour ce motif : oratoire, il recevait aussi bien ses disciples et ses amis que des inconnus venus par curiosité. Oratoire : le nom s'était étendu à l'édifice et, de là, à l'ordre tout entier. N'importe qui avait accès à ces réunions. J'y ai souvent assisté, et garde le souvenir d'une société de gens simples, pieux, heureux de pouvoir parler de Dieu sans subir le contrôle des autorités ecclésiastiques, et s'exerçant à la perfection sans contrefaire les dévots. Celui qui ouvrait la bouche pour faire parade de ses connaissances ou raconter ses petits soucis bientôt se taisait de lui-même : Filippo Neri s'était mis à chantonner. La parole, dans l'oratoire, n'appartenait qu'à celui qui avait quelque chose d'utile ou d'instructif à dire. La gravité, le pédantisme, la contrainte, la bigoterie n'étaient pas plus de mise que la confidence, l'exhibition individuelle, les doléances, l'attendrissement sur soi.

Quand une dame du grand monde, attirée par la rumeur, se faisait annoncer, il s'empressait de poser sa barrette de travers ou de paraître occupé à trier les fleurs d'un bouquet, afin qu'elle pût caqueter dans Rome et se répandre sur la frivolité du *prétendu ermite.* « Si c'est ça faire l'ascète, je veux bien essayer ! » La princesse Adalgisa Orsini, tout excitée de pouvoir médire, rapporta qu'il se faisait tailler les cheveux et poudrer le visage, en plein milieu de la récitation du *Credo.*

Devant le préfet de la congrégation du Saint-Office, qui l'accusait d'ignorer le latin, il lut un passage de saint Augustin en le truffant de barbarismes et de solécismes. Ce préfet était borgne. Il déclara en s'en allant que pour ne pas entendre de telles énormités il eût préféré être sourd d'une oreille comme il était aveugle d'un œil. J'avais fait connaissance, me dit-on lorsqu'il fut sorti, d'un des personnages les plus redoutables du Vatican. Investi par le pape d'un pouvoir illimité, il ne s'était pas montré en cette circonstance sous son aspect le plus terrifiant. La grammaire n'était que le cadet de ses soucis. Bien d'autres sujets de hargne l'empêchaient de fermer son œil unique. Débusquer l'hérésie partout où elle se niche et faire condamner l'hérétique partout où il se cache tenait jour et nuit en éveil ce fanatique.

Ce qu'il coûte de dresser contre soi le chef du Saint-Office, je l'apprendrais bientôt à mes dépens.

Le fondateur de l'ordre veillait à donner l'image d'un être « normal », qui ne bénéficie pas de grâces particulières et reste soumis à l'humaine condition. Des visiteurs affluaient de l'Europe entière dans l'espoir de le voir accomplir un miracle. Il trouvait toujours quelque ingénieux moyen de les décevoir. N'hésitant pas à se rendre ridicule pour refroidir leur zèle, il mettait des pantoufles jaunes sous sa soutane noire, rasait d'un seul côté sa moustache, ou battait la mesure, de plus en plus vite, pendant que frère Maruzzello, originaire de Naples, dansait la tarentelle devant les spectateurs médusés. S'il est vrai qu'il jeûnait en secret, Filippo Neri déclarait publiquement qu'il abhorrait toute forme de mortification, et, comme on va le constater, il agissait en conséquence.

Clément VIII venait d'instituer, au nom de la réforme morale, une taxe sur le vin. Quatre envoyés d'Allemagne du Nord, pays de la bière, se présentèrent à l'Oratoire et félicitèrent Filippo Neri. Ils croyaient qu'il avait déterminé le pape à freiner les *libations en l'honneur de Bacchus*, comme ils disaient pour avoir l'air plus *romains*. Il les fit asseoir à côté de lui et leur demanda s'ils étaient allés voir la statue de Mastro Pasquino. « Quelle statue, Votre Grâce ? » Il détestait ces formules hyperboliques : « Votre Grâce », « Votre Grandeur », et ne voulait être appelé, comme n'importe quel chrétien, que de son patronyme et de son nom de baptême. Il avait même proscrit le « don », qui est de rigueur pour les prêtres.

« Mastro Pasquino, reprit-il, est le tronc mutilé d'une statue placée à l'angle du palais Orsini. Les Romains, lorsqu'ils sont mécontents de la manière dont on les gouverne, accrochent au socle de petites phrases assassines. Le lendemain du jour où la taxe sur le vin a été instituée, on a pu lire ce dialogue entre un pâtissier et un débardeur du port. *"Pourquoi laves-tu ton linge un dimanche, au lieu de te reposer de ton pénible travail?* demande le pâtissier. – *Parce que lundi le soleil sera mis à l'encan, et qu'il te faudra débourser même pour l'eau qui te sert à délayer la farine."* Allez voir, messieurs, l'inscription est toujours là et y restera tant que cette mesure ne sera pas rapportée. »

Le plus beau, c'est que Filippo Neri, l'ancien maître de Clément VIII, n'était nullement hostile à celui qu'il avait éduqué; il avait appuyé son élection et restait son confesseur. Le neveu du pape, le cardinal Pietro Aldobrandini, et d'autres proches de Clément VIII comptaient parmi les habitués les plus assidus de l'Oratoire.

Les envoyés d'Allemagne du Nord rengainèrent, penauds, leurs compliments. Champions de la cause pontificale en terre de luthériens, héros de la croisade contre l'hérésie, ils ne s'attendaient pas à cet accueil. Filippo Neri acheva de les décontenancer en leur offrant à boire d'un nectar qu'il avait reçu en cadeau d'un propriétaire de vignes à Frascati. « Quelle belle couleur dorée, ne trouvez-vous pas? » disait-il en faisant tourner son verre dans le rayon du soleil.

Ses disciples lui apportaient souvent des douceurs, oranges, confitures ou gâteaux analogues aux pains d'épice que sainte Claire confectionnait pour saint François et que celui-ci dégustait de bon appétit, deux traits qui m'ont toujours plu dans la légende d'Assise. Filippo Neri distribuait sur place la moitié de ces cadeaux, sans se priver de sa part, réservant l'autre moitié pour les malades des hôpitaux ou les prisonniers de Tor di Nona. Prendre plaisir à manger et à boire ne lui paraissait pas contrevenir à la destination de l'Oratoire, qui était de s'entretenir en toute liberté sur l'Amour. L'ascétisme trop rigoureux profite moins au salut de l'âme, professait-il, qu'il ne nuit au fonctionnement de la santé et à la bonté de l'humeur.

Je ne comprenais pas, au début, pourquoi il avait sans

cesse auprès de lui un horrible petit chien, jaune, hargneux et criard, qui aboyait d'une voix de fausset et montrait les crocs, prêt à se jeter sur les gens. L'utilité du corniaud me fut révélée peu à peu. Filippo Neri était sujet aux assauts d'une force mystérieuse, qui l'agressait à l'improviste, le malmenait et réussissait parfois à le soulever de terre, mais rien ne lui répugnait plus que de rendre publiques ses extases. Chaque fois qu'il sentait que le divin allait se manifester en lui, il s'arrangeait pour détourner l'attention. Ce qui lui arrivait d'extraordinaire ne devait prêter à aucun soupçon de complaisance. S'efforçant de dissimuler ce qu'il tenait pour un don immérité du ciel, il avait recours à plusieurs stratagèmes, soit qu'il lançât une saillie incongrue, soit qu'il demandât quel était ce bruit qui montait par la fenêtre, pour forcer l'assistance à regarder de ce côté, soit qu'il jetât le petit chien entre les jambes de ses visiteurs. Ses proches disciples l'aidaient dans ce manège. Quand tout le monde était occupé à se défendre des morsures du roquet, il pouvait se livrer au ravissement qui s'emparait de lui, en présence de l'objet de son amour qu'il était seul à voir.

Quel merveilleux spectacle il donnait malgré lui ! A la sueur froide qui perlait de son visage, au tremblement de ses mains, je devinais que la crise était proche. Il s'élevait d'un demi-pouce au-dessus du sol, et restait pendant quelques secondes en lévitation. Feignant moi aussi de repousser les attaques du cabot, je m'appliquais à ne pas manquer les instants où le Seigneur traitait notre hôte comme un de ses élus. Que l'homme visité par Dieu doive cacher sous des dehors modestes les faveurs mystiques les plus hautes, voilà l'idée que ces réunions de l'Oratoire m'ont donnée du véritable saint. L'obscurité lui sied, comme le tapage à l'artiste.

La musique jouait un grand rôle dans la vie de la communauté. Pour Filippo Neri, qui s'était rappelé à cette occasion qu'il savait fort bien le latin, chanter en chœur dans la langue de Boèce et d'Adam de Saint-Victor faisait partie des exercices spirituels. Selon une des premières règles qu'il avait fixées, les Pères, unis aux fidèles, devaient s'exciter à contempler les choses célestes au moyen d'harmonies musicales : *musico concentu excitentur ad cœlestia contemplanda.* En fait d'harmonies musicales et de jouissances sonores, je n'avais entendu jusque-là que l'orgue asthmatique de notre village ou le méchant violon de quelque bohémien ambulant. Un monde nouveau s'ouvrit à moi.

Le maître de la chapelle pontificale venait en personne donner des conseils au chœur de l'Oratoire et présider aux répétitions. La renommée de Pier Luigi da Palestrina, qui a diminué après sa mort, était alors au zénith. On révérait en lui le musicien officiel de l'Eglise : appliquer les directives du concile de Trente, substituer à la polyphonie touffue du siècle passé une musique intelligible, claire, où chaque note correspond à une syllabe, nul ne s'entendait comme lui à cette tâche. Resté modeste et serviable, il avait une dévotion pour le fondateur de l'ordre. Bien qu'il eût composé de messes pour les papes, il ne dédaignait pas d'écrire à l'intention des Pères Philippins des chansons d'une simplicité évangélique : *Jesus Rex admirabilis*, *Tua Jesus dilectio*, *Jesus flos matris*.

Des admiratrices de Filippo Neri lui apportèrent en cadeau un portrait du Christ, chevelu et barbu, selon la coutume des peintres. Les dévotes dûment remerciées, il s'écria : « Oh ! quel artiste aura jamais le courage de représenter le Seigneur non soumis à la loi du temps, mais éternellement jeune ? Le Christ imberbe, tel que vous venez de l'entendre glorifier dans la *lauda* de Pier Luigi ? Je souhaite que la peinture, comme déjà la musique nous en montre l'exemple, se dégage de la convention historique et revienne à une conception plus simple et populaire de l'art. »

Si mes tableaux ne répondent pas tous à ce programme, du moins me suis-je souvenu des paroles de Filippo Neri lorsque j'ai peint *les Pèlerins d'Emmaüs* et bravé le scandale d'un Christ jeune, apollinien, sans barbe ni marque des ans.

De Florence, où il était maître de cérémonie du grand-duc Ferdinand, un autre compositeur, dont le nom m'échappa quand il nous fut présenté, nous apporta les échos de cette ville où un groupe d'érudits s'efforçait de retrouver les principes de la monodie grecque. Créer de toutes pièces un genre musical, sur des sujets profanes tirés de la mythologie, d'après ce qu'ils croyaient que le théâtre avait été dans l'Antiquité, ce serait une révolution. Il n'était question, parmi les connaisseurs qui attendaient avec impatience les premiers fruits de leurs travaux, que de ce coup d'Etat, qu'ils appelaient : déclamation chantée, *recitar cantando*, mélange de musique, de chant, de poésie et de danse.

Filippo Neri écoutait avec indulgence ces récits. Comme nous cherchions quelle fable païenne pourrait être mise en musique sans offenser la religion, il suggéra à ce compositeur dont je n'avais pas compris le nom de conseiller à ses amis de Florence le mythe d'Orphée.

« Dites-moi, Emilio dei Cavalieri, ne serait-ce pas le sujet idéal, qui concilierait le respect qui est dû aux Anciens et les devoirs imposés par la morale chrétienne ? »

Emilio dei Cavalieri ! Cette fois j'avais bien entendu. Quoi ! cet homme qui s'asseyait au milieu de nous dans le salon de l'Oratoire et avec qui nous conversions familièrement, n'était autre que le fils du célèbre...

« Mais vous-même, reprit Filippo Neri, mettez-la en musique, cette histoire ! L'Antiquité nous a légué, avec le mythe d'Orphée et Eurydice, une apologie de l'amour conjugal si instructive et convaincante qu'elle est encore valable pour les époux unis par le sacrement. »

L'autre se récria : il trahirait la confiance de l'Eglise en s'intéressant à une fiction profane. L'amour humain, même l'amour conjugal, n'était pas matière à musique. Protestant de sa soumission indéfectible aux préceptes du Vatican, il déclara qu'il se préparait lui aussi à innover, mais sans se départir d'une inspiration strictement ecclésiastique. Et d'insister sur l'idée qu'un artiste ne doit rien hasarder qui ne tourne *ad majorem et exclusivam gloriam Dei.*

Ma stupéfaction redoublait. Un cagot aussi fieffé, lui, le fils du hardi, de l'intrépide Tommaso dei Cavalieri ! De ce jeune noble romain que Michel-Ange avait aimé à la passion, et qui s'était montré, en retour, non moins ardent ! Le peintre, déjà vieux, avait adressé à l'adolescent, sous forme de calembours d'une indécence effrontée, des vers inoubliables. *Resto prigionier d'un cavalier armato.* Et le fils de cet homme que le peintre de la chapelle Sixtine avait désigné de façon aussi claire comme son amant, reniait avec ostentation tout ce qui avait trait à l'amour ! Il y avait aussi ce prodigieux dessin, envoyé à Tommaso, où l'éraste s'était figuré sous les traits d'un grand aigle emportant au ciel dans ses serres un Ganymède extasié.

Je ne pus m'empêcher de risquer une allusion à cette aventure qui faisait partie désormais de l'histoire littéraire et artistique de l'Italie. Emilio se contracta d'un air hostile et changea à l'instant de sujet. Il me parla d'un *Ave Regina* de sa composition, qui sortait tout juste des presses de Saint-Pierre et serait chanté pour l'anniversaire du grand-duc. Quelle pitié ! Vivre la bougrerie de son père dans la culpabilité et la honte ! Etre confit en dévotion, comme si le blason de la famille avait besoin d'être redoré ! Quel piètre compositeur ce devait être, que cette grenouille de bénitier !

Trop âgé pour une épreuve qu'il avait instituée autrefois, Filippo Neri avait délégué à don Pietro Moroni le soin de diriger pendant le carême la longue et fatigante procession de pèlerinage aux sept basiliques. Un nommé Gaspare Brissio, trompette au château Saint-Ange, amenait ses camarades de la chapelle pontificale. Ils fournissaient la fanfare et marchaient en tête du cortège, dans leur costume bariolé. On allait de Saint-Pierre à Santa Maria Maggiore, en passant par San Paolo fuori le Mura, San

Sebastiano, San Giovanni in Laterano, Santa Croce in Gerusalemme, San Lorenzo fuori le Mura. A la différence de toutes celles auxquelles j'ai pu assister par la suite, il régnait dans cette procession la même bonhomie et la même gaieté que dans les autres activités de l'Oratoire. Le fracas désordonné des cuivres recouvrait la pieuse effusion des cantiques. Filippo Neri n'avait fixé avec précision que l'itinéraire. Pour le reste, l'humeur des pèlerins décidait. Un convoi de mulets, chargés d'outres et de tourtes, suivait le cortège. Après chaque station, on s'asseyait dans l'herbe; on mangeait et on buvait, bien que ce fût carême. Il ne manqua pas de hauts prélats pour blâmer cette coutume et reprocher aux Pères d'encourager la ripaille. Aux disciples s'ajoutait peu à peu une foule de dévots, de curieux, de badauds, sexes et classes mélangés. Autant le sérieux et le recueillement étaient de mise à l'intérieur des basiliques, autant, dès qu'on se retrouvait dehors, la familiarité et le rire chassaient du peuple en liesse toute affectation de gravité.

Le déjeuner avait lieu dans le voisinage de la porte San Paolo, au pied du mausolée de Sextius. Ce magistrat latin avait servi sous l'empereur Auguste. Chargé d'organiser les banquets sacrés offerts à Jupiter, il s'était fait construire pour sépulture un modèle réduit de pyramide. Le choix d'un monument de style égyptien comme étape pour des pèlerins choquait les bigots. Si les Romains du Ier siècle n'avaient pas éprouvé une telle attirance pour l'Orient, rétorquait don Pietro, le christianisme ne se serait pas propagé aussi vite en Europe. La vraie religion était arrivée dans les bagages de l'idolâtrie.

Des joueurs de luth se joignaient au pique-nique. Ils prenaient place au milieu du cercle et, après un prélude sur les cordes, chantaient des madrigaux empruntés à l'Arioste, des stances inspirées du Tasse. La dernière apparition de Filippo Neri était restée légendaire. Pour répondre aux critiques du cardinal Montero, qui avait dénoncé en chaire l'association d'un monument païen et de chants profanes aux saints mystères de l'Eglise, il avait non seulement rasé son abondante barbe blanche, mais encore, au moment d'ouvrir les paniers du repas, appliqué sur son visage marqué par les privations un masque de Polichinelle.

Les cardinaux, qui avaient dix palefreniers dans leur écurie, jalousaient un homme dont la gloire s'étendait au-delà de la péninsule italienne sans qu'il eût ni voiture ni cheval à sa porte.

Sujet de dépit plus grave pour ces Eminences et leur cour d'obséquieux Monsignori – bien qu'ils ne fussent pas tous, comme le cardinal Montero, du parti espagnol : la piété des Pères de l'Oratoire ne s'exerçait pas principalement en prières, jeûnes et mortifications. S'il voyait un de ses disciples agenouillé devant un crucifix et absorbé dans une trop longue oraison, Filippo Neri lui enjoignait de se relever et d'aller distribuer des aumônes aux mendiants qui se pressaient à la porte de l'église. « Tu as choisi la soutane pour accomplir les devoirs du chrétien, non pour t'en dispenser. » Assistance publique, soin des malades dans les hôpitaux, aide aux pèlerins (on en attendait des dizaines, peut-être des centaines de milliers pour la prochaine année sainte), soutien des orphelins, visite aux prisonniers, descente dans les geôles souterraines de Tor di Nona, la tâche ne manquait pas. J'appris à énumérer les six Œuvres de la Miséricorde, qui m'inspireraient un jour le plus complexe de mes tableaux.

J'ai l'air de faire, dans ce chapitre, de *l'histoire* : histoire de Rome, histoire de l'Oratoire, histoire de la musique, alors que l'opinion publique me perçoit comme une sorte de fou peignant, soumis à l'anarchie de ses instincts, incapable de contrôle, pure violence, désordre et dissipation. Si cette image était vraie, comment cet hurluberlu aurait-il réussi à peindre, en dix-huit ans, plus de cent tableaux? Un auteur méticuleux, qui ne laisse pas un pouce carré de toile au hasard, et règle l'émotion qu'il veut communiquer au spectateur, peut-il ne pas être une sorte de tâcheron?

Mépris des horaires, refus des habitudes, pagaille dans l'atelier, tohu-bohu créateur : que de lieux communs, plus ineptes l'un que l'autre ! Le peintre qui s'abandonnerait au flux intérieur du sentiment ne *produirait* (j'insiste sur ce mot d'artisan) aucune œuvre. Qu'on cesse de me représenter les cheveux en broussaille, l'œil hagard, la mine sauvage – ce sont contes d'enfant ! Comment ai-je passé la plus grande partie de ma vie ? Assis devant mon chevalet.

Bien qu'il fût lui-même d'une propreté maniaque – je ne lui ai jamais vu un vêtement taché ou usagé ; à l'église, il se servait toujours du même calice, qu'il se faisait mettre de côté ; à table, il ne buvait que dans le verre réservé à son usage personnel ; les règlements de l'ordre poussaient la minutie jusqu'à défendre de jeter sur le sol du réfectoire des os ou des arêtes –, Filippo Neri se chargeait des besognes les plus dégoûtantes. Tant que ses forces le lui permirent, il prêta service à l'hospice des Incurables. Balayer la salle de deux cents lits, nettoyer les malades, panser les plaies, retourner les matelas, vider les vases, blanchir les draps : c'est là, disait-il, dans ces activités vulgaires, que le Christ est présent, bien plus que dans les pénitences et les macérations.

A ses côtés, j'ai découvert une Italie que je connaissais peu. De Caravaggio, bourg aisé, j'étais passé à Milan, ville prospère. Mon éducation sociale, je l'avais faite à travers les peintres, et les peintres, par les images idéalisées dont ils remplissent les églises, cachent la réalité du peuple, les peines dont il souffre, la misère qui l'accable. Les fresques et les tableaux, grand livre où j'avais appris à lire le monde, ne m'avaient présenté que des visages reposés, des corps intacts, des ongles curés avec minutie. Ensuite, pendant mon voyage de Lombardie à Rome, ni à Gênes ni à Pise ni à Volterra ni à Sienne ni à Orvieto, étapes obligatoires pour l'apprenti, sanctuaires de la peinture italienne, je n'avais rencontré l'Italie de la privation et de la douleur.

Les martyrs de l'Eglise ? Livrés aux supplices les plus atroces, eux-mêmes s'en tirent sans dommages physiques apparents. Roués, écartelés, lapidés, empalés, écorchés, étripés, carbonisés, ils planent inaccessibles au mal. Saint Laurent rôtissant sur le gril a l'air de se cuire au soleil. Sainte Agathe à qui on arrache les seins avec une paire de tenailles garde la même dignité que si elle était assise devant sa table de toilette. Sainte Lucie énucléée présente ses yeux sur un plat comme deux œufs frits dans une poêle. Les soudards qui arrêtent le Christ, les bourreaux qui le flagellent, les mendiants à genoux devant la Madone, les pèlerins attablés à l'auberge d'Emmaüs, les fossoyeurs présents à la résurrection de Lazare, les filles de Loth se sauvant de la fournaise n'ont pas plus d'accrocs à leurs habits que de saleté sur les mains. Les graisses de la cuisine, la suie des cheminées, la poudre des chemins, la boue des orages ont aussi peu de prise sur ces hommes et ces femmes que les flèches sur le corps toujours lisse et blanc de saint Sébastien. Leur empoignade ne coûte aucun effort aux lutteurs de Pollaiolo. Les forgerons de Cosmé Tura tapent sur l'enclume sans transpirer. Les damnés de Signorelli conservent la même fraîcheur que les anges de Fra Angelico. Raphaël a poussé jusqu'à l'absurde cette négation du corps humain : les fuyards qui essaient d'échapper à l'incendie du Borgo sautent du mur comme s'ils s'entraînaient dans une salle de gymnastique.

L'étable de la Nativité ? Chez tous les peintres, sans exception, elle ressemble à la sacristie d'un évêque, bien balayée, bien entretenue, plus qu'elle n'a l'air d'un appentis de campagne où le bœuf à côté de l'âne se vautre dans la paille et la crotte.

Le Golgotha de la Déposition ? Le tableau où Rosso Fiorentino a traité ce sujet m'avait fait la plus forte impression du voyage. Arrivé à midi à Volterra, j'étais resté plus d'une heure devant ce tableau. Pas de scène plus dramatique : le Christ écroulé, la Vierge détruite, saint Jean prostré, les saintes femmes pâmées. Pourtant, où sont les signes physiques des épreuves qu'ils endurent ? La noblesse des attitudes, la beauté des costumes, le facettement des étoffes, le scintillement des couleurs, le contraste du clair et de l'obscur dans une marqueterie de lumières, les déchirures de rose et de rouge contre le ciel livide, ne donnent guère à penser que le fond de la détresse a été atteint ici. Joseph d'Arimathie et ses aides sont exempts de souillure. La poussière du désert n'entre pas sous leurs ongles.

Ce que c'est que d'être humilié dans son corps, ils n'en ont pas la moindre idée. La puanteur que j'ai respirée aux Incurables, l'ordure qui régnait dans l'hospice, m'ont appris où réside le vrai désespoir. Filippo Neri m'a enseigné à fraterniser avec les pauvres, et fait comprendre qu'un des moyens de renouveler la peinture serait de choisir des modèles dans une catégorie sociale où la misère fait des trous aux vêtements et laisse de la sanie dans les plaies.

Volterra! Etrange ville étirée sur une crête qui sépare deux profondes vallées. A pic sur le précipice, elle étage ses maisons en lave noire derrière les blocs de pierre sombre du rempart étrusque. De toute part le regard étonné plonge sur des gouffres creusés de ravines. Les torrents ont affouillé le silice et déchiqueté l'argile. De cette désolation géologique se dégage le sentiment d'une immense paix. Ce chaos n'est informe qu'en apparence. Ces écroulements de marne font croire qu'on est hors du temps. Ces convulsions du sol répondent à un ordre secret de la nature. Cette folie du ciel est une sagesse de la terre. Les peintres ne voient-ils donc aucune différence d'espèce entre un paysage ravagé par l'érosion, mais dont nulle violence du climat n'altère l'harmonie des lignes, et ce qui arrive à des corps d'où coulent le sang et le pus?

Je ne suis resté que quelques semaines logé à l'Oratoire; et toutefois, je garde tant de souvenirs, si vifs et si précieux, de ce séjour, qu'il me paraît beaucoup plus long qu'il ne fut en réalité. Il est vrai que, de la maison de Monsignor Pucci, où je m'étais installé dans l'espoir d'avoir à ma disposition un atelier – comme il me tardait de peindre! –, je retournais souvent à l'Oratoire, écouter les conseils et les leçons de Filippo Neri.

Sa dernière œuvre aura été la réconciliation du roi de France et du Saint-Siège. La fille aînée de l'Eglise, comme on l'appelait, pouvait-elle demeurer entre les mains d'un souverain calviniste? Les cardinaux du parti français – je commençais à m'y reconnaître dans ces factions –, Federico Borromeo, Francesco Maria Del Monte, Ascanio Colonna, Pietro Aldobrandini, Benedetto Giustiniani en tête, avaient travaillé à réparer ce scandale. C'est dans le palais du cardinal Del Monte, dont je devais bientôt être l'hôte et le familier, que l'émissaire d'Henri de Navarre, le duc de Nevers, rencontra Filippo Neri. L'intervention de ce dernier auprès de Clément VIII fut décisive. L'intègre apôtre de la Chiesa Nuova n'avait pas prévu que les conditions de cette victoire seraient si déshonorantes pour l'Eglise. Le roi abjura. Deux ou trois ans plus tard, après que Dieu, pour le soustraire au spectacle de cette infamie, eut rappelé à lui le confesseur du pape, celui-ci se fit verser plusieurs dizaines de milliers d'écus d'or pour absoudre le converti.

On joua au théâtre de Capranica une comédie anglaise, *Peines d'amour perdues.* Choix intentionnel : la pièce se déroule à la cour de Navarre, hommage au roi qui était le héros du jour. Et renferme un éloge de l'amour qui aurait été interdit par la censure, si la conversion de ce prince, qui avait vécu pendant quarante ans dans l'hérésie, n'avait relâché un peu les rigueurs du Saint-Office. Quel plaisir d'entendre, dans la bouche d'un comédien, ces louanges au dieu Cupidon : *« Pour la valeur, l'amour n'est-il pas un Hercule, toujours prêt à grimper aux arbres des Hespérides? Subtil, il l'est autant que le sphinx; suave et mélodieux, il l'est autant que la lyre splendide d'Apollon, ayant pour cordes les cheveux divins! Et quand l'amour parle, les voix de tous les dieux bercent le ciel d'un harmonieux écho. Jamais poète n'oserait prendre la plume pour écrire, sans que son encre eût été saturée de larmes d'amour. »* Ces mots, je ne les ai jamais oubliés. Ils ne valent pas seulement pour le travail du poète. Un peintre qui ne trempe pas son pinceau dans les larmes d'amour se consolera par un fauteuil à l'académie de Saint-Luc.

A côté de la basilique Santa Maria Maggiore, Clément VIII fit élever une colonne pour commémorer le triomphe de la religion « catholique, apostolique et romaine ». La colonne a la forme d'un canon et soutient une croix de marbre dont les deux bras se terminent par les lis de France. Le soir de la cérémonie d'inauguration, qui avait vu affluer quarante cardinaux, quatre cents palefreniers en livrée d'apparat, la garde suisse, les gendarmes pontificaux, une nuée de pages harnachés de bleu et de jaune et une foule immense de curieux, un accusateur anonyme, que seule son honnêteté empêcha don Pietro Moroni de ranger sans preuves dans le parti espagnol, blâma publiquement le pape d'avoir monnayé au prix fort l'absolution d'Henri IV. Il fit circuler ces deux vers qu'on retrouva le lendemain placardés sur le socle de Pasquino :

Clément, pour grossir ton magot,
fais-toi carrément parpaillot.

Si disposé qu'il fût à s'associer au rire de la statue mutilée, Filippo Neri n'eût pas vu d'un cœur léger la simonie de son ancien élève aussi férocement brocardée.

III

Chez Lorenzo Siciliano

Monsignor Pucci, vieillard à la peau jaune et sèche, ne tenait pas à entretenir plus longtemps que la convenance ne l'exigeait le vague protégé d'une marquise lombarde apparentée de loin à la noble dame qu'il servait. Octogénaire percluse, je ne l'ai aperçue qu'une fois, ratatinée sous une couverture, au fond d'un fauteuil doré. Etre majordome de la sœur d'un pape et donner à manger à un gueux de province! Par avarice ou pour se débarrasser d'un vagabond qui ne pouvait pas l'aider dans son avancement, il ne me nourrissait que de salade : salade en entrée, salade en plat principal, salade au dessert. En outre, détestant la peinture (« Je ne veux d'huile que dans mon saladier », disait-il, et sa bouche édentée ponctuait d'un rire chevrotant ce qu'il croyait être un bon mot), il m'interdisait d'apporter des couleurs dans ma chambre. Comme je ne savais pas dessiner, je me contentais de barbouiller au fusain et à la sanguine, sur des feuilles de papier arrachées en cachette à son registre des dépenses, des scènes de torture et de meurtre. Je ne sais combien de fois j'ai transpercé, pourfendu, étranglé, occis par le fer et le feu cet Euclion et son antédiluvienne de momie.

En flânant au Campo Marzio, quartier des peintres, j'avisai à l'entrée d'une boutique un écriteau selon lequel un certain Lorenzo Siciliano, peintre, prenait chez lui des apprentis. *Reverenza, Monsignor Insalata!* Je partis à la cloche de bois, en emportant dans ma fuite une cuiller et une fourchette en argent.

En échange de petits tableaux qu'ils peignaient sous son nom pour être vendus dans les palais du voisinage, ce Lorenzo, originaire de Syracuse, assurait à ses aides le vivre et le couvert. Les seigneurs romains, à cette époque, se montraient friands de copies peintes des principales statues antiques. L'Apollon et l'Antinoüs du Belvédère, le Laocoon déjà si admiré de Michel-Ange, les bas-reliefs de la colonne de Marc Aurèle, la statue équestre de cet empereur que Paul III avait fait placer sur la place du Capitole, les Dioscures transportés au même endroit sur ordre de Pie IV, un autre couple de Dioscures installé place du Quirinal par Sixte Quint, voilà le fond de boutique du patron. Nous étions chargés de prendre des croquis de ces statues dans les cours du Vatican ou sur les places publiques, puis d'exécuter des variantes selon le goût des amateurs. Les membres virils de Castor et Pollux, proportionnés au gigantisme des statues, ainsi que la bite non moins énorme des chevaux, ordre de les réduire de trois quarts, faute de pouvoir les escamoter complètement. Pour les statues de taille humaine, feuille de vigne obligatoire. Nos commanditaires étaient loin d'être prudes, mais la prudence les obligeait à endormir les espions de Clément VIII.

Les obélisques aussi faisaient fureur. J'appris à connaître les différents quartiers de Rome, en courant partout où Sixte Quint avait fait relever ces grandioses monolithes retrouvés sous les gravats. Le plus célèbre érigeait place Saint-Pierre son aiguille et son pyramidion de granit. Découvert jadis à Héliopolis, transporté d'Egypte à Rome par l'empereur Caligula, déniché dans le cirque de Néron, on ne l'avait dressé ici qu'au prix de difficultés immenses, dont la légende alimentait le plus honteux des commerces. Installé sur un pliant au pied de l'obélisque, devant un ruban circulaire qui interdisait de s'en approcher, un homme se faisait payer deux baïoques pour raconter les péripéties de cette aventure. L'entreprise avait duré plus de quatre mois, employé quarante chevaux et neuf cents ouvriers, sous la direction de Domenico Fontana, l'architecte en chef des chantiers de la basilique. Il avait fallu mettre en place un système complexe d'échafaudages, de cordes et de poulies, et s'y reprendre cinquante-deux fois. Le jour décisif, il y avait six ans de cela, tout Rome était accouru au spectacle. L'opération était si dangereuse, avec ces centaines d'hommes arc-boutés sur les passerelles, à une hauteur de plus de douze toises au-dessus du pavé, que le pape avait décrété la peine de mort pour quiconque dans l'assistance eût poussé un cri ou élevé de quelque façon la voix.

« Eh bien moi, qui vous parle, quand j'ai vu que les cordes brûlées par la friction étaient sur le point de se rompre, j'ai osé contrevenir à cet ordre, et j'ai crié, à pleins poumons, mes jeunes messieurs : *Acqua alle funi !* On jeta de l'eau sur les cordes, l'opération fut sauvée. C'est si vrai, mes seigneuries, que Sa Sainteté non seulement m'a fait grâce de ce cri, mais accordé le privilège, à moi et à mes descendants, de fournir les rameaux aux cérémonies pontificales de Pâques. » Le quidam se vantait en outre d'être de Bordighera, en Ligurie, et de s'appeler Bresca, ce dont je me battais l'œil. Comme je lui demandais de se pousser et d'ôter le ruban, car c'était de l'endroit où il avait posé son pliant qu'on avait la vue des plus beaux hiéroglyphes de l'obélisque, il prétendit nous extorquer deux baïoques supplémentaires pour le droit de faire nos croquis.

« Coquin, m'écriai-je, est-ce un autre privilège que t'a conféré Sa Sainteté ? » Je sortis mon poignard de ma poche ; il détala ; les trois camarades qui m'avaient accompagné et s'étaient cotisés pour écouter ces sornettes, crièrent que j'étais fou et qu'il fallait déguerpir au plus vite. « Ne sais-tu pas que le port d'arme est interdit, sous peine de prison ? » Déjà deux gardes pontificaux, qui avaient vu briller une lame, accouraient du portail de la basilique. La lutte eût été par trop inégale; les trois couards avaient pris leurs jambes à leur cou; n'ayant aucune envie d'être jeté dans un cachot de Tor di Nona, je décampai à mon tour, fort mécontent de cette affaire.

Trois autres obélisques ornaient Rome. Le plus haut, place San Giovanni in Laterano, le plus ancien, qui rappelle Ramsès II dans ses hiéroglyphes, place du Peuple, le plus contestable, parce qu'il n'est qu'une imitation romaine de l'Empire, faussement datée de plusieurs siècles avant Jésus-Christ, devant l'église de la Trinità dei Monti, au-dessus de la place d'Espagne.

Pourquoi un pape avait voulu décorer la capitale du christianisme de ces symboles païens, il serait malaisé de le dire. Les seigneurs romains qui en raffolaient se faisaient gravement expliquer par les Monsignori en visite dans leur palais, que chaque obélisque, témoin de l'idolâtrie tant qu'il se trouvait en Egypte, a été métamorphosé à Rome par le contact de la Ville sainte; il symbolise maintenant le doigt de Dieu et le chemin du ciel; puis ils riaient entre eux de la fourberie des prélats, et se livraient aux commentaires les plus gais sur les mœurs des pharaons.

Avec ce goût, on comprend que les Apollon, les Antinoüs, les Ganymède avaient leurs préférences. Le culte de l'Antiquité et de la beauté classique, j'y étais donc ramené de force. Ils eussent été fous de la stèle que j'avais cassée sur la via Appia, si l'habitude de ne sortir qu'en carrosse ne leur avait caché la moitié de ce qu'il y a à voir à Rome.

Au début, je m'efforçais de faire des tableaux différents de ceux que je voyais peindre par mes camarades. Copier, peut-être, mais jusqu'à un certain point seulement. Le patron ne fut pas long à me rabrouer.

« Ce n'est pas ainsi que tu réussiras.

— De quels défauts dois-je me corriger?

— D'un crime capital : ta façon de peindre est trop *personnelle.* »

Lorenzo n'avait pour lui aucune ambition; il se savait un peintre raté, qui vivait de son commerce comme s'il eût vendu de la mozzarella ou des cierges. Bon diable, il aimait ses élèves, et leur souhaitait une carrière plus brillante que la sienne.

Réussir, pour un jeune peintre en 1592, année de l'élection de Clément VIII, signifiait être admis dans l'atelier du Cavaliere d'Arpino, le peintre alors en faveur. Chaque année, il choisissait dans les boutiques du Campo Marzio les quelques aides dont il avait besoin pour venir à bout de ses innombrables commandes. Il s'appelait en réalité Giuseppe Cesari, mais, depuis qu'il avait reçu du pape une croix de *cavaliere,* il exigeait de n'être salué que de ce titre.

Je m'informais auprès de mes camarades.

« Ce doit être un très bon peintre, pour avoir été honoré de la sorte ? Un nouveau Raphaël ? »

Ils s'esclaffaient. « Un nouveau Raphaël ! C'est le plus médiocre barbouilleur qui ait jamais travaillé à Rome.

— Il sera vieux, au moins, chargé d'expérience, ayant connu les grands maîtres ?

— Vieux ! Il n'a que vingt-quatre ans !

— Seulement trois de plus que moi !

— Il est dans les petits papiers de Sa Sainteté, et cela, à Rome, sache-le pour ta gouverne, tient lieu de savoir et de talent. »

J'étais confondu d'apprendre que dans la capitale des beaux-arts, une nullité occupait le premier rang. Puis ma stupeur, ma colère se retournaient contre eux. « Mais vous, comment pouvez-vous borner votre ambition à entrer dans l'atelier d'un homme que vous méprisez, qui ne vous apprendra rien et qui, jaloux de vous voir du talent, s'arrangera pour vous empêcher de le développer ? » Ils s'amusaient de ma simplicité. J'étais décidé, quant à moi, à me faire admettre coûte que coûte dans ce fameux atelier, pour défier le Cavaliere d'Arpino sur son terrain et lui apprendre de quel bois se chauffe quelqu'un qui veut être peintre et non courtisan. En attendant, je devais prendre le masque, exécuter dans le style le plus conventionnel possible les travaux qu'on me confiait, me défaire de cette façon trop *personnelle* qui eût été fatale à mes projets.

Mollassons, lâches, attachés à la médiocrité de leur état, satisfaits de leur sort, mes camarades ne m'étaient d'aucun soutien. Qu'on pût désirer être peintre sans vouloir rivaliser avec Giotto, Raphaël ou Michel-Ange, je ne l'aurais jamais cru. Ils n'avaient d'autre dieu que leur ventre. Deviner et attendre ce qui leur serait servi au dîner allumait dans leur œil morne la seule lueur un peu brillante. Ils n'aspiraient pas au dimanche comme au jour où ils auraient accès aux toiles de Lotto, de Peruzzi, de Signorelli, du Perugino, de Pinturicchio dans les églises fermées pendant la semaine. Ne songeant qu'au bonheur de trouver dans le potage de légumes quotidien quelques morceaux de bœuf bouilli, ils s'apprêtaient à *faire bombance.* Un plat de rougets apportait une petite révolution. Comme ils me voyaient insensible à ce bonheur, les uns me taxaient d'hypocrisie, les autres décelaient dans cette indifférence un trait odieux d'orgueil, tous m'en voulaient de n'être pas comme eux. Rêver à un autre destin que la sécurité du vivre et du couvert, c'était me désolidariser du groupe et manquer du sacro-saint esprit grégaire.

La plupart venaient de Campanie, de Sicile ou de Calabre, régions très pauvres où ils ne mangeaient de la viande que cinq ou six fois par an, lors des solennités religieuses, et du poisson que le vendredi de Pâques. Le dortoir, fort spacieux, était divisé de chaque côté du couloir en compartiments que séparaient des cloisons élevées à mi-hauteur. Il n'y avait qu'un lit par compartiment. Intimité préservée, sauf qu'un simple rideau, au lieu d'une porte en bois, masquait tant bien que mal l'entrée de chacune de ces cases. Mes camarades tiraient avec soin ce rideau avant de se coucher. Eux qui avaient dormi à dix dans la chambre de leurs parents croyaient être logés comme des princes.

Je ne leur reprochais pas d'apprécier ce semblant de confort, je les blâmais de n'avoir aucun souci de leur gloire. Lorsqu'ils livraient une de leurs copies à son commanditaire, ils faisaient moins cas de l'appréciation portée sur leur œuvre, que du baïoque qu'on leur versait en sus du prix convenu. S'entendre dire qu'on est un *prétentieux* parce qu'on a de hautes visées et qu'on ne se contente pas de ce qui fait le sort commun des hommes me jette dans une rage féroce.

« Oh toi ! le chouchou de la princesse Colonna ! » osa me dire Rosario, garçon plus sympathique que les autres, à qui j'essayais d'insuffler un peu de passion pour son art. La princesse n'était qu'une marquise, la marquise m'avait sans doute oublié, je n'avais aucune introduction pour le palais Colonna, mais la bassesse de ces jeunes gens était telle que le simple fait d'être *connu* d'une dame de la haute société constituait pour eux une offense.

S'ils avaient été fiers au moins d'être des paysans ! Si l'orgueil d'appartenir à une classe différente de la société romaine qui les méprisait leur avait tenu lieu de noblesse ! A leur place, je me serais fait de ma pauvreté et de l'obscurité de ma famille un manteau de gloire : être au bas de l'échelle sociale est un état aussi extrême que d'être au sommet. Ils n'aspiraient, les sots, qu'à faire partie de la classe moyenne. En gagnant un peu, ils perdraient tout.

J'étais sûr en tout cas qu'ils ne se risqueraient pas à me chercher les poux dans la tête. L'histoire de la place Saint-Pierre avait fait le tour de l'atelier. On savait que j'étais irascible et que mon poignard ne rouillait pas dans le fourreau.

Un seul me parut avoir quelque hauteur d'esprit. C'était aussi le plus doué. Nous partions ensemble en quête de statues à copier. Il s'écartait parfois des instructions données par Lorenzo, pour dessiner des arbres, un coin de rue, des moutons dans les ruines, une fontaine sous un pin. Son nom, Silvestro, semblait prédestiné. Il choisissait ses sujets avec une liberté qui me faisait défaut. Mon catalogue ne comporte aucune scène de genre, ni tableau de la vie familière. En fait d'animaux, je n'ai peint que le bélier de saint Jean-Baptiste ou l'agneau sacrifié à la place d'Isaac : bêtes métaphysiques, qui n'ont pas plus de rapport avec la réalité qu'un obélisque égyptien avec un poteau de ferme.

Cette faculté d'amusement qui permet d'interrompre l'œuvre en cours pour céder à une curiosité, que j'eusse aimé la posséder ! Mes tableaux reflètent la tension intérieure qui me bloque tant que je ne les ai pas finis ; aveugle au reste du monde, je dois me donner tout entier au travail qui m'occupe. Un ange entrerait dans mon atelier, que je ne le regarderais pas. Il m'est arrivé une fois, dans le palais du cardinal Del Monte, de tourner le dos au cortège pontifical qui passait dans la rue. Je peignais un joueur de luth sur un fond sombre. Les robes de soie pourpre, les uniformes rutilants, les gonfalons, les oriflammes, les sonneurs de trompette et de clairon, la litière semée de pétales de roses, les autres éléments du rituel fixé pour les processions défilaient au milieu du peuple en liesse. Ni les salves de pétards ni les vivats en l'honneur du Saint-Père ne m'attirèrent à la fenêtre. Un autre aurait profité de l'occasion pour faire provision d'images et de couleurs. L'effort de rendre l'exacte nuance de noir dans le fond d'ombre de mon tableau absorbait la totalité de mes facultés. Avoir un rapport plus libre avec mon travail, je l'ai souvent souhaité. Impossible : mon tempérament m'interdit d'éparpiller mon attention. Silvestro possédait au plus haut degré cette aptitude. Je l'enviais de pouvoir changer de programme selon son humeur, et de noter sur sa feuille telle ou telle impression au moment même où elle le frappait.

Dans les ruines du Forum, le hasard nous associa à une importante découverte archéologique. A cheval sur le chapiteau d'une colonne renversée, Silvestro prenait en croquis les restes du temple d'Auguste, quand on déterra d'abord le buste, puis les jambes d'une statue d'Apollon. Un des bras manquait, ainsi que la tête. Silvestro compléta le dessin de la statue et le soumit à mon approbation. Juste ciel ! Il m'avait fait sous les traits d'Apollon ! Les yeux écartés, le nez trop gros, pas grec pour un sou, les cheveux dépeignés, c'était mon portrait craché.

« Mais Apollon incarnait la lumière, Silvestro ! Il personnifiait tout ce qui est noble, tout ce qui est calme et harmonieux.

— N'est-ce pas vers toi, s'écria-t-il, que je me tourne pour m'instruire ? Quelle autre lumière pourrait m'éclairer ? »

Il me tenait serré contre lui. Mon corps répondit pour moi à ce contact, d'une façon qui ne me laissa aucun doute sur la nature et la violence de mon émotion. Quand nous nous séparâmes, Silvestro ne se détourna pas assez vite, que je n'eusse remarqué la rougeur dont s'était empourpré son visage. Nous revînmes à la maison, embarrassés et silencieux. Le garçon était grand, mince, bien fait. Privé d'activité sexuelle depuis mon arrivée à Rome, je commençais à me demander si je n'avais pas trouvé un ami. J'en étais à calculer comment le rejoindre dans sa case sans éveiller les soupçons de nos camarades, lorsqu'un jour il revint du palais Braschi avec une mine triomphale.

Au lieu d'une copie de statue, il avait apporté au vieux prince une vue de Rome peinte devant la villa Médicis.

« On t'a félicité ? lui demandai-je.

— Oh non ! mieux que cela !

— On t'a commandé d'autres tableaux du même genre ?

— Tu n'y es pas !

— Il t'a engagé à rester dans son palais, pour le décorer peut-être ?

— *Sancta simplicitas !* (C'était mon surnom à l'atelier, où « Michelangelo », selon eux, faisait *ramenard.*) Le prince, tu sais, est presque aveugle. Il m'a engagé, comme tu dis, mais pour dépiauter son poisson. Il raffole du poisson, mais redoute les arêtes, qui ont coûté la vie à un de ses ancêtres.

— Et tu as accepté ? » fis-je, abasourdi.

Il hocha la tête de haut en bas, radieux. J'étais outré.

Comment concilier sa jolie figure, ses dons, son indépendance, avec une ambition aussi vile ? Je voulais bien qu'on fût curieux, mais pas au point de découper le turbot d'un vieux fou qui avait peur de mourir étouffé.

« Bien sûr que j'ai accepté. Je pourrai tous les jours me nourrir de ses restes. Le fils de mon père mangera tous les jours du poisson ! Il y a arêtes et arêtes.

— Mais à quel prix, Silvestro ?

— Eh, me dit-il, on voit que jamais ta mère n'a mis des boutons dans ta soupe pour te forcer à l'avaler moins vite. Sans cette précaution, mes jeunes frères n'auraient pas eu assez à manger. J'étais si affamé que je me jetais sur leur assiette. Ils n'avaient pas le temps de la vider. »

Après le départ de Silvestro, je n'eus plus de goût à rien. En proie à un mélancolie profonde, je portais mes pas vers les endroits les plus sauvages de Rome, descendant sur les berges désertes du Tibre ou m'enfonçant dans les souterrains du Colisée. Il m'arrivait de caresser le manche de mon poignard et de méditer quelque coup d'éclat qui me conduirait peut-être en prison. Nous étions une douzaine d'apprentis à nous asseoir autour de la table de Lorenzo. Il n'y en avait aucun dont la figure me plût. Rien qu'à les voir se pourlécher après le macaroni, le plus joli visage m'eût dégoûté.

Un soir, nous fûmes rejoints, au moment du dîner, par un tout jeune garçon dont la figure joufflue, les yeux larges, l'arc des sourcils bien dessiné, tout ce qui indique une nature épanouie, contrastaient avec un air sombre et hagard. Une certaine langueur gagnait ses traits fins, dès qu'il oubliait d'avoir peur. On sentait qu'il avait mené jusque-là une vie heureuse, interrompue par une catastrophe inopinée. Ses beaux yeux reflétaient tantôt la félicité d'une époque antérieure, tantôt l'épouvante de son état présent.

Il s'assit à côté de Lorenzo et se serra contre lui, comme un enfant contre son père. S'il n'avait pas plus de quinze ans, comme il me semblait, je m'étonnais qu'il pût être reçu si jeune dans un atelier qui fournissait les premiers palais de Rome. Lorenzo nous donna un début d'éclaircissement. Conscient que ses élèves étaient attachés à l'argent, mais plus encore à une sorte d'*omertà* qui les eût empêchés de dénoncer un des leurs à la force publique, il ne crut pas commettre une faute en nous informant que ce garçon, de nom Mario Minniti, patronyme typiquement sicilien, était un de ses compatriotes, natif comme lui de Syracuse, d'où il venait de s'enfuir pour se mettre à l'abri de la police espagnole.

« Ne m'en demandez pas plus. Considérez Mario comme un des vôtres. Il apprendra avec vous le métier. » Mario, tout tremblant, fixait le coin de la table. Enfin il osa lever les yeux et ne vit que des figures penchées sur les assiettes et des mains occupées à éponger l'infâme sauce tomate avec la mie d'un pain rassis. Il intercepta mon regard : j'étais le seul à montrer de la curiosité pour son aventure et de la sympathie pour son malheur.

Le lendemain, il resta terré dans l'atelier, tandis que nous nous rendions au Forum. Lorenzo nous avait demandé un relevé de l'arc de Septime Sévère. Silvestro me manquait. A quelques toises de l'endroit où son exclamation naïve m'avait découvert ses sentiments et son embrassade fougueuse révélé la promptitude de mon corps à lui avouer les miens, je me sentais seul, découragé. Jamais journée ne me parut plus longue, ni travail plus fastidieux. Décidément, rien n'était plus étranger aux images que je sentais naître en moi, que les modèles tirés de l'art antique. Quant à mes camarades, ils me semblèrent encore plus insignifiants que d'habitude. Je ne pouvais plus souffrir leurs mines réjouies pour une cuisse de poulet, leur existence réduite à des satisfactions grossières, la platitude de leurs convoitises. Mon imagination s'était envolée vers la Sicile. Les belles syllabes de « Syracuse » chantaient en moi. « Barcarole » ou « cantilène » ne m'eût pas semblé un nom plus harmonieux. J'essayais de percer le mystère du nouvel arrivant, cherchant à me figurer de quel crime pouvait bien s'être rendu coupable ce gamin.

A la fin de la journée, de retour chez Lorenzo, je me sentis heureux de le retrouver. Les jours suivants, je me surpris à attendre le soir avec une impatience qui me faisait rater mes esquisses. Je soupirais, je me retournais souvent, pour voir si Mario à qui j'avais indiqué où il pourrait nous rejoindre ne s'était pas décidé à sortir de sa cachette. Au bout d'une semaine, je ne pensais plus qu'à lui et au moyen de l'amadouer.

Une nuit, je m'en voulus de n'avoir pas noté quelle case Lorenzo avait attribuée au nouvel élève. A quelle distance se trouvait-elle de la mienne ? Du même côté du couloir ? Loin ? Tout près ? Pourquoi pas tout près ? Quand toute la maison fut endormie, je me levai sans bruit, courus sur la pointe des pieds jusqu'à l'entrée de mon compartiment, écartai le rideau et tendis la tête dans le couloir, comme s'il pouvait y avoir une chance sur mille que la même idée fût passée par la tête du petit Sicilien. Allait-il regarder, lui aussi, à la lueur de la veilleuse que Lorenzo laissait allumée jusqu'à minuit ? Pointer le museau pour voir si je l'attendais ? Je crus défaillir, lorsque le rideau de la case située à trois cases de la mienne fut soulevé par une faible agitation. Ce n'était que Lorenzo, qui avait ouvert la porte du dortoir et entrait pour éteindre la veilleuse avant de se coucher. Je n'eus que le temps de me rejeter en arrière.

« Suis-je en train, me demandai-je, de prendre un béguin pour un garnement à son premier duvet, et qui n'est même pas mon genre ? » Je croyais n'avoir de goût que pour les garçons secs et maigres. D'où venait alors que plus rien ne m'intéressait où il ne fût associé de quelque façon ? Je le consultais à tout moment. Donner du relief à une rangée de colonnes, indiquer l'ombre d'un pin sur une ruine, compléter par les membres manquants les statues mutilées : je ne faisais plus rien sans prendre son avis, comme si à son âge il pouvait avoir un avis. Je l'avais installé à table près de moi, pour pousser de son côté au dessert la moitié de mon orange ou ma part de noix. Loin de paraître joyeux de compter un allié au milieu de ces figures si indifférentes, il accueillait mes prévenances d'un air apeuré.

Craignant d'être victime d'une période trop longue de chasteté, je pris rapidement ma décision. Avais-je un vrai goût de Mario ? Ou seulement besoin de serrer un corps dans mes bras ? Qui parlait en moi ? Qui me pressait d'agir ? Le sentiment ? La physiologie ? Etais-je amoureux ? Avais-je envie de l'être ? Je ne voulais pas être victime de mon abstinence ni dupe de mes sens frustrés. Ce garçon, il me semblait bien qu'il me plaisait : seulement, je n'en étais pas sûr. Le vide présent de ma vie pouvait me faire prendre un Turc pour un chrétien. « Quand on a vraiment faim, me disait ma mère le jour hebdomadaire de l'horrible potée de fèves, on ne regarde pas si on avale un quignon de pain ou une brioche. » N'obéir qu'à la faim, ça non, à aucun prix ! Vite, place Navona ! (Ce cri aurait dû m'avertir qu'amoureux, je l'étais bel et bien.)

En prêtre averti de ce qui convient à l'hygiène d'un jeune homme, don Pietro Moroni m'avait indiqué *en passant*, le jour de mon arrivée à Rome, le quartier toléré par la sagesse pontificale. Dix propositions me furent faites à l'instant. Je choisis la plus jeune de ces filles, une brune de seize ans, au visage régulier. La distinction de ses traits, la noblesse de ses manières ne l'eussent pas destinée à ce métier, sans un malheur de famille qu'elle me conta par le détail, après qu'elle m'eut donné à trois reprises un plaisir certain.

« Je serais heureux de te revoir, lui dis-je en la quittant, si tu me laisses ton nom et ton adresse. » Sur ordre du pape qui les avait cantonnées dans ce quartier en attendant de les parquer près de la place du Peuple, elle m'avait amené, comme ses autres clients, dans une rue parallèle à la place Navona, via Pamphili Doria, réservée à ce commerce et surnommée, par la malice de Mastro Pasquino, *via dell'Anima.* Son logement personnel, elle l'avait place Navona même, dans le grenier d'un palais. Lena Antognetti : ce nom me plut, et, me souvenant de ce que m'avait dit don Pietro Moroni, je lui demandai si elle serait prête à poser comme modèle. Elle me dit qu'elle n'avait pas d'autre rêve que d'entrer dans le milieu de la peinture et de se faire connaître des artistes. Espoir chaque fois déçu, ses consœurs plus âgées monopolisant les places. « Pauvrette, lui dis-je, je te jure que tu travailleras un jour pour moi. »

A peine dans la rue, l'instinct apaisé, j'oubliai ce beau visage régulier pour ne plus penser qu'à la figure joufflue, aux lèvres pâles, au regard alangui de Mario.

Nous fûmes longs à entrer en confidence. Il continuait à éviter les sorties et à se blottir dans un coin de l'atelier. Un jour, je n'y tins plus, et, prétextant un mal de tête, je restai avec lui. Lorenzo était parti avec tous ses élèves faire un relevé complet des ruines du Palatin, le nouveau sujet à la mode, depuis que le cardinal Odoardo Farnese avait entrepris d'aménager des jardins au sommet de la colline. Dès que nous fûmes seuls :

« Sauvez-moi, me dit Mario en se jetant dans mes bras.

— Te sauver, mais de quoi ?

— Vous m'aimez, je le vois bien à votre façon de me regarder. *L'autre* me regardait aussi, mais ses regards à lui étaient méchants, tandis que les vôtres... »

Il n'acheva pas, les larmes le suffoquaient. Je commis ma première hardiesse, en lui proposant de changer de lit dans le dortoir, et de s'installer dans le compartiment voisin du mien, que le départ d'un élève pour l'atelier du Cavaliere d'Arpino venait de laisser libre. Dès la nuit suivante, lui dis-je d'un ton suffisamment détaché, il pourrait me raconter, par-dessus la cloison, un peu de son histoire.

Lorenzo, comme tous les soirs, nous fit réciter nos prières, moins par conviction religieuse que de crainte d'être dénoncé par la vieille domestique et accusé d'impiété. Chacun se retira pour dormir. A minuit, quand Lorenzo eut éteint la veilleuse et contrôlé que tout était en ordre dans le dortoir, Mario se glissa dans le couloir, se faufila dans ma case et entra dans mon lit. J'avoue que l'idée que je pouvais être surpris avec un mineur m'empêcha de goûter pleinement cette première nuit. Les souvenirs de la prison de Milan étaient encore trop proches. « Doucement », lui disais-je, au risque de passer pour un sot. Se refréner, lui, quand il retrouvait pour la première fois la joie de vivre ! Modérer ses élans, quand la confiance lui était revenue ! Ne pas y aller à fond, quand un sang neuf brûlait dans ses veines, après tant de tribulations et d'angoisses ! Oubliant toute retenue, il se donnait avec la fougue, l'exubérance et la folie de son âge. L'imprudent ne songeait pas qu'il n'avait que quinze ans, et que, les cases communiquant par le plafond, ses cris de plaisir pouvaient être entendus de tout le dortoir.

Son histoire, il ne me la raconta que plusieurs jours après, lorsqu'il se fut assuré, par mon exemple, que *tous* n'étaient pas comme *lui. Lui, l'autre,* il n'en parlait qu'avec terreur. Giorgio Belmonte, de la puissante famille Bruno di Belmonte, fils du seigneur d'Avola, bourgade voisine de Syracuse, l'avait remarqué, pour son malheur, à un bal de campagne, lors de la fête des amandes, et lui avait proposé de l'argent pour qu'il le suivît. Sur son refus, il avait enlevé Gabriele, le jeune pêcheur qui était son ami, sous prétexte de le marier à une vendeuse de pastèques que ce menteur l'accusait d'avoir séduite.

« Ah ! Gabriele... Gabriele... Plus moi que moi-même... Mon double, bien plus que mon frère... Il rêva un jour que j'étais malade, et accourut à mon chevet : un accès de fièvre venait de me saisir, en effet... Nous savions à tout moment ce que l'autre faisait... Il n'avait pas volé son nom, tu sais ? Gabriele, un véritable archange... »

J'aurais trouvé niais ce flot de paroles, sans le ton passionné sur lequel elles étaient prononcées.

Mario sanglotait en évoquant son ami. La vendeuse de pastèques était une pure invention. « *Figurati !* Cet archange avec une marchande de melons ! » Giorgio ne l'avait enlevé que pour se venger d'avoir été éconduit. « Tout a été de ma faute... Il a payé pour moi... » Et, à nouveau, d'être étouffé par les larmes. Les sévices que son ravisseur avait infligés à Gabriele, la tour où il l'avait séquestré, l'isolement de cette prison, l'obligation de subir chaque nuit des caprices infâmes étaient venus à bout de ce que son ami pouvait supporter. Ayant réussi à s'enfuir, Gabriele avait filé d'une traite jusqu'à Portopalo, village où au temps de leur bonheur ils allaient souvent se baigner, pointe extrême de la Sicile. Et là, du haut de la falaise, il s'était jeté dans le vide et fracassé contre les rochers.

Les serviteurs de Giorgio avaient rapporté le corps à Syracuse et la famille Belmonte expliqué la mort du jeune homme par un accident de pêche, pour lequel ils se disaient prêts à dédommager ses parents. Le lendemain des funérailles, Mario se rendit à Avola, attendit le suborneur derrière une haie de figuiers d'Inde, et, lorsqu'il crut que personne ne se trouvait à portée de vue, se dressa devant lui et lui planta son poignard dans le cœur. On avait mis la tête du meurtrier à prix, le parti des cardinaux espagnols pouvait fort bien faire rechercher l'assassin jusque dans Rome, la famille Bruno di Belmonte, ramifiée dans toute la Sicile, ne laisserait pas le crime impuni, dût-elle se plaindre au vice-roi. Lui-même, pour finir, se demandait si un témoin n'avait pas assisté à la scène. De l'autre côté du chemin, la haie avait bougé d'une façon qui n'était peut-être pas naturelle. En tout état de cause, seule la maison d'un compatriote lui offrait un refuge sûr. Il se trouvait que Lorenzo Siciliano était un cousin éloigné de ses parents.

Je ne sais quelle part de vérité et quelle part de mythe il pouvait y avoir dans ce récit, plus embrouillé que je ne le laisse entendre. J'étais déterminé à le croire vrai d'un bout à l'autre, tant j'avais besoin, à force de côtoyer des esprits plats, de respirer un air romanesque. Je serrais dans mes bras quelqu'un qui avait versé le sang! Je couchais avec un garçon qui avait poussé l'amour pour son ami jusqu'à se faire criminel! Cette idée, renforçant dans mon esprit le danger de notre position, à quelques pas de butors à qui l'appât du gain aurait pu faire oublier le serment de ne jamais alerter la police, décuplait mes sensations physiques.

Ils ne furent pas longs à savoir que nous bavardions le soir dans ma case. Ils restaient cependant si ignorants et benêts qu'ils n'imaginaient pas deux garçons dans un même lit. Je bénissais leur jobardise, et, pour achever de leur donner le change, mettais la conversation à table sur la cuisine sicilienne dont j'affirmais que Mario me détaillait les recettes dans ma case avant de regagner la sienne pour dormir. Leur étonnement que, pour confectionner la *caponata*, il fallût cuire dans des casseroles séparées les courgettes, les aubergines, les poivrons, les oignons, les tomates, les olives, puis rajouter du sucre et des câpres, faisait rire Mario aux éclats. Ils achetèrent eux-mêmes les légumes nécessaires et les apportèrent à Mario. Pendant trois jours, il leur mijota une ratatouille dont ils furent si satisfaits, qu'ils prirent en affection celui qui apportait à leur ordinaire sans fantaisie une variante plus sapide. Les pâtes aux sardines, les œufs de thon qu'on se procurait pour rien au marché de S. Agostino sous le nom de *bottarga*, la tarte à l'origan et au fenouil accrurent son prestige. Ils ne permettraient pas que l'on touchât à un seul de ses cheveux, j'en étais désormais certain.

Une seule chose me chagrinait. Epouvanté par la violence du jeune seigneur sicilien, Mario m'avait confié qu'il voulait se marier à la première occasion. Il prétendait même qu'une fiancée l'attendait à Syracuse. Ses bonnes joues pleines semblaient en effet le destiner à une existence paisible.

IV

Le serment

Le Cavaliere d'Arpino ne logeait pas ses aides. Je louai une chambre, via della Stelletta, petite rue qui va de la place du Campo Marzio à la via della Scrofa. Ma logeuse, chipie ratatinée dont le regard en vrille s'arrêta à l'endroit de mon pourpoint où manquait le bouton, prétendit doubler mon loyer quand elle vit que Mario emménageait avec moi. Je la fixai d'un air si terrible que la vieille se confondit en excuses, marmottant qu'elle ne me prendrait qu'un quart de baïoque pour raccommoder mes boutons et prendre soin de mon linge. Chrétien de Troyes, dans son langage allégorique, aurait dit qu'Hypocrisie et Fausseté étaient peintes sur son visage. Mon poignard, je me promis de ne jamais le laisser dans la chambre : elle était hyène à fouiller chez ses locataires en leur absence et à courir à la police.

Un jeune homme qui me parut d'une grande beauté et d'une grande douceur occupait la chambre voisine de la nôtre. Il répondait au nom rare de Rutilio. Nous échangeâmes un sourire sur le palier. Mario me poussa dans notre chambre dont il referma violemment la porte. Il m'accusa d'avoir regardé avec trop d'insistance ce garçon ; puis il fondit en larmes et me demanda pardon. Ce caractère passionné, cet emportement jaloux, que n'annonçaient pas sa figure ronde et ses grands yeux languides, m'attachèrent d'emblée à Mario. Je lui jurai que je ne regarderais plus ce Rutilio ni aucun autre garçon.

Il eut alors une idée si étrange qu'on me croira à peine si je la rapporte. Avant de défaire son petit bagage, il m'obligea à ressortir dans la rue. « Nous devons aller prêter serment », me dit-il d'un ton solennel. Sur le palier, en passant devant la chambre de Rutilio, il écarta deux doigts en ciseaux et fit le geste de le châtrer.

Via della Scrofa, presque en face de notre rue, se trouvait une fontaine encastrée dans le mur et surmontée d'une truie en bas-relief, cette fameuse *scrofa* qui avait donné le nom à la rue, une des plus anciennes de Rome. La truie était tout usée et polie par les ans. L'eau d'une source jaillissait de ce qui avait dû être son groin. Du temps où il ne sortait qu'à contrecœur de chez Lorenzo, j'avais emmené une fois Mario voir cette truie, pour lui prouver qu'à côté de la pompe des basiliques et des mausolées, Rome offre à celui qui vient de la campagne des images plus familières et rustiques. Je n'aurais jamais pensé que ce modeste quadrupède eût galopé si loin dans son imagination.

Il m'entraîna devant la fontaine. « Jure-moi par cette truie, dit-il le plus gravement du monde, que désormais tu m'appartiendras tout entier. Tends le bras et jure. – *Sarò tuo,* je le jure. » Je n'avais pas envie de rire. Il n'était pas sicilien pour rien et avait déjà prouvé sa détermination.

« Que fais-tu ? dis-je, en voyant qu'il tirait mon poignard de ma poche. – Nous devons échanger notre sang. »

Une patrouille de gendarmes, en provenance de la place du Peuple, remontait la via di Ripetta. Dans quelques minutes, ils seraient sur nous et apercevraient l'arme. « S'ils nous surprennent avec ce poignard, repris-je, nous sommes perdus. – Et alors ? Aurais-tu les jetons ? » Je dus lui faire une entaille au poignet ; il me rendit la pareille. Nous frottâmes nos poignets l'un contre l'autre ; nos sangs se mêlèrent.

« Maintenant, dis-je, filons. – Attends, ce n'est pas fini.

Tu es si froussard que cela ? » Il prit du bout de son doigt quelques gouttes de nos sangs mélangés et en barbouilla le groin, le ventre rond et les mamelles de la truie.

Je ne me sentis en sûreté que lorsque la ronde des sbires, précédés par le porte-étendard du gouverneur, eut tourné à droite dans la via dei Prefetti, à ving-cinq toises de nous, sans avoir rien soupçonné.

Mario portait autour du cou, attaché par une chaîne en or, un médaillon renfermant le portrait de la jeune personne qu'il disait être sa fiancée. Une enfant, crépue comme une Africaine, et plus noire qu'un pruneau.

« Toi aussi, me dit-il après m'avoir vu examiner les traits de cette fille, tu as bien laissé une fiancée au pays ? » La question était faite sur un tel ton que je ne pus m'empêcher de répondre : « Oui, bien sûr. – Son nom ? » Je ne sais pourquoi celui-ci, et pas un autre, me vint à l'esprit. « Silvia. – La mienne, c'est Antonietta. » Il baisa le médaillon.

« Tu n'es pas jaloux, lui demandai-je, que j'aie une fiancée ?

— Etre jaloux d'une fiancée ? Tu es vraiment drôle, Angelo ! Une fiancée, une épouse, c'est pour les enfants, pour la famille. Je me marierai, toi aussi tu te marieras, quand l'heure sera venue. »

Il parlait comme Matteo ; et pourtant, entre ces deux garçons, la différence n'aurait pu être plus complète. Autant celui-là m'avait heurté par son cynisme, autant celui-ci m'amusait par sa candeur. Il ne professait aucun mépris pour les femmes ; au contraire, remettre à une époque où il serait plus mûr le moment de choisir l'autre sexe était la meilleure façon de le respecter.

« Pardi ! reprit-il. Si nous n'avions pas une fiancée, toi et moi, ce que nous faisons ensemble serait maudit de Dieu et attirerait sur nous l'anathème. Embrasse-moi, au lieu de dire des bêtises. »

Le soir venu, Mario se déshabilla, puis aussitôt se rhabilla et descendit chez la logeuse. Il revint avec un marteau et un clou, planta le clou au-dessus du lit, détacha le médaillon de son cou, accrocha la chaîne au clou. C'était la première fois que nous avions un grand lit, la première fois aussi de ma vie que j'allais faire l'amour dans un grand lit et librement. Une belle lampe à huile brûlait au chevet. « Ne vous gênez pas, m'avait dit la logeuse, l'huile est en sus du loyer. » La vieille rapace, en grommelant cet avertissement sardonique, tendait la main pour avoir un acompte. Pendant que Mario rangeait avec soin dans l'armoire les quelques vêtements qu'il avait emportés dans sa fuite, je notai en hâte, sur un coin de mon cahier, le nom de Silvia, pour éviter de me couper, si la conversation revenait sur nos projets conjugaux.

Pour lui cacher sur mon épaule la fleur de chardon, je m'apprêtais à éteindre la lampe avant de me déshabiller. Il m'arrêta. « Laisse-la allumée. – Tu veux dormir avec la lampe allumée ? – Dormir, non. Mais allons-nous dormir tout de suite ? ajouta-t-il en me coulant le plus câlin des regards. Tu l'éteindras *après*. » Il m'indiqua le médaillon pendu au-dessus du lit. « Je veux qu'Antonietta nous voie. Sinon, cela signifierait que nous sommes le jouet de Satan. » Décidément, pensai-je, les femmes sont bien accommodantes, en Sicile.

Cependant, le moment pressait. Je devais trouver une justification pour cette fleur. « Moi, dis-je, poussé par une inspiration soudaine, je l'ai incorporée à ma peau, ma fiancée. »

Il me crut. « C'est Silvia qui l'a dessinée, cette fleur ? – Oui. – Oh ! j'en voudrais une pareille sur mon épaule ! » Il insista : je devais lui dessiner moi-même ce qu'il appelait « la fleur du mariage ». Le malheureux ! Ignorant que c'était un sceau d'infamie, il était capable d'exiger, mon poignard à la main, que je le flétrisse de ce stigmate indélébile. J'eus l'esprit de lui objecter que la fiancée devait procéder elle-même à l'opération, sans quoi la marque ne vaudrait rien. Il entendit raison, se jeta dans mes bras et se livra à mille folies. La lampe s'éteignit toute seule, la provision d'huile étant épuisée, avant que son Antonietta eût béni plus de la moitié de nos extravagances. Resta exclu, pourtant, sur requête expresse de Mario, le *maximum stuprum* des docteurs de l'Inquisition, sous prétexte qu'en Sicile le mari attend la deuxième nuit pour déflorer son épouse.

Dès le lendemain, nos rapports étaient complets ; le tribunal du Saint-Office aurait eu des preuves suffisantes pour nous condamner au bûcher. Loin de me faire peur, cette idée m'exaltait. Je regardais avec pitié les couples mariés. Le plaisir est doublé par la transgression, et la conscience du danger fournit le plus puissant des aphrodisiaques, ils ne le savent pas. Qu'il n'y ait plus de mal à s'aimer, ni de risque à se mettre au lit ensemble, est-ce assez plat ! Ma seule précaution fut d'acheter un rouleau de cire. Chaque soir, avant de nous coucher, nous la faisions fondre avec l'huile de la vieille et obturions le trou de la serrure, car j'avais remarqué qu'autour de la clef restait un peu de jour, par où elle aurait pu nous épier. Le matin, en me levant, j'introduisais dans le trou la pointe de mon poignard et faisais sauter le bouchon.

Comme tu vis, tu peindras. Que manquait-il au Cavaliere d'Arpino pour avoir du talent ? La grande maison qu'il possédait à l'angle de la place di Tor Sanguigna était plus d'un bourgeois que d'un artiste. Il y habitait avec sa femme, ses enfants et ses domestiques, en sorte que ses aides n'avaient pas la place d'y loger. Je lui présentai Mario, en lui disant que c'était mon *garzone*, celui qui m'aidait à porter mes boîtes et à préparer les couleurs. La grande collerette blanche bordée de dentelle qu'il portait par-dessus son habit noir fit une forte impression sur Mario. La figure pointue et fourbe du Cavaliere me déplut. Il avait une façon de rebiquer sa moustache qui indiquait l'arrogance et la volonté d'être admiré. Certains de ses tableaux, quand ils étaient de format réduit, ne laissaient pas d'être passables, mais il aspirait au genre noble et à la réputation de grand maître. Les fresques qu'il venait de terminer au plafond de la chapelle Contarelli, dans l'église San Luigi dei Francesi, me parurent bien faibles : quatre Prophètes délavés sur les retombées de la voûte, et, au centre, la guérison de la fille du roi de Phénicie par saint Matthieu, allégorie à la fois compliquée et fade.

Sujet imposé, il est vrai : depuis l'abjuration d'Henri IV, le chapitre avait consacré cette chapelle à saint Matthieu, en hommage indirect au roi de France. Matthieu, de son vrai nom Levi, collecteur d'impôts à Capharnaüm et parfait mécréant, avant que le Seigneur ne l'appelât à être un des Douze, était le modèle de l'hérétique converti. L'église nationale des Français était tenue d'honorer avec faste cet apôtre, un homme qui, en reniant ses erreurs passées pour suivre le Christ, avait illustré avec éclat le pouvoir de la Grâce. Les trois murs de cette chapelle devaient être décorés de fresques consacrées, comme le plafond, à des épisodes de la vie du saint. Le Cavaliere frisait sa moustache d'un air important, en claironnant que la commande allait lui être passée d'un jour à l'autre. Il peindrait d'un côté la vocation du percepteur, de l'autre côté le supplice du martyr, au-dessus de l'autel l'évangéliste au travail.

Je n'ai pas perdu mon temps pendant les huit mois où j'ai travaillé pour lui. La faveur dont l'entourait le pape, la haute position sociale dont il jouissait attiraient dans son atelier les peintres étrangers séjournant à Rome. Hollandais et Flamands se montraient les plus assidus. J'eus l'occasion de connaître de près Floris Claesz van Dijck, peintre habile de « natures mortes », genre que les Italiens n'avaient jamais pratiqué, et le non moins adroit Jan Brueghel, spécialisé dans les bouquets de fleurs. Il les peignait avec une telle délicatesse et dans une manière si brillante, si fine, qu'on le surnommait « Brueghel de Velours ». Son principal commanditaire n'étant autre que le cardinal Federico Borromeo, cette circonstance nous rapprocha. Il envoyait au cardinal de grands vases remplis de roses et de marguerites, peints avec tant de raffinement dans les nuances que je me sentais presque réconcilié avec la nature.

Sous l'influence de ces deux maîtres, j'ai attaqué mon premier tableau, une *Corbeille de fruits*, sujet entièrement nouveau pour l'Italie. Malgré mon peu d'intérêt pour la campagne, j'aurais voulu le traiter comme Floris ses étalages de légumes ou Jan ses bouquets de fleurs, en hommage à l'élan végétal. Quelque chose qui était dans mon caractère se révéla à cette occasion et fit obstacle à ce projet. Regardez ce tableau : vous serez frappé du contraste entre les fruits ronds et pleins qui sont dans la corbeille, et les feuilles qui dépassent et retombent de chaque côté : tantôt rabougries et sèches, tantôt rognées par les insectes. Les fruits, je les ai mis de plein gré : c'était mon intention, que d'exalter la joie de vivre sous sa forme botanique. Les feuilles, elles, se sont rajoutées d'elles-mêmes, en quelque sorte, comme si ma main n'avait plus obéi à ma volonté. Contrepoint sinistre aux pommes et aux poires du jardin, écrin funèbre pour l'épanouissement printanier, elles indiquent où finit toute joie. N'est-il pas étrange qu'au moment où le ravissement d'amour m'enlevait avec une telle violence, la pensée de la mort soit venue me tourmenter ? J'avais vingt-deux ans, Mario n'en avait pas seize, l'avenir s'ouvrait devant nous, *radieux* selon la diseuse de bonne aventure chez qui Mario m'avait traîné de force, mais je peignais une image de dépérissement et de ruine.

Pour le choix des fruits, me souvenant de Pietro Moroni et de la chaleur de son accueil, j'ai cherché lesquels il m'aurait vu avec plaisir, pour leur valeur emblématique, disposer dans la corbeille. J'y ai donc placé une pomme, deux poires, un citron, des figues vertes et des figues noires, symbole de ce qui passe, et des grappes de raisin, symbole du Christ et du salut par le Christ.

Le Cavaliere vint examiner mon tableau, loua le mélange des fruits, reconnut la signification respective des fruits charnus et des baies translucides, apprécia l'intention religieuse, puis son œil se fixa sur un détail auquel je n'avais pas attaché d'importance. Sur le flanc rebondi de la pomme, je m'aperçus que j'avais peint, presque machinalement, un trou de ver et un début de pourriture. Il me tapa sur l'épaule, me félicita encore une fois, tira un demi-baïoque de sa poche, mit la pièce dans ma main. « Mais une autre fois, mon garçon, achète-toi avec cet argent une pomme saine. »

Il n'était pourtant pas si sot que je me le figurais. Ce trou dans la pomme piqua sa réflexion. Il saisit la première occasion de m'exposer certaines idées sur l'art qui me donnèrent à penser.

« Pardonne-moi pour le demi-baïoque, me dit-il, quelques jours plus tard. Tu essaies comme tu peux de percer. Nous avons le malheur, toi et moi, puisque nous sommes du même âge, d'être nés dans une fin de siècle. Toutes les fins de siècle se ressemblent. Elles ont épuisé l'énergie accumulée au début. Comment être original après Michel-Ange? Crois-tu que je fasse grand cas de ce que produit mon pinceau? (Il prononça "produit" avec un mépris marqué.) Michel-Ange peignait pour la gloire; il défiait Jules II; moi, je m'aplatis devant le pape actuel, et n'aspire qu'aux décorations. »

Il jouait avec sa croix. Pareil cynisme me le rendit un peu moins déplaisant.

« Peindre une pomme véreuse dans un panier de fruits, reprit-il, voilà qui n'est pas mal trouvé. Les temps nouveaux sont petits; on ne peut être original que par un détail; tu as misé sur le plus petit détail possible, en vrai malin que tu es. A époque naine, trouvailles de pygmée. Quelle différence avec l'époque où la chapelle Sixtine se couvrait de Prophètes géants et de Sibylles aux dimensions titanesques! En vérité tu seras, Michelangelo Merisi, le Michel-Ange du minuscule, comme l'autre a été le Michel-Ange du grandiose et du sublime. Les papes eux-mêmes n'ont plus de caractère. Pie IV a fait voiler les nudités du *Jugement dernier*, Clément VIII nous interdit de montrer un sein nu. Que nous reste-t-il ? Rien d'autre qu'à nous faire payer le mieux possible nos tristes travaux. L'ambition sociale nous tiendra lieu de génie. Mais prends garde : tu n'iras pas bien loin si tu ne comptes que sur un fruit gâté pour faire ton chemin. Seuls quelques professionnels apprécieront cette insolence. »

Insolence ? Ce mot convenait-il ? Une fois seul, j'essayai de me rappeler à quel moment j'avais peint le trou dans la pomme, et si c'était pour obéir à une intention précise. Mais non : il ne s'agissait aucunement d'un choix. Ma main avait d'elle-même ajouté ce détail. Je n'avais songé ni à « percer », ni à faire le « malin ». Le Cavaliere avait parlé pour lui, il m'avait dit dans quel but il aurait introduit ce détail, s'il en avait eu l'invention. Moi, je naviguais dans des mers différentes. La première occasion d'affirmer dans quelle voie j'allais m'engager, je l'avais saisie, presque par hasard. Après les feuilles racornies, le ver dans la pomme. Il me fallait, dès mon premier tableau, poser mes repères. Il fallait qu'un ensemble de signes négatifs, bizarres, inquiétants, des flétrissures aux feuilles, un trou dans le fruit, manifestât ce que serait mon destin. Il fallait que la toile avec laquelle j'entamais ma carrière, l'œuvre inaugurale, exprimât sous cette forme symbolique ce que je sentais gronder en moi. Secrètement, déjà, j'étais en rébellion contre l'optimisme de la nature, et n'avais guère de foi dans le pouvoir de la Rédemption. Alliance avec *l'autre côté* des choses, engagement précoce avec les forces de destruction, pacte occulte avec ce qui dévaste et ruine, mon tableau contient le sens que j'y mettais à mon insu.

Un incident précipita mon envie de me chercher un autre maître. A l'étage noble de Tor Sanguigna, comme nous appelions son palais, dans la grande pièce où le Cavaliere recevait ses hôtes, j'avais repéré contre le mur un coffre, large et profond, vide, inutilisé, orné à l'extérieur de guirlandes de fleurs, tapissé de satin au-dedans. La chambre que je partageais avec Mario étant trop exiguë pour y peindre, je travaillais chez le Cavaliere aux esquisses qu'il me commandait. Il me laissait un coin de ce salon, à condition pour moi de remballer mes affaires après chaque séance et d'emporter dans la cuisine mon matériel ainsi que les toiles commencées. Le cuisinier avait apprivoisé un lézard, qui dormait au fond d'une casserole et se laissait prendre dans la main.

Vint un jour où, m'étant décidé à utiliser mon temps libre pour des travaux personnels, je jugeai humiliant de les exposer aux odeurs de poisson et aux commentaires des domestiques. Il se trouvait que leur format correspondait aux dimensions du coffre. Sans demander la permission, j'annexai ce meuble pour y entreposer mes tableaux, mes pinceaux, mes couleurs et le chevalet pliant qui m'avait valu une nouvelle scène de Mario. Ayant entendu scier du bois dans la chambre de Rutilio, j'avais frappé à sa porte. Aussi obligeant de manières que doux de visage, Rutilio ne fit aucune difficulté pour me confectionner un trépied démontable. Mario pensa mettre en pièces le travail de notre jeune voisin. Je dus retourner avec lui devant la truie et prêter un nouveau serment.

Un jour, le Cavaliere, qui avait perdu sa croix et la cherchait en tous sens, ouvrit ce coffre. Il entra en colère, et m'enjoignit de le vider. S'il perdait tout, c'est parce qu'il n'avait pas assez de meubles pour ranger ses affaires, je prenais toute la place, etc. Il retrouva sa croix sur l'habit qu'il avait mis la veille, et ne pensa plus au coffre, qui resta vide, mais sous la surveillance de la gouvernante. Chaque soir, de nouveau, j'étais obligé de descendre mon attirail dans la cuisine et de laisser les fumées graisseuses de l'âtre et les rires de la valetaille salir mes tableaux. « Tu me le paieras cher », me disais-je.

Autant ses propres œuvres étaient dénuées de valeur, autant les toiles qu'il avait achetées ou s'était fait offrir par ceux qui voulaient se capter ses bonnes grâces témoignaient la sûreté de son goût. J'en ai étudié certaines si attentivement qu'elles m'ont influencé, quelquefois plusieurs années après mon passage chez le Cavaliere. La figure en buste de mon *Joueur de luth*, qui a devant lui une partition ouverte, j'en dois la première idée à la *Joueuse de luth* de Bartolomeo Veneto. Les plumes aux couleurs changeantes qu'on voit aux ailes de mon ange dans le *Repos pendant la fuite en Egypte* sont une invention de Piero di Cosimo pour son *Adoration de l'Enfant*. A Naples, presque quinze ans après, ne me suis-je pas souvenu, pour ma *Flagellation*, du *Christ à la colonne* de Giulio Romano, dont le Cavaliere possédait une copie, l'original, que je découvrirais plus tard, étant resté dans la sacristie de l'église Santa Prassede ?

Le Cavaliere montrait une admiration sans réserve pour les différentes pièces de sa collection, quand elles étaient d'un maître du passé. Les peintures modernes lui donnaient de l'humeur. Il avait relégué dans un coin, où je fus long à les dénicher, deux tableaux qui m'ont marqué : un *Saint François en extase* d'Annibale Carracci, peintre de Bologne dont je ferais dans quelques années la connaissance, de dix ans seulement mon aîné, et un *Garçon mordu par un crabe*, d'une certaine Sofonisba Anguissola, qui n'a peut-être peint de bon que ce tableau.

Je voulus en faire une sorte d'imitation, tant le sujet me parut convenir aux petits problèmes qui troublaient ma vie quotidienne avec Mario. Il avait acheté deux roses au marché, pour fêter l'anniversaire de notre rencontre. Superstitieux comme tous les Siciliens, puéril comme on l'est à seize ans, il portait une attention extrême aux dates et aux chiffres, multipliant les petits gestes commémoratifs. J'étais ému de ces prévenances. Le terme d'idylle, fade s'il recouvre du vide, fort et juste lorsqu'il correspond à une réalité intensément vécue, aurait été la nuance exacte adaptée à notre amour, sans les précautions ridicules qu'il me forçait à prendre pour passer devant la chambre de Rutilio. Il traversait le palier à pas de loup, et m'obligeait à faire de même. Préoccupé d'éviter toute rencontre, il jugeait encore plus sûr d'attendre que notre voisin fût sorti, pour quitter nous-mêmes notre chambre et nous rendre au travail. Si, en rentrant le soir, nous l'apercevions marchant devant nous, nous devions ralentir le pas et le laisser remonter chez lui.

J'emportai les deux roses à Tor Sanguigna, empruntai une carafe à la gouvernante du Cavaliere, descendis à la cuisine me faire prêter le lézard, après quoi, ayant demandé à Mario de prendre à peu près la même pose que le modèle peint par l'Anguissola, je mis une rose dans la masse noire de ses cheveux, la carafe devant lui avec l'autre rose plantée dans le goulot. J'eus quelque difficulté avec le lézard, qui ne voulait pas rester en place. Quand j'eus réussi à le coincer entre les doigts de la main droite de Mario, main qu'il était censé mordre, et que tout fut prêt, j'annonçai à Mario, comme une chose toute simple, que j'avais invité à dîner notre voisin. « Qui ? Rutilio ? » Il rugit, se redressa comme si le reptile l'avait mordu pour de bon, leva la main gauche dans un geste d'horreur, plissa le front, la colère rapetissa ses pupilles, ses yeux étincelèrent. Il faillit écraser le lézard dans ses doigts contractés par la haine, la pauvre bête eut tout juste le temps de grimper au plafond.

« Mais c'est une blague, voyons ! lui dis-je, lorsque j'eus pris au vol l'esquisse du tableau. J'avais besoin de cette expression. Regarde la tête que tu fais, quand tu es mordu par la jalousie. » Il examina le portrait, encore méfiant et soupçonneux, puis, peu à peu, il se détendit, ses traits reprirent leur mobilité, et, pour finir, il s'abandonna à la plus franche gaieté. « Sang de bœuf ! Quelle tête en effet ! » Il riait à se tenir les côtes, de se voir la bouche tordue, le visage décomposé, le vêtement en désordre, car, dans le mouvement de fureur déclenché par le nom de Rutilio, la chemise avait glissé sur son bras, laissant la brune épaule à nu, détail que je m'étais empressé de reproduire. Il se rajusta, ôta la rose de ses cheveux pour la mettre à côté de l'autre dans la carafe, me tendit, en gage de notre union, cette couple de fleurs plus éloquente qu'un riche bouquet, enfin promit de s'amender. Je notai que son repentir n'était pas si solennel, qu'il ne pensât à le confirmer par un énième serment devant la Scrofa.

Je me souviens que lorsque le Cavaliere ouvrit le coffre, il y vit d'abord ce tableau. Peut-être ne fut-il saisi d'une telle rage que parce qu'il le jugea réussi. Le chapitre de San Luigi dei Francesi tardait à lui passer la commande pour les fresques de la vie de saint Matthieu.

Un livre qui venait de paraître en librairie faisait grand bruit à Rome : *Iconologia*, clef pour lire les tableaux, guide pour les amateurs, répertoire de thèmes pour les peintres, œuvre d'un érudit qui, sous ce titre cabalistique, cachait une âme de poète. Ce Cesare Ripa avait recensé plusieurs centaines de motifs allégoriques, de *A* à *Z*, d'*Abbondanza* à *Zelo*, donnant pour chacun les moyens de le figurer en peinture. Si retentissant était le succès de cet ouvrage, que le libraire avait demandé au Cavaliere de préparer des illustrations pour la deuxième édition. Il lança ses aides sur ce travail. Mario, dont le bagage littéraire était mince, s'amusa comme un fou des descriptions alambiquées du dottor Ripa. J'aurais voulu choisir pour les illustrer les articles les plus imprégnés de lyrisme ésotérique, par exemple cette *Musica*, décrite *« comme une femme qui joue de la lyre, dont une corde est cassée, et à la place de la corde il y a une Cigale. Elle a un Rossignol sur la tête, un grand vase de vin à ses pieds. Le Rossignol est le symbole de la musique, pour la variété, l'agrément et la suavité de son chant. Le vin tient les hommes en joie, comme le fait la musique. On pense même qu'un bon vin aide le musicien à trouver une belle mélodie. La Cigale rappelle l'aventure du jeune Eunomios, qui avait défié Aristossène. Au plus fort de l'épreuve, une corde se rompit sur la lyre d'Eunomios, et aussitôt une cigale prit son vol, se posa sur la lyre et remplaça par son chant la corde manquante, en sorte que le jeune homme remporta le concours. »*

« Eunomios » et « Aristossène », personnages inconnus de lui (mais de moi aussi, lui disais-je pour le rassurer) enquiquinaient Mario, dont les préférences allaient à des allégories plus violentes et plus en rapport avec l'énergie qu'il sentait bouillonner dans ses membres. Il insista pour nous faire attribuer les sujets ayant trait à l'amour. La violation des règles par l'amour et en général les conduites excessives qui entraînent le mépris de toute règle, voilà ce qui le passionnait.

« *Impiété : Femme vêtue de couleur vert cuivre, d'aspect cruel, tenant dans son bras gauche l'Hippopotame, dans sa main droite une torche allumée renversée, avec laquelle elle brûle le Pélican et ses petits sur le sol. L'impiété, vice qui s'exerce au détriment de soi-même, de la Patrie, de son Père et de sa Mère, se représente en vert cuivre, qui est indice de nature maligne et nuisible, laquelle se retrouve chez tous ceux qui offensent les personnes à qui ils devraient le respect. Dans son bras gauche elle tient l'Hippopotame parce que, de même que celui-ci, quand il a grandi, par désir de s'unir à sa mère, tue son propre père, de même l'impie afin de satisfaire ses appétits effrénés œuvre scélératement à la ruine de ses aînés et bienfaiteurs. Elle tient dans sa main droite une torche allumée et brûle le Pélican, parce que les manèges de l'impie sont la négation de la Charité, symbolisée par cet oiseau qui nourrit de sa propre chair ses petits.* » Que faire de tout ce fatras ? me demandais-je, mais dessiner un hippopotame dans les bras d'une femme paraissait à Mario le comble de la drôlerie.

Il parcourut le livre à la recherche de la Scrofa. A l'article *Forza d'amor*, il lut : « *Enfant nu, avec des ailes fixées aux épaules, tenant dans sa main droite un poisson et dans sa main gauche un oiseau.* » Mario pouffait de rire. « *Pesce* et *uccello* ! » Je m'étonnais que des allusions aussi transparentes, surtout au sujet de Cupidon, eussent passé à travers la censure du Saint-Office. L'article *Lussuria* était plus développé. Nous devions représenter une femme aux cheveux en désordre, car la luxure n'observe aucune loi. (« Approuvé », dit Mario.) Elle est nue et sans ornement, parce qu'elle méprise non seulement les biens de l'âme, mais aussi les vêtements, les parures, les bijoux. (« Bien vu ! ») Elle est assise sur un Crocodile, les Egyptiens ayant fait de ce monstre le symbole de la débauche, par les innombrables petits qu'il engendre. Enfin, elle tient dans sa main et caresse la Perdrix, bestiole agitée d'une telle rage de fornication, et enflammée d'une telle intempérance de désir, que le mâle rompt avec son bec l'œuf couvé par la femelle, pour la libérer du devoir maternel et copuler à nouveau.

« Toujours pas de Scrofa ! s'exclamait Mario. Et toujours des femmes, pour incarner le désir ! »

Piacere ne le satisfit pas davantage. On y décrivait une femme (« encore une femme ! ») couronnée de myrte, qui est l'arbrisseau de Vénus, pourvue d'ailes, *« parce que le plaisir s'achève vite et s'enfuit »* (« Faux ! Archifaux ! »), chaussée de bottes en or, *« pour montrer, en les exposant à la poussière et à la boue, qu'elle fait peu de cas de la richesse »* (« Ça, c'est bigrement vrai ! »), et accompagnée d'une sirène, *« pour indiquer que, de même que celle-ci trompe les marins avec ses chants, de même le plaisir se sert de son apparente douceur pour mener ses adeptes à leur ruine. »* (« Anerie ! *Coglioneria !* »)

Seule *Passion d'amour* trouva grâce à ses yeux. *« Femme qui tient dans une main une verge* (« Une verge ! »), *et dans l'autre une tasse, et près d'elle seront un Lion, un Ours, un Loup, un Sanglier* (« Nous y sommes presque ! »), *un Chien et d'autres bêtes.* (Soupir de déception.) *On prendra pour modèle la fameuse Circé, décrite par les poètes en magicienne toute-puissante, qui transformait les hommes à sa guise, comme les retourne de fond en comble la passion d'amour.* (« Bravo ! ») *Elle tient la verge* (« Il insiste ! »), *parce qu'ayant donné à boire à ses invités certain breuvage de sa façon, elle les toucha de cette baguette qui les changea en bêtes sauvages. »*

« Oui ! Oui ! » s'écriait Mario, chaque fois qu'il relisait ce passage. Pour le calmer, je lui disais d'esquisser lui-même sur une feuille de papier ou un bout de toile un de ces animaux qui l'amusaient.

« Je n'y arrive pas », faisait-il, en me montrant, démoralisé, le résultat d'une demi-journée d'efforts. Bien que maladroits, ces premiers essais révélaient du tempérament. Le seul fait d'y travailler plusieurs heures sans bouger de sa chaise me paraissait encourageant.

« Tu as le sens des couleurs, Mario, mais tu ne sais pas dessiner. Je ne puis t'être d'aucune aide, manquant moi-même d'expérience dans ce domaine. As-tu envie de devenir un vrai peintre ? Ne recommence pas mon erreur. Il faut t'inscrire dans une école de dessin. Pas tout de suite, évidemment, nous n'en avons pas les moyens, mais si un jour la Réussite, que le dottor Ripa décrit comme une fée distribuant des cadeaux, daigne frapper à notre porte, je te promets de te trouver un bon maître. – Je ne veux avoir d'autre maître que toi ! » protestait-il.

Confondre la vie et l'art, il n'y était que trop enclin ; cependant, le souci de ne pas peser sur notre maigre budget par une dépense supplémentaire entrait pour une bonne part dans sa volonté de tout apprendre à mes côtés. En peu de temps, par lui-même, il fit de notables progrès.

V

Premiers tableaux, premiers dangers

Au *Garçon mordu par un lézard* succédèrent trois autres portraits de Mario. Même si j'avais eu les moyens de payer des modèles, aucun ne m'aurait communiqué la même énergie. Je ne voulais peindre que Mario. Le *Garçon qui épluche un fruit*, le *Garçon à la corbeille de fruits*, le *Jeune Bacchus malade*, peints à Tor Sanguigna, c'est lui. Toutes ces demi-figures en buste, c'est mon amant. J'aurais voulu le peindre nu de haut en bas : il se montra, sur ce point, intraitable. Son corps à peine sorti de l'enfance en gardait toutes les grâces, sans manquer de la vigueur qui fait l'attrait de l'âge viril. Ventre plat, dur, musclé, pli de l'aine bien dessiné, toison pubienne drue, sexe proportionné aux cuisses, ni trop petit ni trop gros; gonflé, gorgé, lourd, même quand il était au repos; jamais ratatiné ni fripé.

Mario ne faisait aucune difficulté pour se déshabiller dans la chambre; il sautait nu sur le lit, m'entraînait, m'empoignait, m'étouffait dans ses bras, aussi bien de jour que de nuit, quelle que fût l'heure, sans respecter ni règle ni emploi du temps; boulimique, avide, excessif; anarchique dans la tendresse, violent dans la douceur. Je pouvais user de sa bite à ma guise; l'introduire partout où il me plaisait; la cajoler, la câliner, la malmener, l'éreinter; en faire mon jouet, mon prince, mes délices – ma croix, aussi, car il n'y allait pas par quatre chemins, le bougre ! Mais à peine faisais-je mine de prendre mes pinceaux et une des toiles de petit format que je conservais via della Stelletta, il changeait de couleur, ramenait le drap sur son ventre et me forçait à jurer que je ne profiterais pas de son sommeil pour le peindre nu.

« Tu me le jures ? – Je te le jure. – Par la Scrofa ? – Par la Scrofa. Je ne veux pas profiter de ton sommeil, ajoutais-je. Je veux que tu poses dans l'atelier du Cavaliere, afin que je fasse de toi un grand portrait en pied. – Moi, à poil dans l'atelier du Cavaliere ? – Que t'importe ? Le Cavaliere ne regarde que les femmes. – Mais ces cardinaux, ces Monsignori qui défilent, la main dans la poche de leur soutane... – C'est l'usage des ateliers, que les modèles y posent en tenue adamique. – En tenue adamique ! Quel tarabiscotage ridicule ! Si tu crois que tu m'entortilleras avec ce jargon ! Je t'interdis, Angelo, tu m'entends ? je t'interdis de me peindre autrement qu'il me plaît d'être peint. »

J'essayais de l'amener à mes vues. En vain. *Il cazzo, non si mostra.* Le ton était catégorique ; agressif, dès que j'insistais. Rien ne me paraissait plus étrange que cette obstination, de la part d'un garçon aux manières si libres. Avant de faire l'amour, il baisait le médaillon de sa fiancée et se signait, puis se donnait à fond au plaisir. « Que diraient mes enfants, laissa-t-il échapper un jour, devant un portrait de leur père nu ? » Mais ce n'était là qu'un des motifs de son refus. Force du tabou religieux ? Résidu de son éducation ? Crainte de voir éternisé par l'art ce qu'il considérait au fond de lui-même comme un péché de jeunesse ? Répugnance à rester cloué à une étape de sa vie qu'il était décidé à renier après son mariage ? Peur sicilienne que mon pinceau, en fixant sur la toile les organes de son plaisir, eût le pouvoir magique de leur ôter une partie de leur vigueur ? Il y avait de toutes ces causes dans son entêtement.

Nous nous disputions souvent à ce sujet. Fort de ce que

m'avait dit Matteo à Milan, je crus me prévaloir d'un argument irrésistible. « Allons dans les églises, dis-je à Mario, et tu verras que même à Rome les peintres ont représenté des nus anatomiques sans manquer au respect des Evangiles. » Il me suivait de mauvaise volonté, puis reprenait cœur à mesure qu'augmentait mon désappointement. Nous avions beau visiter chaque jour des dizaines d'églises (j'en ai recensé plus de trois cents), examiner les tableaux sur le maître-autel, regarder dans les bas-côtés, forcer le cadenas des chapelles désaffectées, descendre munis de chandelles dans la crypte, fouiller dans la sacristie, impossible de dénicher le moindre *cazzo*. Aucun peintre, jamais, n'avait osé reproduire le principe vital, l'origine de la vie, la source de la joie de vivre. Je ne comptais pas, dans mon bilan, le minuscule *pisello* logé dans un pli de la chair grasse de Jésus bébé. La Madone ne se fait pas faute de le tripoter quelquefois ! Ce qui me stupéfiait, et en même temps commençait à me donner des idées sur certains aspects de ma propre mission de peintre, c'était cette façon de dissimuler, de gommer, d'oblitérer tout ce qui peut rappeler que l'homme adulte n'est pas fait seulement pour prier et se préparer à la vie future, mais pour bander, jouir et être heureux en celle-ci.

Je voyais saint Sébastien figuré toujours nu, hormis un pagne autour des reins. Ce pagne est ficelé d'une main si maladroite qu'on ne comprend pas comment il tient sans se dénouer ni tomber par terre, de ce corps mince et dépourvu de hanches. Le Christ lui-même apparaît souvent passablement dévêtu. Lors de la Résurrection, il devrait même se dresser nu, pour être en conformité avec les Ecritures. Pourtant, lui aussi ne se montre jamais sans un pan d'étoffe qui lui arrive au dernier moment sur le bas-ventre, comme si un courant d'air subit l'avait plaqué là.

Le curé de Santa Maria dell'Orto, dans le Transtévère, surprit une de nos discussions sur l'opportunité de ce cache-sexe. Il nous reprit gravement, en nous apprenant qu'il y a un mot spécial pour désigner cette pièce de vêtement quand elle habille le Christ.

« Les Pères de l'Eglise ont même longuement hésité avant de recommander le terme exact. Saint Jérôme tenait pour *succingulum,* saint Augustin pour *christipannus.* Bernard Silvestre, de l'école de Chartres, a essayé d'acclimater le mot français *cripagne.* Mais un mot de la langue vulgaire sied-il pour désigner un linge aussi auguste ? Jésus, nu sur la croix, n'avait que ce lambeau. Aussi l'Eglise a-t-elle fini par adopter le terme grec : *périzonium.* Il est bon que ce bout de tissu reste enveloppé du mystère que lui confère un vocable inconnu en dehors des dictionnaires de théologie. »

Périzonium ! Ainsi, jusque dans le vocabulaire, on déniait l'évidence ! Périzonium ! Il fallait recourir à cette dénomination pédante, pour éviter de mentionner le sexe du Christ, fût-ce dans l'intention de l'escamoter !

Que d'embarras, pour parler du corps de Jésus ! Je sortis de l'église outré. Cinq années avaient passé depuis mon séjour à Milan et mes promenades avec Matteo ; j'avais bien changé en cinq ans.

« Si Dieu a voulu se faire homme, disais-je, fidèle au raisonnement de Matteo qui m'avait alors tant choqué, pouvait-il n'assumer qu'en partie la condition humaine ? Se désolidariser de ce qui est si important pour l'ensemble des créatures ? Se décharger de ce qui met si souvent leur âme en péril ? Qu'avons-nous à faire d'un Christ qui ait ignoré la tentation sexuelle ? N'a-t-il pas eu faim et froid ? Ses parents n'ont-ils pas dû s'enfuir et l'emmener sur le dos d'un âne en cachette ? N'a-t-il pas été trahi, vendu, capturé, conspué, flagellé, mis en croix ? Et ces prêtres voudraient nous faire croire qu'il a supporté avec un courage et une fermeté admirables cette suite d'épreuves affreuses, ces tortures, ces supplices, mais que Dieu ne l'aurait pas assisté si son *cazzo* s'était mis en mouvement ?

— Tais-toi, Michele ! » (Il m'appelait Angelo quand nous étions d'accord, Michele lorsqu'il était fâché.) Il se signa à trois reprises, puis, comme nous passions devant Santa Cecilia, entra dans l'église, trempa ses doigts dans l'eau bénite et recommença à se signer.

Grands travaux devant le parvis; tranchées dans le sol; place sens dessus dessous : le pape avait donné l'ordre de reprendre les fouilles à la recherche du corps de sainte Cécile. Pendant que Mario se remettait de mes impiétés, je me fis raconter par le chef du chantier pourquoi il pressait avec tant de hâte ses ouvriers. La patronne de la musique, on espérait, me dit-il, en retrouver à temps la dépouille, pour lui faire présider les fêtes du jubilé pendant la prochaine année sainte.

« Bon, Mario, laissons le Christ de côté. Reste le fait que tu as été créé avec un sexe. Si Dieu nous a faits ainsi, avons-nous le droit d'avoir honte de ce qu'Il nous a donné en cadeau ? N'est-ce pas Lui qui nous a dotés de la capacité de jouir et de tirer de ce sexe une infinité de plaisirs ? Il aurait très bien pu s'arranger pour nous pourvoir de l'organe nécessaire à la génération, sans associer à cette nécessité aucune prime voluptueuse. Un engin purement mécanique, en quelque sorte.

— Je n'ai pas honte de mon sexe, j'aurais honte de le voir peint. *Il cazzo, non si mostra.* » Il s'y cramponnait, à cette maxime.

Je crus que je viendrais à bout de son préjugé en piquant son sens du comique. Je le conduisis donc, un matin, dans la chapelle Sixtine, que le pape ouvrait une fois par semaine aux peintres et à leurs aides. « Regarde bien », dis-je, en l'arrêtant devant *le Jugement dernier*. Il resta ébahi devant l'immense paroi et l'enchevêtrement des figures.

« Eh bien ! fit-il après un moment, reconnais que même Michel-Ange, qui pouvait tout se permettre, a caché les parties qu'il ne faut pas montrer. Ces parties, ne les appelle-t-on pas d'ailleurs *pudenda* ? C'est sous ce nom que nous les désignait le curé de Santa Lucia pendant le cours de catéchisme. »

Quelle force a l'Eglise, pensai-je, si elle met dans la bouche d'un jeune Sicilien, qui est la nature même, en qui la nature éclate avec une vigueur et une sauvagerie magnifiques, un vocable aussi désuet et risible pour dénommer la partie la plus naturelle du corps humain ?

« Tu n'y es pas, Mario. Michel-Ange avait représenté tout nus chacun des damnés, chacun des élus, les saints eux-mêmes et jusqu'au Christ en personne.

— Michele, je ne te crois pas.

— Tu vois en bas à droite ce personnage hideux, qu'étouffe un serpent noué autour de sa taille, au milieu de diables non moins affreux ? Michel-Ange a peint, sous les traits de cet épouvantail, pour s'en venger, le maître des cérémonies du pape. Lors de l'inauguration de la fresque, ce personnage s'indigna devant Sa Sainteté qu'en un lieu si honoré on eût montré un aussi grand nombre de figures nues. Ce n'était pas là une œuvre pour la chapelle d'un pape, conclut-il, mais pour une maison de bains.

— Je ne comprends pas, dit Mario, ces figures ne sont pas nues. Aucune d'entre elles.

— Attends. Elles ne sont pas nues, parce qu'un pape en a fait recouvrir les nudités.

— Michel-Ange les avait peintes sans ces bouts de tissu ?

— Oui.

— Je ne te crois pas.

— C'est la pure vérité.

— Même les saints ?

— Même les saints.

— Même le Christ, gigantesque comme il est au centre de la fresque ?

— Même le Christ. Paul III, sur la suggestion de ce maître des cérémonies, envoya le cardinal camerlingue demander au peintre de mettre des pagnes sur les sexes. “Dites à votre maître, rétorqua Michel-Ange, que c'est là petite chose, qu'il est facile de corriger. Que Sa Sainteté mette elle-même de l'ordre dans le monde et les peintures seront vite arrangées.” Paul III était un Farnese, de cette grande race de mécènes et de collectionneurs ; comprenant qu'il s'était ridiculisé, il n'insista pas. Quelques années plus tard, Pie IV, obtempérant aux directives du concile de Trente, chargea Daniele da Volterra de voiler tous les *cazzi.* C'était pourtant un très bon peintre. »

Mario détourna la tête.

« Il a bien fait ! s'exclama-t-il.

— Sais-tu le joli surnom que ce tripatouillage lui a valu ? On l'appelle depuis ce temps *il Braghettone,* le poseur de braguettes. »

Mario, volontiers moqueur, ne songea nullement à rire. Ce chrétien sincère mais élevé par des prêtres ignorants ne s'avisait pas que, Jésus étant sans péché, la pruderie des papes fait injure à son innocence.

Cet entêtement de Mario eut pour résultat de me forcer à inventer un style de peinture entièrement nouveau. Il n'en existe, à ma connaissance, aucun précédent. Puisque je n'avais pas le droit de le représenter nu ni de montrer sa sensualité autrement qu'en demi-figure, j'ai cherché un moyen de faire apparaître sur son visage, sur ses épaules, sur ses bras, sur son cou, sur tout ce qu'il me permettait de peindre, l'énergie sexuelle, la plénitude de sexe et de sève que toute sa personne dégageait. Je suis le premier à avoir mis en évidence que la force érotique déborde de l'endroit du corps où notre paresse mentale, nos préjugés, nos frayeurs la cantonnent. Elle irradie où elle veut, avec une impudence souveraine, qui transfigure celui qui en est possédé.

Revenons au *Garçon mordu par un lézard* : j'ai dit ma volonté de rendre la jalousie de Mario ; mais le tableau renferme un second sens. Mordu par un lézard ? N'est-ce pas sous l'effet d'une autre morsure qu'il se montre aussi bouleversé ? La chevelure ébouriffée, la rose plantée derrière l'oreille, l'épaule dénudée, la lumière latérale qui rampe jusqu'à cette épaule et l'enveloppe d'une caresse dorée, mais plus encore l'excès de sensation dont le modèle semble saisi et qui le fait se détendre comme mû par un ressort, ont été mon premier essai de peindre sur un visage l'effet de l'acte sexuel. Mario, quand il faisait l'amour, n'avait pas d'autre expression. Au moment de défaillir entre mes bras, la force qui explosait en lui le projetait de la même manière en avant. S'il m'avait permis de le représenter nu, sans aucun doute serais-je resté plus timide; j'aurais peint son sexe, jeune et fort, en m'en tenant aux règles de la bienséance; je n'aurais pas été libre, comme pour ce tableau, de montrer un garçon en proie à la surprise et au bouleversement de l'orgasme.

Giambattista Marino, un Napolitain ami du Cavaliere, mon aîné de deux ans à peine, qui débutait dans la poésie, genre où il est passé maître depuis, composa ce madrigal, un peu osé à vrai dire.

Ami, tu montes au ciel,
Par un fier reptile tué.
Il ne voulait que te baiser
Lorsque son dard te mordit.

Le tableau suivant, *Garçon à la corbeille de fruits*, n'eut besoin ni de lézard ni d'aucun prétexte. Sujet unique, célébration d'un seul instant : l'épanouissement de la volupté physique sur le visage de Mario. La tête penchée, la bouche entrouverte, la paupière lourde, le regard vague, l'épaule nue, l'air languide que souligne l'éclairage indirect, l'offrande de fruits – clair symbole de cadeau érotique –, tout, ici, n'est que la traduction imagée de la physionomie de Mario tel qu'il m'apparaissait dans l'intimité lorsque, après avoir roulé, gambadé, sauté en tous sens sur le lit, défoncé le matelas et pris plusieurs fois son plaisir, il expirait contre moi dans un dernier spasme.

Les aides du Cavaliere, les habitués de Tor Sanguigna, les visiteurs occasionnels s'arrêtaient devant ce tableau, tous surpris, la plupart embarrassés, un ou deux indignés.

« On dirait l'Antinoüs du Belvédère », insinua le conservateur de la Bibliothèque vaticane.

Le jeune cardinal Pietro Aldobrandini, que j'avais rencontré à l'Oratoire, murmura :

« Je ne savais pas que le geste d'offrir un panier de fruits pût conduire à l'extase. »

Inquiet de cette remarque, je m'empressai de conduire le neveu du pape devant un autre de mes tableaux, *Garçon qui épluche une pomme.*

J'avais fait le portrait, parfaitement « innocent » celui-là, de Mario occupé à peler son fruit. Après épuisement du misérable pécule que nous allouait le Cavaliere, nous achetions des reinettes que nous mangions dans notre chambre, assis au bord du lit. Je n'avais peint qu'une scène de notre vie quotidienne. Saines ou véreuses, les deux rapins faméliques ne se nourrissaient pendant deux jours que de pommes, qu'ils ne prenaient même pas la peine d'éplucher.

« On dirait Jésus », fit le cardinal, qui cherchait à me tirer du mauvais pas où je m'étais mis avec l'autre tableau. « Comment l'appelles-tu, ce tableau ?

— Il n'a pas de titre, Eminence, sinon *Garçon qui épluche une pomme.*

— Appelle-le *il Mondafrutto,* ce titre pourra te servir un jour de sauf-conduit. »

Je restai interdit. *Mondare* est un verbe auquel je n'avais pas pensé : il signifie à la fois *éplucher* et *purifier.*

Le cardinal s'était éloigné, dans un bruissement de soie et de dentelle. « Va pour *il Mondafrutto* », me dis-je, et j'écrivis ce mot au revers de la toile, sur le châssis, sans me douter que le cardinal avait deviné le danger auquel je m'exposais par mes imprudences.

Vers cette époque, il me semble, le Cavaliere embaucha un nouvel aide. Nous vîmes apparaître Rutilio, que Mario s'arrangea pour installer à l'autre bout de l'atelier. Il était persuadé que j'avais conseillé au Cavaliere de le prendre dans notre équipe. Je faisais des efforts inouïs, dans l'atelier, pour être fidèle à ma promesse de ne pas le regarder, mais quelquefois le garçon passait devant mes yeux, et je ne pouvais m'empêcher de lui trouver un charme extrême. Son teint pâle, ses mains fines, ses joues imberbes, un air élégiaque dans ses traits dénotaient une tout autre origine que l'Afrique brûlante de Mario. D'une discrétion et d'une humilité extrêmes, il ne m'adressait jamais la parole le premier. Mario n'en restait pas moins inquiet et méfiant. Nous partions tous les trois chaque matin pour Tor Sanguigna, du même endroit et à la même heure, mais il m'obligeait à un long détour par l'église S. Antonio et la via dell'Orso pour ne pas faire le trajet avec notre voisin.

Une attaque de ce paludisme que j'avais contracté dans les déserts marécageux du Latium en couchant au-dessus de fossés d'eau croupie ralentit mon travail. Tourmenté par les paroles mystérieuses du cardinal Aldobrandini, je décidai de modifier le programme du dernier tableau de cette série. Je peindrais Mario encore une fois, mais je me peindrais moi-même aussi, de manière à opérer comme une fusion entre nous, et faire une sorte de portrait synthétique, idéal, que j'intitulerais *Jeune Bacchus malade*, Bacchus pour Mario, malade en ce qui me concerne, la jeunesse nous étant commune. Creuser son visage et le faire plus maigre qu'il n'était en réalité, arrondir le mien et l'émousser aux angles suffirait à nous rendre presque pareils. A force de nous aimer, nous avions pris chacun un peu de l'autre et finissions par nous ressembler.

J'avais envie d'essayer cette couleur vert cuivre que le dottor Ripa attribue à *Impietà*. Montrer Mario en impie, révéler en lui le faune eût été trop risqué, mais, pour moi, la malaria me fournissant l'alibi, ces teintes livides se trouvaient tout indiquées. Comme on m'avait vu pendant plusieurs semaines cireux, les traits tirés, les cernes creusés et les lèvres blêmes, les couleurs lunaires du tableau soulevèrent la compassion pour leur auteur.

La *Corbeille de fruits* et les fruits peints pour le *Garçon à la corbeille de fruits* m'ayant rapporté des éloges, j'eus à cœur de soigner le décor végétal de ce *Bacchus*. Grappe de raisin noir au premier plan, sur la table ; grappe de raisin blanc dans la main du personnage, selon le conseil, cette fois encore, du cardinal Aldobrandini. Attributs naturels pour le dieu du vin, que je mis aux endroits indiqués, sans prévoir que le choix de deux variétés de raisin et l'emplacement des grappes – le raisin noir sur la table et le raisin blanc dans la main du modèle – me seraient d'un grand secours lors du procès.

Autre élément ornemental, mais cette fois voulu : au lieu de couronner de pampres Mario, je l'ai coiffé d'une guirlande de lierre. Sur sa propre et irrévérencieuse suggestion. L'article *Lascivia* l'avait enchanté. « *Le lierre,* disait le dottor Ripa, *est appelé par les Grecs "kissos", et "kissein" signifie être porté au plaisir, incliné à la débauche. Cette plante pousse en désordre et prolifère sans retenue, comme les hommes gouvernés par un tempérament lascif ne connaissent jamais de repos.* » (« Oui ! Oui ! Bien vu ! ») Cette fantaisie de remplacer la vigne par du lierre aurait pu me coûter cher, si un de mes avocats n'avait su, au moment du danger, fournir à mes juges l'explication qui me sauva.

Ces cinq tableaux m'avaient acquis une petite réputation. Le Cavaliere d'Arpino voyait d'un mauvais œil ces succès. Nos rapports s'envenimèrent. Je décidai de quitter son service. Il soutint que je n'avais pas assez travaillé pour son argent et que je restais son débiteur. Le grigou ! Il me faisait l'aumône d'un écu par mois, à Mario d'un demi-écu. Le ton monta. Il prétendit garder mes cinq tableaux en dédommagement. Pour finir, ses domestiques nous jetèrent à la rue. Furieux, puis accablé, je me traînai jusqu'à notre chambre. Mario ferma à clef et entreprit de me ragaillardir, confiant dans ses moyens d'habitude infaillibles. Rien n'y fit. Je ne bandais même plus. Il ne réussit à me consoler d'aucune façon. Vers le soir, on frappa un coup timide à la porte. « Je te défends d'ouvrir ! », s'écria-t-il. On frappa à nouveau. Une voix très douce murmura : « Ouvrez, j'ai sauvé un de vos tableaux. » Mario, à contrecœur, tourna la clef dans la serrure mais ne voulut pas ouvrir lui-même. Rutilio poussa la porte et entra. Il me rapportait ma *Corbeille de fruits*, qu'il avait soustraite à l'attention du Cavaliere puis cachée sous son manteau. Je le fis asseoir sur le lit. Mario se rencogna d'un air rogue à l'autre bout de la chambre, furieux d'être forcé de me laisser le temps de remercier notre voisin. Son dévouement lui coûterait sans doute sa place chez le Cavaliere.

« Te voilà bien avancé! grommela Mario, quand nous fûmes seuls. De tous tes tableaux, il a choisi le moins utile. On ne peut pas dire qu'il se soit montré bien malin! » C'était vrai; je restai prostré; la récupération de cette nature morte ne me sauvait pas du désastre. Perdu, mon travail d'une année. Ruinées, mes ambitions. Je n'avais plus rien de valable à montrer aux amateurs. Ce n'est pas sur le motif que j'avais su rendre une pomme, des figues et du raisin dans une corbeille qu'on me croirait capable de peindre la figure humaine, seul genre reconnu à Rome. Les marchands à qui j'avais parlé de mes projets se riraient de mes prétentions. N'avoir fait, en un an, qu'un panier de fruits! De rage, je retournai la toile contre le mur (et Mario, comme si ce geste pouvait effacer l'attention gentille de Rutilio, s'empressa de la fourrer sous le lit). Sans la perspicacité du cardinal Del Monte, à qui ce tableau suffit pour établir son jugement, que serais-je devenu? Combien de temps aurais-je végété?

« Remets-toi à peindre! » me conseillait Mario. Peindre? Dans cette chambre qui mesurait deux toises sur trois? Au lieu de chercher le pinceau, ma main tourmentait le manche de mon poignard. Puisque je n'avais aucun moyen de réclamer justice, pourquoi ne pas me la rendre moi-même? Le voleur, le traître, l'infâme, pourquoi ne pas l'abattre comme un chien?

J'ai attendu douze ans ma vengeance. Du temps de Clément VIII, le Cavaliere continua à prospérer et à s'enrichir aux dépens de ses aides. Tout changea avec l'élection de Paul V, un Borghese. A peine monté sur le trône de Saint-Pierre, il éleva à la pourpre son neveu Scipione, et favorisa tous les caprices de ce cardinal de vingt-six ans.

Quel personnage, ce Scipione ! Aussi extravagant et hors de toute norme que son prénom. Non moins fascinant qu'odieux. Je ne l'ai connu que pendant les quelques mois qui ont précédé ma fuite de Rome. Malgré le petit nombre et la brièveté de nos rencontres, quel rôle il a joué dans ma vie ! Un peu du mystère de la felouque et de la plage de Porto Ercole, qui d'autre serait en mesure de l'éclaircir ? Grand, gros, mangeant beaucoup, fumant beaucoup, gourmand, avide, d'une convoitise universelle et effrénée, il plongeait à pleines mains dans le trésor du Vatican. Aucun scrupule ne le retenait quand il voulait satisfaire une passion. Il possédait un domaine à Tivoli, et, la nuit, pour se procurer les pierres nécessaires à la construction d'une écurie pour ses pur-sang, d'un pavillon pour ses parties de chasse ou d'un kiosque pour ses bains, il faisait démolir par ses gens une grange chez les paysans du voisinage. Le scandale éclata lorsqu'on eut constaté la disparition du maître-autel dans l'église du village, meuble vénéré des habitants à cause d'une image miraculeuse de la Madone posée sur le rebord de marbre. Les domestiques de Scipione l'avaient démonté et transporté dans la chapelle particulière de son palais romain, afin, disait-il, qu'il pût accomplir ses dévotions dans un décor digne du neveu d'un pape. Paul V, au lieu de punir le coupable, se répandit en louanges sur la piété exceptionnelle du jeune prélat.

L'indulgence de son oncle l'encouragea dans ses forfaits. Quand sa villa de campagne et son palais de ville eurent été agrandis, aménagés et enrichis du fruit de ses rapines, il ne songea plus qu'à les remplir de tableaux. Ramasser, collectionner, accumuler, entasser le plus grand nombre de toiles, telle fut désormais son idée fixe. Il s'enticha, en particulier, de ma peinture, qu'il pouvait voir aux murs des églises ou dans les palais de ses collègues.

Ayant appris que le Cavaliere d'Arpino possédait quatre

de mes tableaux, il lui proposa d'abord de les acheter. Le Cavaliere, en disgrâce depuis que les Aldobrandini avaient quitté le pouvoir, refusa de se séparer de ce qu'il tenait pour les joyaux de sa collection. Après mes travaux à San Luigi dei Francesi et à Santa Maria del Popolo, ma cote avait beaucoup monté. Son Piero di Cosimo, son Bartolomeo Veneto, son Giulio Romano valaient moins que ces quatre tableaux, fussent-ils des œuvres de jeunesse.

« Débrouille-toi, me dit le cardinal Scipione, introduis-toi sous un prétexte quelconque chez le Cavaliere, tu y connais de ses gens, je veux ces quatre tableaux, je te les rachète au prix que tu me fixeras. »

Je me souvins alors d'une circonstance susceptible d'aboutir à un heureux résultat pour le cardinal. « Je crois que votre affaire est faite, Eminence. Il y a dans le salon du Cavaliere un coffre toujours vide. Soudoyez un des domestiques de Tor Sanguigna : il introduira une nuit dans la maison deux ou trois arquebuses chargées, qu'il placera dans le coffre. Le Cavaliere n'y regarde jamais, il ne s'en sert pas. Deux jours après, envoyez les sbires porteurs d'un ordre du gouverneur. Ils fouillent la maison, inspectent chaque meuble et, par le plus grand des hasards, soulevant le couvercle du coffre, tombent sur les arquebuses chargées. Le Cavaliere d'Arpino est arrêté, mis aux fers, jeté à Tor di Nona. Pour un personnage d'une réputation aussi grande, le tribunal du Saint-Office se doit de donner un exemple. En application de la loi, il prononce la peine capitale. Vous vous rendez à la prison, vous demandez à assister le criminel dans sa terrible épreuve, et là, tête à tête avec lui dans sa cellule, vous lui proposez le marché : la vie sauve, contre les quatre tableaux de Merisi. »

Le cardinal se mit à rire. « Bien trouvé, mon garçon. Les Pères de l'église San Bernardino, à Pérouse, possèdent une *Déposition* de Raphaël qui me fait bien envie. Un Raphaël et quatre Merisi, j'aurai la première collection de Rome ! »

À quelque temps de là, on apprit que des inconnus avaient volé la *Déposition* en question dans l'église des

Bernardins. Le tableau réapparut peu après au palais Borghese. Même à Rome, où l'on était habitué aux abus, le scandale fut énorme. Son oncle le pape dut confirmer les droits de propriété du cardinal par un *motu proprio* qui fit rire tout ce que la Ville éternelle comptait d'esprits libres, mais cloua le bec à la masse des courtisans et des poltrons. Soucieuse d'apporter à son neveu un exercice de mortification permanent, Sa Sainteté autorisait le jeune *porporato* à garder jour et nuit sous les yeux le spectacle de la mise au tombeau de Notre Seigneur Jésus-Christ.

Je commençais à me repentir d'avoir suggéré à Scipione le piège des arquebuses, quand Rome, stupéfaite, partagée entre l'amusement et l'indignation, découvrit sa nouvelle piraterie. On avait perquisitionné chez le Cavaliere, trouvé au fond d'un coffre des armes interdites, traîné le malheureux en prison. Pour avoir la vie sauve, il devait remettre toute sa collection au cardinal Borghese. Non seulement mes quatre tableaux, comme il était stipulé entre nous, mais la totalité de ses trésors réunis en quinze ans.

Le cardinal m'avait trompé. Il exigeait d'entrer en possession des cent vingt-neuf toiles accumulées dans les vingt pièces de Tor Sanguigna. L'infortuné, dépouillé de ses biens, estima que conserver sa tête sur ses épaules était s'en tirer à bon compte. J'avais tellement honte d'avoir soufflé à l'oreille du cardinal ce moyen d'obtenir mes tableaux, que je ne songeais plus à lui en réclamer le prix. Quelques années après, ce serait à mon tour d'expérimenter ce qu'il en coûtait de tomber dans ses griffes.

VI

Le cardinal

Avec ma *Corbeille de fruits* pour tout bagage, je ne sais dans quel atelier j'aurais pu me faire admettre ; d'ailleurs, je ne voulais plus dépendre de maîtres qui m'apprenaient si peu et me traitaient si mal ; pour l'avouer franchement, au risque de paraître prétentieux, je ne voulais plus entrer chez aucun maître ni me sentir empêché de peindre à ma guise. Autant dire que j'étais bon pour mourir de faim, s'il ne s'était fait alors comme une révolution dans le commerce des œuvres d'art.

Jusque-là, seuls de hauts prélats, des religieux réunis en chapitre ou des seigneurs de l'aristocratie passaient des commandes aux artistes, qui leur fournissaient directement les tableaux, sans intermédiaires. Un nouveau métier apparut : acheteur et revendeur de tableaux. Certains de ces marchands, qui ne possédaient pas de local fixe, faisaient la navette entre les ateliers et les palais, les ateliers et les églises ; d'autres, louant un rez-de-chaussée, ouvraient une boutique avec pignon sur rue. La peinture devint accessible à un public plus large que le cercle étroit des mécènes ; chacun pouvait s'acheter un tableau. Des expositions avaient lieu ; il était permis de peindre d'autres sujets que des *Saintes Familles* ou des *Mises au tombeau*. Seul inconvénient : la vulgarisation de l'art entraîna une baisse sensible des prix. Les peintres en renom souffrirent de ce manque à gagner ; moi, qui ne gagnais rien, j'étais heureux de penser que la peinture pourrait être un jour plus populaire : les tableaux que j'avais en tête ne seraient plus réservés à une seule catégorie de la société. Je souhaitais pour notre profession que nos ouvrages fussent soumis au goût des amateurs, même si ceux-ci ne l'ont pas toujours bon, plutôt qu'exposés aux caprices des puissants.

Le 19 mars, jour de saint Joseph, malgré les orages d'équinoxe, une grande exposition se tint en plein air, sous des auvents de toile, place Navona. Les promeneurs discutaient des mérites de chaque tableau, ce qui était impossible auparavant. Parmi les acquéreurs, on compta une majorité de marchands, mais aussi beaucoup de badauds attirés par la nouveauté.

Ce climat d'émulation me plaisait. La plupart des marchands avaient ouvert leur boutique dans les parages de la place Navona. Je renouai connaissance avec Lena. Mario n'étant point jaloux des femmes, je passais de longs moments en sa compagnie, et parfois couchais avec elle. « Quand me choisiras-tu pour modèle ? » me disait-elle chaque fois. Bonne fille, elle me présenta à deux de ses amies, désireuses, comme elle, de poser pour un peintre.

L'une s'appelait Anna, l'autre portait le nom rare de Fillide. Toutes deux, originaires de Sienne, provenaient, à les entendre, d'une « bonne famille ». La première était petite, bien faite, mais trop humble et docile pour s'attacher longtemps le même client. Sujette à des accès de tristesse, elle laissait tomber sa tête de côté, découvrant un cou aussi pur et candide que la neige. L'autre, plus grande et imposante, ne manquait pas de majesté, malgré son langage de poissarde. Elle protégeait sa compagne et l'encourageait à se montrer plus entreprenante avec les hommes. Toutes deux fuyaient le soleil. Aux carrefours, je les trouvais assises du côté de l'ombre : par timidité et honte de leur état, mais aussi par fierté de garder une peau blanche, comme les femmes qui ne sont pas forcées de travailler.

Elles me racontaient leurs misères, qui étaient à peu près identiques. On les avait chassées de leur maison, parce qu'elles avaient bravé les règles de leur milieu et trahi les ambitions sociales de leurs familles en s'amourachant de vauriens. Sans avoir le courage de tirer parti de cette audace initiale, s'étant soumises, en quelque sorte, au jugement de leurs parents, elles avaient adopté l'opinion de ceux qui les avaient jetées à la rue. Embrasser le métier que le monde stigmatise, n'était-ce pas justifier après coup leur renvoi ? Anna, ayant un bâtard à élever, n'aurait pu quitter cette galère. L'autre, Fillide, se vengeait de son malheur en « se tapant », comme elle disait, des « Monsignori à la douzaine ». « J'te fiche cinquante écus que ces saintes nitouches en redemandent ! »

En échange de la promesse que je les amènerais chez moi le jour où je disposerais d'un atelier, elles m'abouchèrent avec un marchand français qui avait italianisé son nom et ouvert une boutique via Giustiniani, entre le palais du même nom et la place de la Rotonda. Monsieur Valentin devenu Messer Valentino examina d'un œil de connaisseur ma *Corbeille de fruits*, puis me dit de patienter quelques jours. Mon tableau, selon lui, bien que dépourvu de valeur commerciale à cause de son sujet, pourrait être du goût d'un de ses clients, personnage considérable, ajouta-t-il d'un air entendu. « Tu as beaucoup de chance, c'est un des rares qui collectionnent les natures mortes. »

Trois jours après, je retournai chez Messer Valentino. Un homme vêtu d'une simple soutane noire bordée de rouge, mais chaussé d'escarpins si bien vernis qu'ils restaient brillants au milieu des flaques de boue, discutait avec le marchand. Je lui donnai de quarante-cinq à cinquante ans. A son visage rond et imprégné d'une bonhomie heureuse il essayait de conférer une physionomie plus sévère par une barbiche taillée en pointe. Plusieurs domestiques l'entouraient, mais aucun carrosse ne stationnait aux alentours.

« Le voici », dit Messer Valentino en me désignant.

L'homme à la barbiche se déclara fort satisfait de ma *Corbeille de fruits.* Il m'en proposait vingt écus, somme exorbitante, en tout cas disproportionnée à ce qu'elle valait. N'ayant plus que quelques baïoques en poche, je me demandais comment je réglerais ma logeuse. Pourtant, au lieu de sauter sur l'occasion, je repoussai une offre qui, par l'énormité même du montant, constituait une offense. Une rage subite me saisit. Qu'on pût disposer de mon tableau en plein air, sur la chaussée, qu'on en fixât le prix entre les passants, du seul fait que je manquais de pain et que ma pauvreté se lisait au milieu de ma figure, me sembla un affront intolérable.

« Mon tableau n'est pas à vendre », dis-je sèchement. Messer Valentino m'adressait des signes désespérés. « Dommage, dit le client, je voulais te passer une commande. » Se croyait-il tout permis, parce qu'il avait un liséré rouge à sa soutane et ne prenait pas la peine d'astiquer lui-même ses souliers? « Je ne suis pas à l'encan », continuai-je sur le même ton. Sans paraître s'offusquer de ma grossièreté, il quitta le marchand sur une parole affable, reprit sa barrette de la main d'un de ses domestiques et, suivi de sa petite escorte, tourna le coin de la rue d'un pas tranquille en direction de la place San Luigi dei Francesi.

« Malheureux! s'exclama le marchand, quelle mouche t'a piqué? Sais-tu qui te fait l'honneur de s'intéresser à toi? Rien de moins que Son Eminence le cardinal Francesco Maria Del Monte, ambassadeur du grand-duc de Toscane à Rome. Il reçoit pendant la journée au palais Madama, à deux pas d'ici, tout près de l'église des Français, dont il est le protecteur. Il est si riche qu'il dort dans un autre palais.

— L'honneur d'un artiste vaut bien la fortune d'un cardinal! Qu'il garde son argent et me laisse ma fierté. »

Les larmes me montaient aux yeux. Conscient de la sottise que je venais de commettre, je courus place Navona. Fillide, assise sur une borne à l'ombre, chantonnait. Je la suivis dans sa chambre, via dell'Anima. L'espoir de poser un jour pour moi lui tenant lieu de salaire, elle refusa de se faire payer.

Je fus une semaine sans oser paraître chez Messer Valentino. A la fin, mourant d'impatience, j'entrai dans sa boutique au moment où le cardinal retournait mon tableau entre ses mains.

« Je t'en donne dix écus, me dit-il, si tu estimes que ce serait te *vendre* que d'en recevoir vingt. Quant à toi, *Monsieur Valentin,* ne fais pas cette tête. N'aie crainte, ta commission ne sera pas diminuée de moitié. Je sais que dans votre nation vous êtes un peu regardants. La fille aînée de l'Eglise tient toujours un œil sur les cordons de sa bourse. »

A contrecœur, mais déjà à moitié conquis par un procédé si hors du commun, je laissai le marché se conclure. Messer Valentino, nullement vexé, empocha satisfait une poignée de sequins.

« *Patti chiari, buoni amici*, reprit le cardinal. Veux-tu me faire un autre tableau ? Si tu as peur d'être mis *à l'encan,* comme tu dis, tu pourras toujours m'en faire cadeau. »

Je ris à ce trait, et lui présentai mes excuses. « Malheureusement, Eminence, je n'ai plus d'atelier. »

Ayant écouté le récit de mes déboires avec le Cavaliere d'Arpino, il bougonna :

« Aussi mauvais payeur que médiocre peintre. Il m'a bousillé le plafond de ma chapelle, avec son saint Matthieu à l'eau de vaisselle. Mais je saurai bien empêcher qu'il obtienne la commande des trois fresques qui restent à peindre. Quant à toi, je puis t'aménager un atelier au dernier étage du palais Madama. Plus, je ne saurais faire ; car ce serait, je pense, offenser ta susceptibilité, que de t'offrir de te loger dans mon autre palais. »

Je ris à nouveau. Le cardinal avait percé à jour un de mes défauts.

« Je ne suis pas seul, Eminence. Il faudrait que mon camarade soit logé avec moi. » Où avais-je pris ce *camarade* ?

Pourquoi n'avoir pas dit que j'avais besoin d'un aide? Le cardinal sourit. Ce mot parut l'enchanter.

« Mais bien sûr, dit-il, je mets à votre disposition une grande chambre. Palais Firenze, près du Campo Marzio, au coin de la via dei Prefetti et de la via di Pallacorda. Mon majordome vous montrera les lieux. »

Notre logeuse, prétendant que nous avions défoncé son matelas, nous menaça d'alerter la police si nous ne lui donnions pas un baïoque en dédommagement. Tremblant qu'elle ne nous eût surpris quelque jour et n'eût une dénonciation plus grave à porter aux sbires, je lui en mis deux dans la main. Un mois avant, on avait brûlé vif sur le Campo dei Fiori un certain Cipriano Boscolo, convaincu par le Saint-Office du péché de sodomie.

« Via di Pallacorda, dit gaiement Mario pendant que nous étions en chemin, il y aura donc un jeu de paume près du palais. On pourrait apprendre, ce doit être amusant, non? »

En effet, à l'entrée de cette rue, au coin du Campo Marzio, nous entendîmes frapper sur des balles. L'église San Gregorio, retirée au culte parce qu'on la soupçonnait d'être un repaire de l'hérésie protestante, servait de gymnase au quartier. Nous entrâmes. Dans le cloître, transformé en terrain de jeu, de jeunes garçons donnaient de grands coups de raquette. Plusieurs avaient ôté leur maillot, et la sueur coulait sur leur torse nu, comme l'huile dont s'enduisaient dans l'Antiquité les athlètes pour se préparer à la lutte. Je fus charmé de ce spectacle, et serais volontiers resté à le regarder plus longtemps, si Mario, saisi d'une brusque rage, ne m'avait poussé dehors.

« Quel jeu stupide, tu ne trouves pas? » dit-il d'un ton dégoûté en crachant dans le bénitier désaffecté.

Devant le palais Firenze, dont une foule de domestiques portant la livrée des Médicis encombrait les abords, nous comprîmes quel puissant seigneur nous avait pris sous sa protection. J'expliquai à Mario les symboles de l'écusson sculpté au-dessus du portail : six boules pour les armes de la famille Médicis, plus deux clefs de saint Pierre en mémoire des deux papes de cette famille, Léon X qui avait appelé Raphaël à Rome et Clément VII qui avait pris la tête de la ligue contre Charles Quint. « Pourquoi six boules ? – Pour rappeler la profession originelle des Médicis : médecins, experts en pilules et en granules. – En voilà qui n'ont pas honte de leur origine », dit Mario, charmé d'être logé chez des merles qui ne se paraient pas des plumes du geai.

Autant l'extérieur de l'édifice présentait un aspect sévère, autant la cour, bordée d'arcades, ornée d'une loggia à plafond peint et d'une serlienne à colonnes géminées, me parut correspondre à l'idée que je me faisais de l'élégance toscane. Les murs, par un raffinement dont seuls les riches ont l'audace, étaient en simple brique. Le travertin blanc des pilastres se détachait sur ce fond rose. Chacun des étages avait des chapiteaux d'un ordre différent. « On les appelle corinthiens, n'est-ce pas ? » me demanda Mario. Il me désignait les chapiteaux à volutes du rez-de-chaussée. « Et ioniques ceux du *piano nobile*, avec les feuilles d'acanthe ? » Il avait retenu tout de travers, mais je n'eus pas le cœur de le corriger. Il me sauta au cou pour me manifester sa joie, malgré la proximité du jeu de paume.

Le cardinal avait dû laisser des ordres précis. Nous ne trouvâmes aucun signe de dédain ou de morgue sur le visage du majordome et des quatre domestiques mobilisés pour nous souhaiter la bienvenue. Ils nous accompagnèrent en cortège jusqu'à notre appartement. Deux de ces domestiques portaient chacun un de nos minuscules bagages, les deux autres, n'ayant rien à porter, se contentaient d'ouvrir les portes et de s'incliner sur notre passage. Nous logions sous les combles. L'appartement se composait de deux pièces. Le majordome poussa les volets de la chambre à coucher, qui donnait sur une toute petite rue, étroite et sinueuse. Cette sorte de passage longeait le côté droit du palais. Nous surplombions une maisonnette rose ; les arbres d'un jardin intérieur montaient jusqu'au toit.

« Comment s'appelle cette rue ? » demanda Mario. La réponse l'enchanta. « Vicolo del Divino Amore. » A peine notre escorte sortie, il s'empressa de rapprocher les deux lits jumeaux. Jamais nous n'avons fait l'amour aussi complètement ni avec une telle harmonie. Le soulagement d'échapper enfin à la misère, joint à l'excitation de commencer une nouvelle vie, nous incita à nous fondre si bien l'un dans l'autre que, deux fois de suite, dans les deux positions, la jouissance fut simultanée.

Nous nous préparâmes ensuite à partir pour le palais Madama, avec les boîtes de couleurs, les pinceaux et le chevalet démontable confectionné par Rutilio et rafistolé tant bien que mal après avoir été plusieurs fois démantibulé par Mario. Majordome et domestiques avaient disparu. Nous nous perdîmes, avant de trouver l'escalier, dans un dédale de couloirs. A part nous, l'étage semblait inhabité. « Il Divino Amore ! » s'exclamait Mario, chaque fois que par une lucarne nous apercevions la petite rue de côté et la maisonnette rose avec son jardin clos.

Le cardinal nous accueillit avec sa bonhomie habituelle. Il dévisagea Mario avec un intérêt marqué, puis nous fit conduire dans une chambre d'angle assez vaste, bien éclairée par deux fenêtres. L'ambassadeur de Toscane utilisait ce palais, plus imposant et fastueux que l'autre, pour ses activités diplomatiques et ses réceptions mondaines. Francesco Maria Del Monte devait la pourpre au grand-duc de Florence Ferdinand de Médicis. Il était resté son ami intime et son confident. Le travail du cardinal à Rome consistait à renseigner le grand-duc sur les secrets de la cour pontificale. Le reste de son temps, il le consacrait à ses deux passions, la musique et la peinture.

Il connaissait Emilio dei Cavalieri et suivait avec sympathie ses travaux, sans partager ses préjugés contre la musique profane. Chaque fois qu'il retournait à Florence, il rendait visite à Vincenzo Galilei et fréquentait son cercle, où se préparait, comme je l'ai dit, une forme de spectacle qui unirait pour la première fois depuis la Grèce antique le chant, le théâtre et la danse. Palestrina étant mort depuis peu, et le prestige de ses messes et de ses motets religieux n'étant plus soutenu par sa présence à la tête de la chapelle du Vatican, la voie vers un art plus libre semblait dégagée. La musique chorale était en train de perdre son hégémonie. Place à ce fameux *recitar cantando,* l'aspiration du jour. Le cardinal me le vantait comme une nouveauté *proprio da morir di contento.*

Quant au goût de la peinture, il le tenait du berceau : il était né à Venise, où Titien en personne avait présidé à son baptême. J'attendais avec impatience qu'il nous montrât sa collection de tableaux, célèbre à Rome et hors de Rome.

De trois à quatre semaines, il ne se montra plus. Nous prenions nos repas avec le personnel, mais sur une table à part, servis par deux domestiques. Il m'avait commandé un tableau. Je devais représenter trois hommes autour d'une table de jeu : deux jeunes garçons assis jouent aux cartes, l'un est un tricheur professionnel, son complice, debout derrière la table, regarde dans les cartes de son adversaire et l'avertit en remuant les doigts. Je m'étonnais d'un tel sujet pour un *porporato* en vue.

La seconde commande qu'il me fit peu après n'était pas moins étrange, de la part d'un familier et d'un collaborateur de Clément VIII. Un jeune seigneur se fait lire dans la main par une bohémienne. Tandis que, piqué par sa jeunesse et sa beauté, il la regarde fixement, elle lui soutire du doigt une bague en or.

J'étais décidé à mener de front les deux tableaux. De nombreux jeunes gens virevoltaient dans les salles du palais. Un majordome me fit savoir que je pouvais choisir pour modèles ceux qui seraient à ma convenance. La munificence du cardinal était telle, qu'il mettait à la disposition des peintres qu'il employait une nuée de beaux garçons. Aucune fille, à cause de ce que m'avait dit don

Pietro Moroni : à moins d'être une *Venus trivialis,* une Romaine n'accepte pas de poser. Nous étions cinq ou six peintres à travailler au palais Madama ; les autres logeaient et prenaient leurs repas en ville.

Mario, jaloux de ce va-et-vient de jeunes gens, commença à déchanter ; ses craintes se ravivèrent. Je lui laissai le soin de choisir lui-même mes modèles. Matin et soir, sur le trajet entre les deux palais, il nous obligeait à faire, devant la Scrofa, une station rituelle accompagnée de formules incantatoires.

Les deux toiles étaient assez avancées, quand le cardinal se fit annoncer. Curieux de mes procédés techniques, il examina ma palette, mes brosses, mes pinceaux. L'absence de tout dessin préparatoire le jeta dans un profond étonnement.

« Tu peins directement sur la toile ? – Directement. – Tu n'as pas appris à dessiner ? – Si mal, que je saute volontiers cette étape. – Inscris-toi dans une école. – A dire vrai, Eminence, je crois qu'un dessin préparatoire nuirait à l'effet de surprise et de vitesse que j'entends produire par mes tableaux. »

Il resta un moment songeur. « Alors, comment t'y prends-tu ? – Je commence par le fond, Eminence, puis j'avance vers le premier plan, en ménageant des espaces libres. – Mais quelquefois ces espaces sont calculés trop grands, et tu ne sais plus comment les remplir. »

Il me fit remarquer un vide gênant entre le bras du joueur au premier plan et les deux personnages peints de l'autre côté de la table. Loin de me fâcher, cette observation me confirma que j'étais au service d'un connaisseur. Je ne reçus que des félicitations pour les costumes des tricheurs, « de vraies casaques de truands, me dit-il, avec les rayures caractéristiques de leur vice ». L'ingénu qu'ils grugent porte au contraire un pourpoint de velours, « image vestimentaire de sa candeur ». Il me complimenta aussi pour l'arme enfilée dans la ceinture d'un des deux tricheurs : non une épée de gentilhomme, comme pour le jeune seigneur grugé par la bohémienne, mais la dague perfide des malandrins.

« Tu connais ce milieu, hein ? dit-il en riant. Cela se voit. – Si je ne le connaissais pas, Eminence, je n'aurais pas accepté ces commandes. Je ne puis traiter n'importe quel sujet. – Tu as besoin d'avoir une expérience directe des sujets que tu peins ? – Sinon je devrais me résoudre à n'être qu'un de ces peintres qui siègent à l'académie de Saint-Luc. – Je n'avais jamais entendu aucun peintre parler ainsi de son métier. – Parce que tous les autres, Eminence, sont passés par une école, et que moi, la rue, les voyages, les rencontres, les aventures ont été ma seule université. »

Il se lissa la barbiche, intrigué. « Tu ne pourras donc jamais peindre de crimes ni de scènes sanglantes ! » Ce fut à mon tour de rire. « Assurément, dis-je, je me garderai de pousser les expériences jusque-là ! » Il se pencha encore sur le tableau des *Tricheurs*. « Mais comment, reprit-il, arrives-tu à rendre ces moires sur le tissu damassé ? » Je lui fis voir que je ne les avais pas appliquées au pinceau, mais en pressant les couleurs directement avec mes doigts.

« Je suis content de toi, Michelangelo, vraiment content. Parlons affaires. Je te propose un salaire fixe, mettons dix écus par mois, à charge pour toi de me remettre deux tableaux par an. – Ce qui reviendrait à me payer, dis-je froidement, soixante écus par tableau. » Il fut surpris par mon ton. « Trouves-tu la somme insuffisante ? Veux-tu plus ? – Ainsi, Eminence, vous vouliez me mettre à l'épreuve, tel un cheval qu'on fait galoper et sauter les obstacles avant de l'amener dans son écurie ? – Comme tu y vas, mon garçon ! *Patti chiari, buoni amici.* – Vous m'avez déjà dit cela, rétorquai-je. Il n'y a pas d'amitié possible entre un prince de l'Eglise et le petit-fils d'un menuisier de village. – Toujours cette susceptibilité ! Le prince de l'Eglise rend hommage au petit-fils du menuisier, en faisant confiance dans son talent. – Vous n'avez confiance que dans l'argent et dans le pouvoir qu'il vous donne. Votre argent vous permet de me prendre à gages comme valet, et votre pouvoir de me forcer à vous obéir. »

Il parut vouloir s'en aller et mettre fin à la conversation. Au prix d'un effort sur lui-même, il resta assis. « Tu veux jouer au redresseur de torts ? Ce rôle ne te va pas, et je vais te dire dans un instant pourquoi. Mais d'abord, où prends-tu que je te traite de haut parce que je suis plus riche que toi et d'un rang social supérieur ? Ce préjugé est indigne de toi. – Votre Eminence ne s'est jamais levée le matin en se demandant : "Comment dînerai-je ce soir ?" Voilà qui vous explique qu'on puisse avoir l'honneur chatouilleux. »

Le cardinal tapota les bras de son fauteuil. « Bon, venons-y, au nœud de la question, tu veux bien ? demanda-t-il soudain, en plissant les yeux d'un air rusé. Ce qui t'irrite surtout, c'est de n'avoir aucune légitimité pour te poser en vengeur des pauvres. Toi, réformateur des inégalités ? Ce va-nu-pieds que tu voudrais être, tu ne l'es à aucun titre. Cet orgueilleux qui se drape dans sa misère, abuse d'une image toute faite à laquelle il n'a pas le moindre droit. Il s'en faut de beaucoup, que tu puisses prétendre au rôle de justicier. La pureté que tu revendiques, la fierté de ne devoir rien à personne, que sais-je ? la gloire de n'être que par toi ce que tu es, se trouvent déjà bien compromises. Que tu le veuilles ou non, tu as partie liée avec cette société de riches et de puissants que tu stigmatises. A ta façon, tu es un des leurs. Oui, tu es du même monde que nous. »

Je bondis de ma chaise. « Du même monde que vous ? m'écriai-je, en montrant mes vêtements tachés et ma veste percée aux coudes.

— Eh ! qu'importe l'habit ? Ta *Corbeille de fruits*, figure-toi que je l'ai offerte à mon ami le cardinal Federico Borromeo, qui vient d'être nommé évêque de Milan et part dans les prochains jours pour son diocèse. Il raffole des natures mortes. En apprenant le nom du peintre, il s'est exclamé : "Merisi ! Mais c'est le protégé de la marquise

Sforza Colonna, dont un des frères, Ascanio, siège avec nous au Sacré Collège, et l'autre, Fabrizio, a épousé ma cousine!" Il a ajouté que cette marquise, en souvenir de tes parents dont elle et son mari défunt avaient été les témoins du mariage, t'avait recommandé à Rome à Monsignor Pandolfo Picci ou Pucci, je ne sais plus, qui gouverne la maison de la sœur du défunt pape Sixte Quint. "Ton Merisi, m'a dit pour conclure le cardinal Borromeo, n'a donc pas déçu les espoirs qu'on fondait sur lui. Je le constate avec plaisir." Parmi les jeunes peintres de Rome, je n'en vois aucun, Michelangelo, qui puisse se targuer d'aussi hautes relations.

— Je ne les ai jamais utilisées, Eminence! Donna Camilla Peretti, je l'ai à peine aperçue, elle ne sait même pas que j'existe!

— Tu ne les as peut-être jamais utilisées, mais tu les possèdes, et un jour, en cas d'alerte sérieuse, tu les utiliseras. Tu es en sécurité, tu ne cours aucun danger de mourir de faim. Cesse donc de poser au plébéien révolté, qui en veut à toute la terre d'avoir été jeté dans le monde sans naissance. »

Il avait dit ces mots sèchement. Je me sentais blessé dans mon amour-propre et mortifié d'être pris pour un fils de famille, qui profite, sans les mériter par son travail, d'avantages dont il a hérité. Moi, « en sécurité »! C'était tout le contraire de ce que je voulais être et de ce que j'étais persuadé que j'étais. Mais que répondre au cardinal? Quelle objection lui opposer? Ce qu'il venait de me dire était encore plus vrai depuis qu'il m'avait pris sous sa protection.

Devinant ce qui se passait en moi, il se radoucit et ajouta : « Et puis, sache que l'argent et la condition sociale comptent moins à mes yeux que le caractère et le talent. Je t'apprécie pour ce que tu vaux, non pour les appuis dont tu peux disposer.

— Eminence, vous avez douze mille écus de revenus par an, et j'ai vécu à Rome avec un écu par mois.

— Eh bien ! Est-ce la preuve que je n'ai pas de sentiment pour les arts ? Cesse de te monter la tête avec cette illusion d'être un gueux, chimère qui te semble flatteuse pour ton image. Crois-tu que je ne m'en moque pas comme de mon premier camail, qu'un marquis et une marquise aient été les témoins aux noces de tes parents ? Entre nous, mon cher, je m'en fous, que la sœur de mon ami Ascanio Colonna ait assisté à ton baptême. Au lieu de poser au bohémien, viens regarder mes collections. »

Cette visite me réconcilia tout à fait. J'avais honte d'avoir montré si mauvaise grâce à un homme dont les qualités d'esprit, le goût, l'étendue des connaissances faisaient oublier quel rang il occupait. De sa ville natale, il avait rapporté des Titien, des Tintoret, des Lotto, des Bassano, des Savoldo, un magnifique *Soldat* de Giorgione (pour une fois, chez un peintre de Venise, ce n'était pas une femme !). Les autres écoles n'étaient pas moins brillamment représentées : Florence par Andrea del Sarto et Bronzino ; Urbino par six toiles de Raphaël, dont quatre autographes et deux copies (mais qu'eût dit le Maltais ?), et par deux Baroccio ; Ferrare par Garofalo ; la Lombardie par deux *Têtes* de Léonard de Vinci ; la Flandre par Paul Bril ; l'Allemagne par Albrecht Dürer, dont il possédait une estampe et deux gravures sur cuivre. Dieu merci, pas un seul Cavaliere d'Arpino, bien que les cardinaux florentins fussent du parti français qui soutenait le pape Aldobrandini.

Le cardinal ne se contentait pas des gloires déjà affirmées. Il aimait s'entourer de débutants inconnus. Deux jeunes garçons qu'il avait dénichés lors d'un récent voyage dans le nord de l'Italie lui donnaient beaucoup d'espoir, me confia-t-il. Ils arriveraient bientôt à Rome et habiteraient au palais Firenze. Combien je fus dépité en apprenant leur âge ! Francesco Albani, de Bologne, n'avait que dix-sept ans, et Carlo Saraceni, de Venise, fêterait son seizième anniversaire avec nous ! A vingt-quatre ans, étais-je déjà un vieux ? Je vis encore des Brueghel, un Pordenone, un Palma il Vecchio, un Sebastiano del Piombo (mon préféré), un Bernardino Luini, etc. La tête me tournait. Les collections de statues, en marbre et en bronze, de pierres dures, de porcelaines, de cristaux, de je ne sais quelles raretés encore, taillées ou tournées dans les matières les plus précieuses, ne comprenaient que des pièces de premier choix, en nombre incalculable.

Au bout de la galerie qui contenait ces trésors, il ouvrit une petite porte dissimulée dans la boiserie et m'introduisit dans son cabinet secret. Il s'y livrait à toutes sortes d'expériences et de manipulations, qui touchaient à la pharmacie et même à l'alchimie : entreprises condamnées par le Saint-Office, et ne pouvant être menées sans danger que sous l'abri de la pourpre. Les médicaments, poudres, élixirs, baumes ou onguents, qu'il avait confectionnés de ses propres mains, remplissaient des dizaines de fioles, de boîtes et d'éprouvettes. L'invention dont il paraissait le plus fier était une pilule efficace contre n'importe quelle espèce de poison ou agent venimeux. « Un antidote universel, souligna-t-il. Eh, eh ! J'aurais vécu inutilement plusieurs années à Florence, si le souvenir de Catherine de Médicis ne m'avait engagé à me méfier autant d'une paire de gants que d'un aspic. Le parfum de la rose n'est pas moins à craindre que le venin de la céraste. »

Une loggia, vitrée sur les trois côtés et sur le plafond, prolongeait le cabinet. « C'est d'ici que j'observe les étoiles. Cette lunette, qui me permet de distinguer le Lynx, la Lyre qui change d'éclat tous les cinquante jours, et Camelopardalis, constellation semblable au chameau qui emmena Rebecca vers Isaac, m'a été offerte par le fils de Vincenzo Galilei. Je tiens ce jeune homme pour un savant de grand avenir. Le père et le fils, chacun dans son domaine, le père pour la musique et le chant, le fils pour l'astronomie, aboutissent aux mêmes conclusions : sans le respect de la nature et le primat accordé à l'observation, ni les arts ni les sciences ne feront de progrès. Des idées faites pour te plaire, si je ne me trompe, puisque tu m'affirmes que tu ne peux peindre qu'à partir d'expériences réellement vécues. »

J'acquiesçai d'un signe de tête.

« Et que dis-tu, reprit-il, de cette analogie entre les différentes branches de la connaissance humaine? Le prochain siècle sera celui de la synthèse et de la fusion. La réforme que préparent à Florence Vincenzo Galilei et ses amis de la Camerata Bardi vise justement à créer un spectacle total, tel qu'il réunisse la déclamation théâtrale, la chorégraphie, l'art de l'acteur, la voix du chanteur, les instruments de musique, les décors peints, les lumières. Entre nous, je doute que le résultat ressemble de près ou de loin à ce qu'a été la tragédie grecque, et, si tu veux savoir le fond de ma pensée, je crois qu'eux-mêmes se moquent d'être fidèles ou non à Eschyle et Sophocle. En s'avançant derrière le paravent de l'Antiquité, ils ne cherchent qu'à se justifier de prendre des chemins de traverse, en dehors des directives imposées par le concile de Trente. C'est ce que n'a pas compris mon excellent ami Emilio dei Cavalieri, qui entend observer les prescriptions de l'Eglise et croit pouvoir innover sur des sujets religieux. La mythologie sera toujours un excellent alibi pour l'artiste qui veut s'affranchir du cadre ecclésiastique. Il me semble que tu en sais quelque chose : avoir intitulé *Bacchus* le portrait que tu as fait de ton ami ne procède-t-il pas du même calcul? »

Il avait regardé Mario en disant ces mots. Je ne pus m'empêcher de rougir. Nous étions arrivés sur ces entrefaites devant sa collection d'instruments de musique. Il détacha un luth du mur, pinça les cordes, ébaucha un air, puis toucha quelques notes sur un clavecin décoré de nymphes et de satyres à pied de bouc.

« Jouerais-tu du luth, toi, ou d'un autre instrument? Non? Je vais te faire donner des leçons, par mon chanteur personnel. Ce n'est pas un Adonis, que ce Pietro Montoya, assurément, mais cela t'est bien égal, n'est-ce pas? » ajouta-t-il du même ton impassible. Je ne sais quelle nouvelle sottise j'aurais pu commettre, si j'avais dénoté la moindre insinuation.

Le cardinal continua à développer ses idées : la musique et la peinture ne pouvaient que gagner à marcher de pair, il regrettait qu'aucun peintre, jamais, n'eût pris un chanteur ou un instrumentiste pour modèle.

« Aucun peintre, Eminence ? Mais *le Concert* de Giorgione, *le Concert* de Titien ? – A Venise, oui, il est arrivé que des musiciens posent devant des peintres. Mais à Florence, à Rome, le cas ne s'est jamais trouvé. Et puis, la musique à Venise est purement décorative. C'est un art d'agrément, un simple passe-temps. Vincenzo Galilei et ses amis de Florence prétendent lui faire jouer un tout autre rôle. Ils veulent l'élever au rang du drame, de la tragédie. Je crois vraiment, Michelangelo, que tu dois apprendre le luth avec mon chanteur. »

Mario me lança le plus noir des regards siciliens. « Eminence, me hâtai-je de dire, si vous me faites donner des leçons, permettez que Mario puisse en bénéficier aussi. »

Je m'apprêtais à prendre congé, lorsqu'il nous offrit, à moi et à Mario, de boire une tasse de chocolat.

« J'ai acquis ces jours-ci, reprit-il, dans les jardins Ludovisi, un petit casino. Ce chocolat m'y fait penser. Je veux transformer cet endroit en lieu de rencontre et de récréation pour mes amis. Les murs en sont nus. J'aimerais bien que tu me les décores de fresques. – Excusez-moi, Eminence, en matière de fresques, il faut vous adresser à un autre. – Tu n'as pas envie de te faire un renom dans un genre où tous tes confrères, passés ou présents, ont rivalisé et rivalisent d'émulation ? – La vérité, c'est que je ne sais pas peindre à fresque. Ce genre est spécial. Il n'a rien à voir avec la peinture à l'huile. Rien du tout. – Comme tu es curieux, décidément ! Un peintre italien qui ne sait ni dessiner ni peindre à fresque, cela ne s'était jamais vu ! »

Il dit ces mots gaiement, comme si la nouveauté de ma peinture à l'huile compensait avec avantage, dans son esprit, mon ignorance des autres techniques.

« Ce qui me fâche, ajouta-t-il, c'est que j'avais un grand projet pour toi. Je ne parle pas de ce casino, à usage privé. Non, je pensais à autre chose... Tu ne serais pas mécontent, je suppose, de jouer un bon tour à ce gredin de Cavaliere d'Arpino ? – Impossible, Eminence. Ce serait braver le Saint-Père lui-même ! – A Rome, on arrive toujours à s'arranger... Ecoute, je me suis demandé si, pour compléter la décoration de la chapelle Contarelli commencée si mal par le Cavaliere d'Arpino, je ne pourrais pas avancer ta candidature. Le chapitre de San Luigi dei Francesi a fixé le programme : à gauche de l'autel, la scène de la gabelle où Jésus-Christ vient chercher Levi pour en faire Matthieu ; à droite, la messe pendant laquelle le saint est assassiné ; enfin, au-dessus de l'autel, l'image touchante de l'apôtre assisté par l'ange pendant qu'il rédige l'Evangile. Le Cavaliere fera un foin à tout casser, il criera que tu l'as volé en récupérant ta *Corbeille de fruits*, mais nous trouverons le moyen de lui clouer le bec, à ce sagouin. Je ne suis pas pour rien le protecteur de l'église des Français. De gré ou de force, le chapitre appuiera ma démarche. Mais je parle au futur de ce qui n'est qu'un rêve... un rêve impossible... Quel dommage, vraiment, que tu ne saches pas peindre à fresque ! »

VII

Le concert

Le cardinal venait parfois assister aux leçons de Pietro Montoya. Cet Espagnol de trente-cinq ans était un des premiers chanteurs de Rome, comme si la nature avait voulu le dédommager de ses traits lourds et de son physique ingrat par une belle voix de ténor. Presque nain, il avait la tête trop grosse des pygmées, posée directement sur le buste. Des lèvres épaisses et un nez en pied de gingembre n'agrémentaient guère un visage à la peau presque noire des Andalous. « Je ne peux pas, disais-je au cardinal, faire le portrait de quelqu'un qui n'a pas de cou, et un rhizome au milieu de la figure. »

Mon protecteur tenait à son projet. « Comme tu me l'as rappelé l'autre jour, Michelangelo, les peintres de Venise ont mis volontiers un violon ou une flûte entre les mains de leurs modèles. Tu sais à quel point j'aime Titien, Véronèse ou Giorgione. Ce n'est pas leur faute si la musique n'était pratiquée à leur époque qu'à titre de divertissement. Leurs tableaux sont le témoignage de ce goût léger et mondain. On faisait de la musique assis dans l'herbe, pour donner plus de sel au pique-nique ! A toi de montrer que le temps des "concerts champêtres" est passé. Fais-moi le portrait d'un musicien d'aujourd'hui, un musicien qui incarne la révolution qui se prépare dans cet art. »

En attendant, je continuais ma série des portraits de

Mario en demi-figure. Non sans me souvenir des conseils du cardinal : « Pour désarmer les censeurs du Saint-Office, si tu abordes un sujet trop libre pour ces Monsignori, déguise-le en thème mythologique. Ils sont si vétilleux... mais si faciles à tromper ! Et même, garde cette confidence pour toi, si heureux qu'on les trompe... Contre un petit mensonge, avoir la permission d'admirer ce qu'il leur est défendu de regarder ! »

Mario, pour qu'il n'ait pas trop l'air de mon petit ami, je l'ai donc mis une nouvelle fois « à distance », en le peignant sous les traits de Bacchus. A la différence du *Jeune Bacchus malade*, qui n'a de dionysiaque que la grappe de raisin qu'il tient dans une main et la couronne de lierre posée sur sa tête, celui-ci est plus nettement apparenté à l'image que l'Antiquité nous a transmise de ce dieu. Je l'ai coiffé d'une perruque empruntée au théâtre grec, et, dans sa main, j'ai mis la coupe des libations, emplie de vin rouge.

Ce troisième des tableaux que j'ai peints au palais Madama, son ambassadeur voulait l'offrir au grand-duc. Il me pria de prendre en considération les divers goûts de Son Altesse. Tâche délicate : il me fallait satisfaire à la fois sa prétention à l'élégance (c'était un Médicis), son amour pour la campagne et les produits des champs (inclination personnelle), son attachement aux symboles moraux (imprégnation religieuse). Je fis de mon mieux. Les fruits entassés dans la corbeille répondent à la nomenclature fixée par les Evangiles. Fidélité canonique. Le dieu, maître de lui et digne, tient dans une main un nœud de velours, hommage à l'industrie textile de Florence, dans l'autre un calice d'une rare distinction. Pourvu d'un pied en forme de balustre, c'est un modèle qu'on ne fabrique qu'à Venise, dans les verreries de Murano. Le cardinal l'avait retiré de sa collection de cristaux précieux pour me le prêter.

« Je crois que j'ai rempli toutes les conditions pour plaire au grand-duc, disais-je au cardinal. Par-dessus le marché, voilà mon premier tableau *musical*. Le dottor

Ripa n'a-t-il pas établi que le vin et la musique, d'après l'euphorie qu'ils procurent, sont dans un rapport de stricte analogie ? »

Je n'avais pu m'empêcher de peindre Mario nu jusqu'à la taille : épaules, bras et poitrine dans l'épanouissement doré de leur chair. Témérité aggravée par cette pulpeuse abondance. Si Mario avait gardé au moins sa maigreur et sa nervosité siciliennes ! A la table du palais Madama, il mangeait beaucoup mieux et beaucoup plus que lorsque nous vivions d'un écu et demi par mois. Il avait engraissé. Son corps commençait à s'arrondir dans une maturité paresseuse. Le menton enveloppé, les lèvres pleines, les yeux vagues, l'inclinaison de la tête, plus de mollesse que de langueur répandue sur la physionomie, comme une torpeur digestive noyant la fougue de la jeunesse dans une brume de bien-être attestent, dans mon tableau, la transformation physique de Mario.

Le cardinal apprécia le portrait, non sans manifester, comme le cardinal Aldobrandini devant mon *Garçon à la corbeille de fruits*, quelque inquiétude. Il me conseilla une retouche – qui se révélerait, dans un proche avenir, si utile à ma défense.

« Le grand-duc, Michelangelo, est une personne sévère, qui mène une vie frugale dans sa villa de campagne et se contente de pain et d'ail pour dîner. N'oublie pas qu'il a été cardinal avant d'être rappelé à Florence et que, *rara avis* dans la volière du Vatican, il observait strictement la règle des premiers apôtres. Il ne serait pas monté sur le trône de Toscane sans la mort subite de son frère aîné Francesco. S'il m'a cédé, en renonçant à la pourpre, sa place au Sacré Collège, il n'en est pas moins resté de mœurs presque monastiques. Il sera content du caractère champêtre de ce tableau. Cette variété de fruits que tu as placés dans la corbeille, ces grappes et ces feuilles de vigne posées sur la tête lui plairont. Il possède lui-même une vigne prospère du côté de l'Impruneta, qui lui rapporte plus de cent muids de vin par an. Je ne voudrais pas que les allusions à Horace et au *carpe diem* choquassent les pieuses dispositions de son âme. Cache donc la moitié de cette poitrine. Bacchus était nu dans l'Antiquité, mais nous ne sommes plus dans l'Antiquité, et, si tu veux te servir de la mythologie, que ce soit dans les limites compatibles avec l'esprit chrétien. »

Cette étoffe blanchâtre, qui couvre, dans la version définitive du tableau, l'épaule, le bras et le sein gauches, fait le tour du modèle dans son dos et reparaît sous son bras droit en tas désordonné, n'est autre qu'un drap de lit. Un drap de notre lit, que j'envoyai Mario chercher au palais Firenze. « Prends celui qui nous sert actuellement, eus-je soin de préciser. Nous le remplacerons ce soir par un propre. »

J'avais outrepassé la limite, en montrant mon amant torse nu ? Eh bien ! on verrait si j'étais homme à me laisser intimider par le danger. Ce drap, instrument, témoin et confident de nos ébats, encore tout maculé de la nuit précédente, n'était-ce pas commettre un plus insigne blasphème, que de l'utiliser comme voile de pudeur et caution de la vertu ? Ce n'est pas tout. Pour l'associer encore plus intimement à un tableau qu'on ne voulait pas que j'eusse fait à sa gloire, je tins à ce que Mario peignît lui-même une partie de ce drap. De ce premier essai, il ne se tira pas trop mal ; et si cette accumulation de plis n'est pas du meilleur effet, la faute en est moins à l'inhabileté du peintre, qu'à l'abondance inutile de ces aunes de tissu.

Le cardinal, soit qu'il n'y entendît malice, soit qu'il fût ravi de me voir jouer ce tour au Saint-Office et à son préfet borgne, approuva mon travail. « Accoutré de cette manière, ni trop dévêtu ni pas assez, ton Bacchus est parfait », me dit-il. Il ajouta que, le cas échéant (à quoi faisait-il allusion ?), je pourrais le faire passer pour le Christ.

« Pour le Christ ? Je n'y avais pas pensé. – Mais ce nœud de velours, que signifie-t-il ? – Pour moi, Excellence, c'est le symbole dionysiaque de la joie qui étouffe celui qu'elle saisit. – Mais pour d'autres, ce pourrait être le symbole, *on ne peut plus chrétien,* de l'union entre le terrestre et le divin. Si tu n'as pas fait exprès de faire ta cour aux Monsignori, félicitations pour avoir tapé dans le mille ! – Moi, avoir songé à représenter le Christ ? répétais-je, abasourdi. – Les Pères de l'Eglise nous autorisent à établir ce rapprochement. Entre le Dionysos des Grecs et le Christ des Evangiles, saint Jérôme voit de profondes analogies. Pour saint Ambroise, le suc des vignes et le sang du Rédempteur jaillissent de la même fontaine de vie. Je te procurerai ces textes, on ne sait jamais. (Ces textes ? A quoi pourraient-ils bien me servir ?) Je constate avec plaisir que tu as placé la coupe dans la main droite. Je dis avec plaisir, car le côté gauche de la personne, selon la doctrine de l'Eglise, est le côté imparfait. Le Seigneur se tient toujours à droite des élus, ce qu'a bien vu Michel-Ange, lorsqu'il a fait appuyer son David sur la jambe droite, là où il est sûr de trouver Dieu. C'est vrai que tu n'es jamais allé à Florence. Heureusement que tu acquiers peu à peu le sens de ce qu'il faut faire et ne pas faire. Un censeur tatillon, si tu avais mis dans la main gauche le calice qui contient le sang et la vérité du Christ, nierait toute possibilité d'identifier ton modèle au Sauveur. »

Quelle irritation certaines de ces paroles me causaient ! A peine le cardinal sorti, je n'eus rien de plus pressé que d'intervertir les deux attributs que j'avais attribués à Bacchus. Je transférai le nœud de velours noir dans sa main droite, et la coupe dans sa main gauche. Si les Monsignori du Saint-Office accordaient l'imprimatur à mon tableau, j'aurais la secrète joie de les avoir joués par cette permutation. Si, *le cas échéant,* puisque le cardinal semblait envisager la possibilité d'une censure, ils me condamnaient, je pourrais plaider l'ignorance, tout en me félicitant d'avoir agi de propos délibéré. La coupe, c'était peut-être Jésus-Christ et le sang de Jésus-Christ, mais la coupe dans la main gauche, c'était ma marque personnelle, ma façon de braver l'interdit, de mettre la pagaille dans le dogme, d'affirmer ma rébellion. *Faire ce qu'il ne faut pas faire,* j'en étais encore capable.

Au *Bacchus* succéda une *Tête de Méduse,* destinée également à Ferdinand de Médicis. La toile sur laquelle je l'ai peinte est ronde, car le cardinal voulait l'appliquer à un bouclier en bois de peuplier et faire ce présent au grand-duc. Il craignait que le *Bacchus* ne fût pas trop du goût de Son Altesse, même après la retouche. Par sa grimace hideuse, la Méduse glace d'horreur et change les hommes en pierres : drôle de cadeau à envoyer. Mais, selon le dottor Ripa, elle symbolise le pouvoir absolu, auquel aucune force ni volonté humaine ne résiste. Qui possède une Méduse est assuré d'un règne heureux. Si, en plus, elle est peinte sur un bouclier, elle sert d'épouvantail contre les ennemis et de talisman contre le danger. D'une allégorie aussi froide, je ne voyais aucun parti à tirer.

« Eminence, vous savez bien que les modèles qui m'inspirent doivent avoir une jolie figure. Un monstre grimaçant est trop éloigné de ma sensibilité. Jamais je ne pourrai peindre cette Méduse, si je ne trouve le moyen de l'associer, en quelque sorte, à un événement de mon histoire personnelle. Un sujet qui ne soit pas devenu *mien*, d'une façon ou d'une autre, n'est pas un sujet pour moi. – Tu me l'as déjà dit, Michelangelo. Ce moyen, j'ai confiance que tu le trouveras », répondait placidement le cardinal.

Francesco Albani, ce très jeune peintre qu'il avait recruté pendant son voyage dans le nord de l'Italie, vint s'installer sous les combles du palais Firenze. Plutôt mal fait de sa personne, les bras longs et osseux, le menton en galoche, mais d'un naturel ouvert et franc, il me plut d'emblée, et je l'accueillis avec sympathie. Suivi à contrecœur par Mario, je l'aidai à monter ses bagages et à se reconnaître dans le dédale des couloirs et des escaliers. C'était la première fois qu'il venait à Rome, où il n'avait ni parents ni amis. Je lui montrai le quartier, les rues qui partent du Campo Marzio, le jeu de paume, les boutiques où il lui convenait de s'approvisionner, s'il voulait ménager la somme que lui avaient fournie ses parents.

Bien que sa chambre donnât de l'autre côté, sur la via di Pallacorda, l'intrusion d'un garçon de dix-sept ans dans notre intimité si jalousement préservée jusque-là donnait de l'humeur à Mario. Quelques jours après l'arrivée de Francesco, il quitta le lit à l'aube et se posta devant la fenêtre d'un air renfrogné. La prospérité physique et le début d'embonpoint n'avaient en rien assoupi le caractère passionné qu'il avait apporté de Sicile. D'abord blessé par sa mine boudeuse et fâché de ses réponses agressives, je me dis tout à coup que le moyen de peindre ma tête de Méduse était là, dans notre petite scène de ménage. Il me suffisait de le mettre assez en colère, pour déformer la belle régularité de ses traits.

« Sais-tu, lui dis-je, ce que le cardinal m'a annoncé? Après Francesco Albani, un autre de ses protégés doit nous rejoindre. Carlo Saraceni, de Venise. »

Mario se retourna, le visage décomposé.

« Pour loger aussi avec nous?

— Tout près de nous. Dans la chambre située à quelques pas de la nôtre.

— Il aura également sa fenêtre sur le vicolo del Divino Amore? »

Il ouvrit toute grande la bouche et poussa un cri terrible.

« Bravo! m'exclamai-je, c'est tout à fait cela qu'il me faut! »

Je lui expliquai que j'avais cherché à lui faire prendre une expression particulière, en vue de me procurer le modèle d'une figure commandée par le cardinal.

« Quelle figure?

— La Méduse, déesse de la mythologie grecque. C'est un monstre féminin, dont la chevelure est faite de serpents. Une sorte d'épouvantail, qui pétrifie, au sens littéral du mot...

— Comme notre Gorgone sicilienne! fit-il, sans se dérider. Merci bien! Je n'ai pas envie de remuer ces souvenirs. » Il ne consentit que peu à peu à se détendre, et ne fut pleinement convaincu que je l'aimais encore, qu'après que je l'eus invité à rentrer dans le lit et à m'empaler.

En commençant ce tableau au palais Madama, une heure plus tard, je m'aperçus avec tristesse que je n'avais dit qu'une partie de la vérité à Mario. C'était toujours lui que je peignais, lui mon amour, mon double, mon alter ego, mais déjà tel qu'il m'apparaîtrait un jour, moins aimable, presque antipathique, lorsque, sans cesser de l'aimer ni de l'aimer autant, je serais moins disposé à admettre d'être sans cesse épié, soupçonné, accusé. Sa jalousie commençait à me peser. La façon neuve que j'ai introduite dans le thème classique de la Méduse m'en apporte la preuve.

Les peintres et les sculpteurs, respectueux de sa nature divine, l'ont toujours représentée sous la forme d'une tête impersonnelle, laide mais gardant la « dignité » d'un portrait. Moi, j'ai traité cette tête sans ménagement, comme une tête qui a été arrachée au corps. J'ai moins fait une Méduse qu'une Décollation. Au lieu d'arrêter le portrait à la limite du menton et du cou, je l'ai prolongé par les flots de sang qui s'échappent de la gorge. L'accent, je l'ai mis sur la brutalité de l'amputation. Tête au plus haut point indigne d'être peinte et de figurer dans un tableau. Ma Méduse est une femme décapitée. Le sang jaillit à gros bouillons des artères sectionnées. La première de mes « têtes coupées ». En même temps : la tête de Mario. Montrer la tête de Mario, hideuse et séparée du tronc, brandir ce tronçon mutilé et sanglant, n'était-ce pas avoir la prémonition de la rupture ?

Tête épouvantable, pour clamer ma propre épouvante du jour où il faudrait nous quitter.

Les nombreux compliments que je reçus pour cette œuvre commencèrent par m'étonner. Etait-ce donc dans mes cordes, que de peindre un sujet répugnant ? Le cardinal, lui, ne fut pas surpris. Ce tableau lui confirma ce qu'il prétendait avoir deviné : ma sensibilité, contrairement à ce que je lui avais dit, était à l'aise dans l'horreur.

« Comment pouvais-tu le savoir ? Jusqu'à présent tu n'as peint ton ami qu'au milieu de fruits et de grappes de raisin, comme une émanation bucolique de la jeunesse. Une occasion a suffi pour révéler un autre aspect de ton caractère et de ton talent. »

Ces mots me causèrent un grand trouble. A l'aise dans l'horreur ? J'examinai de plus près le tableau. Le grouillement des serpents sur la tête, l'éclair de haine dans les yeux dilatés, la distension hagarde de la bouche, le giclement impétueux du sang, toute cette abomination ne m'avait coûté aucune peine, bien que ce fût une matière neuve pour moi. J'eus beau inspecter chaque pouce carré du tableau, impossible d'y déceler la plus petite trace de repentir. Je n'avais eu qu'à suivre ma main, là où ma main voulait me guider.

« Quel naturel ! me dit le cardinal. On croirait que de ta vie tu n'as fréquenté d'autres lieux que la morgue et les boucheries. Tu n'avais jamais peint aussi vite. Il ne t'a pas fallu plus de trois ou quatre heures pour parvenir à un résultat que je ne serai pas le seul à estimer parfait. Tes ennemis n'ont qu'à bien se tenir ! ajouta-t-il en riant. Un homme qui exprime aussi spontanément le paroxysme et l'outrance doit ressembler plus au cratère d'un volcan en éruption qu'à un lac de montagne endormi. Aucun excès, aucun débordement ne lui fera peur ! »

Mario boudait de plus en plus souvent. Je dois dire, à sa décharge, que la vie au palais Madama n'était pas de nature à calmer sa méfiance. Il ne connaissait pas Rome, s'il avait cru que la maison d'un *porporato* est la providence des jaloux. Le défilé continuel de jeunes gens, beaux et bien faits, eût mis à l'épreuve le couple le plus solide.

Une fois par mois, en outre, le soir de la pleine lune, le cardinal, qui croyait à l'influence des astres, leur demandait de se déguiser en femmes, de se farder, de danser et de chanter devant un parterre d'amis choisis. La société romaine, à cette époque, sentait le besoin de préparer le nouveau siècle par un changement et un rajeunissement des mœurs. Desserrer les étaux, assouplir les interdits, augmenter les distractions, elle y était bien décidée. Cependant, le poids des habitudes, le respect dû au pape, la crainte du Saint-Office étaient encore si forts, que cette aspiration à une nouvelle vie n'outrepassait pas quelques initiatives en apparence provocantes, en réalité inoffensives. Les fêtes de travestissement chez le cardinal entraient dans cette catégorie de témérités anodines.

Giambattista Marino y était assidu. De grandes moustaches qu'il prétendait « à la tartare » lui donnaient l'air terrible d'un bandit napolitain. Il faisait valoir son bel esprit par des saillies qu'on retrouverait, travaillées, ouvrées, ciselées, fignolées, tarabiscotées de cent manières ingénieuses, dans ses madrigaux d'une industrie infatigable. C'est lui qui a écrit dans un de ses vers : *E del poeta il fin la meraviglia*, et il n'y avait en effet aucune de ses compositions qui ne provoquât, selon le double sens de *meraviglia*, à la fois la surprise et l'émerveillement.

Acteurs, musiciens, poètes, artistes de toute espèce étaient les plus nombreux à ces fêtes, mais de hauts personnages, dont certains appartenaient aux rangs les plus élevés de la hiérarchie ecclésiastique, fréquentaient aussi à cette occasion le palais. Ils ne pensaient pas manquer aux devoirs de leur charge, en se permettant une soirée d'école buissonnière.

Je fis connaissance de l'austère marquis Vincenzo Giustiniani et de son frère le cardinal Benedetto, qui n'avaient que la rue à traverser pour venir de leur palais. D'autres sommités, qui joueraient un rôle moins important dans ma vie mais me commanderaient aussi des tableaux, comptaient parmi les invités réguliers du cardinal : le disert Monsignor Maffeo Barberini, protonotaire de la Chambre apostolique ; les marquis Asdrubale et Ciriaco Mattei, qui se réveillaient au murmure de la belle fontaine des Tortues dont la vasque s'épanche sous les fenêtres de leur palais ; don Ottavio Costa, banquier à Gênes. Le cardinal Ascanio Colonna, le cardinal Pietro Aldobrandini, avec d'autres dignitaires du Vatican, ne dédaignaient pas de se joindre au public.

La curiosité des états sexuels intermédiaires, le goût pour les travestis, d'où provenaient-ils ? De l'Eglise. Qui les encourageait ? Le Vatican, si bizarre qu'il paraisse. « Que les femmes restent silencieuses à l'église », avait dit saint Paul. En foi de quoi, de jeunes garçons impubères avaient tenu jusqu'à une date récente les parties de soprano. Vint Palestrina : c'était la première fois qu'un grand musicien prenait la direction de la chapelle Sixtine. Ayant jugé ces voix petites, aigres, privées de souffle, insuffisantes, il importa de Syrie, de Perse, d'Arabie, d'Espagne et introduisit dans les chœurs une sorte de chanteurs qu'on n'avait jamais entendus auparavant et qui lançaient des sons véritablement inouïs : hommes par la naissance, femmes par l'ablation du sexe. Emasculés avant la mue, ils conservaient une voix de dessus, claire, blanche, éthérée, mais avec l'ampleur et le souffle d'une voix adulte. Comme le musicien officiel de la Contre-Réforme les patronnait, et qu'ils chantaient pour le pape, personne n'eût élevé la moindre réserve, ni contre une pratique qui dénaturait des enfants, ni contre ce qu'il pouvait y avoir de douteux dans l'engouement suscité par ces voix. Seul Pasquino osait appeler du nom de *castrati*, terme réservé aux moutons et aux hongres, ceux qu'on décorait non sans hypocrisie, pour les consoler de n'être plus des mâles, du nom de *musici*, musiciens par excellence.

En faisant déguiser en femmes les jeunes et beaux modèles de son palais, le cardinal cherchait à obtenir l'équivalent plastique de l'effet causé par ces voix. Ils chantaient et dansaient vêtus de blouses lâches, de chemises décolletées, la poitrine épilée, les paupières soulignées d'un trait d'encre de Chine, les lèvres rehaussées de rouge. Le public se laissait gagner par le pittoresque de voir un sexe prendre avec tant de grâce les agréments de l'autre. Je ne savais moi-même que penser de ces singeries. Mon goût est toujours allé aux garçons virils, bien bâtis, du genre voyou et bagarreur. Mario, lui, ces spectacles l'indignaient. Comme tous les passionnés, il abritait sous un dehors canaille un cœur puritain. Quant à Francesco Albani et à Carlo Saraceni, ils étaient trop jeunes pour ne pas être choqués. Des deux nouvelles recrues du cardinal, Mario, trop content de les mettre dans son camp, se fit des alliés. Ils se signaient dans le fond du parterre chaque fois qu'un des comédiens relevait sa robe sur ses jambes rasées.

Le cardinal Aldobrandini amena de la chapelle Sixtine un de ces *castrati*, jeune homme de belle prestance. Ce fut la première fois qu'on entendait un de ces êtres surnaturels, ni homme ni femme ou les deux à la fois, chanter seul, sans être noyé dans la masse des chœurs. Il est impossible de décrire l'effet produit par la suite merveilleuse de trilles, d'ornements, de fioritures en tout genre qui jaillirent de cette gorge. Sauts d'octaves et girandoles d'arpèges fusaient comme les chandelles du feu d'artifice qu'on tire pour l'élection d'un pape. Le marquis Giustiniani, homme raide et compassé, qu'on n'aurait jamais cru si émotif, demanda à son frère un mouchoir pour essuyer ses larmes. Tout cardinal qu'il était, ce frère ne songea pas à le blâmer. J'aurais voulu me garder d'une pareille faiblesse ; malgré moi, un trouble inconnu me saisit.

Le cardinal s'en aperçut. Après le spectacle, il me demanda de faire le portrait de ce chanteur. J'avais refusé de peindre Pietro Montoya, sur le motif que je le trouvais trop laid. N'ayant ici aucune excuse pour me dérober, je ne pouvais décevoir à nouveau mon protecteur. Quand Mario apprit que le beau jeune homme allait poser devant moi, dans sa chemise ouverte, maquillé et poudré, il menaça de retourner en Sicile. Nous en vînmes à un compromis : Mario se farderait lui-même et prendrait la place du chanteur. Un luth dans la main, du khôl arabe autour des yeux, de la poudre sur les joues et du rouge sur les lèvres suffiraient à lui donner l'air d'un *musico.* Le cardinal, à qui je n'avais rien dit des raisons de ce changement, me promit d'apporter les produits de beauté nécessaires.

Moins inquiet, Mario eût-il accepté de se travestir ? Les tableaux précédents n'étaient destinés qu'à l'usage privé du cardinal. Celui-ci, plus compromettant, serait accroché dans la galerie du palais et offert à la vue des visiteurs. Depuis que la mode des hommes-femmes s'était répandue, se faire peindre en *castrato* exposait à passer soi-même pour efféminé, soupçon insupportable à l'honneur d'un Sicilien.

Mario se prêta de bonne grâce au jeu. Le cardinal lui apprit à poser ses doigts sur les six doubles cordes du luth. Le chanteur de la Sixtine lui enseigna à placer la langue contre les dents, et à garder la bouche entrouverte, de manière à sembler prolonger la note. Je mis un bouquet de fleurs et des fruits à la droite de Mario.

« Comme aux premiers temps où tu me peignais ? » demanda-t-il d'une voix crispée qui me fit de la peine.

Au premier plan, sur une table, je posai un violon et la partition d'un madrigal pour voix seule, œuvre du Flamand Jacobus Arcadelt.

« Regarde donc, dis-je à Mario, sur un ton d'affectueux reproche, les mots que j'ai peints sous la portée. Ce sont deux vers de Pétrarque, que j'ai choisis pour toi.

Tu sais que je t'aime, tu sais que je t'adore,
Sais-tu que pour toi j'en viendrais à mourir ?

Le poète a dit à ma place ce que je ne saurais te dire aussi bien. Cesse donc de te tourmenter parce que nous ne sommes plus seuls au monde. »

Seuls, même au palais Firenze, en vérité nous ne l'étions plus guère. En pleine nuit, il nous arrivait d'entendre des bruits étranges à notre étage. Ayant entrebâillé la porte de notre appartement, nous aperçûmes des torches qui approchaient du fond du couloir à toute vitesse ; puis une silhouette, masquée et coiffée d'un chapeau au bord rabattu, qui passait en courant, entourée de domestiques qui lui servaient de rempart. Il fallait être un grand personnage, pour tenir autant à son incognito. Le groupe s'engouffra dans la chambre qui me sembla être celle de Carlo, mais il y avait plusieurs chambres vides entre la sienne et la nôtre, et j'ai pu me tromper de porte. Une autre fois, d'après l'éloignement des pas, c'est du côté de la via di Pallacorda que cette course mystérieuse prit fin. Mario dormait cette nuit-là d'un sommeil trop profond pour avoir rien entendu.

Le tableau du joueur de luth et l'espèce inquiétante de charme qui s'en dégage inspirèrent à Giambattista Marini un poème que la préciosité des tours et l'outrance des métaphores n'empêchent pas d'être fort clair.

Amants imprudents, fuyez
Ce chanteur homicide.
Ces cordes sonores
Sont les lacets d'Amour.
Ce qui a l'air d'un luth
Est le carquois d'Amour.
Les doux accents vous percent
Comme les flèches d'Amour.

Le cardinal se montra plus réservé sur cette toile, sans oser me dire ce qui ne lui avait pas complètement plu. Peut-être aussi les allusions peu discrètes et le *chanteur homicide* du poète napolitain n'étaient-ils pas de son goût. « Un seul chanteur, au fond, ce n'était pas une bonne idée. Peins-moi un concert de trois musiciens. L'allégorie de la nouvelle musique, en quelque sorte. Tu enfonceras les peintres de Venise. »

Mario posa de nouveau avec un luth, je me représentai derrière lui, muni d'un instrument moins noble, le cornet des gardeurs de vaches, dont ils jouent au Campo Vaccino, l'antique Forum des Romains, pour rassembler leurs troupeaux égaillés dans les ruines. Un des jeunes garçons du palais fournit le modèle du troisième musicien. Peint de dos, il étudie une partition, son violon posé à côté de lui.

J'attendais des compliments. Le cardinal entra dans une agitation extraordinaire.

« Cette fois, Michelangelo, tu as exagéré ! Je n'ai rien dit à propos du *Joueur de luth*, tableau merveilleux mais déjà propre à mettre en danger le cardinal le mieux introduit auprès de Sa Sainteté. Aujourd'hui, regarde ce que tu as fait ! Toi et ton Mario, vous avez le même visage exactement ! Chacun des deux pourrait être pris pour l'autre ! Conçois-tu l'indécence qu'il y a à vous présenter sous des traits interchangeables ? Personne, à part moi, du moins je le souhaite, ne sait que vous dormez dans le même lit. Ce tableau montre trop crûment le degré de votre intimité. »

C'était vrai : à mon insu, poussé sans doute par la crise que je sentais approcher, je m'étais peint en Mario, et j'avais peint Mario en moi. Rêve de cette fusion totale que les événements rendaient de plus en plus improbable, aspiration chimérique à l'union absolue, serment de fidélité éternelle démenti autant par ses soupçons continuels que par mon impatience croissante.

J'essayais de me justifier. « Eminence, vous m'avez demandé une allégorie de la musique. Quel est l'effet d'une belle musique, sinon de pousser l'individu hors de lui-même et d'abolir les différences entre les caractères ? Il s'ensuit que les individus saisis par l'extase musicale ont tendance à se fondre les uns dans les autres et finissent par se ressembler. Chacun échappe à ses propres limites, chacun s'identifie à celui qui écoute en même temps que lui.
– Sophisme, dit le cardinal. Explique cela aux censeurs du Saint-Office, ils te soumettront à la torture en t'accusant de sorcellerie. »

Pourquoi le cardinal se montrait si inquiet, je le compris peu à peu. Les soucis politiques tenaient alors la première place dans ses préoccupations. La rivalité entre la France et l'Espagne n'était pas nouvelle, mais des événements récents l'avaient portée au paroxysme. Ces deux Etats, qui se disputaient l'hégémonie en Europe, s'affrontaient jusque dans les couloirs du Vatican, à travers les cardinaux des deux partis. Le désastre de l'Armada, dix ans plus tôt, avait mis fin à la suprématie espagnole et obligé Philippe II à chercher une revanche. Qu'un protestant occupât le trône de France avait d'abord servi ses prétentions à régner sur le monde catholique en souverain incontesté. Mais l'abjuration d'Henri IV, puis l'absolution accordée par le pape, avaient à nouveau affaibli sa position. Le roi de France, cessant d'être un paria, était revenu au premier rang de la scène européenne. Pour lui assurer un avantage définitif sur son rival, les cardinaux du parti français avaient conçu un nouveau plan.

Marier le roi de France avec Marie de Médicis, nièce du grand-duc Ferdinand, unir les deux trônes de France et de Toscane, ce serait ruiner les derniers espoirs du monarque espagnol. Par son rôle d'intermédiaire entre la cour de Florence et la cour de Rome, l'ambassadeur de Ferdinand auprès de Clément VIII était tout désigné pour conduire les négociations. Philippe II avait réagi avec vigueur contre ce projet de mariage. Pressés d'ordres furieux en provenance de Madrid, sommés d'apporter une réparation à l'orgueil ulcéré du roi, les cardinaux du parti espagnol intriguaient pour empêcher cette union. Abattre l'homme clef des pourparlers en jetant la suspicion sur sa conduite morale, n'était-ce pas la meilleure façon d'atteindre leur but ?

« Ils ne m'épargneront aucun coup bas. Les Espagnols cherchent par tous les moyens à me déconsidérer. Ils pensent arriver ainsi à discréditer le grand-duc et à dissuader le roi de France de s'allier avec les Médicis. Un scandale qui m'éclabousserait serait pour Philippe II pain bénit. Sais-tu que je reçois d'étranges visites depuis quelque temps ? Certains cardinaux du parti espagnol, qui m'adressaient à peine la parole jusqu'à présent, m'abordent avec des sourires et des courbettes, en me demandant de leur faire l'honneur de leur montrer ma collection de tableaux, au sujet desquels ils ont entendu tant de louanges, etc. Ils se gardent, bien entendu, de te citer. Ils ne me parlent que de mes *Saintes Vierges* et de mes *Dépositions*. Ce qu'ils cachent sous ce jeu, je le devine sans peine. Il m'est impossible de leur interdire l'accès de mon palais. La congrégation du Saint-Office, où ils sont plusieurs à siéger, a le droit, sanctionné par un bref de Sa Sainteté Clément VIII, d'envoyer des émissaires, dans n'importe quel endroit de Rome, y compris chez les membres du Sacré Collège, pour inspecter les œuvres d'art et juger de leur conformité aux Ecritures. Michelangelo, évite de me mettre dans de plus mauvais draps. Tu serais le premier à en pâtir. Nous avons tous les deux intérêt à déjouer ces manœuvres.

— Que me suggérez-vous, Eminence ?

— En attendant mieux, je te propose ce remède. Tu ajouteras au tableau un quatrième personnage, quelque jeune garçon qui ne prête à aucune équivoque. Tu le peindras avec des ailes, en sorte qu'il puisse passer pour un ange. »

Il fit mine de réfléchir, la tête enfoncée entre les mains. Puis il dit, de son air le plus malicieux : « Parmi tous les modèles dont tu disposes dans mon palais, je n'en vois qu'un dont l'aspect soit proprement angélique. Il rachètera par sa figure candide l'indécence de tes éphèbes maquillés. Tu ne le connais sans doute pas encore, je viens de l'engager. »

Il sonna un domestique et lui ordonna d'introduire ce garçon. « Rutilio ! m'écriai-je. – Vous vous connaissez donc ! – C'est lui qui a sauvé ma *Corbeille de fruits* des griffes du Cavaliere d'Arpino. Nous avons habité chez la même logeuse, et travaillé ensemble pour le Cavaliere. – A la bonne heure ! Ton travail n'en sera que plus agréable. »

Je n'osais invoquer la jalousie de Mario. Habitué à la vie libre du grand seigneur, le cardinal m'eût ri au nez. Je pense aujourd'hui qu'il était fort bien renseigné. Il savait que je connaissais Rutilio, et que Mario en était jaloux. S'il me jetait ce nouveau modèle entre les pattes, c'était dans un dessein dont la perversité ne m'apparut qu'après coup.

Mario, ayant constaté que je n'entrais jamais à San Gregorio et ne montrais aucune envie de me mêler aux garçons à demi nus du jeu de paume, avait pris l'habitude de fréquenter celui-ci. En compagnie de jeunes gens du voisinage, il dépensait en tapant sur les balles le trop-plein de son énergie. Un jour où il était engagé dans une partie importante, je décidai de compléter *le Concert* selon le souhait du cardinal. Je fis poser Rutilio, épaules et bras nus, et je le peignis, muni congrûment d'une angélique paire d'ailes, à gauche du joueur de luth.

Le cardinal avait vu juste. La douceur de son visage, l'innocence répandue sur ses traits, la modestie de son maintien désignaient Rutilio pour incarner un ange. Sa présence cependant ne put modifier l'atmosphère générale du tableau. Trop de sensualité émane des trois autres figures. Leurs bras et leurs jambes se touchent, ils regorgent d'une volupté heureuse. Leurs poses alanguies, leurs bouches gonflées, leurs regards pâmés, le fard répandu sur leurs lèvres et sur leurs joues empêchent le spectateur de penser que leur voisin est un ange. S'il a des ailes, c'est qu'il est Eros, le garçon ailé de la mythologie grecque, l'entremetteur qui perce de ses flèches le cœur des humains et – toujours d'après les métaphores hyperboliques de Giambattista Marino – porte dans leur âme le flambeau de la passion.

Rutilio, avec sa mine d'ange, n'avait servi qu'à renforcer l'érotisme du tableau.

VIII

Crise

« Ton *Concert* me donne décidément beaucoup de souci. Don Pedro Jarez, secrétaire de Son Eminence le cardinal Ramón y Almendariz, l'a soumis l'autre jour à une longue inspection, ainsi que ton *Joueur de luth* et tes tableaux précédents. Il est reparti en se frottant les mains. D'où peut provenir son contentement, sinon qu'il pense me tenir ?

— Vous rejetterez sur moi ses accusations.

— Crois-tu qu'ils lâcheraient comme cela le moyen de briser les fiançailles de Marie ? Une seule ombre jetée sur celui que le grand-duc a chargé de mener les négociations pour ce mariage suffirait à ruiner le projet.

— Eminence, vous me faites trop d'honneur en supposant que mes tableaux puissent le moins du monde vous compromettre et nuire à vos plans de politique européenne.

— S'il n'y avait que tes tableaux... » Il hésita, promena son regard à droite et à gauche puis l'arrêta sur mon épaule. « J'en sais peut-être plus à ton endroit que tu ne le penses, reprit-il en posant sa main sur ma chemise, à l'endroit précis où la fleur de chardon était imprimée. (Me faisait-il donc espionner ? Quand ? Par qui ?) Il ne serait bon ni pour toi ni pour moi qu'on ouvre une enquête à ton sujet et qu'on interroge le parquet ecclésiastique de

Milan... Les portraits de ton ami ne t'accusent qu'avec trop d'évidence... Pour nous tirer du pétrin où ton talent nous a mis, il faudrait trouver quelque chose...

— Si j'avais une idée, croyez bien que... Je suis prêt à vous aider, Eminence !

— Tu n'as jamais peint de sujets religieux ?

— Jamais, à part d'insignifiants dessus d'autels pour les églises du Milanais.

— Eh bien ! il faut t'y mettre. Tu désarmeras les médisances par quelques bonnes scènes tirées de la Bible, des Evangiles ou de la vie des saints. A deux conditions, bien entendu : d'abord, qu'on ne sente aucune baisse de qualité par rapport aux œuvres supectées, ensuite, que tu changes de modèle. A la place de ce Sicilien, comment dire ? trop *voyant*, et associé à trop de tableaux compromettants, pourquoi ne pas choisir quelqu'un d'autre ?

— Quelqu'un d'autre ?

— Mettons... par exemple... Je ne sais pas, moi... Peut-être Rutilio ? »

Pour répondre au souhait du cardinal, et sans me douter qu'il cachait derrière ces recommandations bienveillantes un but scélérat, je peignis *l'Extase de saint François* puis le *Repos pendant la fuite en Egypte*. Dans chacun de ces tableaux il y a un ange, dont Rutilio m'a fourni le modèle – sur ce point également j'ai suivi le conseil qu'on me donnait. Je n'avais aucune arrière-pensée en le faisant poser devant moi. La première fois, il entoure saint François de ses bras, pour l'aider à soutenir le choc et la brûlure des stigmates. La seconde fois, il accueille sur la route de l'exil les trois fugitifs de la Sainte Famille, qu'il récrée en leur jouant du violon.

Ce tableau, j'en ai peint d'abord la moitié droite. Que d'efforts, pour réussir à introduire quelque variété dans un thème si rebattu ! La Madone, accroupie dans l'herbe et fatiguée du long voyage, berce son nouveau-né qu'elle tient serré entre ses bras. L'inclinaison de sa tête penchée jusqu'à l'épaule indique son extrême degré de lassitude, et le nœud savant de sa coiffure la conscience qu'elle garde de sa très haute mission. Tout contre elle, au milieu du tableau, les plumes de son aile la couvrant en partie, se tient l'ange, debout. Les souvenirs de Caravaggio remontèrent si vivement à mon cœur, que je ne pus m'empêcher de placer à l'arrière-plan du groupe de la Mère et de l'Enfant un paysage de Lombardie, au grand étonnement du cardinal, qui ne m'entendait jamais parler de cette période de ma vie. Il savait mon indifférence pour la campagne, et l'aversion particulière que je nourrissais contre la couleur verte. L'herbe grasse, les arbres touffus, la prairie bien irriguée, la lumière à l'horizon au-dessus des montagnes, tout ce que je voyais autrefois des fenêtres de notre maison se forma de soi-même sur la toile. Désir obscur de protection maternelle ? Nostalgie du temps où j'étais en sécurité ? Au moment où les complications professionnelles et sentimentales s'amoncelaient sur ma tête, comme les nuées avant l'orage, c'était me réfugier dans la chimère de l'enfance que d'évoquer cette époque révolue.

Un courrier de Florence arrivait chaque jour au palais Madama. Alarmé des nouvelles que lui envoyait le grand-duc, le cardinal s'était institué mon conseiller théologique. Ne voulant ni imposer un frein à mon imagination ni la laisser mettre sa politique en danger, il me guidait par des remarques qui tenaient du conseil amical, du sermon doctrinal et de la décision autoritaire. La figure de l'ange, peint de dos mais presque nu, lui donnait des frayeurs. Il contestait aussi le caractère trop idyllique du paysage. La partie gauche, réservée à saint Joseph et à l'âne, restait à peindre.

« Cherchons comment déjouer la censure, Michelangelo. Que la moitié gauche de ton tableau contrebalance ce qu'il y a de trop joli dans la moitié droite. Pour remédier à cette impression de trop joli, de trop aimable – n'oublie pas que l'épreuve de l'exil a été dramatique pour le Christ –, tu pourrais aussi modifier quelques détails dans la partie déjà peinte. Par exemple, je te conseille de briser une des cordes du violon et de la faire pendre comme une racine morte. Cette retouche évitera qu'on ne t'accuse de croire que le monde est naturellement harmonieux. Je sais bien que Thérèse d'Avila, méditant sur le Cantique des cantiques, a écrit, à l'intention de ses sœurs carmélitaines : *"Il ne me semble pas inutile que je vous parle d'abord de la paix que nous donnent le spectacle des belles choses et la satisfaction de notre propre sensualité."* Mais Thérèse elle-même n'est pas au-dessus de tout soupçon. Si une partie des juges de la Sacra Rota tient la réformatrice du Carmel en odeur de sainteté, le tribunal est loin d'être unanime, et la canonisation reste incertaine. Pour une sainte, on trouve qu'elle était sujette à des élans bien suspects...

— Avouez, Eminence, qu'en comparaison de l'ange qui la visitait et la perçait de son dard, le mien n'est qu'un petit garçon anodin. »

Le cardinal voulut bien sourire à ce trait. « N'empêche, reprit-il, que tu dois éviter de donner l'impression, par ce paysage d'une séduction trop immédiate, que le monde a été sauvé sans épanchement de larmes ni effusion de sang. La corde brisée du violon sera comme le pressentiment de la Passion. »

Du bout de mon pinceau le plus menu, je fis cette retouche minuscule.

« Et puis, continua le cardinal, c'est très bien d'avoir choisi de faire jouer par ton ange un air de Palestrina écrit sur une strophe du Cantique des cantiques. Je t'approuve entièrement d'avoir choisi ces vers. »

Il se pencha sur les lettres que j'avais peintes en pattes de mouche et ajusta ses lunettes pour épeler :

Quam pulchra es, et quam decora,
charissima, in deliciis.

« Mais, tant que tu y es, puisque les Pères de l'Eglise ont assimilé la Bien-Aimée du Cantique à la sainte Mère de Dieu, et que tu fais chanter en termes si poétiques la beauté et les charmes de la Vierge Marie, conforme ta peinture au reste de la strophe :

Caput tuum ut Carmelus
et comae capitis tui sicut purpura.

Comme la pourpre, Michelangelo. Le texte est clair : la tête de la Vierge Marie doit se dresser comme le Carmel sur la tour d'ivoire de son cou, et ses cheveux resplendir de la couleur de la pourpre. »

Je protestai. « Ma mère était brune, Eminence! – Fais ce sacrifice au pédantisme des cardinaux espagnols. L'Epouse du Cantique des cantiques ne peut avoir qu'une chevelure rousse. Les Pères de l'Eglise, intrigués par cette couleur, si improbable pour une fille d'Israël, y ont vu une allusion au sang versé par le Christ. »

Je consentis à changer la couleur des cheveux, mais non à modifier la position de la tête. Elle resta ployée et dolente, l'image du Carmel dressé sur un rocher en Palestine étant trop éloignée de ce que je ressentais alors quand j'avais à peindre une femme.

Dans la partie gauche du tableau, je n'eus aucun mal à corriger l'impression de « trop joli » causée par mes souvenirs de Lombardie. Mon tempérament reprit le dessus. Saint Joseph, je l'ai assis dans une nature aride et pierreuse, en nette opposition avec le verdoyant paysage du côté droit. Il croise un pied sur l'autre, car, sur le sol hérissé de cailloux, il n'a trouvé place que pour un seul de ses pieds. Un arbre aux feuilles jaunies et desséchées tord à l'arrière-plan ses branches à demi mortes, dont le fouillis est si dense qu'il cache complètement le ciel au-dessus de sa tête, alors que l'horizon lumineux fait comme une auréole au groupe de la Mère et de l'Enfant. Tout est aussi pauvre, désolé et ingrat pour saint Joseph que fécond, attrayant et gracieux pour la Vierge Marie.

« A la bonne heure, dit le cardinal. On comprend que saint Joseph symbolise le peuple d'Israël avant la Rédemption. L'humanité détruite par la faute, condamnée à l'exil, esclave du péché, il la résume par ce paysage de mort. L'âne est très réussi. Tu as bien rendu l'œil vide et triste des bêtes privées de la Lumière. Joseph a beau être un homme pieux et saint, ce n'est qu'un mortel, et tu as raison d'en avoir fait un vieillard usé par les ans. Mais en même temps tu lui as laissé le rôle éminent que lui accordent les Ecritures. Exclu personnellement de la jouissance du Divin Amour, il aide l'ange à en répandre l'éloge, puisqu'il place sous ses yeux, en la tenant grande ouverte devant lui, la partition de Palestrina. Quelle bonne idée tu as eue, de lui donner ce geste. En modeste sacristain, il se contente d'écarter les bras et de faire l'office de pupitre. »

Le cardinal se recula pour juger de l'ouvrage dans son ensemble.

« Le parti espagnol n'aura aucun prétexte pour le déférer à l'Inquisition. J'avais peur à cause de l'ange, mais tu as évité par le reste de la composition d'être accusé de te servir d'un épisode de l'Histoire sainte pour exalter l'anatomie de ce jouvenceau. Grâce au ciel, tu n'as pas commis l'erreur que j'ai relevée dans la version définitive de ton *Bacchus*. Quelle lubie t'a poussé à mettre dans la main gauche la coupe de vin ? Tu sais que cette figure un peu trop débraillée me préoccupe. Comment veux-tu que nos ennemis acceptent l'identification de Bacchus et du Christ, si en plus tu te permets cette violation du dogme ? Comme me l'a fait remarquer Federico Borromeo, le parti espagnol ne manquera pas de te dénoncer, pour avoir placé du côté imparfait de la personne le symbole du Salut.

« Ici, au contraire, tu es en règle avec les théologiens et leur manie d'attribuer au Bien et au Mal une localisation particulière. A gauche, dans un paysage desséché et aride, apparaît l'image de l'humanité en exil, sous les traits de ce vieillard rongé par le temps ; à droite, du côté de Dieu et de la Lumière, se déploie une campagne généreuse et fertile. Ton tableau, qui se lit de gauche à droite, comme tout texte qui se respecte, ne saurait être plus conforme aux Ecritures. Le mouvement du désert à la prairie, de la pierre à la grenade, du péché à la Rédemption, de l'exil au salut, de la mort à la vie se fait dans le bon sens, selon ce qui est prescrit. Et ton ange, loin de paraître incongru, remplit son rôle de messager de la Bonne Nouvelle, comme dans une Annonciation. »

Les suggestions du cardinal, mais plus encore la tendance profonde de ma nature avaient abouti au résultat qu'il voulait, sauf que pour moi le *bon sens* était le sens contraire du sien. Tel un hérétique mahométan, je lisais mon tableau non de gauche à droite mais, comme dans l'écriture arabe, de droite à gauche, en commençant par l'opulence heureuse d'une nature épanouie, et en finissant par la désolation d'un paysage dévasté.

« Si le Saint-Office t'embête, reprit le cardinal, tu n'auras pas de difficulté à répondre. N'est-ce pas le rôle de l'ange que de commenter avec son violon et de célébrer en accents joyeux le passage de la vie terrestre, pierreuse et stérile, à la vie céleste qui regorge des dons promis par la Bien-Aimée ?

Ibi dabo tibi ubera mea.

La nudité du jeune musicien ne s'en trouve-t-elle pas elle-même justifiée ? En face de saint Joseph, enveloppé des chevilles à la barbe dans une robe de bure où il cache un corps dont il ne peut qu'avoir honte, la chair radieuse des enfants de Dieu est seule habilitée à vêtir le porteur de l'Evangile. »

Le cardinal dit encore, avant de se retirer : « Espérons que cette chair radieuse passera, et que le préfet borgne fermera son œil valide sur ce qu'il aurait mieux valu ne pas lui montrer. »

Il ne s'était pas trompé. Ce tableau est un des rares qu'on ne m'ait pas comptés parmi les pièces à charge. Je ne fus pas exempt pourtant de tout tracas. Quitus du côté de l'Eglise, mais tempête dans ma vie privée. La crise qui menaçait éclata brutalement. Mario, quand il découvrit les deux tableaux et reconnut le modèle, pensa que je l'avais trahi. Il me fallut beaucoup de baisers, de caresses, de gamahuchages, beaucoup de pèlerinages à la Scrofa et de formules incantatoires, pour me faire pardonner d'avoir peint Rutilio. Il resta aux aguets. Je le surpris plusieurs fois avec une mine d'espion. A force de me soupçonner, il créa ce qu'il redoutait. Je le trahis pour de bon, par lassitude d'être accusé à tort.

Rutilio avait gardé sa chambre via della Stelletta et continuait à y dormir. Cette chambre étant située à mi-chemin entre le palais Firenze et le palais Madama, je trouvais plus commode pour moi et d'un meilleur camarade, de monter chez Rutilio et de faire ensemble la suite du trajet. Tantôt Mario montait avec moi, tantôt il nous attendait en bas, devant la porte. Nous étions tous les trois fort matinaux, et, dans la rue dès huit heures, cette promenade dans la ville déserte nous donnait de l'énergie pour le reste de la journée.

Les deux tableaux étaient presque finis, lorsqu'un matin, à l'heure où nous devions quitter le palais Firenze, Mario invoqua une partie de paume qu'il avait promise à Ranuccio Tomassoni. « A Ranuccio, toi ! » Ce garçon, j'en avais entendu souvent parler : c'était un des chefs de bande le plus redoutables du quartier, par son habileté à l'escrime et la violence de son caractère. Brutal et d'une susceptibilité ombrageuse, il avait déjà sa légende. J'insistai auprès de Mario.

« Viens avec moi. Je dois changer quelques détails au tableau de saint François. Le bras de l'ange n'est pas correct. A cause, sans doute, d'une mauvaise pose des deux modèles. Tu m'aideras à les installer mieux.

— Tu n'y penses pas ! Ranuccio me casserait la figure. Ce n'est pas le type à qui on peut se permettre de faire faux bond. Tu ne sais pas de quoi il est capable. L'autre jour, au restaurant, il a passé son épée dans le corps d'un client qui ne voulait pas lui céder sa table. »

Je partis donc seul. Comme tous les matins, la via di Pallacorda était vide, et la porte de San Gregorio fermée. Je m'étonnai de n'entendre aucun bruit à l'intérieur. Rien qui laissât supposer la moindre activité dans le cloître ne transpirait au-dehors. Voulant en avoir le cœur net, je frappai à la fenêtre du gardien. Le jeu ne commencerait, m'affirma-t-il, qu'en fin de matinée, à la même heure que tous les jours.

« A la même heure que tous les jours? – Oui, jamais avant midi. »

Le refus de Mario, si jaloux d'habitude, et en particulier de Rutilio, me surprit. Je ne m'expliquais d'aucune façon qu'il eût inventé ce prétexte pour me laisser aller seul au palais Madama avec celui qu'il croyait son rival. Le jour suivant, je lui réitérai ma prière. Il se déroba à nouveau, sur le même motif. Par acquit de conscience, je retournai au jeu de paume. Il était ouvert. Deux ou trois garçons s'entraînaient déjà dans le cloître.

« Vous avez donc changé l'horaire? demandai-je au gardien.

— C'est votre ami, le Sicilien, qui m'en a fait la demande.

— Lequel de ceux-ci est Ranuccio Tomassoni, s'il vous plaît?

— Oh! le signor Ranuccio ne se lève pas si tôt! Après avoir écumé le quartier toute la nuit, vous pensez bien qu'il dort au moins jusqu'à midi!

— Et mon ami le Sicilien, il va venir, lui?

— Dame! Il m'a donné un écu pour que je nettoie le terrain et tende le filet dès huit heures. »

Bon, me dis-je, si c'est ainsi, que la volonté de Dieu soit faite. Je montai chez Rutilio, je le pris dans mes bras. Docile en cela comme en tout, il se laissa caresser puis renverser sur le lit. Chaque journée, désormais, commençait de la même façon : Mario me quittait devant le jeu de paume pour disputer une partie avec les garçons du voisinage, je continuais seul, j'arrivais dans la petite chambre de via della Stelletta, je faisais l'amour avec Rutilio. La conscience en paix, puisque Mario savait où j'allais et qui je retrouvais. Il n'avait pas déplacé sans intention l'horaire de ses parties. Je m'obligeais pourtant à changer d'itinéraire, pour éviter de passer devant la Scrofa, manière de lui rester fidèle, même si lui me poussait à ne l'être pas.

Le cardinal m'avait jeté dans les bras de Rutilio. Poussait-il le cynisme jusqu'à ordonner à Mario de s'effacer? Pourquoi choisir de jouer à la paume si tôt le matin, à l'heure où il savait que je montais dans la chambre de Rutilio, sinon parce qu'il avait reçu des instructions à ce sujet? A son humeur de plus en plus difficile, à ses accès de colère suivis de silences pesants, je voyais qu'il ne gardait aucun doute sur ce qui se passait dans cette chambre. J'avais beau l'exhorter à peindre et lui promettre un bel avenir s'il continuait sur sa lancée, il négligeait ostensiblement son travail, laissant traîner ses pinceaux sans même les nettoyer.

Un jour où je mettais la dernière main à *l'Extase de saint François*, il entra en coup de vent dans la salle du palais Madama qui était devenue notre atelier commun. Il regarda fixement ce tableau, où l'ange sous les traits de Rutilio reçoit dans ses bras le moine d'Assise. J'avais commis l'imprudence de prêter plusieurs traits de mon visage à saint François. Ni cette ressemblance, ni la douceur qui nimbe le visage de l'ange, ni le geste si tendre par lequel il étreint celui auquel il n'apporte en principe qu'un secours charitable n'échappèrent à Mario. Il se mit soudain à quatre pattes, chercha dans le coin où il savait que je l'avais rangée, à l'abri des heurts, la précieuse coupe du cardinal qui avait servi au *Bacchus*, puis se redressa et la jeta sur le dallage où elle se fracassa. Sans ajouter un mot, il s'enfuit. Rutilio, épouvanté par cette scène, se rhabilla et partit en pleurant.

Le *Bacchus* était le tableau préféré de Mario. Il n'oubliait pas la marque de confiance que je lui avais donnée en lui permettant d'en peindre une partie. La coupe de vin que le dieu serre entre ses doigts lui semblait être le symbole même de notre amour, par la belle couleur du liquide autant que par la forme rare du récipient.

Notre arche d'alliance, en quelque sorte. Brisée en mille morceaux. Réduite à néant. Reniée. Elle s'était fragmentée en éclats si menus, qu'il était stupide d'essayer de les ramasser. C'est pourtant à quoi je m'employai, dans la tristesse de l'atelier désert. Comme il n'y avait ni balayette ni pelle, je recueillis les débris à la main. Quel but obscur m'obstinais-je à poursuivre? M'étant fait aux doigts des entailles profondes, je fus plusieurs jours sans pouvoir travailler.

Le cardinal expliquait autrement le geste de Mario. Rutilio lui avait rapporté l'incident. Je craignais que la destruction d'un objet si précieux, orgueil de sa collection, n'irritât fort mon protecteur.

« Avec ces Siciliens, il faut s'attendre à tout! me dit-il en riant. – Eminence, je suis vraiment désolé... – Ne t'excuse pas. Félicite-moi plutôt de l'avoir échappé belle! » Interloqué, je ne savais que répondre. « Cette pauvre coupe a payé pour moi... N'importe quel geste, au-delà de sa portée immédiate, présente un aspect symbolique. – Si je vous comprends bien, Eminence... – Il faut s'attendre à tout, avec ces Siciliens », répéta-t-il, mais cette fois d'une voix grave, et non plus en guise de plaisanterie. Je distinguai même, dans le ton sévère, une sorte de menace.

Avait-il entendu parler du meurtre de Giorgio Belmonte près d'Avola? Mais, non, il était impossible que la nouvelle de ce fait divers fût remontée jusqu'à Rome.

IX

Rutilio

L'amour avec Rutilio fut aussi calme et uni que son visage était doux. Il ne prétendait à rien, ne réclama ni promesse ni serment. Il était né à Belluno, à l'extrémité septentrionale de l'Italie, non loin de l'Autriche, pays qui doit être sans caractère, si j'en juge par l'influence qu'il exerce sur le voisinage.

Comme un enfant qui craint qu'on ne l'aime plus, Rutilio m'attendait chaque matin derrière la porte, le col ouvert sur sa poitrine imberbe, nu sous une simple chemise, disponible, timide et anxieux. Comme surpris de me voir arriver, il se jetait à mon cou. Bien que quotidiennes, nos rencontres restaient pour lui des moments de grâce, qu'il ne pensait pas avoir mérités. Elles le remplissaient chaque fois du même étonnement heureux. Dans ses bras, qu'il passait derrière mes épaules et laissait pendre dans mon dos pour ne pas m'étouffer, je me reposais des exigences de Mario. La passion, par essence, est toujours insatisfaite; elle ne peut s'empêcher de demander toujours plus. Un mot gentil, une caresse suffisait au bonheur de Rutilio. Il m'arrivait même de me dire, agacé de le trouver si placide, qu'il était trop soumis. Si je n'avais pas envie de faire l'amour, il s'habillait en hâte et nous partions aussitôt pour le palais. Si je manquais un jour, il ne me demandait pas compte des occupations qui m'avaient retenu. Sans curiosité pour ce que je pouvais faire loin de lui, il m'aimait d'un amour obscur et dévoué. Estimant que chacune de mes apparitions constituait un miracle, il tirait sa joie des tendresses qu'il me prodiguait.

La jalousie de Mario m'avait inoculé, comme une maladie, l'obsession du sexe. Cette obsession avait peut-être faussé mon art, en me limitant à une gamme trop étroite de sujets. Les compliments que je recevais pour *le Repos pendant la fuite en Egypte* et *l'Extase de saint François* m'apprenaient que je pouvais élargir ma clientèle. Le jour où le cardinal Del Monte se lasserait de moi, étais-je sûr de retrouver un mécène aussi ouvert et tolérant ?

L'artiste se réveillait en moi, mais aussi le promeneur. Avec Rutilio, je découvrais le plaisir de marcher dans les rues. A flâner sans but, on se régénère. Que de temps et d'énergie avais-je perdus, en m'obligeant à aller et venir par la via della Scrofa et à m'acquitter devant la Scrofa de génuflexions et de signes de croix cabalistiques ! Que de grimaces, pour sacrifier aux rites de cette religion puérile ! Je m'apercevais que je ne connaissais pas Rome et que j'avais besoin d'agrandir mon horizon. Depuis ma promenade initiale avec don Pietro Moroni, je n'avais exploré que les églises visitées avec Mario. Des sept collines, des multiples jardins, des champs de ruines sans nombre, des bords sinueux du Tibre, des allées de cyprès et des forêts de pins, tout me fut surprise et émerveillement, selon l'heureuse formule de Giambattista Marino.

Après les séances de pose, nous partions à l'aventure. Sur le Janicule, nous allâmes nous recueillir sous le chêne auquel le Tasse, qui venait de mourir, confiait ses misères. Avoir créé ce monde de paladins et de guerriers qui plaisait tant à ma mère, et finir seul, abandonné, à demi fou, dans la poussière de cette butte désolée ! Je songeais à la disparité entre le sort du poète et l'éclat de son œuvre. De cet épique scintillement d'épées sous les murs de Jérusalem, il ne restait que le malheur de cette déchéance. Mourir vieux, quelle disgrâce ! me disais-je.

Tout près de là, se trouve l'église San Pietro in Montorio, où le hasard ne m'avait jamais mené. On dit que saint Pierre a été crucifié à l'emplacement du chœur, et que la terre, en souvenir de son sacrifice, a pris la couleur rouge de l'or. D'où le nom de Montorio, « mont d'or ».

Nous entrâmes et, tout de suite, je fus saisi par la peinture de la première chapelle. Je vis un Christ, nu ou presque, nullement ascétique mais plutôt bien en chair et d'une beauté physique à déchaîner les foudres du Saint-Office, attaché par les bras à une colonne et fouetté par deux gaillards également nus. L'affront a lieu dans une sorte de temple, dont le marbre froid, les colonnes blanches contrastent avec la carnation lumineuse des chairs. Le Christ se laisse aller de côté et penche la tête vers la droite, non pour se protéger des coups, mais pour leur découvrir au contraire sa large poitrine dorée. Il semble qu'il appelle sur lui la violence de ses bourreaux et s'offre de plein gré à la flagellation. Rutilio, attiré au fond de l'église par la célébrissime *Transfiguration*, regarda à peine cette toile. Je voulus savoir qui en était l'auteur. Sebastiano del Piombo, me répondit le sacristain, qui s'étonnait de me voir négliger Raphaël pour ce peintre et voulait m'entraîner vers le chœur. Le Janicule, qui plaisait à Rutilio à cause du bon air qu'on respire sur la colline, devint un de nos buts de promenade les plus fréquents.

En sortant de l'église, chaque fois étourdi et à nouveau sous le choc de ce tableau qui unit par une audace inouïe une image voluptueuse du corps humain à une scène de cruauté et de supplice, j'éprouvais le besoin de marcher. Du haut de la terrasse de la villa Corsini, nous contemplions le panorama de la Ville éternelle. Vue de cet endroit, elle mérite cette épithète pompeuse. Le regard s'étend d'un côté vers les espaces verdoyants de la villa Borghese, les arbres du Pincio, les tours de la villa Médicis, jusqu'aux clochers jumeaux de la Trinité-des-Monts, de l'autre côté vers le palais du Quirinal, les deux coupoles et le campanile de Santa Maria Maggiore. En bas de la colline, la belle loggia à fenêtres triples du palais Farnese domine le fleuve ; plus loin, la calotte hémisphérique du Panthéon ne produit une telle impression d'harmonie que parce que le diamètre et la hauteur, comme j'avais eu soin de le noter lorsque je pensais faire un guide de Rome, ont la même mesure exactement, 150 pieds romains. A l'arrière-plan, nous distinguions encore avec assez de netteté les villages de Frascati et de Castel Gandolfo. Enfin, surplombant l'horizon, la roche blanche de Rocca di Papa couronnait la ligne des Châteaux albains.

Nous redescendions vers le Transtévère, pour nous mêler sur le port aux débardeurs et aux portefaix. Tandis qu'ils débarquaient la marchandise, rechargeaient les bateaux, roulaient les tonneaux, tiraient sur les poulies, s'arc-boutaient aux palans, j'observais le jeu des muscles sur leurs cuisses et leurs bras nus. Rutilio s'amusait pendant ce temps à recenser les divers types d'embarcations, péniches, gabarres, barges, allèges, felouques, chébecs, les sacolèves à trois mâts et les spéronares équipés pour la pêche au thon. Nous traversions ensuite le Tibre et escaladions l'autre rive. Au sommet du Palatin, autres travaux, autre atmosphère : le cardinal Odoardo Farnese faisait planter des haies de buis et aménager un jardin de plaisance entre les pans de murs rouges de ce qui reste des palais impériaux. De retour sur le fleuve, nous buvions aux fontaines installées par Sixte Quint.

A Santa Maria in Cosmedin, Rutilio me murmurait un timide : « je t'aime », puis enfonçait sa main dans la bouche d'un masque de pierre repêché dans le Tibre. Cette *bocca della verità* est censée se refermer sur les doigts de celui qui ment. Il retirait sa main et me la montrait, fier que ne l'eût pas mordue le mascaron.

Du temple rond de Vesta, nous montions sur l'Aventin, la colline préférée de Rutilio, un coin presque champêtre, repaire de lézards et volière de colombes. Derrière les rangées de pins et les murs de pierre sèche, les monastères d'hommes succèdent aux couvents de religieuses, dans le silence rompu seulement par la stridulation des cigales, le tintement des cloches, la canne des mendiants. A la porte d'entrée du prieuré des chevaliers de Malte, il appliquait son œil à la petite ouverture pratiquée au-dessus de la serrure. Ce trou encadre dans le lointain le dôme azuré de Saint-Pierre, que Clément VIII faisait recouvrir d'un faîtage de plomb. Je me souvenais pendant ce temps d'Ibn Jafar, et me demandais à quel coin de rue je le rencontrerais à nouveau, si, continuant à voyager avec ses marchandises, il faisait halte quelquefois à Rome.

Nous redescendions par le Circo Massimo, puis longions les quais vers le nord. Fangeuses et envahies par la broussaille, les berges du fleuve n'invitent guère à descendre au bord de l'eau. D'où venait que je trouvais pourtant un certain charme à la désolation de ces rives, où les voleurs entreposent leur butin dans les niches de la maçonnerie ? L'Urbs ici perd de son altière grandeur et se laisse aller à la poésie des terrains vagues. Le Tibre fait-il partie de la ville ? Il semble couler pour son compte, comme s'il était resté à la campagne et n'irriguait pas la Reine du monde. Rutilio m'arrachait à mes rêveries pour me faire remarquer que des gamins, bravant les tourbillons et les grosses branches qui dérivaient au fil de l'eau, se baignaient nus dans les flots boueux qualifiés déjà par Virgile de *flava arva tiberina.*

De toutes les rues parallèles au Tibre, je préférais la via Giulia, bordée de façades austères. Je songeais au temps du pape Borgia, quand les familles, retranchées dans leur palais comme dans une citadelle, ne risquaient une sortie qu'armées jusqu'aux dents. A mi-parcours, se dresse la masse noire, compacte, sinistre de Tor di Nona, où le Saint-Office enferme aujourd'hui ceux qui n'ont souvent commis d'autre crime que de porter une épée. Nous débouchions enfin sur le pont Saint-Ange, en face du château Saint-Ange.

Mal m'en prit d'expliquer à Rutilio que cet édifice où chaque pape fait encastrer ses armoiries dans le mur extérieur n'était pas à l'origine une forteresse chrétienne, mais le mausolée que s'était fait construire, au IIe siècle de notre ère, un empereur tout ce qu'il y a de plus païen. L'histoire d'Hadrien et d'Antinoüs fascinait Rutilio. Je dus lui raconter comment, son beau favori s'étant noyé dans le Nil, Hadrien avait fondé une ville en Egypte, élevé plusieurs temples et commandé des dizaines de statues en son honneur.

« C'est le plus bel exemple d'amour que nous ait légué l'Antiquité, disais-je à Rutilio ébahi. Antinoüs se couchait aux pieds de son maître et pressait la main de l'empereur contre ses lèvres. »

A ces mots, Rutilio se saisit de ma main et la couvrit de baisers. Je me reculai, mécontent. Cette démonstration de tendresse dans un lieu public me semblait déplacée, bien qu'elle n'eût pas de témoin. Il ne dit rien, pivota sur ses talons, et, la tête basse, me précéda dans l'escalier qui monte vers les terrasses. Sur la terrasse supérieure, nous vîmes la statue géante de l'archange saint Michel.

« O Michele! s'écria-t-il, le château de l'Ange n'est-il pas doublement ton château? Laisse-moi me coucher à tes pieds, comme son chien Antinoüs se couchait aux pieds de l'empereur Hadrien. » Il fit comme il l'avait dit.

« Regarde plutôt cette cloche, Rutilio. On l'appelle la cloche de la miséricorde, parce qu'elle sonne après une exécution capitale, pour indiquer que justice est faite.

— Oh! pourquoi m'effrayer par un détail aussi horrible?

— Aucun archange, dis-je froidement, n'a le pouvoir d'empêcher une tête de tomber. »

Sur le chemin du retour, nous traversâmes la place Navona. Je dis à Rutilio d'aller m'attendre au palais Madama. L'envie soudaine m'avait pris de monter chez Lena. Lena étant occupée, je me rabattis sur Fillide. L'une ou l'autre, cela m'était égal. Ces femmes avaient vécu, ces femmes avaient souffert, il y avait en elles une épaisseur et une saveur de vie que j'aurais cherchées en vain dans la naïveté de cet innocent.

Le premier jour de notre installation au palais Firenze, Mario avait rapproché et soudé les lits jumeaux. Un soir, en rentrant du palais Madama, je découvris qu'il les avait séparés à nouveau et repoussés chacun contre un mur opposé. De temps à autre, nous faisions encore l'amour, à des intervalles qui n'étaient même pas si éloignés, mais le moment de la fusion et du bonheur de dormir ensemble était passé, nous l'avions compris tous les deux. La vue de ces moitiés de grand lit me serra le cœur. Peut-être, pendant que je croyais être heureux avec Rutilio, gardais-je en moi le regret des joies plus âpres que j'avais perdues. L'obscur désir des violences dont il m'avait délivré me tourmentait à mon insu.

Peu de temps après la séparation des lits, il m'arriva une aventure étrange, avec le tableau que j'étais en train de peindre pour Monsignor Maffeo Barberini.

Le cardinal m'avait dit : « Puisque Rutilio pose si bien pour les anges, mets-toi dans les bonnes grâces du protonotaire de la Chambre apostolique en lui faisant un *Sacrifice d'Isaac. Ton ami* (il prononça ces deux mots avec un accent particulier), *ton ami* aux yeux bleus si doux sera le messager céleste qui apporte le mouton à Abraham et sauve son fils de la mort. Après t'être inspiré de la vie de Jésus et de la vie de saint François, tu prouveras que tu t'intéresses aussi à l'Ancien Testament. Prends garde que Monsignor Barberini appartient à une maison puissante et qu'il ira loin dans la carrière ecclésiastique. Je le vois bientôt cardinal, peut-être pape un jour. Un arbre de laurier figure dans son blason. Plante un arbre de cette espèce au milieu de ton tableau. Veille également à ne négliger aucune précaution théologique. Le sacrifice d'Isaac préfigure l'immolation du Christ. La pierre sur laquelle Abraham se prépare à tuer son fils est une claire allusion à la roche qui servira de fondement à l'Eglise. Abraham est appelé lui-même "rocher" dans la Bible. *Tu es petrus.* Je vais te faire monter par mes domestiques une pierre véritable, un monolithe qui ait l'aspect d'un billot. »

Selon mon habitude, j'ai commencé par le fond, où j'ai peint, sur une colline en plein soleil, une belle et grande église, dont la tour crénelée se découpe sur le ciel lumineux. Le petit saint Augustin de ma mère me fut une fois de plus d'une grande utilité pour le maniement des symboles. *« Les fils de la promesse,* dit ce Père de l'Eglise, *baignent dans la lumière d'Isaac. »*

Isidoro, chef cuisinier du palais, m'apporta, de la part du cardinal, des branches de laurier. Ses deux aides traînaient un mouton. Isidoro était un vieillard chauve, à qui son front sillonné de rides et sa barbe fluviale donnaient l'allure d'un patriarche. Où prendre un meilleur modèle pour Abraham ? Il accepta de poser. Je l'envoyai chercher un couteau, le plus robuste, pointu et redoutable qu'il pût trouver dans son arsenal.

« Je vois ce qu'il te faut, me dit-il, mon coutelas à tuer les bêtes et à découper leur viande. La lame en est large et tranchante. »

Pour Isaac, je choisis un garçon du nom d'Andrea, bellâtre aux cheveux frisés, qui avait le nez dans le prolongement du front. Le fat était fier de cet appendice rectiligne qu'il appelait un « nez grec ». Avec ce profil ovin et cette toison bouclée, Andrea ressemblait plutôt, selon moi, à la tête du mouton que je plaçai dans le coin du tableau.

Chacun prit la pose que je lui indiquais. Isidoro, penché sur Andrea, le couteau à la main ; Andrea, couché à droite sur la pierre ; Rutilio, debout à gauche, saisissant Isidoro par le bras, et pointant le doigt vers l'animal envoyé par Dieu pour empêcher l'infanticide. Au moment de commencer à peindre, je décidai d'intervertir les rôles. Bien que Rutilio fût tout désigné pour incarner l'ange, une impulsion subite me poussa à le mettre à la place d'Andrea, et Andrea à gauche du tableau.

« Rutilio, tu seras Isaac. Et toi, Andrea, tu seras l'ange. »

Andrea fut ravi de jouer un rôle plus flatteur pour sa vanité. Se faire couper la carotide par le cuisinier lui semblait vexant. Quant à Rutilio, il obéit avec sa douceur et sa résignation habituelles, qui tout à coup m'exaspérèrent. Que de zèle pour s'accroupir et mettre sa tête sur le billot!

L'événement raconté dans la Bible est un des plus difficiles à admettre si l'on s'en tient à la raison humaine. La docilité d'Isaac ne peut que choquer un esprit moderne. Offrir ainsi sa gorge au couteau, sans protester, sans se débattre, sans même essayer de discuter avec son père! Aucun motif plausible ne justifie ce meurtre. Et pourtant, non seulement le fils y consent, mais il se réjouit d'avoir été choisi pour victime. Pareille sujétion ne s'explique que dans le cadre des tragédies rituelles qui ponctuent le récit sacré. L'offrande spontanée de sa vie fait partie de ces grands mystères qu'on ne peut comprendre qu'à la lumière intérieure de la foi. J'ai toujours eu une prédilection pour cet épisode. Un sacrifice commandé par la nécessité me toucherait moins que cette immolation gratuite.

Rutilio, lui, se soumettait de bonne grâce à une mise en scène qui aurait dû lui déplaire. Coller sa joue sur la pierre, dégager son cou, croiser ses mains derrière son dos, il observait servilement chacune de mes indications, obtempérant à mes ordres sans broncher, comme si rien n'était plus naturel que de se faire égorger. Bref, il était entré si parfaitement dans le rôle du mouton, il avait pris avec une telle facilité la tête de l'emploi, qu'à l'improviste je sentis naître l'envie de le brutaliser pour de bon.

Je dis à Isidoro de le saisir par la nuque et de le plaquer de toutes ses forces contre la pierre, pour lui arracher un vrai cri d'épouvante. Le procédé réussit au-delà de ce que j'avais espéré. Un domestique envoyé par le cardinal vint voir à la porte qui avait poussé ce hurlement. Rutilio eut si peur qu'il pissa sous lui. Puis, ayant compris qu'il ne s'agissait que d'un jeu, il s'y prêta de bon cœur, renchérissant sur ce que je lui demandais. Pour simuler les affres de la terreur et les tortures de la mort, il n'avait pas son pareil. Il ouvrit une bouche démesurée, retroussa les narines, plissa les yeux, larmoya, devint laid à faire peur. Je le maintins dans cette posture beaucoup plus longtemps qu'il n'était nécessaire. Son urine coulait sur la pierre, dégoulinait jusqu'à ses genoux et de là sur le dallage de marbre de l'atelier.

Je ne sais quelle force m'obligeait à épuiser le dégoût qu'il m'inspirait soudain. Pauvre Rutilio ! Pour me faire plaisir, il tordait sa jolie figure dans une grimace repoussante, sans se douter qu'il signait ainsi sa condamnation. Qui brandissait ce coutelas de boucher au-dessus de sa gorge ? Abraham ? Le cuisinier du palais ? N'était-ce pas plutôt moi ? Notre « amour », si je puis appeler de ce nom un sentiment aussi fade, n'étais-je pas en train de l'assassiner ? Cette passade de quelques mois, je n'en avais plus qu'une impression d'écœurement. Une idylle ! Etais-je fait pour les idylles, les yeux de poisson frit, le dévouement du chiot ?

Quand Rutilio se releva, la joue meurtrie par la pierre, le cou marbré de plaques rouges imprimées par les doigts du cuisinier, je sus que je ne l'aimais plus.

X

Accusations

Le parti espagnol ayant réussi à circonvenir le pape, un émissaire du Vatican se présenta au palais Madama. Il annonça au cardinal qu'une commission ecclésiastique extraordinaire avait l'ordre, signé du Saint-Père, d'examiner les tableaux de son peintre et de vérifier leur conformité aux directives du concile de Trente. Mon protecteur dut obéir. Mes ouvrages étaient trop connus dans Rome pour qu'il feignît de les ignorer ou tentât de les cacher. Simulant le plus grand zèle pour la volonté du pape, il demanda un délai de trois mois, le temps, allégua-t-il, de récupérer certaines de mes toiles envoyées à Florence pour les montrer au grand-duc à qui il en avait offert deux et qui avait désiré en voir d'autres. Puis il se précipita dans mon atelier.

« Il n'y a plus un moment à perdre, Merisi. (Il m'appelait Michelangelo quand il avait confiance en moi, Merisi pour me rappeler à l'ordre.) Tu n'as peint jusqu'à présent que des garçons. Prends pour modèles des femmes et fais-moi deux ou trois portraits féminins. Dans le style de la Madone du *Repos pendant la fuite en Egypte*, si ça te chante. Elle n'est pas mal du tout, pour un coup d'essai. Seulement, je ne veux plus d'ange. Tu as trop de talent pour les garçons, on ne regarde qu'eux. Comme me le disait l'autre jour le prince Caetani, ton ange violoniste monopolise l'attention, au détriment de la Vierge Marie, ce qui suffirait à te faire déclarer hérétique et sacrilège. Choisis une femme et fais-en le sujet unique de ton tableau. Je veux le portrait de vraies femmes, qui rendent pleinement hommage à leur sexe. Des nonnes, des saintes, des héroïnes de la Bible, une Salomé, une Judith, débrouille-toi. Arrange-toi aussi pour les dénicher, ces modèles, je ne puis t'aider pour cela. Les filles d'Eve portent en elles le péché de leur mère. Un prince de l'Eglise, comme tu sais, vit à l'écart de cette engeance. »

Pour cette Madone du *Repos en Egypte* qui trouvait grâce aux yeux du cardinal, j'avais choisi, non sans crainte de le choquer, Anna Bianchina, cette prostituée siennoise amie de Lena et de Fillide. Saint homme pour une fois, il n'y avait vu que du feu. Je courus de nouveau place Navona. Où se procurer dans Rome d'autres modèles féminins, lorsqu'on n'a ni épouse ni maîtresse? Comme il était improbable que les milieux du Vatican avouassent la moindre accointance avec les pensionnaires de la via dell'Anima, je ne risquais pas le scandale en peignant une *créature*, comme disaient pudiquement les Monsignori, sous les traits d'une sainte.

Je résolus de commencer par le plus bel exemple que nous donne l'Evangile de collaboration entre la débauche et la sainteté : Marie-Madeleine, qui était partie de loin avant de réussir à édifier saint Luc. Mon choix se porta de nouveau sur Anna. Elle prit de bonne grâce la pose que je lui demandais : assise sur une chaise basse, les mains croisées sur les genoux, la tête penchée de côté. La robe, aux broderies damassées, a un petit air de luxe, ainsi qu'il convient à une pécheresse qui a honte de son passé, mais n'a pas eu le temps d'en quitter les dépouilles. J'avais déniché ce vêtement chez un fripier de la via dei Coronari. A côté de la chaise, par terre, je plaçai le vase de parfum de la repentie et le collier de perles qu'elle vient de retirer de son cou : « vanités » qu'elle repousse pour ne plus se vouer qu'à la pénitence. De ce tableau se dégage un mélange de mélancolie contrite et d'hypocrisie papelarde : bon résumé, si l'on additionne ces deux composantes, du climat qui régnait à Rome sous le gouvernement de Clément VIII.

« Tu as fait un bon tableau, mais un tableau politique, me dit le cardinal, contrarié que je me fusse montré aussi peu capable d'exalter *l'éternel féminin.* Peins-moi maitenant un portrait d'apparat. Une femme en pleine majesté. »

Je me décidai pour Catherine d'Alexandrie, en souvenir de la boulangère de Milan. Anna céda la place à Fillide, dont la taille, le port, le visage bien dessiné et empreint d'une noblesse naturelle correspondaient à ce que je leur décrivais de cette princesse égyptienne.

« Ne serait-il pas plus correct, leur dis-je, de prendre Lena ? C'est par elle que je vous connais toutes les deux. Rappelez-vous le jour où elle nous a présentés. »

Fillide éclata d'un rire vulgaire. « Ben ouiche ! s'il fallait faire de ces chichis entre nous, on pourrait crever de faim sur le trottoir ! On voit que tu es le chouchou d'une Eminence et que tu sautes à pieds joints par-dessus le 25 du mois ! »

Fillide était très belle, d'un type régulier et altier qui convenait à la fille d'un sultan. Intimidée d'être utilisée comme modèle, craignant, si elle se trahissait par ses intempérances de langage, de ne pas être admise dans la société des peintres, gens *comme il faut* dans son esprit, elle se tint coite et guindée. Ne pouvant lui tirer un mot ni donner de l'animation à ses traits, je m'ennuyais à la peindre dans sa somptueuse robe damassée. Elle jouait à la grande dame, pour une fois où elle échappait à l'infamie. Je la mis à genoux sur un coussin rouge, près de la roue à crochets de fer sur laquelle Catherine d'Alexandrie a été suppliciée. Je compris trop tard mon erreur. Mon tableau eût été moins froid, si j'avais représenté la torture elle-même, la sainte empalée sur une des pointes, la sanglante et mystique pâmoison de la martyre.

Je ne savais comment sauver mon tableau, quand je me souvins de la fresque de Masaccio à San Clemente, peinture que j'aimais tant. Catherine n'était pas morte sur la roue : il avait fallu, pour l'achever, la décapiter à l'arme blanche. Une épée : voilà l'accessoire que je devais introduire. J'en possédais une depuis peu. Je l'avais achetée à Ranuccio Tomassoni, ce chef de bande qui sévissait au Campo Marzio et ne se levait qu'à midi. Je ne la lui avais pas achetée directement – je ne le connaissais pas et n'avais nulle envie de le connaître –, mais par l'intermédiaire du gardien du jeu de paume. C'était un engin redoutable, protégé par une garde à coquille, un estoc qui pouvait servir à la fois de pointe et de taille. Celui qui était trouvé porteur de cette épée, vraie rapière de spadassin, risquait la peine capitale.

La seule partie de mon tableau dont je sois content est cette arme de tueur, que je tenais cachée sous mon matelas au palais Firenze. Mario me l'apportait à l'atelier, roulée par précaution dans sa cape. Une main sur la poignée, un doigt de l'autre main sur la lame, Fillide écarquilla les yeux pour se donner l'air plus digne. Tout est rond dans ce tableau : la roue, l'auréole sur la tête, la courbe du visage, le ballon de la robe, le rembourrage du coussin. Rond et solennel. Sans cette ligne oblique de la lame, sans cette coulée de feu qui fuse comme un éclair, je me serais trouvé bien lâche d'avoir obéi au cardinal.

« Où as-tu pris cette arme ? Est-elle à toi ? » S'ils avaient eu l'esprit de me poser ces questions, les inquisiteurs du Saint-Office seraient remontés sans mal jusqu'au petit appartement sous les toits et à la cachette du matelas. C'était faire preuve d'une témérité folle, que d'afficher en public la possession d'un objet aussi rigoureusement prohibé.

« On dirait que tu ne prends plaisir, constata aigrement Mario, qu'à des actions interdites par la loi. » Un tel reproche dans sa bouche ? Je l'entendais pour la première fois. Mon ami avait-il changé à ce point ?

Le cardinal ferma les yeux sur l'estoc. Il s'y connaissait aussi peu sans doute en armurerie qu'en ruffianerie.

Je venais de terminer les deux portraits de femme qu'il avait souhaités, quand le majordome vint me chercher dans l'atelier. Je le suivis jusqu'à la grande galerie du palais, où une trentaine de personnes, debout devant mes tableaux et répartis en groupes distincts, conféraient à voix basse. On avait apporté et poussé contre les murs un grand nombre de fauteuils, et même prélevé, dans la collection de meubles du cardinal, pour la mettre à la place d'honneur, une chaise curule, qui avait appartenu à un magistrat de la République romaine. Le siège était d'ébène et les bras d'ivoire.

Le pape avait ordonné au Cavaliere d'Arpino de prêter les quatre ouvrages en sa possession. Je revis le *Garçon qui épluche une pomme*, le *Garçon à la corbeille de fruits*, le *Garçon mordu par un lézard*, le *Jeune Bacchus malade*. La *Medusa* commandée pour le grand-duc et le *Bacchus* de Son Altesse se trouvaient aussi là. Au total, quatorze tableaux, tout ce que j'avais peint depuis mon arrivée à Rome, à l'exception des deux saintes. Le bilan de cinq années. Je compris tout de suite le but de ces préparatifs. Sous prétexte de vérifier l'orthodoxie de mon travail, le parti espagnol s'apprêtait à faire mon procès et à compromettre par contrecoup le cardinal Del Monte.

Celui-ci conversait avec plusieurs prélats dont l'estime, voire l'amitié m'étaient acquises, le cardinal Pietro Aldobrandini, le cardinal Ascanio Colonna, Monsignor Maffeo Barberini, qui avait apporté avec lui le *Sacrifice d'Isaac*. Plus loin, le cardinal Ramón y Almendariz avait pris à part le cardinal Montero. Son secrétaire, l'obséquieux don Pedro Jarez, veillait à ce que personne du parti opposé n'entendît ce qui se tramait en secret. L'Inquisition avait délégué plusieurs de ses membres, qui formaient un cercle compact dans un coin. On les distinguait à leur habit noir, dépouillé de tout ornement, sauf une croix d'argent brodée au milieu de la poitrine et une tête de mort en fil rouge cousue sur la manche. Ils se retournèrent pour me voir entrer. Dominant d'une tête ses acolytes, le préfet du Saint-Office, ce borgne qui taxait d'ignorance Filippo Neri et dont le cardinal Del Monte ne me parlait qu'avec une ironie teintée d'effroi, fixa sur moi son œil unique.

Je reconnus aussi, à son manteau de brocart rouge, à son sceptre d'ébène, insignes de sa dignité, au page habillé de soie qui portait son chapeau et son épée, le gouverneur de Rome, dont les bureaux occupent un des palais du Capitole. Il est élu, par les quatorze prieurs de quartier, mais sur une liste établie par le pape. Comment compter sur l'impartialité de son jugement ?

Je fus encore moins rassuré, quand je vis que le cardinal Ramón y Almendariz, chef du parti espagnol, s'installait dans la chaise curule et s'accoudait aux bras en ivoire. Il s'attribuait la présidence du tribunal. Il indiqua au cardinal Del Monte le fauteuil à sa droite, et au cardinal Montero le fauteuil à sa gauche.

Un prêtre de rang inférieur commença l'interrogatoire. Debout devant mes juges, je dus décliner mes nom, prénom, âge, etc. Bien qu'ils n'eussent aucune preuve contre moi, et que le cardinal Del Monte fût le seul à avoir vent de ma vie privée, le souvenir de l'abomination endurée à Milan m'empêcha de répondre avec le calme voulu. Je balbutiais d'une voix piteuse, ce qui les disposa encore moins en ma faveur. Je me sentais si démuni, que j'éprouvai le besoin de me vieillir de quelques années, pour m'attirer une plus grande considération. Deux scribes, un écritoire sur les genoux, consignaient questions et réponses. Le cardinal Del Monte, à l'insu de son voisin, m'adressa un signe d'encouragement. Lui-même pourtant ne me semblait guère à son aise.

Principaux griefs : je peignais des tableaux non seulement profanes, mais dépourvus de toute intention morale. L'arrivée de quatre domestiques interrompit le président. Ils apportaient de l'atelier, pour les accrocher entre mes autres tableaux, la *Madeleine repentante* et la *Sainte Cathe-*

rine d'Alexandrie. Belle manœuvre, me dis-je, en devinant une initiative de mon protecteur. Celui-ci me paraissait moins inquiet, lorsque don Giuseppe Tartaglio, curé de l'église S. Agostino, s'écria : « Mais quelle impiété est-ce là ! Je reconnais les modèles, ce sont deux créatures de la place Navona. Je pourrais donner leurs noms à Leurs Eminences. »

Le cardinal Del Monte, estimant que j'avais surpris sa bonne foi, me jeta un regard mécontent. Il eut l'esprit de demander : « Ces noms, donnez-les-nous. – Anna Bianchina, pour sainte Madeleine, Fillide Melandroni, pour sainte Catherine. » Cardinaux, prélats, secrétaires, greffiers, tout le monde de se signer en vitesse, comme si le diable leur était apparu. Le président sortit un chapelet de sa poche et l'étala sur ses genoux. « Vous voilà bien informé, en vérité ! reprit le cardinal Del Monte, sans se priver de railler ouvertement le sot. D'où vient que vous soyez, mon Père, en si intime accointance avec ces dames, que même leur nom vous est familier ? »

Le curé devint aussi rouge que la barrette des dignitaires espagnols.

« Imbécile, lui souffla le cardinal Montero, la place Navona ressortit à la paroisse de S. Agostino. Elles viennent se confesser à toi, c'est bien simple.

— Je trouve inadmissible, déclara le président, que le peintre ait donné les traits de femmes de mauvaise vie à deux des saintes les plus respectées de l'Eglise. »

Don Pietro Moroni, que je découvris alors seulement au milieu de l'assemblée, s'avança, son Nouveau Testament à la main.

« Si je n'avais pas relu ce matin pendant ma messe ce passage de saint Luc, j'aurais du mal, moi aussi, Eminences, à surmonter ma première répulsion. *"Tu vois cette femme, dit Jésus à Simon. Je suis entré dans ta maison, et tu ne m'as pas versé d'eau sur les pieds; elle, au contraire, m'a arrosé les pieds de ses larmes et les a essuyés avec ses cheveux. Tu n'as pas répandu d'huile sur ma tête; elle, au contraire, m'a inondé de parfum. A cause de cela, je te le dis, ses péchés lui seront remis parce qu'elle a montré beaucoup d'amour. Mais celui à qui on remet peu montre peu d'amour."* Attendez-vous d'un chrétien moins d'indulgence que de Notre Seigneur ? *"C'est la miséricorde que je veux, et non le sacrifice"*, a dit encore le fils de Dieu, par la plume de saint Matthieu. »

L'Oratorien rappela comment Jésus, s'étant assis à la même table que des publicains et des pécheurs, avait soutenu, à ceux qui lui reprochaient de se compromettre en fréquentant cette engeance, que les malades ont besoin du médecin, non ceux qui jouissent d'une bonne santé.

« Est-ce à un homme aussi pénétré de l'Evangile que ce jeune peintre, conclut don Pietro, de jeter la pierre à des femmes que seule la misère a condamnées à ce métier ?

— Bon, dit le président, dont le double menton, quand il était assis, débordait sur la gorgerette, mais je vous défie de trouver, parmi les nombreux jeunes gens mentionnés dans les Evangiles, pêcheurs du lac de Tibériade, gardeurs de moutons, convives réunis à une noce, enfants perdus dans le désert, un seul qui pourrait servir d'excuse à cette galerie de mauvais drôles, plus ou moins débraillés, que le signor Merisi a pour habitude de peindre.

— Permettez, dit le cardinal Aldobrandini en se levant, j'ai commencé moi-même par être choqué. Il ne faut pas vous arrêter à la lettre de ces tableaux. Par exemple, regardez celui-ci. »

Il fit décrocher par un domestique et apporter devant le président le *Garçon qui épluche une pomme*.

« Je vous prie d'être attentif au titre que le peintre a écrit au dos de sa toile : *Mondafrutto*.

— Eh bien ! grommela l'Espagnol. Ce garçon, que je sache, n'est ni un saint ni un personnage des Ecritures, pour faire à lui seul le sujet d'un tableau. Sa chemise n'est même pas boutonnée, il est décolleté jusqu'au milieu de la poitrine, n'est-ce pas de la dernière indécence ? »

Il retourna le tableau, comme on le lui demandait, mais

le repoussa sans avoir déchiffré l'inscription. Don Pedro Jarez ramassa le chapelet qui avait glissé de ses genoux par terre et le suspendit au bras d'ivoire de la chaise curule, à portée de main du prélat.

« Permettez, répéta celui qui avait pris ma défense. Le titre, encore une fois, le titre! *Mondafrutto*, non pas *Sbucciafrutto*! *Sbucciare* un fruit ne prêterait à aucune lecture du second degré. Mais *mondare* ce même fruit ouvre le champ à une riche exégèse, surtout quand ce fruit est une pomme. *Mondare*, c'est "éplucher", comme *sbucciare*, mais c'est aussi "nettoyer", et même "purifier". Le Seigneur n'utilise pas d'autre verbe pour définir sa mission, qui est de racheter, "émonder", le monde de ses péchés. Don Pietro, prêtez-moi un instant votre livre, s'il vous plaît. Evangile selon saint Jean, chapitre XV, versets 1 à 3 : *"Je suis la vigne véritable et mon Père est le vigneron. Tout sarment en moi qui ne porte pas de fruit, il l'enlève, et tout sarment qui porte du fruit, il l'émonde, pour qu'il porte encore plus de fruit."*

« Le peintre, si j'ose dire, a renchéri encore sur saint Jean, en mettant dans la main de son personnage, non pas une grappe de raisin, non pas un fruit de la vigne, mais une pomme, agent du premier péché et symbole de tous les péchés. Ce garçon n'est pas un chenapan ramassé dans la rue, comme Leurs Eminences ont l'air de le croire. C'est Jésus, occupé à nettoyer la pomme, donc à racheter l'humanité. Muni de quel outil? Un couteau. Pourquoi ce couteau? Ce n'est pas ici une de ces armes prohibées qui causent une horreur légitime à Leurs Grâces du Saint-Office, c'est l'instrument emblématique du martyre, le substitut de la lance dont les soldats de Ponce Pilate ont percé le flanc de Notre-Seigneur Jésus-Christ. Le peintre, avec une science des Ecritures exceptionnelle pour son âge, a accordé tous les détails. Où a-t-il dirigé la pointe du couteau? Vers la poitrine du modèle, cette poitrine qui a servi de cible à ses bourreaux. Pourquoi cette poitrine est-elle nue? Pour signifier la soumisson inconditionnelle du

Fils à la volonté du Père. Non seulement cette chemise n'est pas boutonnée, comme Son Eminence en a fait la pertinente remarque, mais elle ne pourrait l'être, car elle n'a pas de boutons. Conviendrait-il que Jésus garde la possibilité d'esquisser la moindre défense contre l'ordre souverain du Roi des cieux ? »

Personne par bonheur ne songea à me regarder en ce moment. Mon ébahissement eût éventé la mèche. L'ingéniosité de mon avocat n'avait d'égale que mon ignorance des subtilités théologiques dont il m'attribuait l'invention. Pas de boutons à la chemise de Mario ! Mais parce que je les avais arrachés en jouant avec lui sur le lit !

Le cardinal Aldobrandini crut ses arguments admis. « De quelle utilité seraient pour la vraie religion, reprit-il, de nouveaux portraits de Notre Seigneur ? A quoi servirait de multiplier son effigie ? Les fidèles ne seraient pas confortés dans leur foi par des images dont ils portent l'original dans leur cœur ; les hérétiques ne se laisseraient pas convaincre par ce qu'ils appellent des simulacres. N'est-il pas plus profitable à l'Eglise que le Christ se montre là où on ne l'attend pas ? Qu'il surprenne par des apparitions imprévues ? Qu'il impose son omniprésence en surgissant, çà et là, en dehors des églises et des lieux de culte ? Sous les traits, pourquoi pas, d'un simple fruttivore ? Rappelez-vous les pèlerins d'Emmaüs : *"Ils s'entretenaient de tout ce qui était arrivé; et pendant qu'ils s'entretenaient et discutaient, Jésus lui-même s'approcha et alla avec eux. Mais leurs yeux étaient empêchés de le reconnaître."*

« Passons maintenant à un autre tableau. (Il s'était fait apporter le *Garçon à la corbeille de fruits.*) N'est-ce pas une nouvelle épiphanie du Seigneur ? Nos yeux seront-ils empêchés de le reconnaître ? *"Et il leur dit : O cœurs insensés et lents à croire tout ce qu'ont dit les prophètes!"* Arrachons de nos poitrines ces cœurs insensés et contemplons le Christ horticulteur. Quels fruits distinguez-vous dans sa corbeille ? La pomme, rappel canonique du péché. Le raisin, attribut du Christ par excellence, le jus de la vigne étant assimilé au sang du Sauveur. La grenade éclatée, dont les graines symbolisent la parole de Vie projetée aux quatre coins du monde. Pas de plus limpide allusion à l'action rédemptrice de Jésus que le contenu de cette corbeille. Leurs Eminences critiquent-elles la jeunesse, les joues roses, la bonne santé du modèle ? Le peintre, en arrivant à Rome, a séjourné quelque temps à Santa Maria in Vallicella, accueilli paternellement par Filippo Neri, que Dieu nous le garde encore longtemps parmi nous ! Et là, que d'idées toutes faites, que de fausses conceptions se sont envolées de son esprit ! Le vénérable fondateur de l'Oratoire lui a suggéré un moyen efficace de lutter contre les doctrines criminelles propagées par les séides de Luther et de Calvin. "Cherche à substituer, lui disait-il, à l'image triste de Jésus émacié et malingre, une effigie du Sauveur joyeuse, jeune, entraînante, tel qu'il se présentait à ses disciples quand il arpentait avec eux le désert." N'est-ce pas exactement à une telle suggestion que le peintre s'est rallié ? »

Au nom de Filippo Neri, le préfet du Saint-Office pinça les lèvres. Le respect dû au familier de Sa Sainteté lui défendait de manifester de vive voix son mécontentement. On le savait malade, l'illustre octogénaire. Le pape venait d'ordonner des neuvaines pour le rétablissement de son confesseur.

« L'examen de ce troisième tableau, Vos Grâces (le *Garçon mordu par un lézard*), ne vous démontrera pas moins la parfaite orthodoxie de celui que vous soupçonnez à tort. Admettons cette fois qu'il s'agit d'un de ces voyous qui traînent du côté du jeu de paume ou sur les berges du Tibre. Croyez-vous que le peintre approuve le moins du monde un tel individu ? Qu'il lui manifeste ne serait-ce qu'un début de sympathie ? La condamnation morale qu'il porte sur sa conduite est sans équivoque : cette morsure au doigt, c'est le châtiment qu'il réserve à un dévoyé de cet acabit. Regardez comme cette morsure doit être cruelle, pour déformer ainsi son visage. »

Le cardinal Montero se redressa.

« Excusez-moi, Eminence. Selon le dottor Ripa, qui a dédié la deuxième édition de son livre, après lui en avoir demandé l'autorisation, à Sa Sainteté Clément VIII, le lézard a une signification bien précise. Il symbolise l'exécrable *lascivia.* Ce tableau invite à goûter à l'abomination qui vient par les sens. Je n'y vois pas la punition de ce qui est défendu, mais tout le contraire à vrai dire : une apologie à peine déguisée du plaisir. Ces fruits, ces fleurs, cette frayeur même que manifeste le modèle n'indiquent que trop la surprise et l'abondance d'une émotion trop vive pour être éprouvée sans un cri. »

Pris de court par cette objection, le cardinal Aldobrandini hésitait à répondre. Le cardinal Ascanio Colonna vola à mon secours. Je sus plus tard pour quels motifs il avait étudié avec soin le dossier : autant par solidarité avec sa sœur Costanza, marquise de Caravaggio, que par intérêt personnel. La conclusion du mariage entre Henri IV et Marie de Médicis ne profiterait pas peu à sa carrière. Il était entendu que les noces ayant lieu à Florence, le roi se ferait repésenter par un de ses gentilshommes. Qui amènerait la jeune épousée à son mari ? Le cardinal Colonna, justement, par le privilège accordé à l'ancienneté et à la puissance de sa famille. Il conduirait à Livorno la nièce du grand-duc, s'embarquerait avec elle pour Marseille et serait reçu en France avec les honneurs dus à un chef d'Etat.

« Quelles fleurs vous ont offusqué, Eminence ? Je ne vois pour ma part que deux roses, une à l'oreille du garçon, l'autre dans la carafe posée devant lui. Le peintre n'aurait-il pu choisir d'autres espèces ? Manquons-nous à Rome de tulipes et de lilas ? Le lis blanc rapporté des croisades ne pousse-t-il pas dans nos murs ? L'anémone, la pervenche, la jacinthe n'égaient-elles pas de leurs couleurs pimpantes les bouquets qui ornent nos autels ? Pourquoi s'en est-il tenu à la seule rose ? Parce que la rose n'est pas seulement une fleur, mais l'emblème de ce qui est éphémère, inutile, frivole, réprouvé par la conscience morale, condamné à une mort prochaine et privé de la vie éternelle. Les Grecs ont créé la rose pour assouvir leurs caprices : Aphrodite, déesse de l'amour, conféra à cette fleur la beauté, Dionysos l'inonda d'un parfum capiteux, quant aux trois Grâces de la mythologie, elles lui donnèrent respectivement le charme, l'éclat et la joie. Achille fit oindre d'huile de rose la dépouille de Patrocle. Aphrodite s'élançant pour secourir Adonis s'écorcha à un buisson de roses blanches, et, du sang qu'elle avait répandu, surgirent des buissons de roses rouges. Cléopâtre conquit le jeune César en lui offrant un banquet dont chaque convive portait une couronne de roses. Alexandre introduisit la rose en Egypte où elle se substitua au lotus. Néron, dans la Maison Dorée, faisait pleuvoir des roses du plafond. Caracalla couchait ses invités sur des lits de pétales de roses. Le jeune Héliogabale, qui se roulait dans des duvets de perdrix, remplaça les champs de céréales dans le golfe de Naples par des parterres de roses importées de Syrie. Que Votre Eminence tire elle-même les conclusions de cette modeste plongée dans les mœurs florales des païens. En choisissant deux roses pour son tableau, le peintre a fait de cet ouvrage un raccourci de l'histoire de la frivolité dans le monde, un compendium éloquent de la débauche, une allégorie de la vanité et de la malignité des plaisirs.

— On vous parle des fruits, non des fleurs, rétorqua d'une voix sévère le président. Il y a aussi des fruits dans ce tableau. Tout à l'heure j'ai entendu dire que les fruits étaient l'attribut du Christ et une allusion à la mission rédemptrice du Seigneur. Nous fera-t-on croire à présent que les mêmes fruits symbolisent la vanité et la malignité du plaisir et sont un résumé de la corruption universelle ?

— Les mêmes fruits ? dit le cardinal Aldobrandini, qui avait retrouvé de l'assurance. Vos yeux auront vu autre chose que les miens. Dans le tableau précédent, c'étaient des grappes de raisin, une pomme, une grenade, attributs du Christ, en effet. Ici, je n'aperçois que des cerises et des fraises. Les cerises, qui pendent par deux, *bene pendentes* (il se signa, imité par toute l'assistance), ne peuvent qu'évoquer des images *maxima indecentia, maxima impudicitia.* Quant aux fraises... L'estimable curé de S. Agostino saura certainement, par les confessions de ses pénitentes, à quoi on associe ce fruit dans les parages de la place Navona. Si don Giuseppe Tartaglio n'avait pas cette nature délicate qui l'embarrasse au point de le faire rougir et trembler à la seule mention de ces turpitudes, *horrescit referens,* je lui demanderais de vous raconter ce qui se dit au Campo dei Fiori, chaque matin, quand les maraîchers arrivent des champs et dressent leurs étalages. Virgile, qui a pressenti le Christ et annoncé la venue du Messie, donnait déjà ce conseil :

Vous qui cueillez les fruits des fraisiers rampants,
Sauvez-vous, un froid serpent se cache dans l'herbe.

Que Leurs Eminences me croient sur parole : autant pommes et raisin seraient blasphématoires dans une *Vanitas,* autant cerises et fraises s'accordent à un tableau qui fustige les plaisirs des sens. »

Le cardinal Del Monte se chargea lui-même du *Bacchus,* le second tableau que j'avais peint sur ce thème, à l'intention du grand-duc Ferdinand.

« Quelle connaissance profonde de la symbologie chrétienne et christique possède décidément notre jeune peintre ! Qui oserait l'accuser de n'avoir peint qu'un dieu païen, une idole repue d'alcool, de bonne chère et de sensualité ? Ecartez cette apparence fallacieuse, et découvrez une nouvelle figure du Christ, le Christ qui offre une coupe de son sang pour racheter l'humanité. » Je mourais de peur qu'on ne s'aperçût qu'il tend cette coupe de la main gauche. Le cardinal s'arrangea pour mettre l'accent sur un autre détail.

« Comme l'illustre collègue et neveu de Sa Sainteté qui vient de parler, continua-t-il, c'est aux fruits que je vous prie de porter votre attention, et en particulier à la couleur différente des grappes de raisin. Le raisin noir et le raisin blanc alternent, aussi bien dans la corbeille que sur les pampres ornant la tête, et vous savez bien qu'ils n'ont pas la même valeur. Le raisin noir symbolise la mort, le raisin blanc la résurrection, comme nous l'enseignent les psaumes. Les pommes et la grenade désignent elles aussi le Rédempteur. Mais notre peintre est allé plus loin encore dans le respect des textes sacrés. La description exacte de l'Epoux mystique, dont l'union avec l'Eglise nous promet la vie éternelle, il l'a trouvée dans le Cantique des cantiques et appliquée à son personnage. Quelle salutaire empreinte n'a-t-il pas reçue de ce livre ! J'ai eu l'occasion tout à l'heure de vous indiquer cette influence, en vous éclaircissant les paroles du motet de Palestrina chanté par l'ange au violon. Pourquoi les cheveux du prétendu Bacchus sont-ils si noirs ? Par référence aux *"cheveux bouclés, noirs comme un corbeau"* de l'Epoux. Pourquoi le bras et une partie du buste sont-ils nus ? Parce que *"ses bras sont de l'or moulé au tour, et son buste est d'ivoire"*. Pourquoi pointe-t-il du doigt son nombril, au moyen de ce nœud de velours ? Parce que *"ton nombril forme une coupe, que les vins n'y manquent pas !"* L'ivresse est associée intimement à la joie chrétienne. *"Je bois mon vin et mon lait"*, dit encore l'Epoux. *"Mangez, amis, buvez, enivrez-vous, mes bien-aimés !"* Phrases que le Christ reprendra mot pour mot : *"Puis il s'empara du calice, et le leur donna en disant : 'Buvez-en tous ! Car ceci est mon sang, le sang de l'alliance'."* Après le témoignage de saint Matthieu, nous possédons celui de saint Jean : *"Qui boit mon sang a la vie éternelle."* Est-ce un vin de Frascati que notre peintre a versé dans la coupe ? Est-ce un vin des collines de Chianti, dont Son Altesse le grand-duc de Florence m'envoie chaque mois des bouteilles, et qu'on sert à ma table ? Non, vous voyez bien qu'il ne s'agit pas d'un breuvage transparent, léger, imprégné de soleil, mais d'un liquide sombre, épais, presque opaque. Appelez-le donc par son vrai nom : du sang !

« Qu'il faille tenir Dionysos pour le précurseur du Christ est attesté encore par ce fait. Le Grec converti par saint Paul et qui est devenu le premier évêque d'Athènes est connu dans l'histoire sous le nom de Denys l'Aréopagyte. Denys n'était pas son vrai nom : il l'avait choisi par identification volontaire avec Dionysos. L'évangélisateur des Gaules et premier évêque de Paris a pris également le nom de Denis. L'église nationale des Français, que Sa Sainteté Sixte Quint a placée sous ma garde, était dédiée à saint Denis, avant de passer sous le patronage de saint Louis. Mon jeune protégé a cru bon de me faire cet hommage indirect. »

Restait l'autre Bacchus, le *Jeune Bacchus malade*. Nul ne s'avisa que j'avais peint une sorte d'autoportrait. « Nouvelle figure du Christ, dit le cardinal Aldobrandini. Notre peintre a traité son sujet avec une maîtrise d'autant plus extraordinaire que la composition est d'une richesse et d'une subtilité extrêmes. Il a choisi de représenter un moment de la vie de Jésus si délicat, si difficile à imaginer, si impossible à rendre, a-t-on envie de dire, que nul peintre avant lui ne s'y était risqué. Le Seigneur, ici, a encore un pied dans le sépulcre. Il sort précisément de la tombe, déjà ressuscité mais portant encore les marques de sa visite au royaume des morts. Ce qui semble une table au premier plan n'est pas une table, mais une dalle de pierre, observez comme elle est posée de travers. C'est le couvercle du tombeau à l'instant où les anges le soulèvent. La couleur livide répandue sur la face et le corps du Sauveur (ce fameux vert cuivre, que le dottor Ripa attribue à *Impietà*, symptôme aussi de la malaria dont j'étais atteint) est la couleur typique du cadavre. Le peintre a représenté le Sauveur encore plombé par son séjour sous la terre. La concordance de tous ces détails n'est-elle pas admirable ?

« Dans la distribution des fruits, on retrouve la même pertinence. Où a-t-il mis les deux pommes et la grappe de raisin noir ? Sur la dalle du tombeau, du côté du péché et de la mort. La grappe de raisin blanc est placée au contraire dans les mains du modèle, en signe de la résurrection qui s'accomplit sous nos yeux. La richesse du sens contenu dans ce tableau ne se révèle que si on le lit de bas en haut. Du raisin noir, on passe au raisin blanc, de la mort à l'immortalité, de la défaite de la chair au triomphe de l'âme éternelle. L'attitude du modèle, assis avec une jambe plus haute et l'autre encore invisible dans l'ombre, semble bizarre de prime abord. Elle s'explique parfaitement si vous admettez que le peintre a voulu rendre le mouvement physique par lequel le Seigneur s'extrait du caveau. »

XI
Sursis

Avec des avocats de cette force, je commençais à respirer, lorsque le cardinal Montero, qui avait apporté l'*Iconologia* du dottor Ripa, me demanda pourquoi ce jeune Bacchus que je présentais comme une allégorie de la Résurrection n'était pas couronné de pampres, avec leurs feuilles et leurs grappes, mais d'une guirlande de lierre.

« Eminence, dis-je, l'idée m'en est venue comme ça...

— Ah! comme ça! Vous avez entendu ce qu'a dit le signor Merisi? Il a montré pourtant qu'il est parfaitement au courant des vérités contenues dans ce livre. Or, que nous apprend le dottor Ripa? Que les Grecs utilisaient le même mot pour désigner le lierre *(kissos)* et le vice d'être porté à la débauche *(kissein)*. La prolifération du lierre, qui pousse en désordre et sans retenue, est donc l'image la plus adéquate pour traduire le tempérament lascif qui gouverne certains hommes avec une tyrannie qui leur ôte le repos. Ce passage, tiré de l'article *Lascivia*, prouve suffisamment, il me semble, que le signor Merisi a peint de propos délibéré le dieu de la luxure et de la beuverie. S'il a l'aplomb de soutenir qu'il a représenté dans ce débauché Notre-Seigneur Jésus-Christ, je demande que nous ne l'accusions pas seulement d'immoralité, mais d'abord de blasphème. »

Les choses prenant un mauvais tour, le cardinal Del Monte essaya de sauver la situation. « Le lierre a une autre qualité, Eminence. Il est toujours vert, ne flétrit ni ne se décolore. Quelle autre plante échappe plus glorieusement à cette caducité qui déprécie les végétaux, sans épargner la vigne elle-même ? Où trouver dans nos jardins un symbole plus éloquent de ce qui est immortel ? »

Je ne sais qui l'aurait emporté dans cette discussion, si les délégués de l'Inquisition, jusqu'alors silencieux dans leur coin, ne l'avaient jugée oiseuse, en comparaison des pièces à conviction, bien autrement décisives, qu'ils avaient préparées. Le préfet du Saint-Office, qui depuis le début fixait sur moi son œil unique, fit signe aux domestiques d'apporter devant le président les deux derniers tableaux à examiner. Résolus à le perdre, les ennemis du cardinal Del Monte avaient tenu en réserve *le Joueur de luth* et *le Concert.* Je tremblais que l'audacieuse impudeur de ces tableaux ne ruinât les efforts du parti intéressé à me défendre. Pourtant, on put croire au début qu'il parviendrait, une fois de plus, à les faire passer pour des preuves de ma conscience religieuse et de ma fidélité aux Ecritures.

Le cardinal Ascanio Colonna, au milieu du bourdonnement improbateur, réussit à prendre le premier la parole.

« Ces deux tableaux vous intriguent ? Le contraire m'eût étonné, commença-t-il non sans aplomb. Le format et les dimensions présentent en effet un caractère exceptionnel, qui les distingue de tous les autres. »

Son secrétaire, muni d'une ficelle à nœuds, prit et annonça à haute voix les mesures : 3 pieds 10 pouces de largeur, 2 pieds 11 pouces de hauteur, pour *le Concert,* même largeur exactement, moins d'un pouce supplémentaire en hauteur pour *le Joueur de luth.*

Sans leur permetre de revenir de leur surprise, le cardinal résuma froidement les conclusions à tirer de ces calculs.

« Ces mesures et ce format, qui viennent d'être contrôlés devant vous avec une rigueur scientifique, nous amènent à un triple constat. *Primo.* Ces deux tableaux ont une surface sensiblement plus grande que les tableaux examinés jusqu'ici. Le *Bacchus*, le plus grand de ces tableaux, mesure 2 pieds 8 pouces sur 3 pieds. Le plus petit, qui est le *Garçon mordu par un lézard*, 1 pied 6 pouces sur 2 pieds. La différence n'est pas négligeable. Ne devons-nous pas nous demander pourquoi le peintre a voulu donner tant d'espace à la musique ? *Secundo.* Ils sont plus larges que hauts, contrairement aux précédents, que nous avons trouvés plus hauts que larges. Ce changement aussi aura sa signification. *Tertio.* Tous les deux sont de taille quasiment identique, alors que les mesures, pour chacun des tableaux précédents, varient, et parfois d'un pied. »

Cette comptabilité minutieuse avait assoupi le cardinal Montero. « Où veut-il en venir ? » murmura-t-il en soulevant une paupière.

« Où je veux en venir, Eminence ? Voici où je veux en venir (il lui laissait le temps de se réveiller) : ces deux tableaux ont pour sujet la musique. Or la musique, comme les trois autres arts du fameux *quadrivium*, géométrie, arithmétique et astronomie, est fondée sur la science des nombres et a pour but l'harmonie. Réaliser l'union des éléments, faire tomber les barrières, revenir à la totalité originelle, voilà à quoi tendent ces nobles disciplines. Il est remarquable que le peintre, pour suggérer cette harmonie et cette plénitude, ait : *primo,* choisi un format plus grand, afin que l'âme ait plus d'espace à sa disposition et déploie sa joie plus librement ; *secundo,* étalé en largeur ces deux tableaux, pour la commodité de l'œil, le mouvement naturel du regard étant de glisser de gauche à droite selon une ligne horizontale ; *tertio,* fixé pour chacun le même nombre de pieds et de pouces, cette équivalence en largeur comme en hauteur étant en elle-même une métaphore de l'équilibre et de la perfection harmoniques. »

Le préfet du Saint-Office sortit enfin de son mutisme pour dire d'un ton cauteleux : « Tout cela est bien beau, Eminence, mais chacun de nous, quand il est entré ici, a reconnu, dans le personnage que le peintre nous présente comme un joueur de luth, le portrait d'une femme. Chemise de femme, nœud de ruban de femme dans les cheveux. Qui donc, sinon une femme, ou un homme assez dépravé pour feindre qu'il est une femme, oserait, sur ses joues, sur ses lèvres... »

Les mots fatals allaient être prononcés. Le cardinal Del Monte interrompit à temps le préfet.

« Quand il a fait l'éloge de ces deux tableaux, mon éminent collègue le cardinal Colonna aurait pu ajouter qu'ils sont fondés l'un et l'autre sur le nombre 3, parce que *omne trivium perfectum,* et qu'un art voué à la célébration de l'harmonie ne peut que s'abreuver aux mystères de la Sainte Trinité. Le tableau du *Joueur de luth* est divisé en trois compartiments : un compartiment pour le musicien lui-même, un autre pour les instruments de musique et la partition posés devant lui, un troisième pour le bouquet de fleurs et les fruits. J'ai vu le peintre à l'œuvre, et puis vous attester qu'il a volontairement appliqué ce schéma tripartite. Les musiciens du *Concert* sont trois. L'intention est ici encore plus évidente.

— Voilà un argument, dit le cardinal Montero en persiflant mon protecteur, que notre éminent collègue n'a pas utilisé malgré son faible pour les chiffres et les constats scientifiques.

— S'il a laissé de côté cet argument, c'est, je pense, parce que ce choix du nombre 3 n'est pas de l'invention de notre jeune peintre. Eh oui ! il ne peut pas, à son âge, avoir tout inventé. Il a vu à Florence, lors de son voyage de Lombardie à Rome (le cardinal Del Monte n'ignorait pas que je n'étais jamais allé à Florence), le *Concert* de Titien, peintre officiel de Sa Sainteté Paul III. Dans ce tableau, trois hommes font de la musique. A Venise (je ne connaissais pas plus Venise que Florence, et le cardinal le savait tout aussi bien), il a pu s'étonner que le *Concert* de Palma il Vecchio mette en scène, cette fois, trois femmes. L'une chante, l'autre joue du luth, la troisième tient la partition. Ces deux ouvrages ont fait une si forte impression sur le jeune artiste, et lui ont donné une idée si particulière du pouvoir de la musique, qu'il a pensé les fondre dans son propre tableau, et donner le double sexe à ses personnages, empruntant à Titien l'élément masculin et à Palma l'élément féminin. *Tres in unum*, donc, mais, pour réaliser et parfaire l'union des contraires, il a imaginé des musiciens à la fois hommes et femmes. Nous retrouvons là son talent inventif.

— Nous retrouvons d'abord son impiété, dit avec force le préfet du Saint-Office. Si Dieu a séparé l'homme et la femme, ce n'est pas pour que le premier venu se moque de ce qui est écrit dans la Bible.

— L'innovation, de prime abord, peut sembler un peu hardie, je l'avoue. D'où tire-t-elle sa légitimité ? Du caractère particulier qu'il convient de reconnaître à la musique. Emilio dei Cavalieri et ses amis florentins de la Camerata Bardi, dans les recherches qu'ils poursuivent pour réformer la musique en vue des solennités de l'année sainte, aboutissent aux mêmes conclusions que notre jeune peintre. La voix, disent-ils, ne peut être d'un seul sexe. Elle ne serait pas d'essence divine, si elle respectait les limites biologiques assignées au corps humain. Elle ne serait pas le miroir de l'âme, si elle restait soumise au cloisonnement du masculin et du féminin. La musique a pour mission de réconcilier ce que le péché originel a compartimenté. L'homme avant la faute n'était-il pas à la fois homme et femme ? Adam contenait Eve dans sa côte.

Dieu créa l'homme à son image,
à l'image de Dieu Il le créa,
homme et femme Il le créa.

Répartir les voix en voix d'hommes et en voix de femmes serait reproduire le monde du péché.

— Permettez, bredouilla, indigné, le président, mais si vous citez la Genèse, citez-la jusqu'au bout. Après le verset 27 du chapitre III, il y a les versets 18 à 22 du chapitre IV.

Il prit une des côtes d'Adam
et referma la chair à sa place.
Puis de la côte qu'Il avait tirée
de l'homme, Dieu façonna une femme
et l'amena à l'homme.

Ne réunissez pas ce que Dieu a séparé. Le monde était au début un chaos. Magma indistinct, mélange de tout dans tout, sans notion ni du bien ni du mal. Aucun progrès de la conscience religieuse n'eût été possible sans morcellement de cette confusion originelle. C'est refaire le chaos, bafouer la volonté divine et abolir la loi morale, que de mélanger avec une audace impie le masculin et le féminin. Voilà le véritable péché.

— Mais la musique, Éminence ! S'il ne s'agissait pas de la musique, je serais le premier à m'incliner devant une opinion si avisée. La musique a pour fonction divine de nous ramener au temps d'avant la faute. Si les violons, les flûtes et les psaltérions sont les attributs traditionnels des anges, c'est parce qu'il serait inconcevable que le paradis ne résonne pas de cantiques et de psaumes. L'œuvre si neuve que préparent à Florence les musiciens de la Camerata Bardi, et qu'ils espèrent achever pour le jubilé, puisera son sujet dans le mythe d'Orphée.

— Orphée ! s'écria avec jubilation le préfet du Saint-Office. Orphée ! Devrons-nous subir maintenant l'éloge d'une des fables les plus rabâchées du monde païen ?

— Pardon, Votre Grâce ! Que l'autorité de saint Justin me protège de votre courroux ! Vous vous rappelez avec quelle éloquence et quelle force ce saint et martyr de notre religion l'a défendue dans son *Apologie* adressée à l'empereur Antonin et à son fils adoptif Marc Aurèle. Or, pour saint Justin, qui fut fouetté et décapité sous le règne de Marc Aurèle, Orphée n'est qu'une métaphore, le nom donné par les Grecs au pouvoir proprement divin qu'ils reconnaissaient à la musique. Condamnerons-nous, demande l'auteur de l'*Apologie*, une conception si haute de l'art des sons, que les chrétiens l'ont reprise pour l'appliquer aux anges ? Orphée entraîne les animaux derrière lui, les arbres accourent à sa suite, il remue jusqu'aux pierres avec les accents de sa lyre. Tout ce qui est impossible aux autres devient possible pour celui qui sait envoûter l'univers par son chant. Tout ce qui est interdit aux autres lui est permis. Il franchit même l'obstacle suprême, puisque le gardien des Enfers, séduit par son chant, le laisse descendre dans le royaume des morts, où nul vivant n'a jamais été autorisé à entrer. Transcender les oppositions, décloisonner les genres, réunir tous les êtres, animés et inanimés, dans la fusion d'un éternel amour, tel est le privilège d'Orphée, telle est la force de la musique. »

Le cardinal Colonna ajouta cette remarque, qui me parut d'autant plus judicieuse qu'elle glorifiait le pouvoir de la peinture : « Si saint Justin avait connu les fresques du couvent de San Marco à Florence, il aurait dit des anges peints par le *Beato Angelico* ce qu'il a dit d'Orphée. Certains de ces anges sont dits psychopompes, parce qu'ils conduisent les âmes des défunts dans l'au-delà. »

Le cardinal Montero était d'un autre avis. « La différence entre Orphée et les anges, c'est que personne ne songerait à faire monter ceux-ci sur une scène de théâtre. Or vous prétendez qu'il se prépare pour le jubilé un spectacle sur Orphée.

— Reste en effet une question importante à résoudre, admit le cardinal Del Monte. Qui prêtera sa voix à Orphée ? Un chanteur de quel sexe ? Un homme ? Le bon sens est ici contredit par les docteurs de l'Eglise. Rapportons-nous à l'autorité d'Isidore de Séville et de son disciple Rabin Maur, qui a énuméré, dans son *De institutione clericorum*, les traits définissant une voix apte *ad animas confortandas*. Elle doit n'être ni rugueuse, ni rauque, ni dissonante, mais bien chantante *(canora)*, agréable, nette *(liquida)* et élevée. Résumons d'un mot ce qu'elle ne doit pas être et ce qu'elle doit être. Elle ne doit pas être exclusivement masculine, elle doit posséder des éléments féminins propres à toucher *(commovere)* les auditeurs et à vaincre leurs résistances *(animos compungere)*.

— Je vous vois venir ! s'exclama le président. Défendrez-vous le point de vue qu'il faille confier le rôle d'Orphée à une femme ? Oserez-vous vous faire l'apologiste d'un si énorme scandale ?

— Une femme ? Dieu nous en garde, Eminence. L'hypothèse ne saurait être plus absurde. En vérité, Orphée doit donner le sentiment de n'être ni un homme ni une femme. *Nec unus nec altera*. Il incarne l'âme humaine, comme l'a bien compris saint Justin, l'âme humaine lorsque, affranchie de toute limitation, elle s'épanouit dans la musique. Emilio et ses amis de Florence songent donc à utiliser une de ces voix, intermédiaires entre le masculin et le féminin, que Pier Luigi da Palestrina a introduites dans les chœurs de la chapelle Sixtine, qu'il a utilisées dans sa messe *Papae Marcelli* et pour lesquelles Sa Sainteté Clément VIII montre une telle prédilection. »

Sur ces mots, le cardinal Del Monte tourna la tête vers le président.

« Ce joueur de luth, conclut-il, est en réalité un chanteur homme, si l'on se réfère à son état civil, mais plus qu'un homme – ou moins qu'un homme, selon le point de vue. Son statut exceptionnel de *musico* le rend impossible à définir par son genre biologique. L'ambiguïté de son sexe est justifiée par sa mission divine. Voyez comme il ouvre la bouche et prolonge la note en poussant la langue contre les dents, afin que son chant monte jusqu'au ciel. »

Le cardinal Montero revint à la charge. Sur son camail de soie mauve, scintillait, comme la trace laissée par un escargot, la goutte de bave qui avait coulé de son menton pendant son bref sommeil.

« *Divin, divine...* J'ai entendu souvent répéter cette épithète, Eminence. L'essence divine de la voix, le pouvoir divin d'Orphée, la fonction divine de nous ramener au temps d'avant la faute, la mission divine que vous attribuez à ce vaurien... Voudriez-vous nous persuader que ce maraud qui fait semblant de jouer du luth est lui aussi une figure de Notre-Seigneur Jésus-Christ ? De même que les fripouilles acoquinées pour cette parodie de concert ? Oseriez-vous soutenir que ce ramassis de sacripants nous présente des images déguisées du Sauveur ? »

La perfidie était habile. Le cardinal Pietro Aldobrandini sauva, une fois de plus, le parti français.

« Et pourquoi pas, Eminence ? A gauche des trois musiciens du *Concert*, vous voyez un ange, qui détache une grappe de raisin blanc, attribut du Christ et emblème de cet amour *divin* que traduit l'harmonieux accord des trois instruments. Pour *le Joueur de luth*, l'allusion est encore plus claire. Au sujet des pommes et du raisin blanc peints dans le coin gauche, je n'ai pas besoin d'insister. Parmi les fleurs, vous distinguez des lis, des marguerites, un coquelicot, une pivoine, vous ne trouvez pas une seule rose. Ce détail suffit à vous prouver, selon ce que mon éminent collègue le cardinal Colonna vous a exposé tout à l'heure, que le peintre ne considère pas un concert de voix ou d'instruments comme un simple divertissement et ne le compte pas au nombre des "vanités". La musique n'est rien d'autre pour lui qu'un des chemins vers la perfection chrétienne. Quels vers a-t-il recopiés sous les notes de la partition ?

Tu sai ch'io t'amo, anzi t'adoro,
Ma non sai già che per te moro.

(C'était le distique que j'avais choisi pour déclarer mon amour à Mario.) Nul n'ignore que Pétrarque, sous les dehors d'un poète profane, était un disciple secret de saint Augustin. Il faut lire ces deux vers à la lumière des Pères de l'Eglise. Le Christ a poussé *l'amour* des hommes si loin qu'il a voulu *mourir* pour eux. C'est le Christ qui prononce ces mots, c'est le Christ qui joue du luth devant vous, c'est le Christ qui réconcilie l'amour et la mort dans un chant extatique de résurrection. »

Un profond silence accueillit ces paroles. Le cardinal Del Monte saisit cette occasion pour assener l'argument décisif.

« Un amour serait-il parfait, sans la volonté de mourir pour celui que l'on aime ? Si vous gardez un doute sur ce que vient de dire notre éminent collègue, si vous n'êtes pas convaincus que Pétrarque a déguisé sous l'apparence frivole d'un madrigal un des plus profonds mystères de la Révélation, je vous prie d'observer les quatre X peints sur le chevalet du violon, en bas à droite du tableau. Cet élément décoratif serait parfaitement incongru, si la lettre grecque X n'était l'initiale du Christ, telle que les premiers chrétiens la dessinaient aux murs des catacombes. Elle leur servait de signe de reconnaissance pour leurs rendez-vous clandestins, non moins que de gage de félicité éternelle. Le personnage qui joue du luth et chante la joie de la réunion avec le Père est tellement le Christ, que vous lisez son idéogramme dans l'endroit précis du tableau réservé à la signature. »

Je croyais la partie gagnée, quand je surpris un échange de regards entre le cardinal président, le gouverneur de Rome et le préfet du Saint-Office. Sans préambule, avec une brutalité qui semblait incompatible avec sa corpulence et son double menton, le chef du parti espagnol passa à l'attaque.

« On ne farde les garçons que pour être des travestis ou des prostitués. L'année sainte que vous avez mentionnée va s'ouvrir dans moins d'années qu'il n'y a de doigts sur cette main, des dizaines, des centaines de milliers de pèlerins vont affluer à Rome, et, croyez-moi, ils seront moins ébahis des nouvelles musiques que vous leur promettez, que scandalisés par le spectacle d'une ville dépravée.

— Le Saint-Père, ajouta le préfet du Saint-Office, nous a recommandé la plus extrême vigilance. A ces âmes pieuses, qui auront fait des centaines de lieues pour le rachat de leurs péchés, que Rome n'apparaisse pas comme la sentine du vice! Elle ne doit s'ouvrir à eux que comme l'antichambre du ciel. »

Les ennemis du cardinal Del Monte frémirent eux-mêmes à ces paroles, qui avaient la franchise de rappeler la toute-puissance de l'Inquisition.

« Votre Seigneurie voudra bien nous présenter son rapport », reprit le président en se tournant vers le gouverneur. Celui-ci remit à son page le manteau de brocart rouge qui lui couvrait les épaules, et leva son sceptre d'ébène pour donner plus de solennité à sa déclaration.

Quelle ne fut pas mon épouvante de l'entendre affirmer que la secte des Portugais, exterminée dans le Milanais grâce à la vigilance des autorités espagnoles, était réapparue depuis quelque temps à Rome, favorisée par certaines protections haut placées. L'œil du préfet me quitta un instant pour se poser sur le cardinal Del Monte.

« Nous avons repéré le lieu où ils pratiquent leur culte infâme. Comme à Milan, ils ont choisi, pour perpétrer leurs forfaits, rien de moins qu'une église, ajoutant la provocation au crime. Peu d'entre vous sans doute connaissent San Giovanni a Porta Latina, qui dresse à l'écart ses murs solitaires, près du rempart d'Aurélien. Le clocher roman, la nef plongée dans une sainte pénombre, le cloître où pousse un grand cèdre, le puits orné de hiéroglyphes, les chapiteaux sculptés par le poinçon malhabile d'un moine qui passait plus de temps à prier Dieu qu'à poursuivre des chimères d'artiste, voilà le décor entre tous vérérable qu'ils souillent de leurs turpitudes. Rien vraiment ne destinait ce résumé de ce que des siècles de foi et de recueillement ont produit de plus haut dans l'ordre spirituel à devenir le théâtre de telles abominations. La secte ne recule devant aucun blasphème. Observant les mêmes cérémonies que les chrétiens pour leurs mariages, ils s'épousent mâle à mâle, au cours de messes semblables aux offices de notre sainte mère l'Eglise. Ils font leurs pâques ensemble, habitent et couchent l'un avec l'autre.

Mes agents en ont arrêté une douzaine, qui attendent dans les cachots de Tor di Nona l'heure d'expier sur le bûcher ce que nous n'avons pas besoin de l'autorité de saint Paul pour qualifier de *maximum et horrendum nefas.* »

Le préfet, qui tenait du pape le mandat de faire saisir toute personne qui lui parût suspecte, conférait à voix basse avec ses acolytes. Je sentais la fleur de chardon me brûler l'épaule, comme si on m'avait appliqué le fer à nouveau. Le cardinal Del Monte semblait sur les épines. Comment se fût terminé le procès, pour moi et pour sa politique, sans la miraculeuse intervention qui nous sauva ?

On entendit un grand bruit de l'autre côté de la porte. Malgré les domestiques qui essayaient de le retenir, un messager força la consigne et se précipita, hors d'haleine, dans la galerie.

« Ordre de Sa Sainteté le pape ! » criait-il. Tous les cardinaux se levèrent. « Sa Sainteté le pape m'ordonne de vous communiquer une nouvelle que les cloches s'apprêtent à carillonner d'un bout à l'autre du monde chrétien. Son Excellence Filippo Neri est mort ce matin. Il est prescrit aux Eminences de cesser à l'instant toute activité qui ne soit pas tournée vers la prière pour le repos de l'âme du défunt. »

Dans le brouhaha et la confusion qui suivirent, les uns demandaient des détails, d'autres faisaient mine de s'affliger. Don Pietro Moroni pleurait. Moi-même en larmes, je me jetai dans ses bras. Le cardinal Aldobrandini recevait les condoléances.

Le cardinal Del Monte vint à moi et me dit : « Tu es sauvé. Le cardinal Aldobrandini était un des hôtes les plus assidus de l'Oratoire et le pénitent préféré de Filippo Neri. Le pape refusera qu'on instruise contre un protégé de son neveu. Pendant toute la durée du deuil que Sa Sainteté imposera à l'Eglise, et qui ne peut manquer de s'étendre sur trois ou quatre mois, tu auras le temps de faire oublier tes imprudences par des tableaux qui ne prêtent plus au soupçon. Pour ma part, je vais avancer si bien les préparatifs du mariage de Marie de Médicis, qu'il sera impossible de revenir en arrière. Je t'avais parlé de la décoration à terminer dans la chapelle Contarelli de San Luigi dei Francesi. De ce côté aussi je vais pousser les pourparlers. L'administrateur de la succession du cardinal Matteo Contarelli, abbé Giacomo Crescenzi, n'a pas encore fait le nécessaire, à onze ans de la mort du cardinal, pour l'adjudication des travaux. C'est pour toi une chance, sais-tu ? que le Cavaliere d'Arpino n'ait pas été encore officiellement désigné. Le chapitre de cette église vient d'adresser une protestation à Sa Sainteté. Les chanoines exigent que les peintures soient terminées pour l'année sainte. »

Le cardinal Aldobrandini me prit ensuite à part. « J'aviserai Sa Sainteté que Filippo Neri t'a logé au début de ton séjour à Rome et qu'il t'avait en paternelle affection. Aucun sauf-conduit ne vaudrait celui-là. »

Les cardinaux espagnols durent faire contre mauvaise fortune bon cœur. Bien que Filippo Neri eût été le principal artisan de l'abjuration d'Henri IV et de la politique qui contrecarrait les ambitions hégémoniques de leur maître, ils ne pouvaient décemment éviter de prendre le deuil d'un saint dont la canonisation était déjà décidée. Quant aux délégués du Saint-Office, ils s'étaient éclipsés en rasant les murs, sans même juger bon de s'associer aux condoléances.

« Comment s'appelle le préfet ? » demandai-je au cardinal Aldobrandini. « Monsignor Aldo delle Palme. C'est l'homme le plus puissant de Rome. Je le soupçonne de voir clair des deux yeux. Dans quelle intention se fait-il passer pour borgne ? Ce qui m'inquiète le plus, c'est de ne pas le deviner. »

LIVRE III

I

Le ver dans la pomme

Tu étais sauf.

Sauf? Si tu t'en tiens aux menaces extérieures que les cardinaux du parti français venaient d'écarter, oui. Le Saint-Office avait perdu la première manche. Mais les autres menaces? Le danger intérieur? Le ver que tu avais mis dans la pomme, dès ton premier tableau? Avait-il cessé de faire son chemin en toi? Ne creusait-il pas, jour après jour, sa galerie? Si tu avais su le nom qu'il allait prendre bientôt, si tu avais deviné sous quel dehors trop charmant il poursuivrait en toi sa reptation meurtrière, si le pressentiment de la catastrophe à laquelle son travail de sape aboutirait dans quelques années t'était apparu, aurais-tu cherché à l'extirper, lorsqu'il était temps encore de t'en défaire?

Rien n'est moins sûr. Il faisait partie de ta vie, désormais. Il était devenu une partie de toi-même. Cette larve, tu avais besoin qu'elle te creuse. D'être taraudé par sa morsure, tu n'aurais pu te passer. Encore temps de t'en défaire? Il n'avait jamais été temps, pour toi, de vivre protégé de cet ennemi. La longue litanie des avantages auxquels il t'avait demandé de renoncer, tu étais fier de te la réciter :

Tu n'auras jamais de goût pour le bonheur. Ce que tu gagneras d'un côté, tu t'empresseras de le perdre de l'autre. Tu iras là où t'attendent les mauvais coups. Sous les orages, tu sortiras tête nue. Ta réputation, tu la laisseras détruire. Dé-

courageant ceux qui voudront s'opposer à ta ruine. T'alliant à ceux qui s'ingénieront à la précipiter. Ta passion principale sera de te rendre aussi indésirable aux autres qu'ennemi de toi-même. Ta plaie secrète, tu inventeras cent façons de l'envenimer. Tout te sera bon pour être l'instrument de ta destruction : les commandes dont tu seras honoré, la bienveillance de tes anciens comme de tes nouveaux protecteurs, les sujets de tes tableaux, pourtant tous, désormais, puisés dans l'Histoire sainte, et non plus tirés de ton imagination, les personnes que tu chériras, lui, surtout, que tu n'auras pas choisi au hasard...

Regarde-le, une dernière fois, avant de mourir : il te vole les tableaux que tu apportais à ce cardinal pour salaire de ta grâce. Ah ! tu comprends aujourd'hui pourquoi, en arrivant à Rome, au lieu d'entrer la tête haute dans l'Urbs, tu as rampé dans les ténèbres d'un hypogée. Et pourquoi, après le procès, tes promenades t'amenaient si souvent dans les endroits où un Romain ne s'aventure pas sans crainte : les souterrains du Colisée, repaire de la mala vita, *les galeries de la Domus Aurea de Néron enfouies sous trente pieds de terre, les berges fangeuses du Tibre, où rôdent sous prétexte de se baigner les gamins en rupture de famille.*

*Néanmoins, tu n'es pas de ceux qui nouent autour de leur ceinture la corde pour se faire pendre. Tu aurais horreur de te complaire dans ce rôle. Te laisser descendre sur ta pente, il n'en a jamais été question. Capituler n'est pas ton fort. Quand tu y seras contraint, ce ne sera pas faute d'avoir lutté avec la dernière énergie. Tu appelles destin non pas ce dieu auquel on se rend par lâcheté en se disant qu'il ne sert à rien de le combattre. Tu appelles destin la force à laquelle on succombe après avoir résisté de toutes ses forces. Pas d'*appel du néant *en toi : ceux qui croient que tu étais voué* par essence *à ce qui a fini par t'arriver ne savent pas ce qu'est la sueur de sang, le mortel effroi qui se glisse dans les veines de l'homme le plus épris de la vie et le mieux fait pour en jouir.*

Ta croix, adore-la si elle est l'instrument de ton agonie, aie-la en détestation si elle te tient cloué à trois pieds au-dessus du sol, sans contact avec cette terre que tu aimes.

II

Fils de mes œuvres

Le cardinal avait entrepris de me marier. Une de ses femmes de chambre était une jeune et jolie fille, nommée Violetta. Elle m'avait déjà prouvé que je ne lui déplaisais pas.

« Tu continues à me donner du souci, me disait-il. Que tu aies peint des anges, puis des saintes, ne nous a servi décidément à rien. Les femmes, il ne suffit pas d'en faire le portrait, il faut les épouser. A Rome, tu dois être ou marié ou prêtre. Un célibataire de vingt-cinq ans qui n'a pas prononcé de vœux est suspect. Le Saint-Office le tient dans sa ligne de mire. Je soupçonne un de mes domestiques du palais Firenze d'être un espion au service de nos ennemis. Quand tu auras une famille, tu seras libre de vivre à ta guise. Mon confrère du Sacré Collège me demandait pourquoi Monsignor delle Palme porte un bandeau sur l'œil, alors qu'il voit des deux yeux, tout le monde le sait au Vatican. Le pape n'aurait pas nommé un borgne à ce poste qui exige vigilance et perspicacité.

— De quel regard perçant il me fixait, Eminence ! Pourquoi se mettrait-il un bandeau sur un œil ?

— Eh, eh ! j'ai ma petite idée là-dessus. Epouse Violetta, et continue à t'amuser avec tes modèles. C'est une gentille petite fille, avec son nom de fleur, et toi, au moins, tu n'es pas comme Benvenuto Cellini ou Léonard de Vinci, à qui les femmes donnaient de l'aversion. Tu surmontes brillamment le peu de goût qu'elles t'inspirent. J'aime ce trait en toi. Tu ne répudies pas la moitié de l'humanité parce que tu préfères l'autre. Que diable ! J'ai un faible pour la viande, mais je ne boude pas le poisson ! Marie-toi. Ce bandeau signifie que celui qui sauve les apparences bénéficiera de l'indulgence du Saint-Office. Le préfet est prêt à *fermer un œil* sur les péchés d'un homme qui a reçu le sacrement du mariage. »

Une par une, le cardinal démolissait mes objections.

« Comment ferai-je vivre ma femme ? – Je lui constituerai une dot suffisante, tu n'as pas à t'inquiéter là-dessus. – Où irai-je m'installer avec elle ? – Tu n'as pas remarqué, de la fenêtre de ta chambre, de l'autre côté du passage, une jolie petite maison ? – Avec un jardin dont l'arbre dépasse le toit ? – Cette maison m'appartient, je peux t'y loger avec ta femme. – Eminence... Vous savez que je ne vis pas seul au palais Firenze... Mario pourra-t-il garder cette chambre dans le palais ? Que va-t-il devenir ? C'est encore un enfant... Il est mineur... Il ne peut compter sur aucun soutien à Rome... Que va-t-il devenir si je le laisse tomber ? »

Le cardinal baissa les yeux et fixa l'anneau qui brillait à son doigt, geste qui lui était habituel en cas de mécontentement.

« Si Mario nous fait des ennuis, dit-il en reprenant son air de grand seigneur, nous avons le moyen de le renvoyer en Sicile. »

Cette phrase m'épouvanta. Que savait le cardinal du passé de Mario ? Puis, je me dis que c'était une menace jetée en l'air pour m'intimider. D'où aurait-il pris connaissance de ce qui s'était passé dans un village de Sicile trois ou quatre ans auparavant ? L'idée fixe de me marier à sa femme de chambre pour assurer les noces de Marie de Médicis lui présentait Mario comme un obstacle. Cet homme qui m'avait montré tant de bontés et se conduisait de façon si familière avec moi tenait à me rappeler qu'il était d'abord un prince de l'Eglise et un homme de pouvoir.

A quelque temps de là, il revint à la charge. « Profite de la venue de ton frère pour annoncer tes fiançailles. – Quel frère, Eminence ? – Giovan Battista, celui qui est prêtre. – Je n'ai pas de frère, Eminence. Ni celui-là, ni aucun autre. – Tu n'as pas de frère ? Il s'est présenté au palais et a demandé à te voir. »

Le cardinal nous ménagea une entrevue. Giovan Battista avait grossi. Il voulut me prendre dans ses bras. Je le repoussai.

« Je ne vous connais pas, dis-je. Laissez-moi. – Ingrat, s'écria-t-il, maintenant que tu as réussi et que tu t'es fait un nom, tu renies ta famille ? Nous n'avons plus peut-être le même sang dans les veines, depuis que tu te pavanes dans le palais d'un cardinal ? – Je ne vous connais pas. – Tu ne me connais pas ? Ne suis-je pas ton frère Giovan Battista ? N'avons-nous pas été baptisés dans la même église, confirmés par le même évêque, n'avons-nous pas reçu la communion au pied du même autel ? Elevés ensemble dans la maison de notre père, à Caravaggio en Lombardie, n'avons-nous pas dit le bénédicité avant chaque repas et récité nos actions de grâces avant de nous lever de table ? Qui t'aidait à reviser ton catéchisme ? Qui se brûlait les doigts en prenant dans le feu la brindille enflammée avec laquelle maman te chargeait d'allumer la lanterne pour indiquer la porte de la maison à grand-papa, quand il s'en revenait de Milan ? Rappelle-toi, les soirs où le vent soufflait en tempête et que la neige tombait à gros flocons. Qui t'emmenait derrière le lavoir panser tes plaies et réparer tes vêtements, lorsque tu t'étais bagarré avec les mauvais sujets du village, et que tu avais peur de rentrer ? Qui t'a accompagné dans la chasse aux grillons, quand le visiteur maltais s'est arrêté sous les pins ? Et ensuite, pendant que tu étais en prison pour je ne sais quelle bravade contre l'autorité espagnole, qui t'apportait des vêtements de la part de maman ? Je vois ce que c'est. Tu es devenu riche, tu roules carrosse, tu vis dans le beau monde, tu aurais honte d'avouer que tu sors d'un trou de province et d'un milieu des plus modestes. – Si ce frère avait des pensées aussi basses, quel plaisir éprouveriez-vous à le revoir ? – Peut-être crains-tu que je ne sois venu te taper ? Dieu merci, le Seigneur et le petit legs que m'a remis oncle Ludovico pourvoient à mes besoins. Pourquoi fixes-tu cette tache sur ma soutane et le bout éculé de mes souliers ? Un homme de Dieu n'a que faire des vains ornements dont on fait à Rome si indécent étalage. – Ecoutez, monsieur, je ne sais de quoi vous me parlez, avec vos lieux communs qui sentent leur sacristie à dix lieues. – Ingrat, je ne bougerai pas d'ici tant que tu ne m'auras pas fait jeter à la porte par un des domestiques de celui qui ignore quelle vipère il a couvée dans son sein. »

Je lui dis qu'il m'insultait et que je n'avais pas l'habitude de me laisser outrager par le premier venu. Pour un homme de Dieu, il manquait au premier précepte évangélique : « Ne jugez pas. » Il s'excusa et voulut à nouveau me prendre dans ses bras.

« Même un homme dont la condition est prospère a besoin d'entendre parler de son enfance par ceux qui l'ont partagée avec lui. Ta sœur Caterina est restée au village ; elle s'est mariée avec le fils du boulanger, elle t'a donné déjà la bénédiction de quatre neveux. Dieu dans sa miséricorde infinie vient de lui accorder la joie d'en attendre un cinquième, à naître vers le temps de Pâques. Tous les dimanches, elle porte des fleurs au cimetière et se recueille sur le caveau où reposent maman et grand-papa. A la mémoire de notre père, elle fait dire deux messes par an, afin que son âme partie sans confession (il se signa) n'erre pas dans les limbes, avec les enfants morts avant le baptême. Oncle Ludovico a continué l'enquête, mais on n'a jamais trouvé la moindre trace des assassins, que Dieu les ait en sa miséricorde et les sauve de l'Enfer ! (Nouveau signe de croix.) Ton frère Giovan Pietro est parti pour la France et n'a pas daigné envoyer de ses nouvelles. Le mauvais sujet! Je l'avais sermonné en lui disant qu'il était de son devoir de se marier et d'assurer une descendance aux Merisi.

— Et à présent, sans doute, vous vous préparez à me tenir le même discours? Parlez-moi de ce Giovan Pietro, qui a déguerpi à temps.

— Il n'y a rien à en dire. Il s'est volontairement exclu de la famille. »

En présence du cardinal, je réitérai mes dénégations.

« Eminence, vous ai-je jamais parlé de ce frère? – Je sais que tu n'aimes pas la Lombardie ni rien de ce qui te rappelle cette époque. Tu n'es pas très loquace sur ton enfance. – Parce que cette terre m'a toujours été hostile. J'y ai grandi seul et sans appui. Et maintenant que j'ai le bonheur de vivre sous votre protection, maintenant que je me suis construit de mes mains une existence honnête, souffrirez-vous que je sois à la merci d'inconnus qui se réclament d'un lien de parenté imaginaire pour me soutirer de l'argent et prendre une part des avantages que je me suis acquis par mon travail? »

Giovan Battista s'étranglait. « Ça, par exemple! » balbutia-t-il. Il déboutonna son collet. « Menteur! Je ne t'ai rien demandé. Je t'ai même précisé que je ne te demandais rien, que je voulais seulement évoquer avec toi des souvenirs qui devraient t'être chers si les privilèges dont tu jouis n'avaient dénaturé ton cœur. Au cas où je serais dans le besoin, je ne compterais que sur la charité de mes ouailles. Dieu merci, la portion que j'ai touchée de mon héritage et la bienveillance du Seigneur me suffisent amplement.

— Avez-vous, mon Père, demanda le cardinal, des preuves de ce que vous avancez?

— Des preuves? Mais la voix du sang, les souvenirs communs, la tombe de notre maman, la mémoire de notre père assassiné, ce ne sont pas des preuves, cela? Le crime invengé qui nous a faits orphelins, est-ce une chose qu'on invente? »

Le cardinal se fit expliquer cette affaire. Il en avait entendu parler par le cardinal Ascanio Colonna, qui la tenait de sa sœur. Aucun des deux prélats, cependant, ne savait que la victime n'était autre que mon père. Convaincu de la sincérité de Giovan Battista, le cardinal Del Monte s'étonna après le départ de mon frère de l'accueil que je lui avais réservé.

« Un compatriote de mon ami Federico Borromeo est toujours bienvenu dans mon palais. Il n'y a pas de honte à avouer un parent de Caravaggio. Ce village est une seigneurie alliée par les Colonna à tout ce qui compte de plus distingué à Rome. »

Aurais-je pu dire moi-même ce qui m'indisposait dans ces retrouvailles ? J'aurais supporté encore la corpulence, la mauvaise haleine, le bagout calotin du bonhomme. *Maman, grand-papa* et *oncle Ludovico,* toute cette mièvre mythologie du foyer. Non, c'était autre chose qui me hérissait. La dépendance d'un passé qui ne m'était plus rien ? Le dépit de n'être pas le fils de mes œuvres ? De quoi était faite mon identité ? D'être né par hasard dans un village de Lombardie, d'avoir grandi avec les autres rejetons de mes parents et partagé avec eux les précieuses années de l'enfance ? Merci bien ! L'un était devenu ce bondieusard, l'autre cette pondeuse – le seul avec qui j'aurais pu m'entendre étant ce troisième qui avait décampé, comme ça, sans crier gare. Attrait de l'inconnu, qui pousse un homme, soudain, à disparaître sans prendre congé de son entourage. Avec ce frère, je sentais que j'avais des affinités. Mais le reste de la famille ? Le reste de la famille ne m'était rien. Comment avais-je réussi à devenir quelqu'un ? N'était-ce pas en peignant des tableaux qui m'auraient reconduit en prison et mis au ban de la société, si par suite d'une rencontre fortuite sur la via Appia je n'étais entré en relation avec un neveu du pape ?

Ce procès m'avait changé. On m'avait accusé d'impiété, ce qui était à la fois me condamner et me mettre en vue. On m'avait jeté le blâme et lancé l'anathème : de quoi me couvrir d'opprobre mais aussi de gloire. Fiché au Saint-

Office! honneur redoutable, à glacer le sang dans mes veines tout en me flattant outre mesure dans mon orgueil. De ce cachet d'infamie, je faisais un sceau d'élection. On jugeait ma peinture incompatible avec les vues du concile de Trente, contraire à la politique de l'Eglise, attentatoire aux Ecritures, pernicieuse pour l'ordre public? Accusations aussi terribles pour l'homme que stimulantes pour le peintre. Ce frère prêtre, qui pensait me fournir le soutien de la religion et le réconfort de la famille, ne pouvait tomber plus mal. Braver les contraintes, passer outre aux obstacles, aller jusqu'au bout de moi-même, qui d'autre que moi pourrait m'y aider? Je n'avais foi que dans mon énergie.

Ni ascendance ni descendance : n'exister que par mes tableaux.

Et d'abord : quitter ce nom de Merisi, qui était le nom de mon père, de mon grand-père, de mon arrière-grand-père, de tous ceux dont je résultais et qui formaient depuis Adam une chaîne ininterrompue. Briser cette chaîne. Renoncer à cette estampille. Refuser de m'appeler d'un nom qui avait servi à tant d'autres. En prendre un qui ne serait qu'à moi.

Je passais en revue les divers pseudonymes adoptés par les peintres. Le métier de leur père, qu'ils avaient eux-mêmes exercé dans leur jeunesse, les avait souvent inspirés. Andrea del Sarto, fils et apprenti du Tailleur. Tintoretto, fils du Teinturier et petit teinturier. Pollaiolo, qui s'appelait Benci, avait choisi ce sobriquet parce que son père faisait commerce de poulets. D'autres s'étaient contentés de rallonger leur prénom : faisant de Donato Donatello, de Giorgio Giorgione, de Tommaso Masolino. Sa spécialité avait fourni son surnom à Fra Angelico, ses mœurs à Sodoma (quel mauvais goût, tout de même!), son lieu d'origine à Veronese, à Léonard de Vinci, à Perugino. Tiens! Pourquoi pas Caravaggio? Il me passa bien par la tête que c'était une autre façon de m'ancrer dans le passé, que de porter le nom de mon village natal, mais j'écartai l'objection.

Caravaggio, ces quatre syllabes me plaisaient. Longueur d'un bon coup d'épée. Le mot rimait avec *selvaggio*, avec *malvagio*. Il avait je ne sais quel air de fierté et d'audace. Flottait comme un étendard. Claquait comme une gifle. Caravaggio. Le double *g*, qui sonne comme une charge. Allitération avec *caravansérail* : odeur de Malte, de Sud, d'Orient. Je fus si content de m'avoir trouvé ce pseudonyme, que je m'exerçai pendant un jour entier à inventer une nouvelle signature, tantôt régulière, tantôt fantasque et biscornue. « Mais c'est la queue de la Scrofa ! » s'écria Mario en voyant quel paraphe j'avais finalement adopté.

Pour finir, je décidai que je ne signerais pas plus mes nouvelles toiles de ce nom que je n'avais signé *Merisi* les anciennes. Me faire un nom, oui, selon mon vœu d'enfance. Mais ne pas l'écrire au bas de mes tableaux comme l'empreinte vaniteuse d'une volonté mûrie par le pacte conclu dans l'ombre avec mon père. Appelez-moi désormais Caravaggio, mais que ce nom invisible retentisse comme la voix d'un dieu qui doit rester caché.

Me marier ? Le cardinal ne se trompait pas, je n'avais aucune peur ni mépris des femmes, même si je préférais les garçons. Une vraie préférence, fondée non pas sur la phobie de l'autre sexe, mais sur un goût beaucoup plus vif pour le mien. Etre bougre et ne pas souffrir les femmes, c'est boire de l'eau parce qu'on manque de vin. On ne choisit plus entre deux voies, s'il n'y en a qu'une de possible. Caterina, Anna, Lena, Fillide, Violetta : j'ai eu mes « bonnes fortunes » avec elles, et du contentement dans mon cœur. Mais ailleurs, et c'est toute la différence, j'ai trouvé plus et mieux.

Ce qui pour le cardinal faisait le prix du mariage était ce qui m'en éloignait : le brevet de respectabilité qu'il confère, la sécurité qu'il procure. Une position stable et « honorable » ne m'intéressait pas. Mon idéal ne visait ni à avoir pignon sur rue, ni à pousser devant moi une épouse pour « m'amuser » dans son dos. La devanture sociale que voulait m'imposer le cardinal aurait affaibli l'intensité de mes sensations. J'appartenais à une chevalerie qui n'est heureuse que dans l'affût et le danger. Le *mieux* des garçons consiste en grande partie dans le caractère illégal de leur amour, et le *plus* dans les conséquences périlleuses qui découlent de ce manquement à la loi.

Comme il avait changé, Mario ! Comme j'étais coupable de ne m'en être point aperçu ! Il avait pâli, maigri, fondu. Un soir, en rentrant au palais Firenze, je l'étreignis en silence. Il m'appela « Angelo » pour la première fois depuis longtemps, et me renversa sur un des lits. Nous ne fûmes plus qu'un seul et même corps. Une seule et même âme se reprit à nous habiter. Notre vie recommença comme avant. Il commit de nouvelles folies, comme de taillader dans ses cheveux et d'en couper d'épaisses mèches pour m'en faire présent.

« Règne sur moi, me disait-il, je veux être ton esclave parce que je ne suis digne que de te servir en esclave. Que ces cheveux soient le gage que j'ai promis de t'obéir en toute circonstance, *même si tu me demandes un sacrifice jugé par le bon sens inhumain*. Au cas où je contreviendrais à ce serment, montre-les-moi pour me rappeler au devoir. »

Il regarda autour de lui dans la chambre. « Mais dans quel coin vas-tu déposer ce gage ? Je veux que tu le gardes à portée de main. »

Il chercha une cachette. « Pourquoi pas, dis-je, conquis par son enthousiasme et prêt à entrer dans son jeu, au fond du fourreau de cette épée ? » Je lui indiquais l'estoc que j'avais acheté à Ranuccio Tomassini, peint entre les mains de Fillide comme instrument du martyre de sainte Catherine puis rapporté au palais Firenze en m'assurant que personne ne me voyait dans la rue avec cet engin prohibé. Le fourreau, dont une bouterolle d'argent garnissait la pointe, n'était pas moins magnifique que la rapière elle-même avec sa garde en coquille finement ouvragée.

« Non, pas cette cachette ! s'écria-t-il avec effroi. Pas celle-là, au nom du ciel ! » Il se ressaisit. « Tu m'as donné pourtant une bonne idée. Mettons mes cheveux dans la gaine de ta dague. Chaque fois que tu remueras la lame, tu te rappelleras que ton esclave est prêt à mourir pour toi. »

Pourquoi la dague et pas l'estoc ? Il était si véhément et fou que je ne songeais pas à m'étonner de cette bizarrerie. J'ouvrais la fenêtre, et, penché sur l'appui et enlacé à Mario, regardais la petite maison de l'autre côté de la ruelle. En épousant la femme de chambre du cardinal, cette jolie Violetta qui me récompensait de mes longues journées de travail au palais Madama par des gâteries sans conséquence, j'aurais habité là. Pourquoi le cardinal, au lieu de s'obstiner dans un projet incompatible avec mon caractère, ne me donnait-il pas cette maison pour y habiter avec Mario ? A l'ombre de l'arbre qui dépassait du toit, dans le jardinet planté de fleurs qui embaumaient la rue, nous aurions rempli nos verres à l'eau fraîche tirée du puits. Mario m'accompagnait dans ce rêve. « Avoir pour adresse, soupirait-il, *vicolo del Divino Amore*... » Il m'embrassait.

« C'est bienheureux, me dit-il une fois, qu'une si jolie petite maison se trouve de ce côté-ci du palais.

— Pourquoi dis-tu ça ? La même maison, située de l'autre côté, te plairait moins ?

— L'autre côté donne sur la via di Pallacorda. »

Il s'était soudain rembruni. « D'accord, Mario, la via di Pallacorda est moins pittoresque que ce minuscule passage qui n'est même pas droit. Mais qu'importe l'endroit où elle se trouverait, si nous avions une maison rien que pour nous deux ?

— Via di Pallacorda, on entend les balles quand il y a une partie au jeu de paume.

— Ce bruit te dérange ? » L'étrange argument qu'il me sortait là ! « A propos, tu n'y vas plus, au jeu de paume ?

— Vrai Dieu ! il serait temps que tu t'en aperçoives ! »

Quel secret gardait-il ? Que recouvraient ces allusions ? Que cachait cette rancœur ? Il s'était donc passé quelque chose au jeu de paume ? Pourquoi ne voulait-il pas m'en dire plus ? Il m'embrassa à plusieurs reprises, puis m'enveloppa, me roula et m'étourdit sous tant de caresses et de câlineries, que j'oubliai sur le moment d'approfondir ce mystère.

Les jours suivants, je ne pus m'empêcher d'y repenser. Pour être loyal envers Mario et l'encourager par ma franchise à ne garder aucune réserve, je lui avouai que j'avais menti, au sujet de la fleur de chardon imprimée sur mon épaule.

« Ce n'est pas une marque laissée par Silvia ?

— Il n'y a pas de Silvia. Il n'y en a jamais eu. J'avais peur au début de te révéler l'origine et le sens de cette fleur. Le bourreau l'a brûlée au fer dans ma peau. Elle m'accuse aux yeux de la justice et de Dieu.

— Mais tu en es fier, n'est-ce pas ? »

Il se fit raconter le procès de Milan, les tortures endurées, le verdict, la séance de marquage, mes années de prison. « *Angelo mio*, comme j'aurais voulu être avec toi et partager tes épreuves ! » Je dus, de la pointe de ma dague, lui graver sur l'épaule une fleur de chardon analogue, assez profondément pour que la cicatrice restât imprimée sur sa peau. L'idée d'entrer dans une chevalerie secrète fondée sur la libre acceptation du danger enflammait Mario. Celui qui n'avait pas hésité à commettre un crime pour venger son ami était orgueilleux de porter un signe matériel de réprobation. Il me raconta que plusieurs jeunes gens, parmi les plus honnêtes de Syracuse, condamnés, comme lui, à se faire bandits d'honneur par les abus qu'ils avaient eu à souffrir d'un seigneur, s'étaient constitués en une association appelée, pour déjouer les soupçons de la police espagnole, « les compagnons de la Gorgone ». En choisissant pour enseigne cette face hérissée d'une chevelure vipérine et dont les yeux écarquillés transforment en pierre celui qui la regarde, ils s'engageaient à mener la guerre contre l'injustice et à tirer vengeance de leurs oppresseurs. Une idée saugrenue, touchante, lui vint à l'esprit. Devait-il répudier son Antonietta, puisque je n'avais pas de Silvia ? Pour être digne de son nouvel adoubement, il voulait m'avoir pour seul maître.

« Je vais lui envoyer un message par le prochain bateau de Syracuse.

— N'en fais rien, Mario. Ne m'as-tu pas affirmé un jour que tu retournerais en Sicile parce que ta vengeance était restée incomplète ? Selon toi, le type qui t'a enlevé ton ami avait forcément des complices. Garde Antonietta. Elle te servira de prétexte. Une fiancée sera le meilleur des alibis possibles si on te voit rôder du côté d'Avola. »

Sa condition de chevalier étourdissait Mario d'un nouveau bonheur. Son caractère le disposant à la passion exclusive, le clandestin et l'illicite exerçaient sur lui une attirance qui entrait en lutte avec son goût pour la vie à deux. *Cuore* et *cuore* : celui qui bout avec fureur et celui qui palpite tendrement. Double foyer : à la fois fournaise et fourneau. Est-ce un trait sicilien, que d'être en même temps attaché à la *casa* et susceptible de folies héroïques ? L'histoire de la secte des Portugais et de leur église à Milan, je dus la répéter dix fois. Ils étaient combien ? Ils se recrutaient comment ? Ils observaient quels rites ? Ils prêtaient quel serment ? Puisqu'ils ornaient de peintures leur église, m'avaient-ils commandé un tableau ?

Je n'eus garde de lui apprendre que cette secte était réapparue à Rome. Fou comme il était, il pouvait courir à San Giovanni a Porta Latina, tomber dans la souricière tendue sous le cèdre du cloître par les sbires du gouverneur.

Il soutenait que nous devions, comme les Portugais de Milan mais en prenant mieux nos précautions, adopter un signe de reconnaissance. Pourquoi pas un mot de passe, comme en ont les marionnettes du *Teatro dei Pupi*, qui crient dans la mêlée *Charlemagne!* pour s'identifier au milieu des ennemis ?

« A quoi bon, lui disais-je, si nous ne sommes que deux à être dans le secret ?

— Deux personnes qui s'aiment, rétorquait-il, doivent

posséder un talisman. Suppose qu'un jour tu partes en voyage, ou que tu aies à disparaître pendant quelque temps hors de portée du Saint-Office. Tu prononces le mot de passe, et, par magie, me voilà à côté de toi. »

Je feuilletai mon Arioste et mon Tasse, sans rien trouver de satisfaisant. Les paladins, les croisés n'ont à la bouche que belliqueuses interjections, cris de guerre, défis brutaux. Mieux valait un nom de ville, de montagne, de fleuve. *Sicilia*, par exemple ? Nous tombâmes d'accord sur ce nom, lui par nostalgie du pays de sa famille et de son enfance, moi par curiosité d'une terre où Ibn Jafar s'était plu comme en aucun autre endroit d'Italie. A Messine, un peintre connu seulement sous le prénom d'Antonello avait retrouvé pour le voile de ses Madones le seul bleu digne d'être comparé à la couleur du ciel dans les fresques de Giotto.

« Si tu te trouves seul et en difficulté, répéta Mario en me serrant dans ses bras, tourne-toi vers le Sud et prononce tout bas *Sicilia !* Je ne serai pas long à te rejoindre. Promis et juré. »

Il découpa dans une de mes toiles vierges deux rectangles de cinq pouces sur six, me procura une carte de Sicile et me demanda de la reproduire en double exemplaire, avec l'emplacement de sa chère Syracuse, sans oublier d'indiquer par une barre noire la chaîne de l'Etna, car, me disait-il, on ne s'abandonne si paresseusement à la douceur de vivre dans cette partie de la Sicile que parce que, outre la violence des seigneurs, une éruption soudaine du volcan, un tremblement de terre ou un raz de marée sont toujours à craindre. Chacun de nous cousit une carte à l'intérieur de sa veste et s'engagea à la garder en toute circonstance sur soi. S'il changeait de veste, il la recoudrait à l'intérieur de son nouvel habit.

A présent que nous avions retrouvé notre intimité, Mario ne mettait plus que la chemise du *Mondafrutto*, premier tableau pour lequel il avait posé devant moi. Il la lavait chaque soir et l'accrochait à la fenêtre pour qu'elle sèche au soleil du matin. Il aimait le contact de la soie tiède sur sa peau. Le garçon épluchant une pomme lui rappelait aussi nos débuts, quand la pingrerie du Cavaliere d'Arpino nous obligeait à faire notre repas des quelques fruits rapportés du marché et dévorés sur le coin du lit dans la chambrette de la via della Stelletta.

Cette chemise, comme le cardinal Aldobrandini l'avait signalé au président du tribunal, n'avait plus de boutons, en sorte que la poitrine restait en partie découverte. Je tremblais qu'un mouvement imprudent ne révélât la fleur de chardon, ou même que, par bravade, Mario ne se plût à l'exhiber par un geste provocant de l'épaule.

A la mercerie où j'avais déjà acheté le fil et l'aiguille pour coudre les cartes de Sicile, je retournai pour me procurer des boutons et une paire de ciseaux. Les boutons se révélèrent trop grands pour les boutonnières. Il fallut allonger celles-ci, en déchirant le tissu sous mes coups de ciseaux maladroits. Mario assista sans protester au sacrifice de son beau décolleté.

J'étais rassuré : pour masquer les fentes découpées au petit bonheur dans la soie, il ne pourrait plus porter cette chemise qu'il ne l'eût boutonnée. Sans être coquet, il était aussi soigneux de sa mise que de l'intérieur de notre « ménage » (le mot était de lui).

III

Ranuccio

Plus un seul nuage sur nos têtes. Ciel pur et serein dans nos cœurs. Mario s'était remis à peindre. Autant sa sentimentalité excessive pouvait être agaçante, autant il me surprenait par la vigueur de ses tableaux. Sa virilité, il la mettait dans son art. Carlo et Francesco, formés dans le nord de l'Italie, lui donnaient des leçons de dessin. Pour ne pas tomber dans la mollesse des écoles de Venise et de Bologne, il durcissait les traits de ses Madones et de ses Christs.

« Je veux te peindre une *Nativité*, me dit-il un jour. Avec des animaux moins farfelus que ceux du dottor Ripa.
– Non, fais-moi plutôt une *Crucifixion.* » Etonnés tous les deux de ce choix, si peu en harmonie avec notre présente lune de miel, nous nous regardâmes en silence. Puis, malgré sa visible répugnance à peindre un corps pantelant devant des femmes en pleurs, il me fit un tableau encore maladroit, mais digne de ce mystère sanglant.

Travailler ensemble consolidait notre union en la dégageant du train-train domestique. Les lits qu'il avait séparés pendant la crise, l'idée ne nous vint même pas de les rapprocher. Un des lits nous suffisait, pour nous caresser, pour nous aimer, pour dormir. Dormir enlacés n'était pas une gêne, mais un supplément de volupté.

« Et puis, disais-je à Mario, c'est peut-être plus prudent

ainsi. J'ai l'impression que nous sommes espionnés. Le cardinal suspecte un de ses domestiques. – Ne me parle plus du cardinal! s'exclama-t-il. – Pourquoi dis-tu ça? – Tu sais très bien pourquoi je le dis. »

Il me fallut beaucoup de diplomatie pour qu'il me confiât ses soupçons. D'après lui, le cardinal voulait nous séparer. Durant la période où je l'avais *abandonné* pour Rutilio (il prononçait ce mot d'un air dolent), il s'était lié d'amitié avec les autres peintres du palais Madama. Tous l'avaient mis en garde : le cardinal n'aimait pas les voir *prendre des habitudes,* c'est-à-dire rester plus de quelques mois avec le même modèle. Les peintres étaient partagés à ce sujet : certains justifiaient ce point de vue en disant qu'un artiste qui s'installe dans une liaison perd de son pouvoir créateur : en compagnie de quelqu'un qu'on connaît trop bien, comment éprouver des émotions qui ne soient pas usées? Le cardinal avait écrit un opuscule à ce sujet : *Où l'on prouve que le changement est la condition du talent.* Titre d'un des chapitres : « Pour être fidèle à ta Muse, sois infidèle à ta maîtresse. »

« En réalité, selon d'autres avis, cet éloge de l'instabilité répond à un mobile rien moins que désintéressé. Le cardinal pense attacher à son service plus durablement ses peintres en leur interdisant les passions. Leur vie ne doit être occupée que de leur travail au palais. Si tu savais tout ce qu'on m'a raconté! *Ton* cardinal est un égoïste et un jaloux, qui voudrait que l'existence des autres soit aussi vide de sentiments que la sienne. C'est par pure perversité, conclut Mario, qu'il embauche plein de types qui ne sont pas plus faits pour être des modèles que la Sicile n'est un pays musulman.

— Et qui ne servent qu'à... Oui, je comprends. Au moins, voilà qui est clair! Pourquoi ne t'es-tu décidé qu'aujourd'hui à me le dire? » Il prit son air le plus buté – ce que j'appelais son air *sicilien* : « Parler de quelque chose qu'on redoute, c'est lui donner une chance supplémentaire d'arriver.

— Rien ni personne ne nous séparera jamais, Mario, le pape en personne perdrait son latin à essayer de nous brouiller, car non seulement je t'aime, mais tu m'inspires mes tableaux les plus réussis. »

Pour le convaincre, je lui racontai comment, en revoyant, le jour du procès, les tableaux peints à Tor Sanguigna, j'avais compris, non seulement qui était *maître de mon cœur* (je l'embrassai, pour qu'il ne me vît pas sourire de cette emphase), mais où se trouvait mon intérêt d'artiste.

Il restait sur la défensive.

« Pourtant, selon toi, reprit-il, il n'y a pas d'amour véritable, si chacun, chaque jour, ne craint pas que cet amour ne finisse. Combien de fois me l'as-tu dit et redit : le sentiment de sécurité est incompatible avec l'amour. Si tu aimes vraiment Antonietta, ajoutais-tu, garde-toi de l'épouser. Une maîtresse est la seule femme qui soit sûre des sentiments qu'un homme lui témoigne ; car le devoir, les lois, l'opinion, le soin à donner aux enfants, l'intérêt du patrimoine, etc., n'en sont pas les tristes auxiliaires. Celui qui se lève le matin sans penser, de l'autre à côté de qui il a dormi : "Peut-être ce soir on m'aura quitté", celui-là vit dans l'habitude, il ne vit pas dans l'amour. Sans la menace continuelle d'une rupture, tu t'encroûtes dans la routine, ou tu t'enlises dans le mensonge. Reste sur le qui-vive, et, pour rester sur le qui-vive, crois que chaque jour peut être le dernier. Ce sont tes propres paroles.

— C'est vrai, Mario. Du risque d'être abandonné découle la nécessité de plaire, d'être agréable à l'autre, de l'écouter, d'être *à lui*. L'amour est un pacte qu'il faut renouveler tous les jours, un accord qu'il faut mettre sans cesse à l'épreuve, un bonheur qu'on doit mériter par un effort constant sur soi-même. Je ne te plais plus, tu me quittes ! N'est-ce pas sur ces bases que nous avons décidé de nous entendre ? Formons-nous un couple au sens étriqué du mot ? Nous n'avons pas signé de contrat d'assurance, ni conclu de bail. Il n'y a pas de garanties entre nous. Aucune chaîne ne nous attache l'un à l'autre, parce que nous ne sommes pas des chiens rivés à leur niche, mais des loups solitaires qui ont choisi de vivre ensemble par un engagement remis chaque jour en jeu. C'est mon désir d'être aujourd'hui avec toi et ton désir d'être aujourd'hui avec moi qui font que nous sommes ici. Rien d'autre que cette double et *actuelle* volonté.

— Peut-être, Angelo, mais...

— Trouves-tu que je ne t'accorde pas assez de temps ? Me voudrais-tu plus près de toi ? As-tu des sujets de préoccupation qui m'échappent ?

— Méfie-toi du cardinal. Prends tes distances. Je n'aime pas l'atmosphère qu'il entretient autour de lui. Fais-toi donner la petite maison du Divino Amore, ou pense à te chercher un autre protecteur. »

Pour le distraire de sa lubie, je ramenais la conversation sur le terrain de notre vie quotidienne. Tentant de l'intéresser à des passe-temps que nous pourrions partager :

« Tu sais, lui dis-je, j'ai un regret. Pourquoi ne suis-je jamais allé au jeu de paume disputer une partie avec toi ? Non pas que je puisse être un partenaire très brillant ! Tu me battras à plate couture, entraîné comme tu es. Mais taper ensemble sur des balles, je crois que ça nous ferait le plus grand bien. »

J'avais parlé tout en logeant dans le fourreau de ma dague la nouvelle mèche de cheveux qu'il venait de se couper. Quand je relevai la tête, je vis son visage décomposé.

« Pardonne-moi, le jeu de paume t'évoquera une époque qui n'a pas été heureuse pour toi. Tu as déclaré l'autre jour que même le bruit des balles t'était désagréable, je comprends maintenant pourquoi. » Il se mit à trembler. « Mais elle est bel et bien révolue, cette époque, je te le jure. Jamais plus je ne t'abandonnerai, et c'est pour partager chaque heure de la journée avec toi que je veux que tu m'emmènes jouer dans le cloître de San Gregorio. »

Qu'avais-je dit ? Il bégayait, il pleurait. « Jamais plus, finit-il par bredouiller, je ne veux retourner au jeu de paume. Surtout pas avec toi ! »

Je le serrai dans mes bras ; il était secoué de frissons. La fièvre se déclara. Le médecin du palais prescrivit des compresses. Pendant son délire, Mario balbutiait un nom. Trois syllabes, inintelligibles, à part le *io* de la terminaison. « Le pauvre, me disais-je, Rutilio continue à l'obséder. » Il articula un jour plus distinctement ce nom. Ce n'était pas Rutilio, c'était « Ranuccio ». Quel mystère allais-je découvrir ? En attendant qu'il fût en mesure de parler, je me rappelais avec quel effroi il avait repoussé l'estoc de bretteur que j'avais acheté à Ranuccio Tomassini. « Pourvu que ce type ne l'ait pas embringué dans quelque mauvais coup. » Ranuccio avait déjà une légende : à la tête d'une bande armée dans le Campo Marzio, il rançonnait les passants que la nuit avait surpris dans la rue. Après une certaine heure, on n'osait plus sortir dans le quartier.

Je ne parvins à savoir la vérité, qu'à force de prières et de ruses.

« Si tu ne me dis pas de quoi il retourne, j'irai l'interroger moi-même, ce Ranuccio. – Pour l'amour de Dieu, garde-toi d'approcher ce type. – Il te fait donc si peur, Mario ? – Passe au large de Ranuccio, si tu m'aimes. – Vous jouez pour de l'argent ? Il te gagne souvent ? Tu as des dettes envers lui ? C'est cela ? »

Il ne savait que me répéter : « Méfie-toi de Ranuccio. – Mais si je lui propose de le rembourser ? Que lui importe, que cet argent lui vienne de toi ou de moi ? D'ailleurs, il m'a vendu son épée au prix fort, même si je tiens compte de la commission empochée au passage par le gardien du jeu de paume. Il me doit quelque complaisance. – Angelo, ce type n'est qu'une brute. » J'insistais. « S'il refuse et que nous nous disputons, qu'ai-je à craindre ? Ne suis-je pas moi-même armé ? Quand je sors la nuit, est-ce que je laisse mon épée sous le matelas ? Tu sais bien aussi que je ne me sépare jamais de ma dague, rien que pour le plaisir de sentir au fond du fourreau, chaque fois que je remue la lame, la preuve d'amour que tu m'as donnée. »

A ce mot d'*amour,* il se remit à pleurer. « Angelo, il ne s'agit pas de cela... » La crise le suffoquait. « Parle donc! Mario. » Il ouvrit la bouche pour répondre, mais la voix s'étrangla dans sa gorge, et il ne put articuler un seul mot. Le lendemain seulement je réussis à obtenir un récit moins incohérent.

« Un jour, commença-t-il, il est venu jusqu'au filet, et, au beau milieu de la partie, s'est accroupi tout à coup en me clignant de l'œil. "Cette posture, cela ne te dit rien? me demanda-t-il. Imagine qu'à la place de ce filet, il y ait une haie de figuiers de Barbarie. – C'était donc toi!" m'écriai-je, épouvanté. Toute la scène m'était revenue en mémoire. Le jour où j'avais attendu Giorgio Belmonte près d'Avola pour lui régler son compte, j'avais remarqué, de l'autre côté du chemin, un mouvement dans la haie, presque en face de moi. Ce sera quelque voleur de moutons, m'étais-je dit. Comptant sur l'*omertà* qui unit les gens du peuple contre un seigneur qui abuse de son pouvoir, je ne m'étais guère inquiété de ce témoin. Il était d'ailleurs trop tard pour changer d'endroit. J'entendais le pas du cheval au tournant de la vallée : l'infâme suborneur qui m'avait pris Gabriele serait devant moi dans un instant. Un troupeau passait en contrebas; les clochettes tintaient dans le soleil couchant. "Tu me remets, à présent?" continua Ranuccio en éclatant d'un rire grossier. Pour bien me convaincre que c'était lui qui avait assisté au meurtre, il se mit à me parler dans notre langue de Sicile. Enfin, il siffla les cinq ou six notes de la ritournelle de l'air que je chantais le jour du crime pour endormir la méfiance du jeune seigneur et lui faire croire que j'étais le berger de ce troupeau. »

Voilà comment, pensai-je, l'affaire d'Avola est remontée jusqu'au cardinal. Leurs Eminences n'ont pas scrupule de traiter avec des spadassins. Ceux-ci leur servent d'espions et les informent sur la vie des bas-fonds de la capitale qu'ils connaissent mieux que les agents du Saint-Office eux-mêmes.

« Si ce n'est que cela, dis-je, aucun tracas à te faire. Qui prêterait foi au témoignage de Ranuccio ? Est-ce un enfant de chœur, pour qu'on le croie sur parole ? Au reste, il est peu probable qu'il veuille te dénoncer. Un homme qui a maille à partir avec la justice n'a pas intérêt à la chatouiller sous le nez.

— Il me tient, Angelo. Il a mon secret. Il me tient. »

Je songeais à ce que le cardinal m'avait dit : « Si Mario nous fait des ennuis, nous avons le moyen de le renvoyer en Sicile. » Je repris : « Le cardinal te protégera. Il hait si fort le parti des cardinaux espagnols, qu'il ne rendra jamais ce service à la police de Philippe II, de lui livrer un type qu'elle recherche.

— Au contraire ! Afin d'amadouer les adversaires de ce mariage auquel il tient tant, il peut très bien accorder au parti espagnol une concession qui ne lui coûte rien. Ce gage de sa bonne volonté étant donné au pape, qui a si peur pour ses pèlerins de l'année sainte, il augmente sa marge de manœuvre.

— Peste ! tu as pénétré à fond les rouages de la politique vaticane !

— Ne te moque pas. Une mouche prise dans sa toile a plus de chances d'échapper à l'araignée que moi de me soustraire aux serres de Ranuccio.

— Il y a cinq ans au moins que tu t'es enfui d'Avola ! S'il voulait tirer avantage de ce qu'il sait sur toi, il l'aurait fait depuis beau temps. »

Je n'eus pas plus tôt prononcé ces mots, qu'il se laissa tomber par terre. A genoux, il se cognait la tête contre les carreaux. Si j'essayais de le relever et de le prendre contre moi, il s'écriait : « Laisse-moi ! Je ne suis pas digne de ton amour ! » La crise dura longtemps. Il s'arrachait à mes bras quand je voulais le bercer, répétant sur tous les tons qu'il n'était plus *digne* d'être aimé.

Je me creusais la tête pour imaginer quelle faute si grave il avait pu commettre.

« Il t'a enrôlé dans sa bande, n'est-ce pas ? Il te tient par le chantage ? » Il ne répondait pas. « Il t'a menacé de révéler le crime perpétré autrefois, si tu te refusais à travailler pour lui ? C'est cela, Mario ? » Même silence. « Il t'a forcé à voler les passants ? » Je ne savais plus que supposer. « Une affaire s'est peut-être mal terminée... Il y aura eu mort d'homme... Oh ! comme je m'en veux de t'avoir laissé seul en face de ce butor ! J'aurais dû deviner qu'il était capable de tout... Mais calme-toi. Quels que soient les péchés que tu peux avoir sur la conscience, dis-toi que le seul coupable, c'est moi ! Je n'ai pas su te protéger contre cet individu. En lui achetant son épée, j'ai même pu lui faire croire que j'étais son complice. Le seul coupable, c'est moi !

— Tu ne comprends donc pas, Angelo ? Ce type... Est-ce tellement difficile à deviner ? Crois-tu que j'aurais si honte d'avoir été dans sa bande ? Tuer un homme, ne l'ai-je pas fait autrefois ? Ai-je eu peur devant Giorgio Belmonte ? Il appartenait pourtant à une grande et puissante famille. Cherche quel est le seul crime que j'aie pu commettre, le seul, tu m'entends, qui... » Il leva les yeux vers moi, puis les rabaissa aussitôt. « Oh ! je ne suis plus digne de te regarder en face ! » Il fondit en larmes. « Ne me touche pas ! » continua-t-il dans un souffle, comme je m'approchais de ses lèvres pour les embrasser. Il se détourna avec horreur et plaqua une main contre sa bouche.

« Même la bouche... Tu comprends, maintenant ? »

Même la bouche ? Ce fut pour moi le trait de lumière. Sa bouche, par laquelle il absorbe l'hostie et invoque le nom de Dieu, est plus sainte pour un Sicilien qu'aucune autre partie de son corps. Je crois qu'il est le seul au monde (avec l'Arabe, comme je l'ai constaté à Malte) à se faire des outrages une hiérarchie si étrange. L'offense suprême dont on puisse flétrir son honneur est de lui arracher de force un baiser. Inversement, s'il se laisse prendre les lèvres, le reste est pour lui sans importance.

« Même la bouche, Mario ? Non ! il ne t'a pas obligé à...

— “Si tu refuses, me disait-il, je te dénoncerai.” Il savait, pour nous ; et par qui d'autre que par les gens du cardinal a-t-il pu être informé ? “Ne fais pas tant de façons, me disait-il encore. Petite lope, on sait qui tu fréquentes. Sois fier que Ranuccio Tomassini, qui a toutes les femmes de Rome à ses pieds, ait daigné te choisir.”

— Quand cela est-il arrivé, Mario ? Quel jour ? Moi qui n'ai rien remarqué de ce qui se passait ici !

— Ici ? Tout de même pas. Je n'ai pas été lavette à ce point. Pas dans notre chambre, non ! Pas à l'ombre du Divino Amore !

— Il t'emmenait chez lui ?

— Quel besoin a-t-il d'une chambre ? Ce type est aussi expéditif que brutal. Il me poussait dans le vestiaire, et là... Je te fais horreur, hein ? Tu me méprises ?

— Il y a une chose que je ne comprends pas. Pourquoi retournais-tu au jeu de paume, si cela a eu lieu plus d'une fois et si tu savais ce qui t'y attendait ? Tu aurais pu t'enfuir, te cacher quelque part...

— Une force m'enchaînait à cet homme... » Il enfouit dans l'oreiller son visage cramoisi.

Je cessai pendant un mois de peindre pour rester à son chevet et veiller sur sa convalescence. Elle fut longue et coupée de rechutes. J'étais dégoûté, non pas de lui, pauvre innocent, mais de cette société romaine qui livre un honnête garçon à la libido d'un spadassin, interdit le port d'arme sous peine d'emprisonnement et confie les intérêts des cardinaux à des tueurs professionnels. Mario restait couché. Le visage tourné contre le mur, il s'accusait.

« Je ne suis plus digne de ton amour ! Méprise-moi, maintenant que tu sais tout !

— Le coupable, le seul coupable, c'est moi, lui répétais-je. Si je ne t'avais pas laissé seul au jeu de paume, rien de tout cela ne serait arrivé. »

Il protestait. « Je n'ai été qu'un lâche, un parjure... Je

t'avais fait un serment, et ce serment, je l'ai trahi. – Contraint et forcé, Mario! »

Cherchant à le tirer de son obsession, je me souvins de l'histoire de sainte Rosalia. « Les casuistes, tu sais, ont prévu cette circonstance. Une certaine Rosalia s'était convertie au christianisme, sous l'empereur Marc Aurèle, bourreau de cette religion. Elle fut dénoncée, arrêtée, violée dans le Colisée par les belluaires du cirque, avant d'être livrée aux lions. Estimant qu'on ne lui avait pas demandé son avis et qu'on avait abusé d'elle par la force, les théologiens déclarèrent qu'elle était morte vierge et conseillèrent au pape de la canoniser. »

Je ne pus m'empêcher de rire, en citant cet exemple de l'hypocrisie des prêtres. Il se dérida à peine. Rosalia de Palerme étant avec Agata de Catane à qui l'on a tenaillé les seins et Lucia de Syracuse arraché les yeux une des trois saintes qui protègent la Sicile, Mario décida de lui immoler, non pas une simple mèche, mais la moitié de sa chevelure magnifique. Cet enfantillage l'apaisa. Il se regarda dans le miroir et se vit affreux, le crâne à moitié rasé. Il ne lui vint pas à l'esprit que je pourrais l'aimer moins, enlaidi par cette mutilation. Le sacrifice de cet élément si important de sa beauté le soulageait de ce qu'il s'obstinait à appeler son crime.

Moi, je ne jugeais pas si grave la faute dont il s'accusait. Il n'avait pas résisté à Ranuccio aussi farouchement qu'il aurait pu? Une partie de lui-même, en dépit de sa volonté, s'était plu à ces rencontres? La belle affaire, en vérité! Avec les modèles du palais Madama, avec Violetta aussi, la femme de chambre du cardinal, qui ne m'en voulait nullement de ne pas l'avoir épousée, je n'avais cessé, pour ma part, de me permettre d'innocentes libertés, sans me sentir moins engagé avec Mario ni considérer comme de l'inconstance et légèreté de cœur (choses que j'ai en horreur) un désir passager de changement. Mais lui, qui prenait l'amour si terriblement au sérieux et se payait de grands mots, n'admettait pas le moindre écart. Douter qu'il eût *péché contre l'amour*, comme il disait, refuser de le juger *infidèle, traître, parjure*, parce qu'il n'avait pas été sans goûter la nouveauté de l'aventure (ni même, si je l'avais bien compris à travers ses balbutiements et ses demi-aveux, trouver son compte dans les brutalités de Ranuccio), c'eût été lui révéler que j'avais une autre conception de l'amour, ou, pour le dire en termes plus francs, que je ne l'aimais pas de cette passion forcenée et exclusive qu'il me portait.

Malgré le sacrifice de sa chevelure, il restait sombre et anxieux. Je le voyais chercher sous le matelas l'estoc que j'y avais caché, sortir la lame du fourreau, en considérer longuement la pointe, passer son doigt sur le tranchant de cette formidable rapière, qui avait dans le dos une rainure remplie de vif-argent pour lui donner du poids.

« Elle coupe d'estoc et de taille, lui dis-je, pour dire quelque chose, tant le silence devenait embarrassant.

— Elle a été forgée dans une coulée de lave de l'Etna. Je le reconnais au poinçon de l'armurier. Une lame plongée dans le feu du volcan possède une force magique. »

Un pas se rapprochait dans le couloir. Il remit en hâte l'épée sous le matelas, effaça les traces qui indiquaient l'emplacement d'une cachette. Ce pouvait être un domestique envoyé pour nous surprendre, à moins que Carlo Saraceni ou Francesco Albani ne fussent eux-mêmes des espions. L'un ou l'autre nous rendait souvent visite. Mario détenait une provision de cœurs en pâte d'amandes, de massepains fourrés à l'angélique, de craquelins, de *marzabotti* à la pistache. Sa mère lui envoyait chaque mois un colis de friandises par un chébec qui faisait le service de Syracuse à Anzio. Les deux jeunes peintres frappaient à notre porte sous le prétexte de nous demander un petit four. Francesco Albani raffolait de la pâte d'amandes. Cette passion déteignait sur ses tableaux, qui se faisaient de plus en plus suaves. Enchanté de m'entendre dénigrer celui qu'il persistait à craindre comme rival potentiel, Mario protestait que je me trompais en attribuant aux sucreries siciliennes l'affadissement de son style. « Tu ne parlerais pas comme ça, si tu avais goûté rien qu'une fois au lait d'amandes. C'est à la fois doux et amer. Quel dommage que maman ne puisse m'en envoyer. Le lait d'amandes ne voyage pas. On le conserve au frais dans une cave. »

Le pas s'éloigna et se perdit au bout du couloir.

« Je crois, dis-je, qu'il serait plus prudent que tu ne joues plus avec cette épée. A Rome, comment être sûr de personne? – A une condition, Angelo, dit-il en se ranimant. – Ah! tu me sembles plus décidé. Je t'aime mieux ainsi. Je t'écoute. – Jure-moi que tu saisiras la première occasion pour provoquer Ranuccio en duel et le tuer. »

Je le regardai, abasourdi. « Ranuccio est un spécialiste de l'escrime, Mario! un tueur professionnel! Demande-moi n'importe quoi, mais pas de me faire embrocher par ce type!

— Angelo, ne sommes-nous pas deux chevaliers liés par un pacte secret? A quoi serviraient cette chevalerie et cette clandestinité, si nous avions peur du premier malotru? Fi donc, comme disent les paladins, tu reculerais? Ton bras n'est-il pas capable des exploits les plus téméraires? Mario ne vaut-il pas Angélique? »

Je lui avais donné à lire les auteurs que je tenais de ma mère. Le Tasse lui paraissait trop compliqué, mais l'Arioste, qu'il connaissait par le *Teatro dei Pupi* de Syracuse, où chaque soir Roland et les autres compagnons de Charlemagne rivalisent en prouesses, il l'avait dévoré comme un roman d'aventures.

« Roland, reprit-il, a parcouru la moitié de l'Europe, à la poursuite de son ennemi. De l'Italie à la France, de la France à l'Espagne, de l'Espagne à l'Afrique, à pied, à cheval ou à la nage, par tous les temps, sans trêve ni répit, impatient de se heurter à de nouveaux obstacles pour faire la preuve de sa valeur. Il a bravé les Pyrénées, sauté par-dessus des ravins, escaladé des pics, dévalé des précipices, traversé un désert, franchi à la brasse le détroit de Gibraltar. Médor lui avait enlevé Angélique. Rien ne pouvait l'arrêter, tant qu'il n'aurait pas demandé raison et fait rendre gorge au scélérat. Et tu serais en reste avec ce héros ? N'es-tu pas mon paladin, comme je suis le tien ? *Sicilia!* As-tu oublié le mot de passe ? Tu me dois assistance et appui, je veux que tu punisses le coupable et que tu venges ton ami. »

IV

La guerre du nu

L'édit ordonnant aux *créatures* de se replier dans un périmètre de cent toises autour de la place du Peuple fut affiché sur les murs. Le pape ne leur laissait que quarante-huit heures pour déménager. Tout retard serait puni. Je louai une charrette et un âne, Mario prit la bête par son licou, et nous voilà en route pour la place Navona.

Je commençai par Lena : ne l'ayant pas encore employée comme modèle, je me sentais en dette avec celle qui m'avait plus d'une fois offert gratis ses services. Elle habitait à côté de San Giacomo degli Spagnoli, en face du palais Pamphili. De sa chambre sous les toits, nous l'aidâmes à descendre son mobilier, par un escalier si raide que la psyché heurta la rampe et se brisa. En dehors de cette antiquaille dont elle emporta en pleurnichant les morceaux, elle ne possédait qu'un matelas, une cuvette ébréchée, un broc, une coiffeuse bancale, trois coussins et un tabouret.

Il nous fallut une autre journée et plusieurs voyages pour transporter les affaires de Fillide puis d'Anna, ma préférée. Les trois filles étaient inséparables, et leur solidarité dans le malheur me toucha. Lena à peine installée revint aider au déménagement des deux autres. Fillide, non moins serviable malgré ses ambitions de devenir une *dame*, resta avec nous et mit les mains à la pâte tant que la chambre d'Anna ne fut pas entièrement vidée.

Anna, qui faisait élever son bâtard par une vieille femme du Campo dei Fiori, décida de l'y laisser encore quelque temps. Elle espérait que leur nouvelle installation lui permettrait de le reprendre. En attendant, elle emportait son perroquet. Elle l'avait acheté très cher depuis que ces volatiles étaient devenus à la mode : un ministre plénipotentiaire du Portugal avait rapporté du Brésil un magnifique ara bleu, pour en faire cadeau au pape.

Peu après le palais Borghese, alors que la charrette brinquebalait sur le terrain vague entourant les restes du mausolée d'Auguste, un cahot plus fort décrocha la porte de la cage. Le perroquet s'envola en direction du fleuve. Anna demanda à Mario d'arrêter. Elle descendit et courut après son oiseau. Fillide lui cria de « laisser tomber », si elle ne voulait pas se faire « bouffer la chatte » par les rats de Tor di Nona. (Je m'amusais toujours d'entendre cette fille, si majestueuse de port et qui se piquait de prendre des poses *distinguées* quand elle travaillait pour moi, user d'un langage qui l'était si peu.) Les deux jours de grâce étaient presque écoulés. Cessant un moment de gémir pour la perte de sa psyché, Lena se joignit aux objurgations de son amie. Anna, sans nous écouter, s'élança dans la via di Ripetta. Nous vîmes sa chevelure rousse onduler comme une bannière puis disparaître au coin de la via dell'Arancio. Depuis que je l'avais priée de se teindre pour ressembler à l'Epouse du Cantique des cantiques, elle avait noté une multiplication spectaculaire du nombre de ses clients. L'accroissement consécutif de ses revenus lui avait permis d'augmenter la pension de son fils et d'acheter le perroquet.

Lena et Fillide emménagèrent dans une grande maison de la via dell'Oca que le pape avait réquisitionnée. Anxieux de retrouver Anna, je partis à sa recherche avec Mario. Le délai expirait à deux heures. A quatre heures, à force de battre les quais, lieu de rendez-vous des chats et des perroquets, nous tombâmes sur un attroupement de curieux. Je craignais qu'Anna ne se fût jetée dans le Tibre pour échapper aux sbires. Une femme attachée toute nue sur un âne était conduite en prison. Quatre gendarmes pontificaux l'escortaient. Chacun levait son fouet à tour de rôle et la fustigeait en cadence : un coup tous les deux pas de l'aliboron. Je me souvenais de ce que m'avait dit don Pietro Moroni, au sujet des juifs qu'on promène nus sur le Corso, pendant le carnaval, en signe de dérision et de mépris.

Je n'eus pas besoin d'écarter les curieux pour reconnaître la crinière flamboyante. L'humiliation s'ajoutait au châtiment. A celle qui avait montré une modestie si émouvante quand elle avait posé pour la Madeleine repentie, et qui, en Madone du *Repos en Egypte*, s'était abandonnée avec un naturel si touchant à son instinct maternel, ni la douleur ni la honte n'arrachaient un cri. Ses mains, qui pendaient inertes contre les flancs du quadrupède, n'avaient plus la force de cacher ce que les badauds lorgnaient en ricanant.

« Anna, dis-je, en m'approchant. Annetta. » Elle souleva avec peine ses paupières. « Prends soin de mon Bernardino, murmura-t-elle avec son dernier souffle. Il n'est pas encore baptisé. La femme s'appelle Artemisia. Elle loge près de la fontaine. » Epuisée, elle referma les yeux. Dès le lendemain, je retrouvais la nourrice et l'enfant : c'était pour moi un devoir sacré. Le curé de San Lorenzo in Damaso refusa d'organiser le baptême. Nous dénichâmes dans la minuscule église Santa Maria della Quercia un vieux prêtre qui ne demanda pas à voir les papiers et se chargea de la cérémonie. Artemisia fut la marraine, moi le parrain. C'est la seule fois dans ma vie où j'ai tenu ce rôle. A-t-on le droit d'imposer à un nouveau-né une religion qu'il n'a pas choisie? Que ma mère me pardonne cette réflexion déplacée!

Le bâtard fit ses premiers pas et commença à jouer sur ce Campo dei Fiori qui mérite si mal son nom. En de rares occasions qui n'en sont que plus solennelles, le marché aux fleurs se transforme en lieu d'exécution. Les condamnés à mort par le Saint-Office y sont conduits pour y être brûlés, sous les yeux des habitants de la place qui regardent le spectacle de leur appartement et en présence de dignitaires de l'Eglise qui leur louent une fenêtre. Jusqu'à ma fuite de Rome, je crois que je n'ai pas manqué un mois sans envoyer une petite somme d'argent pour l'enfant destiné à grandir dans de si tristes conditions. Il s'est vengé de ce début dans la vie et de la pieuse éducation reçue d'Artemisia en devenant dès qu'il sut se tenir sur ses jambes le vilain petit canard du quartier. A dix ans, il volait aux étalages. Aux dernières nouvelles, son ancienne nourrice l'a chassé de chez elle, et il commande une bande de chenapans.

A quelque temps du déménagement des prostituées, un autre édit signé de la main du gouverneur fit défense de se baigner dans le Tibre « sans porter de caleçon ni se couvrir les *pudenda* ». Mario lui-même, qui s'offusquait naguère quand je voulais le peindre nu, trouva cette interdiction et ce mot latin ridicules. Un jour que nous étions descendus sur la berge, j'eus beaucoup de mal à l'empêcher de se déshabiller complètement. Cette bravade lui semblait faire partie de ses devoirs de chevalier. Pour le dissuader d'une telle folie, je lui dis que la fleur de chardon imprimée sur son épaule ne devait être vue que des seuls initiés. Un signe de reconnaissance qu'on divulgue est comme un mot de passe qu'on trahit.

Il ne s'écoulait guère de jour, à l'approche de l'année sainte, que quelque lieu de Rome n'eût à subir de la vigilance exercée par le Saint-Office un outrage irréparable. L'église Santa Prassede, du IXe siècle, témoin des premiers temps du christianisme, renferme des mosaïques de la précieuse école de Ravenne. Le baptême du Christ montrait le Seigneur plongé jusqu'à la taille dans les flots d'une eau bleu clair. Sur la recommandation des agents de Monsignor delle Palme, le pape ordonna de gratter le détail jugé offensant pour la piété des fidèles, quoique l'ondulation des vagues rendît presque invisible ce qui aurait dû l'être tout à fait. Clément VIII ne jugeait pas scandaleux qu'on saccageât un des rarissimes vestiges de la foi paléochrétienne. Il ne réprouvait que l'audace d'avoir attribué au Christ les parties que les *ragazzi* du Tibre n'avaient plus le droit d'exhiber.

A Santa Maria in Trastevere, un crucifix du Moyen Age, où certains reconnaissent la main de Giotto, fut ceint de l'infâme perizonium. On passa au crible les œuvres d'art de toutes les églises. Le bruit courut que la fresque entière du *Jugement dernier* de Michel-Ange allait disparaître sous une couche de plâtre. L'ambassadeur de France intervint auprès de Clément VIII. Sa Majesté le roi Henri IV tiendrait cette décision pour un acte de vandalisme et révélerait en conséquence à quel prix exorbitant avait dû être achetée au pape une absolution que tous louaient dans le peuple comme un geste de bienveillance paternelle dicté par le seul intérêt de la religion.

Le pape prescrivit encore de mettre un pagne de métal aux quatre statues de Taddeo Landini posées si gracieusement sur la fontaine à deux étages qui venait d'être inaugurée place Mattei. Au grand chagrin du cardinal Del Monte, qui aurait voulu lui commander un Ganymède, le sculpteur était mort sans avoir eu le temps de voir l'ensemble complètement monté. Un sens exquis du mouvement anime ces quatre jeunes gens qui semblent moins de bronze que de chair. Chacun retient du pied et de la main un dauphin qui nage dans le bassin inférieur. Son autre main tendue au-dessus de sa tête soutient une tortue pour l'aider à boire dans la vasque supérieure. Le jet d'eau qui couronne le tout provient de cette *Acqua Felice* que Sixte Quint avait fait amener des monts Albains par le fameux aqueduc.

Mario ne pouvait s'empêcher d'être jaloux de ces quatre jouvenceaux. « Eh bien ! disais-je pour le taquiner, tu n'es pas le seul que ces statues dérangent. Le pape aura eu lui aussi ses raisons de vouloir les caleçonner. » C'est à cette occasion que je lui parlai d'Ibn Jafar, pour lui dire à quel point la tortue s'était imprimée dans mon imagination, depuis que le Maltais m'avait appris à reconnaître dans ce reptile à la fois rond par le dos et carré par le ventre la double image du ciel et de la terre.

« D'ailleurs, sans être maltais, tout le monde est fasciné par cette bête, et la preuve, c'est le nom dont le peuple a baptisé cette fontaine. Il ne l'appelle pas la fontaine des Ephèbes, mais la fontaine des Tortues. »

Par les fenêtres de son palais, où je peignais pour le marquis Ciriaco Mattei, ami intime du cardinal Del Monte et assidu aux fêtes du palais Madama, mes *Pèlerins d'Emmaüs*, j'entendais les ouvriers envoyés par le Saint-Office taper à coups de marteau sur ces malheureux jeunes gens, dont le seul tort était de se présenter dans l'état où la nature les avait faits. Soucieux d'obéir aux recommandations de Filippo Neri, désireux d'honorer la mémoire d'un homme dont je n'avais reçu que des bienfaits, influencé aussi par les statues de la fontaine, si juvéniles et sveltes, j'avais peint un Christ jeune, adolescent, nerveux, sans barbe ni aucun signe de l'âge.

J'eus peur tout à coup que cette entorse à la tradition ne me fût imputée à crime. D'autant plus que j'avais commis une autre infraction : la figure de mon Christ, pas plus qu'elle ne porte trace des années, ne dénote un sexe précis. Elle tient de l'homme et de la femme, conformément aux dires de Scot Erigène, selon lequel « Jésus réunit en lui-même ce qui est divisé dans la nature ». Je me référais également à Carlo Borromeo, qui voulait que le Christ eût dans les traits de son visage une ressemblance avec celui de Marie.

Malgré de telles cautions, le blâme que je m'étais attiré pour *le Joueur de luth* et *le Concert* n'aurait pas épargné ce tableau, s'il était tombé sous l'œil (ou les yeux) de Monsignor delle Palme. Œuvre inspirée par l'Evangile de saint Luc, je n'avais plus, pour l'innocenter, la ressource d'en invoquer le caractère profane. Le pain, le vin, le raisin, la grenade, attributs canoniques du Rédempteur, que j'avais disposés sur la table du repas, n'auraient pas suffi à plaider ma cause.

Pendant la courte pause du déjeuner (un seul plat, jamais de dessert), nous cherchions comment parer à ce danger. Nul n'a le droit de représenter le Christ sans évoquer, par quelque détail symbolique, le martyre du Seigneur et l'accomplissement de l'Histoire Sainte : règle édictée par le concile de Trente. Les domestiques du palais posèrent sur la table à laquelle j'étais assis avec Mario un poulet rôti, dégoulinant d'huile fondue, peut-être pour nous cacher à quel point il était maigre. Mario commençait à pester contre l'avarice du marquis et à marmonner que cette carcasse ne méritait même pas d'être appelée une volaille. Quant à moi, je sus à l'instant que ce squelette était ma providence. J'avais trouvé l'élément qui me manquait. « Ne le découpez pas tout de suite », dis-je au maître d'hôtel, qui s'approchait avec un couteau. Je me relevai, repris mes pinceaux, et, à côté des fruits, de la miche de pain, de la carafe de vin, je mis devant les pèlerins le poulet.

Couché sur le dos, les pattes en l'air, recroquevillé, rigide, il semble tout en os et en peau. J'eus soin d'accentuer l'aspect funèbre, en peignant en brun sombre le manche décharné des pilons et en noir les griffes des doigts racornis, en sorte que ce gallinacé ne parût pas seulement un oiseau mort, mais le messager de mauvais augure qui annonce les souffrances et le supplice du Sauveur.

Quand le maître d'hôtel nous eut servi nos portions, le poulet était froid, l'huile figée sur la peau, mais nous dévorâmes cette pitance de bon cœur, en riant du tour que je venais de jouer au Saint-Office.

Mario fronça tout à coup le sourcil.

« Mais qui donc a posé pour le Christ?

— Tu ne le devines pas?

— Le cardinal a-t-il engagé un nouveau modèle? fit-il

de plus en plus soupçonneux. Mais j'y songe : tu as pris peut-être un des jeunes gens qui ont posé pour la fontaine des Tortues ?

— Tu ne la reconnais pas ? Mais c'est Anna, ou plutôt le souvenir que j'ai gardé de cette malheureuse. Je ne voulais pas que la dernière image que Rome conservât de celle qui a été pour moi une amie si dévouée fût l'ignoble chevauchée sur cet âne. »

Mario portait sur lui la gravure de chacun de mes tableaux. Il compara le visage et les mains du Christ à ceux de la Madeleine. L'inclinaison de la tête, le mouvement des paupières, le nez fort, la forme des doigts et des ongles, les nattes retombant sur les côtés, la douceur un peu lasse, tout indiquait le même modèle. Il m'embrassa pour cette réparation accordée à la pauvre fille. Un second baiser récompensa l'audace d'avoir identifié le Christ à une prostituée.

Rien ne semblait devoir alléger le climat d'onction cafarde qui s'était abattu sur Rome. La coupole de Saint-Pierre ressemblait de plus en plus au couvercle d'une marmite. L'imagination, prenant son essor en visions fantastiques, s'attendait à la voir grandir selon des proportions gigantesques et coiffer la ville d'une immense chape de plomb.

Par bonheur, il se trouva un personnage, assez hardi de caractère et assez élevé de condition, pour braver ouvertement le Saint-Père. Les Farnese, rivaux traditionnels des Aldobrandini, relevèrent la tête quand le jeune cardinal Odoardo – il avait exactement mon âge – devint le chef de la branche romaine. Frère puîné du duc de Parme Ranuccio, petit-neveu du cardinal Alessandro Farnese, arrière-petit-neveu du pape Paul III, il habitait avec son cadet Stefano le palais près du Tibre : édifice resté compact et sévère, malgré l'intervention de Michel-Ange, et le couronnement de l'austère façade de Sangallo par une jolie corniche où les oves alternent avec les denticules, au-dessus d'une frise de fleurs de lis, l'emblème des Farnese.

La maison du cardinal Odoardo comprenait vingt-cinq gentilshommes, cinquante officiers, deux cents domestiques, plus de carrosses que n'en possédait le pape. Ses écuries renfermaient un nombre incalculable de chevaux et de palefreniers. Ce goût du faste allait de pair avec une charité ostentatoire et une ambition démesurée.

Une mère de famille dans le besoin lui ayant demandé une aumône de cinq écus, il lui envoya un billet à ordre de cinquante écus. L'honnête femme, croyant à une erreur, le lui rapporta. Le cardinal s'écria qu'il s'était trompé en effet d'un zéro. Il lui rendit le bon, augmenté d'un troisième zéro et porté à cinq cents écus.

Il avait créé au sommet du mont Palatin les *Orti farnesiani*, ce jardin botanique planté d'essences rares qu'il importait des Antilles, de la Perse, de l'Inde, du Japon. Des haies de buis entouraient les pelouses irriguées par un nouveau système inspiré de l'hydraulique arabe. Je taisais l'existence de ce jardin à Mario et je n'allais jamais me promener sur le Palatin avec lui. C'était un des endroits où j'avais emmené le plus souvent Rutilio. Je ne voulais pas mêler le souvenir de cette aventure pitoyable à l'enthousiasme de mon amour retrouvé.

Nous visitions un autre des chantiers du jeune cardinal. Il venait de faire jeter une arche au-dessus de la via Giulia pour relier son palais au jardin secret qui descend jusqu'au fleuve. On lui prêtait le projet de construire, dans le prolongement de cette arche, un pont sur le Tibre, afin qu'il pût se rendre plus commodément dans sa villa de campagne située en face de son palais, au pied du Janicule. Son grand-oncle Alessandro Farnese avait racheté cette *palazzina* au banquier de Sienne Agostino Chigi. Décorée par Raphaël de la fameuse *Galatea* et par Sodoma des *Noces d'Alexandre et de Roxane*, rebaptisée du joli nom de Farnesina, c'était une des plus gracieuses et plaisantes demeures élevées au bord du Tibre par la fantaisie d'un seigneur. Ce style d'urbanité mondaine avait déteint sur les peintres. Pour la suavité des figures et la symétrie de la composition, Raphaël s'était surpassé. Sodoma, qui avait cherché à se faire pardonner ses péchés par un étalage de rhétorique conjugale, ne me déçut pas moins.

Le cardinal Odoardo, jugeant qu'il n'était pas de sa dignité de monter dans une barque et d'affronter le courant, assez fort à cet endroit, chaque fois qu'il voulait se délasser dans ce séjour agreste et en faire profiter ses amis, avait décidé d'y accéder par ce nouveau pont, malgré l'ancien édit de Clément VII interdisant de construire aucune sorte d'ouvrage sur le fleuve. Le souvenir de l'invasion de Rome par les soudards de Charles Quint et de la facilité avec laquelle ils avaient traversé le Tibre pour donner l'assaut au palais pontifical faisait renouveler cet édit par chaque nouveau pape.

La bête noire du cardinal Odoardo, sa tête de Turc, son loup d'Eriphile, c'était Clément VIII. Il ne manquait pas de griefs. Porter atteinte à la tombe de son arrière-grand-oncle dans la basilique Saint-Pierre, ce pape l'avait osé. Habiller d'un manteau de plomb la statue de la Justice qui orne le monument funéraire de Paul III Farnese et dénaturer ainsi le projet de Michel-Ange, il en avait eu l'impudence. Je me souvenais que même don Pietro Moroni trouvait exagérée pareille affectation de vertu.

A cette raison familiale d'en vouloir au Saint-Père s'ajoutait un sujet de ressentiment plus personnel.

Un gentilhomme de sa suite, le comte Michele Sangiorgio, regagnait à pied l'appartement du Borgo S. Angelo où il rentrait chaque soir après le service. Il croisa un carrosse, marqué du blason des Aldobrandini, qui se dirigeait vers le Vatican. Le comte refusa de se découvrir. Pris en chasse par les gardes pontificaux, il enfila le pont de Néron, traversa le fleuve à la course, remonta la via dei Banchi Vecchi, s'engagea dans la via di Monserrato. Les gens se mettaient aux fenêtres dans l'espoir de voir le sang couler. Le comte se retourna soudain et, d'un coup d'épée, étendit à terre le premier de ses poursuivants; ce temps d'arrêt faillit lui être fatal. Bien qu'il eût jeté son arme pour courir plus vite, il allait être rejoint, lorsqu'il arriva place du palais Farnese devant la lourde porte habituellement fermée. Imprévue et mystérieuse, la *vox populi romani* avait donné l'alerte. Par un des vantaux entrebâillé, le comte put se glisser à l'intérieur du palais. Le cardinal accorda le droit d'asile à son gentilhomme. Les gardes feignirent de s'éloigner puis revinrent de nuit se poster sur la place derrière les deux belles fontaines en granit gris ornées de têtes de lion.

Un mois, deux mois s'écoulèrent. Malgré les protestations du cardinal, la surveillance restait aussi étroite. Les gardes faisaient semblant de se retirer le soir puis revenaient s'embusquer à la nuit tombée. Le pape eût pardonné la mort de son gendarme tué par le comte. L'offense faite au nom des Aldobrandini devait être punie. Pensant profiter de l'obscurité pour se dégourdir les jambes, Sangiorgio sortit une nuit du palais. Les gardes surgirent de leurs cachettes, arrêtèrent le coupable, le conduisirent à Tor di Nona, où il fut décapité sans procès. On renvoya sa tête au cardinal.

Celui-ci dépêcha son jeune frère Stefano auprès de Clément VIII, pour lui demander raison de cet affront. Le Saint-Père se trouvait dans sa résidence du Quirinal. Comme le messager d'Odoardo s'inclinait devant le pape, un pistolet tomba de sa poche. Le jeune homme fut mis aux fers, accusé d'avoir attenté à la vie de Sa Sainteté, condamné à mort. Cette aristocratie turbulente, Clément VIII voulait lui donner une leçon.

Le cardinal Odoardo échafauda son plan. Il envoya quatre hommes se saisir du bourreau pendant qu'il s'acheminait vers le Quirinal, quatre autres intercepter ses aides. Puis il fit arrêter toutes les cloches de Rome. L'heure du supplice était fixée à cinq heures. Pour qu'une exécution capitale frappe de terreur la population, nulle tête ne peut être tranchée, que les sonneries des cloches n'ajoutent douze coups solennels et lugubres au carillon ordinaire. Peu avant cinq heures, chaque jour, le pape avait coutume de se retirer dans son oratoire et de prier. A six heures, Clément VIII, de retour dans son bureau, entendit sonner les cloches aux églises où il les entendait sonner d'habitude, San Silvestro al Quirinale et I Santissimi Apostoli. Ayant compté les coups, il crut qu'on avait procédé en bonne et due forme à l'exécution, sans l'en informer, pour ne pas le déranger dans son oraison.

Odoardo, en grand deuil, se présenta devant le pape. Il lui demanda que le corps de son frère lui fût remis. Le pape prouva son humanité en accordant la permission. Odoardo chargea Stefano dans un sac, fit emporter le sac par quatre de ses domestiques, et ne délivra son frère qu'à l'intérieur de son propre palais. Puis il l'embarqua sur une tartane en partance pour Gênes. Le fugitif gagna Parme et y retrouva leur frère aîné, hors d'atteinte de la justice pontificale.

V

La galerie Farnese

Ce n'était pas tout, que d'avoir sauvé son frère Stefano d'une mort infamante, et accordé à la veuve de son fidèle Sangiorgio une pension fastueuse. Ces outrages répétés, infligés à une famille aussi illustre que la maison des Farnese, réclamaient une vengeance éclatante. Odoardo décida de la chercher dans le domaine qui est le plus cher aux Romains et rapporte la célébrité à ceux qu'ils estiment dignes des anciens maîtres. Le pape avait dans son palais du Vatican les fresques de Michel-Ange, les Chambres de Raphaël ? Il aurait, lui, l'équivalent sur ses murs, mais *aggiornato*, modernisé, au goût du jour : le palais austère de Sangallo deviendrait le temple de la nouvelle peinture.

Craignant que l'affaire des cloches n'eût exaspéré Clément VIII, il ménageait son neveu, le cardinal Pietro Aldobrandini. J'avais gardé d'excellentes relations avec celui-ci. Il vint me prendre un jour au palais Madama pour m'emmener au palais Farnese.

« Odoardo a fait venir de Bologne deux peintres qui ont une autre manière de peindre que toi et seront tes rivaux. Il leur a demandé de décorer à fresque la galerie de son palais. Quelque chose de magnifique, un cycle complet de peintures, dans le genre de la chapelle Sixtine, d'autant plus voisin du style grandiose de Michel-Ange qu'ils ont eux aussi à peindre un plafond. Je crois nécessaire pour toi de connaître les travaux de ceux à qui tu auras à te mesurer.

— Comment s'appellent-ils ?

— Annibale et Agostino Carracci. Agostino est l'aîné, mais Annibale le maître d'œuvre.

— Annibale Carracci ! m'exclamai-je, excité et inquiet d'avoir pour concurrent un peintre déjà si fameux.

— Les fresques du palais Farnese serviront à Odoardo de catapulte dans la guerre qu'il a déclarée à mon oncle. »

J'avais hâte de visiter ce palais. Il abrite la collection de tableaux, reproduits en d'innombrables gravures, que le grand Alessandro Farnese, neveu de Paul III, grand-oncle d'Odoardo, a réunis en cinquante-quatre ans de cardinalat : les portraits de ce pape et de sa famille par Titien, la *Transfiguration* de Giovanni Bellini, un portrait de Clément VII par Sebastiano del Piombo, une *Vierge à l'Enfant* de Botticelli, une *Madone* de Perugino, une autre de Lorenzo Lotto. De Masaccio, le peintre italien qui m'impressionne le plus après Giotto, le palais renferme une *Crucifixion*, œuvre de la plus grande rareté. La collection de statues antiques n'était pas moins vantée, les cardinaux romains, décidément, cherchant à mettre en balance l'art chrétien et l'art païen.

Quand nous entrâmes dans la galerie, couverte de cette voûte en berceau que les frères de Bologne avaient commencé de peindre, nous vîmes un échafaudage élevé à une hauteur de quatre toises, en sorte qu'un homme debout sur les planches atteignait commodément le plafond avec son bras. Un des peintres, âgé d'une quarantaine d'années, s'apprêtait à monter sur l'échafaudage.

« C'est Agostino, le frère aîné », me dit le cardinal Aldobrandini.

Sur la moitié de la voûte déjà peinte, de grandes figures d'hommes nus soutenaient, à la manière d'atlantes, des tableaux inspirés de l'Antiquité grecque et romaine. En réalité, ce n'étaient pas des tableaux, mais des fresques traitées en faux tableaux. Ces sortes de trompe-l'œil étaient déjà une nouveauté. L'autre frère, debout devant un plan étalé sur une table d'architecte, examinait avec le cardinal Odoardo le programme général de la voûte. Le palais bruissait de domestiques et d'aides : ils étendaient les bâches, déplaçaient les échelles, emportaient les seaux, préparaient les couleurs, nettoyaient les pinceaux, prenaient le chapeau et le manteau des visiteurs, offraient des rafraîchissements.

Contre les murs, dans des niches qui se faisaient face, des statues d'Antinoüs, de Ganymède, de Bacchus, d'Apollon, empreintes de cette noblesse et de cette componction propres à l'art romain, alternaient avec des Cupidons et des Faunes plus délurés. A un des bouts de la galerie, on avait placé, pour compléter ce résumé de la bougrerie mythologique, un groupe en marbre du dieu Pan et du jeune Olympos.

Cette sculpture me sidéra moi-même. Mi-homme par le corps, les bras et la tête, mi-bouc par les cornes, la barbe frisée, les jambes poilues et les sabots, Pan entoure de sa main l'épaule de son élève et, sous prétexte de lui apprendre à jouer de la syrinx, le serre de près, l'enlace, l'étreint, avec une gourmandise dont la conséquence physiologique est aussi impossible à cacher que le nez au milieu du visage. Fourberie du désir déguisé en assistance pédagogique ! La fausseté et la malice que le dieu respire ne peuvent faire que la seule partie de son corps incapable de mentir n'avoue le vrai but de cette leçon.

Annibale Carracci, sans interrompre sa discussion avec le cardinal, fit signe à son assistant de mettre à ma disposition la lunette posée sur la table d'architecte. Chaque partie du plafond, je pus l'étudier avec soin. Les atlantes, peints en couleur chair à la naissance de la voûte, athlètes bien musclés et pourvus en abondance de ce qui fait la gloire de la jeunesse, me rappelèrent par leur posture et par la précision des détails anatomiques les *Ignudi* de Michel-Ange à la chapelle Sixtine. Sur la retombée du berceau et au sommet de la voûte, les faux tableaux étincelaient de teintes fraîches dans leur cadre fictif. D'après les histoires d'amour déjà peintes ou à l'état d'esquisses, on devinait sans peine ce que serait la vengeance des Farnese contre le pape Aldobrandini. Non seulement la plupart des personnages sont nus, mais les scènes auxquelles ils prennent part exigent qu'ils le soient. Ebats d'Ariane et de Bacchus, visite nocturne de Diane à Endymion, partie de palet entre Apollon et Hyacinthe, rapt de Ganymède par Jupiter métamorphosé en aigle, délivrance d'Andromède par Persée, enlèvement d'Europe par le taureau, séduction de Vénus par Anchise, soumission d'Hercule à Omphale, laquelle lui a volé sa massue et force l'auteur des douze exploits à jouer du tambourin comme un saltimbanque, ce n'est qu'un cynique étalage de mœurs libres, un plaidoyer pour la vie dissolue.

Quelle impression me faisaient ces figures ? J'étais à la fois déçu et content. Déçu par les œuvres elles-mêmes, content à cause du champ qu'elles m'ouvraient. Je les trouvais trop liées à cette tradition classique contre laquelle, depuis mon arrivée à Rome, toute mon œuvre entrait en rébellion ; mais ce qui limitait l'originalité de ces figures constituait un avantage pour moi, des références si insistantes au passé laissant la voie grande ouverte au peintre qui montrerait plus d'audace.

Je m'explique. Ces corps masculins puissamment modelés (aucune des femmes n'est entièrement nue) et d'une virilité ostentatoire (Mario, ébahi, me poussait du coude), est-ce bien de cette façon qu'il faut les montrer aujourd'hui ? L'art que le nouveau siècle attend peut-il se résumer à un rajeunissement des vieux thèmes ? En puisant dans le sempiternel réservoir de la vie érotique des dieux de l'Antiquité, Annibale et son frère ont-ils suivi la bonne route ? Je le nie, malgré l'évidente réussite de ces fresques. N'y a-t-il pas d'autres manières de défier le pape et d'affirmer les droits de l'artiste contre le pouvoir, que de s'abriter derrière Platon, Virgile et Ovide ? Faut-il toujours se sentir ligoté par le respect des Anciens ?

Leur suivisme n'a pas seulement obligé les Carracci à choisir des sujets usés par deux mille ans d'exploitation poétique et artistique, cette soumission à des modèles devenus scolaires a nui à leur style, si splendide qu'il semble à première vue. Ils ont adopté, pour les proportions et les attitudes de leurs personnages, les canons de Phidias, de Praxitèle, établis plusieurs centaines d'années avant Jésus-Christ. La beauté doit-elle se conformer, de siècle en siècle, à un idéal fixe ? Répondre à un modèle immuable ? Oh ! je vois trop bien qu'en posant cette question, j'avoue une fois de plus n'être qu'un rustre, un mauvais sujet échappé de son village, un imposteur qui croit qu'on peut se mettre à l'ouvrage sans être passé par un atelier.

Un peintre éduqué, policé, parlerait autrement. J'ai assez d'imagination pour me mettre à la place de ce bel esprit et broder en jolies phrases le péan de louanges attendu. « *Un éternel printemps revêt d'une aimable jeunesse les corps de ces atlantes et de ces dieux. Cette saison qui règne, selon les dires d'Homère, sans interruption dans les champs fortunés de l'Elysée brille avec douceur sur la fière structure de leurs membres. Une buée céleste circule comme une tendre vapeur dans les contours de ces images si parfaites qu'aucune veine ne dessine sur la peau soyeuse et dorée la laide incongruité d'une saillie. Cette sérénité profonde, cette jouissance paisible de soi-même qui résultent du sentiment de plénitude intérieure, nulle œuvre depuis Michel-Ange ne me les montre mieux que le plafond des frères Carracci.* » Les honorables membres de l'académie de Saint-Luc écriraient-ils autrement ? Les ai-je assez bien pastichés ? Mario, au comble de l'enthousiasme, s'étonnait de me voir faire la moue et regarder le plafond d'un air vaguement sarcastique. Il ne comprenait pas que je ne fusse pas plus excité de voir enfin des corps masculins sans pagne, des bas-ventres à l'air, des *cazzi* peints en gros plan, la sexualité de l'homme exhibée sans hypocrisie. « Toutes ces bites en liberté ! » murmura-t-il à mon oreille, pour me rappeler l'époque où je l'emmenais dans les églises de Rome à la recherche de preuves qui le convaincraient de poser nu. Comme il avait changé depuis cette époque! Quelle avidité joyeuse vibrait dans sa voix, lorsqu'il me demanda si les frères Carracci faisaient partie de notre *chevalerie*!

Moi, ce qui me gênait dans ces nus, c'était la ressemblance avec les nus grecs et romains; le respect excessif de ce qui se faisait à Athènes et à Rome. La discrimination entre les corps masculins, entièrement nus, et les corps féminins, à demi voilés, remonte elle-même à l'Antiquité et à la coutume du sport dans les gymnases. Michel-Ange l'a héritée des Anciens, les Carracci l'ont reprise à Michel-Ange. La différence de traitement entre chair féminine, lourde, molle, maternelle, empotée, et chair masculine, ferme, nerveuse, toute de vigueur et d'impatience, est un autre héritage de la statuaire grecque.

Je compris ce jour-là qu'il ne suffit pas de peindre des hommes nus pour être un peintre moderne – cette réserve n'ôtant rien au courage des frères de Bologne ni à la valeur politique de leurs fresques. Il faut que la nudité de ces modèles ne rappelle en rien la manière des nus antiques; qu'ils n'aient plus cette robustesse équilibrée que présentent les Hercules, ni cette élégante simplicité que montrent non moins fatalement les Apollons; qu'ils renoncent aux attitudes posées, au maintien noble, à l'air de bonne compagnie, au geste de tenir une coupe ou de s'appuyer sur une lance. Il faut qu'ils n'aient plus l'apparence de statues auxquelles on vient d'ôter la toge; qu'ils respirent une autre atmosphère que celle qui flottait dans ces lieux *distingués* qu'étaient les palestres, les stades, les thermes; qu'ils cessent de paraître se justifier d'être beaux par un air sérieux et pondéré. Le peintre doit enfin admettre que le prestige physique, le charme et l'attrait sexuels existent par eux-mêmes, sans être nécessairement le reflet de la supériorité morale.

Les frères Carracci viennent pourtant de Bologne. Nulle trace d'art antique ne subsiste dans cette ville. Voyageurs sans bagages, n'étaient-ils pas libres de devenir ces peintres nouveaux réclamés par l'époque ? Rome avait eu raison de leur jeunesse, la ville de César et d'Auguste les avait rangés sous ses lois. Il leur a manqué ce réflexe iconoclaste qui m'avait poussé, le lendemain de mon arrivée dans la « Ville éternelle », à briser sur la via Appia la stèle de l'éphèbe. Je m'étais débarrassé, par ce geste, du concept même d'*éternité,* j'avais envoyé promener le corset des *stèles* et des *statues,* j'avais donné congé à la notion fade et au mot insipide d'*éphèbe.*

J'ai dit que j'étais *déçu* de trouver les Carracci si liges de l'Antiquité et timides (malgré leur magnifique défi au pape et au Saint-Office), mais que je me sentais *content* au fond de moi-même, parce qu'au lieu d'inaugurer une voie, ils n'avaient fait que marcher dans les pas de leurs prédécesseurs. Content, l'adjectif est trop faible pour exprimer le sentiment qui me gonfla d'un orgueil subit et décupla ma volonté de peindre. Je serais le premier à innover véritablement, le premier qui apporterait dans l'art, non seulement un « progrès » sur mes devanciers, notion équivoque et qui n'a pas grand sens, mais une rupture, une révolution. Rupture et révolution qui commenceraient le jour où, à la place des Ganymèdes pâmés entre les serres de l'aigle, des Hyacinthes défaillants soutenus par un Apollon en pleurs, des Antinoüs déhanchés, des Faunes en extase, à la place de tous ces lieux communs de l'amour, un peintre oserait descendre sur les berges du Tibre et faire poser devant lui les petites canailles qui narguent l'édit du gouverneur en se baignant sans caleçon.

Aux coins de la voûte, les frères ont peint quatre fois, dans des attitudes différentes, le même couple de *putti*, Eros, personnification de l'amour physique, et son antonyme Anteros. Dans un des coins ils se cajolent et s'embrassent, les trois autres fois, à la force de leurs bras minuscules, ils se disputent tantôt une torche, tantôt une palme, tantôt une couronne.

Le cardinal Odoardo Farnese expliquait à son confrère du Sacré Collège le sens de ces allégories.

« Eminence, j'ai voulu mettre en lumière le conflit de l'Amour sacré et de l'Amour profane, et la victoire du premier sur le second. Thème déjà traité par Titien, dans le tableau dont notre ami le cardinal Borghese est si fier. Deux femmes, vous vous rappelez, sont assises au bord d'une fontaine, l'une complètement nue, l'autre parée de somptueux atours. Les gens sans cervelle, quand on leur demande laquelle des deux figures incarne l'Amour sacré, répondent que c'est la femme vêtue. Ils n'ont pas compris que l'Amour sacré est celui qui se suffit à lui-même, et que la nudité, loin d'être un signe de *lascivia* ou de *depravatio,* est la seule tenue qui lui convienne. L'Amour sacré se distingue justement de l'Amour profane par le mépris des ornements et la recherche exclusive de la perfection intérieure.

« Ce cheminement de la Grâce a commencé dans les siècles païens : les nus que vous voyez au plafond ne sont que l'illustration de cette idée. La clef du programme est entre les mains de ces *putti,* tout insignifiants qu'ils paraissent. Eros cherche à attirer Anteros dans les rets de l'amour sensuel (il indiquait les deux angelots enlacés), mais il échoue à le corrompre, tout le sens de l'allégorie est là. S'étant dégagé de l'étreinte du tentateur, Anteros s'applique à saisir tour à tour, malgré les efforts du chenapan pour retenir son bras, une torche, emblème de la Lumière divine, une palme, emblème du martyre chrétien, et une couronne, emblème de la gloire réservée aux Elus. »

Le cardinal Aldobrandini hochait la tête sans répondre. Je ne pouvais le croire dupe, lui qui savait si bien – n'avait-il pas, pour les sauver de la condamnation du Saint-Office, appliqué à mes tableaux cette double lecture ? – que toute image contient deux sens opposés, selon qu'on la regarde du point de vue de Dieu ou avec les yeux d'un homme. Le plafond de la galerie Farnese – je le reconnais d'autant plus volontiers que j'ai plus haut exprimé certaines réserves – claironne la plus audacieuse apologie du paganisme qu'on ait jamais osée en terre chrétienne. Confier à ce *putto*

Anteros qui est à peine plus qu'un nouveau-né la responsabilité de combattre la volupté physique, prouve bien le cas que les frères Carracci font de la croisade morale de Clément VIII.

« La décoration, reprit le propriétaire du palais, sera terminée pour les noces de mon frère Ranuccio.

— Quand Son Altesse le duc de Parme entend-il se marier ? demanda le cardinal Aldobrandini.

— L'année du jubilé, Eminence.

— Qui sera l'heureuse duchesse ?

— Il ne sait pas encore, répondit Odoardo d'un ton négligent.

— Affaire de haute diplomatie, j'imagine.

— En effet. Il hésite entre une princesse Odescalchi, une princesse Colonna, une infante d'Espagne... Le souci de respecter l'équilibre entre les grandes familles d'Italie le dispute à des considérations de politique européenne, vous n'ignorez pas ce qu'il en est... »

Le cardinal Aldobrandini attendait la suite, comme s'il savait que son hôte n'avait pas achevé.

« Mais pourquoi pas, Eminence, votre cousine, la belle et sage Margherita Aldobrandini ? »

Le cardinal Aldobrandini feignit d'être surpris et flatté. Il regarda par la fenêtre pour se donner le temps de réfléchir. Il calculait que son oncle avait plus de soixante ans et que son pontificat ne serait pas éternel. Une alliance avec le duc régnant de Parme pourrait se révéler des plus avantageuses, si le prochain pape appartenait à un clan ennemi.

Odoardo, quand son invité eut quitté la fenêtre, lui montra le panneau où Anchise soulève la jambe de Vénus et lui retire sa sandale. La déesse est déjà presque nue, il ne reste qu'à lui enlever cet accessoire pour qu'elle le soit tout à fait.

« Eminence, voici l'exemple le plus éclatant de ce que je vous disais du triomphe d'Anteros sur Eros. En apparence, ce serait plutôt le contraire. Anchise, le berger de Troie, a été l'amant de la déesse, amant illégitime, nul ne peut le contester. L'adultère est flagrant. Néanmoins, par un de ces détours mystérieux dont use la Providence, si Anchise et Vénus ne s'étaient pas unis sur une plage d'Asie Mineure, si ce que notre conscience désigne comme un attachement criminel ne s'était pas produit, notre sainte Eglise catholique, apostolique et romaine n'existerait tout simplement pas. »

Le cardinal Aldobrandini approuva ce sophisme d'un sourire malicieux.

« En effet, dit-il, Enée s'est trouvé être le fruit clandestin de cette liaison. N'est-il pas né de cette coupable étreinte, le héros ? A la suite de longues aventures et d'innombrables déboires, n'est-ce pas lui qui a jeté les bases de Rome et bâti le socle qui soutient aujourd'hui notre foi ? Après s'être enfui de Troie, le bâtard de Vénus et d'Anchise doubla le cap Passero en Sicile puis débarqua à Cumes avant de fonder plus au nord la ville où Notre-Seigneur Jésus-Christ assoierait son Eglise et saint Pierre établirait son trône. »

Le cardinal Odoardo me reprit la lunette qu'il braqua sur le panneau pour en achever le commentaire.

« Regardez, Eminence. Dieu avait confié à Enée, bien que ce fût un païen et qu'il fût issu d'un accouplement illicite, une mission sacrée. Pour rappeler ce qu'il n'est pas exagéré de nommer un apostolat, j'ai fait mettre sous la scène de la séduction de Vénus par Anchise l'inscription : *Genus unde latinum*, tirée du premier chant de *l'Enéide*. Le poète invoque la descendance des deux amants, *"d'où la race latine, les Albains nos pères et les hauts murs de Rome"* sont sortis... N'oublions pas que Virgile, dans sa quatrième églogue, a pressenti la venue du Christ : *"Daigne seulement, chaste Lucine, favoriser la naissance de l'enfant qui verra, pour la première fois, disparaître la race de fer, et se lever, sur le monde entier, la race d'or... S'il demeure quelques traces de notre scélératesse, leur impuissance affranchira la terre d'une incessante terreur..."* Saint Augustin comme

Lactance ont reconnu dans ce texte une prédiction du Messie. »

Il passa la lunette à son collègue. Le cardinal Aldobrandini examina les trois mots qui résument l'origine de la Ville éternelle, les approuva, sans paraître remarquer que l'inscription est peinte sur un petit tabouret doré, un meuble de boudoir, ustensile frivole qui ne peut en rien préfigurer le trône de saint Pierre. Il ne voulut pas non plus relever qu'un Cupidon, le plus insolent Cupidon jamais échappé à la fantaisie érotique d'un peintre, pose un pied sur ce tabouret et glisse une main sur la cuisse nue de Vénus, pendant qu'Anchise achève de déshabiller la déesse. Le geste fripon du petit drôle et son clin d'œil égrillard ne laissent pas douter que le plaisir physique le plus immédiat est le but unique de cet adultère.

Le cardinal prenait congé; je m'apprêtais à le suivre. La prudence conseillait à un prince de l'Eglise de ne pas cautionner par une visite plus longue ces gouffres de luxure et de vice où roulent Apollon avec l'imberbe Hyacinthe, Diane dans les bras d'Endymion, Europe au cou du taureau, Ariane enlacée à Bacchus, Hercule réduit en esclavage par Omphale. Jamais la toute-puissance de l'amour, l'empire des sens et de la chair n'avaient été célébrés avec autant de faste. Jamais, en pleine Contre-Réforme, on ne s'était risqué à un tel panégyrique de ce que le pape prohibait.

VI

Bonheur des uns, malheur des autres

Mario me pressait de quitter le cardinal. Fâché que je n'eusse pas donné suite à son projet matrimonial, celui-ci hésitait à me garder sa protection. Les pourparlers pour l'établissement de Marie de Médicis et les noces royales de la princesse de Toscane étaient sur le point d'aboutir. Un nouveau scandale pouvait tout compromettre. Pour éviter d'en porter seul la responsabilité, au cas où je refuserais de m'assagir, il n'était pas mécontent de voir d'autres amateurs me solliciter. Monsignor Maffeo Barberini venant d'être élevé au grade le plus haut dans la Chambre apostolique, le cardinal s'arrangea pour me procurer la commande du portrait officiel.

« Peins-le avec sa bulle de nomination à la main, me dit-il, il se souviendra toute sa vie que tu l'as immortalisé en cette circonstance, au seuil de la brillante carrière qui l'attend. »

Après quoi, d'un commun accord, nous convînmes d'une demi-séparation : il me laissait la petite maison du Divino Amore, où je pourrais non seulement habiter avec Mario, mais amener mes modèles et installer notre atelier commun.

La cuisine, spacieuse, occupait le rez-de-chaussée et

donnait de plain-pied sur le jardin. Mario transporta sous le marronnier une table et deux chaises pour les repas. Ravi d'être débarrassé de la cour de domestiques et de modèles qui m'entourait au palais Madama, il se chargeait lui-même de l'achat des victuailles et de l'élaboration des plats. La fameuse *caponata,* qui avait ébahi les élèves de Lorenzo Siciliano, les aubergines grillées au fromage de brebis, les spaghettis aux sardines, les côtelettes farcies de chair à saucisse et d'œuf dur, le poisson-épée au basilic, le thon sauté avec des câpres et de l'origan, toutes les spécialités siciliennes embaumaient du matin au soir la cuisine de ce qu'il appelait, avec un sens horripilant de la conjugalité, *la nostra casetta.*

Ces nourritures, bien que succulentes, n'étaient pas des plus faciles à digérer. Gare à moi cependant si je me permettais quelque suggestion. « Tu ne voudrais pas essayer d'alléger un peu tes menus ? – *Mes* menus ? Tu ne m'aimes plus ? Je te suis à charge ? » etc. Tout ce que j'obtins, parce que le *companatico* est l'ordinaire du paysan dans la province de Syracuse, c'est de remplacer de temps en temps le déjeuner par une simple tartine de pain frottée d'huile et d'ail, sur laquelle on écrase une tomate, et qu'on arrose d'un verre de vin.

Le premier étage se composait de deux chambres. Nous choisîmes la moins grande pour chambre à coucher. J'entassais dans l'autre l'attirail de costumes et d'objets dont j'avais besoin pour mes tableaux. Mes modèles, sous l'œil soupçonneux de Mario, se changeaient dans cette pièce, avant et après les séances de pose. J'y abritais aussi, sans la cacher, sauf un poignard que je dissimulais dans le tiroir de la cuisine, ma collection d'armes, déjà fournie. En cas de perquisition, je pourrais alléguer la nécessité professionnelle. Cette panoplie de sabres, de rapières, de dagues, de stylets, de couteaux en tout genre constituait un équipement indispensable à l'exercice de mon art ; de même que les armures, les casques, un arc, des flèches, divers instruments de musique, plusieurs sortes de pourpoints, gilets, capes, chapeaux, hauts-de-chausses, bottes, enfin quantité d'autres articles dénichés dans les brocantes. Chez les antiquaires, profession nouvellement apparue, je me procurais des pièces plus rares, pendule, mappemonde, sextant, astrolabe.

J'avais reçu la commande de tableaux à sujet historique, pour lesquels j'avais besoin de vêtements et d'accessoires d'époque. A l'intention d'Ottavio Costa, banquier à Gênes, je devais peindre une *Judith et Holopherne* ; et, pour le chapitre de San Luigi dei Francesi, les trois fameuses scènes de la vie de saint Matthieu. Le cardinal avait obtenu, à force de négociations et non sans ruses, qu'elles fussent retirées au Cavaliere d'Arpino et confiées à son peintre : victoire malaisée, les légataires du cardinal Contarelli n'admettant qu'à contrecœur et après une bataille juridique de plusieurs mois, que la chapelle du prélat défunt fût décorée de tableaux à l'huile, au lieu des fresques stipulées par le testament.

« Son Eminence Matteo Contarelli, finit par dire mon protecteur à ceux qui lui contestaient son choix, n'était autre que *le chevalier* Matthieu Cointrel, issu de la petite noblesse angevine. L'église nationale des Français étant de mon ressort, je vous ordonne de préparer le contrat pour le signor Merisi. »

Pourquoi ce Français avait-il italianisé son nom ? « Est-il nécessaire, demandai-je au cardinal, pour entrer au Sacré Collège, de prendre un nom dans la langue du pape ? » Il éclata de rire. « Tout dépend avec quel argent on achète son chapeau. Les Cointrel avaient fait fortune avec une liqueur qu'ils avaient baptisée, les imprudents, Cointreau. Tu comprends qu'un candidat à la pourpre avait intérêt à faire oublier cette origine. »

Du palier séparant les deux chambres du premier étage, un escalier à vis grimpait jusqu'au grenier, aménagé par mes soins en atelier. Sur le reste de la maison, c'est Mario qui avait la haute main et faisait régner, à l'aide du balai et du plumeau, une propreté méticuleuse. Il avait étendu des étoffes sur les meubles, posé des bibelots sur les étagères à côté de mes livres, et même trouvé chez un menuisier de la via di Panico, pour y appuyer mon exemplaire du roman de Chrétien de Troyes, un modèle réduit de charrette. Le jardin, toujours à l'ombre du marronnier, la fraîcheur et le silence des pièces fournissaient le décor idéal à la prospérité de deux amants. Agrément, solitude, travail : toutes les conditions se trouvaient réunies pour nous permettre de vivre pleinement ce *divino amore* garanti par le nom de la rue – sans compter les vins choisis que le cardinal nous faisait porter par caisses de vingt bouteilles de sa vigne de Frascati, avec quelques flacons de cet exquis Cointreau, parfumé à l'orange, que la famille Cointrel continuait à lui expédier d'Angers. « Si exquis que cela ? objectait Mario. Si tu connaissais seulement le *limoncello* de Palerme ! » (Mais la nostalgie fournit-elle des arguments sérieux ?)

Il me semblait bien que ce confort allait à l'encontre de ma résolution d'être *extrême*. Je me disais néanmoins que je n'avais pas à me sentir coupable d'avoir pour la première fois de ma vie une sorte de foyer.

La maison portait le numéro 19. Le superstitieux Mario calcula que le nombre 10, obtenu par l'addition des deux chiffres 1 et 9, correspond aux dix doigts des deux mains réunies. Grâce à l'aisance que m'apportaient mes commandes – mes premières sommes importantes : cent écus pour la *Judith*, quatre cents pour les histoires de saint Matthieu –, nous achetâmes un grand lit. Mario institua un nouveau rite. J'hésite à livrer ce trait, qui pourrait donner une mauvaise idée du garçon, si l'on oubliait son âge : il n'avait guère que vingt et un ou vingt-deux ans lorsqu'il commettait ces folies. Et puis, on le jugerait encore plus mal, d'après la violence de son geste final, si l'on ne connaissait tous les exemples de la naïveté qui donnait tant de charme à son caractère. Le matin, dans la chambre orientée à l'est, je devais me mettre à genoux par terre, il se mettait à genoux devant moi. Nous nous prenions par les mains, en croisant les doigts dans le soleil levant.

Il avait vu cette posture dans une fresque des catacombes de l'église Santa Lucia à Syracuse : c'est ainsi que les premiers époux chrétiens, figurés en orants, remerciaient le Seigneur aux premiers rayons de l'aurore. Plus les années passaient depuis que Mario s'était enfui de Sicile, moins il se guérissait d'être aussi éloigné de son île. Ne regrettait-il que sa mère ? Il ne me parlait plus d'Antonietta, mais ce silence, je pouvais l'interpréter de plusieurs façons.

Contre le cardinal, il gardait, selon une expression que je lui avais apprise et dont, vindicatif comme tous les Siciliens, il raffolait, un *chien de sa chienne.* Pour nous affranchir de sa tutelle, il me suggéra de lui payer un loyer. Refusant de toucher lui-même ce loyer, le cardinal nous demanda de le verser à son ancienne nourrice. La vieille femme, sans ressources, habitait au 17 la maison voisine. Je lui rendis visite, remis la première somme entre ses mains noueuses et, moitié par reconnaissance envers mon protecteur, moitié à cause d'une laideur extraordinaire dont je vis tout de suite le parti à tirer (je n'étais pas mécontent non plus d'arracher Mario au ménage et de l'inciter à peindre plus), je l'engageai pour venir balayer chez nous, épousseter les meubles, laver le linge.

Visage raviné, rides en éventail, bouche ratatinée sous un nez crochu, menton fuyant, orbites privées de sourcils, oreilles décollées, la signora Pedrotto était une vraie sorcière, à qui je suis redevable d'une innovation qui a fait date. Je devais peindre, à côté de Judith, la suivante qui l'a aidée dans sa besogne, en tenant le plat où les deux femmes emporteraient la tête coupée d'Holopherne. Les traits repoussants de la signora Pedrotto, je les ai prêtés à cette suivante et reproduits tels quels. Pour la première fois, dans un tableau, une figure hideuse était rendue au naturel, sans le plus petit début d'idéalisation. Le laid, le laidement vieux, si soigneusement écartés de leurs ouvrages par tous mes prédécesseurs y compris Michel-Ange, firent leur entrée dans les *beaux-arts,* dont le nom même cessa d'être adéquat. Arguant du numéro inscrit sur la porte de sa maison, Mario surnomma cette femme « la bête de l'Apocalypse ». Ce nombre *dix-sept,* me dit-il, est le total des sept têtes et des dix cornes du monstre évoqué par saint Jean.

Fillide quitta en cachette le ghetto de la place du Peuple, et, déguisée en vendeuse de pastèques, se faufila jusqu'au Divino Amore où je l'avais engagée comme modèle pour Judith. Un forgeron du voisinage, d'âge mûr et barbu, Benigno Branciforte, accepta de poser pour Holopherne. Je traversais une période d'entente si parfaite avec Mario, notre « idylle », bien que je déteste ce mot, était si réelle, que je décidai de suivre à la lettre les termes de la Bible, sans me permettre aucun dérapage qui m'eût attiré de nouveaux ennuis. Mon premier soin fut de relire le Livre de Judith et de comparer le texte des Ecritures aux peintures de mes devanciers. Je disposais d'une estampe du tableau de Botticelli et d'une lithographie de celui de Mantegna. Nous retournâmes à la chapelle Sixtine. Michel-Ange a représenté la scène, au panache du mur d'entrée. Sa fresque n'est pas moins approximative que les tableaux de Botticelli et de Mantegna.

Choix de l'arme. Une épée romaine, pour un général assyrien ? *« Elle s'avança alors vers la traverse du lit qui était proche de la tête d'Holopherne et en détacha le cimeterre dont il avait coutume de se servir.* » Dans ma collection d'armes, le cimeterre ne figurait pas. J'envoyai Mario fouiller dans les magasins de brocante, via dei Coronari, puis chez les antiquaires, via Giulia. Il se fit donner par le marchand un certificat, en foi duquel il emportait non pas une arme de combat, mais un accessoire d'atelier. Malheur en effet à qui serait surpris dans la rue avec cette variété orientale de sabre, dont la lame s'élargit vers la pointe et se recourbe en demi-lune !

Choix du moment. Botticelli et Michel-Ange ont peint, non le crime lui-même, mais la suite immédiate du crime, lorsque Judith, escortée de sa servante qui emporte la tête du mort sur un plat, quitte d'un pas tranquille le lieu du meurtre. Pourquoi esquiver la scène de l'assassinat ? Peur du sang ? Horreur de l'horrible ? Refus de se salir les mains ? Choisir de peindre la sérénité qui résulte de l'acte accompli, c'est affadir la sauvagerie du texte biblique. *« S'approchant de la couche elle saisit la chevelure de l'homme et dit : "Rends-moi forte en ce jour, Seigneur, Dieu d'Israël !" Par deux fois elle le frappa au cou, de toute sa force, et détacha sa tête. »*

« De toute sa force », « par deux fois », la seconde fois étant la bonne : moi, c'est cet instant où elle décapite et fait sauter la tête que j'ai peint. La main gauche de Judith saisit les cheveux d'Holopherne, la main droite enfonce le cimeterre dans le cou, le sang jaillit de la gorge tranchée, les yeux révulsés et le cri qui tord la bouche du supplicié soulignent dans quelle épouvante il est mort.

Je n'eus pas besoin d'indiquer à la signora Pedrotto son jeu de physionomie : elle prit d'elle-même, en voyant la partie du tableau déjà peinte, un air si effaré que je jugeai mon ouvrage réussi.

Choix de la posture d'Holopherne. Michel-Ange, à la suite de Mantegna et de Botticelli, a représenté le général de Nabuchodonosor allongé sur le dos. Le texte dit le contraire. Pour éluder la promesse qu'elle lui a faite, Judith prend la précaution d'enivrer Holopherne. *« Il était sous le charme et en proie au désir, aussi avala-t-il une telle quantité de vin qu'en aucun jour de sa vie il n'en avait tant absorbé. »* Après le repas, *« Judith fut laissée seule dans la tente avec Holopherne, lequel était tombé en avant sur le lit, effondré »*. Tombé en avant veut dire qu'il était à plat ventre, cette indication très précise ne devrait pas être négligée. De « sur le dos » à « tombé en avant », il y a la différence d'une position où ce que la femme a promis reste possible, à une posture qui l'empêcherait, même si elle le voulait, de tenir son engagement. Un homme « effondré » sur son sexe n'a plus les moyens d'en tirer du plaisir.

Ce tableau me donna beaucoup de peine. Essayez donc

de couper la gorge à un homme affalé sur le ventre ! Il m'a fallu tordre la tête à Holopherne pour dégager le devant du cou et permettre à Judith d'y enfoncer l'épée. Le peintre Giovanni Baglione, avec qui j'aurais maille à partir, m'a reproché cette torsion comme un écho attardé du « maniérisme florentin ». L'imbécile ! Comme si j'obéissais à des modes et à des considérations de style, quand la passion de peindre me possède ! Ce détail anatomique de la tête tordue, le réalisme du tableau me l'imposait.

Ottavio Costa demanda à venir dans mon atelier examiner sa commande à laquelle manquaient les dernières touches. Un agent du Saint-Office l'accompagnait. Bien en chair, le visage rubicond et avenant, ce Monsignore ne ressemblait en rien aux sinistres corbeaux qui avaient fait mon procès. Embarrassé de sa corpulence, il ne monta pas sans peine l'escalier à vis. Tout en s'arc-boutant à la rampe, il riait de son embonpoint. « Quel endroit charmant ! Comme un peintre doit s'y sentir à l'aise ! » Mon installation, agréable mais modeste, ne méritait pas tant de compliments. Un amateur de tableaux cherchant à capter mes bonnes grâces ne se fût pas montré plus aimable. Mario, tout sourires et prévenances, s'y trompa. Poli comme je ne l'avais vu avec personne, il avança au Monsignore un tabouret, le seul meuble que nous avions pour le faire asseoir. Notre hôte s'écria que c'était « un amour de tabouret ». Il jura qu'il ne l'aurait pas échangé contre une « cathèdre épiscopale ».

Ottavio Costa resta debout à côté de lui. Je commentais pour eux mon tableau, insistant sur la minutie avec laquelle j'avais suivi les indications de la Bible. Le Monsignore convint que j'étais le seul à avoir montré tant de scrupules. Le banquier manifestait plus de réserve. En homme d'argent et en citoyen de la République marchande de Gênes, deux raisons pour lésiner sur chaque sou, il essayait de freiner l'enthousiasme de son compagnon, qu'il estimait dangereux pour sa bourse. L'agent du Saint-Office ne tarissait pas d'éloges : composition, couleurs, expression des physionomies, tout lui paraissait de premier ordre. Il soutint pour finir qu'au-delà de son exceptionnelle vérité historique, mon tableau valait par la puissance de l'allégorie. La Judith que j'avais peinte avec tant de respect pour les Ecritures n'était pas seulement la libératrice d'Israël : il voyait en elle la personnification de l'Eglise. Holopherne, lui, à l'autre bout de l'échelle religieuse et morale, incarnait le Démon. Comment une jeune fille, par définition inapte à manier une arme, avait-elle pu venir à bout d'un chef de guerre aussi renommé? J'avais rendu crédible un tel miracle : il ne m'en donnerait jamais assez de louanges. « Montrer qu'avec le secours de la Grâce un faible bras réussit à triompher de Satan, voilà ce que j'appelle ne pas gaspiller son talent pour des prunes », conclut-il de plus en plus jovial.

Sur ces mots, il appela sur mon tableau la bénédiction de Dieu et récita un *Ave Maria*. Peut-être Fillide eût-elle été flattée d'être assimilée à l'Eglise : une *créature* bénie à l'instar d'une Madone! Je fus saisi, pour ma part, d'une rage froide, à l'idée que mon tableau ait pu plaire à ce Monsignore sans le faire se départir une seconde de sa bienveillance et de son onction. Même si je tenais compte des ordres qu'il pouvait avoir reçus, l'Inquisition ayant sans doute décidé de me ménager provisoirement pour me pousser à une nouvelle faute, je constatais que sans se forcer, spontanément, il exprimait tout le bien qu'il pensait de mon ouvrage.

Avais-je donc, voulant peindre une scène d'horreur, préservé le *bon goût*? Le confort de ma nouvelle installation avait-il étiolé ma sève? L'habitude que j'avais prise d'une vie continue et paisible débilité ma main?

Je songeais déjà au moyen d'arracher mes pinceaux à l'eau de rose du Divino Amore et de ressaisir mon énergie édulcorée par le bonheur, lorsque la rumeur d'une foule nous attira à la fenêtre. Il semblait qu'une multitude de piétons et de cavaliers descendît vers le fleuve. On entendait des cris, des claquements de fouet. Des cochers tentaient en vociférant de frayer aux carrosses un passage dans la cohue.

« Ah ! c'est en effet pour aujourd'hui ! » dit l'agent du Saint-Office. Il se signa à plusieurs reprises. « Que Dieu ait pitié de leurs âmes ! » Il nous expliqua en deux mots de quoi il retournait, ajouta que ses fonctions l'obligeaient d'assister à l'exécution, puis fila avec le banquier qui l'aida à descendre l'escalier.

On allait décapiter sur la place publique, de l'autre côté du pont Saint-Ange, les deux femmes qui avaient tué Francesco Cenci. Assassinat d'autant plus affreux que la principale coupable n'était autre que Béatrice, la propre fille du prince, aidée de sa belle-mère Petronia. Selon les prévisions de don Pietro Moroni, la tragédie longtemps crainte avait éclaté, souillant d'un parricide le vieux palais orné sur la façade d'une tête de Méduse prophétique. Le vieillard, despote cruel et tyran de sa famille, avait cherché à abuser de sa fille, et celle-ci, en Judith des temps modernes, préféré le crime au déshonneur. Les sicaires qu'elles avaient engagés ayant reculé devant l'atrocité du meurtre, les deux femmes l'avaient égorgé elles-mêmes pendant son sommeil.

« Viens, Mario, ne lâchons pas le Monsignore. Il aura une bonne place sur le lieu du supplice. » J'emportai un cahier et un crayon, désireux de suivre de près les péripéties de l'exécution et de noter tant bien que mal les nuances de l'agonie sur le visage des deux condamnées.

Elles arrivèrent sur une charrette, les mains liées derrière le dos. Une charrette ! Je ne pus m'empêcher de penser au roman que m'avait donné Ibn Jafar et lu en prison à Milan le Suisse calviniste. Béatrice ne connaissait certainement pas cette histoire, mais, d'elle-même, elle savait qu'on n'est pas forcément infâme quand on porte des signes d'infamie. La tête droite, le regard clair fixé avec mépris sur la foule, elle gardait toute la fierté des héroïnes de chevalerie. L'épouvante altérait le visage de Petronia. On les fit descendre de la charrette et monter sur une estrade. Coiffé d'un bonnet vermillon, paré d'un foulard de la même couleur, armé d'un estoc aussi imposant que celui que j'avais acheté à Ranuccio, le bourreau attendait ses victimes à côté du billot.

Les deux femmes s'agenouillèrent. « Mère, dit Béatrice à voix forte, meurs la première. Tu ne supporterais pas de voir ta fille décapitée. En t'évanouissant ou par quelque autre marque de faiblesse privée de dignité, tu aurais l'air de te repentir de ton acte. »

La tête de Petronia sauta d'un seul coup. Comme le bourreau s'y reprenait à plusieurs fois pour décapiter Béatrice, la foule commençait à murmurer. La jeunesse, la beauté, la renommée de cette héritère d'une des premières maisons de Rome soulevaient plus de pitié que son forfait ne provoquait d'horreur. Je n'éprouvais moi-même aucun de ces deux sentiments. Pendant que Mario se voilait la face, je ne pouvais détacher les yeux de ce spectacle fascinant : une femme dans la fleur de l'âge et dans l'éclat de sa beauté condamnée pour un crime qui méritait l'absolution, et massacrée par la maladresse d'un bourreau timoré. La tête tenait bon au cou : on eût dit que par la force de sa volonté la victime ralentissait la main qui tenait l'épee. « Tu oses regarder cette abomination ? » me disait Mario. « Laisse-moi faire mon travail », répondais-je, tout en sachant que même si je n'avais pas eu à rendre plus affreuse la tête d'Holopherne, je serais resté jusqu'au bout à observer passionnément chaque phase du supplice.

Je fus tiré de ma contemplation par les cris de la foule. On réclamait la grâce de Béatrice, puisque Dieu envoyait un signe aussi manifeste de miséricorde. Et puis, à voix plus basse, on blâmait Clément VIII de tirer de cette affaire un profit aussi éhonté. Avant qu'un billet déposé sur la statue de Pasquino ne dénonçât en termes crus ce nouvel abus de pouvoir, le bruit courut que le pape avait ordonné à ses agents de saisir les biens des Cenci. Les voix ne s'accordaient pas sur le chiffre, mais s'entendaient pour flétrir le procédé. « Cette confiscation augmentera de cinq cent mille écus son trésor personnel. – Cinq cent mille écus ? Vous voulez rire. Dites plutôt un million. – Un million ? Vous n'y êtes pas encore. Sa Sainteté se mettra deux millions dans la poche, je vous prends le pari. »

Le bourreau assena le dernier coup avec une telle énergie, que la tête, roulant en bas de l'estrade, tomba presque à mes pieds. Si intrépide que voulût paraître la descendante de l'illustre famille des Cenci, l'atrocité de ce dénouement avait décomposé ses traits.

Je m'empressai de regagner l'atelier et de peindre à nouveau la figure d'Holopherne : veine plus gonflée sur le front, sourcils plus arqués, yeux exorbités, bouche distendue, j'ai reproduit avec une précision anatomique les affres de la mort, telles que je les avais observées sur le visage de Béatrice. Je me suis attaché en particulier aux détails de la langue, collée au palais par l'effroi. Rien de plus affreux que cette langue, tapie comme un bout de viande rose au fond de la bouche qui n'a plus la force de crier. La vieille du 17, pendant que j'y étais, prit quelques rides de plus, beaucoup de cheveux en moins, des lèvres plus pincées, un œil plus méchant. Le rouge que j'avais utilisé pour les flots de sang me parut trop pâle. Je les fis jaillir en gros bouillons écarlates, de la même couleur éclatante que le bonnet et le foulard du bourreau.

A présent j'étais sûr que mon ouvrage, tout en gardant l'approbation du Saint-Office, susciterait le dégoût naturel. Mario, bon témoin de la cruauté de mon tableau, avait hâte que le banquier l'emportât. En attendant, je dus le retourner face au mur. « Si c'est ça que tu trouves à nous offrir pour inaugurer *la nostra casetta* ! » répétait le pauvre garçon, affolé par cette vision d'épouvante si contraire au décor qu'il nous avait fignolé.

Comme antidote, il se mit à peindre un *Miracle de santa Chiara*. Au lieu de se limiter à critiquer un tableau, comme font les esprits paresseux, il répondait par un autre tableau. Si l'on n'aime pas une œuvre, chercher à la supplanter par une qui soit plus belle ou d'un meilleur exemple : voilà une réaction qui me plaît. Cependant, soit que mon influence commençât à se faire sentir, soit qu'un Sicilien ne puisse éviter les teintes sombres et violentes, Mario transforma l'épisode traité si mièvrement par plusieurs peintres en scène de brutalité et d'effroi. Une troupe de soudards donne l'assaut, par une nuit d'orage, au monastère des clarisses; la Mère supérieure les repousse en brandissant devant eux un candélabre à trois branches. Toute l'attention de Mario se porta, non sur la sainte elle-même, qu'il se contenta d'esquisser enveloppée d'un nuage, mais sur les reîtres stupéfaits de son audace. Ils tombent à la renverse et restent plaqués au sol, souillés de boue, les bras en croix, dans une pénombre éclairée de reflets sanglants.

VII

Divino Amore

Ce furent ensuite les *Histoires de saint Matthieu*, ma première commande publique, « tournant important pour ta carrière », me répétait le cardinal Del Monte, qui savait combien ce dernier mot me hérissait. Avec le cardinal Ascanio Colonna, le cardinal Pietro Aldobrandini, les Pères Philippins, enfin tous les membres du parti français, il comptait sur mon sens des responsabilités, la conscience de l'honneur qui m'était fait et les restes de frayeur que je gardais du procès, pour commémorer dignement l'abjuration d'Henri IV, sans compromettre leurs projets politiques ni décevoir leurs ambitions personnelles.

Je commençai par la *Vocation de saint Matthieu.* Cette toile de grandes dimensions (dix pieds sur dix pieds et demi) nécessitait la présence de sept modèles. Ils se bousculaient dans l'escalier trop étroit et, sous prétexte qu'ils manquaient de place dans l'atelier et qu'ils se cognaient dans le noir (je dirai dans un instant pourquoi j'avais tiré un rideau contre la fenêtre), remplissaient de tapage la maison. D'après sa mine contrariée, je vis que Mario m'en voulait de troubler la paix de notre *nid.*

Quand tout le monde fut prêt, j'installai les divers personnages. Levi, le collecteur d'impôts, est assis à une table avec ses quatre assistants dans la pièce sombre qui leur sert de bureau. Le Christ entre par la droite, accompagné de saint Pierre. Il étend le bras droit et pointe l'index. Levi et deux de ses aides se tournent vers les visiteurs. Quoique surpris par le geste du Christ, ils se montrent disposés à entendre son appel. Les deux autres, penchés au-dessus de la table, continuent à compter les pièces d'argent, sans se rendre compte que le Sauveur est parmi eux.

La décoration de la chapelle Contarelli étant dédiée à l'heureuse conversion d'un hérétique, je devais souligner un des points essentiels qui opposent la vraie doctrine à la religion réformée. Le cardinal Del Monte, selon son habitude, m'avait fait un petit cours de théologie.

« Les protestants soutiennent l'exécrable théorie de la prédestination. Certains hommes, disent-ils, sont prédestinés au salut, d'autres courent fatalement à leur perte. Le sort de chacun est arrêté de toute éternité, personne ne pouvant renverser le cours de ce qui est écrit.

— Alors que pour les catholiques, Eminence...

— Pour les vrais zélateurs du Christ, le Seigneur est venu sur la terre libérer les hommes du péché mais avec leur consentement. Certains se tournent vers Lui et Le suivent, d'autres s'en écartent ou ne remarquent même pas Sa présence. Le choix de son salut ou de sa perdition est laissé à chacun. »

Ce programme trop aride, comment l'illustrer par une image concrète ? Bien m'en prit de relire, avant d'entamer mon travail, la bulle pontificale d'absolution, dont le cardinal, par acquit de conscience, m'avait procuré une copie. J'ai découvert dans le texte du pape, sans penser aucunement que je trouverais sous la plume de Sa Sainteté des conseils techniques pour mon art, ce qui allait devenir un de mes procédés favoris.

« Nous considérons avec émerveillement, disait Clément VIII en s'adressant au roi de France, *la surabondance de la Grâce divine sur ta conversion, et une profonde admiration nous saisit, quand nous voyons comment, de la plus dense obscurité des erreurs et des hérésies, comme du gouffre sans*

fond du mal, tu es venu à la lumière de la vérité, par l'acte tout-puissant de la main droite du Seigneur. »

« De la plus dense obscurité... », « venir à la lumière... », « par la main droite du Seigneur... » Je me répétais ces mots, et tout à coup je compris : à qui d'autre qu'un peintre étaient-ils par nature destinés ? *Ex imis tenebris... Lux veritatis...* : adoptant à la lettre cette métaphore, j'ai attribué à la lumière le premier rôle dans la composition et le mouvement de mon tableau. Jaillie du côté droit, tombant en biais vers la gauche, oblique comme le rayon d'un phare, rasante comme le jour qui se lève, c'est la lumière qui agit sur une partie des personnages avec une force magique ou au contraire repousse dans l'ombre ceux qui s'obstinent à ne pas la voir.

Mais quel genre de lumière ? Celle qui entrait de côté dans l'atelier était trop diffuse pour me permettre l'effet dont j'avais besoin. J'eus donc l'idée de changer de fond en comble l'éclairage. Mario me procura un drap noir pour obturer la fenêtre aussi hermétiquement que possible. Il protestait. « Ce n'est plus un atelier, c'est une cave ! » Sur mes indications, il fixa une tringle au plafond, parallèlement au mur opposé à la fenêtre. Elle courait sur toute la longueur de la pièce, à la hauteur d'une toise et un pied. Je faisais glisser sur cette tringle une lanterne, dont le rayon, tombant d'en haut comme par un soupirail, et laissant le reste dans l'obscurité, se concentrait sur quelques détails qui recevaient, de ces ténèbres environnantes, un surcroît d'intensité et de mystère.

Personne avant moi n'avait utilisé la lumière comme personnage central d'une scène peinte. Je venais d'inventer le clair-obscur. Cette trouvaille n'a pas seulement eu d'immenses conséquences pour la peinture : elle m'aida à éluder la jalousie de Mario. Des quatre modèles choisis pour être les assistants de Levi, l'un était un vieillard chauve à lunettes, les trois autres des jeunes gens bien faits et agréables. Il ne fit mine de s'inquiéter ni de celui que je peignis de dos, ni de celui que frappe en plein le rayon latéral, joli garçon pourtant, mais avec je ne sais quoi de timide et de fade. Un seul, Andrea, donnait de l'ombrage à Mario, qui connaissait mes goûts. Je décidai qu'il resterait dans une semi-obscurité, à l'extrémité de la table. On ne verrait de son visage, penché sur les pièces d'argent, que le bout du nez et du menton sous la masse de ses cheveux noirs retombant comme un casque sur ses yeux. Il me coûta de renoncer à peindre plus en détail le charme piquant de cette petite canaille. Je fus dédommagé de ce sacrifice par l'air soulagé de Mario.

Autre innovation qui donne un prix particulier à ce tableau : la disparate des vêtements et des accessoires. Deux époques distantes de seize siècles cohabitent. Le Christ et saint Pierre, nu-pieds et nu-tête, endossent des tuniques semblables aux laticlaves des anciens Romains. Le collecteur d'impôts et ses assistants portent des habits contemporains, hauts-de-chausses, pourpoints, gilets brodés, chapeaux à plumes, comme c'en était la mode à Rome de mon temps. Ils sont chaussés de souliers marchandés par Mario à un revendeur du Corso.

J'avais peur que ce tamponnement des siècles, rendu possible par la variété des costumes entreposés dans le magasin, ne fût pas du goût de l'abbé Giacomo Crescenzi, exécuteur testamentaire du cardinal Contarelli, et déjà fâché par l'entorse faite aux dispositions du défunt. Il ne fit aucune objection, approuvant au contraire que j'eusse souligné par la fantaisie du vestiaire la valeur éternelle de cet épisode. La vocation de saint Matthieu, dit-il à l'agent du Saint-Office qui l'accompagnait, est un événement historique, qui a eu lieu à un certain moment du passé, « d'où les tuniques romaines », mais l'exemple de cette conversion reste si vivant, si éclatant, il traverse les lieux et les temps avec une force si communicative, qu'Henri IV, roi de France, a reconnu à son tour la lumière et s'est levé pour rejoindre le Christ, « d'où les habits contemporains ».

« Mais pourquoi, continua l'abbé, as-tu vêtu de satin et

de soie des jeunes gens qui n'étaient que de modestes fonctionnaires ? Pourquoi les as-tu coiffés de magnifiques chapeaux à plumes ? Ne crois-tu pas que des atours aussi riches soient déplacés pour de simples employés du fisc ? »

Je m'apprêtais à corriger ces erreurs, quand l'abbé se mit à rire.

« Mais c'est la lumière divine qui t'a inspiré, Michelangelo ! Ces pourpoints, ces gilets seraient trop somptueux en effet pour des agents subalternes. Ils conviennent tout à fait à des jeunes gens faisant partie de l'entourage d'un roi. On ne s'habille pas autrement à la cour d'un monarque. Savais-tu qu'Henri IV, à la bataille d'Ivry, demandait à ses soldats de suivre son "panache blanc" ? Ma parole, il n'aurait eu qu'à choisir celui-ci ! Le plumet qu'arbore le jeune homme du fond aurait fait son affaire ! Tu as habillé tes personnages non pas comme ils étaient habillés réellement, mais en parpaillots d'aujourd'hui illuminés par la Grâce. »

Il me félicita encore d'avoir accroché à la ceinture du modèle qui tourne le dos, non le stylet ou la dague que portent les individus suspects de fomenter de mauvais coups, mais la noble *spada da lato,* l'épée loyale de duel, l'arme probe des gentilshommes. « Tu as indiqué ainsi le revirement opéré déjà dans l'âme de celui qui jusque-là sans doute ne pensait qu'aux plaisirs de son âge. »

Le *Martyre de saint Matthieu* me donna infiniment plus de mal. Non pas tant à cause de difficultés techniques – sauf celle de faire tenir un nombre encore supérieur de modèles dans l'atelier – qu'en raison d'un blocage intérieur. J'avais le pressentiment que le sujet historique que j'avais à traiter ne m'était qu'un prétexte pour me dévoiler moi-même et dire sur moi ce qu'il n'était pas bon que je sache. La crainte de m'engager dans une aventure dont je ne sortirais pas indemne me rendait inquiet et fébrile. Le fait est que je reculais chaque jour le moment de commencer. Jamais, auparavant, je n'avais tremblé en prenant mes pinceaux. Il ne s'agissait pourtant que d'illustrer quelques lignes de l'Evangile apocryphe attribué à Abdias, passage que je connaissais déjà par *la Légende dorée*. Un soldat envoyé par Hirtacus, roi d'Ethiopie, entre dans l'église où Matthieu dit la messe. Il jette l'apôtre à terre devant les symboles de l'Eucharistie, le transperce de son épée, le tue.

Comment rendre la grandeur tragique et l'horreur de cet instant ? Je réunis une douzaine de modèles et les disposai du mieux que je pus dans l'espace exigu de mon grenier. J'avais en tête une mise en scène assez complexe. Lorsque Mario s'aperçut qu'ils n'étaient pas douze mais treize, quantité nécessaire à ma composition, la peur superstitieuse qu'il montra de ce chiffre augmenta ma nervosité. Trois jeunes gens s'échappent effrayés de la vasque où ils s'apprêtaient à recevoir le baptême ; un ange brandissant une palme descend du ciel sur un nuage ; six témoins s'écartent avec épouvante ; un enfant s'enfuit en criant. Je commençai par la foule des comparses, me réservant de peindre les deux protagonistes en dernier.

J'avais demandé à Benigno Branciforte de revenir poser dans le groupe des fidèles qui assistent à la messe et deviennent les témoins du meurtre. Quelle ne fut pas ma stupeur de constater que je ne parvenais en aucune manière à reproduire les traits du forgeron. A la place de son visage, c'était le mien qui surgissait de l'ombre ! En principe, je me disposais à peindre un événement survenu au premier siècle après Jésus-Christ ; mais, comment dire ? quelque chose qui me touchait directement, un épisode de ma propre histoire se substituait au sujet choisi.

Tu voulais assister en personne à ce meurtre. Regarder par tes yeux comment on meurt quand on meurt extasié. Peindre ce qui devait un jour t'advenir.

Sentiment irrationnel, absurde, qui me força à poser mes pinceaux. Mario, me voyant pâle et défait, m'apporta un verre d'eau.

« Tiens ! s'écria-t-il, tu t'es mis toi-même dans ton tableau ! » Il avait reconnu, dans le coin de la toile où je comptais peindre le forgeron, mon autoportrait. « Mais tu t'es vieilli ! ajouta Mario. Pourquoi te creuser le visage et t'affubler d'une barbe et d'une moustache si épaisses ? Et quel air triste, quelle mine usée tu t'es collés ! On te donnerait dix ans de plus ! » Je tressaillis à cette remarque pourtant anodine. Peindre ce que je n'avais pas le projet de peindre mais qui s'était imposé à moi à mon insu, était-ce anticiper de dix ans sur ce qui m'arriverait en réalité ? *Dix ans : est-ce le temps qui te reste ? N'ai-je pas plus de dix ans à vivre ?*

Une nouvelle fois, je réussis à surmonter cette sorte d'hallucination qui me faisait voir dans la mort de Matthieu ma propre mort, et fixer l'échéance, avec cette exactitude mathématique qui n'existe que dans les rêves, à un nombre précis d'années.

Le personnage de l'évangéliste ne présentait pas, de prime abord, de difficulté particulière. A terre, renversé sur le dos, c'est ainsi que j'avais décidé de le peindre. Mais que faire de ses bras ? Il aurait dû, en bonne logique, se protéger les yeux, ou croiser les mains sur sa poitrine, par ce geste instinctif de défense qu'opposent à leur bourreau ceux-là mêmes qui aspirent au martyre. Optant pour le parti opposé, je lui écartai les bras, ce qui permettait au tueur de terminer plus vite sa besogne. « Viens et prends ma vie, semble dire Matthieu au jeune homme penché au-dessus de lui. Hâte-toi de me percer de ton épée. »

Ce soldat, comment l'habiller ? Le bon sens me disait : d'un costume dont on ne puisse mettre en doute la vraisemblance historique. « Trouve-moi dans le magasin une cuirasse du premier siècle », dis-je à Mario. Il m'apporta une armure qui convenait à un hoplite de l'époque de Néron et que pourtant je refusai. Je fis endosser d'autres tenues à Giulio, le garçon, choisi pour sa belle mine, qui posait pour le soldat. Il changea plusieurs fois de cuirasse, de tunique, de chiton, que je cherchais encore la mise appropriée. « Aucune de celles-ci ne me va », fis-je, découragé. Je savais ce qui m'irait : un bourreau nu, d'une jeunesse et d'une beauté éclatantes. Un dieu, dont la seule présence suffit à tuer.

Seul obstacle : qu'un de mes modèles, surtout le plus beau, se présentât devant moi déshabillé, Mario ne l'admettrait pas.

« Rends-moi service, lui dis-je soudain. Mets-toi à la place de Giulio, ôte tes vêtements, ne garde que cette serviette autour de la taille. Je mettrai sa tête sur ton corps. »

Je ne voulais pas seulement un bourreau nu, je voulais qu'il ressemblât le plus possible à Mario. Pourtant, le peindre avec sa tête était exclu : on eût reconnu le garçon de mes premiers tableaux, le Joueur de luth équivoque, le Bacchus scandaleux, et crié au blasphème. Mais le corps de Mario, je le connaissais aussi bien que son visage. Chaque pli, chaque veine, chaque muscle de ce corps m'était familier. Je n'avais pas besoin de peindre son visage pour avoir Mario tout entier devant moi. Il s'exécuta de bonne grâce, surmontant la pudeur qu'il éprouvait toujours à se dévêtir en public, par la pensée que s'il ne me rendait pas ce service, je n'aurais qu'à utiliser Giulio ou choisir entre les autres garçons dont la rumeur joyeuse emplissait l'atelier. Il avait maigri depuis que nous ne mangions plus à la table du cardinal et que je l'avais convaincu de ne nous préparer qu'une fois par semaine une de ses pesantes recettes siciliennes, et en même temps forci en construisant autour du jardin un mur pour nous mettre à l'abri des voisins, en sorte qu'il dénuda sous les yeux admiratifs des modèles une anatomie svelte et musclée comparable seulement à celle des *Ignudi* de la chapelle Sixtine ou des atlantes de la galerie Farnese.

Je mis toute mon âme à rendre la beauté de ce corps. La rondeur de l'épaule, la vigueur des bras, la fermeté des cuisses, le velouté des chairs, la saillie des muscles, le sillon du thorax creusé entre les méplats du torse, le bout dur des tétons dressés par l'excitation du crime, tout fut l'objet d'un soin amoureux. Lorsque je plaçai sur ce corps la tête de Giulio, j'étais si plein de l'amour de Mario, que je crus voir, que je *vis,* ce qui s'appelle *voir,* Mario regarder Matthieu et brandir contre lui son épée. *Je me vis moi-même* à la place de Matthieu.

Me voilà donc deux fois dans le tableau, une fois dans le coin gauche parmi les témoins du meurtre, une seconde fois au centre sous les traits de Matthieu; Matthieu qui avait pris l'âge, la barbe et les traits que j'aurais dans dix ans; Matthieu qui expirait sous les coups du bourreau; moi-même qui mourais de la main du garçon que j'aimais.

Le double lapsus que j'ai commis me prouve à quel point cette hallucination me tenait. Dans les cheveux de Giulio, j'ai attaché un bandeau. Un bandeau! Ne savais-je pas que cet ornement, incongru pour un soldat à qui seul convient le casque, est l'attribut spécifique d'Eros? Que le serre-tête qui fixe des cheveux ébouriffés est le symbole vestimentaire de l'ardeur sexuelle? Michel-Ange a noué le même bandeau au front de ses *Ignudi*, pour souligner que leur pouvoir érotique doit être *retenu*, sous peine de dégénérer en débauche.

Autre « erreur » de détail, autre dérapage involontaire : quel peintre s'est jamais permis de représenter un saint sans le signaler par une auréole? A la fois apôtre et évangéliste, Matthieu n'est-il pas doublement saint? Et cet insigne indispensable, cet attribut canonique, cette marque d'excellence qui le met au premier rang des élus, j'ai « oublié » de l'en couronner!

Cent fois j'ai repris la scène du crime, ne m'estimant satisfait que lorsque j'eus réussi à la transformer en rite de sacrifice, en cérémonie d'amoureuse oblation. Qui n'a rêvé de mourir par la main de celui qu'il aime?

Mario me reprochait de faire le saint trop consentant à son martyre.

« Il a bien dû se défendre, quand même! C'était un combattant de la Foi, il travaillait à bâtir l'Eglise! Céder ainsi au premier venu...

— Il y a quelque chose de plus beau, répondais-je, que de s'opposer à la fureur du bourreau.

— Ah vraiment ? Moi, à sa place, je me serais débattu comme un beau diable !

— Dis-moi un peu, Mario, ce qui selon toi a pu lui traverser l'esprit quand il a vu entrer ce jeune homme dans l'église.

— Eh bien ! Est-ce si difficile à deviner ? *Que vont devenir les catéchumènes que je m'apprêtais à baptiser ? L'Eglise survivra-t-elle à ces persécutions ? Combien de temps encore sera nécessaire avant que le royaume de Dieu ne descende sur la terre ?* Voilà ce qu'a dû penser celui qui avait été un des premiers compagnons du Christ. Il n'avait pas peur de la mort, mais il se désolait de mourir avant d'avoir terminé sa mission. Et puis non ! Pourquoi chercher de ces finasseries théologiques ? Matthieu était un homme comme nous, et un homme, je t'assure, qu'il soit un saint ou une crapule, quand il est attaqué, a le réflexe de sauver sa peau. Je l'ai bien vu, jadis, à Avola, quand je me suis jeté sur Giorgio Belmonte. J'ai eu beaucoup de mal à le maîtriser, il n'avait pas du tout envie de mourir, bien qu'il le méritât ! »

Captif de mon songe intérieur, j'étais si éloigné de telles pensées, qu'au lieu de lui objecter quelque argument sensé, je me mis à imaginer ce que je dirais à la place de Matthieu, si cette épée (l'estoc acheté à Ranuccio) était brandie contre moi. Les modèles repartis, nous étions restés seuls dans l'atelier. J'entendais le forgeron taper de nouveau dans la rue sur son enclume. Mario écarta le rideau. La nuit tombait sur la ville. Il ouvrit la fenêtre. L'odeur humide du marronnier entra dans la pièce. La supplique monta d'elle-même à mes lèvres.

A peine es-tu entré dans le temple, l'épée à la main, tout frémissant du désir de tuer, que je t'ai reconnu. C'est toi que j'attendais, depuis toujours. Tu es jeune, tu es beau, tu es nu, ange infernal qui portes le meurtre inscrit sur les traits de ta face. Vais-je prendre la fuite comme les autres ? Comme l'épouvante altère leur visage ! Pourquoi cries-tu, toi l'enfant, dont la bouche grande ouverte lance un hurlement de terreur ? Pourquoi sautez-vous hors du bassin, néophytes, avant d'avoir reçu le baptême ? Quel sauve-qui-peut, quelles contorsions pour vous écarter du lieu de l'homicide ! Et toi, le témoin caché à l'arrière-plan, qui me ressembles par la barbe et les rides, pourquoi te tiens-tu au large et te dissimules-tu ? Tu n'oses pas t'approcher ? Tu ne sais donc pas que ce qui m'arrive t'arrive aussi à toi ? Et que c'est là le vrai mystère ?

Regardez, je reste calme, je n'essaie pas de me défendre, je ne tente même pas de me couvrir le visage de mes mains. J'écarte les bras, je m'offre, je t'offre mon corps, je t'attends. Que dis-je ? Je t'appelle, je te supplie d'achever ton œuvre. De résistance, tu n'en trouveras pas. Viens. La victime que réclament ta figure intrépide et ton bras d'athlète n'est pas moins avide que toi du dénouement.

Ceux qui me reprochent ma soumission au beau meurtrier feraient bien de s'interroger eux-mêmes et de chercher s'ils n'ont jamais repoussé, comme une tentation folle, d'ordre surnaturel et mystique, le désir de mourir en pleine action d'aimer. Double feu qui me consume, au moment où, renversé sur les marches de l'autel, près des symboles de l'Eucharistie placés là pour mettre en abyme mon propre sacrifice, je m'abandonne aux coups de mon flamboyant assassin.

O douce, ô suave immolation de tout mon être, ô conviction d'accomplir une sainte mission, s'il est vrai qu'un des souhaits les plus anciens et les plus secrets de l'homme est de rencontrer dans la même personne l'aimé et le bourreau, celui qu'on aime et celui qui tue.

J'espère que le peintre ne va pas faire croire que je meurs malgré moi, à mon corps défendant. A mon corps offrant, oui, c'est bien plutôt cette formule qui conviendrait ! Il doit donner avec ce tableau l'image d'une extase jubilante. Un peu terrible aussi, forcément, car je ne me risque pas sans crainte à prendre sur moi un désir que nous sommes si peu sur la terre à avoir le courage d'avouer. Etre saisi par la fièvre d'amour et brûler, à la fois, de la volonté de mourir ! Céder, au même instant, à deux postulations contraires! Cette rêverie que le bon sens, la sagesse, le respect humain, la dévotion à Dieu, l'enseignement de l'Eglise, le culte inconditionnel de la vie recommandent à chacun d'enfouir au plus profond de soi-même, cette envie qu'à nul être humain il n'est permis d'assouvir, être le seul à les assumer!

Ce peintre, qu'il distribue les couleurs sombres dans les angles et sur les côtés de son tableau, et garde toute la lumière pour le corps du meurtrier.

Moins de lumière pour moi! Le moins de lumière possible! Pas de nimbe, surtout! Rien autour de ma tête qui ait l'air d'une récompense! Même si ma sainteté est reconnue plus tard, qu'ai-je à faire d'une de ces auréoles qui ne sont que des prix de bonne conduite? Mais lui, l'archange inflexible, le prestigieux messager de la mort, que les teintes les plus vives exaltent sa beauté, que son corps irradie de couleurs éclatantes, que ses membres rayonnent d'un solaire éclat! Voilà que tu te penches au-dessus de moi. Tu m'as saisi par un poignet, tu soulèves ton arme, tu t'apprêtes à m'en transpercer. Viens. Pourquoi tardes-tu encore? Ah! comment résister à la joie de périr sous le coup d'une telle main... Mourir de la main de l'aimé, suprême aspiration de l'âme...

Avais-je sans le vouloir parlé à haute voix? Mario me regardait stupéfait. Il me tamponnait le front avec de l'eau fraîche et m'obligeait à boire.

« Mario! m'écriai-je tout à coup. Dis-moi que tu as compris ce que je viens de te dire!

— De *me* dire? A moi?

— Retiens-le bien. N'oublie jamais ce que j'ai peint dans ce tableau.

— Ces choses, c'est donc pour moi que tu les disais?

— C'est mon tableau le plus personnel, n'est-ce pas? »

Trop bouleversé pour répondre, il se contenta de me prendre par la main, de ramasser au passage l'estoc de Ranuccio, de me pousser vers l'escalier et de me conduire dans notre chambre.

Il plaça l'épée au mitan du lit, comme il avait vu faire dans les romans de chevalerie, quand un couple a décidé de rester chaste. « Etends-toi, calme-toi », me disait-il. Je m'endormis aussitôt, d'un sommeil peuplé de rêves où je courais sur une plage poursuivi par un homme armé d'un poignard. Je finissais par tomber à genoux, mais les images s'évanouissaient avant que j'aie pu savoir s'il me tuait ou s'il avait cherché seulement à éprouver mon courage.

Lorsque je me réveillai, Mario était debout sur le lit, dans la même posture que le soldat d'Hirtacus. Comme l'assassin de saint Matthieu, il ne portait pour tout vêtement que le pagne à moitié dénoué du tableau. L'épée avait disparu.

Je sursautai, en reconnaissant, dressé de toute sa hauteur, le double exact de l'étincelant bourreau. Quand il eut constaté qu'il avait réussi son effet, Mario envoya voler la serviette, s'abattit contre moi et me fit l'amour avec un emportement qui était le défi de sa jeunesse au crime et de sa beauté à la mort.

VIII

Succès

La chapelle Contarelli dédiée à saint Matthieu et décorée de mes deux tableaux, la *Vocation* à gauche de l'autel, le *Martyre* à droite, fut inaugurée *in pompa magna*. Outre le chapitre de San Luigi dei Francesi réuni autour de Monsignor Pavolini, assistaient à la cérémonie le cardinal Del Monte et ses amis politiques, M. Philippe de Béthune, ambassadeur de France et représentant personnel d'Henri IV, l'abbé Giacomo Crescenzi, exécuteur testamentaire du cardinal Contarelli, Monsignor Maffeo Barberini, à la tête de la Chambre apostolique, Monsignor delle Palme, qui avait remplacé le bandeau noir sur son œil gauche par un bandeau violet, le directeur de la Congrégation de l'Oratoire entouré de nombreux Pères Philippins, les membres de plusieurs Confraternités parmi les plus influentes, enfin diverses personnalités de la cour du pape et quelques représentants du monde artistique romain.

Je pus croire ma réputation assise, ma sécurité établie. On loua surtout la façon dont j'avais distribué les parties claires et les parties sombres, symbolisé la Grâce par la lumière, matérialisé le péché par les ténèbres. « Luminisme » et « ténébrisme » : j'entendis pour la première fois ces deux mots, dans la bouche de Monsignor Carmoni della Volpe, surintendant des musées du Vatican. Un homme de cette importance en savait plus sur les secrets de la peinture qu'un pauvre exécutant comme moi.

« Ces deux termes ont une double acception pour le peintre », déclara-t-il avec aplomb. J'eus le bonheur d'apprendre que *luminisme* et *ténébrisme* s'appliquaient aussi bien à l'intention spirituelle qu'au procédé technique.

« Le partage de la vie morale entre la lumière et les ténèbres a son équivalence picturale dans la répartition des surfaces colorées. Le fossé, que dis-je? l'abîme, le gouffre sans fond qui sépare le monde de la Grâce et le monde du péché se trouve matérialisé par le contraste des tons. Regardez l'épaisseur de ces noirs, l'éclat de ces blancs et de ces rouges. Ni Michel-Ange ni Raphaël n'ont joué sur des oppositions aussi spectaculaires entre les ténèbres où se débat Satan et le rayonnement qui émane de Dieu. Voilà, si vous me permettez cette formule, l'art du nouveau siècle : la main réalise ce que l'esprit a contemplé. Exemple admirable de mariage entre l'âme et le corps, unis dans un même effort d'apostolat », conclut le gouverneur des collections de Sa Sainteté.

Il m'attribuait des intentions, une conscience de mes procédés, une vision symbolique de mon art qui n'étaient pas aussi nettes dans mon esprit que dans le sien. Tous applaudirent à ce qui venait d'être dit avec une éloquence aussi convaincante. On vint me congratuler d'être « le peintre de l'année sainte ». Les uns gobaient cette homélie parce que le jargon, loin de nuire à la réputation d'un savant, contribue à son prestige, les plus nombreux me félicitaient parce qu'ils comprenaient les arrière-pensées politiques d'un tel discours : je devais être revenu en faveur et me trouver fort bien en cour si un familier du pape ne formulait aucune réserve sur le travail d'un peintre suspecté quelque temps plus tôt de déviation et de blasphème. Mon diagnostic était juste : aussi bien le sourire affiché par le cardinal Del Monte que la fureur mal dissimulée de Monsignor delle Palme m'en apportaient la preuve.

Un homme d'aspect austère traversa la foule et s'approcha de moi.

« Je suis le marquis Giustiniani. Nous nous sommes rencontrés chez Son Eminence le cardinal Del Monte. J'aurais plaisir à vous montrer ma collection et à vous commander un tableau. »

C'était la première fois qu'un membre du patriciat romain me disait *vous,* au lieu de me traiter avec la familiarité qui est de règle pour les domestiques. Et quel puissant seigneur ! Le personnage qui me donnait cette marque publique d'estime portait un des noms les plus prestigieux de l'aristocratie. Il habitait, avec son frère le cardinal Benedetto, le palais situé en face de San Luigi dei Francesi. Je m'inclinai en silence.

On avait invité à l'inauguration le Cavaliere d'Arpino, auteur de la fresque du plafond. Sans la rancune que je lui gardais à cause des tableaux qu'il m'avait confisqués, il m'eût fait pitié, personne dans l'assistance ne songeant à lever les yeux vers la fade scène où je ne sais plus quelle fille de roi est guérie par saint Matthieu. De honte, le Cavaliere en était réduit à se cacher à l'entrée de la chapelle derrière un pilier. L'abbé Crescenzi remercia l'assemblée. Il exprima au cardinal Del Monte et à l'ambassadeur de France une reconnaissance particulière. La conclusion de sa harangue puis l'espèce de plébiscite dont je fus l'objet me donnèrent lieu de me rengorger à nouveau.

« Son Eminence le cardinal Contarelli, que Dieu veille sur son âme (il se signa, imité par l'ensemble des présents), avait stipulé qu'outre les deux peintures latérales, la décoration de la chapelle comprît un *Saint Matthieu et l'Ange* à placer au-dessus de l'autel. Ces messieurs du chapitre confieront-ils cette commande au peintre dont nous prônons aujourd'hui le travail, ou à celui qu'ils avaient d'abord choisi pour décorer l'ensemble de la chapelle ? »

Personne ne songea que, de nous deux, seul le Cavaliere d'Arpino aurait pu exécuter une fresque sur le dernier mur et sauver en partie une des clauses du testament. Tous se tournèrent vers moi ; je fus désigné par un vote unanime.

Quelle revanche, que d'avoir détrôné pour une commande publique celui qui restait un des peintres favoris de Sa Sainteté !

« Il se présente pourtant une petite difficulté, reprit l'abbé Crescenzi. Le chapitre a supporté de gros frais pour la restauration de l'église, afin que la noble nation de France (il s'inclina devant M. de Béthune) qui s'apprête à célébrer les noces de son roi Henri IV avec la princesse Marie de Médicis puisse mettre à la disposition de ses ressortissants un temple digne de ce grand événement. Contrepartie fâcheuse de cet effort, la caisse du chapitre est presque vide, Eminences, et l'afflux de pèlerins que nous attendons pour l'année sainte et qui seront pour la plupart sans ressources nous oblige à économiser ce qui nous reste. En bref, nous n'avons plus de quoi payer ce qui serait dû au peintre. »

Cet aveu ne causa guère de surprise : la pingrerie des Français est un secret de Polichinelle. Les Romains, malgré leur goût du persiflage (qu'ils ont délégué à Pasquino), se piquant de rester courtois en toute occasion, on cherchait à ne pas regarder M. de Béthune pour éviter de le mettre dans l'embarras. Le verbe *économiser*, si peu utilisé à Rome, où la notion d'épargne suscite une violente antipathie, amenait un sourire sur toutes les lèvres.

Le marquis Giustiniani s'avança d'un pas et déclara à l'abbé :

« Je me porte garant pour les appointements du peintre. De quelle somme avez-vous besoin pour le payer sans manquer à la réputation de votre église ?

— Je crois qu'une centaine d'écus, Votre Grâce, ferait un montant convenable.

— Les voici. »

Il appela son domestique, qui lui tendit une feuille de papier. Le marquis s'appuya à la balustrade de la chapelle. Eclairé par une des chandelles qu'on avait apportées dans le soir qui tombait, prenant pour sous-main le rebord de marbre, il écrivit : « Bon pour cent écus à verser au peintre Michelangelo Merisi dit Caravaggio le jour où il remettra la peinture de saint Matthieu et l'Ange pour le dessus d'autel de la chapelle Contarelli. »

Aucune date n'était fixée, aucune condition particulière. A moi de décider librement. La *Vocation* et le *Martyre* me plaçaient à l'abri du Saint-Office. Monsignor delle Palme avait beau se pencher sur mes deux tableaux et les examiner en détail, il n'y découvrait rien de douteux. J'avais si bien caché le sens intime que revêtait pour moi la scène du meurtre de l'apôtre, que le préfet lui-même se laissa duper. La ressemblance entre le martyr et le peintre lui échappa, de même que le dédoublement du peintre en martyr et en témoin de son propre supplice. Dépité de son inspection, il ne s'aperçut pas qu'il avait machinalement changé la place de son bandeau, dans l'espoir que l'œil gauche serait plus perspicace que l'œil droit.

Bon, mais s'ils croyaient, lui et tous les Monsignori empressés à me fêter, que j'allais désormais leur manger dans la main, c'est qu'ils ne savaient pas à qui ils avaient affaire. Celui qu'ils couvraient d'éloges se sentait rongé par le doute. A la lettre des Ecritures, n'avais-je pas donné trop de gages ? Après ces marques de respect pour le dogme et d'obéissance à l'Eglise, il m'était indispensable, si je tenais à ma gloire, de reprendre ma liberté. Dans quelle piètre catégorie d'artistes on aurait vite fait de me ranger, si je ne tentais pas quelque nouveau coup d'éclat ! « Eh bien ! il a fini, lui aussi, par se soumettre au pouvoir. – Pardi ! A vingt ans, à vingt-cinq ans on crâne, aux approches de la trentaine la tête revient sur les épaules. – L'âne qui ruait dans les brancards finit par se coucher dans la paille », etc.

Séance tenante, pendant que l'abbé Crescenzi attirait l'attention de ses invités sur la variété et la pertinence des costumes, et soulignait pour le cardinal Del Monte et pour M. de Béthune l'allusion (bien involontaire de ma part) au panache blanc du roi de France, je me mis à penser comment innover dans un sujet aussi rebattu que la visite de l'Ange à saint Matthieu. Matière rabâchée, où je devais surprendre à tout prix.

Première tâche : dénicher un modèle. Aucun de ceux que je connaissais n'avait l'aspect physique requis. Pour opérer dans la peinture des anges cette volte-face que je méditais, il me fallait un type particulier, aussi éloigné de la suave *morbidezza* des éphèbes à la Fra Angelico, que de la robuste virilité des athlètes à la Michel-Ange.

Le marquis Giustiniani me tira de mes songes : « Alors, c'est convenu ? Je vous attends dans mon palais. Présentez cette carte à l'entrée. » Boutonné jusqu'au cou dans une longue veste noire, il tranchait sur la foule mondaine et bavarde des courtisans et des prélats par un maintien réservé et un regard sévère, images d'un caractère intègre. Sa bouche pincée aux lèvres minces dénotait une volonté exigeante. Il me passa par l'esprit qu'il eût été plus honnête de remettre à un moment ultérieur mon projet de révolution angélique. Trahir la confiance d'un homme qui m'avait donné carte blanche, cela ne me plaisait qu'à moitié. Il s'était porté garant de mon travail d'un mouvement si spontané et généreux ! Le seul personnage qu'il n'eût salué que de loin, pour éviter de lui adresser quelques mots, était le préfet du Saint-Office, assailli par une nuée de flagorneurs que poussaient la crainte et l'ambition. En conversation avec une veuve qui avait l'air d'une cousine de province, le marquis me montrait du doigt.

« Marquise, lui disait-il, reconnaissez-vous le petit-fils de votre ancien architecte ?

— Michelangelo Merisi, c'est donc toi ! fit-elle en essayant de donner à sa figure sèche une expression aimable. Mon frère m'avait dit que tu avais fait du chemin, mais de là à m'imaginer que le petit garnement crotté de Caravaggio recevait des commandes de notre sainte mère l'Eglise... Si vous ne m'aviez pas aidée à le remettre, seigneur marquis, j'aurais du mal à en croire mes yeux. »

La marquise Costanza Sforza Colonna me dévisageait

avec le sans-gêne d'une grande dame. Je pris devant elle l'attitude qu'elle voulait me voir prendre, et baissai la tête comme le galopin d'autrefois. J'enrageais de me sentir aussi embarrassé et nigaud. La châtelaine de mon village s'installait à Rome pour assumer la direction des affaires de sa famille. Le cardinal Ascanio Colonna, son frère, qui s'en occupait jusque-là, venait d'être désigné par le pape, comme prévu, pour se rendre à Florence au mariage de Marie de Médicis. Il accompagnerait ensuite en France cette princesse.

« Figurez-vous, seigneur marquis, que je l'ai vu pas plus haut que trois pommes, reprit-elle en mettant sa main à hauteur de ma taille. Pour les enfants du village, mes gens dressaient un arbre de Noël dans la cour du château. Il était toujours le premier à décrocher son jouet. Et quelquefois celui des autres, qu'il empochait sans crier gare, n'est-ce pas ? Un vrai polisson. Tu m'amusais, par tes friponneries. Et dire que tu es devenu un peintre que je rencontre au milieu de cardinaux ! Viens à mon palais quand tu voudras. »

Je m'inclinai avec un signe poli d'assentiment, bien décidé à ne jamais répondre à cette invitation. Parce qu'elle avait vu ma famille au service de son mari, elle continuait à me traiter de haut, malgré son évidente bienveillance. Et avec ça, restée provinciale : elle ne me *remettait* pas. Même Mario veillait à châtier devant moi son langage. La tournure « seigneur marquis » faisait suranné à Rome.

J'avais pourtant fort envie de connaître les trésors du palais Colonna. La collection de tableaux, assez fameuse pour rivaliser avec celles d'Odoardo Farnese, des frères Giustiniani, du cardinal Del Monte, comprenait le *Narcisse* du Tintoret, un des rares tableaux de l'école vénitienne peint à la gloire du corps masculin, un portrait de gentilhomme par Veronese, un Bronzino, un Lotto, et surtout une œuvre d'Annibale Carracci dont j'étais fort jaloux.

Le peintre de Bologne avait pris pour modèle un vrai

paysan qu'il avait attablé devant une soupe de haricots. Une première absolue dans l'histoire de la peinture. Cette toile que je connaissais par de multiples gravures et qui différait si totalement des fresques du palais Farnese m'ôtait l'espoir de devenir le seul peintre du peuple. Qui pis est, le réalisme de certains sujets me serait interdit, à moins de me mettre à imiter. Le chapeau de paille effrangé sur les bords, la blouse de rude toile, le gilet de futaine, la grossière cuiller de bois, les mains épaisses du rustre, son air abruti, son regard sournois d'animal qui ne veut pas être dérangé dans son repas, la botte de poireaux posée sur la table à côté du bol de potage et du plat de légumes, tous ces détails déjà mis en valeur par un autre m'ont défendu de faire une plus grande part dans mon œuvre à la vie des pauvres et aux mœurs de ceux qui n'ont que leurs bras pour vivre.

Resté dans la chapelle après le départ des invités, un homme continuait à étudier mes tableaux. Les cheveux en désordre, la barbe rebiquée en pointe, les yeux brillants et très enfoncés au fond des orbites, la peau hâlée, le teint sombre, il allait de l'un à l'autre en les fixant d'un regard passionné. Il pouvait être mon aîné de dix ans.

« Je suis peintre moi aussi, me dit-il en me tendant la main. Orazio Gentileschi, pour te servir. Né à Pise, fils d'un orfèvre florentin. Installé à Rome depuis plus de vingt ans. Tu viens de changer ma vie. Jusqu'à présent je ne peignais, comme tous mes collègues, et comme on nous apprend à le faire à l'Académie, que d'après les statues antiques ou les tableaux des maîtres passés. Toi, il est clair que tu ne peins que d'après le modèle, et je constate qu'en peignant de cette façon, tu arrives à un degré infiniment supérieur de force et de vérité. Je veux suivre désormais ton exemple, et ne plus m'inspirer que de la nature. Assez de ces copies de copies ! Seul le modèle vivant à présent ! Le modèle vivant et rien d'autre !

« Mais dis-moi, continua-t-il en serrant mes deux mains dans les siennes et en les secouant avec la même frénésie qui dictait ses paroles, tu te les procures où, tes modèles ? Tu les payes combien ? Ils te coûtent cher ? Oh ! ce n'est pas que je ne sois prêt à faire n'importe quelle dépense pour sortir de l'ornière où ces messieurs de Saint-Luc sont trop heureux d'enfoncer leurs élèves. Mais j'aimerais savoir, quand même, si mes moyens actuels seront suffisants, avec la famille que j'ai à nourrir... Ce jeune homme que tu as fait poser nu dans cette toile a dû te prendre plus que les modèles habillés ? J'ai en tête, sais-tu, de faire une Cléopâtre, mais la difficulté n'est-elle pas insoluble ? Une femme qui poserait nue, où la trouver dans Rome ? Même sortir son sein pour le faire piquer par l'aspic, aucune ne le voudra. A moins de... C'est que je ne suis pas très au courant dans ce domaine. (Il rougit sous son hâle.) J'ai aussi à tenir compte de ma vie privée. Es-tu marié ? Moi j'ai une femme, une fille de sept ans, ma petite Artemisia... Je ne peux pas amener n'importe qui à la maison... Tu m'aideras, toi qui es devenu l'homme à la mode ? Tu m'aideras, dis, à trouver comme toi la voie du succès ? »

Sans me laisser le temps de répondre, il prit la fuite, le chapeau rabattu sur les yeux, sa longue cape battant contre le talon de ses bottes. Sa sincérité m'avait touché, son ingénuité amusé. Quelque chose pourtant me chiffonnait dans son discours. Je ne pouvais m'empêcher de lui en vouloir de m'avoir traité d'« homme à la mode » et félicité pour mon « succès ».

« Bah ! fis-je en haussant les épaules, ce n'est qu'un de ces hurluberlus dont les difficultés qu'on rencontre dans le métier échauffent le cerveau. Quel type original ! J'aimerais bien le revoir. Pourrait-il devenir un ami ? Comme il tranche, en tout cas, sur le milieu ! » Un diacre vint souffler les chandelles. Je m'aperçus alors, dans la pénombre où resta plongée la chapelle, que même en l'absence de source lumineuse les parties claires de mes tableaux se détachaient avec éclat.

IX

L'année sainte

Le 31 décembre, à minuit, le pape ouvrit les portes de la basilique Saint-Pierre. Annoncée par les cloches des églises qui sonnèrent à la volée en même temps, confirmée par douze salves de canon tirées de la terrasse du château Saint-Ange, l'année sainte avait commencé. On improvisa l'hébergement et le ravitaillement d'un demi-million de pèlerins, nombre beaucoup plus important que celui que l'Eglise avait prévu et les commerçants espéré. Mario trouva à réaliser des bénéfices sur les produits alimentaires qu'il importait de Sicile par le chébec de Syracuse. De mensuelle, la cadence devint hebdomadaire, et sa mère, au lieu de lui envoyer les friandises habituelles, faisait entasser dans la cale des sacs de farine, des caisses d'oranges et des bidons d'huile. Il revendait ces marchandises, à des prix sensiblement majorés, aux hospices et aux postes de secours installés à la hâte. Les boulangers appelés en renfort dans ces institutions charitables convertissaient le froment des plaines de Catane et d'Avola soit en pain, soit en « tourtes du pape » (parce que marquées sur la croûte de deux clefs entrecroisées), soit en fouaces dites « galettes du jubilé ».

Mario, pour le dire sans détours, spéculait sur les besoins du peuple, par des plus-values choquantes. Pourtant, à cause d'un problème qui le tracassait, je le laissais faire. Il souffrait de me voir gagner des sommes de plus en plus importantes et de rester lui-même sans ressources. Impression d'ailleurs fausse : à force de petits travaux exécutés çà et là (il servait de garçon de courses et de rabatteur aux brocanteurs de la via dei Coronari et aux antiquaires de la via Giulia), il empochait des commissions. Peu élevées, sans doute, mais qui lui rapportaient, l'une dans l'autre, des revenus plus réguliers que les miens. L'idée qu'il vivait à mes dépens et bénéficiait d'un train de vie bien supérieur à sa condition le tourmentait néanmoins.

« Tais-toi, lui disais-je. Deux personnes qui s'aiment mettent tout en partage. Un seul cœur et un seul budget. Cesse de te faire du souci là-dessus. J'ai besoin de toi, et pour avoir du cœur à l'ouvrage, j'ai besoin de te voir content et gai. Ni les manœuvres du Saint-Office, ni les pièges que me tend ce faux borgne, ni les rondes de sbires n'ont réussi à nous séparer. Voudrais-tu que l'argent de feu le cardinal Contarelli aboutisse à ce résulat ? Le marquis Giustiniani, homme d'une si grande obligeance et qui me veut tant de bien, serait fâché d'apprendre qu'en croyant m'être utile il n'a réussi qu'à embrouiller la cervelle de mon ami et donc à m'empêcher de travailler. Le jour entre dans mon atelier par ce pan de rideau qui flotte. Au lieu de me débiter des sornettes, aide-moi à le raccrocher. »

Il grimpa sur l'escabeau. J'avais souvent eu l'occasion d'apprécier son habileté à manier les outils. Il se mit à taper tout de travers sur les clous. Pour finir le marteau lui échappa des mains et tomba sur le pavement dont il fendit une des belles dalles de terre cuite.

« Tu fais exprès, ou quoi ? » m'écriai-je, irrité de ce qui ne pouvait être une simple maladresse. Que voulait-il me prouver ? Que l'organisation matérielle de notre existence ne reposait que sur moi seul ? Que même le geste de planter un clou était au-dessus de ses capacités ?

Il prit une mine de chien battu. « Tu vois, je ne suis bon à rien. Tu ferais mieux d'appeler un ouvrier et de le payer. » J'entrai dans une colère épouvantable. Il me demanda pardon. « C'est plus fort que moi, balbutia-t-il. Quand je me rappelle comment je vivais en Sicile, il me semble que je n'ai rien à faire ici.

— Vous n'êtes pas si mal logés à Syracuse, à ce que tu m'as raconté !

— Mais dans la Giudecca, qui est le quartier le plus pauvre. Ma mère m'envoyait ramasser de l'herbe pour mettre dans la soupe.

— Tu préférerais peut-être que nous quittions cette maison et que nous reprenions, via dell'Anima, le comble abandonné par Lena ? C'est cela qui te plairait ? Que nous recommencions à percher sous les toits comme deux débutants sans le sou ?

— Mais chez Lena l'escalier est si étroit que tu ne pourrais même pas y faire passer tes toiles ! »

La vision de saint Matthieu descendu par la fenêtre au bout d'une corde le jeta dans un accès de gaieté. Puis, aussi brusquement qu'il se mettait à rire, ses humeurs sombres le reprenaient.

« Accepter la belle vie que tu me fais, c'est me conduire ni plus ni moins que comme un... » En entendant de telles sottises, je lui plaquais ma main sur la bouche.

« Je t'interdis de continuer ! Tu es le garçon que j'aime, un point c'est tout. Depuis quand l'amour aurait-il à se préoccuper des différences de revenus ? »

Il revenait de temps à autre à la charge. « Le garçon que tu aimes, osa-t-il me dire un jour de dépression, après que le marché d'un lot de statues antiques lui eut passé sous le nez, le garçon que tu aimes, il vit à tes crochets. Dis ce que tu veux, mais c'est comme cela ! Qui nous assure que je ne reste pas avec toi seulement par intérêt et parce que je n'aurais pas les moyens de me suffire à moi-même ? »

La farine, l'huile et les oranges de Sicile, en lui procurant des gains plus élevés que le commerce des œuvres d'art, vinrent à point nommé pour l'empêcher de douter de la force et de la pureté de son amour. Quelques autres trafics, liés à l'afflux de visiteurs, à la naïveté des nouveaux arrivants et à la carence des services prévus pour les recevoir, l'aidèrent à reprendre confiance en lui-même. Il finit par mettre dans notre bourse commune bien plus que les quatre cents écus que m'avaient rapportés les *Histoires de saint Matthieu*. Aurais-je eu le cœur de lui remontrer qu'en faisant monter les prix il lésait les plus pauvres ?

Un édit du gouverneur défendit aux hôteliers et aux logeuses d'augmenter les loyers, sous peine de subir le supplice de la corde. Le nombre des traits serait calculé selon l'importance du délit. Je ne savais pas en quoi consistaient ces traits de corde. Notre ancienne logeuse de la via della Stelletta fut une des premières à qui fut appliqué ce châtiment. On la traîna jusqu'à la place S. Agostino, sous une potence dressée devant l'église, on lui lia les bras dans le dos, puis on la hissa par une corde fixée à ses poignets. Le bourreau pouvait régler la longueur de cette corde en la faisant glisser sur une poulie. Le supplice consistait à tirer sur la corde par une brusque secousse puis à laisser retomber le corps d'un coup non moins subit, de manière à provoquer un déboîtement des os. Mario, qui se faisait un pécule sur le dos des pèlerins, fut de ceux qui crièrent le plus fort contre la cupidité de la vieille. Ayant augmenté de dix baïoques le prix de ses chambres, elle reçut dix traits de corde, et retomba sur le sol avec une épaule luxée.

Le pape visita soixante fois les sept basiliques, contre les trente fois prescrites aux habitants de Rome. Il monta à genoux la Scala Santa, participa aux Quarante Heures, reçut à sa table, chaque jour du carême, douze mendiants dont il lavait les pieds. Malgré les consignes de modestie transmises aux cardinaux pour les visites jubilaires, Odoardo Farnese emmenait à sa suite cent quatre-vingts cavaliers.

La ville était parcourue de cortèges. Les Confraternités affluaient de tous les coins d'Italie. Les pèlerins des Pouilles marchaient nu-pieds et se flagellaient avec des chaînes de fer. La Confraternité du Gonfalon et celle de la Trinité se heurtèrent à la tête du pont Saint-Ange. Aucune ne voulant céder le pas à l'autre, il s'ensuivit une gigantesque bagarre. Les Suisses du pape accoururent et séparèrent les combattants, qui eurent tout juste le temps de cacher leur épée et de reprendre le crucifix.

La Miséricorde de Foligno défilait à minuit à la lueur des torches, derrière une procession d'enfants déguisés en anges et portant à la main un rameau d'olivier. Je me postais sur leur passage, de plus en plus impatient de trouver un modèle pour la dernière *Histoire de saint Matthieu*. Malgré le décor nocturne, l'éclairage fantastique, le reflet rouge des flammes sur les robes bleues, les moires de feu sur les ailes de plumes blanches, aucun de ces jeunes garçons ne présentait le caractère que je cherchais.

La vie artistique connut un nouvel essor. Rome attirait les talents, comme aux temps de Jules II et de Léon X. On avait retrouvé enfin, dans le Transtévère, à force de fouiller sous la place devant l'église, le cadavre de sainte Cécile. Le corps fut découvert intact dans le cercueil de cyprès. Miracle encore plus spectaculaire, la tête tranchée par l'épée s'était ressoudée au cou.

Cet événement mit en effervescence les sculpteurs et les peintres. Le cardinal Sfrondato, titulaire de l'église Santa Cecilia, confia à un sculpteur qui était mon cadet de cinq ans le soin de représenter la sainte. Stefano Maderno coucha son modèle dans la pose exacte où l'on avait enterré la jeune femme : étendue sur le côté, les bras allongés devant elle, les mains rapprochées mais non jointes, le visage rejeté vers l'arrière. Œuvre magnifique, dont je pris la défense contre les critiques qui mettaient en doute le talent d'un auteur si jeune. Un mince cordon autour du cou indique la trace de la décollation. Le linge qui enveloppe la tête et la robe aux nombreux plis présentent la souplesse de l'étoffe. Du corps, n'apparaissent que les pieds, les mains et le cou. Le reste, bien que les contours, les reliefs, les articulations soient modelés avec soin, est caché sous les ondulations du tissu. La pose des bras, presque parallèles, et des mains, qui se touchent sans s'unir, voilà le détail le plus émouvant. Des doigts croisés auraient suggéré l'angoisse, la supplication, quelque sursaut de la faiblesse humaine. Les deux mains posées côte à côte expriment l'acceptation sereine de la mort, la confiance dans les desseins de la Providence.

Pour respecter la position où l'on avait trouvé le corps, Maderno a laissé le visage tourné vers l'arrière. Il n'a pas jugé utile de le sculpter, puisqu'il resterait invisible quand on aurait placé la statue dans la niche de marbre noir aménagée sous le maître-autel. La médisance prenait appui sur cette lacune. « Le visage, il ne savait pas comment le faire ! – Un vrai sculpteur se révèle d'après la manière dont il rend l'expression d'une face. – S'en tenir au seul corps, c'est un peu facile, vous n'êtes pas de mon avis ? »

Excitées par les sculpteurs de l'académie de Saint-Luc auxquels le cardinal Sfrondato avait préféré un blanc-bec, les mauvaises langues allaient leur train. Non, je n'étais pas de cet avis. Si Maderno ne montre pas les traits de la victime, c'est qu'elle n'a rien à montrer, qu'elle ne manifeste aucune réaction personnelle, qu'elle ne proteste pas, qu'elle ne pense même pas qu'il pourrait en être autrement qu'il en est. Ne pas représenter le visage est la meilleure façon de rendre le parfait effacement du moi.

La statue est de marbre blanc : jamais le blanc n'a mieux convenu à une statue. Comme on parle d'un mariage blanc, parce que l'acte de violence n'a pas été commis, voilà une tragédie blanche, où le sang n'a pas coulé, un événement vide de douleur, un crime d'où l'horreur est absente, un fait réduit à sa seule évidence.

Quel prodige, d'avoir tiré d'une matière si dure une œuvre si délicate, et donné à une figure de pierre un tel abandon. Je n'aurais jamais pensé qu'une statue pût me toucher à ce point.

Un jeune peintre, arrivé de Bologne comme les frères Carracci, apporta au cardinal Sfrondato une copie, fort bien faite, de la *Sainte Cécile* de Raphaël. Ce tableau si fameux est une invitation à distinguer la vraie musique de la fausse. Aux pieds de la sainte, gisent des instruments en piteux état : une viole défoncée, un tambourin crevé, les morceaux d'une flûte. Elle tient dans ses mains un petit orgue auquel manquent deux tuyaux. Qu'importent ces engins profanes ! semble dire celle dont on a fait la patronne de la musique. Des sonorités qui ne descendent pas du ciel ne méritent pas d'être écoutées. Elle lève des yeux extasiés vers une demi-douzaine d'anges, ouvre ses oreilles au psaume qu'ils chantent à pleins poumons. Ces anges me parurent de la dernière inconsistance, et me renforcèrent dans le projet de rompre avec cette tradition de fadeur. Toujours le même cliché ! Toujours la même mièvrerie asexuée ! Par la faute de Raphaël ? Ou à cause du sujet ?

L'auteur de cette copie s'appelait Guido Reni. Il avait vingt-cinq ans, le visage rond, des traits fins, une jolie mine, une taille bien prise, la volonté de réussir. Le cardinal Sfrondato lui commanda deux tableaux pour son église, un *Martyre de sainte Cécile* et un *Couronnement des saints Valérien et Cécile*. Dans le *Martyre*, la sainte est à genoux, les bras écartés, les yeux tournés vers le ciel, tandis que le bourreau, nu, vêtu seulement d'un pagne, élève des deux mains au-dessus de sa tête la lourde épée de la décollation.

Mario vit tout de suite en quoi ce jeune ambitieux, pour se démarquer de Raphaël, s'était inspiré de Caravage.

« Tu es devenu un maître ! s'écria-t-il, et voilà ton deuxième disciple, après Orazio Gentileschi. Celui-là, je suis content que tu sois en train de t'en faire un ami. Je l'aime bien, moi aussi, en cas de besoin il t'assistera fidèlement. Une fine lame, avec ça ! Vos caractères sont de la même trempe. Mais ce Guido Reni, quel imposteur ! Il cherche à faire passer pour sienne une invention qu'il t'a piquée ! Si ce n'est pas un plagiat du *Martyre de saint Matthieu* que ce tableau, je veux bien être pendu ! Je vais la lui casser, sa figure de muguet ! »

Menace qui ne s'adressait pas moins, selon moi, à

l'impudence d'apporter dans le milieu des peintres une frimousse agréable, qu'à l'effronterie de m'avoir repris le thème de la victime et du bourreau.

« Non, Mario, la ressemblance entre nos tableaux n'est que superficielle. Il y a entre les deux cette différence incommensurable, que dans le mien saint Matthieu regarde son assassin, alors que dans le sien sainte Cécile n'a d'yeux que pour le ciel. Saint Matthieu demande et attend qu'on le frappe, sainte Cécile demande et attend de monter jusqu'à Dieu. Le désir d'être tué, la jouissance de l'agression possèdent l'âme de saint Matthieu, la volupté paisible de l'infini remplit le cœur de sainte Cécile. Comme quoi le même supplice et la position presque identique des personnages peuvent avoir deux sens radicalement contraires : le saint Matthieu de Caravage se soumet dans l'espoir d'une mort brutale et indigne, la sainte Cécile de Guido Reni ne songe qu'à la béatitude éternelle qui récompensera sa docilité au bourreau. »

A la Chiesa Nuova, on achevait les préparatifs pour le spectacle musical préparé par Emilio dei Cavalieri et annoncé depuis des années. J'avais entendu de ce compositeur des *Lamentations de Jérémie*, chantées dans la belle église voisine San Giovanni dei Fiorentini. Malgré mes préventions contre un homme qu'au lieu de l'enorgueillir la passion de Michel-Ange pour son père rendait honteux, j'avais trouvé cette œuvre non seulement admirable par la musique, mais mise en scène avec un art consommé. Chacun des cinq chanteurs avait devant lui un grand cierge allumé. Le reste de l'église baignait dans les ténèbres. L'un après l'autre, à intervalles réguliers, ils éteignirent leur cierge en étouffant la flamme sous un cône de fer-blanc. Les dernières notes moururent dans une obscurité profonde. A n'en pas douter, un musicien qui avait un tel sens du spectacle ne pouvait que réussir cette *Rappresentazione di Anima e di Corpo* publiée à son de trompe.

Les travaux continuaient dans l'église des Philippins. Un étranger de vingt-trois ans (nouveau coup pour ma vanité) avait commencé une toile pour le maître-autel. Le duc Vincenzo Gonzaga de Mantoue, beau-frère de Marie de Médicis, avait pris ce peintre à son service quand il était arrivé en Italie inconnu. Il le prêtait aux Pères de l'Oratoire pour les remercier d'avoir favorisé le mariage royal de sa belle-sœur. Ce jeune prodige peignait pour la Chiesa Nuova une *Madone entre les anges*. Encore des anges ! Curieux et inquiet de son travail, craignant que, moins lié à la tradition italienne, il n'eût fait table rase de l'iconographie classique, tremblant que le projet encore imprécis dans ma tête n'eût déjà reçu de cet étranger une forme assez définie pour m'en ôter la priorité, je demandai à don Pietro Moroni de me présenter à l'artiste.

« C'est un Flamand, me dit-il, une nature... débordante... Nous avons dû lui trouver un local dans une partie non consacrée de l'Oratoire, car il fume sans arrêt, de gros cigares qui empestent... et en outre... tu verras par toi-même, car *dicere non licet.* »

Au bout de longs couloirs, une odeur infecte nous guida jusqu'à la porte grande ouverte d'une pièce qui donnait sur la via del Governo Vecchio et servait ordinairement de remise. Le jeune prodige travaillait dans un nuage de fumée noire. Coiffé d'un chapeau à plumes de paon, il portait un pot de bière à ses lèvres épaisses. Assise entre ses cuisses boudinées dans des hauts-de-chausses de drap d'Anvers, une grosse fille rouge lui tenait sa palette. De temps en temps il posait son pinceau, prenait sa truelle, détachait avec le tranchant une saucisse d'un long chapelet qui pendait au dossier de sa chaise, mettait un bout de cette saucisse dans la bouche de la grosse fille rouge et, penché vers elle, mordait à belles dents l'autre extrémité.

Si je n'avais su son âge, je lui aurais donné quarante ans, tant sa face rubiconde et pleine, son assurance de maquignon, sa loquacité de cabaretier, sa façon d'être assis de travers devant son chevalet comme s'il faisait ribote avec des camarades, sa goinfrerie tranquille claironnaient la fierté d'une maturité précoce.

« Rubens, Pierre Paul », me dit-il, en posant son verre de bière et en me tendant une énorme patte couverte de poils et maculée de taches de couleurs. Il nous proposa de boire avec lui, dans le même verre, à la santé de la Madone. Tout respirait en lui la prospérité d'un animal repu. Il triturait les couleurs sur sa palette comme s'il touillait une sauce. Pour anges, il avait peint, grassouillets et roses, autour de la Madone et de l'Enfant, des boudins de chair rebondie, nourris eux aussi à la bière et à la viande de porc.

Pour moi, un vrai soulagement. Qu'avais-je à craindre de cette variété charcutière d'angelots ? Rubens paraissait fort satisfait d'avoir réussi à leur donner l'air comestible. Je déteste la bière, mais j'acceptai de trinquer avec ce maître-queux de la peinture et de tremper les lèvres dans son pot, pour le remercier de m'avoir ôté une frayeur.

X

Alerte

Don Pietro Moroni sortit fort mécontent. « Les protestants vont rire de nous, si nous ne trouvons, comme images à mettre dans nos églises, que de telles inepties ! On dirait une réclame pour une pouponnière ! Ils répéteront qu'ils ont bien raison de proscrire les images, toutes les images, de quelque nature qu'elles soient. Ils ne veulent plus ni tableaux ni statues. Seuls conviennent, selon eux, au recueillement et à la prière, un espace nu et des murs blancs. Ce n'est pas ce déballage de bébés trop nourris qui leur donnera tort. Ils sont potelés comme des pourceaux !

« Ecoute : les Pères de l'Oratoire ont dans l'idée de te commander une grande *Déposition*. Je crois que le moment est venu. Tu as donné suffisamment de preuves de ta bonne volonté. Filippo Neri voulait un tableau pour chacun des quinze autels de la Vallicella. Chacun de ces tableaux doit inviter à contempler un des quinze mystères du Rosaire. Tu peindras la mise au tombeau de Notre-Seigneur Jésus-Christ ; saint Jean et Nicodème qui déposent le corps ; Marie et Madeleine au deuxième plan. Il faudra que la pierre du tombeau soit mise en évidence et vue par un angle, afin que l'allusion au Christ, *pierre angulaire de l'Eglise*, soit comprise de nos pèlerins. Enfin, tu mettras au fond du tableau une femme avec les bras levés. Ce détail est essentiel. La vie religieuse de l'Oratoire a pour fondement l'oraison. Ce personnage pourrait être Marie, épouse de Cléophas, dont saint Jean cite la présence au pied de la Croix.

« Tu aurais intérêt à retourner via Appia antica, où j'ai eu le plaisir de te rencontrer. Dans les catacombes de saint Sébastien ou de saint Callixte, tu trouveras des orantes peintes sur les murs. Les premiers chrétiens, avec la simplicité et la naïveté d'une foi toute neuve, ont fixé à jamais le modèle de la prière. »

En revenant du côté de l'église, nous entendîmes accorder une grande variété d'instruments. « Veux-tu assister à la répétition générale du spectacle d'Emilio ? » Nous entrâmes dans la nef; des cierges brûlaient à tous les autels; de jeunes diacres balançaient des encensoirs entre les travées; devant le maître-autel, une douzaine de chanteurs revoyaient une dernière fois leur texte. Un Père Philippin tenait l'orgue.

Emilio dei Cavalieri s'entretenait avec le cardinal Del Monte et le Père Agostino Manni, intendant de l'Oratoire. Du temps où j'étais l'hôte de Filippo Neri, le Père Manni prélevait au réfectoire et m'apportait en secret dans ma chambre des assiettes de confiture, avec parfois un petit verre d'*amaretto*. La présence de plusieurs autres Eminences attestait l'importance de l'événement. J'aperçus aussi, toujours aussi raide et sanglé dans sa veste noire, Vincenzo Giustiniani. D'un signe de tête, l'austère marquis me rappela son invitation. Etait là tout ce que Rome comptait d'amateurs. La *Rappresentazione di Anima e di Corpo* inaugurait le genre entièrement nouveau de l'*oratorio*, mot lui-même inouï. Plus de masses chorales indistinctes, comme à la chapelle Sixtine et dans les compositions de Palestrina; mais un découpage net des numéros, un chanteur succédant à un autre. On entendrait des *solistes*, autre néologisme qui promettait de faire fureur. Le sacristain distribuait au public une feuille. Les paroles de l'oratorio, écrites par le Père Agostino Manni, poète pour l'occasion, étaient imprimées sur cette feuille.

La répétition commença. Je fus sensible à la noblesse de la déclamation et à l'intensité dramatique de certains passages. Pour ce qui est de la seule musique, l'œuvre d'Emilio dei Cavalieri mérite de passer à la postérité ; non seulement parce qu'elle a été la première de son espèce, mais aussi à cause des nombreuses beautés qui surprennent dans une œuvre d'édification, bien qu'elles soient souvent affadies par une obéissance trop servile aux platitudes du livret. L'excellent Père Manni avait dû tremper sa plume dans la gelée de mûres dont il me régalait ! Les paroles me causèrent d'emblée une grande gêne, et l'entrée des différents personnages une antipathie croissante. Mon irritation ne cessa de grandir, à mesure que j'entendais proclamer, par les chanteurs déguisés en allégories : Sagesse, Prudence, Temps, Ame, Corps, Vie mondaine, etc., comme un catéchisme de la Contre-Réforme.

« Que vous semble de cette vie mortelle, si appréciée des hommes ? » demande Sagesse à Prudence. Et Prudence de répondre : *« Il me semble qu'elle est un beau vêtement, recouvrant un corps difforme ; un pré de hautes herbes, qui dissimule un venimeux serpent. »* Suivit un duo interminable, une litanie de toutes les métaphores que la pruderie religieuse et la peur de l'Enfer peuvent inventer. Notre vie sur la terre ? *« Un Bouquet de fleurs, mais hérissé d'épines ; une Bulle d'eau qui crève aussitôt ; une Rose qui ne tarde pas à se faner ; une Tour bâtie sur du sable ; une Santé infirme ; une Noblesse obscure ; un Sac troué ; un Verre brisé ; un Château en l'air ; un Gouffre sans fond ; une Caverne de voleurs ; une Boue qui colle ; une Poussière qui aveugle ; une Solitude horrible ; une Roue qui tourne ; une Citerne lézardée ; une Sirène trompeuse ; une Maquerelle sans scrupules ; une Magicienne fallacieuse ; une Pompe funèbre de corps vivants ; un Biscuit rongé par les fourmis. »*

Filippo Neri, esprit large qui aimait à rire et à dauber sur les cafards, eût été consterné. Ses disciples avaient sclérosé son enseignement. Un *Biscuit rongé par les fourmis*! Lui qui se délectait des gâteaux secs que lui apportaient ses admiratrices!

J'en étais là de mes réflexions, lorsque résonna tout à coup un concert plus vif de pipeaux, de bombardes et de saqueboutes; et Plaisir, escorté de Monde et de Vie mondaine, fit une entrée bruyante et pimpante.

Corps s'exclama :

A ces sons et à ces chants,
Ame, je sens que je bouge
comme la feuille au vent.
Ame, aussitôt, de le rabrouer :
Ainsi, tu changes déjà?
Résiste et n'aie pas peur.
Fausses délices que tout cela.

L'accélération rythmique n'avait duré que quelques secondes; déjà recommençaient l'énumération monotone des pièges qui guettent l'imprudent et la liste inépuisable des précipices où verse une âme à qui l'on a ôté la bride. Mais ce bref instant avait suffi pour que mon corps se mît, lui aussi, à « bouger ». Tel est sur moi l'effet physiologique d'une vive et bonne musique : le sang afflue où j'ai plaisir à le sentir affluer. Si je n'avais craint de vexer don Pietro Moroni, j'aurais quitté l'église en courant et filé jusqu'au Divino Amore, pour vérifier avec Mario que les « fausses délices » n'existent que dans l'esprit des prêtres exaspérés par le devoir de continence.

« Te voilà comme plongé en extase », me dit don Pietro Moroni. Le spectacle avait pris fin, mais je continuais à rêver. J'étais fâché de tromper un homme à qui je devais tant; mais comment lui avouer que je trouvais inadmissible que la Bible, tohu-bohu d'adultères, de sodomies, de crimes, aboutît à ce rabâchage de fadaises? Le Christ lui-même, de la Circoncision à la Passion, n'a-t-il pas baigné dans le sang?

Je me sentais pourtant ragaillardi à l'issue du concert : une chose était sûre, c'est que la peinture avait plusieurs longueurs d'avance sur la musique. La « révolution » tentée par ce compositeur avait échoué, mais la nôtre était en bonne voie. Nous avions, nous les peintres, secoué depuis longtemps le respect imbécile de la calotte, en trempant nos pinceaux dans les couleurs de la réalité. Après le *Jugement dernier* de Michel-Ange, après la *Flagellation* de Sebastiano del Piombo, après la *Pietà* d'Annibale Carracci, après mon *Judith et Holopherne*, se permettre encore de telles niaiseries !

Est-il dans la nature de la musique, à cause du caractère plus immatériel de cet art, de ne pouvoir rivaliser en vérité et en violence avec les tableaux ? Honte surtout à Emilio dei Cavalieri, de s'être fait plus papiste que le pape ! Pour rétablir « l'honneur » de sa famille qu'il jugeait, le sot, compromis par les passions hérétiques de son père, il nous avait débagoulé ce pensum.

Quelques jours plus tard, j'étais avec Mario au Campo dei Fiori. Le cardinal Del Monte m'avait invité à une fenêtre qui donnait sur la place. Il avait loué une chambre pour assister au supplice de Giordano Bruno. Le tribunal du Saint-Office s'était prononcé : peine de mort pour le moine dominicain coupable d'avoir signalé les dangers qu'on court avec Eros, mais sans les condamner formellement. « *On perd d'autant plus son âme qu'on essaie de la sauver, et on la sauve plus sûrement par la franchise d'une saine débauche que par les grimaces d'une fausse dévotion.* » J'avais convaincu Mario de venir avec moi, bien qu'il fût réticent à cautionner par sa présence une injustice aussi révoltante. Pour ma part, je ne voulais pas manquer l'occasion d'étudier une nouvelle fois de près ce qu'éprouve un être humain à l'agonie. A peine si le cardinal salua Mario. Celui-ci se rencogna derrière nous.

Nous vîmes déboucher, du fond de la place Farnese, le cortège funèbre. La Confraternité de saint Jean-le-Décollé marchait sur deux rangs autour du condamné. Les frères portaient une cagoule noire percée de deux trous pour les yeux. Cheveux rasés, mains liées devant lui, pieds entravés, trébuchant sur les pavés disjoints, le moine ne gardait qu'à grand-peine l'équilibre. Je ne sais ce qu'il y avait de plus cruel dans les affronts qu'on lui faisait subir : les cris de la foule buveuse de sang, la gesticulation ridicule qu'il était obligé de faire pour ne pas s'étaler, l'impossibilité de se recueillir en ce moment solennel, le choix d'un Jésuite pour brandir sous les yeux d'un disciple de saint Dominique le crucifix de la Rédemption.

Le cortège s'arrêta au milieu de la place, près du bûcher déjà préparé. Entre les branches disposées sous les bûches, les aides du bourreau introduisaient les premières torches. Les membres de la Confraternité refoulèrent les curieux au-delà d'un grand cercle. J'aperçus le fils d'Anna, à la tête de sa petite bande : ils essayaient de se faufiler aux endroits interdits. Les gardes du Saint-Office intervinrent et les expulsèrent de la place.

Giordano Bruno refusa la main que le bourreau lui tendait. Celui qu'on allait brûler vif parce qu'il avait dans ses livres parlé avec indulgence de l'amour se préparait à monter de lui-même sur le bûcher, lorsque le bourreau et ses aides le saisirent, lui arrachèrent sa robe blanche, le dépouillèrent de ses sous-vêtements, enfin l'exposèrent nu aux quolibets des badauds.

J'avais déjà vu brûler, sur ce même Campo dei Fiori, Cipriano Boscolino, pour sodomie. Entre les bottes de paille enflammées, le bourreau avait glissé des plantes de fenouil. Ce geste de parfumer les derniers moments de la victime, je constatais aujourd'hui qu'il s'en dispensait. Pourquoi la mort des bougres devrait-elle être la seule à être embaumée ? Parce que leur forfait est si monstrueux, que la puanteur en offusquerait la ville. Le ciel lui-même en serait empesté. « Ainsi, murmurai-je à l'oreille de Mario, on nous appelle *finocchi* ; une odeur de bon légume sain corrige ce qu'il y a de dégoûtant dans la seule évocation de notre race. »

Les flammes atteignaient les pieds du condamné. Je me retournai vers le cardinal : ayant tiré de sa poche un chapelet, il l'égrenait en marmottant des prières. Mario intercepta mon regard. « Tu vois ! » semblaient me dire ses yeux en colère. Le feu dévora le moine sans qu'il eût poussé un cri. On attendait le pape ; il ne se montra pas. Il avait assisté à chaque séance du procès ; et lu en personne, dans la salle capitulaire de Tor di Nona, la sentence de mort à l'accusé. Les cendres furent mises dans une urne, l'urne jetée dans le Tibre.

Bien qu'il comprît le trouble où m'avait jeté ce spectacle, le cardinal ne regretta pas de m'y avoir convié. Me mettre en garde contre le pouvoir du Saint-Office restait sa préoccupation constante. « Je m'inquiète, me disait-il, de l'extension de plus en plus élastique du concept d'hérésie dans l'esprit de Monsignor delle Palme. »

Soucieux de me distraire de mes pensées sombres, il pensa m'être agréable en m'invitant à l'accompagner à Florence en octobre, pour les noces d'Henri IV et de Marie Médicis, enfin décidées.

Mario me conseillait de refuser.

« Il a besoin d'être escorté d'un peintre, pour ne pas faire *brutta figura* dans la ville des peintres. Il va t'exploiter une fois de plus !

— L'avantage sera pour moi. Je connaîtrai la peinture des grands maîtres autrement que par les estampes et les lithographies. Voir dans l'original les fresques de Santa Croce, de la chapelle Brancacci, tu n'imagines pas quel profit tu en retireras toi aussi. »

En réalité, il craignait que ce voyage ne me remît dans la dépendance d'un homme qui ne l'aimait pas. Il s'alarmait surtout des conséquences pratiques de ce rapprochement : pour les compositions dont je venais d'obtenir la commande, je serais peut-être tenté de préférer les salles spacieuses du palais Madama à l'atelier exigu du Divino Amore.

Deux rencontres que je fis par hasard me poussèrent à

accepter. Ranuccio Farnese se maria ; Margherita Aldobrandini, selon le calcul de son cousin, épousait le duc de Parme. L'alliance des Farnese et des Aldobrandini ne pouvant se conclure sans qu'un bouc émissaire en payât le prix, le peintre de la galerie Farnese, Annibale Carracci, fournit la victime expiatoire. Le pape n'accordait au duc de Parme la main de sa parente que si le panégyriste de l'amour profane était puni.

Je me heurtai un jour, au coin du palais Spada, contre Annibale. Il errait comme un possédé dans les parages du palais Farnese. Son pourpoint défait, ses hauts-de-chausses tortillés n'importe comment sur ses jambes, son chapeau planté de travers trahissaient un homme aux abois. Ses cheveux avaient blanchi. A quarante ans, il avait l'air d'un vieillard. Nous nous connaissions à peine. Il se jeta dans mes bras en pleurant.

« Quelle ingratitude ! s'écria-t-il sans préambule. Le cardinal Odoardo ne m'avait fixé aucune rémunération ; je m'en étais remis à la générosité des Farnese et à sa munificence personnelle. Pendant tout le temps des travaux, je n'ai reçu que dix écus par mois. A peine si les vivres m'étaient fournis. Je ne disposais que d'une petite chambre sous les toits. Mon frère, lui, s'était déniché une riche héritière, et vivait princièrement près du palais Borghese. J'avais la responsabilité du chantier. Le choix des sujets, la distribution des figures, la répartition des couleurs, la cohérence de l'ensemble, tout reposait sur moi.

« La veille du mariage et du festin qui devait être servi dans la galerie du palais, sous mes fresques, au milieu du décor que j'avais préparé, j'étais étendu, exténué, sur le petit lit de fer qui faisait tout le mobilier de cette chambre. On frappe à la porte. Qui vois-je entrer ? Le valet de chambre du cardinal. Il m'apporte sur un plat une somme de cinq cents écus. Il cherche où la déposer, n'aperçoit aucun meuble propre à cet effet, finit par la mettre par terre, à côté de mon lit, comme s'il servait sa pâtée à un chien. »

La modicité de la somme, pour trois ans de travaux, l'indignait; mais plus encore l'affront de se la faire remettre par un domestique. Prostré, hagard, parfois incohérent, il donnait tous les signes, non de simple épuisement physique, mais de cette désolation intérieure qui conduit aux résolutions extrêmes. Lorsque, quelques années plus tard, de retour à Bologne, encore ulcéré de cette offense, miné par une mélancolie incurable, il mourrait à moins de cinquante ans, je me suis félicité d'avoir passé outre à l'avis de Mario. Mon instinct me disait de ne pas vexer le cardinal Del Monte ni de compromettre mon avenir en refusant de l'accompagner. Y a-t-il beaucoup de mécènes pour qui l'art ne soit pas un simple rouage de leurs combinaisons politiques?

J'hésitais encore, lorsque, environ un mois avant la date établie pour le départ du cardinal, par une belle journée de septembre, en fin d'après-midi, un incident désagréable et la menace d'un danger plus grave me décidèrent à profiter de ce voyage pour nous absenter quelque temps de Rome. Je revenais du palais Madama, où le majordome du cardinal m'avait remis deux sauf-conduits pour les Etats du grand-duc. Comme je m'engageais, après le Campo Marzio, dans la via di Pallacorda, un homme sortit brusquement devant moi de l'église San Gregorio et voulut me barrer le chemin. Il portait une épée au côté, une plume à son chapeau, et frisait d'un air farouche une longue moustache à crocs.

« Plaît-il? lui dis-je, non sans m'assurer en la tâtant le long de ma jambe que ma dague glissait le long du fourreau.

— Pourquoi le petit Sicilien ne vient-il plus au jeu de paume? »

Sans l'avoir jamais vu, je compris que j'avais affaire au terrible Ranuccio Tomassoni.

« De qui me parlez-vous? lui dis-je.

— De celui qui avait l'habitude de faire ma partie et à qui tu as défendu de continuer à jouer avec moi.

— Chacun est libre d'agir comme il l'entend, les Siciliens comme les Romains. Laissez-moi passer.

— Tu ne passeras que lorsque tu m'auras rendu le petit Sicilien que tu séquestres au dernier étage dans le palais du cardinal. »

Je dégainai ma dague ; il sortit son épée du fourreau. Nous commencions à ferrailler, quand nous entendîmes approcher le pas cadencé d'une ronde, et bientôt une escouade d'argousins déboucha du Campo Marzio. Ranuccio se précipita dans l'église, je pris mes jambes à mon cou. Les sbires, oubliant qu'une église désaffectée ne procure plus le droit d'asile, s'étaient lancés à ma poursuite. De la via dei Prefetti, je me jetai dans le vicolo du Divino Amore et réussis à rejoindre la porte avant que la patrouille ne se fût aperçue que j'avais bifurqué. Elle s'éloigna en direction du Corso.

Mario cuisinait dans le jardin des aubergines au gratin, un de mes plats préférés, depuis qu'il avait remplacé le fromage de brebis sicilien par du parmesan que nous procurait l'intendant du palais Farnese. Il me vit arriver hors d'haleine ; la poêle lui tomba des mains. Pendant qu'il ramassait dans l'herbe les aubergines et remettait de l'huile dans la poêle, je lui dépeignis l'homme qui m'avait provoqué. Il le reconnut aux premiers mots.

Décomposé par l'épouvante : « Mais... c'est impossible... balbutiait-il. N'est-il pas en prison ? »

Je recommençai la description du personnage.

« C'est lui... c'est bien lui... *Gesù Maria !*

— Il sera un des bénéficiaires de l'amnistie que le pape a prononcée à l'occasion de l'année sainte.

— Connaît-il notre adresse ?

— Pour lui, nous habitons toujours au palais Firenze. Il croit que je te séquestre, c'est son propre terme, dans notre ancienne chambre sous les combles.

— Serre-moi, Angelo. »

Il laissa brûler les aubergines et se blottit tremblant entre mes bras.

« Le mieux, repris-je, serait de disparaître un mois ou deux. Florence nous offre un refuge idéal. Nous serons hors d'atteinte et il nous oubliera pendant ce temps. »

Nous eûmes soin, jusqu'au départ, de sortir et de rentrer par l'autre bout du vicolo, sans passer devant le palais Firenze et en évitant la via di Pallacorda. Ranuccio avait une bande de coquins à ses ordres, et tout le monde savait à Rome qu'ils profitaient des ténèbres pour tomber à trois ou quatre sur le passant attardé.

Plusieurs nuits de suite, l'embuscade qu'on avait tendue à mon père revint hanter mes rêves. La rue, la porte cochère, le cadavre poussé du pied et abandonné dans le caniveau, tout était pareil, sauf que j'avais pris la place de la victime et que c'était moi qu'on tuait. Seule la voix qui me parlait dans ce cauchemar était celle de mon père. Il m'ordonnait de me livrer sans défense aux coups de mes assassins, en m'énonçant d'un ton sévère les obligations qui incombent à un fils.

Non seulement il doit obéissance à son père, mais il n'a pas le droit de sortir de la voie tracée par celui qui l'a engendré. Tu as préféré quitter Caravaggio, t'éloigner de Milan, tenter ta chance à Rome, faire carrière dans une profession où j'ai échoué, devenir un grand peintre comme j'avais espéré l'être. Bon, tu as cru ainsi pouvoir m'échapper et me dépasser. Noble défi, en vérité! Tu as même renié ton patronyme de Merisi, un nom porté sans tache depuis plusieurs siècles et illustré par des générations d'honnêtes travailleurs. Ce frivole travestissement a pu te distraire de l'exemple qu'ils t'ont fixé et auquel j'ai mis mon honneur à rester fidèle. Ressaisis-toi, à présent, souviens-toi que ton devoir est d'imiter en toute chose l'auteur de tes jours. Il est grand temps que tu rentres dans le chemin dont tu n'aurais jamais dû t'écarter.

Je me réveillais en sursaut, honteux d'avoir peur de Ranuccio au point de courir dans mon rêve me faire embrocher sur son épée. Fâché aussi de découvrir que quelque part dans ma tête, à mon insu, il fallait que je me sentisse coupable d'avoir renié mon village, ma famille, mon enfance, pour accepter sans broncher les reproches et les sarcasmes de mon père.

Je me dis également que je n'avais pas à être si fier d'avoir abandonné ce nom de Merisi. Ce fantôme aurait pu se montrer encore plus caustique, puisque le pseudonyme que je m'étais choisi trahissait mon attachement au passé. Mais il était trop tard pour changer. Je ne pouvais plus renoncer au nom sous lequel je m'étais fait connaître. Le cardinal voulait dans sa suite un peintre déjà fameux.

XI
Florence

Creusé de vallons arides, relevé de pentes brunes, le pays étrusque s'étend à perte de vue. Une mince ligne de cyprès couronne les hauteurs. Sèche et inculte, comme cette campagne m'a plu! Autant les plaines couvertes de moissons et les gras herbages de Lombardie indisposent mon esprit en lui présentant l'image d'une prospérité qui *rapporte*, autant la désolation qui règne ici évoque ce que seront les derniers jours du monde, lorsqu'une avalanche de scories l'aura pétrifié en désert. Les arbres semblent peints sur le ciel plutôt que nourris de sève. Même les buffles aux cornes recourbées, dont la robe noire aux reflets minéraux se confond avec la couleur de la terre, paraissent d'une autre nature que les vaches engraissées dans les prairies.

En cette fin de septembre, une chaleur étouffante, que la nuit amortissait à peine, continuait à peser sur le sud de la Toscane. Pour laisser reposer les chevaux, nous visitions, par des tunnels creusés à flanc de colline, des nécropoles abandonnées depuis deux mille ans et ornées de peintures. Un peuple d'images endormies surgissait en silhouettes fantastiques à la lueur des torches. Fresques rouges et noires sur fond blanc, restées presque intactes à cause de la température glaciale et de l'obscurité de ces galeries.

« A-t-on jamais vu plus franche débauche! » s'exclamait

le cardinal, devant des scènes d'amour traitées avec la dernière indécence. Il soutenait qu'il était impossible qu'elles eussent jamais été destinées à être vues du grand nombre, même si les mœurs des Anciens étaient plus libres que les nôtres. Je me souviens d'une sorte de taureau chargeant deux hommes accouplés sur un lit. Celui qui porte un collier de barbe use *more canum* d'un jeune garçon aux joues lisses. Le quadrupède furieux souffle par ses naseaux enflammés.

« Quels gaillards, ces païens ! me disait le cardinal en riant. Pourvu qu'on ne sache jamais dans les couloirs du Saint-Office ce qui a été peint autrefois dans ces grottes ! Le pape découvrirait qu'il n'a plus besoin d'invoquer Moïse ou saint Paul pour jeter l'interdit sur ce qui met en colère la nature. Je ne sais pas si c'est un taureau ou un bison. En tout cas, quel allié potentiel pour Sa Sainteté et pour tous les Monsignori du Vatican ! La force brute, le pur instinct fonçant mufle baissé contre un accouplement insupportable à la pruderie ecclésiastique ! Cette pruderie justifiée ! L'intransigeance du Lévitique approuvée par un animal à sabots et à cornes ! L'Inquisition légitimée par cette bête ! De quoi leur donner l'envie de renoncer à l'étude de la Bible pour se consacrer à la zoologie ! » Il riait de plus belle, jusqu'à s'étrangler de sa propre insolence.

Plus au nord, une moiteur malsaine flottait sur les marécages où s'enlise la partie occidentale du lac Trasimène. Je fus saisi de tremblements. La fièvre se déclara. Cherchant un arbre pour me coucher à l'ombre, Mario ne trouva qu'un maigre buisson. Malaria, confirma le médecin de l'expédition. Je ne pus reprendre la route qu'après que Mario m'eut attaché sur mon cheval. J'avais le teint cireux, les traits creusés, l'œil jaune de mon *Jeune Bacchus malade*.

Au début du voyage, le cardinal m'appelait au moins une fois par jour près de lui pour me mettre au courant des usages de la cour du grand-duc. A peine informé de mon état de santé, il cessa de m'accorder ses faveurs. Je fus relégué en queue du cortège, avec défense de m'approcher de Son Eminence. Mario ne s'était pas trompé : le *porporato* ne m'avait emmené que pour lui servir de faire-valoir. N'étant plus présentable, je n'étais plus rien. Un subalterne, pour rester en grâce, doit ou amuser le maître ou lui être utile. Avec un talent de conversation nul, je n'étais même plus capable de me tenir debout.

Ai-je aimé Florence? Fiévreux, affaibli, je vis à peine la moitié des peintures. Je me rendis d'abord à Santa Croce, impatient de rencontrer Giotto. Le cycle de la Vie de saint François et les scènes de saint Jean-Baptiste et de saint Jean l'Evangéliste me confirmèrent dans ce que je pensais de ce peintre, non seulement le premier dans le temps, mais le patron par excellence. Pourtant, contre l'idée qu'il pût y avoir dans le passé des modèles parfaits, posés une fois pour toutes, je continuais à m'insurger. Et c'est précisément la réserve que je sentais grandir en moi contre les peintres et les sculpteurs de Florence, qu'un respect exagéré des Anciens eût bridé leur pouvoir créateur.

La chambre où nous logions donnait sur Santo Spirito. La coupole de cette église a été construite pour rivaliser avec le dôme du Panthéon d'Agrippa à Rome. Le soir, je lisais à Mario les *Vies* de Vasari, dans la réédition qui venait de paraître; et j'enrageais que ce grand historien, à qui nous devons leurs premières biographies, eût classé les architectes, les peintres et les sculpteurs italiens, non pas d'après leur valeur personnelle, mais selon la plus ou moins grande conformité de leur art aux modèles canoniques. L'Antiquité, pour lui, n'est pas une période de l'histoire parmi d'autres, mais la référence absolue. Il place Michel-Ange au sommet de tous les artistes, pour la raison qu'il s'est rapproché le plus près de l'idéal fixé par les contemporains de Périclès et d'Auguste. Le péché d'être encore « gothique », empêtré dans les superstitions du Moyen Age, diminue, à ses yeux, le mérite de Giotto. Le peintre de l'Arena de Padoue drape trop « lourdement » ses figures et fait aux acteurs de l'Histoire Sainte des têtes « vulgaires », c'est-à-dire copiées sur les têtes des hommes et des femmes de son temps.

La légende que Vasari rapporte de l'enfance et des débuts artistiques de Giotto m'a aidé à comprendre à la fois ce que j'aime dans ce peintre et ce que je n'aime pas dans Florence. Giotto, « né d'un père laboureur et homme inculte », gardait à douze ans un troupeau au bord d'un chemin en Toscane, lorsque Cimabue, auteur de Crucifix byzantins et peintre déjà réputé, en route pour Arezzo, remarqua l'enfant. A l'aide d'une pierre pointue grossière, celui-ci traçait, sur la paroi inclinée d'un rocher, le contour détaillé d'une brebis. Douze ans, et capable déjà, sans avoir jamais étudié, de reproduire avec exactitude la laine sur le dos d'un mouton ! J'aime à penser que l'art italien a commencé en rase campagne, loin des ateliers et des académies, par l'émerveillement d'un petit berger devant le pouvoir de sa main assez adroite pour transformer un animal familier en exercice de style. Cimabue emmena le garçon et lui enseigna les rudiments du métier. Giotto se mit à l'école mais sans rien perdre de sa spontanéité. La nature restait son modèle. Sur le nez d'une figure de moine commencée par Cimabue, il fit un jour une mouche. Si ressemblante, si vraie, que le peintre, quand il reprit son travail, essaya plusieurs fois de la chasser avant de découvrir sa méprise.

Pour le dire franchement, le caractère hautain et prétentieux des Florentins m'a mis d'emblée mal à l'aise. Les rues tracées au cordeau, les palais austères que leurs propriétaires sont trop orgueilleux pour enjoliver, les façades sans ornements, les bossages réguliers, les tours massives, les donjons trapus, les collines trop bien découpées de chaque côté du fleuve, car la nature elle-même s'est pliée au goût des habitants, les cyprès qui ont l'air passés au peigne fin, l'air qui isole chaque forme dans une pureté adamantine, l'Arno endigué entre des quais de granit, au lieu des berges boueuses où j'aime à errer le long du Tibre, tout respire dans cette ville une distinction et une morgue qui ont bloqué aussi les artistes.

Les meilleurs d'entre eux gardent quelque chose de compassé, de distant – de froid, aurais-je envie d'ajouter, si l'art était affaire de température. Sur le nez des portraits impeccables de Laurent le Magnifique ou de Julien de Médicis, aucune mouche n'oserait se poser. David est le patron officiel de Florence, mais les statues qui le représentent sont trop lisses, trop propres, comme si le vainqueur de Goliath ne s'était pas éclaboussé de sang.

Place de la Signoria, nous allions nous planter devant le *David* de Michel-Ange, au milieu des enfants qui donnaient à manger aux pigeons.

« Tu as l'impression que ce type vient de commettre un homicide ? demandai-je à Mario. On dirait plutôt un tribun, haranguant tranquillement la foule.

— Certes, ce n'est pas ainsi que tu t'y prendrais...

— Moi, faire un David... ? Ce serait une belle leçon à donner à ces Florentins... Tu pourrais me servir de modèle !

— Et toi, flanquer à Goliath la tronche de Ranuccio !

— Notre vengeance serait ainsi accomplie ! Mais j'y songe : aurais-tu l'air assez féroce pour personnifier celui qui non seulement a tué le géant, mais l'a ensuite décapité ?

— Oh ! tu m'as appris qu'il n'est pas nécessaire de haïr pour tuer. La victime peut aimer son bourreau et ne pas le trouver si méchant. »

S'apercevant trop tard de ce qu'il venait de dire, il rougit jusqu'aux oreilles. Je l'entraînai vers les autres statues. En mettant sur le socle la tête coupée de Goliath, Verrocchio comme Donatello se sont montrés plus fidèles que Michel-Ange au texte de la Bible. Mais le bon goût, le style aisé et désinvolte l'ont emporté encore. De la tension morale et de l'effort physique qui ont été nécessaires au héros pour venir à bout du géant, on ne voit aucune trace. Il aurait décapité une marionnette à la foire, qu'il n'apparaîtrait pas plus calme, plus reposé. A Florence, les cous tranchés restent de marbre, les carotides sectionnées ont l'air de tuyaux posés par le plombier, un martyre n'a rien de commun avec une boucherie, ce serait contraire à l'idéal esthétique des Toscans. Ils n'aiment que ce qui est net, gracieux, élégant. Rien ne surpasse à leurs yeux le cortège des Rois mages dans la chapelle du palais Médicis. De la poudre d'or répandue à profusion fait briller les costumes. Je préfère encore Rubens, avec sa franchise de ventre et son prosaïsme flamand, à ce Benozzo Gozzoli qui emploie les couleurs sans se salir les mains.

Le peuple florentin lui-même cherche constamment à s'élever à la hauteur de l'idée qu'il se fait d'une nation élue pour incarner ce que l'humanité a jamais présenté de plus noble et de plus distingué dans l'histoire. L'aménagement de trottoirs le long des rues, chose qui n'existe pas à Rome, révèle le caractère de la population. L'intelligence pratique et la prudence mesquine ont dicté cette mesure : jusque dans l'organisation matérielle de la ville, on n'oublie pas que les premiers Médicis, étant avant tout des banquiers, empilaient en tas symétriques sur leur comptoir les sequins et les doublons. Sur ces trottoirs, les gens marchent en files régulières, au lieu de se déverser en pleine rue et de mettre la pagaille entre les chevaux et les voitures. Gare à qui pose le pied sur la chaussée ! Il est rappelé à l'ordre par le sergent de ville préposé à la circulation – un emploi qui ferait rire les Romains. Aux carrefours, le piéton attend, pour traverser, le signal donné par ce sergent de ville dont le bâton est peinturluré en rouge vif. Personne ainsi ne peut dire qu'il n'a pas vu le signal ni chicaner sur l'amende qu'il doit payer séance tenante, emportant pour l'archiver dans ses papiers une quittance en bonne et due forme, avec l'heure et le lieu du délit.

Au marché, le vendeur ne crie ni ne gesticule, il pèse la marchandise sur une balance non truquée. Sage, appliqué, minutieux, le client entasse dans son sac les produits achetés. Il paie comptant, après avoir vérifié sur l'étiquette s'il n'a pas été grugé d'un demi-ducat – non qu'il pense qu'il y ait des filous dans cette ville (hélas, c'est vrai qu'il n'y en a pas !), mais pour obéir au devoir d'être économe. Chaque sujet du grand-duc se fait une obligation de *regarder* sur la dépense. Marie de Médicis fera une excellente reine de France. Elle sera adulée des compatriotes de M. de Béthune. Vérifier la monnaie passe dans les Etats de son père pour le signe d'une conscience civique élevée. Quant aux dettes, personne ne souffrirait d'en avoir. Ce qui gonfle d'orgueil un Romain, par le sentiment que sa valeur individuelle est sans commune mesure plus élevée que ses revenus, donne ici la réputation d'être une créature malhonnête.

Par politesse, j'ai demandé à mon logeur si l'on vivait bien à Florence. « Dame, me répondit le signor Racchiotto, comment pourrait-il en être autrement, quand on descend de Dante et de Pétrarque, et qu'on a sous les yeux (il me montrait, par les deux fenêtres opposées de son appartement, la coupole toute proche de Santo Spirito et le dôme plus lointain de Santa Maria del Fiore) deux chefs-d'œuvre de Brunelleschi ! »

Mario grommela que l'individu qui nous hébergeait ne descendait pas de Michel-Ange, ça, on pouvait en être sûr, ni de Léonard de Vinci. Le signor Racchiotto, en effet, à qui j'avais loué celle de ses chambres qui était meublée d'un grand lit, s'était ravisé en me voyant revenir avec Mario. Il nous avait attribué d'office une chambre meublée de deux lits étroits placés à l'équerre, que la configuration de la pièce empêchait de rapprocher.

Trait plus sympathique des Florentins, ils aspirent le *c* initial, disent *una hosa* pour *una cosa*, *una hasa* pour *una casa.* Sonorités gutturales, importées, m'a-t-on dit, par les recrues tunisiennes de Charles Quint, et restées après le départ des troupes espagnoles. On croirait parfois qu'ils parlent musulman. Quel dommage que l'influence de l'Afrique se soit bornée à ce détail de prononciation ! Et qu'ils n'aient pas puisé, dans la vitalité plus grossière du Sud, un antidote à leur religion du joli !

Ri-nascimento, Renaissance, re-naître, quel étrange idéal, me disais-je une fois de plus. Mettre ses pas dans les pas d'autrui, chercher à s'égaler à ses ancêtres, être fier de se hisser à leur niveau, borner là son ambition, quelle piètre idée c'est se faire de la gloire ! La gaieté, le désordre, l'excitation de vivre dans l'instant présent, l'art de jouir de ce que chaque minute apporte, tout ce qui fait de Rome une ville de danger et de perdition manque à la cité du lis. Le lis ! Cet emblème, qu'elle porte si haut, cette fleur qui pousse inutilement dans le désert résume la stérile et ennuyeuse arrogance du peuple florentin.

Le gouvernement, bigot et guindé, du grand-duc Ferdinand n'aura fait qu'accentuer un trait inné des Toscans. Raideur d'Etat sur fond de rigidité naturelle. Combien j'appréciais mon bonheur de vivre sous Clément VIII, dont les principes sévères sont prêts à tous les accommodements !

Le peu de forces que la maladie me laissait, je l'employais à recenser les anges. Bien que sans illusions, je m'obligeais à les étudier, partout où il s'en trouvait : dans les couloirs et les cellules de San Marco, à l'intérieur de la cathédrale, dans les églises et les chapelles, aux murs des cloîtres et des cénacles, dans l'atrium de la Santissima Annunziata, sous le portique de l'hôpital des Innocents, sur la tribune sculptée des chantres. Peints, sculptés ou modelés en faïence, c'étaient toujours des figures de la plus grande finesse et distinction, à qui prêter une émotion sexuelle eût été de la dernière impolitesse. Filippo Lippi lui-même, qui avait enlevé une nonne, et son fils Filippino, coupable fruit de ce sacrilège, avaient continué à peindre des chérubins éthérés. Après Fra Angelico, trop populaire pour être discuté, personne n'eût osé retirer aux anges leur auréole de lumière ni leur ceinture de chasteté.

Le mariage d'Henri IV et de Marie de Médicis fut célébré à Santa Maria del Fiore. Un seigneur de sa cour, accompagné d'une délégation nombreuse, représentait le roi de France. Le duc Vincenzo Gonzaga, beau-frère de la mariée, avait fait le déplacement de Mantoue, escorté d'une cinquantaine de gentilshommes lombards. J'étais assis, avec la suite du cardinal, dans le côté gauche de la nef, à hauteur de la quatrième travée. Pendant l'office, mon attention se fixa sur une fresque du mur où le *sommo poeta,* comme ils l'appellent ici, tient ouvert devant lui le livre de *la Divina Commedia.* De l'épais in-quarto enluminé de lettres d'or émane une lumière qui rayonne sur Florence dont le peintre a reproduit les principaux monuments. Comment vous étonner ensuite que lorsque vous interrogez les gens sur ce qu'ils sont, ils vous jettent à la figure ce qu'ils ont été au XIVe siècle ?

Michel-Ange, le dernier grand homme de Florence, est mort trente-six ans avant l'année sainte. Rien de bon n'a été créé ni pensé à Florence dans ce laps de temps.

Sauf en musique – à ce qu'on disait partout. Aussitôt la cérémonie religieuse terminée, les invités du grand-duc assisteraient à un *dramma in musica.* Ils entendraient ce qu'ils entendraient ! *Orfeo ed Euridice*, nouveauté absolue ! Le premier *dramma in musica* de l'histoire ! Le premier spectacle profane des temps modernes ! Les commentaires allaient bon train, les suppositions, les rêves. La musique, pour la première fois, descendait sur la terre, elle s'occupait de ce qui se passe ici-bas, au lieu d'être une simple variété de la piété et de la dévotion. Volte-face spectaculaire de sainte Cécile : ramassant les instruments tombés sur le sol à ses pieds, la patronne du *bel cantare* réparait la flûte, remettait les cordes au violon, tendait d'une peau neuve le tambourin. Seul l'orgue, bon seulement pour l'église, restait par terre avec ses tuyaux crevés. Plus de « mystère », plus de regards tournés vers le ciel, mais l'histoire d'un homme et d'une femme, la tragédie d'un mariage, la mort subite de l'épouse, le désespoir du veuf, la consolation qu'il s'invente. Des aventures, des rebondissements, des péripéties imprévues, un dénouement inouï ! La vie d'êtres de chair et de sang, la plénitude et le désordre des passions humaines !

Il est vrai que ceux qui avaient préparé ce coup d'Etat, Vincenzo Galilei et ses amis de la Camerata Bardi, se référaient sans cesse aux Anciens. Ils justifiaient leurs travaux par l'espoir de retrouver les principes de la monodie grecque et de reconstituer ce qu'avait pu être le théâtre dans l'Antiquité. Etaient-ils donc, eux aussi, ligotés par Athènes et par Rome ? Je voyais pourtant une grande différence entre la musique et les arts plastiques. Les statues antiques qui servent de modèles pullulent en Italie ; les modèles musicaux ont tous disparu. Des Grecs, on ne possède aucune partition. Ils n'ont laissé ni témoignage de ce qu'a été leur musique, ni document permettant de la restituer. Par conséquent, nécessité de tout *imaginer* : la chance de ces érudits était là. Condamnés à l'infidélité, ils n'avaient pu écrire qu'une œuvre personnelle.

De la cathédrale où les cloches sonnaient à toute volée, le grand-duc et ses invités se dirigèrent vers le palais Pitti, par les rues pavoisées aux armes de Toscane et de France. Sur la place devant le palais, des bateleurs, des jongleurs, des musiciens ambulants offraient un spectacle gratuit à la foule ; et j'entendis, avant de franchir entre deux haies de hallebardiers les lourdes portes de la résidence princière, une jeune fille chanter, d'une voix fraîche et limpide, une de ces charmantes romances qui naissent comme spontanément dans le peuple. C'était l'air d'une lingère, qui lave dans le fleuve le linge de son amoureux. Pour chaque vêtement, elle évoque la partie du corps qu'il recouvre. Cet air, à la mélodie si simple, si vraie, si entraînante, chantait encore en moi lorsque je m'enfonçai sous la voûte solennelle du vestibule. Il me poursuivit jusque sur les marches de l'escalier qui nous mena au grand salon transformé en théâtre ; et, pendant que l'orchestre accordait les instruments, je me surpris à fredonner le refrain :

Pour tout l'or du monde
L'étoffe de cette culotte
Je ne la donnerais pas.

Rien n'avait été épargné pour monter ce spectacle. Sans doute voulait-on faire oublier, par le luxe des décors, l'impertinence du sujet. En l'honneur d'un mariage qui avait déclenché une crise diplomatique avec Philippe II et que toute l'Europe regardait, proposer en exemple de fidélité conjugale l'histoire d'Orphée et Eurydice ! Orphée, qui obtient du dieu des Enfers de ramener au jour sa défunte épouse, à condition de ne pas se retourner pour la voir avant d'être remonté à la lumière, sous peine de la perdre une seconde fois et pour toujours ; et qui, à peine cette faveur arrachée au terrible Pluton, n'a rien de plus pressé que de braver cette défense. Il se retourne au bout de quelques pas, Eurydice meurt à nouveau et disparaît à jamais dans les profondeurs du Tartare.

Est-ce là une conduite d'époux modèle ? Le *mari inconsolable* n'a-t-il pas fait exprès de se rendre veuf ? Avec quelle promptitude, en effet, si l'on en croit Ovide, il a expédié les plaintes et les pleurs d'usage ! Après les simagrées du deuil, comme il a eu hâte de se ravigoter ailleurs ! Et d'une façon qui explique, rétrospectivement, son impatience d'échapper au joug conjugal. La fin du mythe, le librettiste oserait-il la raconter ? Serait-il fidèle au poète latin ? Débarrassé de sa femme, Orphée s'adonne avec bonheur à l'amour des garçons.

Ce fut lui qui apprit aux peuples de la Thrace
A reporter leur tendresse sur des enfants mâles
Et à cueillir les premières fleurs de ce court
Printemps de la vie qui précède la jeunesse.

S'il y avait un lieu où l'on ne dût rester sourd à ce passage des *Métamorphoses*, n'était-ce pas la ville de Michel-Ange, de Léonard de Vinci et de Benvenuto Cellini ?

Peut-être, je l'admettais volontiers, était-il difficile qu'un spectacle de cour, une fête d'Etat, donnât une sorte de légitimité officielle à la *paiderastia*. Je pensais que l'opéra se terminerait par la mort d'Eurydice et la peinture du désespoir d'Orphée. Quelle ne fut pas ma stupeur de constater comment les auteurs – sur ordre du grand-duc ou de leur propre initiative – avaient manipulé, travesti, dénaturé la fable! Oubliant la condition qu'il a posée, voilà que Pluton, transformé de geôlier intraitable en patriarche débonnaire, restitue Eurydice à Orphée; et le couple, ayant reçu la permission de filer des jours paisibles, remonte tout guilleret des Enfers comme s'il sortait de la cérémonie nuptiale!

« O ministres éternels de mon royaume, déclame Pluton de sa voix caverneuse, *découvrez au milieu des ténèbres obscures l'amant qui reste fidèle à sa Dame. Approche-toi, noble amant, approche-toi joyeux et sans crainte, passe notre seuil et emmène ton épouse chérie vers le ciel serein et pur. »* Quel plat courtisan, cet Ottavio Rinuccini, poète du livret! Quel vil flagorneur, ce Jacopo Peri, auteur de la partition! *Fidèle à sa Dame! Noble amant! Ton épouse chérie!* : à eux deux, ils avaient assassiné le mythe.

Pour des gens qui prétendaient faire revivre l'esprit et les mœurs de la Grèce! Guère plus fameuse ne me parut la musique : succession de récitatifs arides, de chœurs sans variété, de rythmes uniformes, plat défilé d'accents auxquels manquent, non seulement la sensualité, mais le simple charme. Sainte Cécile, me disais-je, n'est-elle revenue sur terre, que pour prendre ses ordres du Vatican? Le rôle des instruments se bornait à des ritournelles insipides, et le chant ne s'élevait jamais au-dessus d'une ligne monotone.

Pendant l'entracte, sur la terrasse du palais qui domine la ville, je surpris une conversation entre Vincenzo Gonzaga et le musicien de sa cour. Le duc l'avait amené de Mantoue, espérant que cet *opéra,* comme on disait, agirait sur lui comme un stimulant, et que l'habileté acquise dans d'autres genres l'inciterait à écrire pour le théâtre.

« Claudio, ne te semble-t-il pas que l'œuvre que nous venons d'entendre reflète la perfection de cette nuit? Les notes s'y détachent aussi nettes et cristallines que les étoiles dans le firmament. »

J'avais reconnu à son prénom celui dont le cardinal Del Monte et son chanteur Pietro Montoya chantaient à deux voix les madrigaux.

« Altesse, je préfère à ce ciel pur et transparent de Florence les horizons brouillés de votre Lombardie. Je leur emprunterai les nuances qu'il est impossible de cueillir ici. L'opéra que je vous composerai traduira la variété et la richesse des campagnes de Mantoue, et il aura dans ses couleurs la même diversité que les vers de Virgile. »

Un compositeur qui parlait de « couleurs » ne pouvait m'être que sympathique. J'aurais voulu lui répondre : « Pourquoi réduire le débat sur la nouvelle musique à une affaire de climat ? Le principal défaut de cette œuvre, c'est qu'elle ne renferme aucune mélodie. Je ne suis pas expert en musique, signor Monteverdi, mais je sais bien, comme le sait toute créature humaine qui n'est pas sourde, que le plaisir de la musique est causé d'abord par le déroulement d'une mélodie, qu'elle soit douce, tendre, élégiaque, ou rapide, violente, passionnée. Vous entendez un air qui vous plaît, vous vous le répétez ensuite aussi souvent que vous en avez l'envie, le propre d'un air étant de pouvoir rester dans la mémoire, à la disposition de celui qu'il a charmé une fois et qui désire en reproduire l'enchantement. »

N'ayant aucune compétence pour exposer mon point de vue à un compositeur dont la réputation était déjà insigne, je me contentai de fredonner pour moi :

Pour tous les opéras du monde
Le chant de cette lavandière
Je ne le donnerais pas.

Une bruyante ovation salua la fin du spectacle, mais j'avais observé le public. En dehors des moments où la surprise provoquée par les changements de décor et l'ingéniosité des machines réveillait l'intérêt, les têtes avaient du mal à tenir droites sur les épaules. Si les savants qui avaient inventé le genre et le mot d'*opéra* n'avaient pas été florentins, ni partagé avec les Florentins le dédain pour la chanson, art jugé bon pour le peuple et vulgaire, c'est là, à la vraie source de toute musique, dans les airs des lingères, des boulangers et des maçons, qu'ils auraient trouvé ce qu'ils cherchaient.

Au sortir de l'oratorio d'Emilio dei Cavalieri, je m'étais dit : « La peinture a cinquante ans d'avance sur la musique. » Après le spectacle du palais Pitti, je n'eus plus de doute que la musique, toute la musique restait à la traîne, puisque même l'opéra, ce genre si vanté pour sa nouveauté, était condamné à endormir son public, tant qu'il ne se déciderait pas à s'inspirer de la rue et de la vie. J'avais hâte de rentrer à Rome et de reprendre mes pinceaux. Florence regorgeait de beaux garçons, mais froids et hautains comme les murailles nues des palais.

XII

Gloire

Deux ouvrages importants m'attendaient : les deux toiles que Monsignor Tiberio Cerasi, trésorier général de Sa Sainteté Clément VIII, m'avait commandées pour la chapelle qu'il venait d'acheter aux Pères Augustins dans l'église Santa Maria del Popolo.

Peindre pour un des collaborateurs les plus proches du pape, cet honneur ne m'était jamais échu. J'avais signé le contrat juste avant de partir pour Florence, le 24 septembre, m'engageant à exécuter et à remettre huit mois plus tard deux panneaux sur bois de cyprès, longs de dix palmes romaines et larges de huit : un *Martyre de saint Pierre* et une *Conversion de saint Paul.* Sujets choisis en raison du quartier mal famé : la place du Peuple, repaire de pécheresses, de ruffians et d'escrocs, était presque une terre de mission. On me paierait quatre cents écus – la même somme que pour les deux toiles de la chapelle Contarelli. Celles-ci étant plus grandes de plus d'un tiers, je pouvais évaluer à quelle hauteur flatteuse ma cote avait monté. Je reçus cinquante écus à la signature du contrat, versés par l'intermédiaire du marquis Vincenzo Giustiniani. Fidèle à sa parole, celui-ci acceptait de me servir de banquier.

Pour l'installer au-dessus de l'autel de sa chapelle, à la place d'honneur, Monsignor Cerasi avait chargé Annibale Carracci de lui peindre une *Assomption.* Le peintre de la galerie Farnese donnait déjà des signes de cette mélancolie qui lui serait fatale. Ses déboires, son malheur étaient connus dans Rome. Monsignor Cerasi lui avait passé cette commande, j'ai tout lieu de le croire, plus par charité chrétienne que par confiance dans son talent en déclin.

Pour le *Martyre de saint Pierre*, je me fis d'abord livrer une croix de bois de la taille et du poids réels d'une croix sur laquelle un homme de grande taille et corpulent pouvait être cloué. Le menuisier dut requérir l'aide de ses apprentis pour porter cette croix chez nous et la hisser dans l'atelier. Comme figurants – il m'en fallait trois –, je choisis au Transtévère des portefaix entraînés à décharger les blocs de marbre qui arrivent de Carrare par bateaux. Je voulais expérimenter une manière nouvelle ; une peinture réaliste, populaire ; un art qui exprimerait les peines et les sueurs de la plèbe, pour l'opposer à l'idéal esthétique des Florentins. D'abord intimidés de se trouver dans un atelier, ces trois faquins à la charpente vigoureuse, aux traits grossiers, aux pieds sales, ces trois Hercules des bas-fonds affectaient des mines empruntées. Je leur dis de poser, non pas comme s'ils étaient des modèles, mais dans l'exercice naturel de leur fonction, en prenant l'attitude qu'ils avaient tous les jours au travail.

Dans mon tableau, ils dressent à la force des bras et du dos la poutre d'un poids écrasant où j'avais attaché, pour être crucifié tête en bas, Benigno Branciforte, mon voisin le forgeron. Ils se raidissent, ils tirent péniblement sur la corde, l'un d'entre eux se glisse sous la poutre et s'arcboute pour la soulever d'un coup de reins. Tous fournissent un effort colossal, que j'ai traduit en creusant les rides sur leur front, en accentuant le relief de leurs muscles et la saillie de leurs veines. En creusant ? En accentuant ? Non : en rendant scrupuleusement, sans forcer le trait, la vérité anatomique que j'avais sous les yeux.

Ce tableau vint tout seul, si je puis dire ; il ne me coûta que le temps de le peindre. Il m'apporta la gloire. C'était un pari un peu fou, pourtant. On aurait pu me dire que j'avais pris un parti excessif, renié le génie de la peinture, qui est d'embellir la réalité et de sublimer les laideurs de la vie quotidienne. Le reproche de « vulgarité » ne m'eût pas surpris. Il en alla tout autrement. Monsignor Cerasi fut si satisfait de mon travail qu'il me demanda de le reporter sur une toile, support moins fragile, le bois finissant tôt ou tard par se fendiller. L'original en bois de cyprès, je pouvais le revendre pour mon compte. L'évêque Giacomo Sannesio se porta acquéreur.

J'ai donc transposé, sans changement, le *Saint Pierre* sur une toile. Lorsqu'on dévoila le tableau sur le mur gauche de la chapelle, on put le comparer à l'*Assomption* déjà installée sur l'autel. Heureusement pour lui que le peintre, en proie à ses humeurs ténébreuses, était reparti pour Bologne sans attendre le jour de l'inauguration. Monsignor Cerasi résuma l'opinion générale en affirmant que j'avais pris un siècle d'avance sur tout ce qui se faisait à Rome. Même le grand Annibale Carracci, ajouta-t-il, serait obligé de me reconnaître l'avantage. J'étais triste pour Annibale, auquel j'avais gardé ma sympathie, mais comment nier que son chagrin d'avoir été floué dans l'aventure du palais Farnese l'avait atteint dans ses facultés créatrices ? Il avait perdu la main. Sa Vierge qui monte au ciel, ses apôtres qui se mettent les doigts en éventail sur le cœur pour la regarder s'élever, comme tout cela semblait fade, sans consistance, dépourvu de vérité ! Mettre côte à côte d'authentiques débardeurs tordus par l'effort musculaire, et des ectoplasmes évaporés qui s'envolent sans prendre d'autre peine que de soulever les pieds, rien ne pouvait mieux accuser la paresse et le pédisséquisme des peintres d'église avant moi.

Le cardinal Del Monte me couvrit de compliments, auxquels j'aurais été plus sensible si j'avais su que c'était la dernière fois qu'il me témoignait son approbation.

La *Vocation de saint Paul* me causa une mésaventure dont je ne songeai pas tout de suite à m'alarmer. La gravité de l'affaire ne m'apparut qu'après coup, lorsque d'autres échecs de la même espèce me forcèrent à reconsidérer le premier. Pour le dire en un mot, le Conseil de l'Hôpital de la Consolation, légataire de Monsignor Cerasi, qui était mort entre-temps, refusa le tableau que j'avais peint sur bois de cyprès (il était convenu que la version définitive serait sur toile). Motif de cette décision : l'image que je donnais de la conversion de saint Paul n'était pas conforme aux Actes des apôtres. *« Il faisait route et approchait de Damas, quand soudain une lumière venue du ciel l'enveloppa de sa clarté. Tombant à terre, il entendit une voix qui lui disait : Saül, Saül, pourquoi me persécutes-tu ? »*

« Où est cette vive lumière, dans ton tableau? me demanda Monsignor Bernardi, président du Conseil de l'Hôpital. Pourquoi, au lieu de suggérer une voix tombée du ciel, as-tu représenté le Christ lui-même? Pourquoi saint Paul se cache-t-il le visage dans ses mains ? Ne sais-tu pas que l'hérésie protestante a commencé par une libre relecture de la Bible? Si l'on cesse de respecter à la lettre le texte sacré, tarde-t-on à tomber dans les griffes du Démon ? »

Et puis, ç'avait été commettre une faute technique, que de peindre saint Paul à gauche du tableau et les yeux tournés vers la droite. Comme le tableau devait être placé dans la chapelle sur le mur de droite, saint Paul tournerait le dos à l'autel, au moment précis où il reçoit la révélation : absurdité qu'il ne valait même pas la peine de discuter.

Enhardi par le succès du *Saint Pierre*, avais-je pris un peu trop à la légère le tableau qui lui servirait de pendant? Infidèle à mes habitudes de prudence, je n'avais pas relu le passage des Ecritures. Quant à l'erreur d'orientation, je m'étais rendu coupable en effet d'une grave étourderie. Monsignor Bernardi ne parut pas m'en vouloir. Il me pria seulement, avec beaucoup de courtoisie, de fournir une autre version. L'évêque Giacomo Sannesio acheta le panneau refusé. Le Conseil de l'Hôpital fit valoir le prix que je retirais de cette vente pour ramener ma rémunération globale à trois cents écus. Ils me promettaient en échange de me soigner gratuitement en cas d'un nouvel accès de malaria. J'espérais être, à Rome, hors de portée de cette maladie. Le marché ne m'en parut pas moins avantageux, la Consolation étant spécialisée dans la cure des blessures reçues en duel, et les médecins s'engageant à ne pas alerter la police. Je ne payais pas cher ma sécurité, en acquérant pour cent écus un laissez-passer permanent pour cet hôpital. Plusieurs blessures que j'avais reçues dans des rixes en me battant aux côtés d'Orazio Gentileschi s'étaient mal refermées. Nous nous faisions soigner par un ami barbier dont les compétences n'égalaient pas le dévouement.

Je me remis donc au travail. Si j'avais manqué mon tableau, c'est peut-être que j'avais un compte à régler avec saint Paul. Etais-je au clair dans mes rapports avec lui ? Le premier, il avait persécuté les sodomites ; dénoncé le « vice innommable » ; désigné aux bourreaux ceux de ma race. J'aurais dû détester ce fanatique. Je le détestais, mais les choses ne sont pas aussi simples : en même temps, je l'aimais. Il jetait sur moi l'anathème, mais je ne me serais pas senti aussi fier d'être ce que j'étais s'il n'avait pas fulminé contre la bougrerie. En me classant parmi les infâmes, il m'élevait au rang des élus.

Le nouveau tableau différa complètement du premier. Au lieu d'une multitude de personnages, je mis saint Paul en gros plan, renversé sous les pieds du cheval, couché sur le dos, enveloppé de la soudaine clarté qui tombe sur lui du ciel comme un rayon. Il remplit la toile de ses bras écartés. A mesure que j'avançais dans mon travail, je laissais libre cours à la tendresse que ce personnage m'inspire ; et l'amour, comme on sait, conseille mieux que la haine. Bien mieux, une idée qui n'est peut-être pas aussi impie qu'il ne semble s'imposa peu à peu à mon esprit : si saint Paul s'était déchaîné avec une telle virulence contre les sodomites, c'est peut-être qu'il en avait été ou qu'il avait failli en être. Le style enflammé de ses Epîtres – pour le coup, je les relus – n'est pas d'un homme qui ignore le pouvoir de l'amour physique et n'a pas éprouvé avec quelle force le désir sexuel peut terrasser la volonté la plus raidie contre la tentation.

« Terrasser » : n'avais-je pas à représenter Saül « terrassé » par Dieu ? Avant de se convertir, Saül était fameux par le dérèglement de sa vie privée. Quels péchés la Bible poursuit-elle avec autant d'acharnement que ceux de « la chair » ? Quelle conversion l'Eglise cite-t-elle aussi souvent en exemple que celle du juif de Tarse ? Ne pouvais-je imaginer que Dieu s'était servi de l'expérience antérieure de Saül, de ses débordements, de ses excès, pour lui transmettre une autre sorte d'exaltation ? Qui m'empêchait de croire que le Paul jeté à terre par la foudre du ciel était le même que le Saül en proie au bouleversement des sens, sauf que la révélation avait changé de nature ? Enfin, pourquoi ne pas superposer, dans mon tableau, les deux expériences ? Les deux fulgurations, pourquoi ne pas les fondre et n'en faire qu'une ? Etait-il même sacrilège de supposer qu'à l'instant où Paul s'était rendu à Dieu, il avait éprouvé le même anéantissement de son être que lorsque le Saül païen capitulait sous le plaisir ?

« Viens à moi... Prends-moi... » D'une possession à l'autre, le langage n'est-il pas identique ? Poitrine qui s'offre sans défense, corps qui s'abandonne, lèvres humides qui s'écartent, bouche entrouverte qui appelle, paupières qui se soulèvent à peine et luttent pour ne pas se fermer, luminosité du visage frissonnant sous les ondes de l'orgasme : une scène d'amour, de l'amour le plus profane, le plus voluptueux, voilà ce que j'ai peint sous la couverture d'un exercice de piété.

« Bien, excellent ! me disait Monsignor Bernardi, quand il venait inspecter l'œuvre en cours. Cette lumière qui tombe sur saint Paul et l'inonde de sa clarté, quel symbole évident de la Grâce ! La Grâce que saint Augustin définit pure vision en Dieu, illumination perpétuelle. Or l'église Santa Maria del Popolo, tu le savais, appartient à l'ordre des Augustins, qui ont vendu cette chapelle à feu Monsignor Tiberio Cerasi, que Dieu protège son âme. Je te remercie bien sincèrement d'avoir glissé cette allusion à notre vénéré Père de l'Eglise. »

Je pensais en moi-même : « Ce corps renversé en arrière, ce visage pâmé, ces bras grands ouverts (comme le saint Matthieu du *Martyre*, mais personne ne faisait le rapprochement), que croyez-vous qu'ils représentent pour moi, sinon une expérience d'un genre qu'il m'est impossible de vous avouer ? »

Monsignor Bernardi, de plus en plus candide : « J'apprécie surtout l'air extatique que tu as donné à l'apôtre des gentils. Bien que foudroyé, il flotte en pleine béatitude. » Et moi : « Vous ne parleriez pas ainsi, Monsignore, si vous saviez à quels souvenirs j'ai puisé pour rendre ce que vous appelez béatitude et qui vous ferait horreur si vous lui donniez son vrai nom. »

Monsignor Bernardi : « Et ce cheval, je me suis demandé d'abord pourquoi tu l'as fait aussi grand. Il occupe la moitié de la toile ! Et puis, quand j'observe avec quel air indifférent et placide il assiste à cette scène, restant insensible à la lumière qui pourtant l'inonde lui aussi et rejaillit sur sa croupe, sur son ventre, sur sa crinière, je me dis que tu as voulu souligner la distinction entre le monde animal, réfractaire à la révélation, et le monde des humains, susceptible d'amendement et de conversion. Cela dit, quelle belle croupe, quel ventre... » Et moi : « Arrêtez, Monsignore ! Croupe, ventre, crinière... Vous n'auriez même pas besoin de changer les mots pour changer la scène... »

De mes nombreux tableaux qui se prêtent à une double lecture, celui-ci est le seul, avec le *Martyre de saint Matthieu*, qui n'a pas éveillé le soupçon. Placé en face du *Martyre de saint Pierre*, il ne m'attirait que des éloges. Je guettais une réserve, un doute. L'approbation fut unanime. (Le cardinal Del Monte était absent le jour de l'inauguration ; je ne sais s'il est venu voir ensuite le tableau.) Louanges à n'en plus finir. Félicitations à me dégoûter de moi-même. Le cardinal Federico Borromeo, revenu de Milan à Rome, regretta seulement que j'eusse abandonné la nature morte. « Ta corbeille de fruits, me dit-il, fait l'envie de tous mes visiteurs. »

Tant de succès me pesait. Je m'étais trahi par un détail, mais personne ne le releva. Michel-Ange a fixé, dans une fresque de la chapelle Pauline, le modèle iconographique de la conversion de saint Paul. Il a fait du saint un homme mûr, presque un vieillard, dont les cheveux gris indiquent l'âge et la barbe abondante souligne l'autorité. Mon premier saint Paul était pourvu d'une barbe analogue ; bien évidemment, j'ai ôté cet attribut au second. Mon second saint Paul est un homme jeune, sans barbe, en âge de faire l'amour et d'en avoir envie. N'est-ce pas ce faussaire, cet imposteur, ce geai hérétique paré des plumes du paon chrétien que le Conseil de l'Hôpital aurait dû refuser ? Ils ne s'aperçurent même pas que la barbe avait disparu. J'étais fêté, prôné, cité en exemple. Chaque fois que je me rendais à la chapelle dans l'espoir qu'un visiteur dénoncerait mon tableau, je n'entendais que de nouveaux compliments ; et je rentrais à la maison en proie à une insatisfaction croissante.

Mario, fier de cette réussite mais préoccupé de me voir la supporter de plus en plus mal, s'inquiétait de mon état. Ce mécontentement se traduisait par des silences maussades, des gestes brusques, des mouvements d'impatience injustes. Le pauvre garçon faisait pour m'être agréable tout le contraire de ce qui m'aurait ramené à lui, achetant par exemple des tapis pour la chambre à coucher, ou confectionnant de nouveaux plats dont l'intendant du palais Farnese, avec qui il s'était abouché pour le parmesan, lui communiquait la recette. Tout le contraire, puisque je lui en voulais, au fond, de m'avoir créé des conditions de travail si faciles et un foyer si confortable, que mes tableaux en prenaient eux-mêmes un certain air de bon ton.

Ils ne choquaient plus, ils plaisaient. La marquise Sforza Colonna m'envoya par un de ses domestiques une invitation à un de ses « samedis », honneur insigne pour un peintre qui se tenait à l'écart du monde. Tout ce que la ville comptait d'artistes « reconnus » affluait à cette occasion dans son palais, avec les seigneurs de l'aristocratie romaine, les diplomates, les prélats. Je dis au domestique que je suspendais ma réponse. Pendant deux jours je débattis avec Mario s'il fallait accepter ou non. Mario m'encourageait à accepter.

« Tu n'as pas encore vu la galerie de tableaux. Tu meurs d'envie de les connaître. En particulier ce portrait de paysan, par Annibale Carracci...

— Bah ! C'est trop tard. Quand Annibale était mon rival, je ne dis pas... A présent qu'il n'est plus dans la course...

— Tu rencontreras des riches. C'est plein de gros bonnets, qui te passeront des commandes. Profite du fait que tu es en pleine gloire. Ta cote ne cesse de monter, c'est le moment d'augmenter tes prix.

— Mais toi, Mario, la marquise ne t'a pas invité.

— Je suis plutôt content qu'elle m'ignore. Je ne me sens pas humilié du tout. Je me sentirais si mal à l'aise dans un salon !

— C'est moi qui me sens humilié, Mario. Elle sait très bien que nous vivons ensemble et que tu m'aides dans mon travail. Elle aurait dû t'inviter avec moi. Si elle ne l'a pas fait, c'est qu'elle apprécie mon travail, mais blâme notre couple. Je n'irai donc pas chez elle.

— En n'y allant pas, tu la renforceras dans l'idée que tu vis en bohémien. Elle pensera que je t'ai empêché d'accepter, et m'accusera d'exercer sur toi une mauvaise influence.

— Et puis je n'ai rien à me mettre. Il faudrait que je me procure un costume. Tu me vois, endimanché, faisant des courbettes à des gens qui me détestent mais n'osent plus le montrer ? »

Fausses raisons que je donnais là. Je ne voulais pas aller chez la marquise Colonna par peur d'avoir à reconnaître que je faisais partie, bon gré mal gré, du milieu des gens qu'elle invitait. J'étais donc « reconnu » moi aussi ? Mes tableaux, on n'y trouvait plus rien de suspect ? Embaumaient-ils la rose au lieu de puer le soufre ?

Le domestique vint chercher la réponse. Mario le pria de m'excuser auprès de la marquise. « Alors, tu es content ? » me dit-il quand nous fûmes seuls. Non, je n'étais pas content. Refuser de me rendre à ce samedi ne me rétablissait pas dans l'idée que je voulais avoir de moi-même. La honte, c'était d'y avoir été invité.

XIII

L'Amour vainqueur

Et Gregorio ? Le voici, il arrive, il accourt, il entre en tempête dans ma vie, il dégouline d'eau sale, il se jette ruisselant contre moi, il me supplie de le cacher. Les sbires du gouverneur l'ont surpris tout nu dans le Tibre, il n'a eu que le temps de plonger et de gagner l'autre rive à la nage. Le danger l'excite. Il me la montre, droite et dure, il me la met dans la main. Avant que j'aie pu me dégager, il a joui dans ma main. Ah ! le voyou, il a deviné comment il faut s'y prendre. Je l'enveloppe de ma cape, nous nous réfugions, en attendant l'obscurité, dans une niche de la berge que Mario partage avec des contrebandiers.

« Comment t'appelles-tu ? » Au lieu de répondre, il s'agenouille devant moi, il tient à ce que je prenne tout de suite mon plaisir. A la tombée de la nuit, je conduis au Divino Amore, par un dédale de ruelles sombres, celui qui m'a dit se nommer Gregorio. « Gregorio quoi ? » (Réflexe de citoyen *per bene,* qui se renseigne sur l'état civil des gens qu'il rencontre.) « Gregorio rien. » Enfant trouvé, il n'a jamais reçu de patronyme. « Tu habites où ? » Je me mords les lèvres. Paraître aussi méfiant, aussi prudent ! « Partout et nulle part. »

Mario est à la maison. En voyant qui j'amène, il devient blême. Je m'embrouille dans mes explications. Il a parfaitement compris de quoi il retourne. Son premier geste est de récupérer ma cape encore humide et de l'étendre sur une chaise. Puis il jette à Gregorio une de mes vieilles robes de chambre maculée de couleurs, ouvre la porte et pousse le garçon dans la rue. Je m'insurge.

« Mario ! la police le recherche, elle est sur ses talons. Nous avons le devoir de le protéger. Le devoir, Mario. Il n'a même plus de vêtements. Il ne peut pas ressortir comme ça...

— Pour des frusques, on lui en donnera. Il y en a plein, dans le magasin. Si dans un quart d'heure il n'a pas décampé...

— Tu es sans cœur, Mario. A son âge, tu ne vas pas l'envoyer en prison ! Il n'a ni famille ni logis. Regarde comme il tremble. Pourvu qu'il ne prenne pas froid. Allons lui chercher de quoi l'habiller. Nous verrons après.

— C'est tout vu, Michele. »

Il a hâte de monter avec moi au magasin, pour me dire ce qu'il a sur le cœur.

« C'est tout vu, reprend-il, quand nous nous retrouvons au milieu des costumes et des accessoires. Si tu as l'intention d'héberger cette lope, je te le dis tout de suite : c'est non !

— Cette lope ? Qu'est-ce qu'il t'a fait ? Tu n'as pas le droit... »

Il me prend par le collet, me secoue. « Michele ! réveille-toi ! Tu dors, tu es aveugle, ou quoi... Ce type t'a embobiné d'une jolie façon... Tu l'as ramassé où ?... Il t'a empaumé comment ?

— Il bravait la police, si tu veux le savoir, il se moquait de l'édit sur les bains. Tu en connais beaucoup, toi, qui auraient le courage de défier un ordre du gouverneur ?

— Tu appelles ça du courage ? C'est de toi qu'il s'est moqué, Michele. Michele, ouvre les yeux ! Angelo ! »

Il me secoue à nouveau.

« Michele ! Il t'avait repéré depuis longtemps ! Il rôdait

dans les parages, le jour où tu m'as aidé à planquer les deux candélabres en or. Il a bien préparé son coup, va...

— Les candélabres, il serait revenu les voler, s'il avait les intentions que tu lui prêtes.

— A quoi joues-tu, Michele? Tu ne vois donc pas ce qu'il veut? Pas si bête! Se faire pincer pour deux antiquailles, alors qu'ici... Allons, qu'il déguerpisse, et pas plus tard que ça. Oust! je te donne un quart d'heure pour qu'il débarrasse le plancher.

— Mario, nous ne pouvons le mettre à la rue. C'est un enfant... En quoi te dérange-t-il? Je te préviens que je compte le loger ici, pour quelques jours au moins.

— Et moi, je te préviens que s'il ne fout pas le camp illico... eh bien... c'est lui ou moi, sache-le! »

Un grand bruit qui vient d'en bas nous interrompt. Mario se précipite dans l'escalier, je le suis. Nous trouvons le placard à vaisselle sens dessus dessous, la table poussée vers le garde-manger, le garde-manger fouillé et à moitié vidé. Gregorio, qui a entortillé avec beaucoup de chic la robe de chambre autour de ses reins, de manière à rester torse nu, s'est juché sur un tabouret et attaque le repas qu'il s'est préparé : le morceau de parmesan que l'intendant du palais Farnese nous a revendu très cher, car il fait venir par courrier spécial de Parme ce qui est encore une nouveauté pour Rome, et une bouteille de frascati. Pas n'importe quelle bouteille : Gregorio a prélevé dans la cave la meilleure de celles que le cardinal nous envoie. Il boit verre sur verre et mord à belles dents (ce n'est pas un cliché : il les a magnifiques!) dans le fromage.

Mario est fou de rage, car il avait mis de côté ce morceau pour un plat dont il voulait me faire la surprise. Il essaie de reprendre le fromage des mains de Gregorio, celui-ci saute en bas du tabouret, court dans le jardin et, déjà ivre, jette par-dessus le mur que Mario a construit le morceau (un gros morceau) dans le jardin du voisin. Je ne puis m'empêcher de trouver impayable l'insolence du petit, très « enlevé » son geste, comme nous disons en peinture. Mario, qui espérait que ce sans-gêne me remettrait les yeux en face des trous, constate qu'au lieu d'être indigné j'encourage le drôle et l'applaudis pour sa désinvolture.

Il prend alors la décision d'emmener lui-même Gregorio dans le magasin pour lui choisir des habits et m'ôter le prétexte de le garder plus longtemps. Je les entends, dans la chambre au-dessus de la cuisine, remuer les objets achetés ou volés et entassés au petit bonheur. La cuirasse roule par terre, ce ne peut être que la cuirasse, d'après le choc sur le plancher. Mario s'exclame : « La robe du Christ, non ! Pas la robe de Notre-Seigneur Jésus-Christ ! » J'imagine que Gregorio a jeté son dévolu sur l'espèce de laticlave où j'ai drapé le Christ dans la *Vocation de saint Matthieu.* Ils s'empoignent, ils luttent. A ses bonds plus légers, je devine que Gregorio saute de côté et d'autre, tandis que Mario s'efforce de reprendre le vêtement. Puis, d'un coup, la porte est claquée, la clef tourne en grinçant dans la serrure que nous n'avons jamais pris le temps d'huiler, Mario déboule dans la cuisine. Par respect pour le soin avec lequel il entretient notre intérieur (me sens-je donc si coupable ?), j'ai nettoyé entre-temps les miettes de pain et de fromage semées par Gregorio, et jeté du sel sur les taches de vin dont il a sali la nappe.

« Quel type infernal ! s'écrie Mario. Quel enragé ! Un vrai fou ! Il s'est emparé d'une de tes épées puis a commencé à virevolter autour de moi en me menaçant de me piquer dans les cuisses. Je l'ai enfermé, le temps qu'il se calme. Tu es convaincu, maintenant ? Qu'est-ce qu'il te faut de plus ?

— Qui t'a permis de l'enfermer à clef ? La prison, il aura bien le temps de la déguster, dans les cachots du pape !

— Tu voudrais peut-être qu'il monte dans l'atelier et salope nos tableaux ? »

Il serre les poings, il écume, et, tout à coup, les craintes qui le rongent depuis quelque temps, le ressentiment qu'il éprouve en me voyant si ingrat devant ses efforts pour me rendre la vie agréable, le chagrin de me sentir échapper au cocon de bonheur qu'il a tissé autour de nous, toutes ses inquiétudes, tous ses griefs éclatent en une longue et amère diatribe.

« Nous avions une vie trop calme pour toi ? L'atmosphère était trop paisible dans cette maison ? La routine s'était mise entre nous ? Même peindre ne t'excitait plus ? Tu avais l'impression de ne continuer que par habitude ? C'est cela, n'est-ce pas ? Tu cherchais un nouveau modèle pour te rendre l'enthousiasme d'autrefois ? Et maintenant, au lieu de flanquer cet énergumène à la porte, qui s'installe chez toi en maître, tu ne t'aperçois même pas qu'il se fout de toi, tu es baba devant lui, si tu voyais ta tête quand tu le regardes ! Littéralement baba ! Tu t'imagines qu'il va être l'ange de ton *Saint Matthieu* ! Ce freluquet ! Tu comptes sur son effronterie, sur son culot, pour donner un coup de neuf à ton inspiration en panne... »

Il bégaie, sa voix s'étrangle, il ne peut continuer, car il s'est rendu compte que ce qu'il vient de dire n'est pas un sarcasme jeté en l'air, mais la pure vérité. Nous nous regardons dans les yeux, et, comme il arrive dans ces moments de grâce (ou de disgrâce) où le non-dit, refoulé à l'arrière-plan de la conscience, devient tout à coup évident, chacun de nous comprend que ce qui nous unit est en même temps ce qui nous sépare. Les « avantages » dont je bénéficie en vivant avec Mario ne profitent qu'à ma « carrière ». Ce mélange de sécurité affective et de stabilité domestique me coûte un prix exorbitant, s'il m'ôte la liberté, le désordre, l'inconnu, la folie, tout ce qui est indispensable au peintre que je veux être.

Mario se ressaisit : « Je sais que tu ne trouves plus en moi un stimulant pour peindre. Il n'y a pas si longtemps encore, tu n'aurais pas choisi ce Manfredo comme modèle de ton saint Paul... Ce genre de tableaux, c'est moi qui te les inspirais... Pour les mines pâmées, les extases, je n'avais pas mon pareil, me disais-tu. A présent, je ne suis plus assez nouveau pour toi, je le sais, j'ai eu tort de t'installer dans un confort qui te paraît bourgeois. Mais songe qu'un véritable artiste, tu me l'as si souvent répété toi-même! a autant besoin d'habitudes que de nouveauté. S'il ne se lève pas à une heure régulière et, délivré des autres soucis, ne consacre pas tant d'heures par jour à son travail, il ne pourra jamais mener à bien ce qui s'appelle une œuvre. Ne jette pas en l'air ce que tu as mis des années à acquérir. Excite-toi en imagination avec des voyous, mais, quand il s'agit de peindre, souviens-toi que tu dois rester assis devant ton chevalet. »

Des larmes coulent dans ses yeux, je sens les miens s'humecter. Je ne peux rien contre cette force qui m'entraîne, son amour n'a aucun pouvoir de m'en protéger, c'est ainsi. Je commets une bêtise énorme en accueillant cette petite brute dans ma vie, installer ce vaurien sous mon toit est pure démence, je le sais, mais je ne suis pas plus libre de faire autrement que de me priver de l'air que je respire. Gregorio me tient, je dois lui sacrifier tout le reste. Jamais je n'ai été aussi lucide, jamais la lucidité n'a été aussi impuissante à corriger le destin.

Pour finir, Mario se jette dans mes bras et sanglote sur mon épaule. Sa détresse me bouleverse et en même temps me laisse de glace. Je revois les dix ans de bonheur qu'il m'a donnés... Le dortoir chez Lorenzo Siciliano... La chambre de la via della Stelletta... Le séjour chez le Cavaliere d'Arpino... Les visites rituelles à la Scrofa... Le sang échangé en pleine rue... La chambre du palais Firenze... Les travaux d'installation au Divino Amore... Les tableaux qu'il m'a inspirés... Ceux qu'il a peints à mes côtés... Le procès au palais Madama... Les attaques contre le *Garçon à la corbeille de fruits* ou le *Joueur de luth*, qui visaient en réalité notre couple... Vais-je piétiner, sacrifier ce passé, parce que j'ai trouvé dans ce galopin ramassé sur la berge du Tibre le modèle dont j'ai le plus impérieux besoin (quelle hypocrisie, me souffle une voix intérieure, que de présenter les choses sous cet aspect!) pour l'ange de saint Matthieu?

A ce moment, un vacarme éclate au-dessus de nos têtes. On secoue la porte, on donne dedans de grands coups de pied. Tout est mis sens dessus dessous, jeté à terre, dans un grand bruit de verre cassé et de porcelaines rompues. On renverse les meubles, on tire le lit dont les pieds grincent sur le carrelage, on crève la mappemonde, on tape dans la porte avec ce qui ne peut être que le pommeau en ivoire d'une de mes précieuses cannes. Mario se détache de mon épaule, reprend ses distances, observe mes réactions, constate que je laisse faire. Serait-ce au tour de l'amphore grecque que Monsignor Cerasi m'a donnée en cadeau ? Un magnifique échantillon de la poterie du Ve siècle. Une masse de lourds débris s'écroule avec fracas au milieu des tessons de verre et de porcelaine.

« C'est bon, dit-il, d'un air redevenu froid. A tout à l'heure.

— Où vas-tu, Mario ?

— Chercher la police, puisque tu ne t'y décides pas.

— Il sera jeté en prison, si on le pince. Tu auras un crime sur la conscience. As-tu oublié les six œuvres de la Miséricorde ? Vêtir celui qui est nu... Nourrir l'affamé... Soigner le malade... Protéger le faible... Je connais les devoirs du chrétien...

— Du chrétien ! Je t'en prie. Mon devoir, à moi, puisque tu as perdu l'esprit, est de te protéger de toi-même. »

Il s'enfuit, claque la porte dans son dos. Je suis sûr qu'il n'appellera pas la police. Il ne cherche qu'à m'intimider. N'y aurait-il pourtant qu'une chance sur mille que ce malheur arrive (j'ai pensé « ce malheur », et mon cœur s'est brisé à l'idée que Gregorio puisse être emmené par les sbires), je dois mettre en lieu sûr celui qui a eu le courage (je me répète « courage » pour me persuader moi-même) de défier le gouverneur. Je monte à pas de loup l'escalier, je tourne la clef en essayant de ne pas faire grincer la serrure, je pousse doucement la porte et...

Il est tout nu, face à la porte, les jambes largement écartées, au milieu de la pièce dévastée. Comment a-t-il eu l'audace de prendre cette pose? Debout sur sa jambe droite, il a posé l'autre sur le lit, à l'horizontale. Cette posture dégage et met en valeur le sexe, et même, par l'écartement accentué des cuisses, je vois le début de la fente qui partage les fesses. Le sexe est bien modelé, mais petit, menu, pas sicilien pour un sou, d'un môme qui n'en a pas encore beaucoup, mais sait (et comment!) exploiter le peu qu'il a. Le prépuce recouvre le gland, signe qu'il a plus de toupet que de pratique.

Au pied du lit il a poussé et mis en tas, par hasard ou intentionnellement, une série d'accessoires très variés : des instruments de musique – je reconnais le violon du *Repos pendant la fuite en Egypte*, le luth du *Joueur de luth* –, une partition – celle du *Concert* –, la cuirasse, un compas, une équerre, un livre, une plume d'oie, une branche de laurier, divers autres petits objets ou débris. Le luth, il l'a mis hors d'usage : sur les douze cordes n'en restent que cinq; le violon aussi, avec deux cordes au lieu de quatre; l'archet seul semble intact. Sans débarrasser le lit du drap blanc encore sale utilisé naguère pour voiler à moitié la poitrine de mon *Bacchus*, il a placé dessus la couronne que je réserve pour un tableau du Christ et le sceptre qui devrait me servir au portrait d'Henri IV si le cardinal Del Monte reste assez bien disposé pour m'en passer la commande. Derrière la cuisse de Gregorio, j'aperçois les restes de la mappemonde semée d'étoiles d'or. L'effort d'écarter la jambe et de la rejeter de côté provoque une légère torsion du buste, qui creuse des plis sur le ventre, au-dessus du nombril. Il incline la tête de côté, me lance un regard malicieux, rit. La masse de ses cheveux noirs lui descend jusqu'aux sourcils. Il a déniché deux flèches qu'il brandit de sa main droite.

« Ne bouge pas, lui dis-je. Ne bouge surtout pas! » Ce désordre dans le magasin, ces emblèmes de tout ce que l'esprit humain vénère depuis la nuit des temps jetés à terre, cassés, moqués, tournés en dérision, cette affirmation triomphale de la suprématie de l'amour et de la force irrésistible de son pouvoir, rien ne pourrait mieux correspondre à mon inspiration du moment, ni me fournir un meilleur décor pour le tableau dont l'idée me traverse comme un éclair.

Je monte quatre à quatre jusqu'à l'atelier, je me saisis d'un chevalet, d'une toile de moyennes dimensions, de brosses neuves, de pinceaux neufs, d'une boîte de couleurs neuve, d'une palette neuve, je redescends à toute vitesse, j'installe mon matériel, je me mets à peindre Gregorio, dans cette pose qui allie le charme à la provocation, l'impudeur à la gaieté. Ce sera *l'Amour vainqueur*, une allégorie vieille comme le monde, miraculeusement rajeunie par ce polisson. Et qui sera, à cause du réemploi des objets qui ont meublé mes autres tableaux, comme une synthèse qui les rassemble. Ce résumé de mon œuvre en sera en même temps le couronnement.

Je n'ai pas besoin de chercher de nouveaux accessoires ni de modifier la disposition de ceux-ci. Le violon et le luth pour la musique, l'armure pour les arts de la guerre, la plume et le livre pour les belles-lettres, le compas pour l'architecture, l'équerre pour la géométrie, la mappemonde pour l'astronomie, le sceptre et la couronne pour les arts de la politique : « *Omnia vincit Amor* », selon Virgile mais aussi selon l'expérience de tout un chacun. L'Amour l'emporte sur toute chose, jamais je ne l'ai mieux ressenti qu'aujourd'hui où la rencontre fortuite d'un vaurien au bord du fleuve envoie promener tout ce qu'il y avait dans ma vie jusqu'ici. L'Amour renverse et piétine toutes les activités qui ne sont pas l'exercice et le triomphe du sexe. Même la branche de laurier a sa place parmi les débris de la science, de la littérature et des arts : que sont les jouissances de la gloire en comparaison de ce que Gregorio m'a mis tout à l'heure dans la main ?

Il continue à rire ; je l'ai peint riant. Je ne connais pas de tableau aussi gai dans le monde que le portrait de ce galapiat heureux de vivre, joyeux de s'être imposé sans crier gare dans mon existence, enchanté d'avoir mis la pagaille dans mon couple, ravi d'avoir détrôné Mario. Les portraits sont d'habitude si graves, ils respirent un air si sérieux. Peindre le rire : serais-je le seul à y avoir réussi? C'est peut-être tout un, que de peindre le sexe et le rire.

Je suis si absorbé dans mon travail que je n'entends Mario ni rentrer dans la maison, ni monter l'escalier, ni ouvrir la porte dans mon dos. Je l'entends seulement la refermer, car il l'a tirée derrière lui d'un coup sec. Il dévale les marches, s'attarde un moment dans la cuisine, remonte chercher quelque chose dans la chambre à coucher, ouvre et referme l'armoire, redescend, reste quelques instants en bas, ouvre et referme le garde-manger, puis la porte d'entrée est claquée à toute volée, et la maison redevient silencieuse. Je ne m'inquiète pas, il n'a pas amené la police, il ne l'amènera pas.

Continuons. Une occasion pareille, je ne la retrouverai jamais. Peindre ce qui a été une de mes rêveries d'enfance, je n'imaginais même pas que ce fût un jour possible. Oh! ces journées de Caravaggio, où, couché dans l'herbe sous les arbres du petit bois, je lisais Thérèse d'Avila! Comment l'ange a fondu sur elle, comment le visiteur céleste l'a attaquée par surprise, comment elle s'est sentie atteinte par la blessure, comment ce choc l'a dévastée, je me rappelle chaque ligne de son récit. L'aiguillon qui a déchiré sa chair déchire ma chair. L'impression de recevoir en plein corps le dard du séraphin, je la ressens. Aiguë, précise, violente, suave, ineffable. Ineffablement délicieuse.

Gregorio sera ignorant comme une carpe, mais les deux flèches dont il s'est emparé et qu'il braque dans ma direction ne sont pas d'une matière moins ardente que le trait qui a foudroyé la savante carmélite. La coulée d'or et de feu qui a passé au travers de Thérèse me transperce aussi.

La nuit tombe, la clarté baisse, il n'y a plus assez de lumière pour peindre, je descends à la cuisine chercher une lampe, en recommandant à Gregorio de garder sa posture. Sur la table de la cuisine, Mario a placé une pomme, bien ronde et bien rouge, et, sous la pomme, une feuille de papier. De sa grosse écriture maladroite, il a tracé les lignes suivantes.

Je t'avais prévenu. Je rentre en Sicile, m'occuper des affaires qui m'attendent là-bas. Notre amour était comme cette belle pomme : rond, parfait, harmonieux. En accueillant ce type sous notre toit, tu as introduit dans la pomme le ver de la destruction. Adieu ! Je t'aime trop pour assister à ta déchéance que je prierai Dieu de ne pas transformer en ruine. Ton Mario qui se dit à jamais tien.

P.S.1. Je n'emporte qu'une petite valise. File mes vêtements à ce type. Nous sommes de la même taille.

P.S.2. J'ai aperçu ton tableau. Aucun cardinal Del Monte ou autre hypocrite de cet acabit ne pourra le préserver des foudres de la censure. Tu n'as qu'un moyen de le sauver et de te sauver : ajoute-lui une paire d'ailes, assez grandes et de type antique, pour le transformer en Cupidon. Avec cet alibi, les Monsignori férus de mythologie te laisseront une chance d'échapper au cachot.

P.S.3. Si jamais tu ne suivais pas ce conseil, ou si tu commettais d'autres folies, songe que tu auras toujours un refuge auprès de ton Mario. Prononce notre mot de passe : Sicilia! *Un tapis magique te déposera à Syracuse. Adresse de ma mère : Palazzo Bianca, via Re Davide 52, au coin du quatrième passage dans la Giudecca. On l'appelle palazzo, mais ce n'est qu'une maison très simple, dans l'ancien ghetto abandonné par les juifs. Tu y seras accueilli de grand cœur.*

P.S.4. Je vais continuer à peindre, puisque tu ne me donnes pas d'autre moyen de te rester fidèle. Tu m'accuses d'être trop sentimental : je ne prélève donc, comme souvenir de toi, ni bibelot que tu aimes, ni objet personnel. Je n'ai pris qu'un de tes pinceaux, choisi parmi les plus ordinaires de ta collection. Seras-tu heureux que je n'emporte de toi qu'un instrument de travail ?

Ce message ne me cause qu'un mouvement d'irritation. « Il me fait des ennuis, me dis-je, il me force à m'intéresser à lui, il n'est pas content, il regimbe, au moment où il devrait être transporté de bonheur, s'il m'aimait vraiment.

Quelle chance plus extraordinaire peut-il arriver à un artiste que de retrouver son pouvoir créateur qu'il croyait éteint ? L'égoïste, il veut me gâcher ma joie. » Telle est la puissance monstrueuse qu'exerce une nouvelle passion. Je m'apprête à déchirer la feuille lorsque je ne sais quel instinct me pousse à la rouler en boule et à la jeter au fond du tiroir où je cache, pour le soustraire à une perquisition éventuelle, dissimulé entre les couteaux de cuisine, un de mes poignards. La pomme, je la remets dans le garde-manger.

J'ai hâte de terminer le tableau et ensuite de partager avec Gregorio notre première nuit. La lampe à la main, je monte. Je m'étonne de voir la porte du magasin fermée. Ne suis-je pas sûr de l'avoir laissée ouverte ? Je tourne la poignée, la porte résiste. Il l'a fermée à clef.

Je commets une première erreur. « C'est moi, dis-je, d'une voix que je m'efforce de rendre le plus tendre possible.

— Désolé. C'est fermé jusqu'à demain. » Le ton est insolent, péremptoire.

« Gregorio, tu plaisantes !

— Pas du tout ! N'est-ce pas l'habitude dans cette maison d'enfermer les gens à clef ?

— Mais la nuit arrive, Gregorio, viens dans la chambre à coucher.

— Vas-y, dans ta chambre, si tu as envie de dormir. Qui t'en empêche ? Moi, je m'arrange avec ce que je trouve ici. J'ai déniché des bougies, des chandelles, un tas d'étoffes moelleuses à mettre sur le plumard. C'est fou ce que tu es bien équipé !

— Gregorio, viens !

— Dis donc, tu me prends pour qui ? »

J'ai beau prier, supplier, implorer, menacer, il ne cède pas.

« J'ai toujours dormi seul, je ne vais pas commencer à coucher avec un type qui a... Quel âge as-tu ? »

Je bredouille :

« Trente ans. (Je me rajeunis d'un an.)

— Voyez-moi ça ! Monsieur a trente ans et cherche à se taper un mineur, qui en a moitié moins.

— Gregorio, tu dis n'importe quoi. Descends au moins à la cuisine, il est temps de dîner, tu as besoin de manger.

— Pour une bonne idée, c'est une bonne idée, ça ! Pose devant la porte une assiette avec tout ce qu'il faut, et, quand j'entendrai que tu es rentré dans ta chambre et que tu t'y es enfermé à clef, mais pas avant, d'accord ? je retirerai l'assiette. Si tu y as mis quelque chose de bon, je t'enverrai un baiser à travers le mur. »

XIV

Coup d'Etat

J'en avais assez de la paix ? J'eus la guerre. Gregorio resta enfermé une semaine dans le magasin. Il se plaisait à tirer le rideau devant la fenêtre et à rester dans une pénombre dont je me désolais. Je lui montais ses repas sur un plateau que je déposais devant sa porte. Il m'écoutait redescendre l'escalier et faire du bruit dans la cuisine. Alors seulement il ouvrait la porte et prenait le plateau. Il ne sortait se laver ou pour ses besoins qu'après m'avoir fait promettre sous serment de m'enfermer dans ma chambre et de ne pas chercher à l'approcher. Il réclamait du vin. Beaucoup de vin ; et j'étais préoccupé d'entendre, dans ses gambades et ses bonds désordonnés qui envoyaient promener costumes et accessoires aux quatre coins de la pièce, moins une dépense musculaire de gaieté qu'un effet involontaire de l'ivresse.

Je lui parlai des ailes que je voulais ajouter à son portrait. Il fut flatté d'être peint avec des ailes. Je me rendis à la brocante de la via dei Coronari où Mario avait l'habitude de se procurer les accessoires de mes tableaux. Le marchand me dit que j'avais bien fait de venir. Il s'apprêtait à porter plainte, pour une Madone peinte sur bois que Mario lui avait volée. Si je lui payais les trente écus que valait cette Madone, il ne donnerait pas suite à l'affaire. Je lui offris vingt écus. Il les empocha en grognant, sans oser exiger plus pour une méchante peinture de dix pouces sur douze, qui ne valait pas la moitié du prix réclamé.

La somme tirait-elle à conséquence, en comparaison des trois cents écus que je venais de gagner? Oui, si je considérais que je n'aurais pas d'autres revenus de longtemps. Le cardinal Del Monte m'avait fait savoir par un domestique que je devais augmenter la mensualité versée à son ancienne nourrice, la signora Pedrotto, notre voisine du 17. *L'Amour vainqueur* et les autres portraits de Gregorio que j'avais en tête n'étaient pas des tableaux à être mis dans le commerce.

Pour trois écus, je fis l'emplette d'une paire d'ailes empaillées. Noires, épaisses, d'une envergure exceptionnelle, elles provenaient d'un aigle tué dans l'Abruzze. Plus imposantes que le plumage gris aux reflets roses que j'avais accroché à l'ange du *Repos pendant la fuite en Egypte*, je les trouvais inférieures en finesse et de nuances moins subtiles. Je fus heureux, je ne sais pourquoi, de constater cette différence.

Gregorio me permit enfin d'entrer. Il avait repris la pose, à l'identique : nu comme un ver, les jambes écartées, une jambe jetée de côté sur le lit. A la lueur du grand nombre de bougies et de chandelles qu'il avait allumées, son corps brillait de reflets changeants. Je crus qu'il m'autoriserait d'autres rapports que ceux de peintre à modèle. « Bas les pattes! » me dit-il lorsque ma main essaya quelques caresses autour du point où j'avais attaché les ailes. Sans insister, je pris mes pinceaux, peignis les ailes, apportai les dernières touches au tableau, certain que la récompense viendrait après. A peine eus-je ramassé la toile, le chevalet, les couleurs, les pinceaux et quitté la pièce, que j'entendis claquer la porte et tourner la clef dans la serrure.

Le chasser de la maison? Je m'étais mis dans le cas d'être dénoncé pour « détournement et corruption de mineur », crime passible de la peine capitale. Gregorio semblait ne pas ignorer les lois. Ce qu'il m'avait montré de son caractère ne m'inclinait pas à la confiance. Et puis, je n'avais aucune envie de le chasser. Le savoir là, derrière la porte, suffisait à mon excitation. Il ne m'appartenait pas, mais il n'appartenait à personne. Une nuit, alors que j'étais loin de m'attendre à ce revirement, il entra tout à coup dans ma chambre et se coula dans mon lit. « Je le savais bien, murmura-t-il d'un ton câlin, que tu faisais semblant de fermer ta porte à clef. » Je l'étreignis en silence. Il me laissa user de lui à ma guise. Peu à peu, il se réchauffa lui-même et participa à ma joie.

Ensuite, pendant une semaine, il resta enfermé. Comme je voulais le peindre à nouveau, et que j'avais remarqué qu'il prenait goût à être peint, je lui proposai de faire un autre portrait de lui. « D'accord, me dit-il à travers la porte, mais qu'il soit bien entendu que tu n'auras pas droit pour autant à la visite que tu espères. – Je n'espère rien, Gregorio. – Jure-moi que tu n'essaieras pas de profiter de l'occasion. – Je le jure. » Comme ces serments étaient différents de ceux que j'échangeais autrefois avec Mario !

La première séance de pose eut lieu le jeudi. Le vendredi suivant, à minuit, comme les douze coups sonnaient à Santa Maria in Campo Marzio, il entra dans ma chambre. La nature et l'ingéniosité des services qu'il me rendit me prouvèrent qu'il était beaucoup plus expert que je ne l'avais cru. A ses brutalités comme à ses cajoleries, avec quel art il sut me plier ! Nous fûmes l'un et l'autre parfaitement heureux.

Durant les semaines où je l'ai peint sous les traits de saint Jean-Baptiste, il ne cessa de souffler le chaud et le froid. Tantôt je passais dix jours à me retourner dans mon lit et à mordre l'oreiller, tantôt il enchaînait trois visites et me rejoignait trois nuits de suite. Une fois même il voulut faire l'amour à quatre reprises sans interruption, et c'est moi qui, à bout de forces et incapable de récupérer aussi vite, demandai à ce gringalet un répit. Il se releva avec un éclat de rire, et, frais comme s'il venait de dormir, regagna sa chambre (c'était désormais « sa » chambre) à cloche-pied.

Saint Jean-Baptiste, oui, j'avais choisi ce sujet. Depuis longtemps ce personnage me tentait. Bien décidé à ne jamais me permettre un saint Sébastien, parce qu'il y en a déjà trop dans la peinture italienne, que tous les sodomites l'ont peint, qu'il est devenu pour eux une sorte d'idole et qu'il a rejoint Ganymède dans les lieux communs de la bougrerie, avec une tendance à l'alangui et au mièvre que je désavoue, vers quel autre saint me tourner qui pût être figuré nu ? Saint Jean-Baptiste, et lui seul. Que cet anachorète soit représenté sans vêtement ne prête pas au blâme.

Gregorio avait déniché dans le magasin une peau d'ours qui provenait des affaires laissées par Anna. Les amies de cette malheureuse, Lena et Fillide, s'étaient partagé ses dépouilles. Elles se mirent d'accord pour me faire cadeau de cette peau, en remerciement des sommes qu'elles avaient gagnées en posant pour moi. La peau avait plu à Gregorio, il se roulait dedans sur le carrelage, il s'en enveloppait pour dormir, à même le sol. Quand il sut que je voulais le peindre en saint Jean-Baptiste, il se réjouit, croyant que je lui amènerais un vrai mouton. Je dus le détromper : je possédais une tête de bélier en carton, que j'avais entreposée en vue de ce tableau, et qui ferait très bien l'affaire.

« Un vrai mouton à la maison, tu n'y penses pas !

— Alors, dit-il, mets la fourrure dans le tableau. Je veux être peint avec la fourrure.

— La fourrure ? Mais en Judée, il n'y a pas d'ours. La canicule a d'ailleurs tant de force dans ce désert, que les habitants s'y promènent presque nus. En plus, saint Jean-Baptiste était pauvre. Il faisait l'éloge de la pauvreté, c'était même un article important de sa prédication. Un tableau doit avoir sa vraisemblance historique.

— Débrouille-toi : ou un mouton, ou cette fourrure. »

Je cherchais comment me tirer de cet ultimatum, quand je me souvins d'un tableau dont mon père possédait la gravure, et que j'avais redécouvert à Florence, au palais Pitti, non moins sidéré de la beauté extraordinaire du modèle qu'interdit par un détail incongru : le *Saint Jean-Baptiste* d'Andrea del Sarto, une toile splendide où le jeune garçon est montré torse nu. Pour seul vêtement, bâillant sur son nombril exposé, une fourrure, justement. Fort d'un tel précédent, je pouvais me mettre à l'œuvre. Andrea del Sarto était un classique respecté, et les grands-ducs, si bigots, n'auraient pas accueilli dans leur collection un tableau contraire aux textes de l'Ecriture.

Je couchai à demi Gregorio sur la peau d'ours d'Anna, tout nu, une jambe relevée, de manière à dégager le sexe. Je mis contre sa joue la tête de bélier en carton, qu'il entoura de son bras comme si c'était un vrai mouton. Il prit de lui-même, sans que j'eusse besoin de lui indiquer aucun jeu de physionomie, son air le plus espiègle. Ce fut à nouveau un tableau de rire et de sexe. Il avait bu avant de poser, et me demanda d'introduire dans le fond du tableau la branche de vigne artificielle qui m'avait servi pour mes *Bacchus*. Gaminerie supplémentaire, qui se révélerait, d'ici peu, si utile pour moi.

A qui était destiné ce tableau, je ne me posais pas plus la question que je ne me l'étais posée pour *l'Amour vainqueur*. C'étaient, dans mon esprit, des tableaux privés, à notre usage personnel, une espèce d'épithalame en l'honneur de notre couple, même si je tenais pour sûr que Gregorio ignorait ce mot trop savant. Bien certainement aussi il eût rigolé de « couple », « notre » et « nous ». A vrai dire, chaque fois que je m'imaginais que ces deux tableaux pussent tomber sous des yeux étrangers, il m'en venait des frissons d'épouvante. Aucun des bienveillants cardinaux qui avaient pris naguère ma défense ne lèverait le petit doigt en faveur de proclamations aussi téméraires. Andrea del Sarto, je m'en doutais, ne me fournirait qu'un piètre alibi. Personne heureusement ne nous rendait visite ; je sortais peu moi-même, et seulement pour les courses indispensables. J'étais devenu une sorte de sauvage, aux aguets derrière la porte de Gregorio. N'allait-il pas m'appeler dans sa chambre ? D'autres fois, couché sur mon lit dans l'espoir qu'à l'improviste il se glisserait dans la mienne, je rêvais aux gâteries dont il avait le secret.

Un jour pourtant on frappa à la porte sur la rue. Une délégation du chapitre de San Luigi dei Francesi demanda à me parler. Je dus m'excuser de la recevoir dans la cuisine, quoique les lieux fussent fort propres et en ordre, depuis que j'y mangeais seul et vite. Ces messieurs les chanoines étaient venus pour me rappeler les termes de notre contrat. Ils me remontrèrent que la date fixée pour la remise du *Saint Matthieu et l'Ange* était depuis longtemps dépassée. Le marquis Vincenzo Giustiniani, dont le fils venait d'être ordonné prêtre et apprenait l'hébreu en vue de s'établir comme missionnaire en Terre sainte, me priait d'introduire dans le tableau quelques mots de cette langue. Pour m'encourager, il ajoutait cinquante écus à la somme stipulée. « Voici vingt écus en acompte », ajouta le chef de la délégation, Monsignor Pavolini. Il plaça sur la table, sans même exiger de reçu, une bourse bien remplie. En songeant de quelle indigne manière je trompais la confiance du marquis, je devins rouge de confusion. Mais, comme l'avait compris Mario, le ver de la destruction s'était insinué dans cette maison, et je n'y pouvais rien.

Ce *Saint Matthieu et l'Ange*, je ne cessais d'y penser, depuis l'intrusion de Gregorio dans ma vie. J'avais à ma disposition l'ange, mais le saint Matthieu me manquait. Obstacle en apparence insurmontable. Je n'aurais trouvé personne dans Rome disposé à prendre la posture nécessaire au tableau que je méditais. Recourir à mon voisin le forgeron ? Il s'était prêté déjà à des poses qu'il devait juger bien étranges. Lui-même, pourtant, ne courrait pas un tel risque. Et d'ailleurs, comment lui expliquer ce que j'attendais de lui, sans avoir l'air de le prendre pour un *bardassa* de la place du Peuple ? Faire de chic saint Matthieu, sans présence d'un modèle ? Il n'y fallait pas songer, la réussite de mon tableau dépendant du courant très particulier qui passerait entre les deux personnages. Je l'ai déjà dit : peindre les anges à la manière traditionnelle ne m'intéressait pas. Le coup d'Etat que j'avais en vue mettrait fin une bonne fois, par l'injection de sang, de sève, de vigueur physique et d'effronterie virile, à la lignée interminable des chérubins éthérés, aussi gracieux qu'insipides, aussi jolis qu'asexués.

La providence des peintres vola à mon secours. J'entendis le bruit d'une canne provenir du fond de la rue. Le bâton frappait le sol en se rapprochant de la maison. « Voilà quelque mendiant », me dis-je avec humeur. C'était la Saint-François, le jour où on leur permet d'aller de porte en porte. L'inconnu heurta la nôtre de trois coups espacés suivis de trois coups rapprochés, signal qu'utilisent les mendiants pour annoncer leur visite. Je préparai un morceau de pain avant d'ouvrir. Un aveugle d'âge mûr, le crâne dégarni à part une couronne de cheveux courts sur la nuque, se dressa dans l'encadrement de la porte : fort bel homme au demeurant, d'une prestance qui n'est pas exceptionnelle chez ceux que leur infirmité oblige à se tenir droits par crainte des obstacles qu'ils tâtent du bout de leur canne en rejetant la tête en arrière.

Un aveugle ! J'étais sauvé. « Bon homme, je n'ai rien à vous donner, mais vous êtes chez un peintre. Si vous acceptez de me servir de modèle, il y aura quelques pistoles pour vous. » Il ne comprenait pas très bien de quoi il s'agissait. Quand je lui eus expliqué qu'il n'aurait qu'à s'asseoir sur une chaise et à faire semblant d'écrire dans un livre, tâche qui lui serait facilitée par un jeune garçon qui lui tiendrait la main, il se contenta de me demander combien de pistoles je lui compterais.

Je l'installai dans la cuisine, devant le morceau de pain auquel j'ajoutai un morceau de fromage de brebis et la fameuse pomme rouge, fripée et à peine comestible, sauf pour un aveugle. Puis, tandis qu'il mangeait et faisait disparaître ce que je croyais être le dernier souvenir de Mario, je courus à l'étage. A travers la porte, surexcité, j'appris à Gregorio que le moment était venu de faire de lui un troisième portrait.

« La première fois tu as été Cupidon, la deuxième fois un saint parmi les plus cotés du paradis, cette fois tu monteras encore d'un degré, car tu ne seras rien de moins qu'un ange.

— Un ange! » Je l'entendis battre des mains. S'étant déclaré prêt à poser aussitôt, il m'ouvrit sans se faire prier. Je l'habillai d'un ample tissu, très léger, une gaze presque transparente, fixai à son dos les deux ailes noires de l'aigle, en lui disant que je les peindrais en blanc, pour bien marquer la différence qui sépare d'un habitant du ciel un dieu païen sans grande dignité. « Tu aurais pu me le dire plus tôt! » s'écria-t-il, mais sans méchanceté. Il prit lui-même la main de l'aveugle pour le conduire du palier jusqu'à l'intérieur de sa chambre.

De tous mes tableaux, *Saint Matthieu et l'Ange* est celui dont je reste le plus fier, même s'il m'a causé tant d'ennuis et apporté, au début d'une nouvelle série de déboires plus nombreux et plus graves, le premier signe que la roue de la Fortune avait tourné pour moi.

L'aveugle est assis sur une de ces chaises en usage dans l'Antiquité, faite de deux S qui s'entrecroisent en formant un double spirale. La Congrégation de San Luigi dei Francesi m'avait prêté ce siège pour y installer un des personnages de la *Vocation de saint Matthieu.* Comment habiller le mendiant? Je choisis dans le magasin une tunique noire qui lui arrive à mi-cuisses, laissant les jambes et les pieds découverts, deux pieds d'homme du peuple habitué à marcher en sandales dans la poussière et la boue. Il tient sur ses genoux un gros livre ouvert (la vie du Christ qu'il est censé écrire). J'ai peint du mieux que j'ai pu sur la page quelques lignes en hébreu, tirées de la traduction des Evangiles en langue hébraïque par le réformé Sébastien Münster. J'eus beaucoup de mal à me procurer un exemplaire de ce Nouveau Testament, imprimé à Augsbourg en Allemagne, texte interdit que le libraire-antiquaire de la via dei Banchi Nuovi me vendit à un prix exorbitant. Honteux d'avoir tant tardé à honorer la commande payée par le marquis, je n'aurais pour rien au monde négligé son vœu.

Nez camus; barbe touffue et peu soignée; crâne chauve; front sillonné de rides : est-ce ma faute, Monsignor delle Palme, si mon aveugle ressemble à Socrate? Je l'ai peint tel quel, sans rien modifier à ses traits, sans embellir sa tête de vieux philosophe cynique, ni donner une tournure plus distinguée à son maintien de gueux. J'ai croisé une de ses jambes sur l'autre, attitude interdite dans les salons romains ou du moins jugée très vulgaire, et j'ai laissé la crasse sous les ongles de ses pieds. Exprès. Ce serait blasphémer que de prêter à l'apôtre du Christ le moindre souci des convenances. N'est-ce pas un homme qui s'adresse aux pauvres et qui écrit pour les pauvres? Le Christ ne l'a pas appelé pour se pavaner avec les nantis ni singer leurs manières.

Quant à l'ange... Il est entièrement de mon invention, l'ange; et si j'ai mis tant de soin à faire un saint Matthieu conforme à l'Evangile, c'est peut-être que la posture où j'ai peint Gregorio constitue un défi sans précédent à l'Eglise. La robe qui l'habille est d'une étoffe si légère que le nombril reste visible; l'accumulation des plis sur l'aine empêche seule de distinguer le sexe. Gregorio ne se tient pas droit, il s'appuie sur une jambe et se déhanche sur l'autre. Son corps n'est qu'une ligne sinueuse qui prêterait moins au soupçon si je ne l'avais peint emmêlé au corps de l'aveugle. Les jambes se touchent, l'ange passe un de ses bras par-dessus un des bras de saint Matthieu, il pose le bout de ses doigts sur la main de l'apôtre, en sorte que leurs membres, étroitement enlacés, semblent s'épouser en une tendre et bienheureuse union. Quelque chose d'étranger à la conscience de leur mission à remplir, une émotion qui les a surpris eux-mêmes et jetés hors d'eux dans une extase dont ils ne sont plus maîtres, je ne sais quoi d'ineffable rapproche ces deux personnages, les unit, les joint, les conjoint, les marie : une complicité physique, une communion sensuelle, une entente si intime qu'ils donnent l'impression de se fondre dans une expérience que le plus hypocrite des ratichons peinerait à qualifier de mystique.

Gregorio prit de lui-même la physionomie la plus apte à renforcer le caractère voluptueux de la scène. Desserrant la bouche de la mesure exacte qu'il fallait, il laissa voir, de sa langue, derrière ses lèvres entrouvertes, le mol renflement, et, de ses dents, l'éclat mouillé. Il ferma à demi les yeux, par un mouvement des paupières traduisant cette mélancolie douce et rêveuse où plonge la jouissance d'un bonheur parfait.

De temps en temps, je me reculais pour juger de l'effet obtenu. L'idée que je commettais une folie me traversait bien l'esprit, mais le temps seulement de m'encourager à persévérer ; car, au-dessus de la conscience du danger, me soulevait la certitude que je venais de rompre avec quatre cents ans d'académie. Cet abandon... cette langueur... ces ondes de plaisir et de fête dans un corps jeune qui cède à un trop-plein de bien-être... Ah ! au lieu du bréviaire de conformisme et d'ennui propagé par les cafards du Saint-Office, que rayonne de Rome et illumine le monde une autre loi d'amour !

XV

Scandale

Quatre domestiques de la Congrégation de San Luigi dei Francesi emportèrent le tableau roulé dans une bâche et l'accrochèrent, dans la chapelle Contarelli, au-dessus de l'autel.

Quelques jours après, le chapitre de l'église au complet, les cardinaux romains du parti français, le cardinal Federico Borromeo, qui ne se décidait pas à repartir pour Milan avant de s'être approvisionné en natures mortes, Monsignor delle Palme avec son essaim d'agents noirs, le marquis Giustiniani accompagné de son frère *porporato,* la foule coutumière de prélats et d'espions assistèrent au dévoilement. Au premier murmure de stupeur succédèrent la franche consternation chez les uns, une joie mal dissimulée chez les autres. Ceux qui m'apportaient d'habitude leur soutien se regardaient entre eux, accablés; les agents du Saint-Office exultaient.

Passé l'ébahissement du début, les commentaires se mirent à fuser; critiques et compliments, en désordre; plus de reproches que d'éloges, le tout pêle-mêle et avec une hâte comique. Chacun soulignait un détail différent; le plumage dru des ailes fut loué; leur couleur blanche immaculée approuvée sans réserve; l'absence d'auréole autour de la tête du saint contraria; les ongles noirs déplurent. L'essentiel, pourtant, ils n'en parlaient pas; ils s'arrangeaient, les uns comme les autres, pour tourner autour du pot. Avec quel ensemble ils s'abstenaient de dire ce qu'il y avait à dire, je m'en amuse encore. Tout leur talent, ils le mettaient à dévier l'attention du seul point en litige. Aussi bien du côté de l'attaque que du côté de la défense, on semblait s'être donné le mot pour ne pas faire mention de ce qui sautait aux yeux ; l'on blâmait ou l'on justifiait mon tableau, mais non pour ce que j'y avais mis de révolutionnaire ; on cherchait à ne pas voir par où il est scandaleux. Chacun eût été si gêné, si honteux de se reconnaître sensible au pouvoir érotique qu'il dégage, que ce chef d'accusation ne fut jamais invoqué.

Monsignor delle Palme lui-même, le plus acharné de mes adversaires, n'eut garde de se dire choqué par l'intimité physique de mes deux personnages ; c'eût été avouer que le contact de ces deux corps le troublait ; il préféra ignorer la cause du scandale. Deux hommes ensemble ? Un jeune garçon avec un adulte dans la force de l'âge ? « Qu'on ne parle pas de cette chose-là », avait dit saint Paul. Si on n'en parle pas, elle n'existe pas ; si elle n'existe pas, pourquoi s'en indigner ?

Je revois cette scène, qui m'aurait fait rire, sans la conscience du guêpier où je m'étais fourré. Je cherchais des yeux Orazio Gentileschi : devenu, de disciple, ami de cœur et compagnon de rixes, il faisait partie maintenant de mon cercle, avec quelques casse-cou de son espèce. Nous avions monté ensemble plusieurs mauvais coups, et couru deux fois à l'hôpital de la Consolation faire soigner nos blessures. Bon pinceau, épée plus brillante encore, ce gredin d'Orazio !

Pourquoi n'est-il pas là ? Pourvu qu'il ne se soit pas fait prendre et jeter en prison ! De quelque côté que je me retourne, je n'aperçois que soutanes, mosettes, camails, calottes, barrettes. On tousse, on se racle la gorge, on rajuste ses manchettes, on ne sait par où commencer le procès. Tous ces prélats, ces Monsignori, de quelque bord qu'ils soient, quelque degré de sympathie ou d'hostilité qu'ils me portent, rentrent la tête dans le sable avec une unanimité touchante. Jamais on n'a vu telle réunion d'autruches. Si décidés qu'ils soient à refuser mon tableau, aucun n'osera alléguer l'unique motif indiscutable.

Monsignor Pavolini, prieur de la Congrégation, sortit de sa poche une ficelle à nœuds et, le premier, éleva une objection articulée. Le tableau était trop petit par rapport aux deux toiles latérales déjà en place. Rien de plus vrai. Je fus dépité d'avoir commis cette erreur. Un domestique, monté sur un escabeau avec la ficelle, prit les mesures exactes et les communiqua à haute voix : dix pieds sur dix pieds et demi pour la *Vocation* comme pour le *Martyre*, six pieds et demi sur cinq pieds et demi pour le tableau d'autel. Flagrante et fâcheuse disproportion. La plus importante des trois scènes se trouvait minorée par ce manque d'unité. Tout le monde insista là-dessus, tout le monde étant content de s'éloigner du sujet qu'on voulait esquiver.

Monsignor Pavolini reçut des félicitations pour la promptitude et la justesse de son coup d'œil. Confus lui-même de ces compliments, il déclara qu'il s'en voulait de ne pas m'avoir rappelé les dimensions des deux premiers tableaux, lorsqu'il m'avait rendu visite pour relancer la commande du troisième.

« Ah ! fit observer le préfet du Saint-Office, vous avez donc été chez le peintre ? Vous avez vu son intérieur ? J'aurai tout à l'heure deux mots à vous dire, quand nous aurons terminé cette affaire. »

Ce fut ensuite au tour des chanoines. Arguments le plus souvent avancés : l'attitude « vulgaire » de saint Matthieu, les jambes croisées, les pieds sales, le « manque de décorum », défauts inacceptables pour un personnage aussi important, disciple rapproché du Christ et auteur du premier Evangile. A ces objections, auxquelles je m'attendais, il me fut aisé de répondre. Un personnage important ? Mais ce n'était qu'un collecteur d'impôts, un fonctionnaire de la plus infime catégorie. Je l'avais déjà peint dans son bureau, ce piteux réduit éclairé par une seule fenêtre et meublé sommairement d'une table et de quelques sièges (j'indiquais la toile à gauche de l'autel), sans qu'aucune des nobles personnes ici présentes trouvât à y redire. Un disciple du Christ ? Mais de qui le Christ aimait-il s'entourer, sinon de gens très humbles, plus réceptifs à la lumière divine que les riches assis sur leur tas d'écus ? Et de citer plusieurs paraboles tirées de l'Evangile, le chas de l'aiguille, le repas du pharisien, « car là où est votre trésor, là aussi sera votre cœur », etc.

Un silence embarrassant accueillit mes paroles. En dehors du grief dont aucun ne voulait faire cas, ils ne pouvaient m'accuser au sujet du « décorum » ni me reprocher d'avoir choisi un modèle de condition sociale très modeste, sans avouer qu'ils trahissaient par le luxe de leur maison et l'effronterie de leurs dépenses l'idéal évangélique de pauvreté et de dépouillement.

Un des agents du Saint-Office eut alors l'idée de comparer la chaise de saint Matthieu et la chaise où j'avais placé, dans la *Vocation*, le mauvais garçon penché cupidement sur les pièces de monnaie. C'était la même chaise, en effet, facile à reconnaître à cause de sa forme rare en double S et de ses barreaux sinueux. Chacun constata que le même meuble avait servi pour les deux tableaux.

Monsignor delle Palme saisit cette occasion pour ouvrir les hostilités.

« Est-il convenable, demanda-t-il, de fournir au saint apôtre le siège qu'a occupé ce pécheur endurci, ce publicain imperméable à la Grâce, si absorbé dans le compte de ses sequins qu'il refuse de lever la tête vers le Christ ? »

Monsignor Pavolini était honnête ; il déclara que cette chaise appartenait au mobilier de la sacristie de San Luigi dei Francesi. La Congrégation, étant fière de ce meuble de style romain antique, l'avait mis en dépôt chez moi afin d'avoir le plaisir de le voir reproduit dans la *Vocation*. Lui-même, cependant, lorsqu'il s'était rendu compte que le coquin assis dessus ne méritait pas cet honneur, m'avait prié de le peindre une seconde fois selon sa dignité, comme siège de saint Matthieu. Je remerciai d'un signe de tête Monsignor Pavolini, et l'incident fut clos.

Le cardinal Del Monte, qui se taisait depuis le début, désapprouvait mon tableau, je le voyais à sa façon de fixer son anneau et de le tourner autour de son doigt, geste habituel dont il usait pour exprimer son mécontentement. Il m'en voulait moins d'avoir montré aussi indiscrètement mes goûts (il se délectait en secret, j'en suis sûr, de mon audace) que d'avoir choisi cet endroit pour les étaler en public. Dans son palais, entre quatre murs, à la bonne heure! Il m'y laissait pleine et entière liberté, seuls des connaisseurs approchaient de mes tableaux, mais ici, dans une église ouverte au tout-venant! Je le mettais dans une position difficile, il tournait et retournait son anneau, je compris qu'il était las d'accorder sa protection à un ingrat qui ne savait pas rester dans les limites que le favori d'un cardinal est tenu de respecter. De fait, c'est de ce jour que date son revirement. Il rejoignit, sinon le camp de mes ennemis, du moins la masse des indifférents. Il ne s'intéressa plus à mon sort, sauf en cette circonstance que je raconterai, où il prit à mon endroit une décision nettement hostile.

La gêne grandissait parmi l'assistance. Faute de raisons solides, mon tableau resterait dans la chapelle, à l'endroit le plus en vue. Monsignor delle Palme, après avoir assujetti d'un coup de poing le bandeau sur son œil, reprit l'offensive.

« Le signor Merisi est un bon connaisseur de l'Histoire Sainte, et nous lui savons gré du respect qu'il montre pour la vraisemblance des épisodes qu'il peint. Lorsqu'on pêche les âmes dans le désert, on ne se soucie guère de faire un tour par les salles de bain. Accordé. J'aurais été trop heureux de voir le peintre revenu des erreurs qui nous ont donné tant de soucis dans le passé, et j'étais tout prêt à lui délivrer un certificat de bonne conduite auquel Sa Sainteté le pape eût apposé sa signature, si un détail de son tableau, que dis-je, un détail ? si la moitié de son tableau n'avait réveillé mes soupçons et ne me forçait à intervenir à nouveau. Il est inadmissible qu'à un épisode aussi touchant que la rédaction du premier Evangile le signor Merisi ait cru bon de mêler un souvenir effrontément païen. Eminences, regardez bien saint Matthieu ; je ne vous parle pas de la posture de ses jambes ni de la saleté de ses pieds, nous acceptons là-dessus les explications du peintre et nous le remercions du scrupule avec lequel il traite la vérité historique. Je vous parle de sa tête, de son visage, de sa physionomie, de son crâne chauve et de son nez camus. Ce nez, ne le reconnaissez-vous pas entre mille ? De qui s'est inspiré le peintre ? De l'homme le plus néfaste qui ait existé dans l'Antiquité, de celui que même ses compatriotes, des païens comme lui, ont condamné à mort pour avoir perverti la jeunesse par des sophismes pernicieux. Sous les traits de saint Matthieu, *horresco referens*, pointe, comme les oreilles du loup dans la fable d'Esope, nul autre que Socrate, le diabolique Socrate en personne, Eminences ! »

Il avait préparé cette sortie, car, sur un signe qu'il adressa à un de ses agents, celui-ci tira d'un classeur et fit circuler une gravure représentant le philosophe athénien, extraite de la grande édition de Platon imprimée à Amsterdam. La ressemblance entre mon aveugle et Socrate était si criante, que les chanoines se frottèrent les mains.

« Permettez, dit alors le cardinal Aldobrandini, décidément mon plus fidèle défenseur. La première culture chrétienne a reconnu en Socrate un précurseur du Christ. Ne vous indignez pas, monsieur le préfet du Saint-Office ! Saint Augustin fait observer que Socrate parlait par paraboles, comme le Christ. Selon saint Ambroise, le "Démon", *Daimon* au sens grec, qui soufflait à l'oreille de Socrate les mots qu'il transmettait ensuite à ses disciples, ce Démon est comparable à l'ange qui a dicté à saint Matthieu le récit de la vie de Notre-Seigneur. Rien de "diabolique" dans ce Démon, Monsignore ! Vous m'objecterez sans doute que, dans les premiers temps du christianisme, il n'était pas inutile, pour rallier au vrai Dieu les esprits fourvoyés par la sirène du paganisme, d'établir un lien entre l'Antiquité et la Révélation ; mais que, de nos jours, cette concession sagement accordée aux Infidèles par les Pères de l'Eglise nuirait à notre religion plutôt qu'elle ne lui profiterait.

« Or, pour quelle église et à l'occasion de quel événement le peintre a-t-il fait ce tableau ? Pour l'église nationale des Français (il se tourna et s'inclina vers le cardinal Del Monte qui lui rendit à contrecœur son salut) et pour commémorer l'abjuration de Sa Majesté le roi Henri IV. La Réforme continuant à se répandre dans une grande partie de l'Europe, je ne considère pas comme superflu de chercher à ramener au bercail ceux qui se sont égarés dans les ténèbres. Indiquons-leur, par une allusion à Socrate, que l'Eglise est assez confiante en elle-même et sûre de ses forces pour ouvrir ses bras à toutes les catégories d'hérétiques. »

Monsignor delle Palme devint blême de dépit. Les autres, voyant leur échapper la dernière raison de refuser le tableau, se concertaient à voix basse. Le marquis Giustiniani, jusqu'alors silencieux, prit alors la parole, et, à la stupéfaction générale, car on savait sa sympathie pour moi et la part qu'il avait prise au financement de l'entreprise, attaqua mon ouvrage avec ce qui me sembla d'abord une perfidie insigne. Les chefs d'accusation qui manquaient à mes ennemis leur arrivèrent comme des cailles sur un plateau.

« Vous avez raison, commença-t-il, de ne pas vouloir de ce tableau pour le dessus de votre autel. Son Eminence le cardinal Aldobrandini vient de rappeler à notre attention le progrès de la religion réformée en Europe. Regardez dans quelle langue saint Matthieu rédige son Evangile : en hébreu. Il ne s'agit que d'une inadvertance du peintre, d'un excès de zèle qui l'innocente lui-même mais condamne son tableau. Ne savons-nous pas que la langue utilisée par l'apôtre fut le grec ? Ignorons-nous que la seule version de la Bible autorisée par le concile de Trente est la Vulgate en latin établie par saint Jérôme ? Ceux qui ont commis le sacrilège de revisiter les textes saints et de prétendre que la langue originelle était l'hébreu, ce sont les Luther, les Calvin, les Zwingli. Nous ne déplorons que trop l'abominable liberté qu'ils se sont permise. Le concile de Trente a répliqué à cette impiété en interdisant toute divulgation de la Bible en langue hébraïque. N'est-ce pas toi, mon frère, qui me l'as rappelé ? (Le cardinal Benedetto opina de la tête.)

« Cette faute, involontaire de sa part, mais qui n'en reste pas moins une lourde faute, le peintre l'a aggravée en choisissant, pour y recopier le passage en question, la version en hébreu due à Herr Sebastian Münster et imprimée à Augsbourg. Ne le chargeons pas plus de cette bévue que de la première, il n'a pas trouvé d'autre exemplaire, évidemment. Vous devriez d'ailleurs, monsieur le préfet, surveiller le libraire qui le lui a vendu. (Comment savait-il tous ces détails ? Avait-il lui aussi ses espions ?) Herr Sebastian Münster est un sectaire de la religion réformée ; il a choisi de publier sa traduction dans la ville rendue si tristement célèbre par l'exécrable Confession dont je ne veux pas, par respect pour vos oreilles, nommer une seconde fois l'auteur.

« Ce n'est pas tout. Comme il est notoire que saint Matthieu ignorait l'hébreu, le peintre a cru en bonne logique qu'il s'était fait guider, matériellement, par la main de l'ange, ligne à ligne, mot à mot, pour rédiger son Evangile. Regardez comme il l'a peint : écarquillant les yeux, faisant voir qu'il ne comprend rien à ce qu'il écrit. Or, la thèse de l'ignorance de l'apôtre fait partie également des erreurs et des blasphèmes propagés par l'hérésie protestante. Ils soutiennent que saint Matthieu étant analphabète a reçu la vérité de Dieu directement. N'est-ce pas, mon frère, que l'Eglise condamne cette thèse ? (Le cardinal fit un nouveau signe d'assentiment.)

« Pour toutes ces raisons, Eminences, monsieur le préfet du Saint-Office, messieurs les agents du Saint-Office, messieurs les chanoines, je suis d'avis qu'il faut refuser ce tableau pour l'église San Luigi dei Francesi. Je consens à l'entreposer provisoirement dans une salle de mon palais. (Il consentait ! ah ! comme il se moquait bien des chanoines ! En me demandant d'ajouter ces lignes en hébreu, avec quelle habileté il avait calculé son coup ! Il méritait bien, ma foi, de s'approprier le tableau !) Mais n'accablons pas le signor Merisi, qui ne s'est certainement pas rendu compte de ce qu'il faisait. Afin de lui donner une nouvelle chance, je lui offre cent autres écus pour une seconde version du même sujet. En posant des conditions bien précises, qui seront aussi les vôtres, je n'en doute pas. Que son apôtre, cette fois, ressemble à saint Jérôme, en signe déclaré de soumission à la Vulgate ; que l'ange qui l'inspire plane dans le ciel au-dessus de lui sans avoir besoin de lui prendre la main ; et qu'il ne soit pas assis, enfin, sur un siège qui choque votre piété, Monsignore.

— Encore une recommandation, si vous permettez, ajouta Monsignor Pavolini. Que le peintre n'oublie pas de proportionner son tableau aux deux premières toiles. »

Pendant tout le temps de la discussion il était resté au pied de l'escabeau, tortillant dans ses doigts la ficelle à nœuds qui avait servi à prendre les mesures.

« Pour ma part, dit le cardinal Federico Borromeo, dont le cousin Carlo venait d'être canonisé, et qui veillait à Rome à ce que les portraits du nouveau saint fussent conformes à la hiérologie, je voudrais bien que le peintre n'oubliât pas l'auréole. »

Soulagement unanime : le tableau était refusé, sans que le motif véritable eût affleuré une seule fois. Ceux qui me gardaient leur estime se réjouissaient de me voir m'en tirer par une nouvelle commande. Le marquis s'approcha de moi pour me confirmer son offre. Tout en me parlant, il surveillait du coin de l'œil Monsignor delle Palme, et s'aperçut qu'il avait pris Monsignor Pavolini en aparté. Le préfet donna à voix basse des ordres à deux de ses agents. Ceux-ci s'éclipsèrent aussitôt. Le préfet s'esquiva à son tour, avant les salutations d'usage. Le marquis, inquiet, me conseilla de rentrer immédiatement chez moi. Il insista pour m'accompagner, et pria son frère de venir avec nous. Selon lui, les deux agents étaient partis requérir un serrurier. Monsignor delle Palme, alerté par ce tableau qui ne correspondait à rien de ma production antérieure, et flairant quelque coup plus décisif à porter, s'apprêtait à user du pouvoir discrétionnaire qu'il tenait du pape pour perquisitionner dans mon atelier.

A peine étions-nous arrivés au Divino Amore, que nous entendîmes une nombreuse troupe piétiner devant la porte. Monsignor delle Palme entra le premier, suivi de ses agents et du serrurier qui n'eut pas besoin d'utiliser ses instruments. Des sbires portant la livrée du gouverneur envahirent à leur tour la cuisine. Gregorio, épouvanté, se sauva dans le jardin et se cacha derrière l'appentis où nous rangions les ustensiles. J'étais délivré au moins de ce souci, d'avoir à justifier la présence d'un mineur à la maison. (Mais n'étaient-ils pas fort bien renseignés sur ce qui se passait chez moi ? Pourquoi n'ont-ils pas cherché à m'incriminer là-dessus ? Pensaient-ils obliger plus tard Gregorio à leur servir de rapporteur ? Jugeaient-ils plus profitable d'avoir un mouchard dans les lieux ?) Sans hésiter (ils connaissaient donc jusqu'au détail de l'aménagement intérieur), les agents du préfet montèrent à l'étage. De la pièce toujours sombre à cause du rideau cloué par Gregorio autour de la fenêtre, ils rapportèrent, pour les éclairer à la lumière du jour qui inondait la cuisine, les deux tableaux de *l'Amour vainqueur* et de *Saint Jean-Baptiste*.

Cette fois, je vis bien que j'étais pris. Cuit, bon pour Tor di Nona. Devant mon *Saint Matthieu et l'Ange*, on pouvait faire semblant de croire que c'étaient saint Matthieu et l'ange. Quelle danse d'amour j'avais peinte, quelle étreinte voluptueuse enlaçait ces deux corps, on pouvait feindre de l'ignorer. Ici, la nudité du modèle, l'indécence de sa pose, la parade effrontée de son sexe, la solitude de cette figure isolée dans la jouissance de son corps, tout parlait clairement, avec une éloquence qui ne laissait place à aucune échappatoire. Le peintre avouait ses goûts. Il transgressait la loi non dite qui gouverne Rome depuis l'apparition du Sauveur et défend de représenter ce que les païens exhibaient sans vergogne. Bien pis, il passait outre à l'édit du pape qui avait donné à cette coutume la forme d'une interdiction juridique, il bravait Clément VIII dans ce qui était le plus cher à son cœur. Sa Sainteté n'avait-elle pas dédié son pontificat à la réforme des mœurs et au rétablissement de la morale publique ? Un nuage de découragement obscurcit le visage du marquis.

Ce ne fut qu'une faiblesse passagère. Sans laisser à Monsignor delle Palme le temps de frapper sur son bandeau et de repartir à l'attaque, il s'exclama :

« L'Amour vainqueur ! Mais c'est une variation sur un thème du grand Michel-Ange ! Le modèle a la même attitude que la statue de *la Victoire* qui se trouve au palais Pitti à Florence. Il n'y a pas si longtemps que vous êtes allé à Florence, n'est-ce pas ? dit-il en se tournant vers moi. Vous avez été frappé par cette statue, et rien de plus naturel qu'à votre retour vous vous soyez exercé à rendre hommage à celui qui a été le protégé de quatre papes. Pas moins de quatre, monsieur le préfet ! Michel-Ange a décoré la chapelle Sixtine pour Jules II, orné de statues la chapelle Médicis pour Léon X, peint pour Clément VII *le Jugement dernier* et pour Paul III la chapelle Pauline. Quatre papes, qui lui passaient les commandes et approuvaient son travail ! Selon Michel-Ange, qui l'a écrit dans un de ses sonnets, une jambe levée n'est pas seulement une jambe levée, c'est un symbole chrétien, un symbole qui signifie résurrection, qui signifie victoire, qui signifie triomphe. Enjamber, c'est nier qu'il y ait des obstacles insurmontables par la foi.

— Au reste, ajouta le cardinal Benedetto, pour venir au secours de son frère, car le préfet secouait la tête d'un air incrédule, Cupidon n'étant qu'un païen, peu importe sous quel aspect on le figure. Je me demande même si le peintre n'a pas fait exprès de lui donner cette attitude vulgaire. Reconnaissez que s'il avait voulu condamner expressément la superstition des Anciens, il n'aurait pu s'y prendre mieux. Le dégoût que soulève cet olibrius mal léché a une valeur apologétique, si je puis dire.

— Et saint Jean-Baptiste, c'était peut-être aussi un païen ! s'écria le préfet, qui jubilait de tenir enfin un chef d'accusation indiscutable. Lui aussi lève une jambe, mais quel sentiment voyez-vous qui triomphe en lui ? L'impudeur ! Quelle seule et unique victoire proclame-t-il ? La victoire de l'immoralité et du vice ! Qu'enjambe-t-il, sinon la frontière qui sépare d'une conduite décente le relâchement le plus impie ? Bien pis, le signor Merisi a poussé le blasphème jusqu'à pervertir le plus sacré des symboles. Pourquoi l'agneau est-il nécessairement associé à saint Jean-Baptiste ? Parce que celui qui crie dans le désert et prophétise du fond de la Galilée annonce l'Agneau de Dieu que sera le Christ. Et quel animal le peintre a-t-il choisi pour mettre entre les bras de son modèle ? Non celui qui personnifie la pureté et l'innocence, mais un bélier, bête immonde, symbole de luxure et de dépravation. Regardez quelles cornes il lui a faites, épaisses, rugueuses, monstrueuses, vraies trompes de Belzébuth !

— Dites quelque chose », me chuchota, décontenancé, le marquis, après avoir en vain sollicité une nouvelle aide de son frère.

Je me souvins de ma discussion avec don Pietro Moroni, le jour de notre rencontre sur la via Appia. Je lui avais exprimé ma surprise que le Bon Pasteur de l'hypogée portât sur ses épaules non un agneau, mais un bélier. « Ne te rappelles-tu pas, m'avait-il dit, cette parabole de l'Evangile sur les brebis et les béliers ? » Je me souvins aussi que cette parabole se trouve dans l'Evangile de saint Matthieu. Je citai le passage, avec sa référence. Le préfet, se contenant à peine, me foudroya de son œil unique.

« Décidément, dit le marquis de son air le plus tranquille, notre peintre connaît son saint Matthieu sur le bout du doigt. Vous ne le prendrez pas en défaut, ni sur l'Evangile, ni sur la zoologie. »

Le cardinal, s'étant penché de plus près au-dessus du tableau qui était posé à plat sur la table de cuisine, attira l'attention du préfet sur un détail.

« Si je ne me trompe, je distingue à l'arrière-plan une branche de vigne. Puisque vous tenez à ce qu'on respecte les symboles, monsieur le préfet du Saint-Office, reconnaissez que celui-ci est particulièrement bien adapté. La vigne ne signifie-t-elle pas résurrection et vie éternelle? Saint Jean-Baptiste, le premier qui ait travaillé à faire fructifier la vigne du Seigneur, se présente avec le pampre qui souligne sa mission.

— N'empêche, grommela le préfet, que je vais réunir le tribunal pour qu'il décide des poursuites à entreprendre contre l'auteur de tableaux qui ne peuvent être mis sous tous les yeux sans jeter un trouble profond dans les âmes qui ne seraient pas averties. »

Le cardinal Benedetto fit un signe à son frère.

« Mais si personne ne les voit, ces tableaux? objecta le marquis. S'ils restent hors de vue du public? Si seulement les âmes averties y ont accès? Je les achète. Cent écus pièce, si ce prix vous convient, me dit-il. Je vous donne ma parole, monsieur le préfet, qu'ils ne sortiront jamais de mon palais.

— Où tu feras bien, pour plus de précaution, ajouta le cardinal, de les mettre dans le petit réduit du troisième étage.

— A moins, mon frère, que je ne les tienne cachés derrière un rideau, afin de ne les montrer qu'aux amateurs intéressés par les procédés techniques. »

Le cardinal approuva l'idée du rideau. « Le signor Merisi est un peintre désormais si fameux, dit-il non sans jouir de la surprise qu'il causait, il contribue avec tant d'éclat à la gloire de Rome – le pape en est tombé d'accord l'autre jour en vérifiant avec son nouveau trésorier les comptes de Monsignor Cerasi, que Dieu protège son âme –, il lutte si efficacement par son art contre l'exécrable Réforme, que chacune de ses toiles peut être considérée comme faisant partie du patrimoine de saint Pierre. »

Que signifiaient exactement ces derniers mots, personne, je crois, n'aurait pu le dire. La caution du cardinal et la bénédiction supposée du pape se révélèrent en tout cas décisives. Le préfet rassembla ses gens et les poussa dehors. Le serrurier, qui réclamait d'être dédommagé pour son déplacement, s'élança derrière le préfet en brandissant ses outils. Le marquis ordonna à ses gens d'emballer les deux toiles et de les apporter dans son palais.

Je ne sais ce qu'il a fait du *Saint Jean-Baptiste*; mais *l'Amour vainqueur*, j'ai eu l'occasion de le revoir dans sa galerie, en soulevant l'épaisse tenture verte qui le recouvre. Quand on lui demande pourquoi il n'expose pas ce tableau en permanence, il ajuste sa réponse à la catégorie de ses visiteurs. Aux uns, il affirme qu'un rideau est à peine suffisant pour leur épargner l'outrage d'une vue si immorale – et son visage austère, son habit noir boutonné jusqu'au cou font foi qu'il parle sincèrement. Aux autres, il avoue qu'il trouve ce chef-d'œuvre trop précieux pour être noirci par la fumée des chandelles.

XVI

Avertissement

Intéressé, Gregorio ? J'hésitais à le croire, tant le garçon me paraissait fantasque, lunatique, détaché de ce qui touche à l'argent. Peut-être, d'ailleurs, n'est-ce pas par cupidité qu'il volait. Au début du moins. Enfant trouvé, il ne fallait pas lui demander de respecter une société qui ne l'avait pas reconnu. N'ayant rien reçu des hommes, il ne voulait rien leur devoir.

Pour mon *Saint Matthieu et l'Ange* seconde version, j'avais besoin du fauteuil utilisé pour le portrait de Monsignor Maffei Barberini : un meuble ancien, de bel effet, au dossier de cuir orné de clous. Impossible de le retrouver.

« Tu ne l'as pas vu, Gregorio ?

— Je suis allé le vendre.

— Le vendre ? Tu l'as vendu ?

— Avec quoi me serais-je acheté mes bonbons ? »

Il parlait posément, tranquillement : rien de plus naturel, pour lui, que de pêcher l'argent où il se trouve. Comment il s'y prenait depuis quelque temps, il ne fit aucune difficulté pour le reconnaître. Chaque fois que je m'absentais, il apportait au brocanteur un des accessoires entreposés dans sa chambre. Il m'énuméra ce qui avait filé via dei Coronari : l'armure, deux épées, diverses pièces d'étoffe, une peau turque, donnée par Orazio, où je comptais me tailler une paire de bottes, l'arc, les flèches, les plumes empaillées de l'aigle, etc.

« Tu as conscience de ce que tu as fait ?

— Oui.

— Tu trouves ça normal, de disposer de choses qui ne t'appartiennent pas ?

— Oui.

— Tu ne t'es pas dit que ces objets, je pourrais en avoir besoin ?

— Non.

— Tu es content de toi ?

— Oui.

— Tu ne regrettes pas de les avoir vendus ?

— Non.

— Tu recommenceras ?

— Oui. »

Me fâcher ? Sans cette indifférence aux règles morales, il n'aurait pas accepté de vivre avec un homme deux fois plus âgé, dans une oisiveté complète, occupé seulement à se prélasser sur la peau d'ours d'Anna et à se bourrer de sucreries.

Mes questions étaient idiotes, je ne m'en rendais que trop compte, et il avait bien raison, de n'y répondre que par le dédain. Tant pis pour moi, si mon éducation, les principes que m'avait inculqués ma mère, les façons de penser qu'ont les gens dans le Milanais reprenaient quelquefois le dessus, m'amenant à réagir en citoyen *per bene*. Pourtant, il me semble que j'ai manqué en quelque sorte à mon devoir, en ne grondant Gregorio que pour la forme. Préférant mon bonheur au sien, je l'ai laissé s'enfoncer dans une habitude que la société fait payer cher.

Me faire voler par lui m'amusait, m'excitait. Il récidiva. Les instruments de musique disparurent un à un, puis le cimeterre d'Holopherne. Le chapeau à panache blanc y passa, ainsi que la pertuisane utilisée pour le premier *Saint Pierre*. Il réussit à tirer quelques sequins de la mappemonde crevée. Chacun de ces larcins agissait sur moi comme un stimulant sexuel. Je l'avais trouvé, l'amant idéal : une petite frappe doublée d'un voleur. Si, prenant les devants, je lui donnais moi-même tel ou tel objet pour qu'il aille le vendre, ou si je lui mettais deux ou trois pièces de monnaie dans la main, je n'éprouvais pas le même plaisir. Il comprit très bien à quel type il avait affaire. L'étape suivante fut la fouille de ma veste pendant que je dormais (ou feignais de dormir) et la rafle directe de tout ce qui restait dans les poches. J'ai contribué sans doute à faire de lui le vrai délinquant qu'il deviendrait lorsque, plus âgé et capable de juger la société et le tort qu'il en avait reçu, il aurait érigé le vol en système, comme instrument de vengeance et moyen de réparation.

Les chanoines de San Luigi dei Francesi me pressaient de leur remettre le tableau. Faute d'un siège plus distingué, je me rabattis sur le tabouret peint dans la *Vocation de saint Matthieu.* J'avais assis sur ce tabouret un des deux garçons qui tournent vers le Christ leur visage et sont frappés par la Grâce : on ne me blâmerait pas d'avoir réemployé pour l'évangéliste un meuble aussi dûment sanctifié. Les suggestions du marquis Giustiniani, j'en tins le plus grand compte : je copiai le saint Matthieu sur le saint Jérôme de Taddeo Zuccari, je lui mis autour de la tête une auréole grande comme une assiette, l'Ange arrive en planant dans le ciel et dicte de là-haut l'Evangile. J'avais tellement peur de rapprocher mes deux personnages par un contact physique, que j'ai inventé pour l'Ange un geste qui l'empêche d'allonger la main et de toucher l'apôtre. Il pince entre deux doigts de sa main droite l'index de sa main gauche, mouvement par lequel il indique le chiffre 1. Souvenir de saint Augustin : le chiffre 1 signifie à la fois, selon ce Père de l'Eglise, le début de l'Histoire Sainte (Matthieu commence son récit par la généalogie du Christ), et la première place, pour la chronologie comme pour le mérite, qui revient à cet Evangile, écrit avant les trois autres.

Ce tableau, approuvé et loué sans réserve, je l'estime le plus médiocre que j'aie jamais fait. Inspiré d'un tableau précédent, selon les vieux procédés de l'Académie, au lieu d'être peint d'après le modèle, il n'est même pas relevé par des recherches de couleur. L'ensemble est terne et plat. Les étoffes volettent de-ci, de-là, sans que ce mouvement soit justifié autrement que par la rhétorique du courant d'air. Crainte de déplaire au chapitre, je m'étais abstenu de tout effet personnel. Les ailes, faites de mémoire, étaient ratées. Pour qu'elles fussent moins visibles, je les avais peintes en noir. Gregorio regretta les ailes blanches et bouda.

Je contractai une nouvelle habitude, à laquelle au début je ne trouvais rien d'étrange. Chaque soir, avant d'aller me coucher, seul dans la cuisine, je faisais les comptes de ce que j'avais dépensé. D'abord de ce que j'avais dépensé pour la maison et pour Gregorio, puis, et presque tout de suite, uniquement de ce que j'avais dépensé pour Gregorio. Il s'était mis à exiger des vêtements, des parures. Je m'étais abouché avec un tailleur, qui lui confectionnait des culottes, des pourpoints, des vestes, en beaucoup plus grand nombre qu'il n'en avait besoin. Ce soin à marquer sur mon cahier les dépenses me paraissait légitimé par les circonstances. Mes ressources n'étaient pas illimitées. En dehors de la *Déposition*, dont les Pères de l'Oratoire, constants dans leur bienveillance, m'avaient confirmé la commande, je ne savais pas si le scandale de la chapelle Contarelli, la perquisition de Monsignor delle Palme, le refroidissement manifeste du cardinal Del Monte à mon égard, les calomnies et les médisances qui s'attachaient à mon nom inciteraient beaucoup de Romains à me garder leur confiance.

Un matin, en préparant le petit déjeuner pour Gregorio, je relus, sur le cahier qui était resté ouvert sur la table, la page remplie la veille.

Frais pour le manteau de Gregorio	
4 brasses de drap d'argent	1 pistole, 2 b.
Velours vert pour garnir	10 b.
Ours pour les revers	1 pistole, 1 b.
Rubans	1 b.
Agrafes	0,5 b.
Façon	8 b.
Piqûres	1 b.

Quoi! C'était moi qui avais tracé d'une plume appliquée ces lignes mortifiantes! Ce décompte laborieux, Caravaggio, peintre anarchique et fou, en était l'auteur! Quelle précision mesquine, pour consigner des dépenses minimes! J'avais même pris la peine de mettre les chiffres en colonne, moi qui n'avais jamais été regardant. Cette méticulosité pénible trahissait quelque chose que je ne voulais pas regarder en face. Pourquoi ne m'étais-je pas contenté d'indiquer la somme totale? Pourquoi détailler chaque article? N'osant pas m'expliquer avec Gregorio sur les raisons de sa coquetterie soudaine, je ruminais des soupçons dont l'obsession se traduisait dans ce calcul d'épicier. A mesure que je le sentais m'échapper, je me rattrapais sur des vétilles, je me resserrais autour des baïoques, je me comportais en avare. Autre bizarrerie symptomatique : je ne faisais plus le compte des autres dépenses pour Gregorio; même de ce que me coûtaient ses bonbons et ses confitures, j'omettais de faire l'addition, preuve que le souci des parures que je déboursais pour lui n'était que le paravent d'une inquiétude plus profonde. Ne pouvant être avouée, cette anxiété prenait le détour d'une comptabilité minutieuse.

« Après tout, m'écriai-je, qu'il vive comme il lui plaît! » J'arrachai la page du cahier, puis jetai le cahier dans la boîte à ordures, décidé à me laisser conduire où la fatalité m'entraînerait.

A cette époque, la fatalité prit plusieurs visages, de moins en moins rassurants : la figure élégante d'un garçon ramassé dans le souterrain du Colisée et qui, pour me remercier de l'avoir peint, en saint Jean-Baptiste, presque nu, les cheveux dans les yeux (repris de justice, il avait posé comme condition qu'on ne pût le reconnaître), me taillada la joue d'un coup de couteau ; les silhouettes fugitives d'inconnus qui appelaient Gregorio de la rue et qu'il s'empressait de suivre sans me prévenir qu'il s'absentait ; la face patibulaire de Ranuccio Tomassoni, qui m'aborda au Campo Marzio et me menaça de « tout dire » si je ne faisais pas revenir « le petit que tu as expédié en Sicile » ; le masque haineux et plus inattendu d'un peintre que je connaissais à peine.

L'acharnement dont il m'a poursuivi, je ne me l'explique que comme la partie émergée d'un complot. Poussé par l'envie, devinant que je n'étais plus en cour, guignant la place qu'il y avait à prendre, bras armé d'un parti assez puissant pour être certain de l'impunité, il déclencha contre moi une offensive en règle. On n'avait jamais rien vu de semblable, même à Rome où les rivalités entre peintres peuvent être sanglantes.

Giovanni Baglione, romain de naissance, de cinq ans mon aîné, jouissait d'une petite vogue. Outre le dépit que lui causait le succès d'un cadet et d'un provincial, il enrageait d'avoir été forcé d'abandonner sa première manière et de se mettre à mon école. Contre son gré, il était devenu mon disciple. Au lieu de prendre acte, comme Orazio Gentileschi, de la révolution que j'apportais dans la peinture et d'accepter le nouveau courant imposé par mes tableaux, il ne m'imitait qu'à contrecœur, cherchant à prendre sa revanche et à prouver qu'on pouvait se passer de Caravaggio. Un groupe de peintres ratés gravitait autour de lui, en particulier un certain Tommaso Salini, dit Mao, que j'avais rossé un soir via della Scrofa pour le punir d'avoir fait un plagiat effronté de mon *Saint Pierre*.

Première tentative de Baglione pour me battre sur mon propre terrain : un *Amour sacré et Amour profane*, peint sur commande du cardinal Benedetto Giustiniani, pour faire pendant à mon *Amour vainqueur*. Je comprenais mal les raisons du cardinal. Foi dans le talent de ce peintre ? Rien de plus improbable, il avait trop de discernement. Crainte de rester à la traîne de la mode ? Il mettait ailleurs ses ambitions. Volonté de disputer à son frère la direction des achats pour leur palais et de ne pas le laisser orienter seul leur collection ? Ce motif l'eût honoré davantage. Mais ce n'était pas encore le bon.

Baglione imagina les deux sortes d'Amour sous la forme de deux personnages masculins, et, de son tableau, fit une réplique de *l'Amour vainqueur*, mais tendancieuse, contrefaite, sentant l'épigramme et l'attaque personnelle. Un grand ange debout incarne l'Amour « sacré ». Il est revêtu d'une armure complète qui ne découvre que la tête, les bras et les pieds. Les longues boucles de ses cheveux fauves (la couleur des prostituées), la mollesse accentuée du visage, le rose aux joues, les cernes sous les yeux sont une allusion sarcastique aux traits féminins de mon *Joueur de luth* et des jeunes gens de mon *Concert*. Cette caricature d'androgyne se penche vers un jeune garçon couché par terre, nu, censé figurer l'Amour « profane ». Dans le coin gauche du tableau, une espèce de démon brun, dont on ne voit que le dos et l'épaule nus, regarde vers le fond. L'ange, en intervenant pour protéger le jeune garçon de ce démon, a forcé celui-ci à s'avouer vaincu. Ce tableau n'est pas seulement maladroit, il est aussi perfide, car Baglione a prêté au visage du jeune garçon une vague ressemblance avec celui de Gregorio.

Le cardinal Benedetto se déclara satisfait de cet ouvrage et récompensa le peintre en lui donnant un collier d'or de la valeur énorme de deux cents écus, ce qui nous jeta, moi et Orazio, ainsi qu'un jeune architecte qui s'était mis de notre bande, Onorio Longhi, dans une fureur de tous les diables. Sots que nous étions ! Le cardinal faisait exprès de surpayer Baglione par ce présent ostentatoire. Il avait calculé qu'un tableau ressemblant au mien mais sans le caractère choquant que j'y avais mis pallierait la hardiesse de son frère et couperait court aux médisances. Si le cardinal paraissait rabaisser mon travail que le marquis avait payé cent écus, c'était pour rétablir la réputation de leur palais et de leur nom, compromise par l'acquisition de *l'Amour vainqueur* et du non moins scandaleux *Saint Jean-Baptiste*, et me permettre, par contrecoup, grâce à la respectabilité que les deux frères auraient reconquise, de me lancer à nouveau, à peine l'alerte passée, dans d'excitantes mais périlleuses entreprises.

Orazio Gentileschi riposta le premier. Ne comprenant rien à la stratégie du cardinal, bouillant d'une colère ingénue, il répliqua au tableau de Baglione par un *Archange saint Michel*, paladin aussi fièrement emphatique que l'ange en armure de mon rival. Les deux tableaux furent exposés, face à face, dans l'église San Giovanni dei Fiorentini, où tout Rome accourut pour voir ce qui sortirait de cette confrontation. Orazio ne se gêna pas pour critiquer publiquement le travail de Baglione. L'Amour sacré, déclara-t-il, doit être représenté nu, et non sous les traits d'un soldat cuirassé. Il faut n'avoir jamais étudié la peinture, et ignorer en particulier le fameux tableau de Titien, pour croire que l'Idéal s'embarrasse de pudeur et s'habille.

Piqué au vif par ce reproche fondé, Baglione s'empressa de peindre une seconde version de son tableau. Il apporta plusieurs changements, mais ne se rangea qu'en partie au conseil d'Orazio. Un horrible corset de métal, orné d'un cabochon et de diverses fanfreluches, a remplacé l'armure de l'Amour sacré, ne dégageant que les jambes. Pour le reste, Baglione donna libre cours à son fiel. Les deux autres personnages subirent des modifications qui révèlent la noirceur de son âme. Du jeune garçon figurant l'Amour profane, le scélérat accentua la ressemblance avec Gregorio. Et surtout, il commit cette infamie, de faire pivoter le démon brun et nu assis dans le coin gauche et de tourner vers le spectateur son visage, masque hirsute et congestionné, enlaidi par une barbe de quelques jours et des dents gâtées dans une bouche grande ouverte. Si déformée qu'elle soit par la haine du peintre, que Dieu ne lui pardonne jamais ! il ne faut pas beaucoup se forcer pour reconnaître dans cette figure mes propres traits. En sorte que la scène revêt un tout autre sens que dans le premier tableau : s'interposant pour sauver Gregorio de ma convoitise, l'ange m'empêche de mener à terme mon œuvre de corruption. Ma face où le sang afflue prouve à quelle besogne j'étais occupé quand le justicier m'a interrompu. Furieux de cette intervention qui m'empêche de cueillir le fruit de mes manigances, j'écume de rage impuissante, et ma figure se tord dans une grimace infernale.

Mes amis s'insurgeaient. Onorio parlait d'envoyer l'impudent à l'Hôpital de la Consolation pour une durée de plusieurs mois. « L'impudent ? rétorqua Orazio. Dis plutôt le criminel ! » Il se proposait, pour sa part, d'aller tuer celui dont l'accusation pouvait me faire condamner au bûcher. Je les suppliais de se tenir tranquilles et de ne pas essayer de me venger. C'eût été avouer que je m'étais identifié à l'horrible démon et que les bruits qui circulaient sur ma liaison avec un mineur étaient fondés.

Le Père Claudio Acquaviva, général de la Compagnie de Jésus, lança un avis de concours pour un tableau d'autel à placer dans une des chapelles de l'église des Jésuites. Cette *Résurrection*, de dimensions exceptionnelles, quatre toises sur plus de deux toises, occuperait un des lieux les plus en vue de Rome. La Compagnie de Jésus étant le fer de lance de la Contre-Réforme et le soutien le plus actif de l'Eglise, j'avais le plus grand intérêt à obtenir cette commande. Le projet de Baglione fut préféré au mien. Orazio, qui me voyait abattu, me tança amicalement. « Je t'interdis d'être triste ! Ce n'est pas l'artiste qu'ils ont choisi, Michelangelo ! Baglione, docile valet des Jésuites, a eu le pas sur Caravaggio, bête noire du Saint-Office. Tu peux être fier d'être la victime de ces ratichons, comme tu les appelles. »

Le dimanche de Pâques 1603, le peintre dévoila au Gesù sa monumentale *Résurrection*. Tableau plus ridicule ne s'est jamais vu, ni plus venimeuse action. Le tableau est divisé en deux zones, si complètement différentes par le style, qu'elles ne semblent pas de la même main. Ceint d'un perizonium flasque qui lui flotte on ne sait comment autour des hanches, environné d'angelots à croupetons sur des nuages, brandissant un étendard aux armes du Vatican, balayant le ciel de ce geste théâtral, un Christ grandiloquent et sans expression trône dans la moitié supérieure : plat échantillon d'académisme romain. Quant à la moitié inférieure, comment ne pas y reconnaître une déformation, persifleuse et rigolarde, de mon *Martyre de saint Matthieu* ? Soldats nus et musclés endormis, jeunes gens nus qui se dressent sur le coude dans la même attitude que les néophytes de mon tableau se sauvant de la piscine du baptême, garçon nu debout, un poignard à la main, parodie grossière de l'assassin de saint Matthieu : manifeste est le plagiat, non moins que dénigrante l'intention. Jusque dans sa façon de disposer les figures et d'installer l'éclairage, Baglione m'a imité et contrefait. Construction centrifuge, prédominance des lignes diagonales, abus des raccourcis, complaisance dans le clair-obscur : ce n'est qu'un répertoire moqueur de mes procédés.

Cette fois, aucune raison de différer la vengeance. Orazio et Onorio se relayaient au Gesù pour se moquer à haute voix du tableau. Quand le sacristain avait chassé l'un, l'autre prenait sa place et renchérissait en quolibets. Les gamins du quartier faisaient chorus. Ceux du Transtévère, trop heureux d'alimenter le charivari, approvisionnaient mes deux amis en injures graveleuses. Le gouverneur envoya une escouade d'agents qui mirent en fuite les trublions et interdirent l'accès de l'église à quiconque n'avait pas une permission signée de sa main.

Alors, à nous trois, nous élaborâmes un poème qu'Orazio se chargea d'accrocher sous la statue de Pasquino. Baglione y rime avec Coglione. On suggère au peintre de troquer le collier d'or qu'il porte indûment au cou contre une chaîne de fer qui lui irait fort bien aux pieds. Le lendemain, second poème, à base d'insinuations obscènes. Le peintre est prévenu que son cher Mao enfonce son *cazzo da mulo* dans la *fica* de la signora Baglione, et qu'il ferait mieux, lui, pour se consoler, de se *forbirsi il culo* avec ses dessins et ses esquisses.

Le 28 août, Baglione porta plainte auprès du gouverneur : diffamation, aggravée d'insultes ordurières, crime passible de plusieurs mois de prison. Je fus arrêté place Navone le 11 septembre, Orazio cueilli chez une prostituée le 12. Onorio s'était enfui à temps et mis à l'abri loin de Rome.

Tor di Nona, l'obscurité et l'humidité du cachot. Pour la première fois depuis Milan je retournais en prison. J'étais si soulagé qu'on ne m'eût pas déshabillé et que je n'eusse pas eu à m'expliquer sur la fleur de chardon, que je m'accommodai de mon état. Au procès, on me demanda quels peintres je fréquentais.

« Les bons peintres. »

Qu'entendais-je par *les bons peintres* ?

« Ceux, dis-je, qui savent peindre bien à force d'imiter bien les choses de la nature. »

Je n'ai jamais écrit sur mon art, ni laissé de théorie sur la peinture. Après cette déclaration, je n'ai plus retrouvé l'occasion de dire comment j'entends mon métier. Les juges, les confrères, amis ou ennemis, les chroniqueurs, les curieux, accourus nombreux au tribunal, furent stupéfaits de mon laconisme. A Rome, on aime les longues phrases, le jargon. Avant de commencer à peindre, on noircit des pages et des pages pour expliquer quelle est la meilleure manière de s'y prendre. Moi, je peins, en m'efforçant d'*imiter bien les choses de la nature*. Mon « art poétique » tient tout entier en ces quelques mots.

Nous fûmes condamnés à deux ans de prison. Encore étourdis d'un verdict si sévère, nous apprîmes peu après que nous allions être libérés grâce à l'ambassadeur de France. Je sortis de Tor di Nona le 25 septembre, Orazio le lendemain. Nous restions soumis aux arrêts domiciliaires, sous la menace, si nous quittions notre logis sans une permission écrite, d'être envoyés à ramer sur les galères. Je dus signer également, avec Orazio, une promesse selon laquelle nous ne porterions atteinte ni à l'honneur ni à la vie, aussi bien de Giovanni Baglione que de Tommaso Salini, sous peine d'être décapités dans les vingt-quatre heures.

Je pensais que le cardinal Del Monte était intervenu auprès de M. de Béthune. En réalité, le cardinal n'avait pas levé le petit doigt. Attristé de sa défection, humilié par l'ordre de ne pas bouger de mon domicile, je me tourmentais en outre de la liberté d'action qui en résultait pour Gregorio. Il m'échappait désormais complètement. Ses allées et venues dans la ville, je ne pourrais plus essayer de les suivre.

Notre remise de peine, nous la devions à Monsignor Maffeo Barberini, nouveau légat pontifical en France. Se souvenait-il du peintre qui avait fait son portrait ? Les calculs politiques auront eu plus de poids dans sa décision, que l'estime qu'il avait de ce tableau. Henri IV ayant proscrit les Jésuites de son royaume, le légat s'employait à obtenir la révocation du ban. Le 1er septembre, l'édit de Rouen autorisait la Compagnie de Jésus à envoyer quelques émissaires à Paris. Le Père Acquaviva, en échange, accorda à M. de Béthune, comme une grâce concédée au parti français, mon élargissement et celui d'Orazio.

Nous étions tirés d'affaire mais réduits à l'impuissance. L'exécrable *Résurrection* se pavanait toujours dans l'église du Gesù. Réfugié hors des Etats du pape, Onorio n'avait ni comparu devant le tribunal ni été jugé. Il prit sur lui de nous venger. Je fus prévenu trop tard qu'il avait fait appel à Ranuccio Tomassoni et à sa bande. Les spadassins tendirent une embuscade à Baglione et à son « Mao ». Ils les attaquèrent à coups de briques et de bâton, estimant que des lâches qui s'étaient adressés aux autorités pour obtenir justice au lieu de nous provoquer en duel ne méritaient pas un coup d'épée.

Enfermé dans mon atelier du Divino Amore, je peignais

la *Déposition* commandée par la Congrégation de l'Oratoire. Le Père Moroni m'avait donné des instructions précises : dalle funéraire en forme de « pierre angulaire » par allusion à la place du Christ dans la construction de l'Eglise; réunion de Jean, de Nicodème, de Marie et de Madeleine autour du tombeau, plus une orante, dans le fond. N'ayant pas la permission de sortir pour aller chercher des modèles, je revins à la méthode ancienne, qui est de peindre d'après l'antique. J'avais à la maison une reproduction du groupe en marbre du Vatican, *Ménélas qui soutient le corps de Patrocle.* Pour Marie de Cléophas, la copie d'une fresque des catacombes me fournit le schéma d'une femme aux bras levés. Ce tableau à six personnages, d'assez grandes dimensions, mesure une toise et quatre pieds sur sept pieds. Je mis plusieurs semaines à le peindre, appelé sans cesse à la fenêtre par les bruits de pas dans la rue. J'épiais Gregorio. Je guettais son retour. Bien que j'eusse appris à reconnaître son pas, plus vif que celui des autres passants, je me précipitais chaque fois que quelqu'un s'engageait dans l'étroit vicolo. Les murs résonnaient au moindre bruit, le plus léger indice faisait battre mon cœur. Ah! le voici! Il s'amuse à pousser du pied un caillou, bondit de côté et d'autre, agile comme un danseur, insouciant comme un écolier.

Le chenapan profitait de ma réclusion forcée pour se charger des courses, et lui qui, jusque-là, refusait de prendre part aux occupations domestiques, pourvoyait aux besoins du ménage avec un zèle soudain. A tout moment il allait acheter un pot de crème, une salade, une botte de radis, un gâteau, une brosse pour la vaisselle, un plumeau, un morceau de savon, un ligot pour allumer le feu, des bougies. Emplettes de rien du tout, pouvant être expédiées en quelques minutes, mais qui lui prenaient une demi-journée.

La cuisine se remplissait d'articles inutiles, de nourritures en surnombre qu'il fallait ensuite jeter, de fleurs qu'il oubliait de mettre dans un vase et qui remplissaient la maison d'une odeur délétère. Dans ces conditions, je fis un tableau moyen. Il ne vaut que par le climat, les couleurs de désolation, le ton funèbre, fidèle écho de ce qui me tourmentait. Par ce pathos de l'accablement et de la ruine, il correspond à ce que les Pères Philippins entendent par « mystères du Rosaire ». Mon travail leur plut. Ils plaidèrent avec tant d'éloquence ma cause auprès du gouverneur, que celui-ci, convaincu que j'avais compris l'avertissement, révoqua l'assignation à domicile.

XVII

Prisons

La signora Pedrotto, que je continuais à employer pour le ménage et la vaisselle, entra dans l'atelier en brandissant une feuille de papier. Le cardinal Del Monte lui remettait, par ce document signé de sa main et antidaté de six mois, la pleine et entière propriété des deux maisons mitoyennes du Divino Amore, le 17 et le 19. Geste de gratitude envers son ancienne nourrice ? Coup dirigé contre moi ? Les décisions de la signora Pedrotto, qu'elle marmonna séance tenante de sa bouche édentée, confirmèrent la seconde hypothèse. Elle me réclamait six mois d'arriérés de loyer, soit vingt écus, et portait le loyer annuel de quarante à cinquante écus. Elle exigeait en plus un dédommagement de soixante écus pour les dégâts occasionnés par les aménagements dans l'atelier. Jamais celle que j'avais choisie pour la peindre en servante de Judith ne m'avait paru aussi laide. Son œil de chouette écarquillé par la cupidité furetait dans tous les coins de la pièce, comme si elle dressait un inventaire des choses qu'elle pensait déjà lui appartenir.

Je la flanquai dehors. Elle revint avec deux agents du gouverneur, qui me lièrent les mains et m'emmenèrent en prison. Nouveau séjour de quarante-huit heures à Tor di Nona, le temps de faire prévenir par Orazio le marquis Giustiniani. La vieille avait profité de mon absence pour changer les serrures, vendre mes meubles, transporter mon matériel de peintre dans l'appentis du jardin. C'est un miracle si je retrouvai, au milieu des ustensiles, l'adresse de Mario à Syracuse. Je défis la boule toute froissée et lissai soigneusement le papier, avant de le ranger dans la poche intérieure de ma veste, à côté de la carte de Sicile cousue à la doublure.

Sans me permettre d'entrer dans la maison, la signora Pedrotto m'annonça par la fenêtre que la loi lui interdisait de garder un locataire insolvable. Cette dernière impertinence m'exaspéra. Je revins la nuit casser à coups de pierres les volets et les fenêtres. Chaque fois qu'un morceau de volet tombait dans la rue, je m'adressais à Mario pour lui demander pardon de détruire notre ancien *nid*. Elle porta plainte. Quinze jours de prison, pendant lesquels je ne cessai de penser à Mario, au bonheur de notre vie passée, à la félicité du Divino Amore saccagée par ma faute.

Je n'avais plus ni domicile ni atelier. Orazio me prêta deux pièces dans sa maison, délabrée mais spacieuse, située entre la place Colonna et la via dei Sabini. Je m'y installai avec Gregorio. Ayant cru perdre, quand il m'avait vu délogé et jeté à la rue, son confort et sa sécurité, le vaurien se montra quelque temps plus affectueux.

Un avocat d'affaires du nom de Laerte Cherubini, ami des frères Giustiniani, me commanda un tableau. Il venait d'acheter une chapelle dans une église du Transtévère, Santa Maria della Scala. Cette chapelle étant destinée à la célébration de messes pour les défunts, je devais peindre la mort de la Vierge, sujet conseillé par la Compagnie de Jésus et occasion de déployer des légions d'anges dans un bouillonnement de nuages et des envols de draperies. Un genre pour lequel je ne me sentais aucune disposition. Cependant, comme je ne pouvais plus espérer des milieux ecclésiasiques ni soutien ni subsides, c'était encore une chance qu'un particulier me donnât du travail et me payât deux cent quatre-vingts ducats, pour une surface de près de deux toises de hauteur sur une toise, un pied et cinq pouces de largeur, le plus grand format qu'on m'ait jamais proposé. Et puis, je songeais déjà au moyen de créer la surprise avec ce thème rebattu.

Le tableau me coûta des mois et des mois de travail. A la volonté de le réussir pour rétablir mon crédit se mêlait l'obscur désir de me couler définitivement aux yeux du monde. J'aurais décidé de courir tête baissée au désastre, que je ne m'y serais pas pris autrement. Première imprudence : choisir une prostituée pour modèle; seconde hardiesse : choisir une prostituée enceinte. Cette folie ne pouvait saisir qu'un homme assez désemparé pour oublier toute précaution. Gregorio avait repris ses habitudes; il s'absentait pendant plusieurs jours, mentait, volait à Orazio des objets que je devais remplacer avant qu'il n'eût remarqué leur disparition. Seule la crainte de chantages et de poursuites judiciaires m'empêchait de penser à me débarrasser de lui et à le remplacer par des garçons de rencontre. Mario me manquait.

La seule personne auprès de qui je me sentais en confiance était Lena Antognetti. J'allais bavarder avec elle dans le petit logement qu'elle avait loué via dell'Oca, à deux pas de la place du Peuple. Via dell'Oca : une oie au lieu d'une truie, c'était toujours une bête domestique, une présence rassurante, un repère familier dans mon existence qui s'en allait à vau-l'eau. Lena, que le futur cardinal Montalto, puis Monsignor Melchiorre Crescenzi, aujourd'hui président de la Congrégation de l'Index, avaient eue quelque temps pour maîtresse, vivait dans une semiretraite. Je n'avais pas encore employé comme modèle celle qui m'avait accueilli la première autrefois, et mis en relation avec Anna et Fillide. Bonne et désintéressée, elle ne m'en voulait pas. C'était moi qui me reprochais d'avoir manqué à mes promesses.

Elle m'avoua qu'elle attendait un enfant. Cette nouvelle me bouleversa. Il me semblait qu'un lien de plus était renoué avec le Divino Amore détruit. Mario, en bon Sicilien, me parlait souvent de sa mère et de ses nombreux frères et sœurs. Il avait retrouvé à présent sa famille, dont il comparait sans doute la chaleur, animale et inconditionnelle, à la cruauté qu'il avait subie de ma part. Sa mère aussi devait être, une nouvelle fois, enceinte. Je regardais le ventre de Lena, qui commençait à gonfler mais pas assez pour contrarier mon projet, et je me disais que, faute de participer à la fécondation et au développement d'une créature née de ma chair et de mon sang, je restais maudit de Dieu et des hommes. Lena me permettait de toucher son ventre et de me sentir, par ce contact avec l'enfant à naître et cette communion avec l'ordre du monde, moins stérile, moins seul, moins enfermé dans mon destin.

Quand elle sut comment je voulais la peindre, morte et renversée sur un lit, elle prit peur. « Tu ne vas pas jeter un sort à mon bébé ? » Elle croyait qu'un tableau a le pouvoir de rendre réelles les choses qu'il représente. En outre, la manière dont j'entendais traiter le sujet la scandalisait.

Elle se révoltait contre l'idée du lit et du cadavre. « Tu dois peindre la mort de la très sainte Vierge ? Eh bien ! ce n'est pas une mort ordinaire. Tu n'as pas le droit de me coucher sur un lit et d'ignorer que la très sainte Vierge, quand elle est morte, n'a donné aucun signe de décès physique. Elle est montée aussitôt au ciel, happée par les anges, et c'est ainsi qu'il faut la peindre, comme tous les peintres avant toi l'ont peinte, dans une gloire de rayons dorés et de chérubins ailés. »

Chère Lena ! Elle me décrivait exactement ce que je n'avais pas envie de peindre, cet appareil de tentures et de dorures, cette clameur de trompettes et de cymbales, cette pompe céleste que les Jésuites n'ont eu aucune peine à mettre à la mode, car le goût du peuple va spontanément à ce qui est riche, décoratif, propre à le distraire des misères de sa vie quotidienne. Peindre une femme ordinaire, morte de mort ordinaire, voilà ce que je voulais. Rendre l'aspect physique de la mort, quand elle s'abat sur les pauvres, la réalité matérielle d'un cadavre porté à la fosse.

Ne pouvant convaincre Lena de se prêter à mon idée, je dus me mettre en quête d'un autre modèle. Un jour que je me promenais le long du Tibre, j'aperçus un attroupement. On avait repêché une noyée, qu'on étendait sur l'herbe. C'était Adriana, une prostituée bien connue. Enceinte, elle s'était jetée dans le fleuve pour ne pas mettre au monde une créature promise au malheur. Je demandai la permission de me rendre à la morgue et de peindre le cadavre. Ce fut ma dernière folie, que de prendre pour modèle de la Vierge une femme coupable de trois crimes. Par pieuse solidarité avec une consœur infortunée, et dans l'espoir de me dissuader d'un acte aussi déraisonnable, Lena avait tenu à m'accompagner à la morgue. Assise à côté de moi, elle me regardait travailler, prête à intervenir pour limiter le blasphème. Le cadavre était couché, les bras allongés le long du corps. Lena me suggéra une variante, qui s'est avérée de tous les détails le plus touchant, celui qu'on remarque d'abord dans cette vaste composition. Elle prit une main de la morte et la plaça sur son ventre, à l'endroit où Adriana eût senti bouger son enfant, si elle ne s'était pas damnée en lui ôtant la vie.

Les Carmes, à qui appartient Santa Maria della Scala, firent déposer l'ouvrage contre un mur de la sacristie, puis examinèrent d'un œil critique cette femme enceinte qu'ils reconnurent immédiatement. Je ne dis pas que j'avais cherché ce que je recueillis, mais, consciente ou non, cette stratégie du fiasco aboutit au résultat prévisible. L'examen fut long et minutieux. Ils attendirent avant de se prononcer d'avoir trouvé le moyen de justifier une réprobation dont ils ne voulaient pas dévoiler les vraies causes. La comédie que j'avais observée à San Luigi dei Francesi, le jour où le chapitre avait refusé la première version du *Saint Matthieu et l'Ange*, se répéta à peu près identique. Adriana était fameuse : ils feignirent de ne pas savoir qui c'était. Comment avouer qu'ils étaient assez familiers du milieu des prostituées pour reconnaître au premier coup d'œil celle qui avait été, comme Lena, la maîtresse de plusieurs prélats ? Ils firent semblant aussi de ne pas s'apercevoir qu'elle était enceinte : convient-il à des hommes d'Eglise de paraître au courant de cette cuisine physiologique qui résulte de notre condition peccamineuse?

Leur indignation se concentra sur des points secondaires : pieds et chevilles nus; aspect populaire du modèle; négligé des vêtements, incurie inadmissible pour celle qui était la mère de Dieu; air accablé des apôtres rangés autour du lit, comme s'ils veillaient une vraie morte, sans savoir que la très sainte Vierge, déjà ressuscitée, voguait en majesté dans les hauteurs du ciel. La cuvette à vinaigre placée au premier plan leur parut le détail le plus choquant. A quoi sert un tel ustensile, sinon à faire la toilette des cadavres? Celui de la très sainte Vierge, avait-il été nécessaire de le laver? A peine délivrée de ce monde, ignorais-je donc qu'elle s'était transformée en corps glorieux?

Verdict des Carmes : à la majorité de douze voix contre deux, ils refusaient de laisser accrocher le tableau, à la place prévue au-dessus de l'autel. Le signor Cherubini, sans chercher à prendre ma défense, le fit remiser dans une écurie attenante au presbytère. Bien que désaffectée, elle sentait encore le crottin. Prévenu par ses rabatteurs, le neveu du cardinal Camillo Borghese se proposa pour l'acheter.

C'est ainsi que je fis connaissance du fameux Scipione, dont j'ai déjà parlé, et qui allait jouer un tel rôle dans ma vie. Je découvris un jeune homme du monde, de cinq ans mon cadet. Ni prêtre ni destiné à le devenir, c'était déjà un fou de peinture. Point encore assez riche ni puissant pour satisfaire sa passion, il jetait le grappin sur des toiles de débutants ou des tableaux refusés accessibles à moindre prix. Devant *la Mort de la Vierge*, il ouvrit la bouche de surprise et se passa la langue sur les lèvres. Sur les joues déjà couperosées de ce viveur qui ne bornait pas sa gourmandise aux œuvres d'art, se répandit la rougeur du triomphe. Mais son oncle, qui comptait parmi les *papabili* et ne voulait pas gâcher ses chances en lui permettant d'acquérir un tableau scandaleux, mit son veto. Scipione se vengea de cet échec en faisant enlever dans l'église San

Marcello une peinture du Dominiquin que les prêtres, ne voulant pas s'aliéner le neveu de celui qui pourrait être le prochain pape, n'osèrent pas réclamer.

La décision des Carmes de refuser mon tableau n'aurait pu me léser davantage. Une vraie catastrophe. Tout Rome colporta sur mon compte les bruits les plus malveillants. « Caravaggio a perdu la main. – Personne ne voulant plus poser pour lui, il doit pêcher dans le Tibre ses modèles. – A force d'aller en prison, il en a pris les manières. – Il n'est plus capable que d'effets grossiers, incompatibles avec ce qu'on appelle, depuis que le monde est monde, la beauté en art », etc. Il semblait que la désaffection à mon égard gagnât ceux-là mêmes qui m'avaient soutenu jusqu'à présent, comme s'ils regrettaient d'avoir accordé leur confiance à un malappris sans foi ni loi. Ce butor qui avait fait quelque temps illusion, il était grand temps de le remettre à sa place.

Position sociale, carrière, crédit auprès des milieux influents, je perdais tout, y compris mes moyens de subsistance. Je croyais n'avoir d'inquiétude que pour mon avenir matériel. La foi dans mon talent, l'avis de quelques bégueules pouvait-il l'ébranler ? La fierté d'avoir marqué un tournant dans la longue et glorieuse histoire de la peinture italienne, allais-je m'en laisser dépouiller par ces cafards ? Un incident qui survint le lendemain me prouve que je n'étais plus si sûr de moi. Me serais-je montré si susceptible dans une affaire dénuée d'importance, sans le besoin de me rétablir dans ma propre estime ?

Gregorio s'était moqué de moi et de ma mine déconfite. Mon tableau ne valait que « son pesant de moutarde » ; on me l'avait refusé, parce qu'il était mal peint. Son raisonnement ne volait pas plus haut. Ce dernier coup m'accabla. Orazio, pour me distraire, m'invita à dîner. Nous nous rendîmes à la taverne del Moro, au Campo Marzio. Ranuccio Tomassoni, installé au fond, mangeait un ragoût de bœuf en compagnie de ses hommes de main.

Je commandai un plat d'artichauts.

« A la romaine ou à la juive ?

— Apporte-moi un échantillon des deux sortes. »

Les artichauts à la romaine sont cuits dans le beurre, les autres frits dans l'huile. Le serveur m'apporta une assiette avec huit artichauts.

« Lesquels sont au beurre et lesquels sont à l'huile ? »

Orazio s'étonna, comme il me le confia ensuite, de mon ton agressif.

« Vous n'avez qu'à vous pencher dessus et à les reconnaître à l'odeur, me répondit cet insolent, en me mettant l'assiette sous le nez.

— Ah ! m'écriai-je, c'est ainsi que tu me manques de respect ? »

Avant qu'Orazio n'eût pu s'entremettre, je saisis l'assiette à deux mains et la balançai à la tête du type, avec les huit artichauts, le beurre fondu et l'huile qui éclaboussèrent son tablier et le brûlèrent au visage. « De quoi, de quoi ? » grommela Ranuccio qui s'était levé pour assister à la bagarre. Il frisait d'une main sa moustache et tripotait de l'autre la poignée de sa dague. Nous prîmes la fuite. Le patron de la taverne porta plainte. Je fus condamné à trente jours de prison.

Au mois de juin suivant, cherchant à écarter de sa succession le cardinal Camillo Borghese, membre du clan espagnol, le pape, dont les forces déclinaient, fit de nouveaux *porporati* qui donnèrent au parti français une majorité confortable dans le Sacré Collège. L'autre parti se rebiffa aussitôt. Le cardinal Odoardo Farnese arma une troupe de spadassins qui rôdaient dans la ville et s'en prenaient aux partisans des Aldobrandini. Il ne se passait guère de nuit sans rixe, quand ce n'était pas une bataille rangée.

Un soir du mois d'octobre, je sortais de l'auberge de la Torretta avec mes amis habituels. Je n'avais bu qu'un verre de vin. L'ivresse n'a eu de part dans ce nouvel accès de violence non plus que dans l'affaire des artichauts. Mon mal venait de plus loin. Nous entendons la rumeur d'une bagarre près de la place du Peuple. Je cours, avec Orazio et Onorio. Une fois de plus, les tueurs à gages du cardinal Farnese ont agressé les domestiques des Aldobrandini. Au milieu du camp espagnol, je reconnais Ranuccio et sa bande. Je me mets dans l'autre camp, je commence à ferrailler, le désir de me prouver ma valeur me lance dans la mêlée, mais bientôt un autre mobile redouble ma vigueur. A peine ai-je vu le sang couler de ma première blessure, que le souvenir de la promesse faite à Mario me revient. L'occasion de défier Ranuccio et d'essayer de le tuer, la voici, je la tiens. Je cherche des yeux le félon, il essuie la lame dont il vient de transpercer un des nôtres, je fonce sur lui, je suis sur le point de le rejoindre, quand la police accourt et disperse les combattants. Ranuccio réussit à s'enfuir. Je suis pris avec mes amis et bouclé à Tor di Nona. Pour la quatrième fois derrière les barreaux. Prévenue par Orazio, donna Olimpia Aldobrandini, sœur du cardinal Pietro, fit réduire à un mois notre peine.

De plus en plus irascible, j'aurais cherché querelle au pape lui-même, pour en finir avec la vie misérable que je traînais. Obtenir d'un scandale retentissant une sorte de remède à mes maux, cette chimère me trottait dans la tête. Je sortais sans cape, exprès, de manière à mettre en vue mon épée et mon poignard, malgré l'interdiction de porter des armes. Inquiet des conséquences que pouvaient entraîner ces bravades, Orazio, par l'intermédiaire du marquis Giustiniani, à qui il avait vendu un tableau, me procura une licence, valable de jour comme de nuit. La nuit du 18 novembre, je tombai place du Peuple sur une ronde de police. Le lieutenant me demanda si j'avais une autorisation pour me promener avec deux armes à la fois. Je lui montrai le document. Il l'examina, reconnut la signature du gouverneur, me le rendit en me souhaitant poliment la bonne nuit.

Recevoir des amabilités d'un agent de la force publique! Le sang me monta au visage, et, tandis que la patrouille s'éloignait, ma bouche vomit un torrent d'injures contre

« ces foutus sbires ». Le lieutenant ordonna à ses hommes de faire demi-tour, de m'arrêter, de me lier les mains et de me conduire à Tor di Nona. Cette fois, j'en eus pour trois mois.

Lorsque les héritiers d'un certain signor Ermete Cavalletti, marchand de mortadelle bolonais, mort subitement lors d'un voyage d'affaires à Rome, me firent savoir qu'ils voulaient une *Madone* pour la chapelle où ils avaient enterré leur parent, dans l'église S. Agostino, mon premier mouvement fut de refuser. J'étais trop fatigué, trop dégoûté. Je sentais que je n'aurais pas la force de supporter un nouvel échec. Un autre raisonnement me fit ensuite changer d'opinion. Je me dis qu'il fallait que ce fussent des provinciaux, ignorants de ce qui se passait à Rome, pour commander un tableau à Caravaggio, peintre déchu. A Bologne, dans la grasse et mercantile Bologne, ma cote restait donc intacte! Quelle fin de carrière piteuse! Quel dérisoire aboutissement de mes ambitions! Je me décidai à accepter la commande, précisément parce qu'il y avait dans le fait d'être honni dans la capitale de l'univers, *caput orbis*, et prisé dans une ville de commerçants spécialisés dans la charcuterie un côté grotesque adapté à mon humeur du moment.

Dès que j'eus repris mes pinceaux, l'énergie me revint. Les Romains méprisaient mon travail? Je leur prouverais que je restais leur meilleur peintre. Ils remisaient mes tableaux dans des écuries? Je les forcerais à reconnaître dans ma nouvelle toile un chef-d'œuvre, qui serait à sa place naturelle dans une des églises les plus visitées de Rome, en plein cœur de la ville, à deux pas de la place Navona.

La famille Cavalletti (un nom qui tenait du cheval et de la sauterelle, un comble! me disais-je, comme si le patronyme du commanditaire confirmait l'état de médiocrité où j'étais descendu) me payait la somme fabuleuse de cinq cents écus (on est riche, au pays du cochon) pour un tableau figurant la Madone debout, avec l'Enfant dans ses bras, et deux pèlerins, un homme et une femme, agenouillés à ses pieds. On me précisait que ces deux pèlerins devaient avoir l'air de vrais paysans, qu'il ne fallait pas les peindre trop propres ni trop bien habillés, car le signor Ermete avait pris l'habitude de faire distribuer chaque dimanche, dans la ferme près de Bologne où il élevait son cheptel porcin, des tranches de mortadelle gratis aux pauvres du voisinage.

Ses héritiers souhaitant rendre hommage à sa mémoire par une allusion aux miséreux qui bénéficiaient de ses aumônes : « Faites-leur pour cela, me dirent-ils, des pieds sales. – Un exercice, précisa le neveu du défunt, où vous avez acquis une si grande réputation. Les ongles noirs, vous avez réussi à les mettre à la mode! Chapeau bas! » Je regardai ce neveu dans les yeux, pour voir s'il parlait sérieusement ou se payait ma tête. Mais non : ayant entendu vanter ma façon de peindre les pieds et les ongles, il n'en voyait pas de mieux adaptée à son projet. Rien ne ferait briller d'un éclat plus flatteur les vertus charitables d'un parent, que de mettre en valeur l'humble condition de ses obligés. « Et que la coiffe de la femme, ajouta le neveu, soit un peu de travers et décousue. » Voilà donc à quoi était réduit le caravagisme! A servir de publicité pour l'œuvre de bienfaisance d'un négociant en cochonnailles!

J'étais si déterminé, pour me venger des Romains, à réussir ce tableau, que je pris les précautions nécessaires. Ma première idée fut d'employer à nouveau Lena. Elle me dissuada elle-même de la choisir pour modèle de la Madone, et je me rendis compte que, une fois de plus, à mon insu, le ver avait essayé de s'introduire dans la pomme. Lena me mit en relation avec une de ses amies, originaire, comme elle, de Sienne, mais restée « dans le droit chemin », grâce à une mère qui l'avait protégée du « vice ». Cette perle de Gabriella vendait des fleurs place Navona. Elle me plut. Ses traits réguliers, son port noble, une beauté classique, à la toscane, la conscience résignée de n'être qu'une modeste fleuriste de quartier, un air naturellement triste et soumis, tout la désignait pour poser en mère de Dieu. La Vierge Marie, selon les directives du concile de Trente adressées aux peintres, sait déjà, à peine l'Enfant né, qu'il lui sera ravi par la précoce tragédie de la Passion.

Gabriella m'emmena chez sa mère. Elle n'eût pas osé, d'elle-même, accepter mon offre. Les deux femmes habitaient, au dernier étage d'une maison située via di Tor Millina, non loin de l'église S. Agostino, un appartement entre la cour et la rue. Je fus surpris d'entrer dans une pièce vaste, bien éclairée, tenue avec le soin méticuleux qu'observe souvent cette frange de la petite bourgeoisie qui cherche à compenser l'insuffisance de ses revenus par un souci exagéré du décorum. La signora Tarocco complétait la paie de sa fille par de menus travaux de lingerie. J'avais craint qu'elle ne se montrât plus cupide. Elle accepta le tarif moyen pratiqué à Rome. Je crus lui être agréable en lui proposant de venir peindre chez elle le tableau, en sorte que sa fille n'eût pas à traverser, pour se rendre chez Orazio, la place Capranica et ses parages mal famés. Les deux femmes, dans l'embarras, se regardèrent.

« Pourvu que Mariano ne l'apprenne pas, murmura la jeune fille.

— Il faut que vous sachiez, dit la mère, qu'un jeune homme du nom de Mariano Pasqualone, clerc de notaire, a demandé la main de ma fille. Ce parti ne nous convient pas. Je l'ai prié de nous laisser tranquilles, ma fille n'ayant aucune intention de se marier ni de fréquenter des hommes. Je vois que vous êtes honnête, puisque vous m'offrez de venir peindre ici, en ma présence. Je ne vous demande que de prendre bien soin, chaque fois que vous arriverez dans notre rue, de regarder si un brun de petite taille, les cheveux courts, au nez camus et aux oreilles décollées, vêtu en homme de loi, n'est pas en faction devant la porte cochère, ou en train de rôder aux alentours. Mariano est d'un tempérament très jaloux. Si vous l'apercevez, attendez qu'il soit parti pour monter ou remettez à un autre jour la séance. »

Quand nous eûmes stipulé le contrat et pris nos derniers arrangements, Gabriella courut à la fenêtre et se pencha au-dessus de la rue. « Il n'y est pas, me dit-elle. Vous pouvez sortir. Dépêchez-vous. »

L'église S. Agostino fourmille de pèlerins et de mendiants. Je n'eus aucun mal à convaincre un vieil homme et une vieille femme de me servir de modèles. La sœur de Gabriella nous prêta son bébé. Contrairement à mon attente, j'éprouvais beaucoup de plaisir à peindre ce tableau. Au fond, j'étais fier de ne plus travailler pour des cardinaux et des marquis, et de ne plus rien devoir à une classe qui exploite les artistes à des fins politiques. Il m'arrivait de ne pas me présenter de deux ou trois jours chez la signora Tarocco, car un jeune homme qui correspondait au signalement semblait monter la garde au pied de la maison. Sans ces contretemps j'eusse terminé l'ouvrage en moins d'un mois. Je me sentais bien entre Gabriella et sa mère. Il régnait dans leur ménage un climat propice à la création. Je me prenais à regretter de n'avoir pas plus de goût pour les femmes. Deux hommes vivent dans la peur continuelle de la rupture et ne peuvent prétendre à la sécurité affective : c'est la gloire et la malédiction de notre race.

Le tableau fut dévoilé en présence des artisans, ouvriers et petits bourgeois du quartier : point de prélats, cette fois, ni de gros bonnets. Le jeune Scipione Borghese fut le seul du beau monde à se mêler à la foule, mais il vint seul, sans escorte et me pria d'un signe qu'il m'adressa par-dessus les têtes de respecter son incognito.

L'événement fit grand bruit. Certains trouvaient que j'aurais pu « arranger » les deux pèlerins, par un air moins grossier. Gens du peuple eux-mêmes, ils disaient cela sans méchanceté. « Nous sommes comme cela, et c'est heureux qu'on nous montre comme nous sommes. » Tel est l'avis qui prévalut. La Madone remporta un énorme succès. La noblesse de ses traits toucha ces cœurs simples. « On dirait une statue! – Raphaël est revenu parmi nous! – Mais Raphaël n'aurait pas fait ces deux pèlerins! – C'est vrai. Il volait trop haut au-dessus de nos petites misères! » En montrant un homme et une femme de tous les jours, sans appareil intimidant d'anges ni de saints, j'avais réalisé le rêve du peuple, qui est de raccourcir la distance qu'il sent entre la majesté des œuvres d'art et la bassesse de sa condition.

XVIII

Fuite

Vieux, fatigué, Clément VIII mourut en mars 1605, dans le palais du Quirinal, après treize ans de règne, longueur exceptionnelle pour un pontificat. La cloche Majeure du Capitole sonna le glas une heure avant le coucher du soleil. Treize ans : la durée de mon propre séjour à Rome. Il venait d'être élu quand j'arrivai dans la Ville sainte. Si je pouvais me plaindre de ce pape, je n'avais qu'à me louer de sa famille. Il avait établi la censure, renforcé le Saint-Office, donné les pleins pouvoirs à cet odieux préfet. Les Aldobrandini en revanche s'étaient montrés bien disposés à mon égard.

La troisième nuit qui suivit la mort de Sa Sainteté, on transporta le corps embaumé à Saint-Pierre. Avec Orazio, qui voulait prendre des croquis, et Gregorio, attiré par la solennité de l'événement, je me rendis dans la basilique pour suivre la cérémonie funèbre. Vêtu d'un simple froc de bure, comme le plus humble des moines, et placé sur une estrade à l'intérieur de la chapelle du Saint-Sacrement, le défunt ne pouvait être vu qu'à travers les barreaux. Pour être baisés par le peuple, les pieds dépassaient de la grille. Toute la pompe était réservée à la décoration de la basilique et à l'aménagement des funérailles. L'architrave de la porte Majeure, les vestibules et les portiques étaient ornés de tentures violettes à franges d'or ; les armoiries des Aldobrandini, six étoiles disposées en triangle, décoraient les piliers. Les gardes-nobles en grand apparat, tenant l'arme renversée, et portant leurs insignes de deuil ; les Suisses alignés sur deux haies, du vestibule jusqu'au chœur ; les cierges allumés devant tous les autels ; un piquet de dragons devant chaque pilier ; les torches brûlant autour du corps du pontife dans le poing des massiers ; le va-et-vient des cardinaux en soutane et camail violets, et des chapelains en cotte blanche : cette grandiose mise en scène de la mort parut émouvoir Gregorio.

Lorsque je lui demandai quelle était son impression la plus forte, il mentionna un détail que je n'avais même pas remarqué. Chacune des trois bourses de velours cramoisi déposées à côté de la dépouille de Clément VIII dégorgeait par le col un échantillon des médailles frappées à son effigie pendant son règne. « Il y en a en bronze, il y en a en argent, mais la plus grosse de ces trois bourses ne renferme que des médailles en or ! J'ai cru au début que c'étaient des pièces de monnaie. »

L'élection d'Alexandre de Médicis confirma la suprématie du parti français et me rendit espoir dans mon sort. Léon XI, cependant, ne régna que vingt-sept jours. Terrassé par la grippe, cet homme en pleine santé mourut subitement. On fut moins surpris de ce trépas, en apprenant que le pape issu du nouveau conclave, à la suite de pourparlers tortueux et d'un renversement inopiné des alliances, n'était autre que Camillo Borghese, chef du parti espagnol. Il fut élu le 16 mai et prit le nom de Paul V. Je m'en souviens, car le même jour les sbires m'incarcérèrent pour la sixième fois. Le gouverneur m'avait retiré ma licence après l'affaire de la place du Peuple, et je fus arrêté pour port d'armes illicite. Celui qui me tira de prison fut cette fois un homme d'une famille politique opposée au clan dont je faisais partie. Scipione Borghese, le neveu du nouveau pape, me fit libérer, à condition que je lui peindrais un tableau.

Deux mois après, Paul V nommait son neveu cardinal

et dotait d'une rente annuelle de cent mille écus le nouveau *porporato.* Ce fut une providence pour moi – du moins dans les premiers temps de nos relations – que Scipione fût si avide de tableaux et raffolât en particulier des miens. L'élévation d'un Borghese sur le trône de saint Pierre ne pouvait qu'accentuer mon isolement. Les parents et les familiers de Clément VIII furent éloignés de la Curie. En la personne de Pietro Aldobrandini, à qui fut assigné le diocèse de Ravenne avec l'obligation d'y résider, je perdis mon plus constant, mon plus fidèle défenseur – au moment précis où une nouvelle affaire, bien plus grave que les précédentes, me plaçait dans une situation critique.

Mariano Pasqualone, le clerc de notaire éconduit, demanda une seconde fois Gabriella en mariage. De nouveau repoussé, le tabellion furieux sonna au logis des deux femmes, força l'entrée et, à moitié ivre, me dirent-elles, apostropha grossièrement la signora Tarocco.

« Ah ! je vous félicite ! Vous refusez de me donner Gabriella en mariage, pour la fourrer dans les bras de ce maudit peintre. Quel choix vraiment judicieux ! Ne pas permettre à un homme de mon rang d'épouser votre fille, selon les règles de l'Eglise, en légitime et sainte union, et la flanquer pour concubine à cet excommunié ! »

Bouleversée par une accusation si infâme, la signora Tarocco se précipita chez Orazio. L'ayant consolée comme je pus, je la raccompagnai via di Tor Millina et lui demandai où ce malappris avait l'habitude de se promener.

Elle me dit que le mercredi étant jour de foire place Navona, Mariano s'y montrait volontiers. Le mot d'*excommunié,* j'entendais le lui faire rentrer dans la gorge. Le menteur ! Si je ne réagissais pas promptement, c'en était fini de mes ambitions. Excommunié ! Je serais expulsé de la Ville sainte, pour peu qu'on crût à une telle calomnie. Je mis une hache sous mon bras, reconnus le jeune homme à son nez camus et à ses oreilles décollées. Appuyé à la margelle de la fontaine des Tritons, devant San Giacomo degli Spagnoli, il surveillait Gabriella d'un œil torve. Celle qu'il s'obstinait à appeler sa fiancée offrait à la sortie de l'église des pivoines et des lilas. Je levai ma hache et, tout en criant à Mariano : « Apprends à tenir mieux ta langue, vipère! » je lui assenai sur la tête un coup si terrible qu'il s'écroula dans une mare de sang.

Pensant qu'il était mort, je m'enfuis à toutes jambes. Je réussis à me perdre dans la foule qui se pressait autour des éventaires et à semer mes poursuivants. J'arrivai hors d'haleine chez Orazio. « Ne reste surtout pas ici! » Il me poussa dehors, me cacha chez un cocher de ses amis, puis m'enjoignit de quitter Rome au plus vite, sur un cheval qu'il se fit prêter par cet ami.

« Avertis le cardinal Borghese », lui dis-je en l'embrassant. Je me réfugiai à Gênes, où une nièce de la marquise Costanza Sforza avait épousé Giovanni Andrea Doria, chef de la famille régnante. J'alléguai mon village d'origine, mes attaches avec la marquise, l'activité que j'avais déployée au service du cardinal Del Monte. Celui-ci eût souri, s'il m'avait vu faire jouer des relations que j'affectais de mépriser. Comme le bruit de mes succès à San Luigi dei Francesi et à Santa Maria del Popolo était parvenu jusqu'à Gênes, je reçus le meilleur accueil dans le palais du doge. Sans doute y serais-je resté plusieurs mois, si un émissaire de *Son Illustrissime et Révérendissime Eminence le cardinal Borghese* ne s'était présenté pour m'ordonner de rentrer à Rome.

Le cardinal m'attendait au palais du Quirinal, où il résidait dans un appartement voisin de celui de son oncle. C'était la première fois que j'avais un entretien sérieux avec cet homme, que je n'avais croisé jusque-là qu'en deux brèves occasions.

« Tu as de la chance que cet imbécile ne soit pas mort, me dit-il tout à trac. Je n'aurais rien pu faire pour toi. La situation reste pourtant délicate. Mon oncle ne badine pas avec les atteintes à la sécurité publique. Il vient de condamner à la pendaison l'assassin d'un gentilhomme place du Peuple, bien qu'il se soit agi d'un duel en bonne et due forme. Tu n'as qu'un moyen de t'en tirer. Tu vas faire le portrait de mon oncle, il est d'accord. Un beau portrait, comme celui de Léon X par Raphaël ou de Paul III par Titien. Ah ! ces portraits, que ne donnerais-je pour les avoir dans ma collection ! »

Tout en parlant, il puisait des bonbons au chocolat et des fruits confits dans deux grandes boîtes ouvertes à côté de lui sur un guéridon. La bouche pleine, aussi friand de sucreries que vorace de tableaux, il reprit :

« N'oublie pas que tu m'as promis un tableau. Je ne voudrais pas être forcé, pour obéir à la volonté du gouverneur, de... Vraiment, cela me contrarierait... Tu vois sans doute ce que je veux dire ? »

J'acquiesçai d'un signe de tête. Il ne me paierait pas un baïoque pour ce tableau, notre pacte renfermait cette clause implicite. Et le portrait du pape, je devrais le faire également gratis. Comme s'il avait deviné ma pensée, Scipione ajouta :

« Commence par mon oncle. Une tête brûlée de ton espèce a besoin d'un sauf-conduit permanent. Tu n'auras pas de meilleur talisman contre la police, que le portrait officiel de Sa Sainteté. Quant à moi, je ne dirais pas non si tu me peignais un beau *Saint Jérôme*. Je le vois bien en train d'écrire une page de cette Vulgate que le concile de Trente a reconnue comme la seule version autorisée de la Bible. Comme je sais que tu es distrait, je te recommande de ne pas oublier l'auréole ! »

La porte du petit salon où il me recevait s'ouvrit alors à deux battants. Un tailleur, reconnaissable à son gilet rayé, aux épingles piquées dans son revers et à la paire de ciseaux accrochée à son cou, entra d'un pas solennel, suivi de quatre domestiques qui venaient présenter au nouveau cardinal sa barrette, sa robe d'apparat en soie rouge moirée, sa traîne, de la même couleur, et ne mesurant pas moins de deux aunes et demie.

« Que dis-tu de ce rouge ? me demanda Scipione, en caressant l'étoffe du même geste gourmand avec lequel il plaçait sur la pointe de sa langue le monticule dodu d'un abricot confit.

— Je pense, répondis-je, que je pourrais draper le *Saint Jérôme* que je vais peindre pour Votre Eminence dans un manteau qui ait la même nuance exactement.

— A la bonne heure! » s'exclama-t-il. Nous nous étions entendus à demi-mot : le rouge du manteau de saint Jérôme évoquerait la dignité à laquelle, si jeune, ses éclatants mérites venaient de l'élever.

Il s'enquit ensuite de ce que j'avais peint pour des particuliers. Quand il sut que le Cavaliere d'Arpino possédait quatre de mes premières toiles, il voulut une description complète du *Mondafrutto*, du *Jeune Bacchus malade*, du *Garçon à la corbeille de fruits* et du *Garçon mordu par un lézard*. Il se scandalisa lorsque je lui racontai avec quelle mauvaise foi le peintre m'avait chassé de son atelier et quelle perfidie confisqué mes tableaux. « Oh! il doit trembler maintenant », murmura-t-il en se frottant les mains. A ses doigts courts et grassouillets, je comptai une demi-douzaine de rubis et d'émeraudes sertis dans des bagues en or.

Paul V m'accorda trois jours pour faire son portrait. Assis dans son fauteuil, le surplis amidonné étalé sur ses genoux, il ne cessa de fixer sur moi des prunelles rétrécies par l'impatience. Malgré ces conditions rien moins qu'agréables, guidé par les exemples que m'avait cités son neveu, je ne me tirai pas trop mal du pensum. L'art du portrait n'est pas mon fort. Un visage au repos, même si on fouille ce qu'il y a derrière ce masque, est moins révélateur, selon moi, de la vérité d'un personnage, qu'une action violente où il est engagé. Le pape se déclara satisfait. Sans recevoir la moindre rémunération en argent, ce que j'avais prévu, je dus me contenter d'une tabatière de porcelaine ornée d'un aigle couronné et d'un dragon sans queue, les armes peu décoratives des Borghese.

Le *Saint Jérôme* ne me coûta guère plus de peine. Pour redresser l'image de bon vivant que Scipione s'était déjà acquise, j'eus soin de mettre un crâne sur le bureau où le docteur de l'Eglise travaille à la Vulgate. Choisir pour le manteau flottant qui enveloppe le saint la couleur la plus proche de la pourpre cardinalice fut la petite flagornerie qu'on attendait et dont on me sut un gré infini.

« Très bien, mon garçon, me dit Scipione. Je n'aurais rien d'autre à te demander, si tu ne pouvais m'aider à résoudre une difficulté qui me contrarie fort. Figure-toi que le Cavaliere d'Arpino refuse catégoriquement de me vendre les quatre tableaux qu'il t'a confisqués. »

C'est alors, comme je l'ai raconté, que j'eus l'idée malencontreuse des arquebuses.

« Il y a chez le Cavaliere, Eminence, un coffre toujours vide où il vous sera facile de faire cacher des armes chargées, de manière à justifier l'arrestation du peintre. Proposez ensuite au Cavaliere de le libérer en échange de mes quatre tableaux.

— Que je te paierai un bon prix, naturellement, pour te dédommager du tort que t'a causé ce bandit. »

Le cardinal n'en étant encore qu'au début de ses pirateries, je ne pouvais imaginer qu'il manquerait à ce point de scrupules, et qu'avec le stratagème des arquebuses non seulement il récupérerait mes tableaux, mais ferait main basse sur la collection complète de l'ancien protégé de Clément VIII. C'était l'époque où l'effronterie de Scipione m'épatait. Elle ne s'exerçait pas encore à mes dépens. La règle du *donnant donnant* fonctionnait entre nous à notre satisfaction réciproque. Mes premiers doutes naquirent lorsque j'eus compris que le « dédommagement » prévu ne me serait jamais versé. Chaque fois que j'essayais de lui rappeler sa promesse, il me bourrait les poches de chocolats et de bonbons, et me faisait raccompagner par deux domestiques qui portaient des torches. Je n'ai jamais vu personne plus habile, sans paraître moins grand seigneur, à ne pas payer ce qu'il doit.

La confrérie des palefreniers de la basilique Saint-Pierre me commanda une toile pour l'autel de sa chapelle. Après le charcutier, les palefreniers ! Je devais peindre deux figures de femmes en pied, la Vierge Marie et sa mère sainte Anna. Elles aident Jésus enfant à écraser un serpent, qui est l'image du péché. Pour le seul plaisir de retourner via di Tor Millina et de faire poser Gabriella et sa mère, je repris mes pinceaux, malgré la somme ridicule qu'on me proposait : soixante-quinze écus, pour un format de deux toises et demie de hauteur sur une toise et quatre pouces de largeur. Le succès populaire obtenu avec *la Madone des pèlerins* n'avait pu enrayer cette chute vertigineuse de ma cote.

Sans doute Scipione Borghese – pourquoi dire « sans doute » ? la suite de l'aventure prouve amplement cette hypothèse – ne fut-il étranger ni à la commande du tableau ni à sa dépréciation. Le neveu du pape m'a « protégé » jusqu'à ma mort, mais, à la différence du cardinal Del Monte et des frères Giustiniani, mon nouveau mécène s'entendait à enrichir ses collections sans écorner ses revenus. Cherchant à rafler au meilleur prix tout ce qui passait à portée de sa main, il n'a cessé d'intriguer pour maintenir mes tableaux en dessous de leur valeur marchande.

Je reconnais aussi son action – et sa perfidie – dans le choix du modèle retenu pour Jésus. L'aumônier de la confrérie approuva le choix de la signora Tarocco et de sa fille comme modèles de sainte Anna et de la Vierge Marie, mais me remontra que le neveu de Gabriella, utilisé dans *la Madone des pèlerins*, était trop jeune, trop petit, trop faible physiquement pour fouler aux pieds et écraser un serpent. Un nouveau-né dans ce rôle, non, il ne fallait pas y songer !

« J'ai évoqué ce problème avec Son Eminence le cardinal Borghese. Sur la foi d'un passage de la Genèse qu'il m'a cité, il m'a recommandé de prendre un garçon de cinq ou six ans. »

En conséquence de quoi, ce prêtre amena chez les deux femmes son propre neveu, un enfant déjà formé.

Les palefreniers, le jour où le tableau fut dévoilé, ne cachèrent pas leur gêne. En peignant cet enfant, j'avais rêvé à Mario, et, malgré moi, attribué à ce gamin malingre, blanc comme un linge et sans charme, une carnation dorée, une beauté tendre et sensuelle hors de propos pour son âge. Son pénis, je l'avais fait de la taille réelle, menu et pointu, mais sans m'empêcher de projeter son ombre sur l'intérieur de la cuisse, ce qui en soulignait l'importance et fixait l'attention sur cette partie du corps. Les palefreniers délibéraient s'ils devaient accepter ou non mon ouvrage, quand un acquéreur qu'ils n'avaient pas sollicité se présenta et leur proposa de le racheter pour la somme de cent écus. Heureux d'être tirés d'embarras, ils se défirent d'autant plus volontiers du tableau qu'un bénéfice de vingt-cinq écus ne leur paraissait nullement négligeable. Qui pouvait être cet acquéreur, sinon un prête-nom de Scipione Borghese ? Nouveau coup de maître du cardinal ! Faire trois cents écus de bénéfice sur mon dos, en se procurant pour cent écus un tableau qui en valait quatre fois plus ! Et avec ça, se donner l'air de m'avoir tiré d'un mauvais pas !

Bien pis, ces tractations et ces ruses étant restées secrètes, il n'y eut qu'un bruit à Rome : « Caravaggio a essuyé un nouveau refus, Caravaggio est fini, inutile de commander d'autres tableaux à Caravaggio, il passe plus de temps à Tor di Nona que dans son atelier, on ne peut être à la fois repris de justice et peintre, il paraîtrait même que le pape l'a... » Les clabaudeurs baissaient alors la voix, ils s'étranglaient sur le reste de la phrase, tant il y avait de risque à prononcer un mot pouvant faire croire qu'on connaissait la personne à qui on l'appliquait.

J'errais à travers Rome, la main sur la poignée de mon épée. Une sorte de pressentiment que je les voyais pour la dernière fois me poussa à visiter mes lieux favoris. Les jardins sur le Palatin, les souterrains du Colisée, les berges du Tibre, le port du Transtévère, cette étrange butte appelée Testaccio, parce que faite des tessons de poterie que les

Romains y entassent depuis l'Antiquité, la place du Peuple pour saluer Lena (« Mais qu'est-ce que tu as ? me demanda-t-elle, on dirait que tu fais une tournée d'adieux ! »), les pins de la villa Borghese, j'allais partout où j'avais l'habitude d'aller depuis quatorze ans, sauf que j'évitais la via Giulia, pour ne pas repasser devant Tor di Nona, et les parages de San Luigi dei Francesi, pour ne pas tomber sur le cardinal Del Monte. Orazio et Onorio, inquiets, ne me quittaient guère. Ils poussaient l'amitié jusqu'à essayer d'amender Gregorio. Sous leur influence, il se joignait à nous. Ils me conseillèrent de lui enseigner l'escrime. Gregorio s'exerçait à tirer contre les arbres, et, malgré le danger que nous courions, il m'arrivait de lui donner des leçons en pleine rue. La tierce basse était le coup qu'il réussissait le mieux.

Le 16 mai, nous nous promenions tous les quatre du côté du Campo Marzio. Sans cesse, par une pente fatale, je revenais à cet endroit. Armé d'une dague à coquille ciselée dont je lui avais fait cadeau, Gregorio se pavanait à mes côtés. Via di Pallacorda, nous croisons Ranuccio et sa bande. Profitant de ce que le parti espagnol est plus fort que jamais, en ce jour anniversaire de l'élection de Paul V, où toute la ville est pavoisée aux armes des Borghese, Ranuccio nous toise d'un regard arrogant. Orazio traverse la place et se plante sous son nez. Ranuccio écarte Orazio et marche sur moi.

Il s'exclame : « Voilà le vantard qui se donnait de grands airs, mais s'il veut rester à Rome, cet excommunié, il devra peindre des tableaux gratis pour le pape et les membres de sa famille ! » Exaspéré par ce mélange de demi-vérités perfides, de mensonges flagrants, d'insinuations fielleuses et d'ironie agressive, je tire mon épée et lui crie de se mettre en garde. Les autres font cercle autour de nous. J'atteins Ranuccio à la cuisse. Il tombe, bien que la blessure saigne à peine et semble sans gravité. Je m'apprête à rengainer mon épée, quand le traître se redresse, me la fait sauter des mains et m'enfonce la sienne dans le bras jusqu'à l'os. Je cherche un mouchoir dans ma poche. Le sang coule de mon bras. Gregorio m'encourage à me venger. Voyant que mon bras est trop faible pour reprendre l'épée, il me tend sa dague. Je la saisis de ma main gauche et, me penchant sur Ranuccio qui est retombé à terre, je lui plante l'arme dans le bas-ventre, à l'endroit où sa queue gonflée par l'excitation du combat se dresse contre l'étoffe. Je sens une résistance sous ma lame, j'accentue la pression et tranche net.

Il pousse un cri, s'évanouit. Le sang jaillit à gros bouillons entre ses cuisses. « Tu l'as tué! me crie Orazio. Et toi, Gregorio, tu seras impliqué dans le crime! » Il nous entraîne chez son ami cocher, cache Gregorio dans l'écurie, emprunte un cabriolet, rabat la capote, jette sur moi une couverture, m'emmène à l'Hôpital de la Consolation. Le médecin m'assure qu'en huit jours je serai guéri.

Le 24 mai, Orazio m'attendait à la sortie de l'hôpital, avec un cheval de selle, un déguisement de berger, une épée, un poignard et un couteau de marin. Il avait pris aussi mon sac de voyage, où je gardais, comme des talismans à emporter en cas de départ précipité, la *Vie* de Thérèse et le roman français de chevalerie. Gregorio, juché sur un bidet jaune de robe, sans crins à la queue, tirait maladroitement sur les rênes. Enveloppé de la cape que portent les gardiens de buffles dans les campagnes du Latium et coiffé d'un chapeau noir qui lui descendait jusqu'aux yeux, il maîtrisait à grand-peine sa monture, qui n'était pourtant ni jeune ni fringante. Orazio m'aida à m'habiller.

« Ranuccio y est resté, me dit-il. Saigné comme le cochon qu'il était. Le pape a décidé de faire un exemple. C'est la première fois qu'il n'écoute pas son neveu. Tu aurais pu tuer cette crapule n'importe quel autre jour, mais pas le 16 mai, premier anniversaire de son élection! La peine de mort est décrétée contre toi, et ta tête mise à prix. Gregorio risque dix ans de prison. » Gregorio se rengorgea, écarta sa cape : la dague, plus précieuse depuis qu'elle s'était rendue homicide, brillait à sa ceinture. La haridelle fit un écart, il se retint à temps à l'arçon.

« Où me conseilles-tu d'aller, Orazio ? J'ai bien envie de retourner à Gênes, où l'an dernier, dans une occasion semblable, une parente de la marquise de Caravaggio m'a donné asile.

— Surtout pas Gênes ! Tes liens avec les Doria sont connus. S'il y a une route qu'on surveille, c'est la via Aurelia. Prends la direction opposée. Les Colonna sont prévenus. Tu ne craindras rien dans leur fief de Paliano. Ils t'aideront ensuite à filer vers le Sud. »

LIVRE IV

I

Traqué mais choyé

Paliano, à dix lieues au sud de Rome, fief des princes Colonna. Neveu par son père de la marquise Sforza Colonna et par sa mère de Carlo Borromeo, proche cousin du cardinal Federico Borromeo, frère de cette Giovanna Doria Colonna qui m'avait accueilli à Gênes, le prince Filippo me donna asile dans sa villa de campagne. Ombragé de marronniers centenaires, odorant d'eucalyptus et de tilleuls, égayé par de nombreuses fontaines, un parc immense entourait la maison.

Chance ou malchance ? Chance de me trouver hors d'atteinte de la police pontificale ? Malchance de ne pouvoir plus me considérer comme un proscrit ? Comment prétendre à n'avoir ni feu ni lieu, quand un clan de cardinaux vous recommande à une dynastie de princes ? Je ratais, en quelque sorte, ma rentrée chez les hors-la-loi. Objet d'un *bando capitale,* j'en étais quitte à trop bon compte. *Bando capitale* : n'importe qui, selon une loi qui remonte à Sixte Quint, avait le droit de me tuer n'importe où. Impunité assurée à l'exécuteur de la justice du pape, sans compter une prime de cent écus. Me voilà *bandito* : condamné à mort, ce dont j'aurais dû me sentir plus glorieux que des quelques années de prison à Milan. *Bandito* ? Mais ce bandit trouvait refuge auprès de la plus puissante famille de Rome.

Revenu de sa mission en France où il avait accompagné Marie de Médicis, puis d'une nonciature au Portugal, le cardinal Ascanio Colonna, oncle paternel du prince Filippo, était de passage au château. Il m'avait tiré d'affaire autrefois. Il usa de son influence pour persuader son neveu de m'installer à demeure, dans une dépendance de son domaine nichée au fond du parc.

A Paliano, soutenu par le cardinal, honoré par le prince, bien traité par ses domestiques, il ne me manquait qu'un peu d'affection de la part de Gregorio. Le vaurien ne me quittait plus d'une semelle, ce qui ne veut pas dire qu'il s'était amendé. Dans cette campagne, à l'écart de tout village, ne connaissant personne, où aller s'amuser? Il mourait de peur, en outre, de tomber nez à nez sur des gendarmes.

C'est dans ces conditions que j'ai commencé à peindre le *David avec la tête de Goliath.* Première version d'un tableau sur lequel je reviendrais si souvent pendant les années à venir. Le costume de David, le décolleté de sa chemise, la manière dont il tient l'épée ont subi d'importantes modifications. La figure même de David a changé de fond en comble, selon les identités successives que j'ai prêtées au jeune vainqueur. Pour le moment, je le peignais en garde pontifical. Il empoigne par les cheveux la tête coupée de Goliath. David a eu quatre visages, au cours des quatre versions successives du tableau. Goliath n'a jamais varié. Dès cette première version, c'est moi que j'ai peint sous les traits du géant. On veut ma tête : je vous la livre. Un œil est éteint, morne, sous la paupière relevée. L'autre continue à vivre, sous la paupière qui tombe. A moitié mort, je suis; à moitié seulement : un mort de mort violente n'est pas mort complètement. Il a pour lui la gloire d'avoir été assassiné.

Quant au garde du pape, j'avais l'intention, au début, de lui faire le visage antipathique qu'on prête aux agents de la police : buté, brutal, bestial, sans grâce aucune ni trait susceptible d'attirer l'indulgence. Mais un sbire qui tue n'est pas seulement un sbire. Malgré moi, dès cette première version, je l'ai transformé en quelqu'un de jeune et d'agréable : projetant sur lui la lumière dont l'auteur d'un meurtre se trouve par force auréolé.

« Tu abdiques trop facilement, me disait le cardinal. Tu n'as aucune raison d'avoir si peu confiance en mon neveu et en ses gens. » La nuit tombée, il traversait le parc par la grande allée de marronniers et entrait dans la maisonnette que le prince m'avait donnée pour cachette. « Pourquoi t'es-tu représenté en Goliath ? La police du Saint-Père ne te rejoindra pas ici. Aucun abri ne pourrait être plus sûr. Tu n'as rien à craindre, tant que Paliano sera aux Colonna. »

Je reconnaissais, non seulement les dispositions bienveillantes du cardinal, mais encore son bon sens : tout autre que moi se serait trouvé heureux de jouir d'une telle sécurité.

« Je ne suis pas le seul, reprit-il, à vouloir que ta tête reste attachée à ton cou. Tu garderas le secret si je te confie ce qui se complote en ta faveur ? Nous sommes trois, au Vatican, à manœuvrer pour obtenir ta grâce de Sa Sainteté : outre celui qui te parle et qui ne fait que remplir son devoir de famille envers les Merisi, le cardinal Scipione Borghese, qui interviendra auprès de son oncle dès qu'il aura l'assurance d'avoir un ou deux tableaux nouveaux, et le cardinal Ferdinando Gonzaga, dont le père vient d'acheter ta *Mort de la Vierge* refusée par ces imbéciles de Carmes.

« Sais-tu qui a servi d'intermédiaire auprès du duc de Mantoue ? Quelqu'un que tu as connu, je crois, chez les Pères de l'Oratoire... Un jeune peintre flamand...

— Pierre Paul Rubens ?

— C'est cela. Il a aimé tellement ton tableau qu'il a persuadé son maître le duc Vincenzo d'en faire l'acquisition.

— Rubens ? Ce butor ? Oh ! je n'aurais pas attendu de lui un tel geste ! »

Je racontai au cardinal l'impression fâcheuse que je conservais d'un homme qui m'avait semblé trop porté sur la bière et les grosses filles pour apprécier mon travail.

« Eh bien ! poursuivit le cardinal, il faut que tu te fasses à cette idée qui t'embête : tes tableaux peuvent plaire à des gens que tu n'aimes pas. Tu dois admettre aussi, quitte à en être encore plus mortifié, que des personnes envers qui tu t'es montré désagréable continuent à te vouloir du bien. Ma sœur, par exemple ! Elle ne te garde pas rancune ! ajouta-t-il en riant. Tu as essayé de la décourager, en refusant de te rendre dans son palais de Rome, où elle t'avait fait l'honneur de t'inviter. Il n'importe, la marquise de Caravaggio n'abandonnera jamais dans l'adversité un natif de Caravaggio. Un Vénitien peut haïr un Génois, un Colonna peut en vouloir à mort à un Orsini, mais une châtelaine sera toujours solidaire des sujets de son village. Les aristocrates ont cette morale.

« Entre nous, ma sœur n'est pas mécontente de montrer à un *enfant terrible* ce que vaut la protection d'une grande dame. Allons ! Ne fais pas cette mine ! Je sais bien, moi aussi, que tu préférerais ne devoir rien à personne. Croire qu'on est seul au monde et sous la constante menace du bourreau, quelle pensée enivrante, je le conçois ! Abandonne-toi à cette pensée, berce-toi dans cette rêverie, peins-toi comme si ta tête était déjà coupée, fais-en couler le sang à gros bouillons écarlates, mais... »

Il lissa d'un doigt négligent un pli de sa soutane, puis, avec un sourire, conclut : « Mais n'oublie pas que sans l'hospitalité de mon neveu, tu devrais renoncer à peindre. S'il ne te fournissait pas un atelier, tu ne pourrais même pas préparer tes couleurs. »

Cette contradiction m'enrageait : à chaque embardée de mon destin, être sauvé par des Colonna ! Assassin et bandit, mais sans réussir à rebuter leur bienveillance ! L'odeur même des tilleuls me devenait odieuse. Le bruit des fontaines m'exaspérait. Un jour je n'y tins plus. Je dis à Gregorio d'aller chercher dans l'écurie et de faire seller, sans dévoiler notre intention aux palefreniers à qui il raconterait que nous partions pour une simple promenade au bout du parc, les deux chevaux qui nous avaient amenés. Nous détalâmes à fond de train en direction du sud. Les gens du prince se lancèrent à notre poursuite. Ils se renseignèrent aux relais de poste et nous rejoignirent après quinze lieues.

Le cardinal me réprimanda durement. « Que tu le veuilles ou non, me dit-il, tu n'es pas le sans-toit, le sans-le-sou, le nul, le rien-du-tout que tu voudrais être. Crois-tu qu'en partant à la sauvette, comme un malfaiteur, tu vas te mettre à dos ceux qui te veulent du bien? Tu comptais bien, avoue-le, qu'on vous rattraperait! Pourquoi, au lieu de prendre par les chemins de traverse et de t'aventurer dans la montagne, as-tu choisi la grand-route? C'est à Terracina qu'on vous a pincés! A Terracina, sous l'arc de triomphe qui marque la frontière avec les Etats du pape, un endroit vraiment idéal pour se faufiler incognito!

« Je vais te dire ce qui cloche sous ton crâne. Ne m'en veuille pas de ma franchise. Tu voudrais occuper toutes les places : celle du Favori et celle du Maudit. Te sentir à la fois l'Elu et l'Exclu. Tu as fait carrière, mon cher (ce "mon cher" cingla avec une ironie encore plus acerbe que le "faire carrière"). Je pourrais t'en retracer les étapes, une par une, depuis ton installation chez le cardinal Del Monte, jusqu'au *Saint Jérôme* peint pour le cardinal Scipione Borghese, en passant par les commandes des deux frères Giustiniani et le portrait de Paul V. Réprouvé, mais choyé; traqué, mais à l'abri; hors-la-loi, mais sous haute protection : impossible que tu échappes à cette double fatalité. »

Je baissai la tête. Que répondre à ces accusations? Le cardinal Del Monte ne se privait pas, lui non plus, de me lancer des pointes, chaque fois que je me hérissais contre ses bienfaits avec la susceptibilité du misérable qui veut jouir de son dénuement jusqu'au fond. « On ne pose pas à l'ange noir, me disait-il, quand on est le chouchou d'une marquise. » De quelle aménité, cependant, de telles piques restaient empreintes, en comparaison du présent réquisitoire!

« Et maintenant, reprit le cardinal, écoute-moi. On vous a vus galoper, dans la campagne, et le premier paysan pourrait vous dénoncer. Paliano n'est plus un refuge aussi sûr pour toi. Ta fuite stupide, en voilà le seul effet. As-tu pleine confiance en Gregorio?

— Pourquoi, Eminence?

— Je veux l'envoyer à Naples.

— A Naples?

— J'ai mon plan. Il y préparera ta venue. Tu attendras là-bas ta grâce. Ma sœur Giovanna, comme tu sais peut-être, avait épousé le prince Antonio Carafa. Veuve, elle a laissé à leur fils, Luigi Carafa, la propriété du palais Cellammare. Costanza, mon autre sœur, celle qui t'a constamment protégé, se trouve actuellement à Naples, elle loge chez son neveu.

— La marquise n'est plus à Rome? m'exclamai-je.

— Ah! tu pensais qu'elle aussi pourrait solliciter ta grâce auprès du Saint-Père? » Je ne pus m'empêcher de rougir. « Figure-toi, continua le cardinal, qu'elle a sur les bras une affaire qui la touche de beaucoup plus près. As-tu connu son fils, Fabrizio?

— Nous avons à peu près le même âge. Je jouais avec lui, au château de Caravaggio, le jour de Noël. Nous nous entendions bien.

— Même graine de criminels, en effet. Sais-tu ce qui lui est arrivé?

— Je ne l'ai plus revu, depuis cette époque.

— Il s'est rendu coupable, comme toi, d'un homicide.

— D'un homicide? Lui? Le fils de la marquise? Fabrizio Sforza Colonna? Votre neveu?

— Il a tué son meilleur ami. Pourquoi parais-tu si surpris? Tuer n'est pas un privilège réservé aux gens sans naissance. Dans les hautes classes aussi, on s'étripe et on s'assassine.

— A quand remonte son crime?

— Oh ! Fabrizio t'a précédé de plusieurs années, si tu tiens à le savoir. Il y a quatre ans que mon neveu a égorgé son ami. Par égard pour les Colonna, Sa Sainteté Clément VIII l'a fait juger à Malte. Les chevaliers de Saint-Jean l'ont condamné à dix ans de prison, et c'est là-bas qu'il purge sa peine, dans une cellule du fort S. Angelo qui garde le port de La Valette. Ma sœur est à Naples pour essayer d'obtenir sa libération, avec l'aide d'un parent que nous avons à la cour du vice-roi, le marquis Ippolito Malaspina, grand bailli de l'Ordre de Malte à Naples et très influent auprès du Grand Maître. Elle t'accueillera au palais Cellammare. Je veux la faire prévenir par un homme de confiance, c'est pourquoi je te demandais si on pouvait compter sur Gregorio.

— Gregorio, non ! » m'écriai-je, trop vivement. Il se mit à rire.

« A la bonne heure ! reprit-il. Je vois que tu ne veux risquer ta vie que jusqu'à un certain point. Ne t'inquiète pas : je vais envoyer à ma sœur un messager plus sûr. Peut-être notre neveu Filippo en personne, qui se fera un plaisir de te rendre ce service. Tu te trouveras fort bien, dans le palais des Carafa. Grâce au fait que ta tête sera toujours sur tes épaules, tu pourras continuer à rêver qu'elle pend sanguinolente au poing d'un bel assassin. »

Il se rembrunit. « C'est vrai, murmura-t-il, que Naples est aux mains des Espagnols, et que le parti espagnol, au Vatican, a de solides raisons d'en vouloir à l'ancien protégé du cardinal Del Monte. Il n'empêche, tu seras plus en sécurité derrière les murs du palais Cellammare qu'à dix lieues de Rome, où rôdent les espions du pape. C'est une chance pour toi, que le cardinal Scipione Borghese soit du parti de Philippe III. »

II

Naples

O terre, murmurais-je, sans me douter que j'allais être comblé au-delà de mes espérances, *ô terre abreuvée de perfidies, cible de la malveillance universelle, toi qu'on dit être un repaire de menteurs et de voleurs, à toi de justifier ces accusations.*

J'avais pris en croupe un marin échappé des galères. Pour rentrer clandestinement chez lui, il nous fit passer par des sentiers. Du sommet de Capodimonte, que nous avions atteint en traversant des bois épais, des friches de bruyère et des maquis inhabités, je découvrais Naples. « N'est-ce pas un spectacle magique ? » nous demanda notre naïf compagnon d'infortune. Des hauteurs du Pausilippe où était mort Virgile, à la presqu'île de Sorrente où Enée aborda, la vue embrassait une étendue immense. L'île de Capri, posée dans le lointain, reflétait dans la mer ses falaises. L'ancien forçat nous indiquait les diverses sortes de bateaux : la felouque latine, la tartane génoise, la pinasse espagnole, le caïque grec, le boutre arabe. Teintes de toutes les couleurs, les voiles filaient comme des oiseaux. Les barges à fond plat, chargées à ras bord de roches du Vésuve, passaient lentement, doublées par la gabare légère transportant les fiasques de lacryma-christi. Alourdie par une cargaison d'huile, une galiote à la proue ronde gagnait le mouillage de Mergellina. Des pêcheurs tiraient sur le sable, à côté de leurs filets mis à sécher sous de grosses pierres, leur barque décolorée par le soleil.

Tout ce qui est « paysage » et « panorama » m'ennuie. Une vue pour me plaire doit être circonscrite. Le pittoresque vague des sensations confuses offense mon besoin de me heurter à des murs et à des angles. Je suis l'homme des espaces clos, des lieux resserrés, des gros plans, des rayons dans la nuit, de la flèche de lumière qui tombe sur un détail. Je fus pourtant saisi par la splendeur et la majesté du lieu. Le golfe scintillait de minuscules éclats. J'aurais voulu embrasser d'un coup d'œil unique la ville, le port, la montagne et la mer, mais le tableau était trop vaste et le regard se dispersait. Je choisis, pour fixer mon attention sur un élément précis, un pin parasol dressé à mi-pente. Au-dessus du tronc aux écailles rouges, la masse compacte du feuillage presque noir s'épanouissait en gloire. Ce n'était plus un arbre que j'avais devant moi, mais le jaillissement d'une beauté minérale. L'air était si lumineux que, même en fermant les yeux, je gardais sur les paupières comme un poudroiement d'or. « Ce n'est pas une ville pour moi », pensais-je, tandis que nous commencions la descente vers le rempart qui entoure Naples de trois côtés.

A peine eûmes-nous franchi la porte, que mon opinion changea. Nous nous enfoncions, de l'autre côté de l'enceinte, dans un enchevêtrement inextricable de ruelles. Réseau si dense d'habitations, je n'en avais jamais vu. Chaque pouce de terrain est construit. Toute extension vers la campagne au-delà de ce rempart qui comprime et étouffe les maisons étant rigoureusement interdite par les autorités espagnoles, il a fallu bâtir en hauteur. Elevés de six ou sept étages, les immeubles cachent le ciel. Les rues sont si étroites, que la lumière n'y entre pas. Aucun jardin, pas même un arbre. Rome avec tout son appareil de ruines semble un village en comparaison de ce labyrinthe surpeuplé.

C'était donc cela, le Sud : une absence de couleurs et de lumière, un entassement de murailles noires, un fouillis de boyaux sans air, un monde de ténèbres et de clameurs. On s'interpelle d'une fenêtre à l'autre, on gesticule, on crie plutôt qu'on ne chante, les voix sont rauques et basses. Je ne pensais plus à Virgile, aux tendres idylles entre bergers, aux concours de pipeaux sous les hêtres, mais à Dante et à son univers de damnés.

Damnés, mais non vaincus : les Napolitains dépensent à vociférer, à s'époumoner, à se démener une énergie farouche, comme s'ils cherchaient à repousser un ennemi invisible. Pris moi-même d'une inquiétude qui me jetait au hasard dans les rues, j'ai passé le premier mois à déambuler sans but. Jour et nuit. Dort-on un seul instant à Naples? Dormir, c'est s'enfoncer dans le silence, quitter ses proches, prendre congé de ses voisins, se soustraire à la société de ses semblables, se retrancher en soi-même, tendre à une plénitude intérieure qui n'est pas appréciée ici mais détestée parce qu'elle prive de la compagnie des autres. Tout répit serait fatal à des gens qui ne se sentent vivre que dans le tourbillon et le vacarme. Quand ils enterrent un mort, ils redoublent de gestes et de cris. « Plus fort! Plus fort! » hurlent-ils aux femmes qu'ils paient pour sangloter derrière le char funèbre.

Quelle que soit l'heure, ils n'envoient pas coucher leurs enfants : ceux-ci braillent et s'égosillent à vous casser les oreilles, puis, à bout de nerfs, épuisés, en pleurs, les voilà qui s'endorment sur place, entre les pieds des grandes personnes. La paix d'une chambre, la solitude d'un lit, il n'y a pas de plus affreux châtiment pour un Napolitain, quels que soient son âge ou sa condition. Un jeune peintre, qui se disait mon disciple, malgré ma répugnance à accepter cette qualification, m'invitait à dîner chez lui. Vrai supplice que ces soirées chez Giovan Battista Caracciolo, à cause du piaillement de la marmaille.

Gregorio m'emmena au Cerriglio, une taverne où tout ce que Naples compte de repris de justice tient ses assises souterraines. Le patron, comme beaucoup de gens ici, même dans les milieux les plus populaires, ne s'intéresse pas exclusivement aux affaires lucratives. Cette plèbe jugée inculte par les étrangers est une des plus fines du monde. Mastro Peppone régnait sur un antre. Cette sorte de cave à trois pieds sous la rue, derrière le couvent de Santa Chiara, aucune enseigne n'en signale la présence. Je fus surpris de constater qu'on n'y boit que très modérément. Pas une fois je n'ai vu un homme ivre au milieu des tonneaux sciés en deux qui servent de tables. Un tohu-bohu à ne pas s'y entendre ; mais naturel, en quelque sorte, produit par la somme des énergies individuelles qui se donnent rendez-vous dans ce local sombre et enfumé.

Gregorio, pressé de questions sur sa connaissance des bas-fonds, m'avoua qu'il était originaire du quartier de San Domenico Maggiore, le cœur moite et visqueux de la ville. Il y avait vécu jusqu'à l'âge de quinze ans, avant d'être expulsé du vice-royaume pour une affaire que je ne pus démêler.

Mastro Peppone passait d'une table à l'autre, non pour inviter ses clients à boire, mais pour veiller à ce qu'aucun ne restât tête à tête avec son verre. S'il en voyait un d'humeur triste ou de visage morose, il tirait de sa poche une *Mythologie des dieux et des déesses de l'Antiquité* et s'efforçait de le divertir par le récit d'une des extravagances qui amusent les seigneurs de l'Olympe.

« Pourquoi, lui demandai-je, vos clients parlent-ils tous ensemble ? Aucun n'a-t-il donc envie de s'isoler dans un coin ? Moi, par exemple, j'aime bien de temps en temps demeurer seul avec moi-même. – Viens », me dit-il.

Tout en grommelant *moi-même, moi-même* d'un ton sarcastique, il m'entraîna par un escalier très sombre jusqu'à une terrasse ensoleillée d'où l'on voyait un mince filet de fumée s'échapper du sommet pointu d'une montagne et monter droit dans le ciel pur.

« Tu sais ce que c'est, cette montagne ?

— Le Vésuve, je suppose.

— Et cette fumée ?

— Le signe qu'il n'est pas éteint.

— Tu parles comme un homme du Nord! Nous disons, nous : la preuve qu'il bouillonne à l'intérieur et se tient prêt à nous ensevelir à nouveau.

— Il y a donc une menace réelle?

— Malheureux, tu oses me poser cette question? Crains de réveiller la fureur du dieu. A tout moment nous risquons d'être recouverts sous une pluie de cendres et de laves; la terre qui est sous nos pieds peut nous manquer d'une minute à l'autre, et la mer nous engloutir sous un raz de marée soudain. Si nous cessions un seul instant de parler et de nous agiter, Vulcain prendrait notre silence pour un acquiescement. Le dieu, qui a ses forges au fond du cratère, commencerait son œuvre de destruction et de mort. Voilà pourquoi le *moi-même* est un luxe qui n'a pas cours chez nous.

— Vous tenez à me faire peur? m'exclamai-je. Ne peut-on prévoir, aujourd'hui, les éruptions? Reconnaître des signes avant-coureurs et prendre les mesures nécessaires?

— Tu as donc encore confiance dans le calcul et dans la prévoyance? O Lombard, tu montres par là que la France et la Germanie ont eu dans ton éducation un poids non négligeable. Vivre à Naples, c'est s'installer dans le sommeil de la raison.

— Et que trouverai-je, de l'autre côté? »

Sans répondre, il haussa les épaules. Nous redescendîmes dans sa caverne, en nous accrochant à la rampe, tant la pente était raide et les marches humides.

De cette fièvre incessante, de cette agitation sans répit, aucune œuvre d'art importante n'est issue : autre sujet de surprise pour moi, pauvre « Lombard » que je continuais à être. Michel-Ange et Sebastiano del Piombo à Rome, Titien et le Tintoret à Venise, Andrea del Sarto et Pontormo à Florence, Giotto à Padoue, Raphaël à Urbino, Signorelli à Orvieto, Léonard à Milan, mais à Naples? A Naples, personne. Peut-être, un jour, ce Giovan Battista Caracciolo. Mais, pour l'instant, personne. En visite dans cette ville cinquante ans avant moi, quand la Renaissance atteignait partout ailleurs son apogée, Vasari déclarait se sentir « maître dans un désert ». Il y a des centaines d'églises et de chapelles à Naples, mais on ne trouve nulle part un tableau passable.

« Un tableau, quand le Vésuve fume ! » Autrement dit « Il faut avoir une terre solide sous les pieds avant de songer à l'art. »

Lorsqu'on est sur le qui-vive, comment s'abstraire du remue-ménage général pour peindre en particulier ? Au lieu de s'en tenir aux productions définies (tableaux, fresques) et d'observer les quelques principes (retraite, recueillement) sans lesquels aucun travail suivi n'est possible, la vitalité populaire s'exprime en formes improvisées, mouvantes, désordonnées, capricieuses, éphémères. Fête, farce, danse, chanson, grimace, vol à la tire, transe religieuse, que sais-je d'autre qui jette hors de soi ? voilà leur terrain d'élection, voilà où ils excellent. Ouvrir la bouche, bouger la langue, rouler des yeux, remuer les bras et les jambes, c'est déjà une façon de se tenir prêt. La secousse tellurique ne surprendra pas celui qui vit un pied en l'air. C'est pourquoi un peuple aussi riche en talents reste aussi pauvre en créateurs. Rien n'est plus contraire au génie du Napolitain que de suspendre le tumulte de ses émotions pour entrer dans l'ascèse qui conduit à l'œuvre.

A Milan, une horloge publique, installée à chaque carrefour, indique l'heure. Ici, le mot *horaire* serait compris autant que du chinois. On se règle, approximativement, d'après le soleil. Le mot *économies* n'est pas moins inconnu. *Placer* son argent passerait pour une folie. Il n'y a pas de banques à Naples, parce que ne pas dépenser tout ce qu'on a, tout de suite, mettre de côté, thésauriser ne viendrait à l'esprit de personne. « Les Médicis, me disait Caracciolo avec justesse, ont été des banquiers avant d'être des mécènes, et c'est seulement après que le commerce de l'argent eut fait la prospérité de Florence, que la peinture s'y est développée. » Bien qu'il se désolât de ne trouver à Naples aucune des conditions qui eussent permis cet essor, lui-même eût été incapable de changer ses habitudes pour le favoriser.

Tout en m'amusant du tohu-bohu permanent dans les rues, j'éprouvais le besoin de m'en *retirer*. Par bonheur, j'étais logé dans un palais situé à la fois dans Naples et au-dessus. De la via Toledo, axe nord-sud de la ville, se détache la via Chiaia, qui conduit à la porte ouest de la ville, au-delà de laquelle commence la bande inculte du littoral. Peu avant la porte, une rampe bifurque vers la droite et monte jusqu'à un palais surélevé. Cellammare : il porte bien son nom. Entre ciel et mer, à la fois imposant et léger, il dresse au-dessus de la mer une masse rose de briques posée sur un socle de piperne gris.

Le prince Carafa, sur la demande de sa tante, me prêtait au rez-de-chaussée de son palais une remise dont la fenêtre donnait sur la cour d'honneur, et la porte sur une seconde plus petite, réservée au service. On accédait d'une cour à l'autre par un passage voûté, qui avait l'épaisseur de mon atelier. A quelques toises de la populeuse via Chiaia, je jouissais d'un silence absolu.

Le portail principal, fastueux arc de triomphe surmonté du blason de la famille, restait toujours fermé : je constatai que les habitants du palais comme les visiteurs passaient par une porte de côté. Le cousin du prince Luigi étant encore en prison à Malte, ordre était donné de ne pas ouvrir ce portail. Cette marque de deuil ne serait levée que lorsque la mère de Fabrizio Colonna Sforza aurait réussi à faire élargir son fils.

Un matin, je vis par ma fenêtre les deux battants s'écarter d'un mouvement solennel, et le prince Luigi s'avancer dans la cour d'honneur au bras de sa tante, suivi de ses enfants et de ses domestiques au complet. La marquise n'avait pas seulement obtenu par ses nombreuses relations que Fabrizio fût remis en liberté : à peine sorti de prison, nommé général des galères par une sorte de dédommagement dû à son rang après quatre ans de prison, il prenait le commandement de la flotte maltaise.

Un de ses premiers voyages, sur la galère amirale, serait pour venir embrasser sa mère, dans ce même palais où elle me faisait héberger. La marquise, malgré ce triomphe, gardait l'air renfrogné et hautain que je lui avais connu à Rome. Elle avait beau pincer le coin des lèvres pour sourire, dans sa figure sèche les yeux restaient froids.

Ma réputation m'ayant précédé, des jeunes gens me rendaient visite. Ils avaient le désir d'être peintres mais ne savaient comment s'y prendre. Ils me regardaient, ébahis, travailler une demi-journée sans desserrer les dents.

J'avais reçu deux commandes. La cupidité du gouvernement espagnol, l'imposition de taxes sur les fruits, le vin, le sel, l'huile et divers autres produits de première nécessité, les réquisitions de farine et de viande pour les soldats de la garnison avaient réduit le peuple à la misère. Les famines, les épidémies se succédaient. Sept jeunes gentilshommes, désireux de venir en aide à cette immense population de gueux, s'étaient réunis en société pour fonder un mont-de-piété, le Pio Monte della Misericordia. Ils me promirent quatre cents ducats si je leur peignais dans un seul tableau les six œuvres de charité, telles que les a fixées saint Matthieu.

« *J'ai eu faim et vous m'avez donné à manger, j'ai eu soif et vous m'avez donné à boire, j'étais étranger et vous m'avez recueilli, nu et vous m'avez habillé, malade et vous m'avez visité, en prison et vous êtes venus me voir.* » Liste canonique de préceptes, auxquels don Pietro Molinari, que la société m'avait député pour régler les détails du contrat, me demanda d'ajouter un septième, non mentionné par le Christ : « enterrer les défunts ».

A quel point la mort obsède ici les esprits, j'avais mainte occasion de m'en apercevoir. Plusieurs églises portent en décoration sur leur façade des guirlandes de fémurs et de tibias. Trois bornes délimitent le parvis devant l'église des Ames du Purgatoire. Chacune de ces bornes supporte une tête de mort en bronze posée sur deux tibias croisés.

« Pourquoi la surface de ces crânes est-elle si polie ? demandai-je au marchand de vin installé en face de l'église, de l'autre côté de l'étroite via dei Tribunali. Celui-ci est même si usé par je ne sais quel frottement que le métal est troué par endroits. – Dame, me répondit le débitant, nos amoureux viennent se bécoter ici et joignent leurs mains sur cet appui. Alors, au bout de trois ou quatre siècles, forcément... » Ma question semblait le scandaliser, comme si je n'avais pas compris tout seul qu'il n'est permis de s'aimer que sous la tutelle de la mort.

Giovan Battista Caracciolo, celui de ces jeunes peintres en qui je place le plus de confiance, était membre, à vingt-huit ans, de la Compagnie des Trépassés. Bien que d'une famille modeste, il cotisait pour avoir, le jour où on le conduirait au cimetière, un carrosse doré attelé de quatre chevaux. Ces quote-parts que chacun verse pour la dignité de ses funérailles sont la seule forme d'épargne pratiquée à Naples.

« Et puis, ajouta le délégué du Pio Monte en rougissant de m'avouer une telle superstition, nous sommes sept, et l'on dirait en ne voyant que six œuvres que l'un de nous n'a pas voulu payer. »

Ce tableau, placé dans l'église qu'ils venaient de faire construire à leurs frais au bout de la via dei Tribunali, non loin de la cathédrale, inciterait à déposer des aumônes dans le tronc installé sous l'autel. Je m'acquittai du mieux que je pus de cette tâche. Il fallait faire sept petites scènes différentes sans nuire à la cohésion de l'ensemble, sous le regard de la Madone penchée dans le ciel entre des anges. J'ai peint en bas à gauche un infirme affalé par terre à côté de sa béquille, auquel un jeune homme, nouveau saint Martin, ayant coupé en deux son manteau, en offre la moitié : « vêtir ceux qui sont nus » et « porter secours aux malades », deux œuvres résumées en une seule. Même subterfuge dans la partie droite de la toile, où une femme donne le sein à un vieillard à travers les barreaux d'une grille. « Nourrir les affamés » et « rendre visite aux prisonniers », amalgame de deux autres préceptes.

Don Pietro Molinari avait insisté pour que l'ensemble baignât dans une atmosphère nocturne, ce qui me convenait fort bien, mais il voulait que la septième œuvre s'accomplît à la lueur d'une torche, ce qui ne m'allait plus du tout. J'eus beau lui objecter que je n'avais jamais peint dans aucun de mes tableaux une source de lumière artificielle, et que j'avais une manière à moi d'éclairer, il me mit dans l'impossibilité de lui désobéir. « Chez nous, on enterre les morts aux flambeaux, et ce serait un péché que de manquer à la coutume. » Cette obligation ne laissa pas de m'irriter. Il est si aisé de créer une impression de mystère par une flamme au milieu de la nuit, que le mérite du peintre s'en trouve forcément diminué. Quoique le tableau ait remporté un grand succès, l'effet trop facile de la torche dans les ténèbres le gâche à mes yeux.

Si je l'ai peint moins continûment que d'habitude et avec plus de repentirs, c'est aussi que Gregorio, par sa conduite imprévisible, me tenait dans une agitation permanente. Il s'absentait pour des périodes plus ou moins longues, et toujours sans prévenir. Tant que nous vivions à Rome, j'acceptais ces disparitions soudaines. A présent que ma tête était mise à prix, il pouvait chercher à me vendre. Quels sentiments avait-il pour moi? M'aimait-il? Etait-il prêt à m'aider? Ou au contraire... Bien qu'il eût une manière de se comporter qui démentît ce qu'il est convenu d'appeler *amour,* je n'excluais pas une forme d'affection, du moins par intermittence. Son esprit agissait d'une certaine façon, mais son corps d'une autre, et c'est précisément cet illogisme qui me fascinait. Ses accès de tendresse pouvaient cacher des mensonges, comme ses mensonges n'être qu'un moyen de réclamer plus d'indépendance. L'impossibilité de savoir si à la première occasion il n'allait pas me trahir me rendait son esclave. Même quand il me serrait dans ses bras et nous gorgeait de plaisir, je ne pouvais me dire en sécurité.

Tout en travaillant à mes tableaux, je laissais la porte ouverte pour guetter ses allées et venues. Il aimait jouer au ballon dans la cour de service avec les domestiques du palais. D'après la « colonne » brodée sur leur manche, j'étais sûr que ceux-ci appartenaient aux Colonna. Rien à craindre de ces fréquentations. Un jour, pour me dégourdir les jambes, j'eus envie de me promener dans la cour d'honneur, plus spacieuse et plantée de marronniers. En sortant du passage voûté qui sépare les deux cours, je vis Gregorio, au débouché de la rampe qui descend vers la via Chiaia, en grande conversation avec un homme de belles manières qui ne pouvait être un valet. Une plume blanche ornait son chapeau, sur le revers duquel était fixé un aigle couronné au-dessus d'un dragon sans queue, l'emblème des Borghese. Gregorio savait que je ne surveillais que la cour de service. L'homme à la plume blanche fut le premier à m'apercevoir. Il poussa Gregorio du coude. Tous deux s'empressèrent de filer par la rampe et de disparaître à mes yeux.

« Que veut dire ceci ? murmurai-je en moi-même. Le cardinal Scipione me prépare-t-il le même coup qu'il a fait au Cavaliere d'Arpino ? Son Eminence viendra-t-elle me trouver en prison pour me proposer son marché ? »

Le tableau de *David avec la tête de Goliath*, peint sous la forme que j'ai dite et que je savais provisoire, restait exposé en permanence dans mon atelier. Ne mesurant que quatre pieds sur trois, il pouvait être volé facilement – ce qui n'était pas le cas des *Œuvres de la Miséricorde*, hautes de deux toises et larges d'une toise et deux pieds. Alerté par la présence du gentilhomme qui portait l'emblème des Borghese, je décidai de cacher le *David* dans un coin du débarras. Mesure d'autant plus nécessaire, que le second tableau dont j'avais reçu la commande devait, d'après les termes du contrat, être peint sur place, dans une église située en pleine ville. Mon atelier resterait vide pendant la plus grande partie de la journée.

III

Questo, il Cristo?

Un des sept fondateurs de la société de la Miséricorde, Tommaso Palmieri De Franchis, me proposait deux cent quatre-vingt-dix ducats pour faire une *Flagellation*. Sa famille possédait une chapelle dans l'église San Domenico Maggiore. Jaloux de mon travail, il m'obligeait à peindre le tableau directement dans cette chapelle, devant le maître-autel au-dessus duquel il avait l'intention de le placer. Il fermait à clef la grille derrière moi, de manière à tenir à distance les curieux.

Autour de San Domenico Maggiore, s'étend le quartier dit Spaccanapoli, devenu vite mon quartier préféré. Spaccanapoli, quel nom, pour la principale des rues qui se fraient tant bien que mal un passage dans le fouillis des habitations ! Elle « fend » le corps poisseux de Naples comme une épée passée au travers d'un ventre. Tout est physique dans cette ville, tout est sensuel et capiteux. Guidé par Gregorio, qui avait gardé ses relations et repris ses habitudes dans les lieux de son enfance – mines drôles et louches qui ajoutaient à l'amusement de nos promenades –, j'explorais avec délices ce labyrinthe. Venelles sombres et humides, rez-de-chaussée sans lumière, fracas de voix gaies malgré l'extrême pauvreté, hennissements de chevaux, relents de fritures, boutiques de santons, hôpitaux de poupées, étalages de légumes, cris des vendeurs, pleurs des enfants, vociférations des matrones – tout ce que réprouve le bon sens attaché à quelques règles élémentaires en matière de santé publique et d'éducation s'épanouissait ici en farouche luxuriance.

Le libraire de la via dei Tribunali, gros homme jovial qui me ravitaillait en livres sur Naples, me montra le récit d'un voyageur helvétique, qui se scandalisait parce que des gens vivant avec aussi peu de ressources et dans des conditions d'hygiène aussi déplorables osaient être contents de leur sort. « Ils seraient parfaitement heureux sans les vexations de la soldatesque espagnole. » Le bonhomme riait aux éclats de l'indignation de l'auteur suisse.

Même la transformation anarchique du plan originel de la ville fournissait à ce citoyen vertueux une preuve qu'on vit infiniment mieux à Genève que dans cette terre barbare. Naples avait bénéficié, au commencement de son histoire, d'une planimétrie rationnelle : camp militaire établi par les soldats romains, ce n'était autrefois que rues droites et angles de quatre-vingt-dix degrés. De ce quadrillage primitif, que reste-t-il ? La fantaisie du peuple a pris le dessus, rendu méconnaissable le tracé initial et transformé la froide symétrie en chaotique enchevêtrement. Plus rien n'est rectiligne ; même sur les deux axes, les fameux *cardo,* du nord au sud, et *decumanus,* d'est en ouest, toutes sortes de renfoncements, de saillies, d'ajouts abusifs, d'excroissances bizarres ont chamboulé l'alignement impeccable du début. Quant aux ruelles, qui grimpent au petit bonheur, elles ont du mérite à se faufiler au milieu des déballages de victuailles, des monceaux d'ordures, des encombrements de charrettes, des meubles hors d'usage dont on se débarrasse en les jetant par la fenêtre. Le pied glisse sur les déjections, les nourritures tournent sous la chaleur, le vin surit dans les bassines sans couvercle, les mouches étourdissent, les clameurs assourdissent. Dépossédé de moi-même dans un vertige de sensations fortes, j'avais envie de me dissoudre, de me fondre dans cette masse gluante, roborative, tapageuse et parfumée qu'est un bas-fond napolitain.

San Domenico Maggiore campe sur une place qui, sans être très grande, a le toupet d'être irrégulière, au croisement de deux rues, qui s'évasent l'une dans l'autre plutôt qu'elles ne se coupent. L'église, au lieu de s'ouvrir sur ce carrefour, lui tourne le dos. A-t-on jamais vu pareille insolence ? Partout ailleurs, et surtout dans les pays où l'on imprime tant de graves considérations sur le malheur d'habiter une ville si favorisée par le climat mais galvaudée par la paresse, l'incurie et l'irresponsabilité de ses habitants, ce serait une bizarrerie incompréhensible, une incongruité à blâmer, une erreur qui coûterait cher à l'architecte. Ici, personne ne s'étonne qu'une église donne sur une place non point par la façade, mais par le chevet. Une place, dans un système de pensée logique, sert de vestibule à un bâtiment public. Son office est de permettre à la foule qui entre ou qui sort d'affluer ou de s'écouler sans gêne. On pénètre à San Domenico par une porte latérale à peine large de trois pieds fermée à clé la nuit : est-ce une entrée *convenable* pour un édifice aussi important ? La place n'est pas *utile,* sinon au bonheur philosophique d'un peuple qui peut se dire qu'il a beau être pauvre, il garde ce luxe d'avoir à sa disposition, dans une ville où l'on se dispute âprement chaque pouce de terrain, quelques arpents qui ne servent à rien.

Les hautes classes de la société trahissent jusque dans la configuration de leurs palais ce goût du gratuit qu'ils poussent à l'absurde. La magnificence du portail, la hauteur et la profondeur de la voûte qui donne accès à la cour, la splendeur de l'escalier qui occupe une aile entière, et, loin d'être réduit à une *fonction,* n'est là que pour la gloire, tout atteste un culte extravagant du superflu.

Un haut palais sombre se dresse devant la petite porte par où l'on entre à San Domenico Maggiore. Gregorio voulait savoir s'il n'y avait pas un autre accès à l'église, et si nous devions obligatoirement passer devant ce palais. Il se signait chaque fois que nous en longions la façade.

« Qui habite ici ? demandai-je. – Ne parle pas si fort ! dit-il, effrayé. Le prince de Venosa. » Il avait encore baissé la voix pour prononcer ce nom. « Le prince de Venosa ? – Il a tué autrefois, de sa propre main, sa femme et le duc d'Andria, qu'il avait surpris ensemble dans la chambre à coucher de la princesse. » Cloîtré derrière les murs de son palais, le meurtrier expiait depuis quinze ans ce double crime. « Il ne sort qu'à nuit haute. – Jamais pendant le jour ? – Une fois par an seulement, pour la procession au couvent de San Martino. »

Mon ami le libraire changea de couleur en constatant que je prenais à la légère ce bruit. Sa face habituellement épanouie se contracta ; il m'affirma du ton le plus sérieux qu'il ne s'agissait pas d'une légende. La seule question était de savoir si le prince avait tué de sa main ou chargé un sicaire de faire la besogne. « Rien qu'à me parler de ces deux malheureux assassinés, tu me donnes la chair de poule. » Lui aussi baissait la voix et se signait en prononçant ce nom : Carlo Gesualdo da Venosa.

Le souvenir d'un autre crime flottait sur le quartier. Giordano Bruno avait étudié dans le couvent attenant à l'église. La lueur du bûcher où j'avais vu le moine brûler vif pour avoir écrit à la gloire de l'amour quelques passages condamnés par le pape éclaira-t-elle le tableau que j'étais occupé à peindre ?

« Questo, il Cristo ? » La stupéfaction du comte Palmieri m'apprit que mon rêve intérieur, une fois de plus, avait bousculé mon intention initiale. Le contrat avait fixé les grandes lignes du sujet : la colonne, le Christ attaché par des cordes, l'agonie du Seigneur, la férocité des bourreaux. Seuls mes trois bourreaux répondaient à ce programme. Visages d'une puissance obtuse et bestiale, fronts dégarnis plissés par l'effort. Muscles tendus, carrures de tortionnaires. Ils ramassent leurs énergies pour frapper. Leur face sue la cruauté et la haine, leurs mâchoires grincent de bruxomanie.

Mais le Seigneur lui-même, comment réagit-il ? Où sont les signes qu'il souffre le martyre ? A part un linge étroit noué autour des hanches, il est nu. Légèrement affaissé sur sa gauche, la tête penchée sur son épaule, il offre son corps à la lumière, et se laisse aller à... Comment le dire, sans avouer l'énorme indécence du tableau ? Oui, c'est au plaisir qu'il se donne, au plaisir d'être nu sous cette coulée blonde et au milieu de ces brutes qui vont faire gicler son sang.

Enveloppante comme une caresse, chaude comme un soir d'été, sensuelle comme l'huile dont se frottaient les athlètes dans l'Antiquité grecque et romaine, la lumière couleur d'or patiné descend de l'épaule vers la poitrine, elle s'étale sur le ventre, elle glisse le long de la jambe, elle s'alanguit sur la cuisse, elle recouvre d'une chaude émulsion le torse et d'un baume engourdissant les membres pâmés. Les bourreaux s'impatientent. Ils voudraient arracher à leur victime des plaintes, des gémissements, des cris de douleur. Mais non, pas même une protestation. Aucun sursaut de dignité, aucun geste de colère.

Est-il encore un martyr, celui que ses tourments ravissent ? Si l'extrême volupté qui l'absorbe ne dévorait toutes les forces de son âme et lui laissait la liberté de parler, quelles prières inattendues s'échapperaient de ses lèvres !

Frappez plus fort, que je jouisse plus intensément... Vous croyez me faire souffrir ? Vos fouets me sont plus tendres que des caresses. Plus délicieux que des baisers je reçois vos coups... Frappez, déchirez-moi, acharnez-vous... Plus vous serez violents, plus j'en éprouverai de plaisir... Si vous ne m'aviez attaché à cette colonne, je me laisserais glisser à terre. O douce extase, ô épuisement heureux... Voyez, je défaille, la conscience est prête à me manquer...

Vous dites que je ne suis pas Dieu mais un homme qui a usurpé l'identité de Dieu. Connaissez-vous beaucoup de créatures nées d'un père et d'une mère qui supporteraient sans se révolter ni chercher à se débattre le supplice que vous m'infligez ? Il est dans la nature morale de l'être humain de se dresser contre l'abus de pouvoir et dans sa nature physique de se défendre contre les agressions. En a-t-il été ainsi avec moi? Quand vous m'avez arrêté, ne vous ai-je pas suivis docilement? Avez-vous dû recourir à la force pour me conduire ici? A présent, est-ce que je vous demande de serrer moins les cordes qui me scient les poignets? Le rapport de cause à effet, qui veut que toute blessure engendre la douleur et que toute douleur oblige à crier, citez-moi un seul humain qui n'y soit pas soumis. Je te frappe, tu cries. Seul Dieu échappe à cet enchaînement. Tu me frappes, je jouis... L'homme résiste, se rebiffe, se rebelle, pleure, hurle, clame que c'est injuste, se tord sous la souffrance. Dieu s'y abandonne, à la souffrance, Dieu la transforme en volupté... Frappez, frappez plus fort, que le Dieu que je suis jouisse plus intensément du mal que vous croyez lui faire...

Le comte invitait ses amis à partager sa stupeur. *Questo, il Cristo?* Oubliant qu'il voulait garder pour lui seul le tableau, il laissait ouverte la grille de la chapelle et le montrait à quiconque franchissait le seuil de l'église. C'était, chaque fois, un mouvement de recul, des visages interloqués, des réflexions incrédules. Le cardinal et les évêques coadjuteurs, alertés par la rumeur, annoncèrent leur visite. Ils entrèrent dans la chapelle et restèrent muets d'étonnement. Son Eminence me fit l'honneur de rougir. Je crus que mon compte était bon : à coup sûr, j'aurais à subir un nouveau procès. « *Questa, una Flagellazione?* » murmurait le cardinal. Cependant, il ne paraissait pas offensé. Le regard qu'il posait sur le tableau était plus amusé que sévère. Ce Christ pâmé sous la lumière lui plaisait, comme il plaisait aux autres prélats et aux visiteurs qui se succédaient.

Nous étions à Naples, je l'avais oublié. A Naples, c'est-à-dire : loin de Rome et du Vatican, du gouvernement du pape et de la censure pontificale; dans une ville que ne peut choquer l'alliance du sacré et du profane; en pleine terre païenne, où « la chair » n'est pas un objet d'anathème. D'après les Ecritures, la Flagellation du Seigneur est une métaphore de la punition méritée par le corps : article du dogme absurde ici. Enfin, comment vivre au pied d'un volcan, dont le cône s'empanache certaines nuits de vapeurs rougeoyantes qui donnent autant de plaisir par leur beauté qu'elles ne causent d'épouvante, sans rechercher en toute chose des sensations extrêmes ?

Le cardinal était si enchanté de ce tableau qu'il me pria de lui en faire une copie qu'il placerait dans sa chapelle particulière. Le comte Palmieri ne put s'opposer à cette requête. Quand il tenta de protester, le *porporato* lui ferma la bouche en lui tendant son anneau à baiser.

IV

Le prieur de San Martino

Un soir, j'étais sorti de l'église plus tard que d'habitude, en fermant la porte derrière moi et en emportant la clé. J'attendais Gregorio, qui avait promis de me rejoindre. Je me rongeais les poings, je comptais les minutes. En vain. Bien que ses trahisons, de plus en plus fréquentes, fussent nécessaires, en quelque sorte, à mon amour, je me sentais oppressé de tristesse. Etre seul et être condamné à rester seul, quand le ciel resplendissait d'étoiles!

Son pas léger et sautillant, j'espérais encore l'entendre au bout de la rue. Il arrivait en courant, il me sautait au cou... Combien de fois, ainsi, quand je m'apprêtais à maudire ma faiblesse, m'avait-il rendu au centuple les moments perdus à l'attendre... Ce soir, il m'oubliait... Allais-je m'attendrir stupidement sur mon sort? *Tu me frappes, je crie...* Humaine, trop humaine réaction... Ah non! je n'étais pas encore Dieu, pour estimer injuste de n'avoir personne avec qui partager le bonheur d'une telle nuit.

On dînait, dans le quartier. La rue, pour une fois, était silencieuse. Seul le charron, dans un coin de la place déserte, clouait à la lueur de sa forge un cercle de fer autour d'une roue. Il rattrapait le temps que je lui avais pris en l'utilisant comme modèle pour le Christ.

Par une fenêtre ouverte du palais devant lequel Gregorio ne passait jamais sans se signer, j'entendis un concert de voix. L'harmonie m'en parut si étrange, que je m'arrêtai et tendis l'oreille. Voici ce que chantaient ces voix, pas plus de cinq ou six, il me semble, en prenant soin de ne jamais se mettre à l'unisson.

Grâce à vous j'apprends
comment une âme en extase
ne sent pas la douleur de la mort
bien qu'étant sur le point de mourir.

Sur le mot *mourir*, la dernière voix (un ténor, si je ne me trompe) bondit à l'aigu : un saut d'octave, comme si l'idée de *mort* causait une joie subite. Le madrigal tout entier était empreint d'une mélancolie profonde, mais en même temps chargé d'une énergie irrésistible. « Là, on meurt, pensai-je, mais quelque chose dans cette mort, ou dans la façon dont elle arrive, procure à l'âme une satisfaction parfaite. Là Dieu se manifeste. »

La correspondance entre cette pièce de musique et le tableau que je venais de quitter m'intrigua. « Il se trouve donc ici quelqu'un qui aurait pu poser pour mon Christ, au lieu de ce sot réparateur de voitures auquel j'ai dû expliquer l'expression à prendre. L'auteur de ces notes sait qu'il est possible, à certains, de ne pas crier quand on les frappe. »

Ne pas souffrir de souffrir, souffrir de ne pas souffrir, ces contradictions n'étaient plus pour cet inconnu un mystère.

Peut-être, sans m'en rendre compte, enthousiasmé par les accents inouïs qui résonnaient dans cette rue sombre, avais-je parlé tout haut ; car un homme se pencha par la fenêtre et m'observa un moment. Il se retira vivement en arrière quand il s'aperçut que je l'observais aussi. Il referma la fenêtre, mais continua à me regarder à travers le carreau, et j'emportai, troublé par cette apparition, l'image désagréable de deux yeux noirs posés sur moi avec une intensité que je ne m'expliquais pas.

A quelque temps de là, j'eus l'idée de retourner la nuit dans l'église pour étudier quel effet produisait ma *Flagellation* à la lueur des deux ou trois torches dont je m'étais muni. Quelles ne furent pas ma surprise et mon épouvante – car j'étais sûr d'être sorti le dernier et d'avoir emporté la clef que m'avaient confiée les Pères Dominicains – en voyant qu'on m'avait précédé. Une multitude de flambeaux brûlaient devant ma toile presque achevée. Agenouillé sur le prie-Dieu qui faisait face à l'autel devant lequel était posé mon Christ, se tenait immobile, la tête appuyée sur ses mains, absorbé dans une méditation qui ne l'empêchait pas de regarder fixement le tableau, l'homme aux yeux noirs brûlants du palais. Au bruit de mes pas, il se retourna et se leva.

« Ne crains rien, me dit-il. En tant que protecteur du couvent, je détiens un double de la clef. Chaque nuit, je viens ici avec mes domestiques qui allument ces flambeaux et illuminent ton Christ avec la splendeur dont il est digne.

— Excellence, répondis-je – car j'avais compris que je me trouvais en présence de ce fameux prince de Venosa –, cet éclairage magnifique vous trompe sur les mérites d'un artiste modeste.

— Signor Merisi, reprit-il en me fixant d'un air terrible, n'essaie pas de passer pour un autre que tu n'es. Je sais tout à ton sujet. Ma mère, Girolama Borromeo, était la sœur du cardinal Carlo Borromeo et la cousine du cardinal Federico Borromeo qui te protégeait à la cour de Sa Sainteté Clément VIII. L'autre sœur de Carlo était Anna Borromeo, qui a épousé un prince Colonna dont le fils Filippo t'a donné asile à Paliano lorsque tu as été obligé de t'enfuir de Rome. »

Cette entrée en matière était si bizarre, cette franchise si brutale, cette cordialité si inquiétante, que j'eus peur à nouveau. S'il donnait l'ordre à ses domestiques d'emporter le tableau à l'intérieur de son palais, quel moyen aurais-je de le reprendre ? La pensée qu'un neveu du grand Carlo

Borromeo ne pouvait être que du parti français et donc étranger aux intrigues de Scipione Borghese me rendit courage.

Le prince reprit froidement : « Nous sommes tous deux des assassins, ce qui nous donne le droit de nous parler avec franchise, sans les mesures prudentes et les mensonges de la civilisation.

— Je n'aurais garde de croire, Excellence, que parce qu'il est tombé aux mêmes excès qu'un grand prince, un homme sans naissance peut se dire son égal. L'exemple de la continence d'Alexandre a fait moins de chastes que celui de ses excès de boisson a fait d'ivrognes. Dieu me garde de ne pas trouver plus honteux de vous ressembler par la violence homicide qu'excusable de la partager avec vous.

— Tu as tué une personne, j'en ai tué deux, j'ai sur toi l'avantage. En raison de quoi, je t'ordonne de me suivre dans mon palais, où je veux te récompenser du bonheur que me procure ton tableau en te faisant écouter les musiques qu'il m'inspire. »

Il approcha de ses lèvres sa main ornée d'un gros diamant et siffla entre deux doigts. Une nuée de domestiques, cachés dans les bas-côtés de l'église, accoururent dans la chapelle. Ils saisirent chacun un flambeau, puis raccompagnèrent le prince en éclairant son chemin. Les gens, encore nombreux dans la rue malgré l'heure avancée, s'écartèrent avec frayeur pour lui laisser le passage, sauf une femme qui se précipita à sa rencontre, s'agenouilla devant lui, souleva un pan de son manteau et y déposa un baiser.

Il entretenait à demeure une demi-douzaine de chanteurs qu'il fit réveiller par son majordome. Il leur ordonna de chanter certains morceaux de sa composition, qu'il dirigea lui-même, debout devant un lutrin qui avait la forme d'un aigle.

Ne me dis pas, mon amour,
de surseoir à mon désir,
je brûle de finir ma vie,
mourant de ne pas mourir.

Ni clavecin ni viole de basse pour accompagner, si j'ose le définir ainsi, ce lamento sans lamentation. Comment caractériser une pièce qui était à la fois profession publique d'abjection et chant secret de gloire ? D'après ce que j'avais vu chez le cardinal Del Monte, je croyais qu'une voix est toujours appuyée par un instrument. Pietro Montoya ne chantait jamais sans pincer les cordes de son luth. Le prince m'expliquerait plus tard que le bois, la peau, les cordes, même l'ivoire et l'ébène des touches étant matières profanes, leur contact souillerait ce qui doit rester effusion pure.

Il me fit entendre d'autres pièces, occupant ses chanteurs jusqu'au petit matin, et rabrouant celui qui osait se permettre un bâillement. Un petit nombre de thèmes, explorés jusqu'aux limites de leurs possibilités expressives, revenait avec insistance : l'amour qui tue mais en apportant la félicité suprême,

O mon doux martyre,
raison de mon plaisir,

la dévotion à la souffrance, source de toute grandeur,

Ah ! misérable cœur
né pour la seule douleur,

l'équivalence entre la douleur et la joie,

O joie douloureuse,
ô suave déchirement,
qui font que mon âme
s'afflige et meurt joyeuse,

l'intrépide attente de nouvelles épreuves,

O mes précieux soupirs,
ô martyres adorés,
ne me privez pas de vos flèches
qui me rendent si douces
et la mort et la vie.

Jamais aucune musique ne m'avait atteint aussi profondément. Dans les cadences brisées, dans les variations incessantes du rythme, dans les oppositions violentes de notes sombres et de notes claires, je retrouvais ma propre expérience. Mais, si le prince avait dit vrai, en quoi mon tableau avait-il pu l'aider à exprimer ce qu'un mari qui a surpris sa femme en flagrant délit d'adultère n'a qu'à tirer du fond de son cœur? Je fus sur le point de lui poser la question. Bien m'en prit, comme on va le voir dans un instant, de retenir ma langue. Quelle figure de sot j'eusse faite, devant un homme d'un esprit aussi élevé!

Mélodie interrompue par des embardées imprévues; chutes vertigineuses du son; dérapages qui écorchent l'oreille; syncopes à l'endroit où l'on s'attend à un développement; refus de la ligne continue; l'angle aigu préféré à la courbe; le *bel canto* répudié au profit de dissonances pénibles : le prince ne traitait pas la musique en art d'agrément. Bien que mon éducation musicale ne fût guère développée, j'étais sûr de ne pas me tromper en me disant qu'il n'avait pas étudié à Florence avec les érudits dont l'opéra m'avait paru si ennuyeux.

Florence me fit penser à Mario et à la petite chambre d'où nous regardions la coupole de Brunelleschi. Que devenait Mario? J'avais toujours sur moi le billet où il avait inscrit son adresse et la carte de Sicile cousue dans ma veste. S'était-il marié avec cette fiancée qu'il prétendait avoir laissée à Syracuse? M'attendait-il? Pour m'attendre, il eût fallu qu'il sût que j'avais rempli ma promesse en tuant l'homme qui l'avait offensé. Sans doute en était-il encore à se demander pourquoi j'avais échangé son affection virile et forte contre les caprices d'un vaurien. Ce qu'il est impossible d'expliquer par les mots, la musique du prince l'eût-elle fait comprendre à Mario ?

Je meurs, hélas ! de mon bonheur,
et celui qui peut me donner la mort,
hélas ! refuse de m'aider !
O douloureux sort !
Celui de qui j'attends la mort,
hélas ! ne me donne que la vie.

« Pourquoi, demandai-je, enhardi par la franchise du prince, avez-vous mis ce triple *hélas !* ? Je trouve qu'il affaiblit un sentiment assez fort pour dire tout seul ce qu'il a à dire... Mais excusez-moi de prendre une pareille liberté.

— Tu as raison », me dit-il. Il biffa les trois *hélas !* mais, n'ayant pu trouver un mot de deux syllabes pour les remplacer, il dut les remettre.

« Vois-tu, reprit-il, malgré tous nos efforts, nous restons prisonniers de certaines conventions. Je n'ai pas osé ôter ces *hélas !* du poème, comme tu n'as pas eu le courage d'enlever au Christ ce ridicule morceau d'étoffe que les Jésuites obligent à poser sur ses hanches.

— Nous sommes quittes », dis-je, en essayant de plaisanter, car son visage était de plus en plus sombre. Sans m'écouter, il poursuivit :

« Les événements qui nous entourent, les situations politiques dont nous subissons le contrecoup nous poussent à être lâches. Toi, tu obéis aux Jésuites. Moi, si le gouvernement despotique de Philippe II n'avait pas opprimé Naples, je n'aurais pas songé à prendre les mœurs de nos maîtres et à venger l'insulte faite à mon honneur conjugal en poignardant ces deux pauvres jeunes gens.

— Excellence, si cruel qu'ait été ce malheur, vous y avez puisé une merveilleuse inspiration. Sans cette funeste affaire...

— Tais-toi ! s'écria-t-il, impatienté. Le souvenir de ce geste misérable empoisonnera-t-il toujours le jugement qu'on porte sur mon œuvre ? Personne ne comprendra jamais rien à mes efforts de renouveler la musique, tant qu'on les rattachera à ce qui n'est qu'un piteux fait divers. »

Si forte fut ma surprise, que je laissai tomber par terre la partition qu'il m'avait donnée à regarder. « Ramasse-la », ordonna-t-il sèchement à son majordome qui ne s'était pas précipité assez vite.

« Pourtant, repris-je, il est certain que ce qui a marqué notre vie marque aussi notre œuvre. Si je n'avais pas fait plusieurs séjours à Tor di Nona – pour port d'arme prohibé, me hâtai-je d'ajouter –, enfermé dans un cachot où je n'avais droit à aucune visite, j'aurais peint différemment la sixième œuvre de charité : *J'étais en prison et vous êtes venus me voir.*

— Sornettes ! Je ne crois pas un mot de ce que tu me dis, et je t'interdis d'y croire toi-même. J'ai tué de ma main mon épouse Maria d'Avalos et le duc d'Andria, c'est vrai. Il n'est pas moins vrai que cette même main a écrit les madrigaux que tu viens d'entendre. Eh bien ! Faudrait-il être d'un esprit assez plat, pour voir entre le crime que j'ai commis et la musique que j'ai inventée le moindre lien ! Où serait la liberté du créateur, s'il devait puiser dans les accidents de sa vie privée ce qui nourrit son œuvre, ni plus ni moins que le cheval arrachant à la mangeoire sa ration de paille ? Que le peintre de la *Flagellation* commît un tel contresens sur mon travail, je ne m'y attendais pas. Tu auras prêté l'oreille à ces niaiseries qu'on débite aux étrangers sur mon compte. »

Il marchait d'un pas irrité d'un bout à l'autre du vaste salon, et, en passant devant le lutrin, donna un coup de pied dans la hampe, qui oscilla un instant, puis s'abattit. L'aigle entraîné dans la chute se brisa contre les dalles de marbre.

« Si je pouvais penser une minute que tu as raison, je les

mettrais en pièces, ces partitions, et je renoncerais pour toujours à composer. Quoi ! l'inconduite de deux écervelés aurait influencé une entreprise où je me suis engagé corps et âme, bien avant de songer à me marier ? Leur frivole relâchement, plutôt que mes recherches sur l'harmonie et mon opiniâtreté à démanteler le système de Cyprien de Rore et d'Orlando di Lasso, aurait réussi à me dicter ce saut d'octave qui l'autre soir t'a paru si nouveau, si insolite, que tu t'es arrêté sous mes fenêtres, incrédule et stupéfait ? Cet écart de huit degrés de l'échelle diatonique serait le contrecoup de leur dévergondage ? Et le feu intérieur avec lequel je suis né et qui m'empêche la nuit de dormir serait en rapport, pour plus d'un dixième, avec mes malheurs conjugaux ? Un dixième, passe encore : c'est le tribut que chacun doit payer à son humaine faiblesse... Mais le reste ! Le reste, tiré de ces gouffres mortels où n'atteignent pas les petites misères de l'alcôve... Les neuf dixièmes de l'œuvre, arrachés à force de veilles et de sacrifices au plus profond de nous-mêmes... C'est depuis l'âge de quinze ans que ces visions me hantent ; et tu voudrais les attribuer au remords ? Tu crois pouvoir réduire à la banalité d'un sentiment que tous peuvent éprouver un bouleversement qui remonte à l'enfance et dont je ne suis redevable qu'à Dieu ? »

Il continua pendant je ne sais combien de temps à développer cette idée, que chercher à voir dans l'œuvre un reflet de la vie, expliquer ce qu'on crée par ce qu'on a subi, était d'une âme mesquine et basse. Je comprenais parfaitement ses raisons, tout en me demandant pourquoi il les défendait avec cette intransigeance passionnée. Pour ma part, j'aurais eu une position plus mitigée... Mais que répondre à cet homme coléreux qui aurait pu se venger de mes objections en faisant saisir mon tableau ? Vingt domestiques nous entouraient, commandés par ce majordome assez servile pour ramasser lui-même les morceaux du lutrin.

« Excellence, dis-je enfin, depuis que je suis à Naples, je

sens dans cette ville une énergie particulière, qui peut pousser à de grands crimes comme elle peut inspirer des émotions violentes, sans qu'il faille nécessairement établir, en effet, de rapport entre ces deux ordres de choses.

— Veux-tu connaître la vraie Naples, au lieu de me faire des contes en l'air auxquels tu ne crois même pas? Pourquoi, à ton avis, avons-nous choisi, pour nous mettre sous sa protection, saint Martin, dont nous avons donné le nom à la chartreuse qui surplombe la ville?

— Saint Martin est le saint des pauvres.

— Es-tu monté jusque-là-haut? Pas encore? Eh bien, attends une dizaine de jours pour y monter. Nous serons alors au 11 novembre, jour de la Saint-Martin, et tu prendras part à la procession à la tête de laquelle tu me verras marcher.

— Saint Martin a partagé son manteau avec un pauvre. Il est naturel que le peuple napolitain, pressuré comme il est par l'occupant étranger, vénère celui qui a donné un exemple de charité aussi éclatant. Votre oncle le cardinal Borromeo n'a pas hésité, pendant la peste de Milan si fatale aux classes les plus nécessiteuses, à...

— Fadaises! s'exclama le prince. Je sais que tu as retenu cette légende du manteau coupé en deux pour le tableau que tu as peint pour ces messieurs de la Miséricorde. Ma mère partageait cette croyance, mais c'était, comme toi, une Lombarde! A Naples on a ri de la partie du tableau où tu as peint cette version de la charité, et il faut être, comme ces jeunes gens du Pio Monte, confit en œuvres de bienfaisance, pour prêter foi à une telle baliverne! D'abord, le peuple napolitain n'aurait pas adopté un saint qui coupe en deux son manteau, et ne fait cadeau que de la moitié, au lieu de le donner tout entier. Ensuite, le manteau n'est qu'une fable à l'usage des nigauds.

— Je l'ai lue dans *la Légende dorée*.

— Jacques de Voragine était évêque de Gênes et gouverneur général des couvents dominicains de la province de Lombardie. Que pouvait-il comprendre à nos histoires du Sud ? Martin, en revenant d'un voyage en Calabre, arriva à Naples un jour plus tôt que prévu, entra chez lui et trouva sa femme au lit avec un homme. Il eut bien la tentation de tirer son épée et de les tuer, mais Naples, à cette époque, n'appartenait pas aux Espagnols, Naples appartenait aux Napolitains.

— Et alors ?

— Tuer son épouse infidèle et le rival heureux n'est pas dans les idées napolitaines. Nous sommes restés des Grecs. La fidélité est aussi étrangère aux dieux de l'Olympe que l'envie d'être sédentaires à des oiseaux migrateurs. La seule déesse jalouse était Junon ; c'était aussi la seule divinité dont Athènes se moquait. On inventait des farces pour la tourner en dérision.

— Martin, donc, selon vous...

— Martin n'étant pas un Espagnol mais un Grec ne raisonnait pas comme un propriétaire dont on a escaladé la clôture. Il accepta de partager sa femme avec cet homme. Un mendiant d'amour ne vaut-il pas un gueux sans manteau ? Nous vénérons en saint Martin celui qui ne s'embarrassait pas des stupides lois de l'honneur. D'un écart de jeunesse, il ne faisait pas une tragédie.

— Et vous, Excellence... »

J'en balbutiais, tant il me paraissait incroyable qu'un noble de sa condition avouât publiquement, en prenant la tête de la procession de la Saint-Martin, qu'il regrettait de n'avoir pas été un mari complaisant. Toutes mes idées sur Naples et le malheur d'y être *cornuto* étaient balayées.

Le prince me regarda d'un œil sévère.

« J'admirerais moins ton Christ si tu me disais pouvoir le rattacher à quelque événement personnel. Si ma musique a la moindre valeur, c'est qu'elle est absolument indépendante du crime que la tyrannie des mœurs espagnoles m'a fait commettre. L'auteur de cette musique et le sot qui s'est cru obligé de pourfendre deux étourdis ne sont pas le même homme. C'est pourquoi, les rares fois où je sors de mon palais, je ne veux paraître que dans le costume de prieur de San Martino. Que n'ai-je mérité de l'être pour de bon, *re dei cornuti,* et pas seulement parce que j'en porte la robe et le capuchon une fois par an ! *Mourant de ne pas mourir* : l'origine de ma musique est là, dit-il en se frappant le front, dans ma pensée, dans ma réflexion sur le monde, et non dans une stupide anicroche de ma vie domestique. Si tu tiens à établir un lien entre ma vie et ma musique, prends le contre-pied de l'opinion courante. Ces déchirements harmoniques, ce fracas de dissonances qui se bousculent en moi, cette distorsion des lois du contrepoint m'ont amené, par leur violence inouïe, à ne pas être moins violent dans mes actions. Oui, conclut-il du même ton véhément, j'ai imité par le geste ce qui était convenu dans mes notes. Pourquoi tressailles-tu ? Es-tu homme, toi aussi, à écrire ta vie dans tes œuvres, avant de la vivre en réalité ? Je n'en attendais pas moins de toi. Nous sommes de la même race. Prends garde ! Des contresens qui dénaturent la compréhension de ma musique, tu seras également ma victime. Oh ! j'aurais dû laisser vivre ma femme et son greluchon de duc. »

V

Malte

Le 30 mai, la flotte maltaise, sous les ordres de don Fabrizio Sforza Colonna, entra dans le port, grossie de trois galères neuves qu'il avait achetées à Marseille. La marquise donna une grande fête au palais Cellammare en l'honneur de son fils. J'éprouvai une sympathie immédiate pour cet homme, qui avait égorgé son meilleur ami, et passé quatre ans dans la prison de l'île. Sa mère, voyant les bons rapports qui s'établissaient entre nous, voulait le persuader de me prendre à son bord et de m'emmener à Malte.

Ma situation à Naples se faisait de jour en jour plus critique. Le prince Luigi Carafa, pour contenter sa tante, envoyait ses domestiques déguisés en matelots espionner dans les quartiers du port. Ils avaient surpris Gregorio en discussion avec trois hommes qui n'étaient pas vêtus comme des Napolitains et jetaient autour d'eux des regards méfiants. Ces étrangers en pourpoint brodé regardaient où ils posaient le pied pour éviter de salir leurs beaux souliers à boucle. Ne fallait-il pas un motif inavouable pour donner à des *signori* coiffés de chapeaux à plume l'idée de s'aboucher avec un vaurien ? Celui qui semblait leur chef montra des signes d'impatience. A plusieurs reprises, affirmèrent les espions du prince, des louis d'or passèrent de ses mains dans celles de Gregorio.

Le marquis Ippolito Malaspina, grand bailli de l'Ordre

des Hospitaliers de Saint-Jean à Naples, et cousin éloigné de la marquise par les Doria de Gênes, se trouvait à la réception de sa parente. Il l'entendit s'inquiéter de ce qui avait l'apparence d'un complot.

« Ottavio Costa, me dit-il, le banquier pour lequel tu as peint tes *Pèlerins d'Emmaüs*, n'est autre que mon neveu. Il m'a appris à apprécier ton talent, et je tiens à t'aider. Fabrizio t'emmènera sur sa galère à Malte, et tu porteras au Grand Maître la lettre dont je vais te munir. Alof de Wignacourt te recevra avec bénignité. J'ai été son conseiller en matière navale et je suis resté son ami. Il est français de naissance, ce qui te garantit qu'il ne te livrera pas au parti de nos ennemis. Si tu parviens à entrer dans ses bonnes grâces, peut-être te nommera-t-il chevalier. N'obtiendrais-tu que le grade le plus bas dans l'Ordre, cette distinction impressionnera favorablement Sa Sainteté Paul V et ne manquera pas de faciliter ton pardon. Nous serions heureux de te garder à Naples, mais comprenons fort bien que tu préfères retourner dans la ville où tu as peint tant de beaux tableaux. »

La marquise tempéra cette cordialité par quelques mots acrimonieux sur le Grand Maître en question, le plus *coulant* qui eût depuis longtemps, selon elle, dirigé l'Ordre.

« Les quatre quartiers de noblesse, obligatoires aux yeux de ses prédécesseurs, n'en fait-il pas trop aisément litière ?

— On le dit même un peu trop relâché sur la discipline, ajouta un des plus grands seigneurs de Naples, le duc de Serracassano.

— Il laisse ses pages en prendre à leurs aises, renchérit le grand chambellan de la cour.

— Ses pages ? répliqua le marquis. Mais ne sont-ils pas eux-mêmes de la plus haute noblesse ?

— Ce n'est pas une raison pour leur permettre de parader à ses côtés, en toute circonstance, comme on le rapporte.

— Duc, ces pages seront à leur tour chevaliers.

— Que chaque âge reste à sa place, et surtout, que la multiplication des passe-droits ne sape pas le respect dû à l'ordonnance hiérarchique, déclara le grand chambellan en soulignant d'une voix aigre cette mise en garde pour moi mystérieuse.

— Mère, dit alors don Fabrizio, sans le caractère accommodant du Grand Maître, je ne serais pas ici parmi vous.

— Votre présence nous réjouit, reprit le duc. Si toutes les initiatives qu'il se permet pouvaient aboutir à des résultats aussi indiscutables ! Malte ne tient qu'en obéissant aux statuts fixés en 1530. Un trop grand nombre de dérogations entraînerait sa ruine. »

Un murmure général d'approbation accueillit cette sortie : en autorisant un plébéien de mon espèce à y accéder, on discréditerait un des ordres les plus distingués de chevalerie.

La remarque désobligeante sur les jeunes pages du Grand Maître fit place à l'éloge de ses penchants artistiques. Maintenant que l'île, pourvue d'imposantes fortifications, avait moins à craindre un assaut de la flotte turque, Alof de Wignacourt souhaitait l'embellir par des aménagements de grand style. De nombreux palais restaient à construire. La cathédrale Saint-Jean, les demeures des principaux dignitaires et les hôtels des huit Langues manquaient de bons tableaux. « Un peintre de ta réputation sera le bienvenu », conclut Malaspina. La marquise consentit à sourire.

Me réfugier à Malte et être présenté au Grand Maître ? J'étais sur le point de décliner cette offre, qui me rendait l'obligé de trop de personnages de haut rang, lorsque l'idée que je pourrais me débarrasser de Gregorio en le laissant à Naples me fit changer d'avis. Sans dire merci au marquis, j'allai prendre les ordres du général des galères. Il m'informa du jour et de l'heure du départ. Puis, assez fier d'avoir réussi à éviter d'exprimer ma reconnaissance à ceux qui m'aidaient si généreusement, je me retirai dans mon atelier. Outre mon sac habituel de voyage, je préparai l'étui de cuir pour y mettre, soigneusement roulé, le *David avec la tête de Goliath*.

Gregorio s'écria que je l'abandonnais ; il pleura. Jamais il ne m'avait prodigué autant de câlineries que pendant la nuit qui suivit. Je ne sais combien de fois nous nous donnâmes le plus vif plaisir l'un à l'autre. Peut-être me serais-je ravisé et décidé à rester, s'il n'avait profité du bref moment où je m'étais assoupi pour inspecter mon bagage. Le froissement de la toile qu'il avait sortie de l'étui et commencé à dérouler me réveilla. Je le vis entre mes cils gagner à pas de loup la porte. Il cherchait comment manœuvrer sans bruit la serrure compliquée que j'avais fait ajouter. Je bondis et le saisis à la gorge. Il protesta qu'il voulait s'assurer, à la lumière des torches qui restaient allumées toute la nuit dans la cour, que j'avais pris les précautions nécessaires pour ne pas abîmer le tableau.

Tant d'impudence et de fausseté m'ôta des yeux les dernières écailles. Deux jours après, je montais à bord de la galère amirale, en laissant Gregorio pleurnicher sur le quai.

L'arrivée à Malte est spectaculaire. Les hautes murailles de La Valette se dressent à pic au-dessus de la mer. Cette ville est bâtie sur un promontoire rocheux qui s'avance entre deux échancrures de la côte. Nous laissâmes le fort Sant'Elmo à notre droite, puissant assemblage de courtines et de bastions élevé à la pointe de la péninsule, et jetâmes l'ancre au fond de la Grande Marse. Le fort Sant'Angelo, de l'autre côté de la rade, sert de prison. Don Fabrizio Colonna me montra en riant la fenêtre de la chambre où, par un traitement de faveur, il avait été enfermé pendant quatre ans. De la fenêtre qui donnait sur la ville, il jouissait d'une vue magnifique sur les palais et les églises. Les détenus ordinaires, me dit-il, sont jetés au fond d'une sorte de puits ; la lumière du jour ne parvient même pas jusqu'à eux.

L'amiral me fit conduire et donner une chambre à l'hôtel de la Langue d'Italie, où prennent résidence les chevaliers de cette nation. Après Naples, quel contraste que cette ville sévère, fière, toujours sur le pied de guerre malgré l'éloignement de la menace turque ! Je fus traité en héros par les premiers chevaliers avec qui je fis amitié, sur le seul motif que le chancelier de l'hôtel à qui j'avais présenté mon sauf-conduit raconta que j'étais né, annonciateur de la victoire, une semaine avant la bataille de Lépante. Le gouverneur de l'hôtel, don Pietro La Rocca, informé de cette circonstance, voulut absolument me faire quitter la petite chambre sous les toits qu'on m'avait d'abord allouée, pour me loger au *piano nobile,* sur la façade.

En me penchant de ma fenêtre, je pouvais toucher le trophée sculpté au-dessus du portail. Ce faisceau d'armes et de drapeaux résume l'esprit de cette chevalerie militante qui depuis le temps des croisades ne ménage ni sa peine ni son sang. Nul plus que moi n'était préparé, par l'Arioste et le Tasse, à savourer le privilège de ce contact physique avec le monde des chansons de geste. Thérèse d'Avila, après la prise de Rhodes, rêvait de se faire décapiter par les Turcs : j'apportais dans mon bagage ma tête coupée aux chevaliers de Malte. Me pencher par la fenêtre et poser ma main sur le relief de pierre qui illustre les hauts faits, la bravoure, le sacrifice et la mort de tant d'illustres paladins réveillait en foule mes anciennes chimères.

Je remarquai que les chevaliers, quand ils ne portent pas la cape noire ornée de deux immenses croix de Malte sur la poitrine et sur le dos, fixent à leur poitrine une petite croix en émail blanc surmontée d'une minuscule couronne d'or.

La Valette, quand j'y débarquais, ne datait que de quarante ans. Après le siège de 1565 qui avait failli réussir aux Turcs, les chevaliers avaient décidé de transporter leur capitale sur une péninsule plus facile à défendre et choisi ce rocher entouré d'eau sur trois côtés. Pour les aider à bâtir une ville entièrement nouvelle, le pape Pie IV envoya de Rome un des ingénieurs qui avaient assisté Michel-

Ange sur le chantier de Saint-Pierre. On n'eut pas le temps d'aplanir le sol, en sorte que les rues suivent la forte déclivité du terrain. Longues, étroites, comme tracées au cordeau, elles traversent de part en part la langue de terre étirée entre les deux échancrures du rivage. On ne cesse de monter et de descendre ; des marches remplacent souvent la chaussée ; l'effort physique à fournir nuit au plaisir de la flânerie. On a voulu construire une ville idéale, temple du vrai Dieu, citadelle de la vraie foi, sorte de Jérusalem marine à l'avant-poste de la chrétienté.

Beaucoup de caractère, peu de charme ; de la superbe, mais sans fantaisie. L'architecture elle-même a plus d'ambition que d'agrément. Tout est rude, raide, taillé en équerre. Pas une ligne courbe, aucun ornement inutile. Il faut que tout concoure à tirer l'âme du côté du dévouement et de l'exploit. De Florence, on a pris les bossages trapus, non les tours élancées. De Rome, on a préféré l'aspect massif des palais à l'arrondi élégant des coupoles. Le vent, prenant en enfilade les rues ouvertes par les deux bouts sur la mer, soulève des tourbillons de poussière ocre.

Je fus frappé par le grand nombre de marchands arabes assis sur le seuil de leur échoppe ; ils vendent des poteries, des tapis ; les fameux cafés que m'avait vantés Ibn Jafar ne sont pas très nombreux, mais ils occupent aux carrefours des emplacements en vue. La tolérance pour les hérétiques, quand ils n'exercent que des métiers pacifiques, semble si générale, qu'on voit beaucoup de chrétiens entrer dans ces cafés et fumer de ces longues pipes reliées par un tuyau flexible à un flacon rempli d'un liquide aromatisé. Ils s'aventurent rarement, en revanche, dans le Manderaggio, quartier des pêcheurs presque enterré sous le rempart, dédale de ruelles obscures dont les dernières ramifications aboutissent à des soupiraux grillagés, ouverts dans l'épaisseur des courtines, au ras du quai inondé de soleil et de brise marine.

La cuisine des chevaliers est des plus médiocres. Ils font grand cas d'un certain lapin bouilli au vin rouge, qui m'a paru insipide. L'animal n'est pas assez gros pour fournir une chair savoureuse. Leurs pâtisseries ne sont pas moins décevantes. Ils exploitent l'amande, comme en Sicile, mais la pâte qu'ils en tirent est sèche. Seules les sucreries confectionnées par les Arabes ou à l'imitation des sucreries arabes ont de la pulpe et du goût. Le miel de l'abeille, insecte de la déesse Athéna, les Grecs ne l'utilisaient que pour le mêler aux offrandes qu'ils adressaient à leurs dieux. Les premiers chrétiens eux-mêmes n'osaient s'en servir que comme médicament. Les Arabes ont été les premiers à en faire usage pour leurs friandises. Malte et la Sicile ont été pendant des siècles la pointe avancée de l'art de vivre musulman. En dégustant sur la place du Palais un de ces cœurs en pâte d'amandes farcis à la pistache et parfumés à la fleur d'oranger – la *zagara*, comme on l'appelle, de ce beau nom arabe, les chrétiens n'en ayant pas trouvé de meilleur –, je me représentais la bizarrerie du hasard, qui avait jeté au milieu d'une race naturellement voluptueuse des hommes dédiés à la guerre, taillés tout d'une pièce, qui ne vont au réfectoire qu'en casque et en cotte de mailles, et ont juré, parmi leurs principaux devoirs, de renoncer au plaisir.

Il me fallut peu de temps pour apprendre à nuancer mes impressions. Les lois sévères qui gouvernent l'île ne sont pas appliquées sans souplesse. Parmi les soldats et les marins qui abordent des quatre coins de l'Europe pour s'enrôler au service de l'Ordre, une majorité est composée de repris de justice qui ont dû fuir leur pays. On ferme les yeux sur leur passé. Les rixes étant fréquentes, le couvre-feu est fixé à sept heures, mais on se procure sans difficuté l'autorisation de sortir toute la nuit. La population féminine semble encore plus rare à La Valette qu'à Rome. Les maisons sont pourvues de loges vitrées en encorbellement, et c'est là, à deux toises au-dessus de la rue, que les femmes se tiennent, derrière la *falzetta* de soie noire qui leur sert de coiffure, de mantille et d'éventail. Si un homme a l'audace de lever les yeux, elles tirent d'un coup sec sur le cordon de la jalousie qui une fois rabattue obture complètement le mirador. Aussi l'honneur viril des chevaliers est-il moins farouche qu'on ne le supposerait d'après le code monacal auquel ils ont fait serment d'obéir.

Je n'avais cependant aucune envie de m'aventurer en eau trouble. Un esclandre dont le bruit serait revenu aux oreilles du Grand Maître aurait compromis la réussite de mon voyage. Quitte à faire loin de l'Italie un séjour de quelques mois et à perdre mon temps sur ce rocher isolé, sans possibilité de discuter avec des peintres ni de rencontrer des mécènes, je tenais à mettre toutes les chances de mon côté pour obtenir cette fameuse croix, qui me rouvrirait les portes de Rome.

Un mois après avoir présenté la lettre de recommandation du marquis Malaspina, je fus convoqué au Palais. Des chevaliers dont la cape noire portait les deux croix à huit pointes allaient et venaient dans la cour, entre des gardes en culotte verte et en bas blancs retenus sur le mollet par un ruban violet, des huissiers coiffés d'un chapeau rond et plat, des officiers en casaque rouge à collerette blanche. On me fit traverser plusieurs salles où sont exposés des armures et des casques, puis parcourir un long corridor ; les armoiries peintes des plus anciennes familles européennes recouvrent les murs. Nous arrivâmes enfin à la salle du Conseil. Tout en longueur et dépourvue de fenêtres, cette pièce ne prend jour que par la porte d'entrée.

Au fond, sur une estrade éclairée par deux flambeaux à huit branches, Alof de Wignacourt siégeait entre les huit « piliers » des Langues. Je reconnus, à une extrémité de la table, à côté du « grand bailli » dont la fonction revient à la Langue d'Allemagne et du « grand maréchal » choisi dans la Langue d'Auvergne, don Fabrizio Colonna Sforza. L'amiral de la flotte est en même temps le « pilier » de la Langue d'Italie. Il m'adressa un petit signe d'encouragement, et l'interrogatoire commença, devant une soixantaine de chevaliers.

Le Grand Maître me demanda des nouvelles du marquis et de plusieurs de ses amis napolitains. Satisfait de mes réponses, il me posa ensuite les questions rituelles. Pour quels motifs voulais-je être admis dans l'Ordre des Hospitaliers de Saint-Jean ? Possédais-je les quatre vertus nécessaires ? Etais-je prêt à observer les trois vœux ? Résolu à défendre perpétuellement l'Eglise ? Sans jamais abaisser ma bannière, demander quartier ou me rendre ? Etc. Je redoutais qu'il ne me priât de lui fournir les preuves de mes quartiers de noblesse. Il évita ce sujet, signe qu'il était bien renseigné, mais décidé à passer outre à l'obscurité de ma naissance.

« Signor Merisi, reprit-il, chacun de nous a ses mérites, ou plutôt Dieu a donné à chacun de nous le moyen de se distinguer. Que de graves difficultés empêchent l'Ordre d'accéder tout de suite à votre désir, rien n'est plus certain. Un dénouement favorable est-il donc exclu ? Seuls des hérétiques, en pareil cas, se montreraient incapables de trouver un accommodement. Nous autres, chevaliers de Saint-Jean, devons obéissance à nos règles, comme vous autres, artistes peintres, devez rester fidèles à celles de votre profession. Eh bien ? Dieu ne nous conseillera-t-il pas de faire de part et d'autre certaines concessions ? Nous sommes prêts à céder sur un point si, de votre côté aussi, vous ne refusez pas de renoncer à un de vos droits dont la légitimité n'est pas plus discutable que le bien-fondé de nos statuts. A Dieu ne plaise que nous n'arrivions à nous entendre ! Puisque le marquis Malaspina m'assure de votre bonne volonté, etc. »

Il continua sur ce ton. Je n'eus garde d'abréger les circonlocutions infinies qui lui étaient nécessaires pour me mettre en main son marché. Il n'exigeait rien de moins, en vérité, que d'être peint en pied et en grand apparat, mais sans me verser un sou, pour un portrait qu'il aurait dû payer quatre ou cinq cents ducats si « Dieu », comme il disait, ne lui avait témoigné l'insigne bonté de pousser devant son fauteuil de Grand Maître un candidat issu de la roture.

« Excellence, répondis-je, au moyen de périphrases non moins tarabiscotées, si vous me faites la grâce de m'indiquer le lieu et l'heure, je m'efforcerai de mériter l'honneur de contribuer à la gloire de celui qui gouverne l'Ordre avec tant de sagesse et de prudence. »

Après les amabilités d'usage et force compliments réciproques, il leva la séance. Aucune mention n'avait été faite de la somme qu'il m'extorquait. Il s'y était pris avec tant d'adresse que, tout en obtenant gratis un tableau d'une toise sur quatre pieds sans même m'avoir promis de me recevoir dans l'Ordre, il donnait à entendre que c'était moi son obligé. Je parcourus en sens inverse le corridor aux armoiries, et ressortis du Palais, fort mécontent de moi-même et incertain sur le parti à prendre.

A qui demander conseil? Je descendis, au pied du rempart, dans le quartier arabe. Dix fois je crus reconnaître Ibn Jafar, ne m'apercevant qu'au dernier moment de mon erreur. Tous les hommes me paraissaient semblables. Teint basané, cheveux noirs et crépus, yeux ardents. Ils parlent une sorte de patois, mélange d'italien et d'arabe. Quel piètre physionomiste je suis! Voilà pourquoi, sans doute, je n'ai jamais été qu'un portraitiste de second rang. Il fallait être vaniteux comme ce Grand Maître pour demander à Caravaggio son portrait!

Si, par un de ces hasards extraordinaires qui n'arrivent que dans les romans de chevalerie, j'étais tombé sur Ibn Jafar, comment aurait-il pu reconnaître celui qui n'avait que treize ans lorsque nous nous étions rencontrés? « Excusez-moi » disais-je aux passants que j'arrêtais pour leur demander leur nom. D'habitude ils haussaient les épaules, mais il s'en trouva un qui se trompa sur mes intentions et s'offensa d'être entrepris par un étranger. Je crus plus prudent d'interrompre mes recherches et de quitter le Manderaggio.

Dans la cour de l'hôtel d'Italie, don Fabrizio Sforza Colonna donnait des ordres à des officiers de sa marine. Il m'aperçut, m'indiqua d'approcher et me demanda si j'étais satisfait du cours que prenaient mes affaires. Je ne crus pas devoir lui cacher, en lui racontant mon entrevue avec le Grand Maître, que je ne m'étais pas attendu à une telle transaction.

« Ce n'est pas un méchant homme, me dit-il. Considère que ce que tu espères de lui est exorbitant, et peut lui valoir une remontrance du Conseil. Même lui ne saurait enfreindre sans danger les règlements de Saint-Jean. Crois-moi : augmente d'un pied de chaque côté les dimensions de son tableau, il abrègera d'un mois ton temps de probation. Tout de Rocheneuve de Grandmaison de Wignacourt qu'il se prétend, avec long comme cela de titres, de particules et de brevets, on le mène par l'intérêt. »

J'avais une telle confiance en don Fabrizio, que l'idée d'*humanité* fut de celles que j'écartai en essayant de me faire un jugement du Grand Maître. Je commis l'erreur de me dire qu'un homme mené par l'intérêt et la vanité ne pouvait avoir de *sentiments.*

VI

Alofino

Le jour dont nous étions convenus, le Grand Maître entra dans la salle du Conseil escorté de deux agents de la police maltaise en uniforme noir. Armés chacun d'une épée nue qu'ils tenaient à la main et d'un poignard dégainé passé ostensiblement au ceinturon, ils m'examinèrent de la tête aux pieds avec une froide insolence. Un garçon de quinze ou seize ans, qu'il me présenta comme son page, suivait Alof de Wignacourt. « Alessandro Costa. *Il signor pittor* Merisi. » Un Costa! me dis-je. De cette puissante aristocratie qui tient avec les Doria, les Boccanegra, les Spinola, les Grimaldi, le haut du pavé à Gênes! Bien qu'il me l'eût présenté sous le nom d'Alessandro, le Grand Maître ne s'adressait au jeune homme que sous le diminutif d'*Alofino*. Il me dit que je devais les peindre tous les deux dans le même tableau, lui tête nue, avec son bâton de commandement entre les mains, « Alofino » à son côté, portant son casque et son manteau rouge d'apparat.

Les agents en uniforme noir, si soupçonneux à l'intérieur même du palais, se retirèrent. Je fus soulagé de ne plus voir les faces glaciales de ces sbires connus pour leur férocité à venger l'honneur d'un chevalier outragé. On racontait l'histoire d'un voyageur vénitien auquel ils avaient balafré le visage, sur le seul motif qu'il ne s'était pas découvert au passage du grand bailli. Occupé à déguster une pâtisserie arabe qui lui poissait les doigts, le malheureux avait soulevé trop tard son chapeau.

Sous son manteau, Alof de Wignacourt ne portait qu'une cotte de mailles, une courte tunique de laine et des bas de soie gris.

« Excellence, dis-je, ce costume manque de la majesté nécessaire. Vos prédécesseurs se faisaient peindre revêtus de leur armure. »

Plusieurs portraits de Grands Maîtres ornaient les murs de la salle du Conseil où il avait ordonné d'installer mon chevalet.

« Regardez celui-ci, continuai-je en indiquant le portrait de Juan de Homedes y Coscón. N'est-il pas magnifique, avec la croix de Malte incrustée en or dans le métal de son plastron ? Et celui-là, auquel vous avez succédé, Martin Garzés ? Convient-il qu'un ressortissant de la noble nation française apparaisse avec moins d'éclat que les représentants des Langues d'Aragon et de Castille ? »

Le marquis Malaspina l'avait informé de mes démêlés avec le parti espagnol. Il daigna sourire.

« Soit, répondit-il, mais ce type d'armure, qui couvrait tout le corps, ne se porte plus depuis cinquante ans. Je vais avoir l'air vieux, si tu me peins dans une tenue qu'on ne trouve plus que dans les collections de notre musée. »

Le page me fit en cachette un signe d'encouragement. Je remarquai alors, dans le comportement du garçon, quelque chose qui ne me plut qu'à moitié. Lorsqu'il n'était pas vu de son maître, il quittait son expression docile et soumise pour prendre une petite mine effrontée.

« Vieux ? dis-je. Non, Excellence. Plus imposant seulement, comme il sied à l'auguste charge que Dieu vous a confiée. »

Il m'emmena, suivi d'Alessandro, à l'autre bout du palais. Sur le pas de la porte, le page me glissa : « Tenez bon pour l'armure, *signor pittore.* » Bien que j'eusse très envie de peindre les reflets de la lumière sur le métal d'une armure et d'en tirer de beaux effets, l'insistance du page me gênait. Il me sembla qu'il trouvait un intérêt à faire paraître *vieux* celui qui lui accordait la faveur d'être peint à son côté. Etait-ce d'un gentilhomme que de mésuser de ce privilège ? Même à quinze ans, un Costa n'était-il pas tenu à plus de réserve ?

Consacré aux souvenirs du siège terrible de 1565 et de la bataille de Lépante, le musée renfermait également les spécimens les plus divers de la fonderie européenne. Des canons décorés du croissant, des bannières prises aux Turcs, des proues de vaisseaux ornées de têtes de guerriers en turban, voisinaient avec des variétés de casques et de heaumes et toute sorte de cuirasses et d'équipements chrétiens. Les sabres recourbés des janissaires faisaient pendant aux estocs droits des chevaliers. Il y avait aussi des instruments de marine, des chasubles d'évêque, des livres anciens, au milieu desquels trônait derrière une vitrine un exemplaire relié en maroquin rouge du *Chevalier de la charrette*, don du Grand Maître Jean Parisot de La Valette à la bibliothèque de la ville qu'il avait fondée.

Je choisis pour Alof de Wignacourt une belle armure, complète du plastron, des épaulières, des brassards, des cubitières, de la braconnière, des cuissards, des genouillères, des jambières, des solerets et des gantelets. Ce magnifique échantillon de l'industrie milanaise provenait de la boutique de Pompeo della Chiesa, fournisseur des ducs Sforza et ami de mon grand-père.

« Mais elle date de 1540 ! » protestait le Grand Maître. Le page riait sous cape. Alof de Wignacourt envoya chercher ses valets de chambre et se retira dans le cabinet des ivoires pour revêtir les différentes pièces de ce harnais compliqué. Alessandro n'attendait que ce moment. A peine seul avec moi, il vint se frotter contre ma jambe, puis, d'un ton câlin, me chuchota : « *Signor pittore*, vous m'emmènerez dans votre atelier ? » Comme je restais silencieux, il répéta plusieurs fois sa question, à l'instar des enfants qui s'obstinent à vouloir une réponse. « Dites, *signor pittore*, vous m'emmènerez ? »

Le Grand Maître rentra, le page se redressa et se figea dans une attitude respectueuse, nous retournâmes tous les trois dans la salle du Conseil.

Alof de Wignacourt prit la pose. C'était un bel homme d'une soixantaine d'années. Dans sa carapace de fer, on l'eût pris pour un paladin de l'ancien temps. Les parties saillantes de sa cuirasse lançaient des éclairs, les autres étant relevées de nuances qui allaient du rouge au brun sombre et du cuivré au mordoré. La conscience de ressembler à un héros de l'Arioste le gonflait d'une mâle assurance. Il s'appuya sur sa jambe gauche, infléchit la jambe droite, tourna la tête de côté et regarda au loin, moyen de mettre en valeur son haut front dégarni et sa barbe taillée avec soin. La bouche eût paru plus sévère sans la saillie gourmande des lèvres irriguées d'un sang abondant.

Il dominait d'une tête le jeune Costa, qu'il avait placé à sa gauche, en lui donnant à porter son manteau rouge à broderies d'or, ainsi que le casque à panache qui complétait l'armure. On le devinait non seulement content de lui, mais fier d'exhiber, comme sa propriété personnelle, un aussi joli page.

Alessandro, je m'en étais aperçu d'emblée, avait un visage plus fin et mieux dessiné que celui des garçons de son âge. Des sourcils marqués d'un seul trait, comme au pinceau, au-dessus d'yeux clairs et vifs ; un nez droit auquel le renflement des narines ôtait la rigidité osseuse ; une bouche petite et sensuelle : tout, dans cette physionomie très mobile, respirait la grâce et l'aisance. Habillé de bas de soie roses et d'une culotte bouffante retenue aux genoux par des rubans roses, chaussé de souliers à jour ornés d'un nœud rose, il arborait, sur un justaucorps en satin de la même couleur parme que la culotte, des poignets et une collerette de dentelle. Ce domestique d'un chef de guerre préposé à la défense de la Chrétienté, sur un îlot menacé en permanence par les Turcs, on lui permettait une coquetterie bien étrange. La croix de Malte accrochée sur la poitrine comme un bijou me choqua. Comment cet élève qui en était encore à prendre des leçons d'escrime pouvait-il avoir mérité cette décoration ?

Ses cheveux, qu'il portait courts, étaient blonds, comme ses cils et ses sourcils, de cette blondeur diaphane qui descend des Alpes jusqu'à Gênes. Un bouquet de plumes rouges et blanches surmontait le casque qu'il tenait des deux mains. Il avait posé sa joue contre ces plumes, qui devaient le caresser ou le chatouiller. La sensation en tout cas avait l'air agréable. Il ne cessait de sourire en me regardant. Pendant que le Grand Maître fixait un point dans le lointain et, pour paraître plus majestueux, semblait s'abstraire du moment présent, le jeune garçon, au contraire, ne me quittait pas des yeux. A plusieurs reprises, il cligna même des paupières, avec une intention que je ne voulus pas éclaircir.

Je m'efforçais de rester impassible et de ne pas répondre à ce qui ne pouvait être qu'une gaminerie discourtoise pour mon hôte. Cependant, je ne laissais pas d'être troublé par ce manège. Les deux fautes qui se trouvent dans mon tableau me prouvent que le petit drôle, dont la fraîche et espiègle présence éclipse le portrait de son maître, m'avait ôté une partie de mes moyens.

Deux fautes : une maladresse due à l'inadvertance et une erreur technique.

Le Grand Maître avait saisi son bâton dans ses deux poings fermés. Il le tenait horizontalement devant lui, à hauteur de ses cuisses. Je fis d'abord son portrait dans cette pose. Puis il changea d'avis, et voulut placer son bâton dans ses deux paumes ouvertes – il avait vu ce geste, me dit-il, dans un tableau de Titien. Je modifiai donc le bras droit par une torsion de l'avant-bras, en sorte que la main pût être vue du côté de la paume. A ce moment, Alessandro, sans cesser de me regarder, cligna de l'œil une nouvelle fois, avec un air particulièrement moqueur. Je ne sais ce qui se passa dans ma tête. Au lieu de rectifier aussi le bras gauche, je m'occupai d'un autre détail de l'armure, puis j'oubliai d'unifier la pose, si bien que le Grand Maître est resté avec un poing fermé et une paume ouverte. Attitude, sinon impossible, du moins contournée et privée de naturel.

Quant à l'erreur technique, elle déshonorerait un débutant. Les deux personnages occupent la même ligne du tableau, si l'on regarde leurs jambes et leurs pieds, qui sont rigoureusement alignés. Comment se fait-il que la main droite du page et le casque qu'elle tient recouvrent le coude gauche du Grand Maître ? Et que l'extrémité de la cubitière disparaisse derrière la visière du morion, par un écart manifeste creusé entre les deux corps ? Le jeune garçon est donc peint à côté d'Alof de Wignacourt et en même temps devant lui. Défi aux règles les plus élémentaires de l'optique : le Grand Maître et son page se trouvent à la fois sur le même plan et sur deux plans différents. A les examiner avec un peu d'attention, on est pris d'un vertige.

Alof de Wignacourt avait placé son page près de lui, comme je l'ai dit. C'était déjà une grande faveur qu'il lui avait faite, que de l'admettre sur ce pied d'égalité. Alessandro, si les relations avec son maître avaient été conformes au protocole, aurait dû se tenir en retrait. Je ne songeai pas à relever, sur le moment, un passe-droit aussi inconvenant, si l'on réfléchit à la distance qui sépare le chef du plus vénérable des ordres de chevalerie, d'un blanc-bec qui apprend auprès de lui le métier des armes sans même être encore écuyer. *Alofino* au lieu d'*Alessandro* : signal déjà éloquent, propre à me renseigner sur le degré de leur intimité ; première cloche d'alarme, à laquelle je n'avais pas été plus attentif que je ne fus préoccupé de la seconde. Avais-je envie de les entendre ? Ou même... Mais n'anticipons pas sur ce qui reste l'épisode à la fois le plus scandaleux et le plus énigmatique de ma vie.

Pendant que je peignais le jeune garçon, celui-ci me regardait avec une telle insistance, le sourire qu'il m'adressait était si engageant, ses lèvres frémissaient d'une impatience si visible, que j'eus l'illusion de le voir s'incliner vers moi.

Oui, bien qu'il n'eût pas encore bougé d'un pas et restât sur la ligne à laquelle l'assignait son rang, il s'avançait à ma rencontre, il se détachait de son maître, il *forlignait*, au propre et au figuré. L'autre ne s'apercevait de rien. Isolé dans sa superbe, ignorant l'intrigue en train de se nouer à sa barbe, il continuait à regarder au loin. *Toi, pendant ce temps, tu te penchais dans ma direction.* Voilà l'illusion que j'ai peinte ; l'illusion, ou la vérité ; point de départ, en tout cas, de la catastrophe.

Lorsque j'eus fini mon travail, le Grand Maître s'en déclara fort satisfait. Il ne s'offusqua pas de voir la lumière concentrée sur le visage de son page, alors que lui-même ressortait avec beaucoup moins d'éclat. J'aurais dû comprendre qu'il ne m'avait pas commandé par pure vanité ce double portrait. Un sentiment plus profond, dont j'aurais été bien avisé de prévoir les conséquences, mettait une expression de bonheur sur cette figure austère. Alessandro paraissait content lui aussi, mais comme un garnement qui a réussi son coup. Il me le fit savoir par le plus impertinent des sourires.

VII

Signature

La Confrérie de la Miséricorde me commanda un tableau pour l'oratoire de la cathédrale Saint-Jean. Jean le Baptiste est l'objet d'une vénération particulière auprès des chevaliers de Malte : ils ne s'appelaient, au début de leur histoire, que les Hospitaliers de Saint-Jean de Jérusalem.

La cathédrale de La Valette est dédiée au Précurseur. C'est un édifice construit dans le même style austère que le reste de la ville, avec des références plus marquées au classicisme italien. Sa façade dépouillée me rappela certaines églises de Sangallo en Toscane. Le rapport entre la hauteur et la largeur reproduit les proportions du projet de Michel-Ange pour San Lorenzo à Florence. Les deux tours carrées dérivent du manuel d'architecture de Serlio. Le seul ornement qui atténue un peu la sévérité de cette façade est le balcon, soutenu par deux colonnes doriques, inspiré de celui de la villa Giulia à Rome.

D'original il n'y a que l'intérieur. La voûte en berceau ne repose pas sur des croisées d'ogives ; les cintres enjambent d'un seul mouvement la nef, qui en paraît plus vaste et plus claire. Je ne crois pas qu'on connaisse de modèle à ce type de voussures. Huit chapelles latérales abritent les huit Langues. La Langue d'Italie voisine avec la Langue de France et la Langue de Provence, du côté gauche. La Langue d'Aragon et celle de Castille occupent deux chapelles du côté droit. Cette disposition, qui reflète jusque dans la topographie de l'édifice la rivalité des clans qui se font la guerre au Vatican, me sembla du meilleur augure.

Tout de suite à droite, en entrant dans la nef, se trouve l'oratoire des novices, auquel était destiné mon tableau. De dimensions exceptionnelles (près de dix-sept pieds de largeur sur plus de onze de hauteur !), la toile couvrirait le mur du fond. Je devais représenter la mort du Baptiste. J'étais libre de traiter ce sujet à ma guise, sous une seule réserve : montrer qu'il n'avait pas été décapité du premier coup d'épée, mais qu'il avait fallu l'achever au moyen d'un couteau. Ce couteau est appelé, quand il est placé dans la main du bourreau : *misericordia.* Cette « miséricorde » rappellerait que le tableau était une commande de la Confrérie de la Miséricorde. A Malte, île animée d'un esprit mystique, on aime à communiquer par signes secrets.

Autre jeu de mots qui renforçait la portée symbolique de cette mise en scène : le bourreau empoigne son couteau pour donner le *coup de grâce.* Quelle avait été la mission de saint Jean ? Distribuer, par le baptême, la grâce. Donner des « coups de grâce ».

Tout ce langage compliqué auquel j'étais tenu d'obéir ne m'empêchait pas de penser à la méthodique obstination du sort. Pour le plus grand tableau qu'on m'eût jamais commandé, j'étais invité à peindre un assassinat par décollation. Personne à Malte ne savait que je travaillais au *David avec la tête de Goliath.* Pure et bizarre coïncidence : me voilà amené à traiter, pour une commande officielle, un thème qui faisait partie de ma mythologie intérieure. La tragédie historique que j'avais à peindre baignait dans le même climat où mûrissait mon tableau le plus privé.

Première tâche : choisir le lieu du crime. Federico Borromeo, dans son traité *De pictura sacra*, recommande, chaque fois qu'on doit représenter le martyre de saint Jean, de le situer dans *l'horrible et sinistre prison* où il a été enfermé avant son supplice. Encore monté contre l'avarice du Grand Maître, je saisis l'occasion d'en tirer vengeance. Tout en feignant de peindre une cour sombre et nue, je mis la scène sur le seuil de son palais. On reconnaît, dans la pénombre, l'arc cintré et le bossage du portail et, à côté du portail, une des fenêtres grillagées de la façade. Pour donner le change, j'ai fixé un gros anneau de fer dans le mur sous la fenêtre, et fait pendre de la corniche une longue corde. Anneau et corde : accessoires obligés d'une prison qui se respecte, ils indiquent l'endroit où Jean a été attaché.

Je commis une autre imprudence. Le geôlier qui assiste au meurtre et a tout l'air de l'encourager (les clefs que ce personnage porte à sa ceinture désignent sans conteste sa fonction) a la même pose qu'Alof de Wignacourt dans son portrait : corps appuyé sur la jambe gauche, jambe droite infléchie. La même barbe, le même front dégarni, une même affectation de noblesse et de majesté complètent la ressemblance. Il n'y a pas jusqu'au geste du bras qui ne soit identique. Ce geôlier tend la main droite en direction du sol, comme le Grand Maître, mais, au lieu de tenir le bâton de commandement, il pointe l'index vers le bassin de cuivre où une servante s'apprête, sur son ordre, à recevoir le sang du décapité.

Cette jeune femme, je tiens à le souligner, n'est nullement Salomé, comme je le fis croire au Grand Maître et comme tout le monde le croit encore. Un crime dû au caprice d'une femme ne m'eût pas inspiré. Sous le couvert d'un épisode emprunté à la Bible, je n'ai voulu peindre qu'un fait divers, la beauté nue d'un assassinat perpétré en pleine rue, par le hasard d'un mauvais coup dans la nuit. Le personnage qui se penche en tendant le plat n'est qu'une domestique de la prison : on voit assez, à sa robe noire modeste nouée à la taille par un linge blanc, qu'elle n'est pas une princesse. Une autre servante, plus âgée, en robe brune et coiffe blanche, se prend la tête dans les mains, par compassion.

Voilà pour les comparses. Au centre de la toile, sous la

lumière qui les frappe en plein, je me suis joué, une fois de plus, la scène d'amour entre le bourreau et la victime. Jean a été jeté à terre, sa joue est écrasée contre le sol. Le sang jaillit à gros bouillons de son cou que l'épée, posée à côté de lui contre le pied du geôlier, n'a pas réussi à trancher complètement. Le bourreau, presque nu lui aussi, empoigne par les cheveux sa victime et, de son autre main, tire du fourreau accroché à sa ceinture le couteau pour l'achever.

Bourreau, j'attends, de ta miséricorde, *le* coup de grâce *qui va me délivrer. Mais nous savons tous les deux, n'est-ce pas ? qu'il ne faut pas entendre ces mots de* miséricorde *et de* coup de grâce *dans le sens que leur donnent les pieux docteurs de l'Eglise. J'aime ta force et ta violence, comme tu aimes ma docilité et ma soumission. Je n'ai jamais voulu mourir que d'une mort indigne, et dans les conditions sordides qui se trouvent remplies aujourd'hui : une pénombre crapuleuse, des témoins réunis par hasard. Ils assistent passifs à mon exécution, le seul geste de cette femme étant de tendre un bassin pour éviter les taches de sang sur le sol et faire économiser une serpillière à l'intendant de la prison. Nulle tragédie sacrée, ici : un simple homicide, comme il en arrive dans les bas-fonds d'une ville au cours des heures nocturnes où ne restent à rôder dans les rues que ceux qui ont un compte à régler avec le destin. Fais-moi la* grâce, *bourreau, de me donner cette mort abjecte à laquelle aspire mon âme depuis qu'elle a découvert où se tient le vrai Dieu.*

Je m'identifiais à Jean, je rêvais au bonheur de mourir de la main d'un bourreau aussi beau et radieux que celui que j'étais en train de peindre, mais peu à peu, aussi, à cet assassinat imaginé se superposait un autre meurtre, un meurtre qui s'était produit réellement, la mort de mon père poignardé par des tueurs dans une rue de Milan.

Pourquoi, après tant de mois ou d'années où je n'avais plus pensé à mon père, revenait-il obséder mon esprit ? Plus ou moins volontairement, j'ai reproduit dans mon tableau la scène du meurtre de mon père. Je ne me serais pas autant écarté de la Bible sans le besoin de réparer ce crime, et je ne pouvais le racheter qu'en reconstituant aussi minutieusement que possible les circonstances de cette nuit : un homme saisi par traîtrise et jeté à terre, une main qui le cloue au sol, un poignard qui se lève pour le tuer. Tout s'est déroulé en quelques instants. Personne pour s'opposer au meurtre. Les rares témoins consentent. Derrière la grille de la fenêtre, j'ai placé deux visages : ces spectateurs ne disent rien, ils n'appellent pas au secours, ils regardent en silence le forfait qui se commet sous leurs yeux. Aucun de ceux qui ont pu assister de leur fenêtre à la mort de mon père n'a voulu dénoncer les assassins. Infamie de cette mort solitaire et, chez moi, trente ans après – le temps n'atténue pas ces douleurs –, désir de rejoindre mon père dans l'infamie de sa mort.

Père, j'ai beau être devenu célèbre, avoir mes entrées chez le Grand Maître des Hospitaliers de Saint-Jean et considérer comme probable mon admission dans l'Ordre prestigieux des chevaliers de Malte, je ne t'abandonne pas dans l'abjection de ce fait divers.

Les gazettes de Milan n'avaient même pas mentionné une affaire trop banale pour mériter un écho. N'avoir pas réussi à transformer sa mort sordide en mort glorieuse, c'est la malédiction que porte à jamais mon père – et que je porte pour lui. Etre tué avec éclat, qui s'en plaindrait? Mais tomber inconnu sous une main anonyme, c'est le sort des veaux.

Une fois par semaine, le Grand Maître, escorté de son page et de ses deux sbires, entrait dans l'oratoire pour suivre les progrès du tableau. J'avais peur qu'il ne s'offensât d'être peint en geôlier et complice du plus abominable des assassinats. Il se pencha pour examiner les clefs pendues à la ceinture du personnage. Pur hasard, j'en avais mis trois. Quand il se redressa, je vis dans ses yeux un éclair de vanité. Il croyait que je l'avais représenté en saint Pierre. J'avais placé là l'ancien pêcheur du lac de Tibériade, me dit-il, pour ouvrir à saint Jean les portes du paradis. « Saint

Jérôme a fixé au nombre de trois les clefs que détient l'apôtre : chacune donne accès à un degré plus élevé de béatitude. La troisième porte ne laisse passer que les élus. »

Alessandro, sous prétexte de s'initier à la peinture, demandait l'autorisation à son maître de s'attarder dans l'oratoire. Nous restions seuls après le départ d'Alof de Wignacourt, avec les deux sbires qui s'asseyaient près de l'entrée, et jouaient aux dés sur un banc. Peindre ce meurtre, revivre tant de souvenirs affreux et me livrer à des rêveries si terribles m'épuisait; les images de sang et de mort se levaient en masse dans mon esprit; elles me laissaient si troublé et perdu que j'étais reconnaissant au page de m'apporter le réconfort de sa jeunesse, de sa fraîcheur et même de son toupet. Le fripon s'asseyait entre mes jambes, passait ses bras autour de mon cou, glissait des facéties à mon oreille. J'étais trop heureux de sentir contre moi la présence de ce bel enfant pour prendre garde à son manège.

L'illusion que je l'avais peint en saint Pierre décida le Grand Maître à céder aux pressions conjointes du marquis Malaspina, de la marquise Sforza Colonna et du général des galères, « pilier » de la Langue d'Italie. Comme je me trouvais depuis un an à Malte, il fit valoir devant le Conseil que j'avais accompli mon temps de probation. Le 14 juillet, un an jour pour jour après mon arrivée, je fus admis dans l'Ordre. Ne pouvant être nommé, faute des quartiers de noblesse nécessaires, *cavaliere di giustizia,* je reçus le grade inférieur, *cavaliere di grazia magistrale.* Peu m'importait : Alof de Wignacourt épingla sur ma poitrine la jolie petite croix en émail à huit pointes. Puis deux chevaliers, choisis parmi les plus hauts dignitaires, le « grand commandeur », bras droit du Grand Maître, qui le remplace en cas de vacance, « pilier » de la Langue de Provence, et le « grand hospitalier », directeur de l'Infirmerie, « pilier » de la Langue de France, enveloppèrent mes épaules dans la cape noire ornée des deux grandes croix blanches.

La cérémonie avait lieu dans la salle du Conseil, éclairée aux flambeaux et pavoisée d'oriflammes, en présence de tous les grands officiers et de tous les grands prieurs, chacun escorté de son écuyer. Je m'étais présenté dans la tenue prescrite : habit noir sans ceinture, pour être « ouvert » à la grâce de l'adoubement. Le cierge que je tenais allumé dans une main symbolisait la charité, la croix que je serrais dans l'autre l'esprit de sacrifice.

« Quels vœux formez-vous avant d'être reçu Frère en la sainte religion de l'hôpital de Jérusalem ?

— Trois vœux, que je jure de remplir : obéissance, pauvreté, chasteté.

— Quelle tâche désormais sera la plus salutaire et avantageuse à votre âme ?

— La tâche la plus avantageuse et salutaire à mon âme sera de me consacrer au service des pauvres de Jésus-Christ, de vaquer aux œuvres de miséricorde, de me dévouer au service et à la défense de la foi.

— Que signifient les quatre branches de la croix que vous allez porter sur votre habit ?

— Chacune représente une des vertus que je jure d'observer : justice, prudence, modération, courage.

— N'avez-vous point fait vœu dans quelque autre Ordre ?

— Je n'ai fait vœu dans aucun autre Ordre.

— Etes-vous marié ?

— Je suis célibataire.

— N'êtes-vous point esclave ?

— Je suis un homme libre.

— Récitez donc le serment du profès. »

Je m'agenouillai devant le fauteuil du Grand Maître, pour débiter la formule rituelle. Le « grand commandeur » et le « grand hospitalier » avaient posé chacun leur épée sur une de mes épaules.

« Je fais vœu et promesse à Dieu, à sainte Marie, toujours vierge, mère de Dieu, et à saint Jean-Baptiste, de rendre dorénavant, moyennant la grâce de Dieu, une vraie obéissance au supérieur qu'il Lui plaira de me donner, et qui sera choisi par notre religion ; de vivre sans propriété, et de garder la chasteté. »

Le Grand Maître descendit de son fauteuil et me donna l'accolade.

« Nous vous reconnaissons, conclut-il, pour serviteur de messieurs les pauvres malades, et nous sommes persuadé que vous vous consacrerez à la défense de l'Eglise. »

Alessandro s'était placé dans un coin de la pièce, de manière à se trouver dans mon champ de vision. Il ne cessait de me fixer d'un regard moqueur. Au moment où, d'une voix que je m'efforçais d'affermir, je réitérais le troisième vœu, il me lança un clin d'œil espiègle.

Le tableau destiné à l'oratoire était presque fini. Pour la raison que j'ai exposée lorsque j'ai adopté un pseudonyme, je n'avais jamais signé aucun de mes ouvrages. L'envie, que dis-je ? le besoin me prit soudain d'apposer ma signature sur celui-ci, et d'en faire un élément du tableau. Pourquoi rompre avec mes habitudes et faire parade de ce que j'avais décidé de garder toujours caché ? Parce que, dans mon esprit, je dédiais cette toile à mon père, à la mémoire de mon père traîtreusement assassiné. C'était mon premier acte direct d'allégeance à mon père, et je devais l'assumer pleinement. Il ne s'agissait pas de moi mais de lui. Quel nom choisir ? Merisi ? Caravaggio ? Non : nul autre nom que mon simple prénom, Michelangelo, que j'avais reçu de mon père, quand il m'avait tenu sur les fonts baptismaux. Ce geste d'amour qu'il m'avait témoigné ce jour-là, je le lui rendais, en quelque sorte, en dessinant pour lui ces cinq syllabes, le don le plus personnel qu'il m'eût jamais fait, et le seul que je gardais de lui. *Ton fils, père, se souvient. Il ne t'a pas oublié, ton enfant.*

Où poser cette signature ? Au bas, bien entendu : dans le coin droit, sous la fenêtre, près de la corde dont le bout traînait par terre, là où se trouvait un espace libre. J'hésitais encore, lorsque mon regard fut attiré vers le sang qui jaillissait du cou de saint Jean. Le sang : seul sujet de mon tableau, le sang, qui serait aussi l'encre dans laquelle j'écrirais mon nom.

Et tout à coup, pendant que je traçais en lettres rouges dans le prolongement du flot de sang : *Michelangelo*, un autre sens de mon geste m'apparut. Signer dans le sang du Baptiste, c'était m'identifier complètement à la victime. Pour une fois où je me mettais en avant, je ne me présentais que sanglant. Me voici, à la première personne, mais la tête détachée du corps. Le *moi* que j'affiche est un *moi* décapité. Ne m'accusez pas de vanité : ce peintre qui attire sur lui l'attention n'est déjà plus de ce monde. Le double sépulcral de celui que j'ai été reste seul à parader en mon nom. Autoportrait, mais d'outre-tombe. Le front blanc, l'œil éteint, la bouche entrouverte appartiennent au cadavre de feu Michelangelo.

Pour souligner cette intention, je rajoutai, devant *Michelangelo,* un F. Le F de *feu,* « il fut », le sceau de la mort sur le prénom que m'avait donné mon père.

Alessandro, épouvanté, me supplia d'effacer mon nom. Il craignait l'impression fâcheuse que ne pourrait manquer de faire sur son maître la vue de ces lettres ensanglantées. « On dirait que c'est vous qui avez commis le crime ! »

Alof de Wignacourt approuva au contraire ce qu'il appela un témoignage éclatant de ma solidarité avec les Frères au nombre desquels je venais d'être admis. Il ne comprit pas le sens de ce F. Pour lui, c'était l'abréviation de *Frate.* En signant *Frate Michelangelo,* je réaffirmais mon engagement dans l'Ordre, et, en trempant cette signature dans le sang, je promettais à nouveau de défendre l'Eglise sans jamais demander quartier ni économiser ma peine ni chercher à préserver ma vie.

Le Grand Maître s'étendit ensuite sur mon tableau et développa l'idée qu'il s'en faisait.

« Tu aurais pu, me dit-il, opter pour la reconstitution historique. Il est certain que la cour du tétrarque de Galilée offrait à un peintre aussi habile que toi maint élément suggestif de décor. Hérode Antipas lui-même, quel personnage haut en couleur ! Sans compter Salomé ! Négligeant tout détail superflu, tu as préféré ne mettre en valeur que l'acte même du meurtre et de la décollation. Et, là encore, je ne peux que te féliciter, pour avoir aussi bien adapté ton tableau aux vicissitudes de notre île. L'Ordre des Hospitaliers de Saint-Jean de Jérusalem, tu ne l'ignores pas, s'était rangé sous la bannière du Baptiste en raison de la vocation hospitalière des premiers chevaliers. Ils se chargeaient d'apporter aux corps le secours de la médecine, comme le Précurseur apportait aux âmes le secours de la grâce. Le siège de 1565 a donné à notre choix un sens nouveau, qui nous avait échappé quand nous avions choisi ce patron. Aurions-nous pu deviner que nous prenions pour protecteur le modèle de nos martyrs futurs ? Que leur supplice serait à la parfaite imitation du sien ? On t'a certainement raconté, ton tableau le prouve, de quelle barbare façon les Turcs essayèrent de venir à bout de notre résistance. Mustapha Pacha lança à travers le port en direction du fort Sant'Angelo cinq radeaux portant chacun la dépouille d'un chevalier décapité. Depuis ce temps, l'Ordre pourrait s'appeler avec raison l'Ordre des Décapités, ou des Décollés de Saint-Jean. Ton tableau, Frère Merisi, a conquis le droit de devenir l'emblème des chevaliers de Malte, et je vais donner des instructions pour le faire graver et distribuer aux frères les plus méritants. »

Abasourdi, je ne savais que répondre. Je n'étais pas encore habitué aux bévues que les critiques d'art et les historiens commettraient sur mes tableaux. La lecture du Grand Maître était non seulement si éloignée de mes intentions mais si peu en rapport avec ce qui était dit dans le tableau (moi, penser à illustrer le siège de Malte par les Turcs !), que je ne songeais même pas à me réjouir de ses compliments.

Alessandro me poussait du coude. « Remerciez-le ! » murmurait-il en se haussant jusqu'à mon oreille. Le Grand Maître ne parut pas offusqué de mon silence. Assailli de souvenirs personnels, il resta quelque temps à rêver.

« Tu sais, reprit-il, j'avais dix-huit ans lors du siège, et servais comme canonnier au fort Sant'Angelo. Ces cinq radeaux, je les ai vus arriver, avec le cadavre décapité de nos frères. Ils étaient nus, le corps fendu en croix devant et derrière, par dérision. Oh ! mais c'est que nous ne nous sommes pas laissé abattre par cette vision abominable ! Le commandant du fort ordonna de couper la tête à tous les prisonniers turcs qui étaient dans nos mains, d'utiliser ces têtes en guise d'obus, et de les tirer, par les bouches à feu, sur les vaisseaux ottomans. Avec quelle rage j'ai enfoncé un de ces boulets dans l'âme de ma couleuvrine, je m'en souviens encore. J'eus la joie de le voir tomber sur la galère de Mustapha Pacha et faucher le grand mât.

« Encore mes félicitations, Frère Merisi, pour avoir porté au grand jour cet aspect de notre dévotion à saint Jean-Baptiste. L'horreur, mais aussi la gloire de la décollation apparaissent aujourd'hui si intimement liées à notre histoire, que ton tableau résume à la fois la chronique et la mystique de notre Ordre. »

VIII

Prestige et infamie

Ai-je eu vrai goût de toi, Alofino ? Bien fait, tu l'étais, mais l'agréable, ce n'est pas mon genre. Tu ne me déplaisais pas, non, mais l'excitation éprouvée pendant les trois jours que nous avons passés ensemble dans cette chambre où le jour entrait à peine par les persiennes que tu voulais garder closes, ce transport d'être avec toi loin du monde avait une tout autre origine que ta jolie petite figure. Je t'ai trompé, en quelque sorte. Voilà pourquoi, du fond de ma prison (un vrai fond ! puisque, de ce puits où je suis enfermé dans le fort Sant'Angelo, il paraît que nul n'est jamais ressorti vivant), je ressens le besoin de m'expliquer.

M'expliquer ? Comme si c'était possible ! Il faudrait d'abord comprendre pourquoi je t'ai emmené dans l'hôtel de cette Langue, et non dans la chambre que j'occupais à l'hôtel d'Italie. Nous aurions été en sûreté parmi ceux de notre terre. Il y a huit nations, ou Langues, représentées à Malte. Huit, le nombre des pointes de la croix de l'Ordre, en rapport avec les huit Béatitudes exaltées par le Christ dans le Sermon sur la montagne. La France, à elle seule, est divisée en trois Langues : Langue de France, qui s'étend de la Champagne à l'Aquitaine ; Langue d'Auvergne, groupée autour du prieuré de Bourganeuf ; Langue de Provence, qui réunit le Piémont. Là aussi, la sécurité nous était garantie. Connu pour appartenir au clan des cardinaux Del Monte, Colonna,

Borromeo et Giustiniani, je ne comptais que des partisans parmi les compatriotes du Grand Maître, et personne ne m'eût dénoncé.

Tandis que nous fuyions dans la nuit moyennement sombre, et que nous passions en courant devant l'hôtel de chaque Langue, je te disais pour te rassurer que nous entrerions dans celui qui arborerait au-dessus de sa porte la bannière la plus engageante. Tu tremblais contre moi : malgré ton courage, tu te doutais bien que lorsque ton maître apprendrait que son mignon s'était fait enlever par son peintre, il nous engloberait dans la même vengeance.

J'étais moi-même si égaré, que nous parcourûmes plusieurs fois les mêmes rues, de bas en haut et de haut en bas ; si on avait voulu nous donner la chasse, rien n'eût été plus facile ; nous n'avions aucun endroit pour nous cacher ; l'implacable alignement des maisons est une malédiction pour les fugitifs. Tu haletais derrière moi. Trébuchant sur les marches, tu t'agrippais à ma ceinture. J'évitais de passer par le centre où se dresse le palais du Grand Maître, mais ce ne fut pas une moindre inconséquence que de longer les bastions sud jusqu'au fort Sant'Elmo. Tout à coup, je vis se dresser devant nous les courtines, d'où les guetteurs placés sur les plates-formes pouvaient nous apercevoir et donner l'alarme. Je rebroussai chemin en hâte, et nous remontâmes par le bastion San Salvatore, sous les murs duquel je crus, sur la foi de ce nom, que nous serions momentanément à l'abri.

Un gîte, il fallait le trouver. Trois lions rampants à queue sinueuse pour la bannière de la Langue d'Angleterre ; un aigle à deux têtes pour celle d'Allemagne. Bêtes de mauvais augure : nous poursuivîmes notre course. Sur la façade de l'hôtel de Castille, flottait un étendard marqué de deux griffons : cabrés sur leurs pattes de derrière, ils soutiennent deux forteresses crénelées. « Dans ces citadelles nous serons à l'abri », m'écriai-je, ce qui n'avait pas le sens commun. On nous donna une chambre, sur la présentation que je fis de ma croix de l'Ordre. L'homme en noir qui nous tendit la clef échangea quelques mots, en prenant soin de baisser la voix pour que je n'entendisse pas ce qu'il lui disait, avec le collègue qui tenait les registres et mit une croix en face de nos noms.

Je louai la chambre pour trois jours. Ni l'air soupçonneux dont nous étions dévisagés, chaque fois qu'on nous apportait nos repas, ni le souvenir que j'étais en territoire espagnol, au milieu de mes ennemis naturels, ni l'envie que tu manifestas plusieurs fois de fuir un endroit où tu avais eu d'emblée le pressentiment d'un malheur, aucun de ces signaux ne m'engagea à raccourcir ce séjour. Pendant ces trois jours nous restâmes enfermés. Tu ne voulais même pas ouvrir la fenêtre. Peur qu'un espion ne nous repérât ? Bonheur d'être enclos dans un cercle enchanté hors du temps ? Cette vie clandestine t'amusait. La nuit, tu étais repris par l'épouvante, et tu criais, dans tes cauchemars, en repoussant de tes mains aux doigts roses un géant en armure. Ses talons métalliques martelaient le plancher, il cherchait à te saisir dans ses gantelets de fer.

Le quatrième jour, à l'aube, les sbires envoyés par Alof de Wignacourt, sans même frapper, défoncèrent la porte. Je reconnus les deux agents de l'escorte personnelle du Grand Maître. Vêtus de leur costume noir, ils tenaient leur épée nue droit devant eux. Un des deux argousins me planta la pointe de son arme au milieu de la poitrine ; je n'étais couvert que de la chemise que j'avais enfilée en hâte pendant qu'ils montaient pesamment l'escalier. Du sang perla sur l'étoffe et s'élargit en étoile rose. Coups, menaces, quolibets, injures, rien ne me fut épargné. Sans doute avaient-ils reçu l'ordre d'en user autrement avec toi. Tu n'eus pas à souffrir de leur brutalité.

« Don Alessandro », te disaient-ils avec respect, pour marquer par cette allusion à la noble lignée des Costa, fleuron de l'aristocratie génoise, que parmi mes crimes on n'oubliait pas en haut lieu celui d'avoir profané par le contact de mains plébéiennes le rejeton d'une famille illustre.

A peine habillé, ils me lièrent les poings et m'emmenèrent. La ville s'éveillait à peine. Nous parcourûmes des rues désertes et dévalâmes des volées de marches en réveillant des chats. Il n'y avait un peu d'animation qu'aux abords de la Grande

Marse. Plusieurs matelots entourés d'une escouade de soldats hissaient les voiles sur un chébec déjà prêt. Nous traversâmes le bras de mer qui sépare La Valette de Vittoriosa. De l'autre côté, sur l'étroit môle aménagé au pied du rempart, nous attendait une demi-douzaine de geôliers armés jusqu'aux dents. Je fus poussé à l'intérieur du fort Sant'Angelo et jeté, sans autre forme de procès, dans un cachot dépourvu de fenêtre. Il fallut m'attacher par une corde pour me descendre au fond de ce puits. A la lueur qui tombait d'un soupirail grillagé, je lus sur les murs les inscriptions de ceux qui s'étaient déchiré les ongles en essayant de se hisser le long des parois. Toi, ils t'avaient enfermé à clef dans la chambre de l'hôtel de Castille.

Maintenant, si j'essaie de tirer au clair cet enchaînement de faits, je constate que :

1°. Le 14 juillet, je suis promu dans l'Ordre de Malte, le plus prestigieux des ordres de chevalerie. Je porte désormais la croix à huit pointes. Me voilà au faîte des honneurs; à de plus hauts, je ne pourrais prétendre. Les autres chevaliers ont beau appartenir à la fine fleur de la noblesse européenne, j'ai droit à leur respect. Ils doivent se découvrir en me croisant, comme j'ôte mon chapeau sur leur passage. Le pape ne manquera pas d'être impressionné par cette distinction : tôt ou tard il révoquera le bando capitale *qu'il a mis sur ma tête, et je pourrai rentrer à Rome la tête haute.*

Ce résultat, ce n'est pas sans peine que j'y suis parvenu. Il m'a coûté de sérieux sacrifices. Sans compter les politesses et les ronds de jambe à faire ici et là, plusieurs pertes sèches pour mon budget : un Saint Jérôme *peint gratis pour le marquis Malaspina, qui se donna grand air en en faisant cadeau à la cathédrale Saint-Jean, pour la chapelle de la Langue d'Italie, bon tableau dont j'aurais pu tirer deux cents ducats; un* Amour dormant, *censé me rapporter une somme non moins importante, mais que je dus offrir en présent au Grand Maître, en sus de son portrait, après qu'il m'eut exposé les démarches qu'il avait entreprises pour m'obtenir les dérogations nécessaires.*

Outre le défaut de naissance à justifier, n'avait-il pas réussi à me faire dispenser du séjour d'un an dans un couvent, condition obligatoire pour tous les chevaliers? Les deux ans de service militaire sur les galères de la flotte, à manœuvrer les voiles et se râper les mains en tirant sur les rames, autre épreuve sans laquelle nul n'est admis dans l'Ordre, même s'il a ses quatre quartiers de noblesse, n'y avais-je pas échappé également?

Cet Amour dormant, *en réalité un poupon à peine sorti du ventre de sa mère, tu le détestes. Eh bien! sache que, moi aussi, il me dégoûte. Alof de Wignacourt m'avait demandé de peindre un nouveau-né le plus répugnant possible, afin, prétendait-il, de détourner les chevaliers de l'envie de fonder une famille : initiative contraire au vœu de chasteté, et propre à les faire expulser de l'Ordre. La vérité, c'est que le Grand Maître a une horreur pathologique de la femme; il a voulu ce tableau pour être encouragé dans sa répulsion de tout ce qui touche à la grossesse, à l'accouchement, aux bébés. Tu le sentais bien, n'est-ce pas? qu'il t'aimait moins pour tes qualités, que parce que tu lui apportais une sorte de sécurité physiologique. Avec toi, aucun risque de progéniture. Il se fait de la stérilité un idéal absurde, qu'il trouve en accord avec la majesté sévère des monuments de La Valette et la rigueur des règlements de l'Ordre. Sous ses allures de noble chef de guerre, c'est l'être le plus malsain et torturé de phobies morbides que j'aie jamais rencontré. Je lui ai peint ce qu'il souhaitait, une sorte d'avorton au ventre gonflé, couché tout de travers à cause des bourrelets gélatineux qui l'embarrassent, la tête trop grosse, les paupières cousues par la glu oculaire. Le plasma originel dégouline encore de sa peau.*

Cette croix de Malte, ne fallait-il pas que je la voulusse à tout prix, pour me rendre assidûment à la morgue et étudier sur la dépouille des enfants mort-nés les détails de leur anatomie tremblotante? Et n'ai-je pas dû mettre au rancart mon honneur de peintre, pour accepter de faire passer pour mienne cette chair potelée et visqueuse? Je pensais à la grâce pontificale dont je profiterais en retour. En plus de ce bénéfice ponctuel, la reconnaissance sociale qui m'avait toujours manqué, malgré mes succès passagers à Rome et à Naples, arriverait enfin au repris de justice condamné à mort après sept incarcérations.

Te voici donc cavaliere, *me disais-je, le soir du 14 juillet, tandis que je me pavanais sur le corso Raymond du Puy, ayant au côté l'épée que j'avais désormais la permission de porter au grand jour. Ah! si ta pauvre mère te voyait! Et ton père! Plût au ciel que quelque génie d'outre-tombe lui apprît comment tu l'avais vengé! Et ton grand-père! Comme il se rengorgerait, en constatant quel renom s'est acquis en terre lointaine un Lombard!*

2°. Le 27 septembre, un mois et demi après avoir obtenu cette faveur nonpareille, j'accomplis le geste qui la ruine et qui me précipite dans l'abjection. Enlever son favori au Grand Maître; humilier dans son amour-propre le plus puissant seigneur de l'île; oser séduire un Costa, lorsqu'on n'est qu'un Merisi; blesser dans son dernier amour un vieillard : plus de crimes, je n'aurais pu les commettre en une seule action. Soixante-seize jours! Je n'ai tenu que soixante-seize jours avec cette croix sur ma poitrine et cette rapière publique à mon flanc. Je n'ai été fier que pendant onze semaines, même pas, de cet insigne et des avantages qu'il confère. L'orgueil de pouvoir exhiber – certificat signé du Grand Maître à l'appui – une décoration enviée du monde entier n'a pas duré plus longtemps.

Quelle fatalité m'oblige à détruire en quelques minutes ce que j'ai mis des mois, parfois des années à bâtir? Ah! il faudrait que je te raconte ma vie, pour te surprendre par les esclandres plus ou moins involontaires qui l'ont jalonnée. Je me cherchais des protecteurs; par nécessité de peintre, mais pas seulement; pour être honnête, je dois reconnaître que j'étais flatté de les trouver si bienveillants. A peine cependant m'étais-je assuré de leur soutien, que j'éprouvais le besoin de les défier. A chaque « progrès » que j'accomplissais dans ma « carrière », j'ai réagi par une provocation. L'exposé de mes démêlés à Rome avec les autorités civiles et religieuses mettrait en évidence comment je n'ai accepté aucune réussite, si ardemment que je l'eusse souhaitée, sans l'anéantir par un geste ruineux. Comprendrais-tu un parcours si absurde ?

Comprendre... Mais est-ce que je me comprends moi-même ? Irriter ceux qui ne me veulent que du bien... Renoncer à leur estime... Me priver de leur aide... Tout perdre à la fois, et me délecter d'avoir tout perdu... Rêver follement de succès, et me mépriser pour ce rêve... Ceux qui me permettraient de le réaliser, les braquer contre moi... Monter en imagination sur le trône de César, et me retrouver plus bas que Néron...

Sais-tu ce qui a causé mon dernier revirement ? Le 26 septembre, j'examinais une fois de plus, étalée sur ma paume, la croix de Malte à huit pointes. Huit, comme le nombre des côtés du baptistère, chiffre dont ma mère m'avait révélé la signification mystique, le jour où elle m'avait expliqué l'inexplicable alliance du sexe, du sang et de la mort qui se manifeste dans le mystère de la Circoncision. Je voulus voir l'effet que cette croix ferait sur ma peau, et, pour la poser directement sur ma poitrine et jouir pleinement de son éclat, je me dévêtis de ma chemise et m'approchai torse nu de l'armoire. Selon l'usage des hôtels maltais dont les pensionnaires doivent être soucieux de leur mise en vue des nombreuses parades publiques, une glace est encastrée dans la porte intérieure des armoires.

En me tournant de côté et d'autre devant cette glace, quel objet frappe mes yeux ? La fleur de chardon, que j'avais complètement oubliée. Mon sceau d'infamie, que je gardais imprimé sur l'épaule. Mon sceau d'infamie ? Ou mon brevet de gloire ? Tout à coup, s'étendit à mes yeux l'année qui venait de s'écouler ; et je fus saisi de dégoût, devant le spectacle de cette longue trahison. Depuis mon arrivée à Malte, je n'avais cessé de me comporter en traître. Cette course aux honneurs, ces efforts pour entrer dans la haute société, ces contorsions pour me faire accepter des gens en place, ces sacrifices consentis pour me capter leurs bonnes grâces, ces courbettes morales répétées en vue d'être traité en égal, était-il rien de plus contraire à ma nature ? De plus offensant pour ce que j'entendais être au plus profond de moi-même ? Le bonheur de devenir un signor per bene, *un* uomo di rispetto, *j'y avais donc aspiré ? Cet indigne mirage avait eu du prix pour moi ?*

Où réside ma vraie gloire, je m'en rendais compte à nouveau. Ce stigmate gravé dans ma peau reste mon bien le plus précieux. Quant à cette « promotion » (l'horrible mot !) au grade de cavaliere, *elle ne peut constituer que ma honte. J'eus soudain horreur de mon séjour à Malte, où je ne m'étais montré qu'en courtisan à la recherche de faveurs. Par cette constance et cette application de plusieurs mois, je m'étais désavoué. Rendu coupable d'un parjure, presque d'une apostasie. Comment cesser de m'être infidèle, je n'eus plus d'autre pensée. Cette série de reniements, par quel moyen l'annuler ? Il me fallait inventer quelque action éclatante. Seul un défi spectaculaire pouvait me sauver. La corde pour me pendre, je devais l'offrir à ceux qui ne pourraient faire autrement que de me conduire au gibet.*

Petite fripouille, tu t'es présenté comme l'instrument de mon salut. Tu avais tous les atouts en main : l'extrême jeunesse, ce qui augmenterait le scandale ; l'amour du Grand Maître, ce qui exaspérerait sa jalousie ; la position de favori, ce qui le forcerait à se venger. Tous les atouts pour me faire regagner ce que j'avais perdu en poursuivant des chimères.

Merci à toi de m'avoir rendu à mon destin.

IX

Syracuse

Je somnolais, quand un frôlement le long de la paroi en entonnoir me réveilla. On jetait d'en haut une longue corde à nœuds, qui tomba à mes pieds. En même temps, une voix inquiète me chuchotait : « Dépêche-toi ! » Je n'étais que depuis dix jours en prison, la réclusion ne m'avait pas affaibli. Sans trop de peine je me hissai jusqu'à l'orée du puits, où un homme masqué m'attendait. Le domestique qui l'accompagnait me remit mon sac de voyage et l'étui de cuir qu'on m'avait confisqués, puis, dans le plus grand silence, par une série de couloirs et d'escaliers qui n'étaient pas les mêmes qu'à l'aller, nous descendîmes jusqu'à une poterne. Un violent clapotis secouait la mer. Deux matelots maintenaient à force de rames une barque contre le môle.

L'inconnu qui m'avait amené monta avec moi. Il me dit, sans ôter son masque : « Le spéronare auquel je vais te confier t'emportera dans un lieu qui, sans être absolument sûr, te mettra à bonne distance de tes poursuivants. Tu peux compter sur moi comme sur un ami, mais ton crime dont j'ignore la nature est si énorme que je ne puis rien faire d'autre pour toi que de te faire évader. Prends garde : celui que tu as offensé te cherchera partout, en Sicile comme en Italie et dans le reste du monde. Il enverra des sicaires sur tes traces, en quelque lieu que tu cherches à te cacher. Tu as été dégradé publiquement, et tu n'es plus chevalier de Malte. La cérémonie de la déchéance a eu lieu dans l'oratoire de la cathédrale Saint-Jean, devant le tableau que tu y as peint. Le Grand Maître t'a expulsé de l'Ordre, en te qualifiant de *membrum putridum et fœtidum.* Tu es coupable d'un forfait si abominable qu'il n'a pas voulu en préciser l'espèce. Adieu, conclut-il en me poussant sur l'échelle de coupée, et souviens-toi qu'au palais Cellammare tes amis napolitains te feront toujours bonne figure. »

Ces mots levèrent mes dernières incertitudes. Je ne doutais plus que celui qui avait organisé ma fuite et dont j'avais cru reconnaître la voix ne fût don Fabrizio Sforza Colonna. Nul autre que le général des galères ne pouvait avoir accès au cachot où l'on me tenait au secret. J'aurais pris les mains de mon sauveur pour les baiser, si nous avions été seuls. A un homme que je forçais à n'agir qu'incognito, je n'allais pas causer un désagrément supplémentaire.

Le spéronare mit le cap sur la Sicile. Dans le port de Syracuse, des soldats de la garnison espagnole surveillaient l'accostage des bateaux. Le capitaine avait reçu l'ordre de ne me laisser descendre que hors de vue des gendarmes. Sans entrer dans le port, nous fîmes le tour d'Ortigia. Le capitaine me débarqua à la pointe de l'île, dans une petite crique entourée de rochers.

Je lui montrai le papier où Mario avait indiqué son adresse. *Palazzo Bianca, via Re Davide 52, au coin du quatrième passage dans la Giudecca.*

« Malheureux! s'écria-t-il, évite soigneusement de demander ton chemin à un des nombreux soldats qui patrouillent dans une ville que Charles Quint a transformée en place forte. Il y a un peu plus de cent ans que les Espagnols ont expulsé les juifs de leurs possessions, mais la Giudecca, bien qu'habitée à présent par des chrétiens, reste pour le gouverneur militaire un quartier suspect. »

A moi qui apportais, roulé dans son étui de cuir, mon

tableau inachevé, loger via Davide paraissait du meilleur augure. Quel nom donner au hasard qui m'offrait un refuge dans le quartier juif? Condamné à mort deux fois, traqué par les sbires du Grand Maître après avoir échappé à la police de Paul V, ne pouvais-je comparer mon sort au destin historique des Hébreux? Comme les errants de la Diaspora, n'étais-je pas contraint à la fuite, de pays en pays, sans rencontrer de lieu où poser ma tête?

Le palazzo Bianca, comme Mario m'en avait prévenu, ne se distinguait en rien des autres maisons de l'étroite rue et ne payait pas plus de mine que les immeubles avoisinants. On décore en Sicile du nom pompeux de *palazzo* quatre murs coiffés d'un toit. J'arrivai devant un petit édifice de deux étages, vétuste et délabré, qui prenait jour par trois fenêtres arquées. Un linteau en plein cintre, vestige d'une distinction révolue, surmontait le portail, dont la peinture verte s'écaillait. Un marteau sculpté en tête de Gorgone, dont la figure grimaçante au milieu d'un grouillement de serpenteaux n'engageait guère à entrer, constituait tout l'ornement de cette façade. Je me demandai si ce marteau était d'origine, ou si Mario, en rentrant à Syracuse, l'avait fait mettre en souvenir du temps où « les compagnons de la Gorgone » essayaient de résister aux abus des seigneurs.

L'anneau de bronze en retombant sur le butoir souleva un écho qui retentit dans les environs déserts. Je m'aperçus que la maison en face du palais et d'autres habitations dans la rue se trouvaient à l'abandon. L'une tombait en ruine. Des étais de bois soutenaient sa façade lézardée.

La jeune femme qui ouvrit prit peur devant cet étranger hirsute qui semblait échappé d'un naufrage. « Mario! Mario! » cria-t-elle à pleine voix. Elle monta en courant l'escalier qui tournait autour d'une petite cour carrée. Des arcades qui avaient dû être jolies autrefois, mais dont le plâtre s'était détaché en laissant voir une pierre rongée par les intempéries, bordaient cette espèce de patio. Un jasmin planté dans un pot embaumait. Des femmes, des enfants apparurent à la galerie du premier étage et se penchèrent sur le rebord auquel manquaient plusieurs balustres remplacés par des planches. Mario descendit quatre à quatre. Il se jeta dans mes bras.

« *Sicilia!* » Nous échangeâmes en même temps, à mi-voix, le mot de passe.

« Je t'attendais, me dit-il, ta chambre est prête. Nous sommes pauvres, comme tu vois, mais le peu dont nous disposons, nous le partagerons avec toi. »

La jeune femme était redescendue sur ses talons. Il s'écarta pour me la présenter. « Antonietta, ma femme. Je t'en avais parlé à Rome. » A peine gracié du crime perpétré autrefois, il avait épousé sa fiancée. Lui avait-il parlé de moi ? Que savait-elle du passé de son mari ? Elle nous observait, craintive, et paraissait contrariée, mais comment tirer aucune conclusion de sa défiance ? Mon allure de rescapé suffisait à justifier sa suspicion. Le couple n'avait que deux enfants, nombre inusité pour des Siciliens, après sept ou huit ans de mariage.

Nous avions hâte d'être seuls. Antonietta remonta s'occuper des enfants. « Qu'est-il arrivé ? me demanda-t-il aussitôt. D'où viens-tu ? Pourquoi ne m'avoir jamais donné de nouvelles ? Dans quel état je te retrouve ! » Je lui racontai brièvement mes déboires, en lui disant que j'avais offensé assez gravement un chevalier de Malte pour que ma vie fût en danger. Cependant, au lieu de lui parler du page, j'inventai par pudeur un autre motif, sans même mentionner Alofino. Au moment où se réveillait en moi l'ancienne passion, je n'avais pas envie de rappeler à Mario un des traits de mon caractère pour lequel il avait le moins d'indulgence.

« Mais que faisais-tu à Malte ? reprit-il.

— Comment ? tu n'es pas au courant, pour Ranuccio ?

— Ranuccio Tomassini ?

— Tu ne sais donc pas ?

— Non.

— Je l'ai provoqué en duel, et tué. En plein Campo Marzio, devant le cloître où...

— Tu as fait cela, Angelo ? La promesse que je t'avais arrachée en te mettant au défi d'égaler les prouesses de Roland, tu l'as donc tenue ? Ah ! ce geste efface tout ce que j'avais sur le cœur...

— Mieux que cela, Mario. J'ai puni le félon par où il avait péché... Je la lui ai coupée net, si tu veux tout savoir ! »

Il éclata de rire et se mit à danser autour du patio.

« La mine qu'il a dû faire, lorsqu'il s'est présenté en enfer sans ce qu'il appelait ses bijoux ! Et ensuite ? me demanda-t-il. Ses amis auront juré de le venger ?

— Inutile. Dès le lendemain, le pape me condamnait à mort et mettait ma tête à prix. Je me suis enfui, d'abord à Naples, puis à Malte. Et me voici...

— Chez la seule personne qui ne te trahira pas ! » s'écria-t-il en me prenant à nouveau dans ses bras.

Je ne me lassais pas de le regarder. La vie conjugale ne l'avait pas épaissi. Il me parut même plus élancé, plus beau, maintenant que ses traits avaient bruni au soleil de Sicile et que son corps ne montrait plus aucune trace d'embonpoint. Seules les joues restaient bien remplies.

« Et toi, lui-dis-je, qu'es-tu devenu ? Continues-tu à peindre ? Es-tu heureux en ménage ? »

M'ayant pris les mains, il chuchota d'une voix anxieuse : « Je t'aime toujours, tu sais, mais à présent il y a *la famiglia.* »

Pour couper court à la gêne qui montait entre nous, je le priai de me conduire à ma chambre.

Il l'avait décorée lui-même, moins en chambre d'ami qu'en musée du souvenir. La couleur des rideaux, le dallage en brique rouge, une chaise d'antiquaire analogue à celle que les chanoines de San Luigi dei Francesi m'avaient prêtée pour peindre la *Vocation de saint Matthieu*, je reconnus tout. Il fallait ou recommencer avec lui comme si huit ans ne s'étaient pas écoulés, ou garder mes distances. Reprendre notre aventure ? Il était un homme marié, j'étais un proscrit. Je fis semblant de ne pas remarquer l'intention qui avait présidé à ces arrangements. Deux lits jumeaux accolés remplissaient une sorte d'alcôve. A une des poutres apparentes pendait un modèle réduit de charrette identique à la maquette que j'avais dû abandonner après le meurtre de Ranuccio. Sans paraître touché de ces allusions à notre passé romain, j'ouvris la porte-fenêtre. D'une petite terrasse, dallée elle aussi de carreaux rouges, j'aperçus, au-delà d'un fouillis de vieux toits, l'étendue bleue de la mer. Mais aussi, pour me rappeler la précarité de ma situation, une patrouille de soldats espagnols qui longeait les remparts.

« J'ai une surprise pour toi », me dit-il. Il n'avait pas l'air plus à l'aise que moi, dans cette chambre qui reproduisait, par chaque détail du mobilier et des tentures, notre *nid* du Divino Amore.

Il m'entraîna au sous-sol du palais, occupé par une grande salle dont la voûte en berceau reposait sur des piliers trapus. Quatre soupiraux, percés sous le plafond, donnaient une lumière suffisante.

« Cette partie de la maison remonte à l'époque où la première communauté hébraïque s'est installée à Syracuse. Il n'y avait pas alors de soupiraux : en cas d'alerte ce souterrain servait de refuge. Et moi, j'ai eu plaisir à le transformer en atelier. Regarde ! » conclut-il fièrement, en écartant le drap qui recouvrait une toile. C'était un superbe tableau, pas encore terminé, un *Martyre de santa Lucia,* pour l'église homonyme.

« Un sujet pour moi, dis-je, que tu as traité dans mon style !

— Et même avec ton pinceau ! » Il me montrait le seul objet qu'il avait emporté dans sa fuite, lorsqu'il avait décidé de s'effacer devant Gregorio et de partir pour me laisser seul avec lui.

« Te voilà donc un artiste reconnu !

— Oh ! tu sais, la clientèle ici n'est pas très exigeante. Et les salaires ne sont pas les mêmes qu'à Rome ! On ne s'y connaît guère en peinture. Je n'ai pas de rivaux, mais aucun stimulant non plus. C'est pourquoi j'aurais bien besoin de tes conseils ! »

Pour mieux juger des couleurs, qui me paraissaient un peu pâles, je lui demandai de transporter le tableau près d'une des fenêtres. A la place du tableau, dans le mur, de la même hauteur et de la même largeur, apparut une porte de fer, fermée au cadenas. Rouillée et poussiéreuse, on n'avait pas dû retirer la chaîne de longtemps. Mario écouta mes observations, puis remit le tableau à l'endroit où il l'avait pris, en ayant soin de le faire coïncider exactement avec cette porte, en sorte qu'on ne pût soupçonner qu'il dissimulait une ouverture.

Embarrassé par une situation qu'il n'avait pas prévue, ou soucieux de ne pas faire deviner à Antonietta la force des sentiments qui le tourmentaient, il ne changea rien à sa vie, les premiers jours, et continua à peindre dans son souterrain, en me laissant me promener seul.

Je n'ai jamais connu de ville aussi apaisante, ni d'un plus grand réconfort pour un cœur agité. J'étais si bouleversé depuis que j'avais revu Mario que je partais au hasard et marchais jusqu'à épuisement. Le trouble que je ne maîtrisais plus trouvait un exutoire dans ces déambulations. Le quartier de la Giudecca est le plus attachant. Les maisons n'ont pas plus de deux étages ; elles sont construites dans une pierre tendre et poreuse qui a la couleur du miel, et que les habitants appellent d'une voix gourmande *giugiolena,* en détachant les syllabes comme les bouchées d'un fruit. On peut la tailler et la sculpter facilement tant qu'elle n'a pas séché : d'où un grand nombre de façades ornées. Des consoles qui soutiennent les balcons, quelques-unes ont la forme de sirènes, d'autres de dauphins ou de lions. Les grilles en fer forgé qui bordent ces balcons sont d'époque plus récente : elles présentent à la base un fort renflement, pour que les dames assises devant leur fenêtre à prendre le frais puissent y loger la robe à panier imposée par la mode espagnole.

Passages voûtés, courettes en retrait de la rue, loggias à colonnade, places minuscules devant les églises, palais dont on distingue au dernier moment la façade finement ouvragée : partout il y a matière à suprise et à émerveillement. Aucune rue qui n'aboutisse à la mer. On croit se perdre dans ce labyrinthe de maisons tassées les unes contre les autres; tout à coup, en regardant par une fente entre deux murs, on découvre autour de soi l'infini.

Passé la première semaine, Mario se décida à m'accompagner. Il marchait à côté de moi, en arrière d'un pas et penaud.

« Je sais que tu me critiques, me disait-il. Mais qu'aurait dit ma mère, si je ne m'étais pas marié en rentrant au pays ? »

Il me vantait les avantages d'une vie rangée et sans risques. « Mais si tu me le demandes, ajoutait-il, je quitte tout pour toi. »

L'étincelle jaillissant de ses yeux noirs me prouvait qu'il ne mentait pas. Dans le fond de son cœur, il n'avait pas changé : en époux honnête et père de famille responsable, il était seulement devenu plus prudent.

Il réussit un soir à échapper à sa femme, sous prétexte de m'aider à déplacer l'armoire. Quand il m'eut rejoint sur la terrasse, il s'appuya à côté de moi au parapet. Je posai ma main sur la sienne; il ne la retira pas. Nous nous retournâmes en même temps l'un vers l'autre; nos visages se rapprochèrent; ils étaient presque à se toucher, lorsque, à la dernière seconde, un même mouvement de recul nous rejeta en arrière. Ni ce soir-là ni ensuite, il ne fut plus question de caresse ni de baiser. Nous évitions avec soin de nous retrouver tête à tête. Antonietta se montrait fière que son mari la voulût sans cesse à son côté. Ne la traitez pas de sotte : ma relation avec Mario, depuis ces retrouvailles à Syracuse, après une séparation de huit ans, est restée une énigme dont personne n'a percé le secret.

Nous nous aimions toujours, mais nous devions désormais trouver autre chose pour exprimer cet amour que les moyens ordinaires. La *famiglia* empêchait Mario d'être avec moi comme avant ; le principal obstacle n'était pas là cependant. En réalité, nous nous sentions plus proches que jamais : prêts à l'accomplissement auquel nous avions tendu en vain quand nous étions heureux à Rome. Ce que serait cette *autre chose*, qui de nous deux aurait su le dire ? Une même joie nous habitait, la conscience que ce qui avait commencé autrefois dans le bonheur et le calme d'une vie partagée se terminerait, un jour qui ne pouvait être lointain, dans une apothéose sans commune mesure avec ce passé. L'endroit et le moment n'étaient pas encore fixés. Nous savions néanmoins, par une conviction profonde, que la décision était déjà prise en haut lieu. Comment le décret serait exécuté restait le principal mystère : nous avions confiance, sur ce point également, que le dieu qui veillait sur nous ne nous abandonnerait pas que le temps ne fût accompli. Tout serait fait, à l'heure et au lieu voulus, selon les termes prescrits. Nous monterions, à l'instant juste, sur la charrette. Certain qu'il en serait ainsi, j'éprouvais une grande paix, qui me donnait la force de supporter l'apparente froideur de nos rapports.

Mario m'obtint une commande des chanoines de Santa Lucia. L'église est située hors les murs, sur la terre ferme. Il achevait pour eux son propre tableau. Je devais peindre l'enterrement de la sainte. Ce tableau serait placé au fond de l'abside, derrière l'autel. Le jour entre dans cette abside par une fenêtre percée dans le mur de droite. J'étais donc tenu d'éclairer mon tableau par la droite. On me fit visiter les catacombes de l'église. La grande arcade brune que j'ai esquissée dans le fond de la toile évoque ce souterrain. C'est là que Lucie, d'après la tradition, a subi le martyre. On lui transperça la gorge d'un poignard, après lui avoir arraché les yeux. Pour une fois où on ne me demandait pas une scène de supplice, je regrettais cette magnifique occasion. On est d'un naturel trop doux, à Syracuse, pour réclamer le sang. J'ai représenté Lucie couchée sur le dos, les paupières rabattues. La blessure au cou est visible.

L'évêque lève une main pour bénir le cadavre. De pieuses personnes font cercle autour du corps. A côté de l'évêque, je fis le portrait de Vincenzo Mirabella. J'avais noué amitié avec cet érudit. Il m'avait promis de me faire visiter ce qui reste des ruines grecques.

Mon tableau présente une erreur manifeste de dessin. Le bras droit de Lucie, allongé par terre, est vu dans un raccourci excessif, qui le fait paraître trop petit. La main semble un moignon. Faute d'éducation académique, je n'ai pas réussi à rattraper cette grave incorrection. Les honnêtes chanoines de Syracuse n'osèrent la relever. Ils ne parurent surpris que du gigantisme des deux fossoyeurs au premier plan, disproportionné à la taille des autres personnages.

« Pourquoi les as-tu faits si énormes ? me demanda Mario. Ce ne sont que deux employés du cimetière, tu en as fait deux créatures de cauchemar ! » C'est vrai, je m'étais trompé. Non par impéritie technique, ici, mais victime de mes idées sombres. En les peignant, je ne voyais pas deux fossoyeurs, mais deux bourreaux. Les bourreaux de sainte Lucie, mais aussi les sbires lancés à mes trousses. Par voie de terre ou par voie de mer, sous la livrée du pape ou aux ordres d'Alof de Wignacourt. Je les peignais énormes, parce qu'ils occupaient mon esprit. Mon inquiétude les transformait en géants. Leur chasse ne pouvait manquer d'aboutir, ils étaient sur mes pas et me sépareraient à nouveau de Mario. Les espions du Grand Maître me surveillaient déjà, il les avait mis partout. La sentinelle, en faction au bord de la mer, que j'apercevais de ma terrasse ; l'épicier trop obséquieux, qui emballait les deux tranches de jambon et le morceau de fromage de mon déjeuner avec autant de précautions que s'il me préparait un viatique pour un long séjour en prison ; le prêtre qui, sur le seuil de son église, m'invitait à entrer et à me confesser, comme si, avant de me présenter devant Dieu, je devais à son serviteur une pénitence complète : tous se tenaient à l'affût, tous étaient prêts à me livrer.

Je repris le tableau de *David avec la tête de Goliath* pour changer la tête de David et mettre à la place de l'argousin du Vatican un agent de la police maltaise. N'avais-je pas plus à craindre du Grand Maître que du Saint-Père ? Celui-ci voulait seulement appliquer la loi ; celui-là poursuivait une vengeance personnelle. L'un signerait bientôt le décret de ma grâce, l'autre ne me pardonnerait jamais.

Mario fut épouvanté en constatant que je m'étais représenté sous les traits de Goliath. « Pourquoi as-tu fait cela ? disait-il d'une voix altérée. C'est horrible, je ne peux pas supporter cette vue. » Nous travaillions, l'un à côté de l'autre, dans le sous-sol du palais, mais toujours en présence d'au moins un de ses enfants, qu'il tenait à emmener avec nous. Antonietta venait quelquefois. Il apportait, sur mes conseils, quelques retouches à son *Martyre de santa Lucia*.

« Ton tableau me plaît, lui disais-je. Tu as bien rendu le mouvement de l'assassin qui lève son poignard. Seulement, les couleurs demeurent un peu ternes. La tunique jaune pâle du bourreau, la robe bleue et blanche de la sainte, ce n'est pas assez relevé.

— Il manque la touche rouge que tu as introduite dans *l'Enterrement*, c'est vrai. Le reste de ton tableau est dans les bruns et les gris, mais l'étole rouge que tu as mise au cou de ce jeune homme suffit à illuminer toute la scène.

— Eh bien ! tu n'as qu'à profiter du mouvement que tu as donné à ton bourreau pour faire voler sa cape au-dessus de la tête de Lucie.

— Et cette cape, tu me permets de la faire du même rouge que ton étole ? »

Cette retouche l'occupa une bonne semaine et, pendant ce temps, il ne pensa plus à la tête coupée de mon autre tableau. Ayant jeté à nouveau les yeux dessus, il fut ressaisi de la même horreur.

« Change aussi la tête de Goliath, je t'en supplie ! Maintenant, je ne te quitterai plus, je serai toujours à ton côté. Ceux qui veulent ta peau devront compter avec moi.

Il faudra qu'ils passent par-dessus mon corps pour te tuer. Je t'en conjure, Angelo, change cette tête. Tu n'es plus seul au monde, tu n'as plus aucune raison de te peindre en victime ni d'imaginer une mort si affreuse. »

Il me répétait, sur tous les tons, qu'il ne m'abandonnerait jamais, que je serais en sécurité avec lui, partout où j'irais.

« Oui, oui, merci », lui disais-je – mais sans rien modifier à la tête de Goliath.

Peu à peu les paroles de Mario me pénétraient, me remplissaient d'une douce persuasion, mais en prenant un autre sens que celui qu'il avait voulu leur donner. *Je serai toujours à tes côtés... Tu seras en sécurité avec moi...* Je commençais à comprendre comment ma vie errante prendrait fin, avec un ami aussi sûr; et lui aussi, je crois, eut dans ce souterrain où nous peignions côte à côte la première lueur de ce que j'attendais de lui.

X

Destruction du temple

Pourtant, il semblait vouloir reprendre peu à peu certaines de nos habitudes romaines. J'étais affreusement gêné de l'entendre monter jusqu'à mon appartement, frapper d'un coup discret et me passer, à travers la porte, sans entrer, une assiette de *caponata* ou des crevettes frites préparées par sa mère. Quelquefois, je ne répondais pas ; il n'étais pas dupe ; et, après que j'avais entendu son pas décroître dans l'escalier, je trouvais le plat déposé sur le seuil, recouvert d'une serviette pour le tenir au chaud.

Il m'accompagna une fois au sud de Syracuse, à l'extrême pointe de la Sicile, jusqu'au petit port de Portopalo où le drame de son adolescence avait trouvé un dénouement si horrible. Il me montra la plage de « l'île des courants » où il allait se baigner avec Gabriele avant que le seigneur d'Avola n'eût jeté le dévolu sur son ami ; puis la falaise du cap Passero d'où le jeune garçon s'était jeté pour échapper aux volontés infâmes du suborneur.

Nous nous attardâmes jusqu'au soir dans ce paysage désolé ; de petites fleurs violettes, nées sèches, poussent entre les débris d'écueils ; la grève de sable gris est battue par les vagues qui se sont formées sous les remparts de Malte ; un vent chaud souffle d'Afrique des miasmes délétères. Placés en sentinelles sur la falaise, des soldats espagnols nous menacèrent de leurs mousquets.

De retour à Ortigia, la fièvre m'avait saisi. Devant le palazzo Bianca, Mario dut m'aider à descendre de cheval. Je restai plusieurs jours si affaibli par cet accès de malaria, que je ne pus le dissuader de s'instituer mon garde-malade. Tenant à l'écart Antonietta, il s'empressait autour de mon lit. J'avais le plus grand mal à préserver ma solitude. Le voir si heureux de me fournir les menus soins nécessaires m'irritait encore plus que de me savoir impotent. Il était à l'aise dans ce rôle d'infirmier, mais moi, je ne voulais pas de cet amour oblatif, je n'en voulais plus, j'étais passé à un autre stade de mes rapports avec Mario.

Comment stimuler l'autre aspect de son caractère? Rappeler à l'existence l'assassin? Avoir tué à quinze ans, et se contenter de me préparer des potions!

« Raconte-moi une nouvelle fois, lui disais-je, de quelle manière tu t'es vengé. »

Il n'aimait pas s'étendre là-dessus. Lorsque je fus rétabli, il refusa obstinément de m'amener jusqu'à la haie de figuiers d'Inde où, près d'Avola, il avait attendu Giorgio Belmonte pour lui planter son poignard dans le cœur. Regrettait-il son geste? Ou...? Je le regardais dans les yeux, il me suppliait de ne pas insister. Peut-être avait-il compris plus de choses que je ne le supposais. Pressentant que le jour n'était pas loin, où il devrait s'acquitter d'une obligation non moins terrible, il préférait changer de sujet.

Pour éviter la mièvre cérémonie des petits plats cuisinés par la *mamma* et déposés devant ma porte, je pris l'habitude de l'emmener, après les séances de travail, dîner dans une trattoria du port. Antonietta refermait derrière nous d'un air sombre le portail vert orné du marteau à tête de Gorgone. Une fois avalée la pasta à la sardine, nous nous dirigions vers la place centrale d'Ortigia. Enorme édifice composite qui fait le coin d'une petite rue, la cathédrale reste ouverte la nuit. Mario me faisait admirer comment, bâtie sur l'emplacement du temple d'Athéna, elle en avait gardé les colonnes. Restées intactes à l'intérieur, celles-ci soutiennent avec une majesté toute dorique la voûte du sanctuaire chrétien.

En face du Duomo, devant la porte de son café, mastro Antonio Finocchiaro avait installé des tables et des chaises. En même temps qu'ils faisaient leurs délices de ses sucreries, ses clients pouvaient jouir de l'admirable décor de palais et d'églises alignés autour de la place. Les friandises se ressentent de l'influence arabe encore plus nettement qu'à Malte. Les *mustazzoli* sont des biscuits au miel farcis de pâte de noix et parfumés à l'orange, la *kubbaita*, dont le nom même dénote l'origine africaine, un nougat au miel et au sésame. Il y avait aussi des pâtes de pistache fourrées d'abricots confits, et le massepain *alla martorana,* autre souvenir de la Palerme musulmane.

Je commandais un lait d'amandes, cette boisson que Mario me vantait autrefois à Rome, rafraîchissante et douce en effet comme du lait, mais avec une pointe d'amertume. Lors de la fête des amandiers, Monseigneur Alfio Della Torre, évêque de Syracuse, avait choisi de développer ce contraste et d'en faire une antithèse édifiante. « Avec la petite enfance, nous quittons le pur bonheur d'être au monde, pour ne plus être abreuvés que d'épreuves et de larmes. Le lait d'amandes présente donc un double mérite pour le chrétien : souvenir du paradis perdu, par son onctuosité sans pareille, il est aussi conscience du paradis à regagner, par l'amertume qu'il laisse au fond de la bouche. »

Mario trouvait très beau ce symbole. Je me contentais de sourire. Nous bavardions tranquillement devant le café, sauf pendant la nuit de pleine lune. Mario me forçait alors à rentrer dans la salle et à consommer à l'intérieur.

« On peut devenir fou, tu sais, si on attrape *il mal di luna.* Ne fixe jamais la lune quand son cercle est parfaitement rond. La déesse Artémis pourrait te choisir pour poser sur ta tête son diadème, et les rayons qui s'en propagent communiquent au cerveau la démence. »

La superposition des cultures et des superstitions à Syracuse nous était un sujet continuel d'étonnement. Les vestiges matériels de la Grèce, de Carthage, de l'Islam, d'Israël, l'influence morale de l'Afrique et de l'Asie n'avaient pas disparu avec la domination de la papauté. Je pensais à part moi – mais j'étais sûr que Mario, loin des jupes de sa mère, était porté aux mêmes réflexions, ne feignant d'approuver l'homélie de l'évêque qu'afin de garder le silence sur ce qui se préparait pour nous –, je pensais qu'aucune de ces religions, ni même le culte sicilien d'Artémis dont le disque d'or ôte la raison, aucune de ces diverses églises n'eût osé inclure dans ses rites les plus audacieux celui dont nous serions les premiers desservants.

Vincenzo Mirabella, cet érudit qui voulait me montrer le théâtre grec, nous rejoignit un soir chez mastro Finocchiaro. Nous convînmes de faire cette visite le lendemain. Je fus vivement impressionné des dimensions de ce théâtre, le plus grand du monde antique après celui d'Epidaure, me dit fièrement mon nouvel ami, qui participait aux fouilles.

« Hélas, ajouta-t-il en baissant la voix de peur que quelque espion ne nous entendît, il ne reste rien de la scène ni des constructions adjacentes. Les soldats de Charles Quint ont emporté les pierres dont ils se sont servis comme matériaux pour les fortifications qu'ils ont élevées autour d'Ortigia. Les Espagnols ne respectent rien. Savent-ils même qui est Eschyle, dont *les Perses* ont été joués ici pour la première fois ? Ou Platon, qui s'est assis sur ces gradins ? »

Il se baissa pour baiser par dévotion un de ces gradins, geste fort heureux pour moi. A mon air vaguement interrogatif, il se serait aperçu que j'étais aussi ignorant de ces grands hommes que les vandales occupant la Sicile. Un peu plus loin, nous pénétrâmes dans un jardin sauvage à la végétation luxuriante, entouré de hautes falaises à moitié écroulées. Je causai cette peine au dottor Mirabella de m'intéresser bien plus à ce parc enfoui sous les palmiers, les jasmins, les euphorbes, les amandiers, les lauriers-roses, les lauriers tulipiers, les orangers, les citronniers, les eucalyptus, dominé par ces éboulements de calcaire et odorant de mille senteurs, qu'aux ruines d'une civilisation qui n'avait laissé aucune trace dans le nord de l'Italie et ne m'avait jamais marqué.

Il m'amena à l'orée d'une grotte aussi haute et profonde qu'elle était étroite, et qui se resserrait à mesure que nous avancions vers le fond. Mon excellent guide me parla de Denys, maître de Syracuse au IVe siècle avant notre ère, qui avait porté la ville au faîte de sa splendeur. Il enfermait ici ses prisonniers de guerre, dans ce qu'on appelle à cause de cet usage carcéral : latomie. La pierre est si poreuse, que, du haut de la falaise, il pouvait, en ne se penchant qu'à demi, entendre ce que se disaient entre eux ces prisonniers, même à voix très basse.

En ressortant au grand jour, j'émis l'opinion que l'entrée de la grotte rappelait assez, par sa forme étroite et contournée, l'hélix et le conduit d'une oreille humaine.

« En somme, dis-je en riant, puisque le calcaire a de telles propriétés acoustiques que ce tyran avait fait de ce souterrain une prison qui le dispensait de payer des espions, on pourrait appeler cette caverne *l'oreille de Denys.* »

J'avais jeté ce mot en l'air. Le dottor Mirabella s'empressa de l'écrire sur ses tablettes. Lors du prochain conseil de la mission archéologique à laquelle il avait l'honneur d'appartenir, il le proposerait, me dit-il, comme dénomination officielle de la latomie.

Mario me dit ensuite que ce personnage avait beaucoup d'influence dans les milieux de l'administration, et qu'il ferait ce qu'il avait promis, en sorte que mon nom resterait attaché à Syracuse par cette circonstance imprévue.

« Mais ne trouves-tu, pas, répliquai-je, qu'il y a comme une persécution contre moi ? Je ne peux même pas faire une visite d'agrément sans tomber sur une prison et des histoires de prisonniers. Je pensais sans cesse, au fond de cette caverne, à mon puits du fort Sant'Angelo. »

Pour me distraire de mes obsessions, Mario prit deux billets pour le *Teatro dei Pupi.*

« Tu as de la chance, me dit-il d'un air enjoué en arrivant devant le petit théâtre de la via della Giudecca. Chaque soir on donne un épisode différent de l'histoire des paladins de France. Le combat de Renaud contre le dragon est aujourd'hui à l'affiche.

— En effet, répondis-je, en lui citant les vers de l'Arioste que je connaissais par cœur, tu ne peux savoir comme je suis impatient de voir représenté sur la scène

ce monstre aux mille yeux, mais sans paupières,
il ne peut les fermer ni dormir,
en pareil nombre il dresse ses oreilles,
une forêt de serpents lui sert de chevelure.

Penses-tu que le spectacle s'en tienne fidèlement au poème ?

— Je ne sais pas, Angelo. Je croirais plutôt que l'imagination des frères Mauceri s'est emparée du texte pour le transformer à sa guise. Tu as vu comme le dottor Mirabella a froncé le nez dédaigneusement quand il m'a entendu te proposer de nous rendre à leur spectacle ? »

Théâtre ? C'est dans un local minuscule que nous entrâmes, pour prendre place sur de simples bancs de bois, sans dossier, avec une trentaine de personnes – la salle ne pouvait en contenir plus. On venait en famille, avec des enfants de tous les âges, on apportait sa bouteille de vin, ses tartines, ses gâteaux.

« Il n'y a qu'un soir où les gens se présentent avec une mine des plus graves. Ils s'habillent de noir, comme s'ils assistaient à un enterrement, parce que ce soir-là Roland passe de vie à trépas.

— Mais dans l'Arioste, Roland ne meurt pas du tout ! Il rentre au contraire à Paris, *colonne la plus forte et soutien du saint Empire,* triomphalement accueilli par Charlemagne.

— Je te le disais bien : nous sommes un peuple imaginatif, qui ne suit que ce qu'il a dans l'esprit. En Sicile, il faut qu'on puisse être pleuré pour devenir un héros. »

Le rideau fut tiré, une voix emphatique, ponctuée par des roulements de tambour, annonça que les pathétiques tribulations de Renaud l'avaient amené devant le château de son plus mortel ennemi. Haute de quatre à cinq pieds, toute cuirassée d'or par-dessus une jupe en velours et coiffée d'un casque à panache, une marionnette entra à pas saccadés. Aussitôt le silence se fit dans la salle, on s'arrêta de manger. Agitant en tous sens un glaive étincelant, Renaud lança à pleins poumons un défi aux gardiens du château. Trois ou quatre Turcs ou Maures accoururent. L'un portait un turban et brandissait un sabre, un autre, harnaché en capitaine sarrasin, mesurait une tête de plus que Renaud. Tous affichaient une mine féroce et se démenaient comme des diables. Leurs yeux lançaient des éclairs sous des sourcils soulignés au charbon. Renaud les tua de suite ; il levait et abaissait son épée à un rythme de plus en plus frénétique ; à la fin l'adversaire, qui lui avait rendu coup pour coup dans un bruit de ferraille assourdissant, tombait d'une seule masse, sa tête se séparait du corps et roulait sur les planches, aux applaudissements de l'assistance et aux cris de joie des enfants.

J'étais enthousiasmé : ces gestes simplifiés, stylisés, ces stéréotypes du courage et de la valeur militaire rendaient bien mieux le climat héroïque de l'Arioste que ne l'eût fait une reconstitution fidèle. La monotonie incantatoire du spectacle, la répétition des duels, le choc des épées contre les cuirasses, le mouvement du bras qui se levait et s'abaissait en cadence, le ton solennel du commentaire vociféré dans les coulisses, tout contribuait à recréer l'atmosphère surnaturelle qui avait baigné mon enfance.

« Le plus beau est à venir », me souffla Mario.

Renaud ne pouvant être vaincu que par traîtrise, une espèce de sorcière aux cheveux blancs fit tomber sur lui un filet. Le voilà prisonnier, traîné au fond d'une grotte, dans un décor qui évoquait vaguement l'oreille du tyran Denys.

Abandonné dans la pénombre de cette latomie, le preux parvient à se débarrasser du filet, mais un rugissement affreux l'avertit que le principal danger l'attend. Le fameux monstre se précipite dans la caverne, il a douze pattes, une queue articulée, il ouvre et referme une horrible gueule hérissée de crocs et tire une langue écarlate. Le combat s'engage : en vain les coups du héros essaient d'entamer la carapace du dragon, l'épée rebondit sur les écailles, la bête immonde est prête à se saisir de sa proie.

Au moment où Renaud se croit perdu, surgit la belle Angélique, qui lui offre de le tirer d'affaire, à condition qu'il cesse de la repousser et lui donne quelque preuve d'affection. « Je t'aime », lui crie-t-elle par la bouche du second frère Mauceri, lequel travestissait habilement sa voix. Mario me poussa du coude : je compris alors pourquoi il avait choisi cette soirée pour m'amener ici. Angélique n'est que tendresse et douceur. « Je t'aime », lui répète-t-elle sur tous les tons. Rien n'irrite plus Renaud que de la voir se pendre à son cou et le supplier de se laisser sauver. Mario accentua sa pression. « J'ai construit pour toi, dit-elle, un temple de l'amour, où nous coulerons des jours heureux. » Le *puparo,* contrefaisant fort bien la voix d'une jeune fille amoureuse, minaudait comme un castrat. Réponse exaspérée du paladin : « Tu peux le détruire, ton temple de l'amour, je préfère me jeter dans la gorge du monstre que céder à une facilité qui m'ôterait mon honneur. » Humiliée, Angélique s'enfuit, non sans avoir déposé aux pieds du dragon une miche de pain qu'il s'empresse d'avaler. Le combat reprend, le dragon commence à se sentir mal, quelque chose le gêne au fond de sa gueule, il déglutit de plus en plus difficilement, il s'étrangle, il se tord, un coup d'épée assené plus violemment l'abat sur le sol de la caverne, il expire dans d'horribles convulsions.

« Tu vois, me dit Mario en sortant, sans l'amour d'une personne fidèle, nul ne peut espérer se sauver, quelle que soit sa bravoure. »

J'étais d'humeur tragique : cette allusion si claire m'agaça.

« Mais pas du tout, répliquai-je, Renaud s'est sauvé tout seul. Et d'ailleurs il aurait préféré être dévoré par le monstre, plutôt que de devoir son salut à cette infatigable piété de nonne. »

L'*infatigable piété de nonne,* pour qualifier la dévotion d'Angélique, fit tiquer Mario. Il se domina. « Sans les clous qu'Angélique a glissés dans la miche de pain, reprit-il, le dragon remportait le combat. Pourquoi t'obstines-tu à nier qu'il y a des situations si périlleuses que seul l'amour d'une femme ou d'un ami dévoué peut fournir une aide efficace ? »

Je ne pouvais plus éviter, cette fois, de répondre directement.

« Mario, lui dis-je en lui prenant les mains et en le regardant dans les yeux, je sais que tu m'aimes et que je peux compter sur toi. Mais je suis arrivé au point de ma vie où les Angéliques et leurs temples d'amour ne me sont plus d'aucune utilité. C'est *autre chose* qu'il me faut, que d'avoir un abri où *couler des jours heureux.* Toi aussi, du reste, en me parlant comme Angélique à Renaud, tu t'abuses. Prends garde de céder au climat si agréable de Syracuse mais si dangereux pour ce que nous nous devons à nous-mêmes. Cesse d'invoquer l'instinct de conservation, qui convient à une famille sicilienne, mais ne s'accorde pas au but que nous poursuivons. Regarde-moi, regarde au fond de toi, et tu reconnaîtras que le moment est venu pour nous de détruire ce temple, s'il n'abrite que des Pénates protecteurs du foyer et garants de son bonheur. Nous avons à servir d'autres dieux. »

XI

Poursuite

La mère de Mario venait refaire mon lit. Je ne l'ai vue qu'en ces occasions, affairée et silencieuse. Et Antonietta, est-ce ma faute si je ne l'ai pas mieux connue? Elle se tenait toujours en retrait. J'aurais pu croire qu'elle bornait ses ambitions à être une bonne ménagère, toujours à vaquer aux tâches de la maison et à veiller sur ses deux enfants, si de temps à autre elle ne jetait sur son mari un long regard muet pour marquer son inquiétude ou sa désapprobation. Originaire de Palazzolo Acreide, dans la montagne, elle gardait, contrairement aux habitants du littoral, héritiers des Grecs et plus volubiles, la dignité taciturne des Siciliens de l'intérieur. Aussi fallut-il un événement exceptionnel pour qu'elle revînt un jour du marché aussi excitée.

Elle avait croisé sur la place Archimède une troupe de six ou sept chevaliers de Malte accompagnés de nombreux domestiques et de plusieurs hommes d'armes en noir. On lui avait dit que l'Ordre des Hospitaliers de Saint-Jean envoyait une ambassade à don Pedro Alcobar y Ramirez, gouverneur militaire de la ville, et qu'une grande fête était en préparation. Les enfants, sautant de joie, réclamaient des détails. Mario jeta une douche froide sur cet enthousiasme.

« Malheureuse! qui t'a donné ces renseignements? »

Sans attendre la réponse, il se précipita dehors. L'arrivée soudaine à Syracuse de ces hommes d'armes en noir me rappelait l'intrusion des sbires du Grand Maître dans la chambre de l'hôtel de Castille.

Pendant que nous attendions le retour de Mario, dans la petite cour du palazzo Bianca, Antonietta me dit : « Puisque tu as de l'influence sur mon mari, demande-lui s'il ne pourrait pas changer le marteau du portail. Quelle drôle d'idée il a eue de choisir cette enseigne ! Crois-tu qu'il soit agréable de trouver en rentrant chez soi cette tête de Gorgone qui tire la langue et te fixe de ses horribles yeux écarquillés ?

— Elle protège votre maison des voleurs, répondis-je.

— Mais son pouvoir s'arrête là ! s'écria Mario en débouchant hors d'haleine de la ruelle qui faisait le coin. Vous, ajouta-t-il à l'intention de sa femme et de ses enfants, remontez dans les chambres, et toi, me dit-il, suis-moi sans tarder. »

Il m'entraîna dans la grande salle du sous-sol où nous avions coutume de travailler. Au moyen de la longue pince qui lui servait à tendre ses toiles, il descella une dalle dans un coin du pavement. La cachette contenait un trousseau de clefs qu'il retira. Puis il déplaça son *Martyre de santa Lucia*, à présent terminé, avec cette touche de rouge qui en fait un très bon tableau. La porte dérobée apparut. Pendant qu'il s'escrimait contre la serrure du cadenas qui maintenait la chaîne, il me donna en hâte quelques explications. Le Grand Maître avait obtenu des autorités espagnoles l'autorisation de perquisitionner dans les maisons de Syracuse à la recherche d'un criminel qu'il savait réfugié dans cette ville et dont il mettait la tête à prix.

« Tu n'as pas un instant à perdre, poursuivit-il. Il est fort probable que quelque voisin, alléché par la récompense promise, te dénonce à tes ennemis. Tu as eu tort de vouloir dîner tous les soirs en ville et de te montrer si souvent à la terrasse de Finocchiaro. Le souterrain où je vais te cacher n'est par bonheur connu que de moi seul. »

Il enfonça la plus grosse des clefs dans la serrure de la porte, puis me précéda dans un escalier fort obscur qui s'enfonçait sous terre. Il tenait devant lui une lampe à huile analogue aux lampes grecques que le dottor Mirabella avait trouvées en fouillant le sol dans les parages du théâtre. Muni aussi d'un de ces lumignons, je le suivais tant bien que mal. Glissantes et dépourvues de main courante, les marches descendaient à pic. Une très forte odeur d'humidité montait des profondeurs. « Antonietta elle-même ignore l'existence de cette cachette. Elle ne pourrait s'empêcher d'en parler aux enfants, et tout le quartier serait bientôt averti. »

Nous arrivâmes, au bout d'un nombre de marches qui me parut infini – cinquante-deux, me précisa Mario –, dans ce qui était l'ancien bain de la communauté hébraïque. Les juifs, quand ils avaient été expulsés de Sicile, en avaient muré l'entrée : c'était un bain rituel, qu'ils appelaient *miqwé.* « Rituel ? – Réservé aux ablutions sacrées. » Mario avait découvert par hasard la porte, recouverte derrière une couche de chaux, en essayant de planter un clou pour accrocher un de ses tableaux.

« Ce souterrain doit remonter à une époque très ancienne, reprit-il. J'en ai trouvé mention dans une histoire des juifs à Syracuse, qui ne dit pas, par précaution, où il se trouvait. Ce ne pouvait être qu'ici, j'en suis sûr. Observe avec quel soin il a été creusé. Exploit d'autant plus étonnant que nous nous trouvons à plus de sept toises sous le niveau de la mer. »

Le bain consistait en une salle carrée, dont quatre gros piliers soutenaient la voûte en ogive. Je parvenais tout juste à m'y tenir droit.

« Ce n'est pas tout, Angelo. Tu vois ces trois bassins, disposés en trèfle, où l'on peut descendre par quelques marches ? L'eau y monte à une hauteur de plus de quatre pieds, en sorte qu'un homme debout au bas des marches réussit, en se baissant à peine, à s'y immerger complètement. Eh bien ! cette eau n'est pas de l'eau de mer, mais de l'eau douce. Seule l'eau douce possède cette vertu purificatrice requise pour un bain rituel. Les juifs avaient réussi à capter les eaux du fleuve qui coule sous le palais.

— D'où t'est venue la curiosité de ces détails ? L'as-tu utilisé toi-même, ce bain ?

— Je n'aurais pas voulu te le dire, Angelo, mais quand je suis rentré de Rome et que... ma mère m'a en quelque sorte forcé à épouser Antonietta, j'ai pensé que...

— Tu avais besoin de te purifier de ton ancienne vie ? C'est cela, n'est-ce pas ?

— Tu sais, on entre tout nu dans ces bassins, et on s'enfonce dans l'eau froide jusqu'au sommet de la tête.

— En sorte qu'on en ressort transfiguré.

— Ne te moque pas, Angelo ! Tous n'ont pas la même facilité que toi à se tirer de situations impossibles... J'ai cru que, pour remplir mon nouveau rôle de mari...

— Des ablutions sacrées ne seraient pas superflues.

— Avec Antonietta, j'ai souhaité commencer une vie vraiment neuve. Tu ne me donnais pas de nouvelles ! Je croyais que... Antonietta ne sait rien de ce qui a eu lieu entre nous. En m'immergeant dans cette eau froide...

— Tu coupais avec ton passé.

— Essaie de me comprendre ! Mais il faut que je remonte. Je ne voudrais pas que maman ou Antonietta, inquiète de savoir où j'ai disparu, entre dans la salle des tableaux et découvre la porte du souterrain. Je vais la refermer, et remettre le tableau par-dessus. Deux fois par jour, je reviendrai t'apporter des vivres et de l'huile pour la lampe.

— Je ne me moquais pas, Mario. Pour moi aussi je pense qu'un bain lustral ne sera pas inutile. Apporte également des serviettes. »

Je suis resté une semaine enfermé au fond de ce souterrain. Quelquefois, la provision d'huile épuisée, la lampe éteinte, de profondes ténèbres m'entouraient. Je puis témoigner que de pareilles conditions, loin de le pousser à se recueillir et à méditer, ne stimulent pas l'esprit. Les seules pensées qui lui viennent ne dépassent pas le lieu commun. « *Memento mori.* » « Qu'as-tu fait de ta vie ? » Je m'irritais moi-même de me poser des questions aussi banales. C'est un fait : mes facultés mentales s'atrophient dans une tranquillité complète ; il faut que je me trouve en danger, ou du moins dans une situation difficile, pour qu'elles dégagent leur énergie.

Mario me reprochait de me plaindre. « Quoi ! Il y a huit jours encore, tu voyais partout des espions, tu vivais dans la crainte d'être repris, et maintenant que je t'ai mis à l'abri, on dirait qu'il te manque quelque chose. Choisis, à la fin ! Si tu n'as pas envie d'être ramené à Malte, où serais-tu en plus parfaite sécurité qu'ici ? Que te faut-il de plus ? Avec toi, on ne sait jamais à quoi s'en tenir ! C'est à croire que tu regrettes quelquefois qu'on t'ait fait échapper de La Valette !

— Ce qui me pèse, cher Mario, c'est justement cette *parfaite sécurité* que tu me procures. Laisse-moi sortir.

— Prends garde ! Tu es toujours en danger. Je suis allé faire un tour place Archimède, où les chevaliers de Malte, pour endormir notre méfiance, ont donné une parade. Ils avaient apporté de beaux uniformes du temps de la guerre contre les Turcs. Leurs domestiques ont reconstitué pour nous quelques épisodes du grand siège. Antonietta s'est laissé prendre, avec les autres, à cette singerie. Car après nous avoir dupés en nous faisant croire qu'ils étaient venus en amis pour nous régaler d'un spectacle, les chevaliers se sont rembarqués pour leur île, mais en laissant derrière eux les hommes noirs pourvus des mandats de réquisition. Si tu as toujours cette folie de refuser la main qu'on te tend, attends au moins qu'ils aient fouillé les maisons de la Giudecca. »

Enfin, les sbires du Grand Maître, sauf deux laissés en sentinelles dans le port, quittèrent Ortigia pour continuer leur enquête auprès des chanoines de l'église Santa Lucia et explorer les latomies où ils supposaient que j'avais pu me cacher. Mario m'annonça qu'il avait loué un bateau pour m'emmener à Messine, où un ami à lui, du nom de Giovan Battista Lazzari, chez qui il se fournissait pour les couleurs, voulait me commander une *Résurrection de Lazare*, qu'il était prêt à me payer au prix, très avantageux, de mille écus.

« Naturellement, nous partons ensemble. Je t'ai promis que je ne te quitterais pas, Angelo, et tu auras encore besoin de moi, car il est improbable que ces mercenaires, quand ils auront compris que nous les avons joués, n'étendent pas leurs recherches dans le reste de la Sicile.

— Mais ta femme, Mario ? Tes enfants ?

— C'est bien la première fois, s'exclama-t-il, que tu te souviens que j'ai une famille ! »

Nous partîmes d'un double éclat de rire, contrecoup nerveux de notre anxiété. Mario acheva les préparatifs en quelques jours, et une nuit, par un ciel nuageux qui cachait les étoiles, nous montâmes sans bruit dans une polacre à voiles carrées conduite par une demi-douzaine de marins. Je crois que Mario n'avait même pas prévenu Antonietta ni embrassé ses enfants. Tandis que nous nous éloignions de la côte, mon cœur se serra : j'aurais volontiers terminé ma vie dans cette belle et douce Syracuse.

A Messine, j'ai vécu terré dans la remise que le marchand de couleurs mettait à ma disposition. Ma *Résurrection de Lazare* témoigne des sombres pressentiments qui assiégeaient mon esprit. Le Christ qui étend le bras vers Lazare est le pendant exact du Christ qui étend le bras vers Matthieu, dans ma toile de San Luigi dei Francesi. Tous deux portent le même manteau brun par-dessus la même chemise rose. Le Christ de Rome est à droite du tableau, le Christ de Messine à gauche. Mais ce n'est pas la seule différence : le visage du Christ de Rome est en pleine lumière, le visage du Christ de Messine presque invisible dans l'ombre.

Pour toi, il n'y a plus de salut à attendre : du Seigneur lui-même n'émane plus aucune lumière. Quand les sbires d'Alof de Wignacourt t'auront retrouvé, où t'enfuir ? A Naples, la seule ville où tu comptes des amis ? Mais à Naples Gregorio ne sera pas long à te repérer. Gregorio. Que devient-il ? Quelle vengeance prépare-t-il contre toi ? Qu'arrivera-t-il et quel nouveau scandale éclatera lorsque Gregorio et Mario se trouveront face à face ?

Je me suis peint, non dans Lazare, qui s'étire pour échapper au sommeil éternel et dresse son bras au-dessus de lui à travers la pénombre du sépulcre afin de cueillir une parcelle de lumière au bout de ses doigts tendus, mais dans l'homme vu de profil qui regarde en vain vers le Christ. Ce visage creusé de rides, à l'expression ravagée, c'est moi.

« Je t'aime quand même mieux ainsi, s'exclama naïvement Mario, qu'en Goliath décapité ! »

Satisfait de ce tableau qu'il fit placer sur le maître-autel de la chapelle construite à ses frais dans l'église des Porte-croix, Giovan Battista Lazzari m'obtint du Sénat de Messine la commande d'une *Adoration des bergers* pour Santa Maria degli Angeli, le sanctuaire des Pères Capucins. Leur église se trouve hors les murs, isolée, au sommet d'une colline, au milieu de prairies tapissées d'euphorbes, dans une position charmante face au détroit et à la côte de Calabre. Le *charmante* était une épithète de Mario, qui essayait de remonter mon courage en me vantant les avantages de ce nouveau contrat de mille écus.

A côté d'un chevalet de fortune, il avait installé, pour m'éviter l'imprudence de sortir, un lit dans la sacristie. Il m'apportait des brassées de garance, plante qui pousse en abondance sur ces coteaux ensoleillés. Je pressais les racines pour en extraire l'alizarine et la purpurine, matières d'un beau rouge qui m'ont servi pour le manteau de la Vierge. Je les mêlais aux autres couleurs, qu'elles fonçaient en perdant leur éclat : de ce mélange résulte la tonalité de crépuscule où baigne l'ensemble du tableau.

J'avais beau essayer de l'égayer en me rappelant que j'avais à peindre le début d'un monde, je ne pus empêcher que ces bergers à genoux et ce Joseph incliné devant l'Enfant n'eussent l'air d'assister à une veillée funèbre. Une gravité plus sépulcrale que méditative courbe leurs fronts. Sur le conseil de Mario, je ravivai un peu la scène par une ou deux touches de coloris plus clair; mais à peine me retrouvais-je seul, que mon humeur reprenait le dessus. Le mur et le toit de l'étable, l'âne et le bœuf près de la crèche, le foin sur le sol, le panier avec le pain, les instruments de menuiserie au premier plan, tout est monochrome et d'une tristesse rouge sombre.

La composition même du tableau reflète mon désarroi. Mourir ne me faisait pas peur; à condition de choisir de quelle main je mourrais. Je ne voulais pas être tué par des spadassins anonymes. La Vierge avec l'Enfant dans ses bras est couchée de biais, le coude appuyé à la mangeoire; elle est perpendiculaire au groupe de Joseph et des bergers. Cet angle dessine une sorte de croix, posée en diagonale. Il suffit de pencher la tête vers la gauche pour en reconnaître la forme. Au lieu d'adorer un nouveau-né, les bergers se prosternent devant un mort.

Mario dormait dans le clocher. Il s'était procuré une lunette auprès de marins et surveillait le mouvement des bateaux dans le détroit. Les Pères Capucins laissaient à notre disposition deux chevaux : nous avions justifié cette requête par l'isolement de l'église. Mario distingua fort bien à l'aide de sa lunette trois hommes noirs à l'avant d'une felouque qui entrait dans le port. Aussitôt nous montâmes à cheval et, sans demander congé à nos hôtes, nous prîmes par des routes sinueuses qui se perdaient dans la montagne. C'était le mois de juillet; une chaleur accablante pesait sur la Sicile.

Le couvent où nous demandâmes asile se dressait sur un contrefort de l'Etna, à l'écart des voies de passage. Je fus reconnu par un Père Franciscain qui avait fréquenté l'Oratoire de Filippo Neri. Installé depuis des années à Palerme, il était venu ici pour une retraite de quelques jours. Padre Ruffino, qui ne savait rien de mes aventures, croyait que je parcourais la Sicile en quête de commandes.

« Figurez-vous, me dit-il, que la Confrérie de saint François d'Assise de Palerme cherche depuis longtemps à vous joindre. Elle aimerait que vous lui peigniez une *Nativité*, pour son oratoire de San Lorenzo. »

Etait-ce un piège ? Voulait-on m'attirer à Palerme, centre de la domination espagnole en Sicile, siège du vice-roi, où la police de Paul V avait ses espions et ses argousins ? Je chargeai Mario de sonder le Franciscain. Il en reconnut la parfaite innocence. Padre Ruffino lui apprit en outre que depuis deux mois on avait intronisé à Palerme un nouveau cardinal : ce n'était autre que Giovanni Doria, frère de cet Andrea Doria qui m'avait hébergé à Gênes quatre ans plus tôt.

« N'hésite pas, tu seras à l'abri chez ces moines, sans devoir renoncer à peindre. » Nous partîmes tous les trois à travers la montagne, après un incident qui révèle dans quel état d'esprit je me trouvais. Selon Mario, nous n'avions qu'à continuer sur les deux chevaux empruntés aux Pères Capucins de Messine.

« Tu n'y songes pas ! me récriai-je. Il faut dénicher quelqu'un qui ramènera ces chevaux et en louer d'autres au prix courant. »

Mario me regarda : il ne m'avait jamais connu tant de scrupules. Me sentais-je si près de ma fin, que je ne voulusse pas charger mon âme d'un péché supplémentaire ?

De cette Palerme qu'on dit magnifique, je n'ai vu à peu près rien. En arrivant par Monreale au-dessus de la Conque d'or, je m'attendais à découvrir les quelque cent minarets dont parle Ibn Jubayr dans sa relation de voyages, un des livres que ma mère m'avait appris à aimer. Je n'aperçus que des clochers et des tours d'églises. Ne restait-il rien de la domination musulmane ? L'esprit encore rempli des images de Malte et de Syracuse, c'est par les vestiges de l'Islam que j'aurais commencé à visiter la ville. Padre Ruffino nous conduisit directement à l'oratoire de San Lorenzo, où Mario m'enferma à clef. Tout autour s'étendait un labyrinthe de ruelles propices aux embuscades.

M'éloigner si peu que ce fût de ce refuge eût été de la dernière imprudence. A l'intérieur de la grande salle où je travaillais, Mario m'apportait des oranges, des citrons, des petits fours à la pâte d'amandes.

De tous mes tableaux, la *Nativité* est un des plus conventionnels. J'avoue que je me suis platement conformé à la tradition des Nativités catholiques, sans chercher à innover. Le moindre soupçon d'hérésie m'eût été fatal; l'Inquisition, qui n'a jamais pu s'installer à Naples, sévissait à Palerme. Les moines de saint François, revenus de leurs illusions sur mon compte, pouvaient me livrer à ce tribunal, d'où le cardinal lui-même n'aurait pas été en mesure de me sauver.

Les premiers hommes en noir apparurent dans le quartier, que je n'avais pas encore commencé l'ange stipulé dans le contrat. Pendant que Mario cherchait le moyen de me faire évader, je repris, pour aller plus vite, l'ange des *Œuvres de la Miséricorde*, peint autrefois à Naples : même figure, même pose, simplement inversée. Je fis même une chose dont les circonstances excusent à peine la servilité. Pour appliquer à la lettre une des directives du concile de Trente, je mis dans les mains de cet ange un cartouche avec l'inscription *Gloria in excelsis Deo*.

En m'embarquant au petit jour sur le bateau que Mario avait acheté à un pêcheur de la Kalsa grâce aux écus gagnés à Messine, j'ai regretté de ne laisser à ces excellents Pères Franciscains qu'une œuvre académique.

Tandis qu'il regardait de la poupe la côte de Sicile s'éloigner, Mario aperçut dans sa lunette une voile qui s'élançait à notre poursuite. Nous arrivâmes sains et saufs à Naples, le 7 octobre, un an jour pour jour après ma fuite de Malte, coïncidence qui m'épouvanta. En un an, loin de distancer ceux qui me donnaient la chasse, je n'avais réussi qu'à les attirer de plus près.

XII

Attaque

Tout alla bien, au début. Je pus croire que derrière les hauts murs du palais Cellammare mes ennemis ne pourraient me rejoindre. S'il nous arrivait de nous promener, armés de poignards et d'épées, nous surprenions certains regards torves qui nous fixaient au passage, certains chapeaux rabattus sur des faces qui voulaient garder l'incognito.

« Alors, tu es content ? me disait ironiquement Mario, chaque fois qu'il me voyait me retourner de crainte d'être suivi. Les chevaliers de Malte ont le bras long, et ils sont bien implantés à Naples. Tu as de bonnes raisons de trembler. » Il cherchait à me guérir, par ses moqueries affectueuses, du malheur de ne jamais accepter d'être heureux. Il me connaissait à fond, à présent, et ne pouvait se résigner à me voir sans cesse partagé entre la recherche du calme nécessaire à mon travail et le besoin de tempêtes pour nourrir mon œuvre.

« Je sais, continuait-il, que parfois tu regimbes, d'être flanqué de ton Angélique. Dis-toi que sa protection ne constitue pas un rempart infranchissable. Gare au dragon ! »

Nous avions retrouvé une intimité parfaite, bien que chaste ; jamais nous ne nous étions mieux entendus ; jamais de meilleures conditions pour peindre ne m'avaient été offertes ; et c'est vrai que, sans la menace de tomber dans une embuscade tendue par les agents du Grand Maître, je me serais impatienté de ces agréments.

Le prince Luigi Carafa avait remis à ma disposition le logement de mon premier séjour. Dans l'ancienne remise que j'avais transformée en atelier, rien n'était changé depuis mon départ, sauf que Gregorio avait emporté la torche, la gourde, la coquille de pèlerin, le baudrier de cuir, le chapeau à plumes et plusieurs autres accessoires dont je m'étais servi pour les *Œuvres de la Miséricorde*. Je fis placer dans un coin de la pièce un lit de sangles pour Mario. La confusion de mes esprits était telle, qu'il m'arriva à plusieurs reprises de m'enivrer, contrairement à mes habitudes de sobriété ; et je ne suis pas sûr que, en ces occasions, Mario ne m'ait pas rejoint dans mon grand lit, à l'autre bout de l'atelier, et que je ne l'aie pas laissé me témoigner son affection par des preuves plus physiques.

Don Luigi, qui ne se passionnait que pour la chasse, l'héraldique et la généalogie, se sentait flatté d'héberger un artiste en vogue, dont le succès auprès de la haute société ne se démentait pas. Les *Œuvres de la Miséricorde* et *la Flagellation* m'attiraient de nombreux admirateurs. Les jeunes gens qui aspiraient à devenir peintres affluaient au palais Cellammare. Aux uns et aux autres Mario interdisait ma porte, crainte que cette abondance d'hommages ne m'apportât moins de réconfort et de stimulant que de bile noire.

Mon hôte passait quelquefois me voir. Bien qu'il mît les artistes sur le même plan que les domestiques, et que *la Joconde* valût moins à ses yeux que les bijoux hérités de ses ancêtres, il était assez grand seigneur pour avoir l'air de s'intéresser à mon travail. J'ai appris à me faire une idée, d'après cet homme honnête et généreux mais superficiel, de la nature du public qui compose la clientèle ordinaire des peintres. Ils aiment les beaux-arts comme le vice-roi son pur-sang arabe. Appelons-les amateurs éclairés, en sachant que leurs lumières ne vont pas jusqu'à imaginer de quelles souffrances sont pétries nos œuvres ni de quels drames personnels nous devons payer leur réussite. Ils se bornent à les considérer comme un ornement utile dans le paysage social.

Don Luigi ignorait, comme tout le monde, l'affaire de Malte, mais, du meurtre de Ranuccio et du *bando capitale* décrété par le pape, sa tante l'avait informé dans les moindres détails.

« Pourquoi, me dit-il un jour, ne consignerais-tu pas par écrit les faits les plus marquants de ta vie ? Ce n'est pas ordinaire, pour un peintre, que de tuer et d'être condamné à mort. Je suis sûr que le récit de tes aventures intéresserait beaucoup de gens et grossirait ton public. Quand je vois les deux figures que tu es en train de peindre (David et Goliath), je crois comprendre ce que tu as voulu dire, mais il me semble que, tant que je ne connaîtrai pas les tenants et aboutissants de ce tableau, quelque chose d'essentiel continuera à m'échapper. Je ne suis pas le seul à penser ainsi. "Ah ! s'il voulait bien éclairer sa lanterne !" me confiait, devant ta *Flagellation*, le comte Palmieri, qui n'est pas plus bête qu'un autre. »

Je redoute en effet que don Luigi n'ait dit vrai, et que ceux-là même qui m'admirent ne soient pas de telle sorte que l'œuvre leur suffise. Comme saint Thomas, il leur faut toucher les plaies pour se convaincre qu'elles existent et qu'elles sont profondes.

Si les aventures de Merisi viennent un jour à leur connaissance, qu'ils n'espèrent pas y trouver les clefs de Caravaggio. Cette recherche serait aussi vaine que de vouloir entendre dans la musique du prince de Venosa l'écho de son double crime. Nous appartenons à la même famille, composée de ceux qui se mettent tout entiers dans leur œuvre mais se gardent d'y déposer leurs secrets.

Don Marcantonio Doria, cousin du prince de Gênes et du nouveau cardinal de Palerme, se trouvait l'hôte de la marquise Sforza Colonna. Il me commanda un *Martyre de sainte Ursule*, en l'honneur de sa fille, prénommée Ursule, qui prenait le voile à Naples en ces jours-là. Sans me demander si ce prétexte ne cachait pas une intention plus profonde, je relus le passage de *la Légende dorée* où Jacques de Voragine relate l'histoire des onze mille vierges massacrées par les Huns aux portes de Cologne. Leur roi, frappé de la beauté d'Ursule, propose à la jeune fille de l'épargner, si elle accepte de devenir son épouse. Son offre ayant été rejetée avec mépris, il se saisit de son arc et lui tire une flèche à bout portant.

Tableau plus sombre, par la tonalité morale aussi bien que par les couleurs, je n'en avais jamais peint. Sa cuirasse ornée d'un mufle de lion et ses jambières de fer soulignent la férocité du roi. Aucun des témoins ne cherche à secourir la victime. Son visage et son buste apparaissent dans un demi-jour livide ; la flèche plantée entre ses seins fait gicler le sang. Elle presse des deux mains sa blessure pour hâter l'heure de sa mort. Je me suis représenté à l'arrière-plan, les traits tirés et hagards, le teint non moins cadavérique.

« Pourquoi t'es-tu donné cet air d'outre-tombe ? me disait Mario désolé. Ce n'est pas sur toi qu'on tire, mais sur Ursule. » J'avais envie de lui répondre : « Pourquoi m'a-t-on commandé, une fois de plus, une scène de supplice ? Ce Marcantonio Doria, sous prétexte de me rendre service, ne cherche-t-il pas à me préparer à ce que nous savons, toi et moi, devoir tôt ou tard m'arriver ? » Mais je ne disais rien, j'entassais avec une hâte forcenée des couches de brun et de noir dans le fond du tableau, une sorte de poix épaisse, étalée, pour faire plus vite, à la truelle.

Gregorio, comme je l'avais prévu, ne tarda pas à reparaître. Mario, qui rôdait autour du palais à l'affût des hommes en noir, le vit s'approcher humblement et lui demander pardon. Il regrettait ce qui s'était passé à Rome. Il n'avait alors que quinze ans ! Depuis, il avait eu le temps de s'amender. Ayant appris que ma vie était menacée, il se mettait à mon service et s'engageait à signaler tout individu d'apparence suspecte. Mario eut d'abord envie de le chasser. Puis il calcula qu'il valait mieux avoir ce coquin avec nous que contre nous. Froissé par une fin de non-recevoir, Gregorio pourrait être tenté de me dénoncer.

« Je ne mets qu'une condition, dit Mario. Tu n'habiteras pas avec nous. Et même, tu ne remettras plus les pieds au palais.

— Qu'est-ce que tu crois? Je n'en avais aucunement l'intention. Je travaille maintenant à l'auberge du Cerriglio. Mastro Peppone me donne un bon salaire et me loge dans une belle chambre sous les toits. Dis au peintre, ajouta-t-il, que s'il veut venir au Cerriglio, il sera toujours bien accueilli. Il avait là ses habitudes. Il se pourrait même... qu'une proposition intéressante lui soit faite. »

Ces mots ambigus réveillèrent la méfiance de Mario.

« Quelle proposition? Pourquoi veux-tu l'attirer au Cerriglio?

— Lâche-moi! Si tu savais ce qui l'y attend... Bas les pattes, à la fin! »

Il ne voulut rien ajouter : ce qu'il avait à me dire était si confidentiel, qu'il ne pouvait me le communiquer que de vive voix. A contrecœur, Mario lui permit de me rencontrer. Il assista à l'entretien, qui eut lieu en terrain neutre, dans un renfoncement de la via Toledo.

Voici de quoi il s'agissait : les émissaires du cardinal Scipione Borghese avaient choisi le Cerriglio pour lieu de rendez-vous, afin d'être plus sûrs de passer incognito. Le cardinal avait le plus grand désir d'avoir deux ou trois tableaux de son peintre préféré; je devais être présent pour établir les contrats. Cette idée de traiter avec les envoyés d'une Eminence dans une auberge connue pour être un mauvais lieu parut louche à Mario; il ne put cependant me dissuader d'accepter ces commandes. Moins le besoin d'argent m'y poussait, que l'espoir de stimuler le cardinal à m'obtenir la grâce de son oncle.

L'entrevue au Cerriglio se déroula dans les meilleures conditions. Mario n'eut pas besoin de faire usage des armes dont il s'était équipé. Gregorio n'avait ni menti ni cherché à nous attirer dans un piège. Je n'eus quelque doute que lorsque les envoyés du cardinal, pour qui je devais peindre d'abord un *Saint Jean-Baptiste* jeune, me précisèrent que la somme convenue ne pourrait m'être versée qu'à Rome, lorsque les négociations avec le pape auraient abouti. Ce fut Mario, cette fois, qui écarta mes soupçons : il me fit valoir que ce délai demandé équivalait à la promesse de travailler activement à la révocation du *bando capitale*.

Qui poserait pour saint Jean ? Les querelles recommencèrent. Le cardinal avait insisté pour le vouloir jeune. J'entendais le représenter nu, à part un linge sur le sexe, précaution obligatoire pour le tableau d'un *porporato*. Mario avait passé l'âge : il approchait des trente-quatre ans. Gregorio, de quelque dix ans plus jeune et moins bien nourri, gardait l'allure d'un adolescent. Seul son visage, usé par la vie de débauche qu'il avait dû mener depuis mon départ de Naples, indiquait l'expérience de l'adulte. C'était exactement le modèle qu'il me fallait : juvénilité de l'éphèbe, avec sur les yeux, sur la bouche, l'air de tristesse et de lassitude de celui qui annonce à la fois la naissance du Sauveur et la mort de Jésus. Ce ne serait plus le saint Jean innocent que j'avais peint au Divino Amore en utilisant déjà Gregorio comme modèle : celui-ci incarnerait, dans sa figure fripée et ses traits alanguis, le désenchantement qui suit une grande espérance trompée.

« Si c'est comme ça, débrouille-toi sans moi ! » dit Mario dépité. Il remonta en courant au palais et nous laissa tête à tête sous la porte monumentale où aboutit la via Chiaia. Gregorio sauta sur l'occasion. « Viens dans ma chambre, il y a au plafond une lucarne d'où tombe la lumière qui te plaît. »

Il se déshabilla tranquillement. Je n'eus pas besoin de lui indiquer la pose que je souhaitais. Ayant sorti du placard une belle tenture rouge, il l'étala sur un fauteuil et s'avachit au milieu des plis, le corps penché de côté, les jambes allongées de biais, les bras croisés dans un mol abandon. Rien n'était plus gracieux que cette pose, malgré la corruption inscrite dans cette chair précocement flétrie. Il me laissa le peindre dans tous les détails de son anatomie plus que jamais excitante, puis, quand il vit que je ne réussissais plus à maîtriser mon trouble, il écarta d'un geste nonchalant son pagne, et m'apparut non seulement entièrement nu, mais dans l'état où il se savait irrésistible.

Ce qui devait arriver arriva.

Montrer ce tableau à Mario eût constitué un aveu. Je le laissais donc chez Gregorio. L'obligation de peindre à côté de saint Jean le bélier et le feuillage de vigne symbolisant le sacrifice du Christ me fournit le prétexte à retourner plus d'une fois dans la petite chambre aménagée sous les combles du Cerriglio. Mario vouait une haine si féroce à celui qui l'avait supplanté, qu'il ne demanda pas une seule fois à m'accompagner. Il préférait fermer les yeux sur ce qui n'éclatait qu'avec trop d'évidence. De quel bien-être, insolemment physique, mon corps reflétait la joie !

Le tableau fut enfin achevé. On comprendra que j'avais mis à le peindre un peu plus de temps qu'il n'eût été nécessaire. Le lendemain du jour où la dernière touche eut été posée, je descendis de la chambre à la salle commune de l'auberge, pour établir avec les envoyés du cardinal le protocole de la remise et préciser certains points du contrat. Au lieu des gentilshommes romains, j'aperçus les deux agents personnels d'Alof de Wignacourt, à qui j'avais déjà eu affaire. Une dizaine d'hommes en noir étaient attablés avec eux aux moitiés de tonneaux. Tous se levèrent à mon entrée. Je mis l'épée à la main. Ils se ruèrent sur moi ; je reçus je ne sais combien de coups d'épée ; une pointe me fendit la joue ; le sang m'aveugla ; je tombai sur le sol, privé de connaissance.

Quand je me réveillai, ma tête reposait sur les genoux de Mario. Prévenu par un billet anonyme, il était accouru. Quatre domestiques du prince Colonna, appelés en renfort, m'avaient transporté jusqu'au palais. Je restai plusieurs jours entre la vie et la mort. « Sans la constitution exceptionnellement robuste dont vous a gratifié le Seigneur, la science aurait été impuissante à vous sauver », me dit le médecin de la marquise. On vint me féliciter de ma guérison. Don Luigi, ses enfants, la marquise, leurs cousins, tout ce que la maisonnée comptait de parents et d'alliés défila à mon chevet.

Cet empressement n'était-il pas suspect? Mario avait caché le petit miroir que j'utilisais pour me raser, et la glace plus grande qui me servait pour les autoportraits. Prétextant que j'étais encore trop faible, il me coupait lui-même la barbe.

Enfin, au bout de deux ou trois mois, je réussis à me lever. Au lieu d'en paraître heureux, Mario me regardait alarmé. Cette frayeur augmenta mes soupçons. Je m'approchai de la fenêtre; bien que le carreau ne me renvoyât qu'un reflet des plus flous, j'aperçus l'énorme balafre qui descendait de la pommette au menton. « Donne-moi tout de suite mon miroir! » Il ne put qu'obéir. Je me reconnus à peine. L'épée avait entaillé si profondément la joue, qu'il était impossible d'espérer que la cicatrice disparût jamais.

Mario se jeta à genoux, en me jurant que ses sentiments n'avaient pas changé et qu'il me trouvait aussi beau qu'avant. Cette dévotion inconditionnelle m'exaspéra. « Je suis horrible, lui dis-je, et je te prie de ne jamais plus faire semblant de prendre ce visage défiguré pour une face humaine. »

Par une sorte de gêne réciproque, nous évitions de revenir sur l'affaire du Cerriglio. Le tableau que j'avais peint là-bas, nous nous gardions aussi d'en parler. Mario ne l'avait jamais vu; plusieurs allusions qu'il fit à la Bible et aux débuts de l'Histoire Sainte m'indiquèrent qu'il brûlait de le connaître. Quant à moi, je me préoccupais de savoir ce qu'il était devenu. Ayant demandé un jour si on avait aperçu rôder autour du palais des hommes en noir :

« Il serait bien capable de les amener jusqu'ici! s'écria Mario.

— Qui vises-tu par ces mots?

— Tu sais très bien qui.

— Gregorio ?

— Gregorio, évidemment.

— Tu lui en veux donc tant que cela ?

— Il t'a joué. Tu ne le reverras jamais, ton tableau, et l'argent qu'on t'a promis te passera sous le nez. Tu n'auras pas un baïoque !

— Pourquoi dis-tu ça ? Tu n'as pas la moindre preuve que Gregorio ait trempé dans l'attaque.

— Pas la moindre preuve ? Comment expliques-tu que l'agression ait eu lieu précisément le lendemain du jour où tu as fini le tableau ?

— Mais ce ne sont pas les envoyés du cardinal qui se sont jetés sur moi ! J'ai parfaitement reconnu les hommes en noir au service du Grand Maître.

— Pardi ! Qui les a conduits au Cerriglio ? Qui a choisi le moment de les y conduire ? Ils t'auraient tué pour de bon, que le tableau restait en toute propriété à ce voyou. Lui seul avait intérêt à te voir mort, lui seul pouvait profiter du crime. Il aurait vendu le tableau au cardinal Borghese. Puisqu'il t'en avait fourni le modèle, rien de plus facile que de prétendre que tu lui en avais fait cadeau. »

Pendant ma convalescence, je repris le *David avec la tête de Goliath*. Croyant faire plaisir à Mario, je changeai une nouvelle fois la tête de David : à la place du spadassin maltais de la deuxième version, je mis Gregorio lui-même.

« Tu vois, disais-je à Mario, j'accepte ta version des faits. »

Je fus fort surpris de sa réaction : qu'au lieu de l'idéaliser en saint Jean, j'eusse peint Gregorio en assassin, Mario ne m'en savait aucun gré. Loin de paraître heureux de cette métamorphose, il ruminait je ne savais quel grief. Quand j'eus terminé la retouche :

« La tête de Goliath, me demanda-t-il enfin, tu es toujours décidé à la garder telle quelle ?

— N'est-elle pas plus que jamais de circonstance, après

cette agression ? Dis-toi qu'en me peignant comme si j'étais déjà mort, j'éloigne en quelque sorte le danger.

— Mais l'œil droit, Angelo ! Je ne le supporte pas. Regarde comme il tombe, morne, hébété, privé de toute expression, pendant que l'autre te fixe avec un reste de lueur dans l'iris ! Est-il possible que David, le héros bien né, l'Oint de Samuel, sur qui l'esprit de Yahvé a fondu, le musicien qui apaise les esprits inquiets de Saül en lui jouant de la cithare, est-il possible qu'après avoir tué Goliath ce noble cœur l'abandonne comme un chien ? Laisse-lui ces rides affreuses, si tu y tiens, et cette bouche entrouverte sur une rangée de dents élimées, mais ferme-lui au moins les yeux !

— Tu voudrais qu'à mon âge je peigne *la paix du sommeil éternel,* comme un débutant cherchant à s'aligner sur le *beau idéal* de Raphaël ?

— Bon, mais alors, envoie promener Gregorio ! Je ne veux pas que ce soit lui qui reste avec toi en dernier. Te souviens-tu de ce que tu me disais en peignant *le Martyre de saint Matthieu* ? Moi, je m'en souviens, mot pour mot. *Viens, pourquoi tardes-tu encore. Ah! comment résister à la joie de périr sous le coup d'une telle main... Mourir de la main de l'aimé, suprême aspiration de l'âme...* Nul autre que moi n'a le droit de tenir cette place. Si tu refuses de changer la tête de Goliath, peins-moi sous les traits de David. Et te rappelles-tu, toi, ce que je t'ai dit la première fois où j'ai coupé mes cheveux pour que tu en gardes toujours avec toi quelques mèches ?

— Tu m'as dit, Mario : *Je te promets de t'obéir en toute circonstance, même si tu me demandes un sacrifice jugé par le bon sens inhumain.* Comment aurais-je pu oublier une seule de ces paroles ? C'est même parce qu'elles sont restées gravées dans mon cœur, que je suis venu te retrouver à Syracuse, et que nous voilà aujourd'hui réunis à Naples. »

Sans doute s'est-il rendu compte qu'il s'était engagé au-delà de ce qu'un homme peut promettre, car il rougit violemment. J'étais moi-même si bouleversé que je ne sus qu'ajouter.

Séance tenante, j'effaçai le portrait de Gregorio et commençai à le remplacer par celui de Mario. Jamais le jeune Sicilien ne m'avait paru si beau : l'âge mûr mettait dans son visage cette plénitude qu'on ne voit qu'aux statues de la grande époque. Je n'ai modifié que la tête : le buste à moitié nu était peint depuis longtemps. Il avait servi tour à tour pour l'agent de la police pontificale, pour le sbire de l'Ordre de Malte, pour Gregorio. Mais, dès le premier David, c'était bien le corps de Mario, du seul Mario, que j'avais peint. Pour moi, plus ou moins consciemment, *la main de l'aimé* ne pouvait être que celle de Mario; et il était juste, à présent, que sur ce torse à la carnation dorée vînt s'adapter la tête de celui auquel je n'avais cessé de penser en travaillant aux différentes versions.

Quiconque a vu mon tableau ne saurait douter que ce David est aussi éloigné que possible du personnage biblique. Aucune marque de colère en lui; pas le moindre signe qu'il vienne de venger sur les Philistins l'honneur de sa tribu. Celui qu'il a tué, il le regarde avec une tendresse infinie; on voit bien qu'il ne l'a pas tué par haine, mais par amour. Entre ces deux hommes, c'est une relation d'amour que j'ai peinte; un amour qui ne peut s'accomplir que dans le crime et n'a d'autre issue que la mort.

J'avais fini de peindre l'épée, et il me restait à faire le bras droit qui la tient, lorsqu'un vacarme monta de la rue. On distinguait, au milieu de l'entrechoquement des armes, les cris d'une multitude de combattants. Peu après, nous vîmes passer en courant plusieurs domestiques de don Luigi, qui rapportaient sur des civières une demi-douzaine de corps inanimés. Mario alla aux nouvelles : les gens du prince s'étaient heurtés à une troupe d'agents maltais qui avaient cherché à entrer de force dans le palais. Une gigantesque bagarre s'était ensuivie; un des domestiques était mort, deux autres grièvement blessés.

« Je ne vais pouvoir rester ici plus longtemps, murmurai-je. Je n'aurai même pas le temps d'achever mon tableau. Heureusement que j'ai réussi à faire l'épée. »

Il ne s'écoula pas une heure en effet, que le majordome du prince ne se fît annoncer. Il avait le regret de m'apprendre que don Luigi, n'étant plus en mesure de garantir ma sécurité, me priait de plier bagage. Dès demain, une felouque serait à notre disposition, dans le port de Mergellina, au pied du Pausilippe, une petite anse discrète où les pêcheurs rangent leurs barques. L'intendance du palais nous fournirait les vivres et tout ce qui serait nécessaire pour la traversée.

Le majordome ne fut pas plutôt sorti, que le prince, accompagné de la marquise, se présenta lui-même. Il renouvela ses excuses, déplora les circonstances délicates qui l'empêchaient de m'héberger plus longtemps, me submergea de bonnes paroles et de recommandations salutaires. Le marquis Ippolito Malaspina, qui m'avait introduit naguère auprès d'Alof de Wignacourt, ne pouvait plus rien pour moi : le Grand Maître se montrait si irrité, qu'il refusait d'écouter ses amis les plus proches, dès qu'ils se mettaient à plaider ma cause. Cependant, ajouta le prince, tandis que la marquise, excédée par l'inconduite de son protégé, ne desserrait pas les lèvres, ma situation était loin d'être critique. Je n'avais qu'à me faire débarquer, soit à Civitavecchia, dans les Etats du pape, où l'on me mettrait en prison, mais pour la forme seulement, car il savait de source sûre que le décret de grâce était prêt et qu'il n'y manquait plus que la signature du Saint-Père, soit au-delà des Etats du pape, en Toscane, si je voulais attendre pour rentrer à Rome que le décret fût signé.

« Pourquoi pas au sud de Rome, Excellence? La route serait beaucoup plus courte, et je serais moins longtemps exposé au terrible soleil du Lion. Gaète ou Terracina offrent de bons mouillages.

— Je te le déconseille, le vice-royaume étant infesté d'agents maltais. Contourne les Etats du pape et attends plus au nord. Seulement, la Toscane étant aux Espagnols, tu risquerais d'être arrêté là aussi. Heureusement pour toi que le cardinal Scipione est du parti espagnol. Apporte-lui deux tableaux en remerciement : un tableau pour avoir œuvré à obtenir ta grâce, un autre pour que la garnison de Porto Ercole ou de Monte Argentario ne t'inquiète pas. »

J'étais prêt depuis longtemps à payer une rançon à l'Eminence : il me promettait la liberté, j'enrichissais gratis ses collections, cela faisait partie de notre pacte implicite. Aussi acquiesçai-je d'emblée aux suggestions du prince. Avec deux seuls tableaux, il me semblait même que je ne m'en tirais pas trop mal.

« Celui-là – il indiquait le *David* – me paraît fort bon. J'espère que tu en as un second à emporter.

— Je vais le chercher ! » s'écria Mario, trop heureux d'avoir un motif solide pour reprendre le tableau à Gregorio.

Il fila comme une flèche. Je pris congé du prince et de la marquise, en les remerciant de leur hospitalité. Même en cette circonstance, la marquise ne se départit pas de son air hautain et désapprobateur. Le soir, Mario revint sans le tableau. Il avait parlementé avec Gregorio. En vain. Celui-ci l'avait laissé à la porte sans même le faire entrer dans sa chambre. Enfin, il avait posé ses conditions : je ne récupérerais le tableau que si je lui permettais de monter sur la felouque et de partir avec nous pour Rome.

XIII

Mise à mort

Une brise favorable nous poussa le long des côtes. Gregorio s'était installé à l'avant du bateau, Mario à l'arrière. L'un fanfaronnait, les cheveux au vent, éclaboussé par les embruns, l'autre, concentré dans sa tâche, scrutait sans relâche l'horizon, l'œil rivé à sa lunette. Ils ne se parlaient pas. Je devais aller de l'un à l'autre et leur apporter à manger.

Nous doublâmes sans incident le cap Circé. Le besoin d'eau potable nous obligea à toucher terre entre Anzio et Ostie, sur une grève nue et par un soleil torride. Dans mon organisme éprouvé, la malaria se déclara à nouveau. Le capitaine abrégea l'escale. Il envoya des hommes prendre de l'eau et des fruits au village juché en haut d'une colline et nous repartîmes en pleine nuit. A l'aube, Mario, qui continuait à observer de la poupe si nous n'étions pas poursuivis, aperçut un trois-mâts, chébec ou sacolève, qui paraissait gagner sur nous. En déployant la grande voile, nous réussîmes à le distancer. Tremblant de fièvre, j'étais épuisé. Le capitaine jugea prudent de nous cacher pendant quelques jours à Giannutri : l'air était sec et sain, me dit-il, sur cet îlot rocheux. Il y connaissait une crique où nous serions à l'abri.

Nous abordâmes enfin, le 15 juillet, en Toscane, près de Porto Ercole, sur cette bande de littoral inculte connue sous le nom de Feniglia. Le soleil dardait à plomb sur la dune aride ses rayons délétères ; à peine si la nuit apportait quelque soulagement. Je ne trouvais pas le sommeil. Mario, qui ne me quittait pas, se couchait, pour dormir, sur l'étui qui contenait mon *David.* Je le suppliais de trouver un remède à mes tortures.

A l'autre extrémité de notre sommaire campement, Gregorio s'était installé avec le second de la felouque, une graine de vaurien de son espèce. Ayant observé à Naples comment je transportais mes tableaux, il avait confectionné pour le *Saint Jean-Baptiste,* qu'il gardait avec lui, un emballage semblable à cet étui. Le capitaine était la seule personne honnête de l'équipage, ou la seule à qui don Luigi eût promis une solide récompense. Il m'assura qu'il ne lèverait pas l'ancre, qu'il ne m'eût vu partir pour Rome entre deux agents du pape, avec le décret de grâce signé par Sa Sainteté et les deux tableaux.

Le troisième jour de cette attente, en plein après-midi, comme Mario, assommé lui aussi par la canicule, s'était assoupi sous un pin, laissant pour une fois le tableau sans surveillance, je vis, du fond de ce brouillard dont la maladie m'enveloppait, Gregorio s'approcher en rampant. Les autres s'étaient retirés sous les rares buissons pour la sieste, sauf le capitaine. Inquiet d'être sans nouvelles, ni de Rome ni du navire lancé à notre poursuite, et qu'il avait reconnu pour être un chébec maltais, il s'était rendu à Porto Ercole, malgré la chaleur accablante.

Mario ne devait somnoler que d'un œil, ou sa sensibilité à fleur de peau le réveilla d'un coup. En un instant il fut debout et se rua sur Gregorio. Ils s'empoignèrent en sauvages et roulèrent sur les cailloux. Je ne sais combien de temps ils luttèrent, sans dire mot, les mâchoires contractées par l'effort. Mario était plus robuste, l'autre plus agile. Gregorio réussit à tirer de la ceinture de Mario le poignard dont celui-ci ne se séparait jamais. Mario s'écarta, l'autre en profita pour courir vers moi, le poignard à la main.

Son intention n'était que trop évidente : il voulait me

tuer, s'emparer du *David* et profiter de l'absence momentanée du capitaine pour s'enfuir avec l'aide du second et aller vendre à Livourne ou à Gênes mes deux tableaux. J'allais être la victime d'un fait divers insignifiant. Crime par intérêt, lirait-on dans la gazette. Règlement de comptes sordide. L'affaire serait classée, sans ajouter à ma gloire. « Non, pas cela ! » eus-je la force de crier.

Mario accourut, rattrapa le forban, plongea, le saisit par les pieds, le fit tomber. Gregorio heurta de la tête un galet et resta quelque temps étourdi. J'étais couché sur le sable, non loin. Mario avait repris son poignard et, tout frémissant de colère, le brandissait avec une mine féroce. En le voyant s'approcher, encore excité par la lutte, j'allongeai machinalement les bras sur les côtés. Pourquoi dis-je *machinalement* ? Ce geste de les étendre en croix, je l'avais préparé depuis dix ans. Je l'avais même peint. La scène qui se jouait aujourd'hui, dans ses moindres détails je l'avais racontée.

Mario se pencha au-dessus de moi. Il haletait. « Tu le veux donc ? » dit-il dans un souffle. Je fis un signe de tête. « Le moment est arrivé, Mario. – Tu veux absolument que ce soit aujourd'hui ? » Je me soulevai sur le coude pour lui indiquer, à l'horizon, le chébec qui en feignant de louvoyer tenait le cap sur la plage. Nous savions cependant l'un et l'autre que l'arrivée du trois-mâts n'était qu'un prétexte : ce que je demandais à Mario, ce n'était pas de voler au Grand Maître sa vengeance, mais de mettre un terme à notre histoire par l'apothéose qui lui manquait. *Que le mystère s'accomplisse par ta main.* Je me renversai à nouveau sur le sol, les bras en croix, et, à haute voix lui dis : « Je suis prêt. »

A quoi bon rapporter la suite ? Gregorio se releva. Ayant constaté que Mario, absorbé par une tâche qu'il ne pouvait s'expliquer, ne semblait plus s'intéresser au tableau, il bondit pour s'en emparer, décampa avec son butin, secoua son complice, réveilla l'équipage, poussa tout le monde sur la felouque, fit lever l'ancre, ordonna de mettre en panne à quelques encablures du rivage, le temps d'attendre que le capitaine les eût rejoints. Celui-ci passa la nuit au village et ne revint que le lendemain matin. Ce scrupule de la dernière heure perdit Gregorio, car le chébec entre-temps s'était rapproché. En sus des agents maltais, deux émissaires du cardinal Scipione Borghese se trouvaient à bord.

Mario, à genoux sur le sable et toujours penché sur moi, avait commencé par pleurer. Je n'étais plus là pour lui dire qu'il rapetissait par ses larmes un geste qui avait sa source au-delà de la douleur et de la joie. Ayant compris de lui-même que ce qu'il avait fait était moins son œuvre que le parachèvement de certains de mes tableaux, il se redressa et vit d'une autre manière ce qui n'était plus un crime. Quel éclair maintenant dans ses yeux !

Gregorio, pendant ce temps, nous observait de la proue tournée vers le rivage. Sans regarder en arrière ni se rendre compte du danger qui menaçait la felouque, il s'amusait à lancer des railleries à mon égard et des invectives contre Mario. Cela aussi était écrit. La Passion du Christ aurait-elle été complète sans les quolibets des soldats ?

Kalat, 25 août 2002.

TABLE

Livre I

Livre II

Livre III

Livre IV

DU MÊME AUTEUR

romans

L'ÉCORCE DES PIERRES, 1959, Grasset.
L'AUBE, 1962, Grasset.
LETTRE À DORA, 1969, Grasset.
LES ENFANTS DE GOGOL, 1971, Grasset.
PORPORINO OU LES MYSTÈRES DE NAPLES, 1974, Grasset et Le Livre de Poche.
L'ÉTOILE ROSE, 1978, Grasset et Le Livre de Poche.
UNE FLEUR DE JASMIN À L'OREILLE, 1980, Grasset.
SIGNOR GIOVANNI, 1981, Balland. Nouvelle édition, 2002.
DANS LA MAIN DE L'ANGE, 1982, Grasset et Le Livre de Poche.
L'AMOUR, 1986, Grasset et Le Livre de Poche.
LA GLOIRE DU PARIA, 1987, Grasset et Le Livre de Poche.
L'ÉCOLE DU SUD, 1991, Grasset et Le Livre de Poche.
PORFIRIO ET CONSTANCE, 1992, Grasset et Le Livre de Poche.
LE DERNIER DES MÉDICIS, 1994, Grasset et Le Livre de Poche.
TRIBUNAL D'HONNEUR, 1997, Grasset et Le Livre de Poche.
NICOLAS, 2000, Grasset et Le Livre de Poche.

opéra

LE RAPT DE PERSÉPHONE, 1987, *Dominique Bedou*. Musique d'André Bon, CD Cybelia 861.

voyages

MÈRE MÉDITERRANÉE, 1965, Grasset et Le Livre de Poche. Nouvelle édition augmentée de photographies de Ferrante Ferranti, 2000.
LES ÉVÉNEMENTS DE PALERME, 1966, Grasset.
AMSTERDAM, 1977, Le Seuil.
LES SICILIENS *(en collaboration avec Ferdinando Scianna et Leonardo Sciascia)*, 1977, Denoël.
LE PROMENEUR AMOUREUX, *de Venise à Syracuse*, 1980, Plon et Presses Pocket.
LE VOLCAN SOUS LA VILLE, *promenades dans Naples*, 1983, Plon.

voyages, avec photographies de Ferrante Ferranti

LE BANQUET DES ANGES, *l'Europe baroque de Rome à Prague*, 1984, Plon.

LE RADEAU DE LA GORGONE, *promenades en Sicile*, 1988, Grasset et Le Livre de Poche.

AILES DE LUMIÈRE, 1989, François Bourin.

SÉVILLE, 1992, Stock.

L'OR DES TROPIQUES, *promenades dans le Portugal et le Brésil baroques*, 1993, Grasset.

SEPT VISAGES DE BUDAPEST, 1994, Corvina/IFH.

LA MAGIE BLANCHE DE SAINT-PÉTERSBOURG, 1994, Gallimard Découvertes.

PRAGUE ET LA BOHÊME, 1994, Stock.

LA PERLE ET LE CROISSANT, 1995, Plon « Terre humaine ».

SAINT-PÉTERSBOURG, 1996, Stock.

RHAPSODIE ROUMAINE, 1998, Grasset.

PALERME ET LA SICILE, 1998, Stock.

BOLIVIE, 1999, Stock.

MENTON, 2001, Grasset.

SYRIE, 2002, Stock.

essais

LE ROMAN ITALIEN ET LA CRISE DE LA CONSCIENCE MODERNE, 1958, Grasset.

L'ÉCHEC DE PAVÈSE, 1968, Grasset.

IL MITO DELL'AMERICA, 1969, Edizioni Salvatore Sciascia (Rome).

L'ARBRE JUSQU'AUX RACINES, *Psychanalyse et création*, 1972, Grasset et Le Livre de Poche.

EISENSTEIN, *L'Arbre jusqu'aux racines II*, 1975, Grasset et Ramsay-Poche-Cinéma.

LA ROSE DES TUDORS, 1976, Julliard.

INTERVENTI SULLA LETTERATURA FRANCESE, 1982, Matteo (Trévise).

LE RAPT DE GANYMÈDE, 1989, Grasset et Le Livre de Poche.

LE MUSÉE IDÉAL DE STENDHAL, en collaboration avec Ferrante Ferranti, 1995, Stock.

LE MUSÉE DE ZOLA, en collaboration avec Ferrante Ferranti, 1997, Stock.

LE VOYAGE D'ITALIE, *dictionnaire amoureux*, photographies de Ferrante Ferranti, 1998, Plon.

LE LOUP ET LE CHIEN, *un nouveau contrat social*, 1999, Pygmalion.

LES DOUZE MUSES D'ALEXANDRE DUMAS, 1999, Grasset.

LA BEAUTÉ, 2000, Desclée de Brouwer.

ERRANCES SOLAIRES, photographies de Ferrante Ferranti, 2000, Stock.

L'AMOUR QUI OSE DIRE SON NOM, *Art et homosexualité*, 2001, Stock.

traductions

UNE ÉTRANGE JOIE DE VIVRE ET AUTRES POÈMES, *de Sandro Penna,* 1979, Fata Morgana.
L'IMPRÉSARIO DE SMYRNE, *de Carlo Goldoni*, 1985, Éditions de la Comédie-Française.
POÈMES DE JEUNESSE, *de Pier Paolo Pasolini*, 1995, Gallimard.
POÉSIES, *de Sandro Penna,* Les Cahiers Rouges, Grasset, 1999.

Impression réalisée sur CAMERON par

BUSSIÈRE CAMEDAN IMPRIMERIES

GROUPE CPI

à Saint-Amand-Montrond (Cher)
pour le compte des Éditions Grasset
en décembre 2002

N° d'édition : 12653. — N° d'impression : 025611/4.
Dépôt légal : décembre 2002.

Imprimé en France

ISBN 2-246-64371-6 (broché)
ISBN 2-246-64370-8 (luxe)